MEMO2019

《三联生活周刊》的观察与态度

生活·讀書·新知 三联书店

Copyright © 2020 by SDX Joint Publishing Company.
All Rights Reserved.

本作品版权由生活·读书·新知三联书店所有。
未经许可,不得翻印。

图书在版编目(CIP)数据

MEMO2019:《三联生活周刊》的观察与态度 / 生活·读书·
新知三联书店编. —北京:生活·读书·新知三联书店,
2020.6
ISBN 978-7-108-06804-0

Ⅰ.①M… Ⅱ.①生… Ⅲ.①新闻报道-作品集-中国-当代
Ⅳ.①I253

中国版本图书馆 CIP 数据核字(2020)第 041372 号

责任编辑	赵庆丰
装帧设计	康 健
责任校对	陈 明
责任印制	张雅丽
出版发行	生活·讀書·新知 三联书店
	(北京市东城区美术馆东街 22 号 100010)
网 址	www.sdxjpc.com
经 销	新华书店
印 刷	三河市天润建兴印务有限公司
版 次	2020 年 6 月北京第 1 版
	2020 年 6 月北京第 1 次印刷
开 本	720 毫米 × 965 毫米 1/16 印张 26
字 数	400 千字
印 数	0,001-5,000 册
定 价	55.00 元

(印装查询:01064002715;邮购查询:01084010542)

出版说明

"MEMO"系列始于2012年,反映我们对时代生活的观察和态度。《MEMO 2019》与此前各年一样,汇编《三联生活周刊》2019年年度重要报道而成,借以盘点一年中的大事件,尤其是2019年广泛受人关注、对未来会产生深远影响的变化。这些专题报道既涉及我们周遭的世界,也触及我们的精神和生活,包括我们的身体、文化、生活方式以及消费理念。

2019年,三联的记者奔赴各地采访,有时是跟着卡车司机,行走在作为中国经济血管的道路网络上,实地感受这些平凡而伟大的人的生活;有时是走进东莞的外贸工厂中,跟着沿海的制造业者和商人出海,来到印度班加罗尔、埃塞俄比亚和越南。三联的记者探寻着一个由亿万普通人所构筑的有血有肉的中国。

国际上,英国脱欧终于在三年后的今天尘埃落定,而盘踞中东多年的伊斯兰国也终于覆灭,三联记者深入战后的叙利亚,见证这个历史时刻。新西兰的枪击、格蕾塔·通贝里的崛起、越南偷渡客的死亡,分别暗示了宗教冲突、世代冲突和贫富差距依然是以后世界发展的主要不安定因素。

新技术就像一波又一波的浪潮,拍打着我们自以为坚固的生活。2019年我们似乎已跨入数字货币和5G所描绘的美好世界,而技术带来的问题也愈发凸显,人们忧心于孩子过早地接触电子产品而沉溺于虚拟世界,人脸识别技术的滥用导致隐私被侵犯,一些人选择返璞归真,过上"零废弃"的简单生活。

2019年是中华人民共和国成立70周年,我们回顾了中华人民共和国70年以来走过的风风雨雨，知所从来，思所将往，虽然在2020年我们猝不及防遇到了新冠肺炎疫情，但我们确信中华民族一定会战胜疫情，我们仍然走在复兴的大路上。

一本杂志和他倡导的生活，这是《三联生活周刊》的口号，也是"MEMO"系列结集的主线。《三联生活周刊》对生活和世界的这些观察和态度，如能为大家进一步思考和探讨问题提供一点帮助，也就够了。

生活·讀書·新知 三联书店 编辑部
2020年3月

目 录

减速下的投资机会
    2019：全球经济大减速   2
    寻找可以赚钱的"潜力股"   14
    散户的六个自我修养   22

贸易摩擦与全球产业链
    从南粤到越南：出海企业众生相   34
    "出海"印度：班加罗尔的中国身影   45
    掘金非洲：中国工厂入埃塞记   61

铭记与奋进
    重塑历史：甲骨文发现 120 年   74
    "五四"百年：汪晖再论"五四"   83
    复兴之路：新中国成立 70 周年   96

Memo more...
    有故事的"董小姐"：中国制造业升级之路   114
    反抗"996"：发展趋缓后的互联网业   121

垃圾分类：古老的新事物　　128
中国速度：毛细血管般的快递版图　　135
少年的他们：环境、青春与恶　　146

"脱欧"：旷日持久的英剧接近尾声
"脱欧"：留给英国人的时间不多了　　158
梅姨告退，"脱欧"仍悬置　　164
鲍里斯归来，"脱欧"终迎接棒人　　169

"伊斯兰国"覆灭记
在代尔祖尔的旷野上　　178
劫后拉卡　　187

印度南部的旅行：在历史与现实之间
世界的十字路口——印度南部　　200
拥抱的力量——印度为何盛产心灵导师　　222

Memo more...
政经双冷，日韩对立升级　　238
波音危机：安全与商业的双手互搏　　249
乌托邦国度的挑战：新西兰枪击案　　257
环保少女格蕾塔·通贝里：新势力的崛起　　264
39名越南偷渡客的不归路　　272

未来新工作：我们的优势、我们的机会
裁员与人员优化：谁掌握未来工作？　　284

最高薪的行业在哪里　　297

"零工经济"：未来职场的新选择　　304

成为父亲：爸爸的问题与困惑

父职的消解与再发现　　312

好爸爸：中产阶级的育儿博弈　　328

我们如何接近艺术

看懂大都会博物馆　　340

细读敦煌：一窟一传奇　　353

Memo more...

Facebook 发行货币：金融史的又一里程碑？　　366

5G 来了：生活方式的新突破？　　373

人脸识别第一案：技术滥用下的隐私之殇　　378

"零废弃"生活　　384

技术，如何开启童年　　392

减速下的投资机会

2019 年，全球经济集体放缓，这当然意味着投资风险上升，但是从另外的角度来看，为了应对经济减速，全球主要经济体的货币和财政政策大规模放松，中国也开始寻求新的增长方式，这又意味着潜在的投资机会已经开始出现。

2019：全球经济大减速

谢九

盛极而衰的全球经济

世界银行行长戴维·马尔帕斯最近发表了一次公开讲话，对于全球经济的减速忧心忡忡，他预计2019年全球经济的扩张速度将不足2.6%，与前几年相比将大幅度减速。

国际货币基金组织（IMF）新任总裁格奥尔基耶娃也在最近表达了类似的观点，她认为，"两年前全球75%的经济体加速成长，但IMF现在预期，2019年全球将近90%的经济体成长放缓。全球经济正陷入同步减速，2019年的经济成长率将创下2000年以来最小升幅"。

全球经济之所以骤然减速，是因为主要经济体都出现了明显的疲态。以美国来看，2018年美国经济一度表现强劲，同比增长了2.9%，创下了近年来美国经济的最快增速，2019年一季度更是增长了3.1%。但是进入二季度之后，美国经济增速突然放缓至2.1%。尤为引人注意的是，2019年8月份，美国的10年期国债收益率低于2年期国债收益率，十多年来出现了首次倒挂，释放出强烈的经济衰退信号。

美国经济之所以由盛转衰，主要原因在于特朗普上任之后，刺激经济的手段开始出现了明显的边际效应递减，加之和中国的贸易摩擦，也形成了两败俱伤的局面。

特朗普上任之后，美国经济的增长动力显然得益于上任之初的大规模财政刺激，然后是大规模的减税红利。但是现在，这两大刺激因素都开始明显减弱。2018年11月美国中期大选结束后，民主党和共和党分别掌握了众议院和参议院，特朗普的财政扩张能力受到了极大限制。而号称一代人一遇的美国税改，减税红利也开始逐渐衰减，更多的美国企业将减税带来的利润用于股票回购，而不是用于扩大投资，所以，美国股市表现持续强劲，但是实体经济却越来越弱。

美国发起的贸易摩擦，反过来也打击了美国消费者的信心。贸易摩擦爆发以来，越来越多的关税成本最终由美国消费者承担，最近几个月，美国的消费者信心指数明显下降，主要原因就是消费者担心未来的开支会越来越高。美国经济70%以上由消费贡献，消费一旦疲软，对美国经济的打击不言而喻。

除了美国之外，中国经济告别高增长，也在很大程度上影响了全球经济的增速。美国虽然是全球第一大经济体，但是由于中国经济增速较快，从对全球经济增长的贡献率来看，中国以30%左右的贡献率高居第一，中国经济一旦放缓，全球经济将受到显著影响。

由于外部需求萎缩，加之中国经济自身的结构性改革，最近几年，中国经济开始进入L型增长区间，经济增速从两位数跌到7%以下。2019年上半年，中国的GDP增速只有6.3%，三季度的GDP更是只有6%，预计"破6"也只是时间问题。

当然，对于中国经济而言，增速放缓并不一定全是坏事，过去两位数的高增长其实给中国经济带来了很多负面效应，比如环境污染、产能过剩等，现在追求更有质量的增长，中国经济增长的可持续性更强。

不过，当中国经济不再以高增速为核心目标，客观上肯定会对全球经济带来影响。过去几十年，中国经济的高速增长，给全球市场带来了惊人的需求，全球绝大多数国家都从中得益，一旦中国需求不再像以前那么旺盛，这些国家也将不得不面对需求萎缩的现状。在中国经济从高增长转向结构性改革的过程中，全球经济将不可避免地受到影响。

除了中美两大领头羊之外，印度经济突然放缓，也在很大程度上对全球经济减速做出了"贡献"。最近几年，随着中国经济放缓，印度成为全球经济最瞩目的明星，在全球主要经济体中的增长率高居榜首，2014到2018年期间，印度的平均增长率达到了7.7%，2018年一季度更是一度超过8%。如果从对全球经济的贡献率来看，印度的贡献率已经超过了美国，成为当前全球经济非常重要的一极。但是，印度这个近年来最耀眼的明星，神话也开始破灭了，2019年的印度经济开始断崖式下跌，一季度GDP同比增长只有5.8%，二季度GDP增速更是只有5%，创下6年来的新低。印度经济突然下坠，也将全球增长冠军的宝座再次还给了中国。

印度过去几年的经济增速领跑全球，一直存在一定的水分，2015年和2018年，印度两次修改了GDP的统计方法，以市场价格而不是生产要素成本来计算GDP，2015年的那一次修改，让印度的经济增速从4.9%突然飙升至6.9%，经济增速直接超越了中国。

当然，除了统计方法的更改之外，印度经济最大的潜力在于其人口红利，在13亿人口中，有8亿人是青壮年人口，劳动力人口平均年龄只有27岁，35岁以下劳动力占比65%。在全球主要经济体中，印度的人口结构可以说是最富增长潜力的，相比之下，美国、欧洲、日本和中国等主要经济体都受到人口老龄化的困扰。而且，印度人口一直保持较快增速，预计在不久的将来可能会超过中国，成为第一人口大国。

印度这种稳定增长而且年轻化的人口结构，使得个人消费成为印度经济的重要引擎，个人消费对GDP的贡献达到了六成左右。不过，印度最近几年的经济改革，开始越来越显出负面效应。2017年5月，印度实行新的商品与服务税（GST），这是70年以来印度最大规模的税改，不过，这场税改使得大企业受益，但是很多中小企业倒闭，导致失业率快速上升。长期以来，印度的失业率一直保持在3%以下，是一个很健康的水平，但是税改之后，印度的失业率大幅上升到6%以上，大量人口失业，最直接的后果就是导致消费能力下降，印度经济最大的引擎熄火，增速出现断崖式下滑也就毫不奇怪了。

欧洲经济也是困难重重，欧债危机以来，欧洲经济就一直处于衰退边缘，随着最近几年国际贸易环境恶化，欧洲经济更是毫无起色。2019年9月份，欧洲央行再度下调了2020年的经济增速预期，从此前的1.4%下调到1.2%。更令人担忧的是，欧盟委员会对欧洲经济领头羊德国的经济增速预期一路下调，从年初的 1.8% 下调到 0.5%，在欧盟区排在倒数第二，仅次于意大利（0.1%）。欧盟委员会对德国悲观看待的主要原因在于，全球制造业增速放缓导致订单数量减少，考虑到德国的对外贸易依存度，德国的经济复苏要比预计耗费更长时间。

中国会受到怎样的影响？

在全球经济集体减速的大背景下，中国又会受到怎样的影响呢？

最直接的有两大影响，一是中国的外需会明显萎缩，对中国经济带来较大冲击，二是全球货币政策放松，中国的政策也会做出相应调整。而从更深层次来看，还将促使中国经济加快转变增长方式。从长远来看，全球经济减速对中国经济的影响可以说是福祸相倚。

从外需来看，2019 年前三季度，我国外贸进出口总值 22.91 万亿元，比 2018 年同期增长 2.8%。其中出口仅仅增长了 5.2%，而在 2017 年和 2018 年，我国的出口增速分别为 18.7% 和 7.1%，可以看出，从 2018 年以来，我国的出口增速就已经开始明显放缓，2019 年还在继续延续颓势。从单月数据来看，2019 年 9 月份的出口更是出现了 0.7% 的负增长，其中对美国的出口下降了 22%，这是 2008 年金融危机以来的最大降幅，除了 9 月份之外，2019 年的 2 月、6 月和 8 月，也都出现了单月出口负增长的现象。从全年来看，2019 年的外需形势相当严峻。

2019 年前三季度，中国的进出口增速虽然明显放缓，但是贸易顺差却同比大幅增长了四成，这看上去似乎是一个悖论。这其实并不难理解，贸易顺差的大幅增长，主要原因并不是中国的出口多了，而是进口少了。2019 年前三季度，我国的进口额下降了 0.1%，由于进口额的萎缩速度远远大于出口萎缩的速度，所以使得贸易顺差反而出现了大涨，这样的现象，在 1998 年亚洲金融危机和 2008 年美国次贷危机时都出现过，但这并不是中国经济好转的迹象，而是恰恰相反。

如果仅从表面来看，外需萎缩似乎并没有给中国经济带来太大冲击。按照中国目前进出口的形势，中国前三季度的贸易顺差其实还获得了高达 40% 的增长。如果单纯从对经济的拉动来看，2019 年的进出口形势其实要好于 2018 年。因为

2018年我国的贸易顺差大幅下降了18%，对全年经济的贡献度为-20%多，考虑到2018年的低基数效应，加上2019年的进口大幅下降带来顺差大增，综合全年来看，估计2019年进出口对GDP的拉动要好于2018年。以2019年上半年的数据来看，上半年GDP同比增长6.3%，其中净出口对GDP增长贡献率为20.7%，拉动GDP增长1.3个百分点。所以，预计全年GDP增长中，净出口也会保持较高的贡献度。

不过，这种基于内需萎缩带来的"贡献"显然并不健康，也并不意味着外部需求对中国经济并不重要，恰恰相反，在国内需求疲软的背景下，如果外需能够有所增长，能够在相当程度上缓解内需的疲软。如果内外需同时疲软，中国经济将会遭遇更大冲击。

外部需求萎缩，对中国经济的另一大冲击就是就业市场。因为我国的出口大多是劳动密集型产业，外部需求大幅萎缩之后，相关产业链上的公司难免会出现大量人员下岗，导致失业率上升，又会进一步降低中国经济的消费能力。对于一直致力于向消费转型的中国经济而言，这才是最大的杀伤力所在。最近一两年来，国内的消费市场风向突变，一度受热捧的消费升级被下沉市场所取代，很大程度上就是因为中国经济增长的大背景开始发生变化。

如果说外需萎缩是全球经济减速对中国最直接的影响，那么另一大影响就是，为了应对经济减速，全球主要经济体都开始实行逆周期调节，大幅放松货币和财政政策，在全球一体化时代，中国也必须作出相应政策调整，以适应自身经济需求和外部市场的变化。

2008年全球金融危机爆发之后，以美国为首的全球主要经济体开始集体放水应对经济衰退，不过在经济形势稍有好转之后，美联储在2015年开始实施加息，并在随后几年逐步缩减资产负债表，货币政策逐渐收紧。不过世事难料，进入2019年之后，由于全球经济再度疲软，全球市场再度开始集体放水。首先降息的是澳大利亚、新西兰、印度、埃及、马来西亚和菲律宾等这些中小经济体，然后，降息如同星火燎原般迅速扩散到全球，最引人关注的当然是美联储，2018年下半年，美联储还一度预计2019年会有3次加息，结果由于经济数据的疲软超出预期，美联储不得不在 2019 年 8 月 1 日宣布了 10 年来的首次降息，9 月份再度实施第二次降息。随着美联储加入降息的阵营，全球主要央行自然也就不再矜持，纷纷打开了货币水龙头，2019 年全球已经有 20 多个主要经济体宣布降息，其中很多国家的降息次数不止一次。

在这一轮全球降息潮中，中国的表现应该说还算相对稳健。2019 年中国只在年初和 9 月份实施了两次降准，对于市场高度期待的降息，央行采取了一种更稳妥折中的办法，以微调的方式实现变相降息，而不是像其他国家一样实施了真正的降息。

央行认为，在过去的贷款机制下，商业银行以央行的贷款基准利率为锚，导致利率市场化程度不够，如果推行更彻底的利率市场化改革，我国的实际利率还有进一步下降的空间，如果利率市场化改革到位，就不必实施降息这样的重大货币调整，以免对通胀和房价等其他因素带来负面影响。所以，央行在 8 月中旬宣布："为深化利率市场化改革，提高利率传导效率，推动降低实体经济融资成本，中国人民银行决定改革完善贷款市场报价利率（LPR）形成机制。"

贷款市场报价利率形成机制改革之后，2019 年 8 月 20 日迎来首次利率报价，新的 1 年期 LPR 为 4.25%，比以前 4.31% 的水平略低，也算是部分达到了降息的效果。2019 年 9 月 20 日的第二次 LPR 报价，1 年期 LPR 为 4.20%，比 8 月份 4.25% 的利率再度出现小幅下降。

在全球降息潮中，中国央行之所以如此谨慎，主要还是担心通胀问题。因为全球主要降息国家大多面临通胀下行的局面，所以降息对通胀的刺激不大。但中国的通胀指数一直保持在相对高位，最新公布的 9 月份 CPI 甚至达到了 3%，创下了 6 年来新高，所以中国如果贸然降息，会使得通胀形势进一步恶化。

不过，央行通过改革贷款市场报价利率（LPR）的方式小幅降息，可能很难满足当前中国经济的实际需求。由于内外需同时疲软，中国经济还有进一步减速的可能，2019 年三季度，中国 GDP 增速只有 6%，很多国际机构预计 2019 年四季度中国 GDP 还有可能"破 6"。而且，当前很多中小企业的融资成本依然居高不下，LPR 的利率改革难以满足企业的实际需求，因此，中国央行未来还有进一步降息的可能。当前国内的通胀主要是由猪肉价格所带动，随着我国对猪肉养殖业的政策进一步放松，猪瘟形势出现好转，作为周期性极强的产品，猪肉价格还是会有回落的空间，一旦肉价下跌，通胀指数也会随之下行，届时将给央行的利率调整留出空间。

另外，在全球主要经济体持续降息之后，很多国家都已经成为零利率或者负利率国家，相比之下，中国央行按兵不动，使得人民币在全球范围内成为高息货币，将有可能吸引热钱流入，对中国经济带来较大干扰。最近中美贸易摩擦趋于缓和，人民币汇率在前段时间跌破7元大关之后，最近开始出现反弹，在这样的背景下，又给了热钱流入更多的理由，更多热钱流入，又会给物价指数和资产泡沫带来压力。

全球经济集体减速，对中国更深层次的影响是增长模式的转型。改革开放以来，中国经济持续高增长，很大程度上是依靠劳动力红利和资本红利的推动，这种模式相对来说是处于较低层次的增长，随着现在全球经济进入新的发展阶段，外部需求不再像过去几十年那么强劲，而内需也随着房地产和基建投资等重要引擎慢慢减速而萎缩，对于中国而言，寻找新的增长引擎已是迫在眉睫。

经济学家们在分析一个国家的经济增长时，经常使用全要素生产率（TFP，Total Factor Productivity）这个指标，主要是指在各种要素投入既定的情况下，通过提高各种要素的使用效率而带来的额外产出。诺贝尔经济学奖得主索洛曾经提出这样一个问题：假如一个国家投入100元的资本和劳动力要素，最后可能产出150元，多出来的50元从何而来？索洛将多出来的50元归功于技术进步等因素，他认为，一个国家经济增长的唯一源泉就是技术进步。后来的研究者进一步拓展，将企业家精神、制度创新等所有解释不清的要素都归于此类，统称为索洛残值，又称全要素生产率。

一般而言，如果一个国家的增长主要依靠资本和劳动力投入，被视为不可持续的蛮力增长，而如果增长源泉来自于技术创新等索洛残值，则是一种可持续的聪明增长。过去几十年，中国经济的增长大多数来源于前者，这种增长现在已经基本上走到尽头，未来中国经济继续增长的希望，只能是通过技术创新等来实现。按照索洛的说法，经济增长的唯一源泉就是技术进步。

当低层次的增长红利被耗尽之后，只有通过提高生产率，才能维持中国经济继续增长，这也是所有发展中国家迈向发达经济体的必经之路。从历史上来看，所有获得成功的发达经济体，没有一个国家是靠廉价劳动力的比较优势，或者靠房地产来获得成功，无一例外都是通过提升科技生产力，才使得本国跃居全球食物链的顶端。尤其是中美贸易摩擦爆发之后，不再刺激房地产，转而发展高科技已经形成中国经济的共识，可以预见的是，曾经作为中国人最大财富载体的房地产，未来投资的风险远远高于机会，而高科技产业将毫无疑问地成为中国经济的重中之重，无论怎么强调都不为过，从投资的角度来看，这也是不容错过的机会。

资产配置重新洗牌

从投资的角度来看，在全球经济减速的大背景下，中国的资产配置也迎来重新洗牌，以大多数人最常投资的几大产品来看，股市、楼市、外汇、黄金、理财以及保险等，内在的投资价值也因此发生变化。

从股市来看，由于全球经济减速，表面上对于股市会带来很大压力，不过，A股市场对于经济增长放缓的负面影响已经早有预期，最近几年也基本上一直处于熊市当中，尤其是2018年下半年，在多重负面压力的冲击下，A股市场更是创下6年来的新低。

不过从乐观的角度来看，全球经济减速带来货币政策集体宽松，对于股市会带来较大的利好，中国央行虽然暂时还没有加入全球降息的阵营之中，但考虑到当前中国经济增速随时面临"破6"的风险，货币政策继续放松仍是可以期待。

从A股市场来看，虽然中国经济增速再创新低，但是股市却在2019年逆势反弹，年内涨幅在全球也处于领先，深证成指更是以超过30%的涨幅居全球之首。在本土投资者对A股还处于悲观情绪之中时，外资对于A股的热情却在持续提升，截至2019年10月，北上资金年内流入规模已经接近2000亿元。

过去一年多时间，中美贸易摩擦持续升级，成为压在A股头上的一块巨石。不过，随着美国经济自身压力越来越大，结束贸易摩擦的意愿也越来越强。最近，中美贸易摩擦开始趋于缓和，如果最终的谈判能够收获一个好结果，对于A股将带来巨大利好。

过去20年来，楼市是国内投资回报率最高的产品，按照以往的经验，每当经济放缓带来货币政策放松时，总是楼市报复性上涨的最佳时机，不过这一次，历史经验可能并不会奏效了。2016年以来，中央提出"房住不炒"，3年多时间里，不仅没有像以前一样出现松动，反而在持续加码升级，尤其是中美贸易摩擦爆发之后，发展高科技而不是房地产，已经成为社会各界对中国经济发展的共识，继续刺激房地产，对中国经济的伤害远远大于好处，只有发展高科技才是未来中国经济的真正出路。所以，即使这一次货币政策有所放松，也不会惠及房地产。最近央行对贷款利率实施市场化改革，市场利率水平普遍出现不同程度的下降，但是房贷利率并没有随之下降，按照政策要求，"首套商业性个人住房贷款利率不得低于相应期限贷款市场报价利率，二套商业性个人住房贷款利率不得低于相应期限贷款市场报价利率加60个基点"。

国内楼市一向被视为最坚挺的一线城市，其实早就打破了只涨不跌的神话。过去两年来，北京的二手房跌幅已经达到了20%左右。2019年国庆黄金周期间，北京的新房销量创下5年来新低。最近，上海有一套顶级豪宅檀宫吸引了无数人的眼球，起因是大幅降价1.4亿元仍然无人问津；广州的房价，最近也总是和"跳水"联系在一起。

过去很多人认为一线楼市只涨不跌，主要理由是供需矛盾永远难以解决，大量人口涌入形成巨大的市场需求，而稀缺的土地供应，又决定了一线城市的供给有限。不过，最新的趋势显示并非如此，以北京来看，它一向被视为供需最紧张的城市，但北京其实已经连续两年出现人口净流出，人口外流，也就意味着楼市的需求下降。而从供给来看，最近几年，北京大规模增加土地供应，更使得北京新房供应量大增，2019年上半年，北京的楼市库存达到了7万套，创下8年来的新高。即便是北京，楼市的供需矛盾也没有人们想象中那么紧张。

最近几年，由于人民币走势疲软，到底要不要将手中的人民币换成美元，也成为很多人的一大烦恼。从最近一年多的人民币走势来看，出现过两次贬值高潮期，第一次是2018年下半年，当时美元还处于加息周期之内，而且加息的力度超出预期，而中国的货币政策开始出现宽松，2018年年内出现了4次降准，降准的力度超出预期，内外因素共同作用之下，人民币出现了一轮急跌，从6.3元一路跌至6.98元附近，在即将跌破7元大关的时候突然开始反弹，最终还是守住了7元大关。第二次贬值高潮出现在2019年8月份，人民币汇率正式跌破7元大关，当时央行的回应是——人民币汇率"破7"，这个"7"不是年龄，过去就回不来了，也不是堤坝，一旦被冲破大水就会一泻千里；"7"更像水库的水位，丰水期的时候高一些，到了枯水期的时候又会降下来，有涨有落，都是正常的。

虽然说人民币有涨有跌是很正常的现象，但是突破7元心理大关，还是给市场带来了巨大震动，在很多人看来，这是中国对于贸易摩擦的一种回应。就在人民币汇率"破7"之后，美国将中国认定为汇率操纵国。尽管严格意义上讲中国并不满足成为汇率操纵国的条件，这也是25年来，美国首次将中国列为汇率操纵国。

那么，人民币汇率"破7"之后，是否意味着未来人民币还将继续大幅贬值呢？这种可能性并不大。人民币的走势同时受到中美两国货币政策的影响，从美国的货币政策来看，美联储开启了降息之门后，未来肯定还会有多次降息，从10月初以来，美元指数已经开始明显走弱，一旦强势美元不再，人民币贬值的压力就消除了大半；而从中国的货币政策来看，目前在全球范围内都还算稳健，并没有加入这一轮全球降息潮，即使将来出现降息，中国货币宽松的尺度也会小于美国，所以，这会对人民币汇率形成支撑。另外，随着中美贸易摩擦趋于缓和，人民币汇率也会成为中美双方谈判的重要内容，这会在相当程度上制约人民币继续贬值的空间。

每当全球经济或者地缘政治出现剧烈震荡时，黄金作为一种避险资产总是备受青睐，随着这一次全球经济开始集体减速，黄金的避险功能也再度上升，过去一年来，黄金价格已经上涨了20%多，超越了大多数投资品的回报率。

从短期来看，黄金价格的走势总是和美元呈现跷跷板效应，美元强势时黄金下跌，美元贬值时黄金上涨。由于美元结束了加息周期转而开始降息，黄金价格也由此走强。

从长期来看，黄金的价格走势还是离不开供求关系的。黄金的供应主要来自矿产金和再生金，后者主要是指黄金的回收再利用，由于黄金矿产资源的稀缺性，黄金的供应量一直保持在比较稳定的水平上，每年的变动幅度大概保持在2%上下。而黄金的需求主要来自以下几个方面：珠宝首饰是黄金的主要需求者，大概占比超过50%，其余主要需求来自金条和金币、智能手机与牙科等工业需求，各国央行的购买，以及ETF等黄金投资需求等。

其中，珠宝首饰、金条金币以及工业需求基本上保持稳定，黄金的新增需求主要来自央行和投资需求，这两大需求成为黄金价格上涨的主要动力。过去一年多来，在黄金市场最先知先觉的是各国央行。2018年，全球央行开始史无前例地买入黄金，总共购买了650多吨黄金，购买规模同比增长了70%，这导致2018年的黄金需求明显上升，成为黄金价格上涨的重要推手。2019年上半年，全球央行仍在黄金市场买买买，上半年的央行购金总量达到了370多吨，以这样的购买速度，2019年央行的购金规模还将继续超过2018年。按照世界黄金协会的数据，全球各国央行购金与ETF净流入，是支撑2019年上半年全球黄金需求的重要驱动力。

无论是股市、楼市还是黄金、人民币，这些产品的波动幅度都比较大，并不适合保守稳健型的投资者，对大多数风险厌恶型的投资者而言，无风险理财还是很多人的首选。不过，现在能够跑赢通胀的无风险理财产品已经越来越少。

由于最近国内通胀指数上行，最新的CPI达到了3%，所以低于3%的收益，就已经属于跑输了通胀。以前银行存款跑不过通胀，但是理财产品基本上还可以胜出，但是现在来看，以前曾经大火的余额宝理财、微信理财等货币基金，收益率基本上都在3%以下。在资管新规下，银行理财产品不能再承诺保本保收益，所以现在市场上很多银行理财产品虽然收益能够勉强超过3%，但也不再是无风险产品。对于保本型投资者而言，现在性价比最高的无风险产品只有储蓄式国债，3年期票面年利率为4%，5年期票面年利率为4.27%，能够跑赢通胀1个百分点。

如果担心股市、楼市等产品风险太大，而理财产品收益又太低，还有一种选择就是为自己购买保险，比如商业养老保险。众所周知，我国养老金体系面临较大的缺口压力，老龄化程度也是越来越高，最近全国老龄工作委员会办公室发布了一份报告，预计2035年前后，中国老年人口占总人口的比例将超过1/4，2050年前后将超过 1/3。现在中国的老年人口占比是 18%，养老金压力已经扑面而来，将来老年人口占比超过 1/3，压力更是可想而知。所以，未来 20 年之后，一个清晰可见的现实是，指望现有的养老金，晚年生活并不会过得太宽裕。在当前经济下行而且利率较低的背景下，如果实在没有合适的投资机会，不妨为自己的老年提前做一些投资。

2018 年，我国开始试点个人税收递延型商业养老保险，个人购买养老保险产品的支出，允许在税前扣除，计入个人商业养老资金账户的投资收益，暂不征收个人所得税，在领取商业养老金时再征收个人所得税。对于个人而言，购买商业养老保险主要有这样几点好处：第一，在当前没有明显投资机会的背景下，增加对未来养老的投资；第二，可以适度避税；第三，也能在一定程度上跑赢通胀。最后，商业养老保险可以终身领取，尤其对于长寿的人而言，这种积累方式是可以大大跑赢同期理财产品的。

有关统计数据显示，2019 年上半年，在国内所有行业中，保险行业以高达 78% 的利润增速雄踞榜首，这也充分说明，在当前经济下行时期，越来越多的人开始通过购买保险，来抵御未来的不确定性。

寻找可以赚钱的"潜力股"

邢海洋

2007年10月16日，上证指数创出6124.04点的历史高位，随后这个山峰再也没有被逾越过。12年后的"纪念日"，上证指数在3000点穿越，上午还在3000点之上，下午回到3000点以下。

12年间，市场围绕着3000点徘徊，它42次站上去，又42次跌下来。经济危机后的10年间，这种穿越愈发频繁，到了2019年，这几乎就是一种见怪不怪的存在，频繁地上下，也是无力地攀爬或下滑，3000点作为一个令人无法回避的整数关口，究竟是一种什么样的存在？

12年间，国家层面的经济增速最高曾有13%，如今减去了一半，但增长的步伐从没有停歇，唯有市场的估值，从当时的76倍回落到十三四倍的估值水平。截至10月17日，沪市平均市盈率为14.16倍，深市平均市盈率为24.53倍，深市主板的平均市盈率低至16.79倍。与此同时，按照目前A股市场300余家破净股数量来看，时下A股市场的破净率也达到了9%左右。

如今的估值，放在全球资本市场上比较算不得高，也算不得低。即使纵向与自己比，沪市市盈率最低纪录曾经回落到一位数，相形之下，如今的3000点远算不上是极端状态下的"黄金坑"，但对比此前如2005年、2008年乃至2013年几次大触底，随着业绩的抬升，股市的价格也不可能再回到从前。3000点于是成为一个尴尬的存在，任市场在一次次惊呼中穿越，穿越到现在，见怪不怪。

一个堡垒在一次次无功而返的冲锋前变得越来越坚固了。此前，我们已经无数次分析过 A 股的弊病，分析过 10 年间道琼斯指数从 8000 点涨到 26000 点的同时，A 股还原地踏步的原因。这里不必再说，毕竟港股通开通了，A 股的国际化有了明显的进展，注册制试点也在科创板展开，那些低价格的垃圾股开始一个个地退市，A 股开始朝着健全的吐故纳新机制发展。这个时候没有必要再在机制上看空市场。

那么，为什么市场还是这样犹疑不决？未来市场的大方向又将如何，我们就需要从宏观经济走向上，尤其是"L"型增长的经济新常态的角度，去理解 A 股投资的逻辑。

经济下行时期的 3000 点

2008 年，为应对金融危机，我国首次提出"保 8"目标，要求 2009 年度宏观经济增长速度保持在 8% 左右，2008 年 GDP 增长 9%，其中四季度经济同比增长 6.8%，令习惯于两位数增速的我们警醒。如今，我们则适应了中低速增长，2019 年第三季度甚至低至 6%。

上市公司作为国民经济的组成成分，并且是其中最优质的企业，其赚钱能力也一定和宏观经济息息相关。十余年来，上市公司净利润虽大幅波动，但基本上和 GDP 走势相关，其间还反映了宏观调控政策和经济周期等因素的影响。如 2006、2007 年沪深 300 成分股的净利润增幅曾经连续超过 30%，2009—2011 年间政府"4 万亿"刺激奏效，沪深 300 成分股利润也恢复到两位数增长，更在 2010 年登上 30% 以上，但随后的利润增幅一直乏善可陈，甚至在 2016 年跌入负区间，2017 年"供给侧结构性改革"初见成效，反弹到两位数，但随后再次回落。

每当增长失速，危及就业乃至金融体系稳定的时候，政府均动用货币和财政政策予以刺激，2016 年和 2017 年楼市繁荣、上市公司利润增加，相当程度上拜银根松动所赐。而当财富进一步积累，危及实体经济的根基的时候，政策又会偏紧。本轮 GDP 增速下行始于 2018 年二季度，其背景是金融去杠杆导致 2017 年四季度社会融资规模增速大幅下降。而自 2019 年初以来，随着去杠杆转入稳杠杆，社会融资额规模增速企稳回升了。

按照社会融资规模领先经济两个季度左右的关系，对应 2019 年三季度中国经济本该见底。可实际上，7、8月的经济继续下行，低于市场预期，整个三季度GDP增速只有6%，再创1992年以来经济增速的新低，让投资者不知道路在何方。

经济增长的一个重要推动因素是投资，国家统计局数据显示，2019年1—8月，全国固定资产投资同比增长5.5%，增速比1—7月回落0.2个百分点。其中，民间固定资产投资增长4.9%，增速比1—7月回落0.5个百分点。房地产开发是投资的重要组成部分，此前每次周期低谷，房地产都是带动经济上行的决定性力量，可如今，在地产去库存之后，国家的大政方针倾向于去地产化，地产企业融资渠道多方受阻，房地产开发投资明显回落了。即便如此，1—8月全国房地产开发投资同比增长10.5%，其中，住宅投资增长14.9%，房地产的增长还是快于其他宏观因素，这也使后期加大投资力度受到掣肘。

泡沫后的市场

中国人均GDP仅9700美元，仅相当于美国的六分之一，而且东西部差异极大，这时时给人一种幻象，以为我们还有很大的增长空间，A股也有潜力像道琼斯指数那样100年涨上100倍。当然，即使运气不佳如A股，涨上100倍似乎也不难，因为1990年上海市场开市的时候基准指数就是100点，至今完全可以宣示30倍的涨幅，只不过A股的运气似乎都被开市时的时代巨变给消耗掉了，2007年的6124点之后，再没有了一股难求的好局面。

东亚国家和地区发展出来的追赶模式——雁阵模式，以及这种模式下的股市已多次证明了，一旦增速放缓，股市的回报就会跌落谷底。

东亚模式的领头雁是战后的日本，从1950—1989年，日本股市从85点涨到38900点，历时39年，这个涨势可谓浓缩了美国股市100多年的精华。有人会说，日本在经济追赶过程中是不是物价飞涨，指数完全失真了？其实不是，从第二次世界大战结束到1950年，是战后日本经济最困难的时期，基本生产物资和生活必需品严重不足，国民生活极为贫困，这一时期是恶性通货膨胀时期。到了50年代日本经济就走上正轨了。实际上，广场协议签订前日本股市走势都是比较正常的，反映了战后日本从废墟中复苏到扩张的经济实力。70年代的石油危机又暗助了日本的节约型经济模式，1974—1981年，日本股市指数从3350多点涨到8000多点，上涨了2.4倍，远超西方国家。不过在其高速发展的末期，由于土地不败的神话和日元的加速升值，80年代中后期形成了巨大的资产泡沫，高负债炒房炒股成为时尚，并购盛行，日经指数从1985年的13000多点涨到了1989年底的近40000点。

泡沫破裂，许多股市丑闻逐渐水落石出，人们发现，这些丑闻总是发生在股市泡沫最严重的时候，如股价操纵、贪污、挪用公款、腐败堕落等。为了弥补这个虚假繁荣的欠账，日本股市底部整理了将近30年。

在中国台湾，这个继日本之后第二批经济起飞的"亚洲四小龙"之一，历经25年，台湾证券交易所指数终于在1986年突破了1000点。在此之后，它就以一个全新的速度开始上涨。在9个月的时间内，指数超过了2000点，随后两个月又接连突破了3000点和4000点。恰逢全球1987年的股灾，牛市暂时停了下来，股市腰斩，最低跌到2300点，可到了1990年初，台湾加权指数即跳跃到了12000点，是3年前1000点的整整12倍。如今，台湾加权指数还在当年的纪录高点徘徊。

似乎所有的追赶型股市都会发生一次使人刻骨铭心的暴起和暴落。这是经济超速发展和人性的共振使然。

十年计的长期投资

经济虽然下滑，但并不意味着就没有了可投资的牛股。

6124点以来，A股估值下降了80%，可当时可交易的1497只股票，仍有644只个股已经解套了，另外多达807只个股股价仍低于6124点时的收盘价，占比54%，更有27家上市公司惨遭退市。231只股票较6124点时股价翻倍，10倍股则有11家。大牛股多出在医药业，长春高新和恒瑞医药分别上涨了33倍和21倍。电子和计算机行业也是牛股集散地，分别是闻泰科技、紫光国微、浪潮信息和金证股份。除了这些稳定成长的10倍股，阶段性牛股和妖股更多，500余只个股近12年股价的区间振幅超过10倍，给投资者无数的机会，也让市场布满了陷阱。

A股之滞涨，很大一部分原因来自新股的拖累，在一个上市资源被严格控制的"审批制"下的市场，新股是稀缺资源，"新股不败"充斥，"破发"几乎是每一次市场大跌的征兆。而新股最初的大涨多是不计入指数的，等股价一步到位或者打开涨停板可以交易后，其价格才计入指数，往往此时正是股价的阶段性高点。尤其在上市腐败屡禁不绝的情况下，很多上市公司业绩造假，"一年涨，两年停，三年爆"，上市即是企业发展的高光时刻。

6124点后，共有2195家公司登陆A股，截至2019年10月16日，A股上市公司已达3692家。12年时间，上市公司数量翻了1.5倍，平均每年183家企业登陆A股。

6124点是一种百年不遇的极端情况，若我们选取10年前一个普通的时日，投资者长期持股的回报则会好得多，比如自2009年10月19日至2019年10月18日的10年间，若剔除了这一期间发行的新股，则老股平均涨幅为64.92%，上证综指竟然下跌1.29%。这期间翻倍个股占比超过两成，更有12只10倍牛股。

朝阳产业

美国经济趋势基金会会长杰雷米·里夫金（Jeremy Rifkin）写了一本书《第三次工业革命——横向电能如何转变能源、经济和世界》，他认为，史上重要的经济革命的发生，总是伴随着新通信技术和新能源系统的同时出现。在前两次工业革命中，印刷技术与蒸汽机的结合、电信技术与内燃机的结合，都为这一观点提供了证据。而互联网技术与可再生能源的融合，将为他所定义的"第三次工业革命"奠定一个坚实的基础。

那么，可再生能源投资领域出现了什么样的投资机会呢？这里不得不说的是华锐风电的上市。故事的焦点是华锐风电的创始人尉文渊，他曾经是上海证券交易所的总经理，是中国证券市场的开拓者之一。可因为1995年著名的国债期货爆仓"327事件"下台了，又经过十余年的卧薪尝胆，他创立了全国最大的风机生产企业。这家企业上市的时候，挟新能源概念可谓风光无限，可现在股价只有一元多，还被戴上了ST的帽子，濒临退市。前几年国内到处都在建设风电厂，可发出电来送不上电网，弃风非常普遍，风电被证明是一个巨大的泡沫。原因是，风不是随时随地都会刮的，终端的电力用户却需要稳定的电压，所以还是火电、水电和核电，这些能够恒久地产生电力的发电设施更为可靠。

新能源行业也的确造就了很多大牛股，比如制造锂电池的企业，以及制备锂电池所需的矿产资源的拥有者。随便看一下近年来的股票行情，天齐锂业、赣锋锂业等凡是名字里带"锂"字的都是大牛股，从里夫金那本书出版的 2011 年到现在，这些股票涨幅都不止 10 倍。可随着时间过去，任何朝阳行业的一片幸福的盈利蓝海都会挤入各路资本，利润率下滑是迟早的事情，如今，新能源股票已经不那么热门了。

所谓"长江后浪推前浪"，一个行业没落了，新的行业升起来。2018 年中美贸易摩擦，中兴通讯被美国釜底抽薪，暴露出我们在高科技尤其是芯片研发和制造上的短板，这也催生了自主可控概念的崛起。中国电子产业链中，电子厂商多处于附加值较低的环节，生产一般组件和重要组件，上游核心元件则有待突破，一旦成功升级到核心元件领域，就有机会分享国际领先厂家的高额利润。中美贸易摩擦后核心芯片的禁运，无疑给中国的这些萌芽中的厂家提出了挑战，也给予了它们一个难得的提升技术的时间窗口。

2019 年 5 月份，华为被列入出口管制实体清单，准备了十余载的备胎计划随之启动，华为的供货商却"因祸得福"。此前，华为顾及海外合作伙伴的利益，即使自己能够生产的配件，也会采购相当数量的海外产品。如今不得不面向国内，给华为产业链上的企业带来的不仅是大量的订单，更是升级技术的机会。截至 10 月 17 日，华为概念指数年内累计涨幅高达 41.56%，106 只华为概念股年内平均涨幅超 55%，大幅跑赢大盘，总市值由 2018 年末的 2.32 万亿元增至最新的 3.3 万亿元。其中，股价翻番个股共有 18 只，沪电股份、中国软件、韦尔股份、闻泰科技及诚迈科技五股涨幅均超过 200%。

"三足鼎立"

当一个行当从无到有，再到长成参天大树的时候，一定会有企业脱颖而出，收获最多的果实，同时更多的初创企业消失无形，成为这些成功企业的垫脚石。那么，在一个全新的行业中有几家企业会存活下来，能够享受到最后的果实呢？

很多行业，我们都能举出寡头三足鼎立甚至N足鼎立的例子，随手举几个：四大会计师事务所（普华永道、德勤、毕马威、安永），三大评级机构（标普、穆迪、惠誉），矿业三巨头（淡水河谷、力拓、必和必拓）；在国内，家电业巨头格力、美的和海尔，电信业巨头移动、联通和电信，更不用说完全垄断油气供应的"三桶油"了。

为什么几乎所有的行业都有垄断的趋势？这是经济学的范畴，这里只想说，规模化的生产者的确在采购、管理、品牌和经营上具有优势，这是经济上的规律，但一家独大又会令垄断者滥用自己的市场地位，侵占消费者的利益，所以市场经济中消费者会既享受廉价优质的服务，又对垄断保持警惕。如果市场上只剩下两家供应商，他们是很容易合谋的，于是市场还往往给第三个，也就是时不时出来搅局的第三者以生存权。这恐怕就是行业三足鼎立背后的原因了。

当我们了解了三足鼎立的行业规律，就可以靠它来预测企业的未来，从中发现有价值的企业了。尤其是在当下的中国，经济起飞使很多行业从无到有到迅速做大做强，形成行业寡头局面，这时候一家占领行业制高点的企业就更加风光无限了，它们不仅享受到行业的成长，也享受到了在这个日渐壮大的市场蛋糕中自身市场占有率的成长。

奶粉业就是个好例子。当我们的消费方式开始发生变化，奶制品消费量逐步提升后，投资的机会也就出现了。行业龙头伊利股份1996年上市，上市以来20余年股价已经上涨了近300倍，这就是市场爆发的力量。现在伊利股份仍然是基金扎堆的股票，就是因为市场仍看重中国人奶制品消费仅为全球平均值1/3的事实。当然，奶制品业的发展也不是一路坦途的，起初群雄混战必然是鱼龙混杂，各种不规范充斥，于是在2008年爆发了著名的"三聚氰胺事件"。如今历经10年，信任危机已慢慢修复，国内乳业市场也经历了一轮大洗牌，这10年中国乳业的变化可说是翻天覆地。

在2008年以前，全国乳制品企业超过2000家，而2009年重新注册的时候，新报的才1200多家，近一半被淘汰掉了。目前，有生产资格的乳企是600多家。另外，国内养殖业原来有220万户左右，经过这10年，也少了100多万户。

监管越来越严格，门槛提高，竞争压力一波接一波。于是产业趋于集中，股价的变化也是翻天覆地的。当年伊利被曝部分产品检出三聚氰胺后，股价一度狂泻，从"事发前"的 13 元 / 股左右大跌至最低的 6.5 元 / 股左右，一个多月里股价快速腰斩。10 年后的今天，伊利股价已涨回 30 元 / 股，若复权计算，其间涨幅超过了 30 倍。位于行业第二的蒙牛乳业这 10 年的股价走势也挺"牛"，股价上涨超 10 倍；上海的老字号光明乳业股价较 2008 年低谷时也涨了近 7 倍。

奶制品业以外，家电业等几乎所有的成熟行业，产业集中度都在提升。2018 年，受益于龙头企业竞争优势突出，行业集中度进一步提升，沪深 300 指数成分股营业收入占全部 A 股比重超五成，为 64.2%，相比 2017 年略有提升；归母净利润规模占全部 A 股比重则更高，达到 84%，相比 2017 年提升 6.8 个百分点。分行业看，白电、中药、电子制造等板块行业集中度提升明显，格力电器、美的集团两个龙头企业归母净利润占白电板块的 77%。2018 年电子制造板块归母净利润增速下滑，而工业富联、海康威视两大龙头归母净利润增速持续上升，占电子制造板块的比重亦从 2017 年的 56% 提高至 2018 年的 73%。

散户的六个自我修养

邢海洋

无论什么样的环境,都有可能赚大钱,赚钱的真正敌人不是别人,不是客观条件,而是自己。

基金经理比你专业、比你聪明

2019年又是一个基金的大年,前三季度,股票型和混合型基金收益率分别为27.58%、23.12%。作为整体,股票型基金小胜作为比较基准的沪深300指数上涨的26.7%。尤其是,股票型基金中,主动股票开放型基金的平均收益达到了33.69%。基金经理们又一次展示出他们比普罗大众投资者更有眼光,更为专业。

而海外的经验是,市场上也出现了巴菲特和彼得·林奇那样常年战胜市场的大赢家。可是这几乎就是出门捡到了钱似的小概率事件,就整体而言,基金经理是无法战胜市场的。市场上一半以上的资金由投资基金管理,当然他们战胜不了自己。但在A股,基金与散户,却是小众与大众的关系,这样一个职业化的精英群体,他们战胜市场一点也不奇怪。

早在2010年中,基民和股民的差异化待遇就曾引起注意。2006年最后一个交易日,上证指数为2675点,3年零5个月后,再次回归到原点。其间股市两度大起大落,坐在过山车上,股民玩了一场零和游戏。可相对于股民的空欢喜,包括偏股基金和债券基金在内的214只可比开放式基金中,有20只基金取得了翻番的收益,121只、超过半数的基金收益超过50%。在这214只基金里,股票方向基金和混合基金的平均收益均高达 65%，华夏大盘精选、华夏红利和大摩资源优选期间回报率分别达到 360%、174% 和 142%。基金的优势如此明显，作为一个整体，很难用运气好来解释。

后来，大数据在证券市场的应用"无心插柳"，挖出了很多老鼠仓，这又给人们一次更深入思考的机会。每一次案发，记者们都穷追不舍，把这些"学霸"身世翻个底朝天。这是一个高度透明且充满竞争的行业，每天数十家第三方机构公布基金业绩和排名，基金的成绩决定了其认可度，业绩决定了基金规模，也决定了基金经理的收入和去留。即便可从老鼠仓中获得远比薪资高得多的收入，基金经理首先得保住职位，他们都会视业绩如生命。基金这一凭本事吃饭的行业，内部生态和投行以及垄断国企截然不同。正因为此，基金业很少看到"官二代"或"富二代"的影子，这是一个"凤凰男"聚集、抱负和野心混合发酵的群体。

你不妨自忖一下，论智商，论专业知识，论精力投入，你比得过他们吗？

这里还有一组更生动直观的数据，帮你下决心，是买股票还是基金。2007 年 10 月 16 日，上证指数达到最高的 6124 点，这一高点 12 年来都未曾被突破，可这期间，大多数主动偏股基金，确切地说是 66% 的主动偏股基金，收益已经超越了 2007 年的高点，其中还有 19 只实现了 100% 以上的收益，最高达到了 214.03%。

远与近

沪深股市开市不久，投资书籍还是颇为匮乏的，一本港版书《我如何从股市赚了 200 万》在股民中不胫而走，在那个喧哗与骚动的时代，令投资者啧啧称奇。这是 20 世纪 50 年代，一个没背景也没炒股票的文艺明星的真实经历。给人的启发是，无论什么样的环境，都有可能赚大钱，赚钱的真正敌人不是别人，不是客观条件，而是自己。

1952 年，加拿大多伦多夜总会邀请戴华适去演出，酬金是 6000 股白瑞龙股票，按当时每股 0.5 美元的市价计算，价值 3000 美元。戴华适把这些股票压在箱底，并不以为意，谁知两个多月后的一天，他偶尔翻阅报纸，看到股市行情一栏时，简直惊呆了！白瑞龙已涨至 1.90 美元一股！他当即把股票卖出，赚了 8000 美元。

从此，他迷上了股票，逢人就打听哪只股票看好，行情该当如何。股市里马路消息很多，石油工人罢工，发现了铀矿，他听信这些传闻，买进卖出，跳蚤般在股市上蹦蹦跳跳，忙得不亦乐乎，7个月后，非但没有回报，还赔了3000美元！戴华适并不甘心，紧接着订阅了一大堆财经期刊和股票杂志，把上面的建议奉为圭臬，结果到1953年底，只剩下了5800美元。

戴华适和演出公司订有合同，要到世界各地做为期两年的巡回演出，出行前他总结了自己屡屡失败的原因，也对自己为数不多的几次赚钱经历做了分析。结论是，当他全神贯注于某只股票时，往往以失败告终，而那些极不起眼，买完就忘的股票，却给他带来意外的收获。

随后他就去巡演了，不得不通过电报与华尔街保持联络，为了简明，他与经纪人商量出一套密码，如，报行情时只写出股票代码与价格，买进卖出，也只用缩写的字母代表，再加上股票代号和数量、价格，他们来往的电报大多数是数字和符号，外人根本看不懂。有一次，邮电检查人员发现，电报中有许多莫名其妙的数字，以为是密码，甚至怀疑他是间谍。在日本，电报员拿起他的电报，迟迟不发，他们怀疑他是疯子。

在香港，在巴黎，在加尔各答，戴华适遥控着他的股票交易，自己从数字中嗅出上涨的味道，就仿佛站在黑暗的剧院里，开始有些预感，等待台幕拉开。他将所有的本金以50美元一股押在劳瑞拉特上，随后便中断了与经纪人的联系，他要的只是结果，不是过程，因为小的涨跌，都会使他分心，终于在加尔各答，经纪人忍不住打来电话，劳瑞拉特涨到100美元了，你卖不卖？

当然不卖，为什么要卖掉一只上涨的股票呢？

这样两年后，戴华适的资金增至50万，翻了三番。在向200万美元迈进的时候，他又遇到了挫折，挫折同样发生在华尔街，就像蒙特卡洛的赌场，人人都神经兮兮，喜爱高谈阔论，不受影响是不可能的，戴华适的第六感在市场里被彻底封杀，结果他再次选择了自我放逐，一律不接行情电话，华尔街近在咫尺，却如天涯。

这个故事说明，在资讯混杂的时期，保持清醒的头脑，或许只有两个选择：远离市场或处之泰然。

那是 60 年前的事情了。如今的互联网时代资讯和通信都是这样发达，无孔不入，如何保持一颗独立判断的头脑，其实每个人都有自己的办法，无须千篇一律。

三位一体

那个时代还流行另一本书，香港财经作家许沂光编著的《投机智慧》，这是一本顶尖投机者的访谈录，其中有一位短线高手的访谈，该人总是站在交易场中大声呼喊，总是能把握住稍纵即逝的短线机会，积累巨额财富。这个访谈让人印象深刻，可是他只是这个访谈系列里的另类，绝大多数成功的炒家都是以看大势积累财富的。

访谈者问职业炒手——一位成功的投机者马加斯："市场难度增加，你如何应变？"他的回答是："减少买卖次数，在有利条件三位一体时，重注出击。"这里，他的"三位一体"的意思是：第一，基本因素应出现供求不平衡的情况，表示大市将会有较大的波动。第二，图表分析，必须发出相同信号。第三，市场基调要与大市走势互相配合，比如说，在牛市之中，向淡消息可以置之不理，稍有利好传闻，则脱缰上升。

期货市场就像一个巨大的赌场，金钱的诱惑常使新手头脑发昏，而一位老手给出的忠告是限制入市买卖的次数。但对于一个职业赌徒来说，临场收手的确很难，他常常技痒难忍小赌怡情，但真正大的利润都来自那些"三位一体"的交易，他代理的一个账户，投入资金共 13 万美元，10 年之后净值升至 8000 万。

这是 20 世纪七八十年代的事。

富国天惠的基金经理朱少醒，12 年平均回报率 22%，在一次采访中，他说道："好的研究员要独立思考，有开放的心态、很强的好奇心，做事有很强的韧性。智商在这个行业内从来不是瓶颈，做事情的坚韧度和毅力很重要。"

他提到过一个观点，作为基金经理，身处这一行当，本来就是被公开评价的，你要有自己内心的评价体系，否则，很容易焦虑，被大量东西左右。实际上，身处闹市而不被各种噪声干扰和困扰，也是一种定力。交易本身也是投资者的一种修行。当然，这不是一种容易修炼的品格，甚至和天分有关系了。

投资者尽量远离市场，并不意味着他不与市场里的人发生关系。世界上最大对冲基金桥水基金的创始人达里奥管理的资金约1600亿美元，达里奥独特的眼光和分析能力为业界所公认，其投资方式主要是通过对影响各国宏观经济形势的要素进行研判，包括政治、监管、货币政策等，在货币、商品、国际股市之间进行不同程度的套利交易。

达里奥认为人类最大的悲剧之一，就是因为偏见持有错误的观点，并依此做出错误决策。一旦你意识到，最重要的事情是做出最好的决定，而非自己做决定，你就会敞开心扉学习。他认为精英思维模型是最好的决策模型。在这个决策机制中，首先要把自己真实的想法公之于众；再提供一些深思熟虑的不同意见，合理地反复推敲，大家思想碰撞，做出更好的决策。如果仍然存在分歧，大家应达成共识，通过精英思维模式解决。这其中最重要的，是要在深思熟虑后提出不同意见。这就是他所谓的"极致的透明，极致的理性"。

买与卖

当巴菲特卖出中石油的股票，而且是全部抛售清仓的时候，很多人好奇，中石油不是后来还涨了一些吗？你本来可以多赚20%的。还有人分析，中石油是国企，全员效率比埃克森美孚差多了，是不是巴菲特不看好国企的治理呢？面对各种各样的疑问，巴菲特只是说，二三十美元的石油价格，是便宜的，可现在是75美元就太高了。石油公司的主要资产，就是它的矿藏了。

可见巴菲特的投资思路是很清晰的，他不喜欢复杂的生意，石油开采的生意并不复杂，石油公司的价格与油价的波动起伏是一致的。

对于价值投资鼻祖格雷厄姆来说，买卖时机其实是很好决策的，估值低，有安全垫的时候就买入；价格回归，估值高了，就应该卖出了。所以格雷厄姆的持仓时间是比较短的。

到了成长股之父费雪那里，他提出的是抱牢股票的概念，除非发生了大的变化，并且有确凿证据，否则是永远不卖出的。而重大变化，一个是公司性质发生根本变化，另一个是公司成长到不再能够高于整体经济。当然发现买错了的时候也得卖出，投资者需要克服割肉的恐惧，坚决卖出。另外有更好的投资机会也可卖出，不过这一点要慎重行事。

对于巴菲特，其卖出的逻辑大同小异，比如他投资的可口可乐，到现在还没有出售呢。如果巴菲特非要卖出股票的话，会在什么情况下卖出呢？一般来说有三种情况：第一种，当需要资金投资一个比这家企业更优秀、价格要便宜得多的企业。第二种，当这家企业看起来将要失去入手它时的持续竞争优势时。第三是牛市期间。可见巴菲特不是死脑筋，如果市场疯狂了，价格远偏离于价值，他还是会考虑出售的。

巴菲特曾有一次绝无仅有的清盘经历。那是 1969 年底他清盘了合伙人投资基金。至于原因，是那个时候的投机气氛已经把美国的"漂亮 50"炒上了天，巴菲特找不到合适的投资标的了。他曾经说过，我不会转向那种"如果你不能打败他们，那就加入他们"的做派，我的投资哲学是"如果你不能加入他们，那就打败他们"。现在既然打不败他们，不妨退出了。

海外的价值投资者倾向于长期持有还有另外的原因。巴菲特 30 年前买入可口可乐，当时可口可乐的市值为 148 亿美元，时至今日市值达到 1900 亿美元，涨了 12 倍，年均复利大致在 13% 至 14% 之间。可如果卖出，就需缴纳大约 30% 的所得税，税后收益率大致 12% 的样子。这正是税收的力量，你越做短线被收的税越多。

既然价值投资很少考虑卖出的情况，买入时机就是大师们留给我们最有意义的提示了。

买入时机这件事，作为理财顾问的费雪经常提及，比如他说，集中全力买进那些失宠的公司。也就是说，由于整体市况或当时市场误判一家公司的真正价值，使得股价远低于真正价值时，则应该断然买进。

他还写道：真正出色的公司，数量相当少，往往也难以用低廉价格买到。因此，在某些特殊的时期，当有利的价格出现时，应充分掌握时机，把资金集中在最有利的机会上。买入那些创业或小型公司，必须小心地进行分散化投资。花费数年时间，慢慢集中投资于少数几家公司。

假如我去参加某只科技股的会议，会场里面挤满了人，只有站着的地方，那么通常这是个很明显的信号：现在不是买入这只股票的时候。人多的地方不要去，远离热门股，这是估值的结果，热门股本身估值就高了。

成长公司技术方面走在前端，对它们来说，买入时机往往出现在它们技术开发或大规模投资的时候。所以，费雪的观察，当公司推出新产品以及工厂开始运转出现问题时、当一向保持良好运营的公司遇到暂时的困难时，都是买入的好机会。

成长性公司暂时出了麻烦，股价下跌提供了绝好的买入时机。但大部分情况下不是公司出现了麻烦，而是市场整体动荡带动了股价的下跌。巴菲特曾撰文表示，股价下跌才是投资者最好的朋友。如果将来你准备成为股票的净买入者，那么股价上涨都会损害你的利益，股价低迷不振反而会增加你的利益。只有那些近期要卖出股票的人才应该随着股价上涨而高兴，准备买入方反而应该更偏好股价下跌。

回归常识

2018年几乎是在雷声滚滚中度过的，农业股、渔业股埋了雷，如北大荒莫名其妙地被追缴了税款，獐子岛扇贝被冻死饿死。传媒影视股被崔永元的阴阳合同举报掀个底朝天，另有中概股，甚至大到中国第一市值的腾讯也因为游戏暂停审批而股价暴跌，更不用说医药股的疫苗风暴了。

中国股市早就是事出反常也无妖，投资者见怪不怪自拉自唱一直处在自嗨的状态。可一旦与美国的贸易摩擦爆发，它如同照妖镜，我们曾经想当然的逻辑，都被重新聚焦，都得重新检视一遍，看它是否合理。不过，市场虽然突然换了规矩，如果我们以常识来面对，就会发现市场运行的实质并没有变化。事出反常还是有妖怪藏在里面的，心中时时提防，才不会中招。

市场上曾有一个疫苗概念股，不过与长春长生的疫苗事件无关，而是一家叫作重庆啤酒的公司，号称举公司之力研发乙肝疫苗，故事讲得非常宏大，投资者也跟着莫名激动。最后却是纸包不住火，疫苗宣告无效，重庆啤酒连续跌停。

重庆啤酒是一家1997年上市的以酿造啤酒为主业的企业，上市一年后，拿着募集到的资金开始了疫苗故事,这家乙肝疫苗概念股,股价逐年飙升。从 1998 年宣布收购疫苗研发企业的 4.46 元起步,到盖子彻底打开前,重啤的股价 13 年间涨了 16.9 倍,很大成分上拜乙肝疫苗概念所赐。

稍微有点科学知识的人,都会知道疫苗的发现是可遇不可求的,是远比中彩票概率还要小的事件。牛痘发明之前,天花这种疾病害人无数,清朝立储君都得选得过天花的皇子,人类千百年来对此束手无策。种牛痘不得天花,是英国医生爱德华·詹纳发现的,他先是听到了传说,挤牛奶的女工不得天花,几乎是突发奇想,翻检自己病人的病历,发现里面没有挤牛奶的女工。试问,这样奇迹一般的机遇,是不是比苹果砸了牛顿还"可遇不可求"?

科研成功率非常之低,否则我们就不会为艾滋病和各种癌症的治疗困扰了。科学研究就如同在迷宫中寻找出路,科学家们不停地试错,然后标记出那些走不通的道路,将成功的希望留给同行。千万个人在从事着研究,只要其中一个人走对了,就是对人类的贡献。故而,对于看重研发的医药类公司,投资者需要给出完全不同的估值方式,如果是初创公司,必须有非常显著的成果,否则就应该是实力雄厚的超级大企业,他们可以依靠巨量投入来分散研发的风险。以此为依据,我们就会发现重庆啤酒的疫苗概念是不符合常识的,它既没有重大的科研成果,也没有大资金的投入,那么它发现乙肝疫苗的概率是多少呢?那么多著名的科研机构和制药公司都没有成功的事情,重庆啤酒能做成?

正是因为市场中充斥了不合常理的事情,时至今日,市场才不得不为过去的莽撞还债。试问,冯小刚把一个没有多少注册资本、还没有盈利的公司卖给华谊兄弟,仅凭一个对赌协议就获得了十几亿元的估值,它的合理性在哪儿呢?又比如,在美国只有不到百亿美元估值的 360 公司,一旦回归国内,A 股估值翻了五六倍,合理性又在哪儿呢?

沿着这个思路,当投资者认真翻看医药企业的财务报表时,他们发现了一个个反常的现象,用于销售的费用都是天文数字,研发仅是销售费用的一个零头。自此,医药代表和医生间的潜规则再度聚焦在监管机构和投资者的眼前,一个埋伏了多年的"雷"终于爆了。

卖水的和卖砂的

牛市到来的时候，投资者一定有这样的印象，板块轮动，此消彼长。任何一个消息都可能被捕风捉影，无限放大，这就是人类的本能。

按照尤瓦尔·赫拉利《人类简史》的说法：虚构的能力，让人有别于黑猩猩。我们以前常常说，因为人类有语言，所以有别于其他动物。然而，很多动物也可以通过叫声交换信息。所以，用语言来虚构故事的能力，才是人类有别于其他动物的本质。我们不妨设想一下，日常工作和生活中我们有多少时间花在一板一眼的说话上，其实，有一大半的信息都离不开家长里短、流言蜚语，看似无聊的消磨时间其实增进了同事和朋友之间的友谊。

好了，既然八卦好处多多，八卦衍生出来的联想能力也一定意义不小。尤其在牛市，当大家都热衷于一个个题材联想的时候，由八卦挖掘出的信息，尽管很可能在企业经营层面上并无意义，却可能带来股市上的短线盈利。

当然，我这里想着重说的是那些靠谱的联想。比如，2013、2014年前后，石油价格暴跌却凸显出页岩油的开采以及一种新的开采技术，2014年美股的第一大牛股出现在新能源领域也就顺理成章了。可是，这只牛股不是拥有油田资源和新技术的采掘企业，而是贩售砂子的公司。在水力压裂法中，砂会与水及化学物质混合在一起，而后投入井下，使致密的岩石扩大裂缝，让油气到达地表。要压裂一口油气井需要约1800吨砂，但如果在压裂过程中使用更多的砂，矿井产量最高可以增长30%，这使得开采企业正在试着使用更多的砂。陆地上大约1/5的油气井现在都使用了更多的砂进行压裂，而该技术有可能扩展到80%的页岩井上，于是砂的价格直线上涨。传统企业本不具有盈利爆发的潜力，却因为傍上新能源这个朝阳行业，估值由传统的低估值而跃进为成长性行业的高估值，一步登天。

类似的，我们还可以举出比特币等数字货币的例子。比特币以及数字货币是这几年最热闹的投资品种，而矿机生产商2017年一年就赚取了超百亿人民币的利润。最初，比特币是靠个人电脑来挖矿的，任何人只要在电脑上安装相应的程序，就可以利用闲置的算力来挖矿。2011年，北航集成电路设计专业的研究生张楠赓在业余时间做了些专门用于挖比特币的矿机,因为巨大的运算优势,一下子终结了个人挖矿时代。

当然,矿机的生意也和比特币一样起起伏伏,当比特币价格飙升的时候,矿机供不应求,可一旦行情过了,矿机也就卖不出价钱了。

曾经,在20年前的互联网泡沫中,人们发掘出近200年前加州淘金热的故事,卖水、铁锹和牛仔裤的赚了大钱,看来任何时候,每当市场活跃的时候,都是如此。

当今的硅谷与昔日的"金谷"萨克拉门托仅一箭之遥,硅谷与金谷,其实有很多值得类比的地方。在泡沫最为鼓胀的时候,互联网设备制造商思科的市值首次超越了微软,成为全球第一大公司,而埃里森的甲骨文(Oracle)股价一年中涨了5倍。两家公司都在硅谷,却都不是最热门的".com",一家专注于网络硬件设备,另一家只生产数据库。而且,两家公司的股价收益比之高,远远超出了投资者对硬件公司和软件公司的定位水平,市盈率都在百倍上下,就连微软和英特尔当年的垄断水平,都未曾得到投资者如此的认同。可见硅谷的投资者,的确继承了150年前加州淘金者的遗风。

150年前,加州刚发现黄金的时候,最狂热的推广者萨姆·布瑞南并不是淘金队伍中的一员,他另有计谋,专靠卖铁锹发了大财。最初,发现金矿的拓荒者人人都想保守秘密,不希望淘金者的涌入糟蹋了他们的田地,附近村庄的农人对金矿的传言根本不相信。商人布瑞南看准机会,手上抓一把金沙,跑到大街上,高喊着"金子,金子",凭着这样的促销手段,他卖出了淘金用的第一把铁锹,此后也从来没有挖过一铲沙子。可是,他赚的钱比任何一位淘金者都多,一轮淘金潮下来,他成了加州最有钱的人。

同样从淘金者身上赚到大笔钱财的是牛仔裤的发明者李维,他看到淘金不易,工人们的裤子很快就磨损,于是用粗布缝了裤子卖。淘金人虽然赚不到钱,可工作装却万万不能少,不论矿工们的收入如何,李维的生意一直兴隆。

加州的黄金激起全美国年轻人的热情,人们从陆路和水路向加州进发,沟通东西部的运输线应运而生。内陆有一段路几百英里内都没有水源,许多人口渴致死。

于是，卖水的人出现了，一杯水一美元。那时的一块钱值现在的200块。

守在咽喉要道的卖水人赚钱远比淘金人容易而且多。容易采掘的黄金被一扫而光后，后来者不死心，千方百计开采难度大的矿脉，结果得不偿失。

经历了互联网泡沫后，当我们又经历了一场APP创业潮，看到高高在上的苹果和蒸蒸日上的华为，以及BATJ的激烈洗牌，小米和锤子、P2P和共享单车的一地鸡毛，历史难道不能告诉未来，太阳底下难道还有新鲜事吗？

贸易摩擦与全球产业链

从中低端加工厂到行业领军品牌,不同背景的制造企业及其供应链从中国东南沿海转战越南已经经历了长达十余年的尝试,收效不一。而越来越多的中国互联网企业出现在印度班加罗尔,他们给"蛙跳式"发展的印度带来了改变,也被"金字塔"结构的印度改变着。崛起不久的中国人和渴望发展的埃塞人在彼此的身上找到了过去与未来的投射,也在复杂的博弈中寻求共处之道。

从南粤到越南：出海企业众生相

刘怡

时隔十年，陕西人黄碧星依然能回忆起自己最早生出"抢滩越南"念头时的情形："2008年全球金融危机爆发的第二年，和我有着长期合作关系的一家东莞玩具制造商准备迁去东南亚。他们的老板是中国台湾人，跟越南的中国台湾商会交流很多，掌握着稀缺的一手信息。出于控制成本的考虑，这位台商建议我们这些供应链企业也早做准备，提前布局越南市场。我当时想，多看看、多听听总没有坏处，就开始关注越南的潜在机会。"

人到中年的黄碧星，2000年前后开始在广州创业，如今在肇庆市拥有一家年营业额超过9000万元人民币的化工原材料制造厂。他的企业主打真空镀膜涂料的研发和生产，产品广泛用于圣诞饰品、玩具、鞋跟、化妆品包装、汽车内饰以及手机外壳的内外表面喷涂，属于制造业上游的细分领域。"化工是一个看上去比较'土'的行当，但我们和全球市场之间关联的紧密程度，远远超出一般人的想象。"黄碧星向我介绍，"每年生产出的涂料，有相当一部分是用来在制作圣诞球时喷涂出外表面的亚光效果的，这些圣诞球绝大部分将出口到北美和欧洲市场。国际大牌香水的瓶盖和汽车、摩托车的表面装饰板，会用电镀工艺做出亮晶晶的效果，这当中用到的涂料也是我们这类企业生产的。所以外贸环境一起变化，我们受到的影响也会立竿见影。"

起意虽早，落实出海的步骤却并未一帆风顺。2009年的第一次实地考察得出了悲观的结论：越南工人的整体素质和薪资结算方式与中国东南沿海差异甚大，贸然投资存在风险,故只能暂时搁置。到了 2014 年,随着三星、富士康等知名智能手机生产厂商陆续公布在越南扩大产能的消息,黄碧星再度开始行动:他在胡志明市设立了销售代表处,广泛寻找下游客户;并于 2017 年收购了当地一家规模较小的涂料生产厂,准备升级设备、大干一场。但仅仅一年多之后,激情就回归到理性:由于关联制造企业进军越南的速度低于预期,黄碧星发现扩大当地产能最终将导致上下游的"倒挂"。他决定关闭工厂,在越南市场只做销售、不介入生产。

复盘海外寻路十年的得与失,黄碧星并不认为自己错过了乾坤一掷的良机。在广州黄埔的公司总部,面前摆放着形形色色的圣诞球样品,他侃侃而谈:"制造一个圣诞球、一件化妆品瓶盖,可能不需要什么高大上的技术,但生产用于这些成品的真空电镀涂料,却是标准的资金—技术密集型行业,迁址时需要考虑的远不只是土地和人力成本那么简单。"在玩具和塑料制品产业中,黄碧星的企业属于制成终端的上游;但在围绕真空电镀技术形成的细分领域,他又成为专业设备制造商的下游,出海之前需要考虑整个产业链的动向。

出口玩具和日化包装行业在广东落户二三十年,最大的溢出效应是在南粤形成了完整的上游供应链,从电镀设备、化学制剂到有经验的技术人员一应俱全,并且分布相当集中。产业链按兵不动,单个出海企业便只能独自承担一切成本。"越南并不是遍地黄金。它向化工企业开放的工业地块不多,报价不菲。现在设备制造商不走,我们孤军深入,机器、技术人员和管理人员都要从国内带去,已经是一笔巨大的开支。即使当地工人的薪资水平低一些,化工原料便宜一些,但除非来自终端的需求能有显著的长期增长,否则回本周期依然很长。"审时度势之后,黄碧星决定安心做好上游:他在越南的销售业务已经成熟,下一步则打算进军印度。

有人决意留守,也有人已经南行。十年前游说黄碧星转战越南市场的那位中国台湾玩具制造商,最终将他的厂房从东莞迁移到了岘港(Đà Nẵng)。在继续经营南粤"主战场"的同时,逐步启动越南后备工厂的规划建设,成为一系列外资企业殊途同归的尝试。2015 年越南加入跨太平洋伙伴关系协定(TPP)的意向确定之后,在东莞、深圳等地经营已有二十余年的多家台湾成衣和鞋品制造商更是集体南下,形成了越南外商直接投资(FDI)版图上,仅次于韩国和日本资本的"第三极"。历经四年沉浮，到2019年初，越南在智能手机和鞋类两项商品方面的出口额均稳居世界第二，分别占据全球同类商品出口市场份额的7.4%和10%，已经在向有着"国际制造名城"之称的东莞逼近。而当国际贸易环境于2018年发生剧变之后，2019年前两个月，累计有5.9亿美元来自中国大陆的FDI在越南落地，占该国新注册资本总额的24.1%。布局越南，已成"现在进行时"。

"越南政府对FDI一向持开放态度。东亚国家和地区的企业与越南文化背景类似，又经历过中国经济的起飞期，进一步进军越南市场自然占有先天优势。"越南工商总会（VCCI）法律司司长窦英俊（Dau Anh Tuan）在邮件中告诉我，"但'投资环境'并不是一个抽象的概念，外资企业既要经营好政府关系，又要和员工乃至当地民众打交道，需要留心的问题还有很多。"在这方面，最鲜活、也最深刻的体验无疑来自过去十多年间从南粤进军越南的先行者。他们中的许多人曾经亲历了过去40年亚洲经济的两个、甚至三个增长窗口，自身便构成一部完整的经济史教科书。只是要翻阅这些大书的目录，你必须首先骑上摩托，进入多雨的越南腹地。

凯胜的"三迁"

像许多笃信凡事亲力亲为的老一辈企业家一样，罗子文的别墅就建在凯胜家具位于平阳省（Binh Du'o'ng）美福工业区的1号厂区内。最近几个月，随着一系列面向北美市场的出口家具订单从广东转移至越南，他的访客已经变得络绎不绝。"每隔四秒钟，这里就有一件家具组装完成"，面对转单增加带来的产能压力，罗子文显得信心十足。他刚刚敲定了凯胜家具在台湾证券交易所IPO的细节，已经是一位准上市公司董事长了。

负责1号厂区日常管理的特别助理杨新满带我们乘高尔夫球车参观主要车间。"30公顷的厂房，7条生产线，6000多名员工，每个月1000只集装箱的出货量，这还只是1号厂区的规模。"杨新满介绍说，"占地25公顷的2号厂区也已经在试运行阶段了。到2019年年底以前，还会有5条新生产线投入运转，两个厂区的工人总数会突破1万人。"管理新厂区的中层员工，部分来自2016年停产的深圳旧工厂，"除去创业阶段跟随罗董过来的台湾员工外，我们也带来了100多位中国大陆籍的管理骨干"。

家具制造业以往时常给人一种技术含量不高、极度依赖劳动力数量的印象。但在凯胜1号厂区，工作时段的人员密度却大大低于我的预期。除去板材检查、干燥、质检等环节尚需要大量人工作业外，线型切割、雕花、喷漆、烘干等程序，大部分已经改用数控机床（CNC）以及其他自动化设备来完成，工人只负责维护机器和清扫锯末。"传统的小型家具作坊高度依赖工匠的个人手艺和经验，肯定不适用于大规模量产。"杨新满介绍说，"北美客户对高端家具的要求是以标准工业产品作为准绳的。无论是不同原材料的湿度、每个部件的尺寸还是成品的牢固性，都有量化指标作为规定，不是个人手艺的精湛可以应付的。"应对策略便只有同样采取工业化的生产和管理方式——凯胜集团在美福工业区高达1亿美元的投资，除去支付地租和人工费用外，大部分便是用在采购精密机械设备、建立细节测试实验室以及兴建恒温恒湿的原材料存放仓库上。"人工做出的木制薄片雕花，误差至少有几毫米；改用激光雕刻机，0.6毫米的图案也可以做到精准稳定。"杨新满显得很有自信，"以自动化生产线作为依靠，我们能做到客户下单任何形式的定制产品，都能在30天之内出货。"

整个2018年，凯胜家具的营业额超过1亿美元，占据越南出口家具市场5%的份额，在对美出口方面尤其处于绝对领先地位。不过对这一业绩，罗子文并不显得十分激动："如果从1977年在台中丰原开始做家具算起，我已经创了三次业，分别是20世纪80年代在台南、90年代在深圳，以及21世纪初在平阳。虽说每个阶段面临的投资环境不完全相同，但总有可以沿用的经验，一次比一次弯路走得少。"贸易环境剧变给他带来了机遇。"关税压力骤然加剧，直接影响便是出口订单可能以超乎想象的速度从广东转移到越南。2018年越南家具出口市场的总规模大概是50亿美元，2019年则一次性会多出30亿美元的新订单，这对凯胜这样在本地深耕有年的企业是利好消息。"2号厂区建设速度的加快，正是为了应对转单的增加。

相当巧合的是，罗子文的三次创业，正好对应上了亚洲"雁行"经济版图中三个不同区块的起飞期。70年代末他开始从事家具业时的基地台中丰原，是彼时中国台湾木材加工业的中心之一。从丰原、云林斗南再到台南，凯胜早期经营的据点大都背靠中国台湾中南部森林木材的原产地，并利用台湾地区大力发展出口加工业的机会，生产面向国际市场的木制家具。1989年之后，台湾劳动力价格上涨、人力短缺的问题开始浮现，加之政府出台了禁止砍伐山间林木的政策，凯胜的第一个"红利窗口"开始关闭。恰好此时两岸关系逐步解冻，中国大陆市场开始向台商放开。罗子文当机立断，决定大举西进。经过一番摸索和沉浮，凯胜最终在深圳站稳脚跟，到2004年时已经拥有3800名员工和4600万美元的年营业额。但也是在这一年，美国商务部在部分本土家具制造商的求告下，裁定7家中国家具制造企业在美国市场倾销木制卧房家具，宣布对其征收从0.79%到198.08%不等的惩罚性关税，这令罗子文感到了警觉："当时对美出口家具的平均税率是7.24%。一旦反倾销纠纷变得长期化，将近200%的关税压上来，企业十年之内都不得翻身。"于是在这一年，他开始尝试分兵越南。

在罗子文看来，2004年时的越南恰如20世纪90年代的广东，有家具制造业需要的大块闲置土地和廉价劳动力，员工人均工资则只及深圳的半数。他坦言，"越南的法律法规、政府的态度其实跟改革开放初期的中国大陆一模一样，而且很多法律条文就是抄袭自中国"，这降低了凯胜集团适应新环境的难度。作为全球橡胶木材主要产地之一，越南可以提供生产家具所需的部分原材料，对来自美国和加拿大的进口木材也逐步取消了关税，这让罗子文感到前景可期："凯胜制造出口家具所用的木材对品质和数量要求很复杂。在深圳时，大部分原材料不能由中国大陆供应商提供，需要从美国和加拿大进口。原材料进口时计一次税，运销美国时又被美国那边计一次家具出口关税，这成为不小的负担。到了越南，两笔钱都可以省下来，对提高竞争力有帮助。"

从2004年到2016年，花费12年时间，凯胜将深圳老厂的产能以"蚂蚁搬家"的方式逐步迁移至平阳，最终在2016年彻底关闭了老厂，在广东仅保留销售部门。贸易环境剧变之后，同行企业纷纷感叹凯胜有先见之明，在中国大陆的"红利窗口"结束之前又赶上了越南经济的起飞期。但在罗子文眼里，这不过是一系列经验和教训累积的结果："20世纪90年代初进入中国大陆市场时，因为对投资环境和政策不熟悉，我最早选择了北京的平谷作为落脚点，结果几年时间几乎把1000

万新台币亏光。现在不会再做这种赌博式的冒险了。"布局越南使他赶上了第三个"红利窗口",但越南不会是最终站:"三次创业的经历让我逐渐认清了,在全球化时代做生意,向着土地和人口更廉价、税收环境更优越的地区去永远是一种常态。无论是工业、农业还是制造业,都不可能摆脱这条规律。做企业没有永远的'福地','福地'是要靠自己去发现和开拓的。"

下一步,罗子文的打算是在美福工业区开辟一个占地 6000 亩的综合产业园,把在深圳经营时合作的供应链企业一并带到越南来。"我们现在可以自己做成品、做包装。但本地承接家具制造业上游的供应商毕竟只经历了 10 年左右的孕育期,现在还没法做到完全自给。现在搞的这个产业园,其中有免税仓、有不同环节的加工车间和厂房,用途不是出售,而是租给希望从广东转战越南的供应商,尤其是资金比较紧张的中小企业。也许再过 20 年,家具业不会再是越南政府大力扶持的行业,但至少在目前,本地政府认为这项产业在国际贸易中有利可图,并且对开发本地的人力和土地资源是有帮助的。我们也希望利用好这第三个'红利窗口'。"

摩托战争

回忆起设厂深圳时代打过交道的中国大陆同行,罗子文有一个微妙的发现:"和台商相比,陆商在过去 20 多年里坐拥天时地利,有可观的本土劳动力资源、供应链以及物流网络作为凭靠,因此习惯了靠价格战取胜的策略,对全球经济周期的变化不敏感。"抢滩越南的台商,大部分经历过 90 年代初台湾本土制造业增速的放缓以及 1997 年亚洲金融危机的冲击,对"由盛转衰"和"飞来横祸"有着痛苦而深刻的体验,因此更明了未雨绸缪、保持机动性的重要性。"过去分布在广东的台资传统制造企业,比如制鞋、成衣、自行车,最晚到 2015 年都已经着手向越南转移产能。电子代工业是相对滞后的,但他们投产快,大部分也已经在运转了。"

从罗子文的家具帝国西行 50 多公里,进入同奈省(Đồng Nai)壮奔县的胡奈 3 号工业区,"越南精密工业"(VPIC)的白色厂房显得格外引人注目。"在全球重型机车(摩托车)产业里,'越南精密'的地位相当于手机界的富士康。"多次拜访过该厂的台湾资深媒体人林凤琪告诉我:"大名鼎鼎的美国'哈雷'、意大利'杜卡迪'以及德国宝马竞速重型机车的车架，都是由这家公司生产的。"公司创始人李育奇的女婿、也是越南精密旗下子公司盛邦金属的总经理吴明颖正在台北，他通过电话告诉我："过去几个月，来自中国大陆的出口转单出现了爆发式增长，公司为此正在加速采购各种数控机床，以便扩大产能。这是过去若干年未曾有过的现象。"

在今天的越南，摩托车依然是街头巷尾最常见的交通工具。在南部商业中心胡志明市，上下班高峰期的摩托大军已经成为一道都市景观。从300多个大大小小的工业区涌向周边城市的产业工人摩托群，绵延可达数十公里，尤其令人印象深刻。"越南精密"落户东南亚的轨迹，同样和这场"摩托战争"有关。李育奇通过助理告诉我：当他在20世纪70年代从高雄工业专科学校（现为高雄应用技术大学）模具科毕业后，便进入知名摩托车车架代工企业丰祥金属工作。"当时全球城市轻型摩托车的市场大部分控制在日本品牌手中，而日系摩托车的生产线主要在台湾。丰祥作为本田、雅马哈（山叶）两大品牌的主要代工厂，是台湾摩托车制造行业的三巨头之一。另外两家是三阳和光阳，他们也是依靠和日本厂商的技术合作起家的。"

和罗子文一样，进入20世纪80年代末，李育奇也感受到了台币升值和劳动力价格上涨对台湾代工摩托车出口造成的压力。1992年，三大品牌之一的光阳率先启动生产线外移，落户当时还属于处女地的越南同奈省，连带"召唤"来了40多家制造后视镜、避震弹簧、消音器等上下游零部件的供应链厂商。三年后，李育奇说服丰祥金属投资6000万新台币，同样在同奈开设工厂，承接三阳摩托的代工业务。据当时还是年轻人的吴明颖回忆："越南南部多山，公路条件不佳，本身是摩托车消费大国。台湾在七八十年代的经济成长期，摩托车保有量一度达到2人1台的程度，在制造、使用和维修方面经验都很丰富。台湾摩托车企业以及由台企代工的日系摩托车进入当地市场之后，一时大受欢迎，甚至出现过供应商堵门、通宵加班依然供不应求的情况。"

无独有偶，在21世纪初进入越南市场的隆鑫、力帆、宗申等中国大陆品牌摩托车厂商，同样享受到了这个"摩托车之国"带来的红利。一时间，价格低廉的"重庆系"摩托车与日系等品牌在越南展开了激烈竞争，厂商被迫各出奇招。从抽奖活动、允许分期付款到销售商主动提供贷款方案，一时间无所不用其极。而"重庆系"和台系厂商金融资源相对缺乏、售后服务不佳、发动机使用寿命偏短的缺陷，在竞争中被持续放大。短短十多年间，本田、雅马哈两大品牌凭借其经营有年的本地供应商网络和充沛的现金流，将竞争者悉数边缘化。至2015年前后，这两大品牌控制了越南摩托车市场将近95%的份额，"重庆系"和台系产品沦为彻底的配角。

以三阳代工厂商的身份踏足越南的李育奇，决定转换策略。2006年，吴明颖陪同岳父前去拜访雅马哈摩托车的管理层，以"品质不逊在台旧厂"和"成本更低廉"作为卖点，成功拿下雅马哈方面的订单。随后几年里，"越南精密"又陆续接下本田、铃木两大日系摩托车厂商的订单，并进一步开拓出庞巴迪雪地摩托以及福特汽车等北美品牌客户，从而摆脱了完全依赖三阳订单的脆弱处境。不仅如此，同样是在这一年，"越南精密"还制定了两项新的产品战略：进军技术含量更高的医疗器械市场；预备承接利润可观的重型摩托车代工业务。

"摩托车代工企业去做医疗器械，听起来很荒唐是不是？"盛邦金属负责财务的协理李维淳笑称，"但不搞业务升级的话，永远只有8%—10%的净利润。而ODM（原厂委托设计代工）和高附加值零件的利润要比这个数字高五成。"越南精密"找到的合作厂商是日本第二大医疗护理床具有限公司普拉茨（PLATZ Co., Ltd），该公司此前在中国的广东和中国台湾、马来西亚设有多处代工厂，但产能过于分散、且质量参差不齐。李育奇凭借此前熟悉日本企业质检标准的优势，说服普拉茨公司将全部电动医疗床的生产转移到越南，并将床架代工委托给"越南精密"。但作为劳动力密集型行业的摩托车代工毕竟与医疗器材大不相同，李育奇在此时又做了一个决定。

"日本客户第一次到同奈来考察，看到摩托车生产车间里人头攒动的情形，明显表现出了不信任。"吴明颖回忆，"所以我们决定采购过去焊接汽车底盘用的'松下'机械臂，用高科技设备来保证精确度和可靠性。"李维淳回忆，当时一台机械臂的价格相当于一台进口品牌轿车，而"越南精密"前前后后采购了200多台，被同行讥讽为"有便宜的人力不用，却去买高价机器，不会算账"。但普拉茨公司的态度，发生了逆转。医疗床具代工车间投产的第一年，就为品牌方降低了35%的制造成本，随后更以每年超过30%的速度不断增加产能。2011年，"越南精密"更是成立了子公司盛邦金属，专门承接精密金属零部件加工业务。吴明颖自豪地表示："现在盛邦的年营业额已经上升到5亿新台币，和附近的普拉茨总装工厂一起构成了全球第二大电动医疗护理床生产基地。光是拉菲奥（Rafio）这个型号的床架，每个月就要出货4000台，单台售价可达40万日元。"

"跨界"重型摩托车制造业的机会，则在2008年全球金融危机之后到来。受成本因素影响，此前始终坚持在本土生产的欧美知名品牌重型摩托车开始考虑寻找海外代工伙伴，"越南精密"终于抓住了机会。"这也是以之前许多年里一而再再而三地被人回绝作为伏笔的。"李育奇回忆，"但反反复复去撞门，总能给对方留下一点印象。"拿下工艺难度不低于汽车的重型摩托车品牌ODM订单，使"越南精密"得以跻身全球一线品牌之列。"2016年款哈雷摩托车的车架，全部都由'越南精密'制造"，吴明颖自信满满。这场"摩托战争"，"越南精密"是最终的幸存者。到2018年，该公司的年营业额已经上升至30亿新台币，成为东亚制造业厂商出海越南的成功典范。

而年近七旬的李育奇，正在把目光移向下一个风口。"许多国家已经为燃油汽车退出市场制定了时间表，因此带来了新能源汽车产业的勃兴，但在重型摩托车领域好像还没有出现这种势头。"李育奇分析道，"知名重机品牌都有着50年、甚至100年的知名度积淀，挑战不易，但新能源革命可能会提供意外的机会。"有鉴于此，2014年，他和台湾重型摩托车设计师许理彦合资成立了电动重型摩托车品牌Otto Bike，并在2018年的米兰摩托车展上推出了第一款样车。"传统机车业的红利所剩不多"，李育奇态度冷静，他在考虑的已经是"非对称打击"了。

南行路不易

资深媒体人赵灵敏曾经长期从事与东南亚问题有关的采访和研究。2012年离职创业之后，她最初的计划是创办一家依托高校的研究型智库，随后却发现诸多有着"走出去"需求的广东中小企业迫切希望了解东南亚国家的投资环境和政策法规。最终，她决定启动一家海外投资咨询服务平台，针对企业的需求进行调研。

"广东地区以出口欧美、尤其北美市场为导向的中低端制造企业,目前正处在内外夹击的困境中。"赵灵敏认为,"外有加征关税的阴影,内有经营成本节节提升的压力。"土地价格的激增连带引起了工人生活成本的高企,最终转化为薪资上涨压力;加上薪酬和社保体系的完善以及年轻劳动力数量的下降,长达30多年的"高速红利窗口"正在缓缓关闭。另一方面,由于长期从事外贸代工业务,这类企业在自有品牌的经营方面投入不足,也缺少由专注外贸转入国内市场销售的经验,只能硬着头皮苦苦支撑,等待潜在转机的出现。

"一部分是审时度势、主动寻找出路,但更多的是被北美客户逼着或者带着走出去的。"回忆起广东玩具制造业向越南转移的初衷,黄碧星有他的看法。仅仅以圣诞球这种体积小、成本低、但销售总量巨大的节日玩具为例,每年出口欧洲的数量不过是美国订单的零头,生产厂家在面对客户时几乎不存在讨价还价的空间。"关税提升到10个百分点,厂商还可以将负担暂时转嫁给供应链上游;但如果提升到25%,任何零敲碎打的压缩成本的方式都毫无意义,只能按照美国客户的建议,到东南亚国家寻找机会。"赵灵敏分析道,"因为地理上的接近、人口结构相对年轻化、平均工资水平低等原因,东南亚国家是目前中国制造企业转移产能的主要目的地。但短期内涌入大量制造企业也会带来一个问题,就是这些中小国家很快变得不堪重负。"

黄碧星依然记得,他所参与的几次越南市场考察是以"人带人""行业带行业"的粗放方式进行的:"一般供应链中有几家企业去到了当地,或者广东的同乡会中有人在越南发展得较好,就会组织相关厂商的代表到当地做集体考察,打听地价和工资,拜访本地企业主。"这种操作造成的直接结果,是中国中低端制造企业的出海会以"一窝蜂"和"抱团"的方式进行。多家企业选择同一目的地作为迁址方向,导致当地工业用地和劳动力在短时间内进入紧俏状态,价格遂水涨船高,实际投资成本远远高于预期。在凯胜家具考察时,特别助理杨新满就感慨:"两到三年前,本地工人的平均月工资也许只需200美元,如今350美元都挡不住。"

这一印象,在窦英俊那里获得了确认。据他介绍,受经济高速增长和货币贬值影响,越南的基本工资标准在过去20年里已经上涨了超过17倍,年均增幅有时超过 10%。尽管外资企业为员工开出的薪酬一般会高于基准线，但维权意识高涨的工人每逢政府公布基本工资上调计划，便会以此为依据、要求企业主加薪，造成企业的一块隐性负担。而自 2016 年起，越南政府公布了新的社保三险（社会保险、医疗保险和失业保险）缴纳标准，规定社保缴纳比例应占投保薪酬的 32.5%（其中企业须承担 22%），而除底薪以外的各种津贴、奖金也被一并计入投保基数，在制鞋、成衣等劳动密集型产业造成了多起劳资纠纷。窦英俊承认："由于实际薪酬开支增加造成的负担，2018 年越南曾有几家韩资制衣企业由于亏空过甚，投资人关厂跑路，留下一地鸡毛。"

赵灵敏同样注意到了这种趋势。在她看来，"南下"从来都不是解决中国制造业困境的主要出路："东南亚的劳动力虽然表面上比中国便宜，但很多工人是洗脚上田，完全没有受过训练，加上受教育程度有限，导致他们的效率最多也就能达到中国工人的七八成。而且东南亚工人普遍不愿意加班，加班一天 2 小时是上限，多了给钱也不加，像中国那样为赶工期 24 小时轮班干根本不可想象。这样综合算起来，东南亚的人工成本优势就没有那些显著了。"而越南、柬埔寨等国虽然已经在基础设施建设方面投入了可观的财力，但受经济体量所限，实际上仍然高度依赖北方以中国为中心的国际物流网络。"走出去"了，却还是"离不开"。

从 20 世纪 60 年代赤松要系统提出"雁行形态理论"，到 21 世纪初中国站在全球产业转移的十字路口，历史已然过去了半个多世纪，资本在亚洲范围内寻找新机会的尝试也经历了三个窗口期。但正如"雁行形态理论"始终无法确认中国这只"大鹏"在"雁阵"中的位置，中等国家越南，似乎也很难成为遍布南粤的整个制造业基地"走出去"的最终目的地。从中国南粤到越南，故事尚未结束，仍在接连不断地开始。

"出海"印度：班加罗尔的中国身影

黄子懿

班城中国牌

"你们去哪？"看到两张东亚面孔出现在园区门口，一位皮肤黝黑、面部留满胡须的保安大哥拦住我们的去路。"MI。"我指了指园区内一处大厦的橙色标志，用印度人的方式，念出了两个单音节字母发音。"好的，那去登个记。"大哥指着门卫室，对那边同事嚷道，"Jiaomi！他们要去 Jiaomi！"

"Jiaomi"就是"Xiaomi"，印度人很少能念出其标准发音。在2014年刚进印度市场时，很多人将其念作"Jiaomi""Jaomi""Ziaomi"等。然而，就是这样一个当地消费者连标准发音都不会念的品牌，在进入印度五年后，占据超过30%市场份额。"Jiaomi 手机不错。"保安大哥微笑着说。

小米印度总部坐落在班加罗尔的使馆科技村（Embassy Tech Village）。这栋四层建筑，楼下一层被用来做米家（MI Home）旗舰铺，摆着各种小米产品。仅从外表，看不出来这是一家中国品牌，"Xiaomi"被最大限度淡化了。除入口处有相关字样外，其余地方均以"MI"标识和字样示人。米家入口处玻璃上，贴着一块橙色大 logo 和标语，写着：印度第一智能手机品牌。

我感觉自己像是一个闯入者——这是一家印度化的公司，高管几乎都是印度人。近500人的办公室，所见中国面孔不超5个。时值周五下午，临近下班，几十个20多岁样貌的年轻人在休息区沙发上讨论问题，工作状态与国内互联网公司无异。接待者告诉我，整个公司只有少量（a handful of）从总部过来的中国员工，"不过前两周，雷军刚刚来过"。

雷军在印度期间，见了小米印度总经理马努·贾殷（Manu Jain），送了一台天文望远镜作为礼物，庆祝后者入职五周年。五年前，马努·贾殷加盟时，有人曾断言小米模式在印度不可能成功，但马努带着团队杀出血路。雷军发了好几条微博，赞扬公司在印成绩和新办公环境。新办公室他们刚刚搬来一年，坐落在班加罗尔东南部，距离市中心约15公里。

小米印度员工还说，雷军还开玩笑说："我以为北京堵车都很厉害了，没想到班加罗尔更厉害。"果不其然，从园区出来后刚好赶上了下班高峰，印度特有的突突三轮车、马鲁蒂（Maruti）铃木微型车、园区巴士、坐着2—3人的摩托车，将主干道主辅路堵得水泄不通。15公里的路，司机最后开了两小时。当最久一次堵车渐通，车流中甚至传出来欢呼和阵阵鸣笛。

班加罗尔有亚洲"硅谷"之称，是印度的科技中心，也是托马斯·弗里德曼《世界是平的》一书的起点。这个园区类似于北京的后厂村，园内新建的高楼十分整洁，园外是一片城中村。小米外，还有本土电商Flipkart、索尼、思科等公司。园区还在新建中，多是隔板与开发中的工地，不时传来闪光的电焊和塔吊的启动声，园区的广告牌上都写着：世界来此工作。

作为一个人口与中国等量的国家，印度以其发展潜力著称：13亿人口，人口总数有望在2025年到2030年之间超过中国；年轻人口众多，超过50%人口在25岁以下；生育率在2.4左右，高于中国70%；莫迪2014年当选总理后，印度GDP增速连续五年居全球首位，平均增速达7.3%。

来印度之前，我在北京见了一个在印度创业的27岁清华毕业生，当时正在国内拉投资。他说，他此前做过宏观经济分析员，选择在印度创业就是因为，从各类经济数据看，这是一个正在逐渐崛起的大经济体。他想要寻找"下一个开埠的浦东或深圳"，就在2017年去了印度，近期打算把办公室搬到班加罗尔。

他去得不算早。很多中国企业早在这里"出海"，尤其是在2014年之后，一波国内手机厂商、互联网企业将这里作为"出海"重要目的地之一。我到达印度是5

月 24 日凌晨，当天是 2019 年印度大选公布结果的日子，但宾馆房间摆放的头一日《印度时报》头版，是中国手机厂商一加（One Plus）为新品买下的整版广告。

在去往使馆科技村的路上，一路上可见街边店铺挂着 OPPO、vivo 等手机厂商标识，与远处高楼上小米橙色标识相对应。周五夜里，下班时间一到，人们就会坐着开往园区门口的大巴，一些年轻人刷着 Facebook 等社交软件，另一些人看着抖音海外版 TikTok。Google Play 应用商店的下载排行榜上，前五中有三个都是中国公司的产品。

小米 2014 年进入印度。首席运营官穆里克里什南（Muralikrishnan）将过去五年成绩归因为性价比，小米在印度多卖红米系列，售价在人民币 1000 元上下，正好契合当前印度众多年轻人的消费能力。"可能不是最便宜的，但却是节省型定价，在保持成本基础上定价。"穆里克里什南说。当前，印度人均 GDP 大约是中国的 1/5 到 1/4。

与小米等大厂不同，许多中国中小型公司的办公地点更靠近班加罗尔市中心。这其中包括 SHAREit——在印度打车，随便问司机是否装了这个软件，都会得到肯定的回答，它几乎是"国民应用"。在一处景点，摄影记者被印度当地人拉着求合影，照片随后也被他们用 SHAREit 发了过来。"我们可以用 SHAREit，很好用。"当地人一边说，一边教我们怎么用。

SHAREit，中文名"茄子快传"，最早是一款跨平台手机内容传输工具，能通过手机之间自动建立的直通的数据传输通路，实现在无外部网络的情况下高速收发数据。后来它又转型做成内容分享平台。这家在国内相对低调的公司，在印度用户规模却达 4 亿，全球用户超 18 亿。"这类工具型的应用，在印度都很受欢迎。"当地科创媒体志象网（The Passage）主编胡剑龙说。

得益于国内手机厂商在印"出海"，SHAREit 在印度发展像是乘坐了一次倒溯的"时光机"。2015 年，三位创始人有一次在野外参加团建时，发现在无信号的地方，照片和文件传输成了一个大问题，回家就写下了第一行代码。然而，在当时网络基建已逐步完备、人人都有微信的中国市场，产品并没有引起太大关注。

相反，在当时还不被他们关注的印度，软件用户每天都有数十万的自然增长，很快数量过亿。这让团队很震惊，他们派人调查，发现印度市场完全有刚需，属裂变式的自然增长。"当时有一个特殊情况，即在2015年的印度，用户存在一个非常天然的GAP（断裂）：即手机价格降下来了，用户买得起了，但网络还是很奢侈的东西。"SHAREit首席商务官王超说。

王超是一名"印度通"，英语流利，会一点印度语，还留着与印度人相似的胡子。他2010年来到印度，曾任某媒体驻新德里首席记者，2017年加入SHAREit，现在负责全球海外市场。他说，印度人热衷分享，亲友们用它来传合影，大学生们用其来分享电子书。另一个典型场景是：用户在刚买完手机后，店主会跟他说："你装个SHAREit，我给你传100首歌和视频。"

一个有意思的现象是，很多用户把SHAREit装了卸、卸了又装回来，反反复复。经过调研，发现原来是这些用户内存不够了，"他们对内存很敏感，大多数都是千元机。"王超说，这与印度的"金字塔"结构有关。

下沉与跨越

在印度，经常听到人用"金字塔"来形容印度。金字塔有两座，一座是人口金字塔：50%以上的人口在25岁以下，65%在35岁以下，到2020年印度平均年龄为29岁，男性多于女性。无论是在德里还是在班加罗尔，大街小巷多是年轻的男性身影。

另一座是阶层与财富的金字塔。印度不是一个穷国，但却是一个穷人很多的国家。瑞信发布的《2018全球财富报告》显示，印度超过90%的人口处于最底层财富区间，持有财富不到1万美元，但亿万富翁数量却仅次于中国和美国。受限于种姓制度与工业化进程等多重因素，印度城镇化率仅有32%，远低于中国近60%的水平。

到达班加罗尔时是夜里，飞机下降时，看到一幅不同于中国的陆地景观：没有高度集中、仿佛一张蜘蛛网般的万家灯火。印度的城市星光是零星散落在大地上的，一个个村镇像是棋盘上的小棋子一样疏离而错落有致。

2015年前后，SHAREit在印度调研，将用户所处网络状况分为无连接、半连接、全连接（non/half/fully-connected）三种，发现在当时的印度，95%以上的用户都是完全或者几乎没有网络的。2017年，SHAREit团队来印度走访，王超特意设计了一条路线：在新德里、班加罗尔各待一天，先看看好的城市，剩下15天全到印度三、四线城市去，如泰米尔纳德邦（Tamil Nadu）的马杜赖（Madurai）等，"在中国，好比是安徽亳州之类的"。

同事去了后，被当地的学生热情地拥簇着。研发团队负责人对王超说："以前都是在北京后厂村敲代码，很少有这种感觉。"据王超描述，SHAREit的用户主要分为两类，一种是将手机文件传往笔记本电脑的，"这些是金字塔上层那部分人"；更多用户是移动端互传，以18岁到25岁、接受一定教育的男性为主，多住在大城市非中心区和二、三、四线城市，"我们叫小城镇青年"。

这类群体意味着机遇。小米首席运营官穆里克里什南是极为忙碌的人，他要负责协调供应链、物流、售后客户、质量把控。2018年来，他主要任务是负责2019年在印度开5000家线下店。他和工作人员带我们参观将在农村地区开设的线下店样板，选品只卖手机，为最大限度地节省成本，店内装修宣传展板都采用贴纸形式等。目前印度智能手机用户约4亿，还有很大增长空间。

"这纯粹是以印度农村为目标，二线到四线城市及其周边为主。"穆里克里什南说，当前小米线上销售占比约60%，年底前希望拉到50%。过去小米主要靠线上和电商合作，而在线下则靠经销商。印度经销商等中间群体十分发达，会削减利润和效率。为直达线下，小米甚至还推出了自动售货机（Vending Machine），将铺设在大都市的人流集中地。

因农业产出低，工业不发达，印度服务业人口最多。很多人以类似小商贩、分销商形式存在，正式雇用比例仅10%。这也是印度政府至今不让沃尔玛、家乐福等大型超市进入的重要原因之一，避免众多小商贩受到致命冲击。

而在穆里克里什南看来，印度在科技领域，这种发展甚至是"蛙跳式"（leapfrog）的。"跟中国不一样，印度没有经过固定电话和PC端电脑革命，直接进入移动互联网，也没有零售超市形态的演进，直接进入电商。"这种蛙跳式发展遗落了大量金字塔中下阶层，他们对很多东西非常渴望。穆里克里什南说："印度线下网络分布非常广泛,未来重大机会都将来自这里。"

能说明这种蛙跳式发展的,是印度 4G 革命。2016 年 9 月,印度本土运营商 Jio 推出颠覆性的业务资费,以近乎免费价格提供 4G 业务,170 天吸引过亿用户,导致其他运营商纷纷降低资费,4G 短时间在印度普及。雷军在微博晒出了印度流量资费图,表示这太便宜了。目前,印度平均每 GB 流量的单价为 10.52 卢比,约合人民币 1.05 元。

这曾给 SHAREit 带来一定压力。4G 革命后,有 50% 用户都成了半连接甚至全连接的网络状态,团队担心印度用户会不会不用 SHAREit 传文件了。但数据显示,活跃用户和传输行为反而增多。"这张社交网络里超级节点变多了,即手上有好内容的人变多了,直接表现就是传输行为增加。"王超说,"用户需求没变,还是要去发现消费好内容,在社交网络分享出去。"

"只做工具,迟早是会被淘汰的。"王超说。2017 年 11 月,SHAREit 决定启动转型,进入内容与社交领域。在竞争激烈的短视频领域外,他们选择做 PGC(专业内容生产)+OTT(指绕开运营商、通过互联网向用户提供各种应用服务)内容分享平台,注重高质量长视频,在国内和硅谷找了行业内最好的算法工程师。但在推送时,却依然遇到很多挑战。

印度不仅是下沉的,也是割裂的。南方与北方,邦与邦间交织着不同宗教与民族,呈现出不同的风俗和语言,方言有上千种。以班加罗尔所在的卡纳塔克邦(Karnataka)为例,除英语和印度语外,当地人普遍还会说本地方言卡纳达语(Kannada),流行本地独有的电影和娱乐内容,讲荤笑话。SHAREit 是多语种软件,如果在当地用英语推这类内容,很少有人看。"他们自己的笑话,就一定要用本地的方言看。"王超说,一个国内来的产品经理很难理解,为什么这些用户的界面语言和内容语言还都得不一样?

哪怕是同样的笑话内容,有时在一个邦受欢迎,在另一个邦就会遭到抗议。还有一段时间,团队觉得印度人喜欢板球,就通过版权合作获取板球内容并推送,却发现一些用户群的下降。一调研,才发现用户对这些频繁推送的单一内容不感兴趣。"你太烦了,每天给我推这么多条干什么?"相较于专业,他们更喜欢多元。

"印度处在一个用户对内容极度饥渴的状态,即什么都想看,因为之前什么也没有,是个万花筒。"王超说,"也由于一些文化宗教等因素导致印度社会阶层差异,印度是'千人千面'的,是极度多元化的。这就是为什么我们在印度做内容推荐这件事情特别难。"

印度节奏

"要在印度做'出海',招人真是最难最难最难的。"王超一口气说了三个"最难",这问题苦恼他已久。2017年下半年,经过两年考察,SHAREit决定在印度设立办公室,王超负责落地。那时他在印度已待了七年,有一定人脉,却仍很难找到合适的人。

他将印度相关从业者分为两类。一类"过于仰望星空",属于金字塔上层精英,受过良好教育,雄辩,口才好,"PPT做得特别漂亮,但他宁愿花两小时做PPT给你讲他为什么不能落地一件事,也不愿意用这两小时把事情落地了";另一类过于"脚踏实地",老想着赶紧变现盈利挣钱,在印度叫"收支平衡文化"(Break Even Culture),还是不懂中国互联网"跑马圈地"那一套。排除这两类,就筛掉了一大拨人了。

国内互联网公司有"996"加班文化,印度认同这点的员工并不多。最初推行"996"时,有无数员工找到他说"你违反劳动法了",或者以各种借口请假消极怠工,今天家里老人去世了,明天就朋友生病了。王超没太多办法,只有快速淘汰轮换。"哪怕我招100个人,总有10个人能留下来吧!"

即使是在快速发展的班加罗尔,当地员工也很少愿意加班。"我们不会像中国那样'996',除了在特别重要的产品发布前。"小米印度员工说。王超觉得除了印度人天性外,也与班加罗尔过去形成的"交付文化"有关,后者是一种标准的流程文化。

班加罗尔是一座"花园城市",城内外都被巨大而形状各异的植被包围着。这里地势高,气候宜人。20世纪90年代起,在印度政府支持下,班加罗尔发展起IT产业,主要帮助欧美客户解决离岸交付、客户呼叫中心等后勤需求问题。与美国

12小时时差、英语优势，都让印度成为美国各大IT公司业务外包的首选，并造就了Infosys、Wipro等市值百亿美元的大型IT企业。

也因时差原因，印度员工很难与美国客户坐在一起讨论问题，更像是一座代码工厂。常见的方式是：美国客户下班前写好邮件，按提纲分点提出需求，然后另一边印度员工上班，接收邮件，开始依次解决需求，下班前交给睡醒的美国客户。"我做完了就是完了，至于项目最后走得好不好跟我没关系。这就是交付文化，很难有创新意识。"王超说。

2018年3月，深圳星商（Starmerx）决定开拓印度业务。这是一家提供跨境电商业务解决方案的公司，创始人为留美计算机博士张海政，经营产品包括服装、电子产品等，通过亚马逊等海外平台，把中国产品销往世界各地，以欧美市场为主。华为、网易严选都是其客户。在班加罗尔，听当地中国创业者介绍情况后，第二天就开始办公了。星商海外市场总监孙鸿飞说，按照他们的想法，要在这里迅速落地，做出"深圳速度"。

很快，问题来了。印度有自己的节奏和速度，一个初来乍到的中国创业公司，还需适应。办公室落地后，孙鸿飞在附近找房，看中中国人较多的钻石小区（Diamond District），租金约6000元人民币/月。房东了解基本情况后，问："你们吃肉吗？"孙鸿飞想着说："不吃。""那你们在外面吃肉吗？"房东继续问。孙鸿飞答："有时候会吃。"房东一听摇了摇头，不愿租了。房东是一个严格素食主义者，不愿租房给吃肉的人。孙鸿飞觉得不可理解，小区虽说是当地高档小区，但房价并不高，约8000—9000元人民币/平方米，租售比高，并且印度租房要缴8—10个月押金。"对房东来说，这是一笔非常可观的收入，她宁可放着不要，也要找到对的租户。"孙鸿飞说，小区有的不租给外国人，有的不租给公司，要求各样。过去华为、小米员工也常住这里，"据说租金就是被中国人炒起来的"。

同时，公司招人时，无论应聘员工是否有工作，都会要求涨薪，涨幅从20%—80%不等。孙鸿飞很吃惊，有些员工都待业了，还要求涨薪？他问了人事经理阿米特·辛格（Amit Singh），阿米特说："这很正常，这是他们的自由。"那时候，孙鸿飞开始理解在印度刚下飞机时见到的印度国家宣传语：不可思议的印度

（Incredible India）。"就是有好有坏，包罗万象还能共存的。"

孙鸿飞最开始招人时，特别看重人事经理职位。他大概看了近1000份简历，从中挑出了100多人，然后面试了40—50人，最后选中阿米特·辛格。阿米特27岁，来自印度北方邦，从班加罗尔大学毕业后在一家本土公司做人力资源。2018年，他拿到了印度TATA公司人事部的一份录用通知书，后者是印度最大的集团公司，运营公司超100家，有员工45万人。这份工作要求他在人事部专门负责办理员工出入境的护照和签证问题。

"我当时就想到一家外资或者创业公司。"阿米特说，这让他觉得有挑战性，还能接触不同业务部门的人，而不是像一颗螺丝钉一样。这种想法打动了孙鸿飞，决定录用他。孙鸿飞说，最看重的就是他那种劲头，"是有一定自驱性的"。

即使是阿米特，最初也不能理解所谓的"深圳速度"。星商业务布局快，有一段时间，孙鸿飞要求阿米特每周让公司进20—30人，自己或CEO在时，每天至少要面试10人左右。"哪怕我们没有需求，招聘面试都不要停，万一有需要可随时进。"但CEO来印度后，一天却只能面试3—4个人，进度缓慢。

孙鸿飞找到阿米特，阿米特觉得委屈，说自己很努力，打了20个电话，邀约到10个人，最后来了3—4个。孙鸿飞给他算了转化率，问他："你能不能一天打100个电话？"阿米特蒙了，说尽量试试。推动了三次，他才保证到每天8—10人的面试量。最后甚至在CEO坐飞机离开前，还有面试等着。阿米特很高兴，在办公室不停地向人炫耀。

"你得推动他们一步一步怎么做，他才能理解。"如今孙鸿飞每次来印度，都会排满面试。接受采访期间，他也保持着每天面试8—10人。"公司有全球业务，所以印度的人才优势很重要，能做欧美市场的工作。"孙鸿飞说。印度办公室将是一个复合型的办公室，转变为运营中心的角色，"不然这个成本就太高了"。

用好印度人：从本土到全球

在星商办公室里，很容易感受到印度的年轻。这栋三层楼房坐落在钻石小区附近，外表仿佛一套民宅。不到100平方米的二层办公室内，挤着30余个工位，平均年龄不到30岁的印度团队，正在电脑上熟练地操作着公司系统，用阿里开发的办公软件钉钉与国内外同事交流。

23岁的苏尔比希·金达尔（Surbhi Jindal）是销售团队的一员。她的主要工作是负责收集网络上著名商标的折扣券信息，将其录入Excel表格，经过系统编辑，在第三方折扣券网站发布，网站则付一定费用给公司。此外，她的工作还包括研究全球市场趋势，筛选产品，定价上架并做一些促销。

苏尔比希来自泰米尔纳德邦的克里希纳吉里，离班加罗尔不远，用vivo手机，装着Tiktok和SHAREit。这是她大学毕业后的第二份工作，此前她在惠普做了一年客服，觉得无聊，就决定来创业公司试试，"这里能得到的锻炼更多"。

孙鸿飞说，虽然公司已在海外社交网络上推了一些机器人客服，但这些销售、运营类工作目前仍很难用人工智能替代。"他们要对接欧美需求，跟紧市场形势，这是需要沟通和培训的，很难。"在国内，找一个类似的员工，至少得5000—6000元人民币/月。而在印度，如果是一个刚毕业的新人，只需1400—1600元人民币/月。

"真的？"我有些吃惊。孙鸿飞表示确认，这是按照当地最低薪资标准匹配的。而办公室里，大多数人都是硕士毕业。孙鸿飞助理随便指了工位两个20多岁模样的姑娘，"这是个MBA，那也是MBA"。坐在他对面的财务负责人则是貌近40岁的中年人，正念博士学位。"主要还是工作机会少，班加罗尔是相对多的，所以很多地方的人过来工作，就跟我们'北漂'一样。"助理说。

虽然印度GPD增速不错，但失业率屡创新高，4月上升至7.6%，过去一年就业增长几乎为零。在印度，很容易感受到这种劳动力的剩余和就业机会的稀有，本地航空只有空少，宾馆里一个房间的保洁由三个中年男性来做。2019年1月，印度铁路系统招聘6.3万个初级职位，却遭1900万应聘者疯抢，普遍拥有大学学历。

但在印度金字塔塔尖的那部分人，待遇与机会仍然可观。多个受采访者说，印度高级的研发与管理人才，待遇与国内差不了多少。王超的印度团队中，运营等部门待遇与国内差30%—40%左右，研发和管理人才基本与国内持平。他们坚持人才本土化的策略，起用大量印度员工和高管。

2018年5月，SHAREit做出了本土化的重要一步，收购印度电影流媒体服务提供商Fastflimz。收购后，团队内部有过激烈讨论：到底是让中国人王超来管理印度团队还是让印度人自己来？王超一方坚持让印度人来管理，"很简单的例子，微软没有李开复，小米印度没有马努·贾殷，肯定做不到现在这样"。

马努·贾殷是小米印度总经理。他为小米引入印度巨头TATA集团名誉主席拉詹·塔塔（Ratan Tata）做投资人，还与印度总理莫迪办公室保持着沟通，积极配合"印度制造"（Made in India）倡议，如今已在印度建了7个厂。虽然如今很多核心部件仍需要从国外进口，但确实解决了不少就业。2017年初，雷军与印度总理莫迪见面，也是得益于他的引荐。

在王超的力推下，其收购的Fastflimz的公司CEO马拉姆·马赫塔（Karam Malhotra）出任SHAREit印度CEO，全权负责印度业务和团队。刚上任没多久，这位印度本地CEO就让王超认识到了本土思维和视野的重要性。

由于印度人均收入低、消费低，很多中国互联网企业在当地普遍面临变现难题。SHAREit变现主要依靠广告，在尝试着去印度大的品牌广告主和4A广告公司推荐自己时，却吃了闭门羹。苦恼之下，团队觉得在印度挣不到钱，打算扩大其他市场试试。当时，SHAREit在东南亚和南非的eCPM（effective Cost Per Mile，每千次曝光可获得的广告收入）已是印度的数倍之多。

马拉姆反复劝阻王超，坚称在印度能挣到钱。他解释："印度的B端和C端是割裂的，B端品牌广告投放的决策人不用SHAREit，他们是另外一个世界的人。这些塔尖的决策人对我们的了解很有限，他们自己不用，可以让他们回家问问保姆用不用。"

马拉姆花了4—5个月，在印度到处做路演展示，向各大B端投放人介绍SHAREit的产品和用户。在定价策略上，与中国"出海"行业内惯有认定低于1美元的批发式定价不同，他坚持认为SHAREit的流量有独特价值，咬定高价位、新兴广告主和印度还不太发达的数字广告渠道。如今，SHAREit在印度的品牌广告销售收入仅次于Google和Facebook。

"换作是我们，就是一个习惯性的批发思维定势，这市场不行那就换个地方。但他的屁股就在那儿，屁股决定脑袋，对当地理解会比我们高好几个层次。"王超回想起来还不禁感慨，"多亏了那次勇敢的任命。"

"中国企业如果把印度人用好了，做全球化真的会很不一样。"万洪是印度专注大学消费金融电商平台的 Krazybee 公司的联合创始人，小米印度是其投资人。他在班加罗尔工作近10年，英语口音与当地人无异。他有5年在华为印度研究所工作，这段经历让他觉得，印度的这些精英阶层，口才雄辩，平和迂回，在文化上也与西方更一致，做全球化上更有优势。

万洪在华为印度研究所时，曾负责运营商业务。这是华为的根基业务，需在海外进行基础建设，涉及大量服务方外包项目。华为常用印度人去找外包方，与中方员工相比，他们能把价格压得更低，"有些印度同事跟外国客户关系搞得可好了"。如今他创业，700人的公司里只有他一个中国人。"电商涉及上下游企业、物流、广告，让印度人去谈会容易很多。"万洪说。

这背后不仅需要口头能力，还有完备和标准化的流程，后者正是外包起家的印度IT产业最擅长的。华为是最早一批来此开拓的中国科技企业，1999年就将第一家海外研究所开在班加罗尔。目前，该研究所也是华为海外最大的研究所，人数上千。万洪说，他在华为最常做的工作，就是把国内流程搬过来，然后去服务全球业务。

"华为全球19万人，怎么管？流程和标准管，而印度人是很懂规矩、守流程的。"万洪说，"华为和小米的策略还有点不一样。华为是把印度人用好了，去服务全球业务，小米则是把国内的发展模式搬到了印度，可以先不挣钱，累积一定量再挣钱。"

小米正汲取这些国际化经验。马努·贾殷的另一个重要头衔，是小米全球业务的副总裁，很早以前就不单只负责印度。这也给了 SHAREit 灵感——就在我采访当天，SHAREit 任命了马拉姆·马赫塔为全球业务副总裁并继续兼任印度 CEO。我去查阅了马拉姆的领英账号，发现他已迫不及待地在第一时间加上了这个头衔。同时，他还是马努·贾殷在麦肯锡的师弟。

本土化后的未来

总结起来，王超将中国企业"出海"大体分为三阶段：第一阶段为"看海"，即中方员工来看看用户和市场大体是怎么回事，建立直观感受，然后回去继续写代码，"我站在海边上，但还没出去"，比如2015—2017年，他的团队大概就是这种阶段；第二阶段为"坐船出海"，即国内企业派出一些有海外经验的人在当地落地，搭建本土团队，开始耕耘本地市场；第三阶段为"上岸"，即上岸盖房，扎根下来。王超说，到了第三阶段是"要把船扔掉"，完全地本土化，交给本土负责人去运营，培养自发展能力。

本土化经验已被很多中国企业所看重，正也为印度很多年轻人带来新的选择。在班加罗尔的HSR Layout，我们还拜访了来自杭州的短视频社交工具公司Viva Video。整个办公室唯一的中国人，是头天晚上被首次外派来印度的新同事，对一切情况还不熟悉。团队由印度本地年轻人完全负责，皆在30岁以下。

当地科创媒体志象网主编胡剑龙说，中国科技企业"出海"印度，大约2014—2015年是第一波，此后2016—2017年遇冷，到2018年下半年开始又火了起来，"最早是做工具的，后来是做内容和社交的多"。包括SHAREit在内，如今他了解到的，当地仅做内容和社交创业的中国企业有十几家左右。

在王超看来，中国企业中有不少是国内模式的复刻。他记得2015年后，"出海"印度的中国企业一度出现泡沫，公司在印估值比在国内还高。不少创业者在国内找个商业模式搬到印度就能拿到A轮融资，他将这称作"坐时光机"。"过了A轮，一定要从'时光机'下来，不能完全照搬模式。"王超说。

照搬的一个案例是微信。微信印度市场战略副总监曾在接受采访时说，微信产品设计拥有许多在中国受欢迎的功能，但这些并不太受印度用户喜爱，比如对朋友圈有隐私担忧，添加好友才能聊天让人觉得不方便，"附近的人"功能也让很多女性备受骚扰，但中方团队没有及时做出调整。

"我们总是从中国的成功中汲取灵感，但不会盲目地照搬中国的模式到印度。"小米首席运营官穆里克里什南说，其延承了中国总部走互联网生态的战略，但拥有很大自由，开拓线下渠道就是自主打法。"再比如电饭煲在中国卖得好，在印度可能会卖不动。但印度也跟中国一样，需要空气净化器了。"

另一位关注"出海"的互联网媒体人说："过去两三年，没有多少中国公司在这挣到钱，2019年好多小公司都撤了。"该人士表示，抖音、SHAREit等做内容社交的成效还需要观察，目前很难判定是否成功，因为即使做出本土化调整，也很难跨越印度市场变现难的大山。

"印度还是一个倒挂市场，在B端买量收费不低，但C端产出非常低。"王超坦承，目前产品仍处于第一梯队中靠后的位置，内容和变现是两座大山，领头羊是YouTube。"印度市场是我们最大的市场，不做也得做，哪怕这是一个慢市场，但我们等得起。"王超以国内网络视频付费兴起举例说，当经济发展和人均收入到一定阶段，专业化的好内容将在印度受到欢迎。

王超当过驻印时政记者，他以印度大选后股市举例说明印度前景。5月底的印度2019年大选中，印度执政党印度人民党领导的全国民主联盟胜选，总理莫迪赢得连任。此后，印度股市大幅上扬，创40000点历史新高。王超感觉，在莫迪治下印度正迎来质变，而这也是很多中资看好印度的原因之一。"纳斯达克有中国概念股，未来可能有印度概念股，但不会有越南和柬埔寨概念股吧？整个市场容量在这儿。"

发展之中，班加罗尔IT产业生态也正改变着。一位在IBM班加罗尔公司做过工程师的印度记者对我说，班加罗尔过去是外包和外企中心，但这些年创业创新气氛越来越浓了，很多人更愿意去创业公司工作。这些人改变现实的意愿强烈，也更愿支持莫迪。

莫迪一方的得票数比5年前更多，其中有不少来自工程师、医生、注册会计师等专业人士的投票。据《今日印度》（India Today）民调，约54%的专业人士把票投给莫迪，为各类职业最高。在深圳星商的那间办公室，我了解到90%的人都是如此，比例甚高。人事经理阿米特说："莫迪是目前最佳选择，印度人民需要发展经济和增加收入。"

在班加罗尔，能感到这种变化的前哨和劲头。SHAREit的员工开始接受"996"

大小周。采访当天，办公室刚入职了一个新的人事经理。是一个 27 岁的印度姑娘，还没结婚，在当地属大龄剩女了。王超面试时问她："你父母不催你吗？"女生说："催啊！但他们在 2000 公里以外的北方邦小镇上，他们生活的世界跟我完全不一样了。"

中国科技企业参与到了这场改变的进程中。王超说，他给过去几年中国企业在这里的"出海"成绩打 60 分，"之前是'看海'特别多，现在至少都敢'出海'了"。并且，中国企业成了这里中、印、美三足鼎立力量中的一股。目前来看，外资在班加罗尔占了一定优势，但他觉得，未来印度本土力量肯定会崛起。

印度也有类似于"双 11"的在线购物节，在当地是排灯节（Diwali），小米印度有一间会议室就以其命名。有一年排灯节夜里，王超亲眼在印度最大互联网支付平台 PayTM 见到，他们在办公室里挂起"排灯节 ×× 项目作战指挥部"的横幅，一大帮印度员工带着被子、堆着外卖在里面通宵达旦。"我在印度这么多年，从来没有见过哪家印度互联网公司，能以这样一种方式去奋斗。"

PayTM 背后的投资人是蚂蚁金服。后来，王超跟蚂蚁金服的印度负责人交流，对方说："蚂蚁金服在印度做的最正确的一件事情，不是教会了我们多少商业模式，或是多少技术赋能，而是他们完全把一个印度团队变成了中国团队。"

即使班加罗尔让人不可忍受的拥堵，似乎也意味着发展。在此生活了 10 年的万洪说，最初来到班加罗尔时，大街上跑的全是马鲁蒂铃木微型车，城区最好商业中心也很少见到外国人，后来慢慢有现代汽车了，到现在街上都能看到玛莎拉蒂和保时捷了，"还有城里的地铁，修了七八年，也终于修好了"。

万洪所创建的大学生消费贷 Krazybee 平台，背后站的多是中国投资人，但公司一直以本土公司形象示人。联合创始人是一中一印，2015 年起步后，公司发展到现在有 700 多人，只有万洪一个中国人。当地中国创业者圈子，多称其为中资"出海"、中印合作的典范样本。万洪将国内业务引入印度，然后印度同事制定本土策略，解决了印度年轻人买电子产品等需求，目前做到了市场最大。

万洪的合伙人是他在华为就认识的印度同事，万洪主外，管理推广和销售，合伙人主内，负责产品和团队。两人相识多年，对彼此家庭知根知底。合伙人是典型的印度人，做事有条理，喜欢按规律一板一眼来。

　　创业期间，万洪曾在他家住过大半年。合伙人每到周日，都是11点钟起床，吃个早午饭（Brunch），然后叫上父亲下午来他家喝酒。17点钟，一家四口集体出发去看电影，不管放什么，他都会先买好6张VIP包厢票，剩下的票要么空着，要么邀请朋友来。万洪也跟着去过几次，感慨其生活的规律。

　　聊天间隙，万洪接了一个本地朋友的电话。若仅从英语口音分辨，闭上眼睛，还以为他就是本地人。他说，自己不喜欢讲"国际化"和"出海"这些词。"其实没有什么'出海'，'出海'就是出去了但留不下东西，我们要做就扎根下来，沉到海底去。"

　　"比如郑和下西洋，当年留下了什么？"万洪说，郑和下西洋中最打动他的，是郑和生命中的最后时光。在七下西洋后，郑和积劳成疾，船队停在了印度南部喀拉拉邦的柯钦港。他们跟当地人融合交流，教渔民们打鱼，以至于当地至今仍用郑和船队传入的中国渔网和捕鱼方式。郑和去世后，当地人先后为他立起石碑和雕像。"那个地方离班加罗尔不远，一晚上火车就能到。"

（感谢胡剑龙、罗瑞垚的帮助）

掘金非洲：中国工厂入埃塞记

张从志

工业园出海

当地时间11月22日早上5点50分，太阳尚未升起，气温降到了10℃——一天当中的最低点，华坚国际轻工业城被准时响起的铃声唤醒，1000多名工人从集装箱搭建的临时宿舍里钻出，半个小时后，所有人被集中到一起，列队成阵。在埃方和中方干部的口令下，方阵开始原地踏步、转向、齐步跑，"一一，一二一，一二三四……"的口号声与凉鞋拍打地面的嗒嗒声混杂在一起，整个厂区很快变得嘈杂无比。

参加晨训的是来自吉马工业园（吉马是埃塞俄比亚西南最大城市，2019年6月，华坚集团接管了吉马工业园）的1000多名新员工，加上近200名中方干部和160名埃方干部，所有的方阵都由中国干部排头领跑，62岁的张华荣也在其中。作为华坚集团的董事长，晨训是他引以为傲的一项制度，一周四次，不仅是为锻炼身体，更重要的是训练工人们的配合服从意识，还有手脚协调能力——这是流水线工人必备的能力，不少试用期的埃塞员工因此被淘汰。

在埃塞俄比亚，能组织如此规模晨训的工厂，除了华坚找不出第二家。张华荣特地邀请我们前往华坚国际轻工业城观看了这场活动。工业城位于埃塞首都亚的斯亚贝巴（以下简称"亚的斯"）西南的拉布区，2015年开工建设，占地138公顷，大片的土地已经被平整，车从园区的路上开过卷起漫天灰尘。目前园区内只有华坚自己的鞋厂已经投产，但按照规划，建成后的工业城将是一只巨大的"女靴"，轮廓是"中国长城"式的围墙，内有状似中国版图的"中国湖"，专家楼、职工楼一应俱全，里面的工厂将会为埃塞创造3—5万个就业岗位，创汇20亿美元。

20分钟跑下来，上了年纪的张华荣还算轻松，但偶有瘦弱的埃塞女孩跑出了队伍，躲到集装箱背后不停地喘气。跑操结束后，张华荣开始演讲。他个子不高，说话带有赣腔，语气坚定。一名阿姆哈拉语翻译和一名奥罗米亚语翻译将张华荣的话传达给工人。他说，吉马和40年前中国的很多城市一样，贫穷、落后，没有工业，但他相信，10年或20年后，在吉马培训的第一批员工当中会有人成为老板、高级管理干部，就像他们身边的中国干部曾经做到的。每隔几分钟，就有一架飞机从工人们的头顶轰鸣而过，巨大的噪声几乎盖过扩音器里张华荣的声音。30多公里外的亚的斯博莱国际机场是东非乃至非洲大陆最重要的航空枢纽之一，对埃塞俄比亚这个内陆国家而言，繁忙的机场和航路正是它过去十几年来经济发展的最好写照。

8年前，张华荣也是在博莱国际机场落地，他顶着"中国女鞋教父"的名头，从中国制造之都东莞来到埃塞俄比亚。当时他对埃塞的了解仍十分有限。这个位于非洲之角的国家有着辉煌灿烂的历史，曾数次击退侵略者的军队，是非洲唯一一个未被殖民过的国家（除了1935至1941年曾被意大利短暂占领过），被誉为"黑人最后的堡垒"。在皇帝孟尼利克二世和海尔·塞拉西统治时期，埃塞开始学习西方，变革政制，引进科技，不过早期的现代化努力终因战争和政权更替而搁浅。现在有人把埃塞比作"非洲的中国"，如果从近代史的角度，这个说法还算贴切。到20世纪90年代，埃塞俄比亚结束多年内战，军委会独裁统治被推翻，新的埃塞俄比亚联邦民主共和国建立，经济体制开始松动，新世纪的埃塞进入高速增长时期。张华荣到访埃塞的缘起就是埃塞时任总理梅莱斯的邀请。2011年，梅莱斯到深圳参加世界大学生运动会时特地接见了张华荣，邀他去埃塞考察。那次考察回来后两个月，华坚正式宣布入驻东方工业园，从而成为东方工业园内最大的一家企业。

东方工业园是埃塞第一个工业园，项目一期占地超过3000亩，位于奥罗米亚州的杜卡姆镇，与亚的斯相距30公里。奥罗米亚州与亚的斯的地理关系，就像河北省与北京市，首都被地方州紧紧包裹着。从首都驱车，出城不久，就是亚的斯至阿达玛州的高速公路（这是埃塞首条高速公路，全长80公里，由中国交通建设集团承建），半个小时就到杜卡姆镇，从出口下高速，东方工业园鳞次栉比的厂房就到了跟前。作为埃塞第一个工业园，东方工业园被埃塞政府寄予厚望，时任总理梅莱斯当时派了一个处长级的干部常驻工业园，还每两周抽出两小时专门听取工业园的汇报，后来工业园被中国财政部和商务部确认为境外经贸合作区。

埃塞政府当年在中国媒体上发布招标广告，应者寥寥，最后江苏永元投资有限公司中标，其设立的全资子公司埃塞俄比亚东方工业园私有公司全面负责工业园的运营管理。如果从2009年正式开工算起，东方工业园刚好走过了10个年头。这10年，某种意义上可以说，也就是埃塞俄比亚工业化的历史，而在其中，中国企业家扮演的角色如此重要，以至于连"埃塞俄比亚工业之父"的荣誉都授予了一个中国人——2017年9月1日，埃塞政府授予张华荣这一称号。

"候鸟"南飞

张华荣1958年出生于江西农村，20世纪80年代从开小作坊做起，后来创办华坚集团，一手打造了一个庞大的鞋业帝国。他的身上带有太多老一辈企业家的特点，精力充沛，讲话直来直去，办公室的墙上挂满了和领导人合影的照片。但在埃塞开工厂，即使不认同他做派的人也承认，华坚的确下了真功夫。

张华荣2011年到东方工业园考察是龚芬妮接待的，彼时也正是后者焦头烂额的时候。龚芬妮20世纪80年代随丈夫赴美留学，后来和在联合国工作的丈夫转徙于异国他乡。她在2010年加入东方工业园，负责招商引资。她告诉我，当时埃塞的工业部长经常就在办公室等着接待中国企业，但每次见完一拨，过段时间就会问她："芬妮，上次送我围巾的那个人怎么这么久了还没来？"龚芬妮常被问得不好意思，招商一年多时间，几乎没有企业留下。

实际上，2011年的时候，张华荣来非洲建厂的动力也不强。华坚集团当时在国内的日子过得算不错，且处于增长曲线上，而环顾国内制鞋行业，经过十几年的发展，劳动力、地租等成本虽有上升，但制鞋工业上下游配套已然成熟，出海入非并不是一个优先选项。尽管如此，总理的邀请仍然发挥了作用，张华荣的入驻对东方工业园也是一剂强心针。在那以后，大小领导来访，园区都会径直把他们带到华坚的鞋厂参观。张华荣当然也有自己的算盘："制造业，尤其是劳动密集型制造业，我们称为候鸟产业，冬天到这里，夏天到那里，哪里的劳工便宜就会往哪里迁徙。"而且女鞋的生产工序比运动鞋和男鞋要复杂得多，光种类就可以细分为密鞋、马靴、凉鞋、休闲鞋等，款式更是多样，这注定了自动化机器难以取代手工，流水线对劳动力的需求至今仍然强劲。

再看看埃塞俄比亚，作为非洲人口第二多的国家，人口总量超过1亿，仅次于西非的尼日利亚，而且年龄结构非常年轻。埃塞仍是一个农业国家，主要粮食作物叫作苔麸（teff，制作埃塞主食"英吉拉"的原料），每年7月份播种，11月左右收获，一年只种一季，接下来的漫长时间里，大部分埃塞人无事可做。在实业家的眼里，这就意味着源源不断的廉价劳动力。

华坚在东方工业园的杜康鞋厂目前一共有5条生产线，2000多名埃塞工人，车间内90%以上都是当地工人，现在每月的员工流动率仅为1%，工厂5年以上熟练员工占比过半。杜康鞋厂的管理负责人胡宜衡2018年一年几乎没有招人，前段时间，他想招5个工人，到工业园门口一招呼，将近200个人报名。东方工业园附近有两个市镇——杜卡姆和塔博尔赞提，这两个地方有超过60万人口，而工业园只有不到2万个就业岗位——现今在园区大门口，每天都有年轻男女等着工厂出来招工。

胡宜衡告诉我，经过8年的培养，埃塞工人的整体生产效率达到国内工人的70%—80%，但他们的平均工资一个月仅3000比尔（折合人民币七八百元），只有国内工人工资水平的五分之一左右。埃塞另一项重要的比较优势是，非洲国家出口到欧美的女鞋是零关税，这一数字，中国为20%，东南亚国家为8%。仅关税和劳动力这两项，就为华坚这样的劳动密集型出口企业大幅降低了成本。胡宜衡拿着一双出厂价为79.99美元的Naturalizer（娜然，美国女鞋品牌）牌正装凉鞋告诉我，这双鞋在埃塞生产出口的成本要比在中国低5美元——这对利润空间本就不高的代工行业真不是个小数目。杜康鞋厂的工人们每天工作10小时，一周6天，一年生产150万双鞋，所有的鞋都会被装入集装箱运往海外，以几十到几百上千美元不等的价格，在欧美商店里出售。

回顾东方工业园的招商引资史，龚芬妮说，真正的拐点是在2014年。一方面，埃塞解决了工业园土地无法交易的问题；另一方面，国内制造业成本开始加速上涨——出海，成为越来越多企业的求生之选。改变也发生在埃塞工业部长的办公室。龚芬妮告诉我，2014年之后，部长不再整天坐在办公室里等中国企业了，他开始挑选要见的企业。此后两三年里，超过80家企业驻满了东方工业园，从纺织服装、皮革制鞋，到建材、机电、汽车等，不一而足。2015年，埃塞政府开始兴建自己的联邦政府工业园，龚芬妮看见了更大的发展空间，索性离开了东方工业园，出来创办了"投资埃塞"的公众号，并为前来埃塞投资的中国商人提供咨询服务。

"中国到非洲的企业大体有三类：第一类是做工程的国有企业；第二类是贸易企业，非洲进口的产品60%—80%来自中国，所以这是很大的一块；第三类就是华坚这样的民营制造企业。"张华荣说。由于埃塞政府禁止外企从事贸易，因此在埃塞，主要是国企和制造业民企。龚芬妮估计，在埃塞的中国企业已有近700家，其中大部分都是民企。

华坚已经将生产重心转移到埃塞俄比亚。"华坚在国内的工厂，2015年最高峰的时候有2.8万人，现在只有3000人，而且每年还会下滑，因为劳动力、关税、综合管理成本等问题，我们在国内的经营状况确实不好，而且美国的客人也希望我们走出去。"张华荣认为，在中国制造业蜂拥至东南亚、印度等地后，未来的10年，非洲是最后一块洼地。

市场的诱惑力

与张华荣对廉价劳动力的关注不同，埃塞帝缘陶瓷有限公司总经理王晓波更看重埃塞本地市场。2015年12月，王晓波从坦桑尼亚考察结束回国，在博莱国际机场转机，顺道去周边转了一圈。3个月后，占地300亩的瓷砖厂就在东方工业园破土动工了。埃塞吸引他的除了超过1亿的人口规模，还有过去十多年的高速增长——根据世界银行的统计，2004至2014年间，埃塞俄比亚年均GDP增长率高达10.9%，一直位居全球经济增长最快的10个国家行列。而且，埃塞高原盛产烧瓷必需的高岭土，这能为工厂省去一大笔运输费用。王晓波的小舅子杨权雷带我们参观了工厂，他介绍说，工厂现在80%的原料都采自当地，只有化工原料需要进口。帝缘陶瓷厂的流水线24小时昼夜不停，每天能生产6万平方米的瓷砖，足以满足埃塞全国瓷砖市场的需求。

帝缘陶瓷的总部在亚的斯市区的"W"大楼。"W"是帝缘的品牌标识，在亚的斯市区的交通要道、贫民区的墙壁和建筑工地都能看到它的踪影。我们在"W"大楼见到了一身正装的王晓波，42岁的他是土生土长的温州人，做生意也多少有些温州人的性格，"看中了的就把它买过来"。帝缘陶瓷的母公司叫荣光集团，总部在温州，本业是做鞋，涉足陶瓷行业是因为王晓波一次和朋友聊天，听说湖北有个陶瓷厂不错，股东想要退出，就出手把它买了下来。这是2012年的事。买过来两三年后，国内房地产开始调控，加上基建放缓，环保政策收紧，瓷砖行业迅速入冬，工厂纷纷关停。因为收购时对员工有不裁员的承诺，王晓波只能另寻生机，把目光投向了外部市场。

王晓波的工厂进入埃塞后，很快取代了原本从印度、中国等国家进口的瓷砖，把市场价格降低了一半。"以前可能埃塞的普通人家都用不起，或者用得很抠，和二三十年前的中国家庭一样，只在少数几个必要的区域，比如厨房、厕所才贴上瓷砖。价格降下来后，更多人家能用得起了。"王晓波说，外汇紧缺的埃塞政府原本只欢迎华坚这样的出口创汇企业，后来认识到瓷砖厂给他们节省了外汇，也开始予以支持。

瓷砖进家入户的过程，对王晓波来说正是一个了解埃塞的过程。埃塞俄比亚的宗教信仰十分多元，它号称是世界上最古老的基督教国家，一半以上的人口信仰基督教（其中又分为埃塞俄比亚正教、新教和天主教），同时也拥有庞大的穆斯林人口，还有部分人信仰原始宗教。"比如穆斯林喜欢带有伊斯兰特殊图腾和花纹的瓷砖，还有基督教和其他不同的族群也都有自己的偏好，我们要把订单拿过来做针对性的设计。"

王晓波的销售网已经基本覆盖整个埃塞，占据了市场最大份额。不过，日子并非一帆风顺。因为政局动荡，埃塞这两年的经济增长陷入低谷。王晓波告诉我，现在帝缘陶瓷的库存已达到 200 万平方米——他承认自己高估了埃塞市场的增长。如今在亚的斯，建了一半后无人照管的大楼四处可见，有的是因为老板资金链断了，有的是缺少外汇，建材迟迟进口不过来。就在"W"大楼隔壁，一栋七八层的大楼，从王晓波搬来至今快 4 年了仍未完工，而他们在东方工业园 300 亩地的工厂已经投产了近 3 年。

不过王晓波似乎并不担心。他刚刚去了沙特，计划在那里建设一座新的瓷砖厂，一共 4 条生产线，设计产能每天 10 万平方米，总耗资 1.7 亿美元。包括沙特在内的多个中东国家目前正对中国瓷砖进行反倾销制裁，最高税率提高至 75%。中国本是沙特最大的瓷砖进口国（2013 至 2016 年），但这一位置在 2017 年被印度取代。"所以我们就直接在那里建厂，而且沙特阿拉伯也在减少对石油的依赖，开始搞工业化，招商引资。还有，随着中东地区的战争结束，比如叙利亚的战后重建，整个中东市场对瓷砖的需求应该会有一个大的增长。"加上 2018 年王晓波在柬埔寨收购的一家瓷砖厂，他即将在埃塞俄比亚、柬埔寨和沙特拥有三家工厂，产能预计达到每天 30 万平方米。原本只是集团副业的陶瓷板块如今已经独立出来，成为一个新的增长极。王晓波告诉我，他的目标是再找两个国家建两三个工厂，当总产能达到 50 万平方米，"我也就可以退休了"。

中国老板，埃塞工人

时间倒流二三十年，中国的工业环境与如今的非洲有很多相似之处：大量从农村进入城市的廉价劳动力，高速增长，不断变化的制度，充满了不确定性，也充满了商机。当在这样的环境中成长起来的中国企业家来到非洲，他们多年训练出的商业性格再次找到了用武之地。无论是老一代企业家张华荣还是"温二代"王晓波，做事都是雷厉风行，果决大胆，他们到埃塞考察了一次就拍板，几个月后工厂便破土动工。高效，灵活，敢于冒险，让中国企业家很快在埃塞赚到了第一桶金，但如何与当地社区和工人打交道，是一个需要他们摸索的课题。

华坚目前是在埃塞雇用工人最多的中国企业，加上吉马工厂，总共有近6000名埃塞工人。张华荣的目标是到2030年，为非洲创造10万个就业岗位。张华荣半开玩笑地说，他认为凭借自己的这一成就，应该要拿个诺贝尔奖——尽管他还没想过6个奖项要拿哪一个。华坚前后选送了500名埃塞员工分四批前往中国学习培训，这些人中相当一部分被其他企业作为埃方干部挖走。晨训时担任翻译的"广州"和"上海"，以及胡宜衡的助理"辽宁"就是华坚树立的三个典型。他们三人是工厂里中文说得最好的埃塞人，同时也获得远高于车间工人的报酬。

29岁的"上海"在埃塞最好的大学亚的斯亚贝巴大学毕业后加入华坚，已有8年。他家里有6个姐姐，父亲从军队退役后开了一家商场，把他送进了大学。"上海"去赣州华坚科技学校培训回来后得到提拔，从车间工人成长为拉布鞋厂的人力资源部主任。"上海"结了婚，有两个小孩，住在亚的斯，组建了一个典型的埃塞中产家庭。他说一口流利的中文，讲话的方式也是华坚的标准。他告诉我，在中国，他学到的最重要的东西是"团结一致"，他也相信，只要团结，埃塞也可以取得像中国一样的成就。

胡宜衡是最后一批受训埃塞员工的教导主任，初中毕业的他是张华荣从工厂里一步步提拔起来的，如今位至华坚杜康鞋厂副总经理。在赣州华坚科技学校，胡宜衡看到"笨手笨脚"的埃塞工人，想起了自己刚进工厂时挨过的骂。其实送去培训的不少学员都和"上海"一样学历不低，初中生带本科生，胡宜衡用的都是土办法。他让埃塞员工从叠纸飞机叠花做起，逐渐掌握流水线生产需要的协调能力，后来他跟这批学员一起到了埃塞。在埃塞，不同的族群、语言、宗教信仰和文化习俗对初次出国的他来说都是陌生的。胡宜衡记得，以前穆斯林员工提出，希望在工作日留出祷告的时间，工厂没有答应，但后来在斋月期间允许穆斯林工人提前下班，同时单独安排进食时间。他说自己在埃塞待得越久，越明白尊重和沟通的重要性。5年前刚来工厂时，他到哪儿都要带着翻译，现在已经可以用英语去和当地员工沟通了。

如今在东方工业园的园区办公室有一个政府一站式服务中心，除了海关、税务外，最重要的就数负责处理劳资纠纷的官员。园区内除了常规的安保队伍，还驻扎了一个 21 人的联邦警察小队，持枪巡逻。在各大工厂里，劳资纠纷都属家常便饭。王晓波的瓷砖厂也不例外，但他倒是云淡风轻，他说自己在温州就见惯了本地工人和外商的矛盾。王晓波以前与人合伙开了一家汽车销售店，村里人找过来强行要求给他们搬车，王晓波愕然地问："汽车怎么搬？"但对方就是不管，最后只能每辆车给 50 元钱打发走了这些人。再比如从厂里顺手牵羊、小偷小摸，或者聚众围堵外资企业，吃拿卡要，如今发生在埃塞的事情早年在中国同样发生过，王晓波觉得不足为奇。"他们刚从地里出来到了工厂，其实还是需要一个转变的过程。我们进来是第一批，这是机会，但是帮助埃塞人完成从农民到工人的角色转变，这个成本肯定也需要我们去承担。好事哪能全部让你一个人占了，顺风顺水的话大家就都来埃塞，哪轮得着我们。"

在埃塞的中国工厂或多或少都遇到过罢工，张华荣体会尤深。龚芬妮记得，华坚第一次遇到规模性的罢工大约是在 2013 年，当时因为埃塞工人生产效率低，为了赶工期，杜康鞋厂常要求工人们加班，最后遭到埃塞工人的抵制，他们每天到下午 5 点就集体走出工厂以示抗议。罢工的原因各种各样，有的是因为内部管理的矛盾，有的则是由外部社会环境变化激起。2019 年年初，华坚拉布鞋厂再次遇到工人大罢工，在劳资诉讼中，华坚的埃塞律师帮公司赢得了官司。埃塞工人群情激奋，闯进了中方员工的居住区，要找躲在里面的埃塞律师要说法，张华荣讲话时话筒都被夺走，前来维持秩序的警长也差点被围殴。张华荣一口气裁掉了拉布鞋厂所有埃方员工，近 2000 名熟练工人。为了如期交货，生产了一半的鞋子不得不用集装箱运回国内的工厂加工，给华坚造成巨大损失。

在埃塞的中国企业家群体当中，张华荣看似风头无两，头衔甚多，但在华坚内部，他有时像是一位喜怒无常的帝王，常常当着客人的面不留情面地训斥下属，对团队暴露出的问题，丝毫不会轻易放过。他不仅要把关几百上千万的投资项目，连厂区 Wi-Fi 取名、后勤食材的采购，张华荣也时常过问。国际经济形势日益复杂，他更加小心翼翼地掌控着华坚这艘巨轮，但当它驶入异国的海域，一切变得更加变幻无常。

迷雾重现

张华荣有次邀请我们和中国农机院的专家共进晚餐，饭桌上，那位专家建议张华荣在吉马工业园做一个屠宰厂，投资小，利润高，却被他一口回绝。张华荣说自己上了岁数，要给子孙后代积德，不愿意做屠杀生灵的生意。"牛肉我们吃，宰牛的事让别人去做。"

关于屠宰厂，我们在埃塞期间听到了另一个故事。2014年，中国国内阿胶价格疯涨，原料供应严重不足，一家叫作"山东东"的公司到埃塞寻找驴皮。根据联合国粮农组织的数据，2015年，埃塞驴的数量已至843万头，稳坐世界养驴王国的头把交椅。龚芬妮说，"山东东"原计划在埃塞买驴皮，再将驴皮粗加工后出口到中国制造阿胶，但投资局高层领导建议他们开办屠宰厂，这样可以把埃塞人不吃的驴肉一起卖了以增加出口产品的附加值。"山东东"采纳建议，决定将驴肉卖到越南，驴皮运回中国生产阿胶。

当时"山东东"找到了东方工业园想租厂房，龚芬妮和几位同事讨论后认为，这个项目不能上，原因很简单，毛驴在缺乏交通工具的埃塞人眼中等同"圣物"，埃塞民间有句谚语，"没有驴的农民自己就是驴"，杀驴者会被视为凶手。但在投资局的支持下，"山东东"取得了屠宰厂的投资许可证，项目预计每天屠宰200头驴，雇用当地200个工人，所有产品出口国外。与东方工业园没有谈妥，附近的比绍夫图市市长却鼎力相助，批准了1.5万平方米土地给"山东东"。然而，工厂建成投产不到半年，2019年8月，在当地民众的激烈反对和抗议下，"山东东"不得不宣布变卖在比绍夫图市的屠宰厂。

近两年，埃塞投资环境的复杂化是每个受访的企业家都提到的感受。11月19日下午，华坚邀请工业城所在的区政府各部门官员参加了一场座谈会，工业城的土地拆迁问题是主要议题。张华荣在会上讲述完自己白手起家创立华坚的故事后，话锋一转，他提出，希望政府3个月内解决工业城土地上所有住户的拆迁问题——签订协议6年过去，工业城的土地上仍有不少村民没有搬走，这极大地阻碍了工业城的施工建设和招商引资。区政府的官员们则打起了太极，要求华坚先按流程提交申请，包括拆迁安置的详尽数据和资料，然后答应尽力解决问题。张华荣不露声色，他说这些资料政府几年前就已掌握，不过他答应再让人提交一次。

座谈会后，区政府官员们合影后并没有转身离去，而是等着去领礼物，拿了雨伞，挑到合适号码和款式的鞋子后，大家满脸笑容地上车。看到这一幕，一旁的龚芬妮向我揶揄道："这样送礼是最廉洁的了。"在过去很长一段时间，埃塞一直是公认的清廉指数很高的非洲国家，很多非洲国家的机场海关看见中国人都会索要小费，官员、警察到企业去敲诈也是常事。但在埃塞，这种事情以前极少发生。近几年，这种事情日益增多，企业苦不堪言，却又不得不送。

龚芬妮告诉我，这些年有不少国内的投机者跑到埃塞，通过炒地皮的方式很快发了财。他们通过各种渠道从政府手里拿地，然后从国内拉来工厂接盘。埃塞的地价和租金已经涨了好几轮，东方工业园最早一亩地3万元都难卖出，现在已经涨到了15万元一亩。龚芬妮租的一套小楼，10年前租金1.5万比尔，现在小区同等条件的其他房子已经涨到10万比尔。"房租现在涨得很厉害，有的房东会用美元来算，那每个月你交的比尔都是不一样的。所以如果你是埃塞人，不能开美元账户，更不能把不断贬值的比尔存起来，就只能买房子。"

2014年之前，在埃塞注册公司的门槛实际只有5000美元，外国人只要拿着护照去投资局填几份表格，几个小时后公司就注册成功。于是中国人开始大量注册空壳公司，因为这样可以拿到当地的身份证明，获得签证便利。在那前后一年多时间里，埃塞新增了五六百家中国人注册的公司。等到第二年，埃塞政府才发现实际运作的公司只有100多家，其他400多家都是假公司，这才反应过来，将外资公司的注册门槛提高到了20万美元。

新一代的年轻企业家也在埃塞寻找着自己的生存空间，李鸣（化名）是"80后"，一口流利的英文让他更容易融入本地人的圈子。他在埃塞办了一家主打本地市场的塑料制品厂，其规模仅次于一家印度人的工厂。有趣的是，他对印度人在当地办厂表现出的竞争力赞不绝口，"他们管理很好，都是制度化的，把成本控制得也很低，我们从来不做印度人做的产品，跟他们搞差异化竞争"。他告诉我，以前去投资局办事至少前面会排三四个人，现在几乎是空无一人。这与龚芬妮的感受互为印证，她的投资顾问公司这两年的客人明显变少了。

  大家都在期待 2020 年大选后局势能够好转，但坏消息接连不断。就在 11 月 21 日，埃塞俄比亚的锡达玛地区举行了自治公投，两天后，埃塞俄比亚全国选举委员会宣布，锡达玛成为第 10 个联邦自治州。近两年，地方各州反对势力风起云涌，2019 年 6 月，埃塞俄比亚阿姆哈拉州安全部队的派系发动政变，枪杀了该州州长和一名高级顾问，随后还在首都刺杀了埃塞俄比亚国防部队参谋长。持续动荡的政局给埃塞的未来投下了一层阴影，中国企业家也陷入进退两难的境地。离开埃塞的前一晚，我们再次见到了李鸣，他刚去了一趟埃塞的邻国肯尼亚回来，准备在肯尼亚投资一家塑料制品厂，考察了肯尼亚的环境后，他对埃塞的现状更加悲观。5 年前他到亚的斯亚贝巴时，很快就喜欢上了这个没有多少高楼大厦，却干净、平和，人民友善的城市，如今他不知道它何时能重回正轨。"但这个地方总是要发展的，运气好的话我们可以跟着一起挣钱，运气不好的话就只能陪着它耗了。"

铭记与奋进

2019年恰逢甲骨文发现120年、五四运动百年,前者是中华民族早期历史的一座丰碑,而后者则吹响了近代中国转型的号角。2019年更是新中国成立70周年,知所从来,思所将往,中华民族仍然走在复兴的大路上。

重塑历史：甲骨文发现 120 年

刘周岩

> 这真是应该大书特书的一件事，也是十五次发掘殷墟打破纪录的一个奇迹——董作宾

1899 年，清朝的国子监祭酒王懿荣因缘际会接触到甲骨，从而开启了 120 年的甲骨文发掘史，早期中国的面貌变得更加清晰。从 1928 年 10 月开始，到 1937 年 6 月为止，中研院史语所在安阳殷墟，共进行了 15 次发掘，总计出土甲骨 24906 片，在这 15 次发掘中，出土甲骨数量最多也最重要的，就是第 13 次发掘的 YH127 坑。YH127 坑共出土甲骨 17096 片，占全部殷墟发掘出土甲骨的近七成，其数量之大，在甲骨发掘史上也是空前绝后的。

发现甲骨窖藏坑

第 13 次发掘临近结束，尚未有值得注意的甲骨出土。以往几次发掘往往在工作临近结束时有意外之喜，大家开玩笑说看来这次是不走运了——此时是 1936 年 6 月 12 日下午 2 点，本次发掘的最后一个工作日，按照计划，到下午 4 点发掘将正式结束。

6 月 12 日下午的工作分为 B、C 两区。王湘负责 C 区，其中一个坑位代号为 YH127。Y 代表殷墟，H 则是"灰坑"的意思，考古学中把集中生活废弃物和其他用途不明的堆积坑统称作灰坑。在 YH127 坑，王湘发现了几小块龟甲，起初觉得

没什么，本想把它清理完就收工，若是清理不完也照常收工，下一季度发掘时再来就是了，以往对灰坑的处理就是如此。

除王湘外，当时工地上还有同样年轻而经验丰富的石璋如，他本是河南大学学生，因史语所想体现与地方合作之谊而有机会加入考古队。石璋如2004年以103岁高龄离世，堪称考古学史的活化石，其生前详尽的口述记录让大量殷墟发掘的细节得以保存。1936年6月12日下午发生的事情，后来被他如此形容："事实就是这样，往往比小说更惊奇。"

出乎人们的意料，YH127坑的甲骨不是一片两片，一版接一版的完整龟甲陆续出现，甲骨的数量超出了所有人最乐观的预期。12日，甲骨还未清理完就已天黑，工作只能暂停。考古队意识到发现重大，晚间将虚土填回了坑内，精通多国文字的魏善臣在虚土上以蒙文写下了记号，如同一个火漆封印，如果有人翻动坑口，将无法复原蒙文标记。

第二天一早天亮后，封印完好如初，大家松了一口气。此时考古队其他工作均已按计划结束，所有人都来到这个YH127坑协助。因为害怕一般的工人下去弄坏甲骨，由王湘与石璋如二人下去剔剥，越往下挖空间越狭小，便由王湘一人下去。所有的工作人员坐在坑口，照相、取出甲骨、王湘说出一版一号，放入筐中，再放棉花以防碰撞。当时还有队员觉得，会不会有点太小题大做了，若是装上二三筐甲骨，那也心满意足了。然而直到天色再次转黑，甲骨仍在一筐筐地装，似流水般源源不绝。坑中甚至发现了一具与甲骨一起埋藏的人骨，大家终于明白，这个YH127坑，正是他们期待了许久的大规模甲骨窖藏坑！这是商人有意集中掩埋甲骨的地方——也许是储存，也许是销毁，那具人骨或许是生前负责看护甲骨档案的臣子，商王让他死后继续自己的职责。

董作宾曾经满怀希望地想要发现罗振常曾记载过的整坑整坑的窖藏甲骨，可是考古队开始发掘以来，除了零星冒出来的数片，至多数十片甲骨，8年来窖藏坑都隐而不见，考古队员们反而看到了那些甲骨之外的奇迹——宫殿、王陵、青铜……而当最后一个工作日来临时，大地却又慷慨地满足了他们最初的愿望。

6月13日当晚，考古队全体成员留宿于坑边守护。此时消息已经扩散出去，前来工地窥伺的人愈发增多——这一带日本人、地方势力的活动都非常频繁。后来果然发生了交火事件，土匪开枪，希望考古队员避散以抢去甲骨，前来增援保护发掘工作的驻军早有防备，居高临下射击，击退了土匪。

暂且躲过一劫，不过所有人都清楚，现场清理速度太慢，再拖延下去早晚会出现变数。而且骨板上的泥土本身有湿度，出土时受到阳光照射，水分一蒸发，就容易碎裂，所以能不脱离本来的土壤环境是最好的。于是一个创造性的方案应运而生——将整个区域的土壤一起挖出，装箱运走。

三千年前商人的甲骨"档案馆"，变成了民国考古学家要运走的一个灰土柱。城里的木匠老板连夜为考古队赶工做好了一个大箱子，长、宽各2米，高1.2米。工人们把底板拆成五部分，和垫砖结合，费了诸多心思才在坑内拼装上了土柱的底板。考古队动用了各种地方资源，请和铁路有关系的人借来铁轨，临时制作斜面滑轨将重达数吨的大箱子运上地面，又请殡仪馆派遣抬棺人来抬运木箱。此时李济也从南京紧急赶回安阳，见证了最后封箱的时刻。

箱子有数吨重，因无合适的载重卡车，又怕牛车或其他运输方式颠坏甲骨，最后只能人力运送。一共动用70名工人，两天两夜，木箱终于运抵安阳火车站。

独创的"室内考古"

董作宾等人很快开始对YH127坑进行"室内考古"——这一坑共1.7万余片甲骨属于武丁时代。而当人们日后检视所有的甲骨材料时，有一个更令人意外的发现：甲骨文字不仅集中于武丁时代，而且也最早出现于武丁时代。今天，甲骨的断代已经有了多种手段，除了根据字体、贞人等来断代的不断改进的传统方式，还有碳十四测年等科技手段辅助。王子杨教授告诉我，从1899年至今120年发现并收藏于世界各国的共十余万片甲骨中，学界认为早于武丁时代而没有异议的甲骨数目是：零。

这很难不产生一个推论：是武丁，第一个决定把文字刻在甲骨之上。

可以肯定的是，甲骨文不可能是贞人自己突发奇想随手刻上去的笔记。王子杨说自己曾做过实验，真正在龟甲上刻字，即使用现代工具，难度也超乎想象，而且龟甲会崩裂。所以为了刻字必须对龟甲做特殊处理并进行练习。贞人当时有另外的"草稿本",毛笔、典册之类在商代都是存在的,只不过因材料易朽没有保存到今天,甲骨则是占卜的正式书写载体。

加州大学洛杉矶分校的李旻教授告诉我,不只甲骨,另有诸多考古证据似乎都暗示了文字在武丁时代经历了整体性的大爆发,"似乎是在王室的支持下,令文字从早期阶段过渡到全面发展的书写系统"。绿松石镶嵌制品、骨制品、青铜器等其他多种介质上,都在这一时期集中出现文字。此外,殷墟还出土了许多武丁时期的"习刻"甲骨。"习刻"就是在没有经过占卜灼烧的骨头上单纯"练字"。刻手在这些"习刻"甲骨上一遍遍刻着重复的天干地支列表,字迹明显稚嫩、多有错误。这些"实习生刻手"的作品说明,背后有某种国家机构在推动书写技艺的规范化。虽然考古这一行一向是"说有容易说无难",也许未来哪天新的考古证据就会推翻今日的认识——新中国成立后发现的非王卜辞、尚存疑的"郑州商城甲骨"等已经拓宽了人们的认知,但截至今日,证据确凿的系统文字应用最早仍只能追溯到武丁时代。

被刻在甲骨上的文字有着强烈的展示目的。当初董作宾就注意到一个现象,一些甲骨上面的字迹尤其硕大、精美,而且会在刻痕中涂满朱砂。经三千年之后,董作宾都感慨"色泽如新",可想当年是怎样的精美。这些特殊处理的甲骨往往有着特别的内容,例如王在神的指示下的一次大胜。此外武丁时期卜辞数量极大,占卜不可能总是准确,然而记录总有办法挽回面子。例如一次王预测下雨,验辞中特意提到虽然没下但是乌云密布,另一次王预测不下雨,验辞中则写虽然下了雨但是很小。吉德炜仔细研究了甲骨记录的规律,认为甲骨文是"二次性材料",即被刻上去的内容是经过严格选择和编辑的。他总结:"记录占卜结果的工作,正逐渐以助长商王的威信为目的。"

于是我们几乎可以把武丁时期的甲骨记录看作是一份官方日报或布告栏。不断出现的"王占曰",强调着王才对神意有解释权,占卜结果的记述会大体尊重事实,但总体倾向是"商王一贯正确"。出现重大喜讯,则有红色大字标题的"号外"。

这份布告出给谁看?何毓灵说,根据对殷墟手工业作坊的考古学了解,他猜测除了王室和高级贵族外,文字应该也在官员和高级工匠中得到普及,否则那些大型工程无法协调。他还有一个有趣的发现，在殷墟的一个特定区域，生活习俗遗存以及人骨的体质人类学特征十分驳杂，是一个多民族混居区。"这会不会就是殷都的'使馆区'？武丁把各个方国的首领轮流请来在首都居住——实际等于做人质，也是有明确记载的。"

"甲骨布告"也许就在商朝的上层集团和其他附属国的领导阶层内传阅？武丁清楚地知道，占卜并不只是和那些看不见的神灵祖先交流，更重要的是和那些还活着的、会真实影响他的统治的人沟通。文字，成了巩固自身功业最好的媒介。

"灰土柱"和纪念碑

一个开始大规模有意识应用文字的时代，和一个精神、物质极大变化、丰富的时代两相重合，难道仅仅是一个偶然吗？

李零介绍，关于文字的起源，有过程说和突发说两种理论。"突发说是语言学家从语言学定义出发，强调文字是记录语言的符号，不经人为设计、制定听说读写的规则，不成其为文字，不经人为传授，不可能成为交流工具。因此，文字发明不可能集思广益、约定俗成。相反，它只能由一个权威机构，指派少数人或一个人，比如仓颉之类的聪明人，在短时间内突然发明，一次性发明。"

这个理论，难免让人产生大胆的猜测。虽然学界普遍认为，甲骨文太过成熟，此前一定经历过少则数百年多则上千年的酝酿，否则就是"婴儿生出来就长着胡子"。但武丁有没有可能是另一个意义上的"仓颉"？他是否可能进行了某种文字改革并有意推广？

每一个伟大文明都有着自己的纪念碑，埃及金字塔、雅典卫城、美国总统山雕像，高耸入云、屹立千年不倒的建筑醒目地塑造着共同认知。中国古代以土木而不是石材为建筑材料，唐以前遗迹无存，似乎缺少对等的纪念碑。不过艺术史学家巫鸿提出，中国古代虽没有纪念碑，但同样存在着"纪念碑性"（monumentality），形式包括：青铜九鼎、墓葬宗庙、汉魏碑刻、长安城……它们凝聚着最具象征性的意义。我们能否借用这一概念，认为对文字的应用——那些刻字卜骨就是武丁时代的纪念碑？

武丁利用文字的灵感又由何而来？李旻向我介绍，他在刚刚出版的英文专著《问鼎：早期中国的社会记忆与国家形成》一书中提出了一个更大胆的"哑王假说"：也许那"三年不言"的传说其实是暗示了武丁的某种语言功能障碍——就如同著名的有口吃症的英国国王乔治六世——以至于他对文字交流表现出独特的兴趣，并在最开始不得不借助于文字沟通来处理王室事务与治理国家。而一旦开启文字的"潘多拉魔盒"，书写在王室的推动下迅速发展，统治也发生连锁反应。虽然武丁之后的商王对用甲骨文记录占卜不再认真，但由此而来的贞人集团却成为一个重要的文字群体，承担起关键职责。这些猜想，因为缺少确凿的考古学证据，不能被"证明"，却也足够为我们留下想象空间。无论如何，我们知道：曾经有那么一位商朝国王，他重视文字，他的时代开始着一些变化。三千年后，一群对文字同样怀有执念的民国知识分子，和他在安阳的 YH127 相遇——那是武丁留下的档案馆，是考古学家的灰坑，也是文明的纪念碑。

　　1936 年 7 月，装载 YH127 坑的木箱顺利运抵南京中研院。这中间又经历了诸多插曲：箱子太重压坏了铁轨，搬运时不小心颠倒了个儿，卸开箱子木板发现坑底朝上，只好反着清理……无论如何，这宝库三千年后重见天日时，是被当时最有能力与意愿去破解其奥秘的一群人获得，终得妥善处理。殷墟发掘 40 年后，李济在《安阳》一书中回忆整个过程，认为 YH127 坑是全部发掘中的"最高成就和最伟大的业绩"，不仅学术意义重大，而且"它好像给我们一种远远超过其他的精神满足"。

　　YH127 坑发现一年之后，正当队员们以为可以继续大展宏图，甚至已经开始规划第 16 次发掘时，"七七事变"爆发的消息传来了。日本人迅速占领中原省份，安阳发掘戛然而止。

　　石璋如到晚年仍然印象深刻的是，史语所转移到长沙后，日军前来轰炸所部附近的军事目标，大家狼狈逃避。长沙也待不下去了，于是史语所正式吃了一次"散伙饭"，此后要跟随研究所的人员需转移至更深的内陆，另有安排的人，自便。比如亲手发掘了 YH127 坑的王湘，就前往延安，从此脱离了考古事业。

　　在长沙有名的清溪阁，散伙宴还未上菜就先干了 11 杯酒，许多人直接倒下不省人事。石璋如记得，那 11 杯酒的敬酒词是："中华民国万岁！中央研究院万岁！

史语所万岁！考古组万岁！殷墟发掘团万岁！山东古迹研究会万岁！河南古迹研究会万岁！李（济）先生健康！董（作宾）先生健康！梁（思永）先生健康！十兄弟健康！"

这一别，殷墟考古队的许多人终生未能再相见。

尾 声

1818年，诗人雪莱（P. B. Shelley）参观大英博物馆时被埃及法老拉美西斯二世的雕塑吸引。雪莱熟知法老时代以后埃及政权落入异族之手的历史，他感慨世俗权力的稍纵即逝，写下了自己广为流传的诗句：

> 吾乃奥兹曼迪亚斯，万王之王，
> 功业盖世，强者折服！
> 此外空无一物，
> 废墟四周，黄沙莽莽。
> 寂静荒凉，伸向远方。

拉美西斯二世是古埃及第十九王朝最强大的一位国王，从约公元前1279年到约公元前1213年共在位60余年。这正好是商王武丁的年代，二人在位时间有近40年重叠。雪莱感慨功业盖世的拉美西斯二世，千年过后"空无一物"，武丁的结局与之相似又不同。

在安阳市，何毓灵带我们参观建于2005年的殷墟博物馆。殷墟已被评为世界文化遗产，为保护遗址区域整体风格，这座博物馆深藏于地表7米以下，地面上不见踪迹。展厅里的器物大多是1949年以后出土的。此前史语所发掘得到的珍贵文物，在战火中辗转流离，绝大多数最终到了中国台湾。也有例外，如李宗焜教授告诉我，YH127坑里的那位"档案保管员"的遗骨就神秘失踪了——李宗焜在任职北大前曾多年担任台湾"中研院"史语所文物陈列馆主任，管理着YH127坑出土甲骨，却从未见过那具清楚地显示于老照片中的坑内人骨。抗战全面爆发后，史语所继续研究工作，艰苦的环境中李济的两个女儿都因生病没有得到及时救治而过世，董作宾则以惊人的毅力完成了研究商代历法的名著《殷历谱》。解放战争爆发后，他们二人本自认为没有明确的政治倾向，但鉴于全部殷墟材料已经被运至台湾，"不跟着走还有什么选择呢"，却未曾想终生再没能回到祖国大陆。

何毓灵带我们匆匆绕过那些吸引了最多游客的甲骨、青铜器、玉器、金器……停在一堆黑乎乎的"铁饼"之前，这才是他最感自豪的成果。这其实是2015年发现的一个大型铅锭坑——铸造青铜器的铜、锡、铅三种金属原料之一，发现过程同样充满曲折：地产开发商为了不让这个忽然冒出来的考古发现耽误建设进度，企图"毁尸灭迹"，意外得到情报的何毓灵匆忙赶到现场，当他踢开故意盖回坑口的虚土见到眼前景象后，立刻拨通了所有相关的报警电话——考古队和"地方势力"的斗智斗勇从未停止。

这是目前世界上已发现的最大的铅锭贮藏坑，但真正让何毓灵兴奋的是，它可能揭示了一个重大的历史事件——商周之变。通过对这一铅锭坑的掩埋方式和周边许多故意打破的青铜器碎片的分析，可以判断商人应该是匆匆撤离的。"这一带的许多商末周初之际的建筑，都显示出房体倒塌的情况，还有明显的火烧痕迹。很可能是人为的大火。"何毓灵说。

殷墟究竟如何从一个繁华都市在极短的时间内变为废墟，是一个谜团。史语所考古队一度认为是因为洪水，后来推翻了自己的结论。文献上记载周人"二次东征"后强制殷人搬离，但究竟是因人口衰落而自然废弃，还是某种强制降临的人为力量故意摧毁了这座城市？现在越来越多的考古证据倾向于后者。

这恐怕是武丁未能预料到的情形。这些很可能一把火烧了他曾经的都城的周人，在武丁时代只不过是一个文明几乎没怎么开化的小部落，他们的首领也许曾在殷都战战兢兢地阅读"甲骨布告"，歌颂商王的神威。近几十年来殷墟最重要的考古发现，是1999年在洹河北岸发现了一个年代早于殷墟而规模小于殷墟的城市遗址，被称作"洹北商城"，曾长期领导殷墟发掘的考古学家唐际根对此做出了重要贡献。洹北商城的发现甚至让人们大胆猜想，整个洹河南岸的殷墟有可能是武丁时候才开始建设的，而此前的商王居住在洹北商城，这将大大改变人们对商代历史的认识。此事还未有定论，不过即便把这座城市也算入武丁的功劳簿，也未能改变它最终被毁的命运。

技术相对落后、实力也较弱小的周如何打败强大而有组织的商，至今仍是未解之谜。大英博物馆馆长尼尔·麦格雷戈（Neil MacGregor）评述公元前1000年左右的全球文明时认为，某种大的轮替周期在那时到来：几乎是商周之变的同时，从地中海到太平洋地区旧有的社会都在崩塌，新的势力取而代之，库施人征服了埃及。

周人改变了武丁苦心建立的祭祀制度，人牲制度也不再使用，周人甚至有意在记载中回避了这一点。极为关键的王位继承制度也被改变，兄终弟及被嫡长子制取代。王国维的《殷周制度论》认为，由此导致了宗法封建制度的出现，故而商周之变是中国历史上最大的转折。周朝人也不再那么相信巫术，更多把自己的统治合法性建立在"德"之上。

然而有一点周人继承了下来并且发扬光大，那就是沿袭同一套文字和对文字的"纪念碑性"的利用。周人对文字记录的热衷有过之无不及，"巫"逐渐转化为"史"，历史记载的传统出现了。李泽厚曾说，这一过程中"理性化了的巫史传统"就是中国思想的根本支柱。

至于那种刻在龟甲和兽骨上的文字，后来又经过了许多发展，形成战国文字，再到秦始皇"书同文"，一直使用至今。它写下了武丁的梦境，孔子对商代历史的苦恼，司马迁准确但不完美的商王世系，罗振常的日记，王国维的绝命书和李济的安阳发掘报告。

（除文中采访对象外，感谢以下人士对本文的帮助：中国社会科学院考古研究所刘一曼、岳洪彬、牛世山、常怀颖、严志斌；北京大学孟繁之；广西师范大学陈洪波；作家陈河）

"五四"百年：汪晖再论"五四"

刘周岩

狭义的"五四"指1919年5月4日的爱国学生运动，广义的"五四"则是一个延续多年的政治、文化、社会的全面革新历程。无论怎样定义，"五四"都是毫无争议的中国近现代历史上最重要的界标之一，其牵涉之广与影响之巨，使得此后中国的方方面面都可在其中找到或显或隐的连接。这个意义上，每一位现代中国人都流淌着"五四的血脉"——无论自觉与否。

正如思想史学者汪晖所说，对于这些人物不仅应揭示他们之间的矛盾性，也要关注他们各自的矛盾性。"我拒绝简单地把他们放在一个简单的进化线索下，因为他们置身于好多重线索的纠葛之中，存在着不同的张力。我认为中国现代思想的这种特点与中国在世界中的独特位置存在着互动的关系。"

再论"五四"

三联生活周刊：2019年是五四运动100周年。可以预料，这一重大历史事件会被以不同形式纪念。不过从思想的角度，我们仍然能够开掘出新意吗？我们为什么还要谈论"五四"？

汪晖：我最近正在将过去十多年有关20世纪的研究重新编辑为三本书。前两卷是《世纪的诞生》和《世纪的多重时间》，最后一卷叫作《世纪的终结与绵延》。我觉得整个20世纪中国都值得重新再思考。一个意义上是因为它终结了，但另外一个意义上也因为它还在绵延。它的很多要素都持续地存在于今天的生活构造里面。

三联生活周刊：五四运动70周年时，你写作的《预言与危机——中国现代历史中的"五四"启蒙运动》就引起了很大反响，其中提出"五四"文化运动具有反传统的"态度的同一性"，而不是某种观念的共同体。30年后的今天，你的看法有何发展？

汪晖：很多人把"五四"比作中国的启蒙。"分析还原，理智重建"的理性方法贯穿欧洲启蒙运动所有不同的知识领域。这个统一的方法论能够在所有不同领域和旧的神学世界观斗争，这才构成启蒙。30年前我就疑惑，那"五四"有统一的东西吗？当时我认为"五四"在具体的思想观点上不统一，方法论上的统一性也难以成立。但有一个"态度"上的统一，即大家都批判传统，政治上又反对帝制复辟。我最近的思考是，"五四"除了这个态度之外，还有没有统一性？

我觉得很可能有。以文化运动为方法，构成当时各个派别共同的一个方式。他们没说你办了杂志，我要去夺权，而是也办个杂志跟你讨论，发表文章，发表自己的分析和观点。"五四"的确是为近代中国的文化场域的诞生创造了一个非常重要的基础，而这个基础又为新的政治发展提供了前提。文化不仅作为价值、观念而存在，更是作为一个相对自主的范畴和领域而存在，并通过这一范畴内部的相互激荡，重新介入政治和其他社会领域。文化与政治的关系贯穿了整个20世纪。

三联生活周刊：为了更好地理解"五四"何以发生，该怎样确定一条追溯的线索？对"五四"比较经典的叙述是认为从洋务运动、戊戌变法，再到五四运动，有一个三阶段的发展，经历了"器物—制度—文化"的递进的对西方的学习。

汪晖：这是"五四"最经典的论述，从陈独秀开始就这样界定。到80年代，把近代历史凝聚为器物—制度—观念三个主要阶段，已经成为经典表述。在描述的层面上，这个表述是有道理的，但内核是使上述三个阶段全部服从于现代化的目的论，也遮盖了这一进程中对于现代化进程自身的不同思考和批判。"五四"毫无疑问要寻求中国的现代化，但是"五四"包含的内容同时包含了对经典的现代化目标的批判和超越。"存在的链索"都是通过排除完成的。追踪"存在的链索"有启发，但我更希望将链索间的差异勾勒出来，以理解不同的政治和文化内涵。

三联生活周刊：在进入你的"五四"叙述之前，我们仍然希望把时间追溯得更久一些。你的代表著作四卷本《现代中国思想的兴起》处理了近现代中国思想发展的历程，不过很多读者反映论述比较晦涩，读起来有一定困难，希望你接下来做一个简单的回顾。

汪晖：我先前的著作中，对康有为、梁启超、章太炎、严复，以及早于他们的魏源、龚自珍等的研究，不但最大可能地去揭示他们之间的矛盾性和张力，而且也研究他们各自的矛盾性和张力。我拒绝简单地把他们放在一个简单的进化线索下，因为他们置身于好多重线索的纠葛之中，存在着不同的张力。我认为中国现代思想的这种特点与中国在世界中的独特位置存在着互动的关系。

举个例子，现在康有为"热"起来了，复古的人重视他的后期，将他塑造成复古派。但康有为是戊戌时代的激进派，如何理解他这个"复古派"？说他有复古的因素，当然对，但关键是怎么去重构他的复杂语境和思想的复杂性，而不是用一个激进或复古的观念去单面地解释他。康有为是早期《新青年》的主要斗争对象，康有为保守派形象的确认，事实上是对新文化运动的反动的产物。但如果只是从连续性的角度，比如晚清思想和制度改革向新文化运动转进，又怎么能够合理地解释在这一特定时代所产生的对抗性而非连续性的现象？

"从天下到国家"

三联生活周刊：中国和西方的遭遇是几代人持续的过程。如果让你给近代思想确立一个起点，会从什么人、什么时候开始？

汪晖：林则徐、魏源、龚自珍、郭嵩焘、冯桂芬，直到康有为、梁启超、章太炎、严复，都是参考整个世界的状况，来理解自身的内部变革的一代人。他们占据所有近代思想史写作的中心地位。魏源的《海国图志》综合了林则徐的很多思考，第一版中有几部甚至流传到了日本，为幕末时期的日本人所关注，对明治维新产生了重要的影响。魏源、龚自珍等人在1820年到1840年这个时期就已经奠定了现代思想非常重要的基础。在现代化的思路下，洋务运动被重新评价，参与这场运动的中央官僚、地方大员和实业先驱，是晚近研究的热点。曾国藩、张之洞、李鸿章、张謇的位置得到了思想史、政治史和经济史的高度重视。与之相应，被忽略和贬低的是太平天国运动。

三联生活周刊：谈到中国与世界的接触，有的人会更进一步上溯到明代。和外国人的接触、地理的发现等在那个时候就已经开始了，为什么不是从明代开始算起？

汪晖：中国人并不完全缺乏对外的经验，《海国图志》中就参考了不少明代的著作。但明代面对的环境是完全不同的，思考问题的方式也是不同的。16世纪之后，欧洲殖民主义逐渐在不同地区扩张，但当时中国很强大。可以举一个例子，香港、澳门、台湾这三个地区里，为什么中国人对澳门没太多的心结？澳门是明朝晚期就被租给葡萄牙的。葡萄牙人为了找一个进入中国的跳板，围着中国沿海做过多次军事入侵，但没有一场真正打赢过。他们用贿赂的方法租借澳门，但形式上要遵从明律，尊重明朝海防政策。严格地说，澳门的殖民地地位是在第二次鸦片战争后才真正确立的。

1820年至1840年前后，鸦片贸易达到相当的规模，而鸦片战争直接将西方的优势以严酷的形式表现出来，并刺激观念上的转变。当然，这也是一个漫长的过程。具有更大震撼性的事件是甲午战争的失败和由此引发的一系列改革和革命的尝试。这一进程不能够仅仅在中国内部加以观察，还应该置于整个世界格局的变化中才能理解。

三联生活周刊：在中国人认识世界和革新观念的过程中，地理学知识的扩展是走在最前面的，龚自珍、魏源等人的地理学知识是怎样发展来的？

汪晖：清朝统一本来就促进了知识体系尤其是地理知识的发展，打下了一些基础。17到18世纪，中国主要的挑战来自于俄国，危机感都是沿着清俄边界来的。欧洲的测量术被用于边界的确定，拉丁文成为条约正式文本的语言。对于新的技术和语言的需求背后已经蕴含了不同以往的有关世界的知识。

1820年前后，龚自珍、魏源都开始卷入舆地学的学习。这些人的确是睁开眼睛看世界，不只是看西方，首先是西域。龚自珍做了许多关于蒙古、新疆等地的风俗、水文、地理和语言的研究。他们为什么对西域有这么大的兴趣？大多数儒教士大夫所理解的中国基本上是中原一带加上东南沿海，但大清一统，带来了对于西南西北的再理解，这是重新界定中国的另一个独特时刻。龚自珍1820年写过一篇奏议叫作《西域置行省议》，是目前资料中能找到的第一个建议在新疆建省的奏议。皇帝觉得他的奏疏楷法不合规矩，搁置一边。60年后，李鸿章重新评价这篇奏议，以为是龚自珍的奏议中之荦荦大者。新疆1884年建省。

几乎在此同时，他还写过一篇奏议，叫作《东南罢番舶议》，讨论东南鸦片贸易及背后的危险，可惜亡佚了。龚自珍已经意识到英国所代表的海洋势力的压力。在《西域置行省议》中，他隐约地透露了一种期待，就是找寻另外一条通向西海，也就是印度洋、阿拉伯海的道路。过去的历史中没人想过新疆这个地方跟海洋有什么关系，可是那个时候，他甚至借助新疆思考一个新的海洋时代的格局。我想这不是他一个人，是这么一批人，其中林则徐、龚自珍、魏源，是特别重要的人物。现代舆地学的兴起，与中国内外格局和世界局势变迁有着密切的关系。

三联生活周刊：以魏源的《海国图志》为标志，中国人已经开始意识到自己只是世界的一部分，具备了相对准确的地理知识。但知识与观念未必同步，从观念的意义上，现代民族国家观念开始动摇"天下"的世界观了吗？

汪晖：尽管17世纪晚期已经开始了对于边界、边界内的管辖权、贸易准入等的探讨，但民族—国家或国民—国家的问题要到19世纪90年代之后才真正上升为中心议题。《海国图志》对于中国是不是要变成一个民族国家没有兴趣。在《海国图志》中，能够跟中国做比较的是罗马帝国，而不是欧洲的任何一个国家。魏源对美国评价高，认为美国的制度除了总统制之外，其实很接近于中国的制度——除了六部的安排，更主要的是美国联邦制度能够像中国的制度一样，将不同族群和文化综合在一个政治共同体内。我记得他还举过一个例子，是瑞士。瑞士很小，但语言多种，存在不同的族群和语言群体，其政治结构以联合执政的模式维系国家的统一性。这也表明魏源关心的不是所谓民族国家，而是某种带有帝国性的政治体。我在这里不用"天下"来表述他对中国的理解，是因为《海国图志》已经清楚地将中国置于四海之内，天下比中国更加广阔。也就是说，此时他对中国的认识已经必须置于对外部或他者的清晰界定之中才能完成了。

很多人特别是经济学家常常批评中国没有自由贸易的观念，并认为正是由于这一观念的匮乏才导致中国的衰败，但魏源的《海国图志》发现：在东南亚，尤其是新加坡，华商规模已经有数万人，却斗不过英国人。这不是因为自由贸易的问题，而恰恰是因为国家不管他们，而英国人有东印度公司，有筑城招兵的权利。这或许就是王赓武先生所说的"没有帝国的商人"与"帝国的商人"的区别所在。魏源在当时的很多看法甚至比很多当代教条主义者还要深刻一些。

三联生活周刊：如果不是《海国图志》，那么标志着中国完成从天下之主到主权国家之一的自我认知转换的事件或文本是什么？

汪晖：签订不平等条约的过程也是将自身纳入所谓主权国家体系的过程。形式平等的主权其实是以不平等为前提的。提供这种主权知识的重要文本是《万国公法》。我记得丁韪良翻译《万国公法》是1864年。这部译著对明治日本也有影响。不过，只从观念层面讲不清楚这个转变。主权国家是一整套的设置。原来清朝没有外交部，因为马嘉理案，清政府被迫在英国设立了第一个大使馆，逐渐地发展出了驻外使节的制度。我们今天讨论主权，是在现代中国革命和民族解放运动的脉络下重新确认的，我更倾向于从一个政治进程中来理解主权，单就形式主权而言，则与早期殖民主义历史有着密切的联系。

从天理世界观到公理世界观

三联生活周刊：中国和现代世界接触之后产生的观念变化，一方面是对中国在世界位置认识的变化，即从"天下"到"国家"的转换，还有一方面是对整个宇宙秩序的认识，你总结为从"天理世界观"到"公理世界观"。这方面的变化是科学技术的引进发挥了主要作用吗？

汪晖：与其说是简单的科学技术的引进，不如说是科学话语共同体的形成。早期就是用西方的科学和科学世界观，包括达尔文的进化论、哥白尼的学说等来跟旧世界观斗争。到了"五四"，新学堂和新知识是依据新的科学观来建设和规划的。

晚清思想的主要特征就是天理世界观的崩溃和建构新的公理世界观的努力，科学世界观在颠覆旧世界观方面是摧枯拉朽的。实证主义和原子论的科学观，实际上提供了一种新的社会构成原理，将个人视为社会的形式平等的原子，把个人从血缘、地缘和其他社会网络中抽象了出来，也就瓦解了作为王朝政治和宗法、地缘关系合法性理论的理学世界观。

三联生活周刊：这里面最具代表性的个人是谁？

汪晖：科学团体的形成和话语的放大，是真正重要的，不是哪一个人。前面提及的那些先驱都在其中。《亚泉杂志》是最早的科学刊物，主编是后来担任《东方杂志》——也是新文化运动的对立面——的杜亚泉。任鸿隽等人创办《科学月刊》好像是1914年前后吧，那是比较正规的科学刊物了。中国科学社和各类科学组织的兴起，对整个20世纪影响巨大。

严复作为一个翻译家贡献巨大。他把西方的新思想用中国古典的、士大夫能够认可的语言形式介绍到中文世界里，从《天演论》《群己权界论》，到孟德斯鸠的《法意》，密尔的《名学》等，一大批西方著作构成了现代化纲领式的东西。

三联生活周刊：这时期语言文字的转换，和世界观的转变构成怎样的关系？

汪晖：别的时代文学没有那么重要，20世纪的文学是非常重要的。普希金之于俄国，但丁之意大利，拜伦、雪莱之于英国，都是关键性的，这是形成自己的新的民族认同的最核心的部分，所以"五四"中鲁迅和文学运动的地位如此高。现代民族认同与语言形式有密切关系。科学的语言和现代白话的文学语言，再加上所谓应用文的变革，也就是媒体和各种应用文的变革，构成了整个现代世界观能够自我表述的前提。如果每个人见面都是之乎者也，这个时候的认同是另外一种认同。

三联生活周刊：在晚清民国的变局中，知识分子以西方为重要的思想资源，但并不限于简单的"拿来"，东西观念的碰撞之中产生着真正有原创性的思想。在你看来，谁是最具原创性的人物？

汪晖：晚清时期最具有原创性的人物是康有为和章太炎。他们的方向不同。康有为带着用"公羊三世说"包装起来的进步观打量世界的变化，而章太炎对现代世界的批判和否定是非常高的。康有为为未来世界勾画了大同蓝图，章太炎则是最早对进化论和目的论的历史观和方法论提出尖锐批判的人物。他们的思考都包含了对现代世界的批判，但方式和方向截然不同。章太炎对于西方现代性的反思走得最远。他对民族国家、政党政治、城市化、工业化也都有怀疑。他是激进的民族主义者、国粹主义者，又超越民族主义、国粹主义。他使用古文，但在批判日渐衰朽的语言制度方面，又与此后的白话文运动有着某种辩证的联系。

三联生活周刊：当时中国受到西方冲击，现实政治层面十分紧张，但西方的新观念似乎让人们看到了方向，乐观的情绪也不少见，有人称之为"认知上的乐观主义"，从这个意义上，章太炎也很不"合时宜"。

汪晖：是的，章太炎和那种乐观气氛完全不一样。他师法西方的同时，重新强调文化自我。但他在政治上比康有为又激进得多，是"反满"革命的，康有为是保皇的，希望君主立宪。章太炎一方面不希望君主制，一方面对立宪也并不是那么相信。他对这些制度都有一种怀疑，他的怀疑主义对鲁迅、周作人等"五四"人物有着深远影响，钱玄同也是他的弟子。章氏的手下好几个人，后来变成五四运动里面的重要文化人物。

三联生活周刊：这几代人在思想上呈现出极大的丰富性，你怎么从整体上去评价他们？

汪晖：晚清的人带有全能的方向。他们涉猎领域之宽广令人惊叹，而且都要从最根本问题着眼。比如谭嗣同，他也许不算是最伟大的哲学家，可是他的整个学说是要从宇宙论开始的，那样一种广阔性，试图把哲学思考、新的科学发现与对历史的探索加以整合，在思想上冲决网罗、打开空间。

多重转折

三联生活周刊：这些清代的铺垫，和"五四"之间是什么关系？王德威提出"没有晚清，何来'五四'"，怎么去理解？

汪晖：追溯源泉总是有道理的，看起来"五四"相比于晚清没有什么新东西。睁眼看世界——魏源；白话文运动——早期的白话报；黄遵宪的"我手写吾口"和南社的文明戏；晚清的时候，女性的问题已经提出，即便是反孔，晚清的时候也已经出现了，严复的《论世变之亟》等文章已经是战斗的檄文；科学——"五四"关于科学的讨论，前奏当然是从洋务运动开始的。"五四"的老一辈，本来就是从晚清而来。在这个意义上，就它的因素、话题来说，"五四"并不怎么新。

在常识的层面，"没有晚清，何来'五四'"是对的，但如果仅此而已，就会把"五四"变成另外一个历史中的平常一环，变成日常生活世界发生的无数事件当中的一个。这是近20年来的一个潮流。"五四"的新颖性不是从一个这样的脉络可以叙述出来的问题。"五四"的独特性需要在另外的脉络下展开，以下几个层次相比晚清的转折可能是重要的：文化场域的创造、对共和的反思、对现代文明的再思考、技术和教育条件的变化等。就要素而言，它们中的每一项都与晚清有关，但在这一新语境中，方向性转折又是清晰可辨的。

三联生活周刊：文化场域是如何出现的，它意味着什么？

汪晖：戊戌变法之后，中国到底往哪儿去这个问题发生了非常巨大的变化。晚清的文化讨论、思想讨论，跟政治问题、建立新国家的问题，是非常紧密地联系在一起的。新文化运动出现的契机恰恰是在关心现实政治的同时，一定程度上疏离直接的政治，而将关注的重心转向文化，从而使得文化范畴成为一个具有自主性又能从这种自主性出发介入和塑造政治的空间。

为什么陈独秀说不要讨论旧政治，而要讨论新文化？民族主义政治、国家主义政治、议会政治、旧的党派政治、军阀政治，其中不少是向西方学来的，是中国原本没有的，但这是旧政治的范畴。"五四"这个时候重新创造政治领域，是通过文化运动，提出青年问题，提出妇女问题，提出劳工问题，提出语言和白话文的问题。虽然白话在晚清就已经有相当规模，而且有各种各样的方案，但到这个时候才形成一个新的白话文运动，形成一个新的文学运动，再造中国人自己的语言，并且迫使国家采用这种语言，这是极大的文化政治。反孔的问题、家庭的问题都成为文化问题，这些与现实政治密切相关的问题以文化问题的形式呈现，极大地改变了20世纪政治的内涵和议程。在讨论未来的政治之时，再也不可能简单地回到军阀政治、旧的党派政治，或者晚清意义上的民族主义政治。"五四"通过一个文化新空间的创造，实现了一次转折。

三联生活周刊：到"五四"前夕，知识分子不再谈论"旧政治"，而转向"新文化"，但这个"旧政治"恰恰是不久以前众人还孜孜追求的，辛亥革命也让中国成为亚洲第一个共和国。为何有这样大的转向？

汪晖："五四"虽然把问题集中到反孔、反传统这些问题上来，但是出发点是对共和的反思。经历了一轮一轮的改革和革命，共和国的乱象甚至比晚清更甚。陈独秀、鲁迅是辛亥一代，为共和的建立奋斗过的一代。你读鲁迅的《阿Q正传》，很清楚其中包含了对辛亥革命和对共和的一个再探讨。共和的危机的另一面，是所谓保守派的态度。康有为、严复、杨度等都是晚清的活跃分子，西方知识丰富，但这个时候或者趋向保守，或者支持袁世凯称帝，根本原因是共和本身出现了巨大的危机。

"十月革命"之后，一批原来崇尚法兰西文明、法国大革命的人，比如陈独秀，开始快速地转向新的革命模式。这种革命模式在他们的想象当中是超越他们曾经模拟的欧洲18、19世纪的政治模式的新模式。这在思路上有一个转折性的意义。

三联生活周刊：除了中国国内政治，国际形势的变化是否也改变了思考的走向？

汪晖：可以说，从洋务，到戊戌，到辛亥，基本思路都是把西方作为自己的楷模的。但"五四"在这一点上与此前不同，"五四"的一个很重要的方向，是对现代文明的再思考，直接的原因就是第一次世界大战。

第一次世界大战是第一次普遍性危机，所有西方最发达的资本主义国家都被卷入了这个超越以往的大战，高度发达的科学技术导致了从未有过的大规模杀人竞赛。法国大革命创造了民族国家，也因此创造了总体战，让全部的人口都被动员起来投入战争，其残酷性是西方现代文明产生以来从未有过的。正是在这个背景下，西方内部也产生一系列反思，比如斯宾格勒的《西方的没落》的发表。"五四"就爆发在这个节骨眼上。

包括梁启超在内的知识分子都意识到，不管政体如何，欧洲国家都卷入了这场战争，没有人能例外。梁启超的《欧游心影录》和此前的旅欧游记非常不同，在他过去的描述里面，欧洲就是一个非常美妙的、可以让我们模仿的世界。可是《欧游心影录》讲的是欧洲文明的危机和对中国文明本身的再思考。无政府主义虽然晚清就有，但到这个时候又出现了一个高潮。这些和晚清是连续的，但又不完全是连续的。为什么？因为大家面对的是全新的问题。

三联生活周刊：中国想要融入世界，可榜样自己先堕落了，这让梁启超这些人开始尝试着返回传统中去寻找资源。但新文化运动的主体还是坚持了反传统的大方向，他们又是如何看待国际事件的？

汪晖：新文化运动坚持了所谓反传统的方向，但是它的方向有一系列的变革，为什么到1918、1919年之后发生重要的转折？因为巴黎和会的破产，因为十月革命的爆发。一部分人把俄国革命当作克服19世纪文明危机的一种方法，在这一点上，新文化运动中的激进左翼也从一个独特的方向上回应了保守派对于共和的反思。

即便是梁启超、胡适这些被描述为自由主义者的人，他们追捧的西方思想也都不再是19世纪主流的资本主义模式了。杜威是坚定的民主社会主义者，罗素的思想中也有基尔特社会主义的因素，他们的思想都包含了对19世纪旧模式的反思。

三联生活周刊：你还提到技术与教育条件的变化也促成了"五四"的发生，具体是如何作用的？

汪晖："五四"很重要的载体是印刷品。如果没有大规模的刊物的出现和媒体的介入，新文化运动是很难展开的。文化范畴如果没有一个载体，是不可能的。

此外，19世纪90年代建设新学堂，1905年废除科举，北洋水师学堂、京师大学堂、清华学堂都是新学堂。这些新学堂到民国之后有了大规模的发展。伴随中小学制度和高等教育制度的大规模涌现和改革，有了数量庞大的学生队伍，创造了新的群体、新的社会阶层。没有他们，新文化运动不可能出现。没有他们，《新青年》所说的青年问题、恋爱自由、婚姻自主、个性解放，都没有着落。谁会呼应这些？谁会觉得被这些东西激励？就是这些青年人。晚清那些人——即便接受新思想的人，他们所受的教育，或者是私塾的，或者是旧的科举教育。而这一批人是从新学堂里走出的新一代。

大量留学生的出现也是重要因素。蔡元培、李大钊、鲁迅都有过出国留学的经验，而胡适、任鸿隽、梅光迪、胡先骕、陈西滢这一代更是留学英美的新人物。还有一些人去俄国访问过，比如瞿秋白。虽然留学生的出现是晚清的事情，比如容闳，但是大批留学生参与国内文化运动，这是第一波大浪潮。康、梁这些人是游学,不是留学。只有到这个时期,才出现了大量的留学群体回国,和国内政治相互激荡。

全球性时刻

三联生活周刊:一系列的转折之下,诸多和晚清不同的要素最终催生了"五四"的发生。"五四"的条件是全新的,它的产物也应当是全新的,那在你看来"五四"最具新颖性的成果究竟是什么?

汪晖:"五四"代表了一个重要的转折期。这个转折期的最后一步,当然就是一定程度上新文化运动逐渐地转型,催生现代政治的诞生。

1920年以后,由于有一大批人,转向了共产主义,特别是陈独秀、李大钊,使得原有的《新青年》也转向了。国民党的改组、共产党的成立,如果没有之前的文化运动和政治运动,是很难理解这些政治组织在中国出现的历史脉络的。后来毛泽东总结说:"五四运动是在思想上和干部上准备了1921年中国共产党的成立,又准备了五卅运动和北伐战争。"实际上"五四"成为整个现代中国政治的一个界碑。国民党改组后,主要的干部有很多"五四新青年",都是在新文化运动、"五四"学生运动的浪潮里出现的。青年党也是如此,甚至到20世纪30年代、40年代出现的其他政治团体,如果观察一下他们的成员构成,都是如此。

在此之前,几乎很难形成现代的政治模式。政党并不是从这个时候开始的,早期从兴中会、华兴会、光复会,到组成同盟会,带有强烈的会党色彩。而到五四运动之后,由于文化运动的传播、新知识的传播和新的国际条件,如苏俄的成立,使得新的政治组织成为可能。

三联生活周刊:贯穿我们讨论的一个主题是中国与世界,"五四"以前,中国始终是一种相对被动的应变状态——无论视对方为楷模还是反思他们的危机。既然"五四"如此特殊,它有没有把中国与世界的关系带入一个新的境地?

汪晖:美国学者伊里兹·马尼拉提出"威尔逊时刻"是一个与民族自决有关的全球性时刻。但民族自决的理念最早不是来自于威尔逊,威尔逊是在苏俄革命将民族自决写入宪法的条件之下才提出的,在这个意义上,也许可以称之为"全球的列宁—威尔逊时刻",虽然他们两者是完全不同的。中国是这一时刻的积极呼应者,五四运动也是这一全球性时刻的积极建构者。19世纪的革命集中在欧洲和美国,而这一时刻也注定了一个新的全球时刻的降临。这个时候"五四"所回应的问题带有全球性,要探讨的道路也带有全球性。20世纪的中国革命带有强烈的国际主义色彩不是偶然的,这不是一般的民族主义或某一国的国内问题可以概括的。

三联生活周刊:"五四"开启了一个怎样的20世纪?它究竟召唤出了什么?

汪晖:五四运动所提出的主要问题,其实是对政治概念的改变。政治再也不是少数人的政治,必须是大众的政治。青年、学生、妇女、劳工,哪一个不是所有人的事情?

20世纪的政治,如果离开大众性、文化运动、新型政党政治这三个要素是不可能的。以"五四"青年为主要干部的北伐加进了第四个要素——军队。这四个要素结合在一起,勾勒了整个20世纪政治的主要内容。20世纪的政治途径,当然沿晚清而来,但"五四"不是晚清能够概括的,这是完全不一样的历史时刻。

(实习生胡艺玮、岳颖亦有贡献)

复兴之路：新中国成立 70 周年

谢九

1949：新中国的家底

只有了解了新中国成立时的各种困境，才能真正理解中国在 70 年里所获成就的不易。

1949 年新中国成立时，当时中国的经济实力已经跌至历史上的低谷。在清朝乾隆年间，中国经济总量占全球的比重高达 1/3，到 1911 年清朝灭亡时，经济总量占比下降到 9% 左右。虽然几千年的封建帝制轰然倒塌，但这并没有给中国经济带来好运。从民国到新中国成立这段时间，由于几十年的战火连连，加之国民党的统治无能，中国的经济实力持续萎缩，到新中国成立时，中国经济总量占全球的比重下降到只有 4.6%。在几千年的中国历史上，这是中国在世界范围内地位最低的时刻。

对于新中国成立之初的困境，毛泽东曾用"一穷二白"来形容。"穷"，就是没有多少工业，农业也不发达；"白"，就是一张白纸，文化水平、科学水平都不高。

而更准确的描述来自中共七届二中全会。1949 年 3 月，中国共产党在西柏坡召开七届二中全会，毛泽东当时在报告中对中国的经济状况做了更清晰的描述：第一，中国已经有大约 10% 的现代性的工业经济，这是进步的，这是和古代不同的；第二，中国还有大约 90% 的分散的个体的农业经济和手工业经济，这是落后的，这是和古代没有多大区别的，我们还有 90% 左右的经济生活停留在古代。

总体来看，当时的中国基本上还是一个落后的农业国家，工业基础相当薄弱。从农业来看，当时的农业基础相当落后，基本上处于看天吃饭的状况。由于受到长期战争的破坏，粮食、棉花、牲畜等主要农产品的产量均大幅下降，农业总产量只有战前平均水平的75%，大量农村地区一片凋零，农村灾民高达4000万。从工业来看，工业生产规模相当小，占当时GDP的比重大概只有10%，工业部门十分单一，只有采矿业、纺织业和简单加工业，工业水平相当低下，大量工业产品都依赖进口。

除了这些宏观层面的问题，当时的新中国还面临更多现实层面的挑战。首当其冲的就是通货膨胀。当时的通胀问题，很大程度上是民国时期遗留下来的烂摊子。1935年，在美国《白银收购法》的影响下，国民党放弃银本位，实施法币改革，因此拉开了几十年恶性通胀的序幕。由于日本侵华战争爆发，以及国民党后来主动挑起内战，持续不断的战争导致国民党财政紧张，不得不通过滥发货币来解决问题。在放弃银本位之后，国民党滥发纸币的行为，使得十几年间的通货通胀高达几千亿倍。

新中国成立之初，由于过去的常年战争导致工农业生产能力下降，物质供应紧张，加之新中国成立后战争也没有完全停止，战争、人员安置等各方面带来巨大的财政支出压力，新中国的通货膨胀势头继续恶化，严重影响了人民的正常生活，对经济恢复带来极大困难。

除了严重的通货膨胀之外，另一大挑战就是失业。新中国成立之前，由于城镇工业水平落后，加之战火导致很多经济活动停滞，城镇劳动力大多数处于失业状态。1949年末，全国城乡就业人员1.8亿人，其中城镇就业人员仅有1533万人，城镇失业率高达23.6%。

城镇人口大量失业，农村人口大量灾民，如何让老百姓活下去成为巨大挑战。当时的美国国务卿艾奇逊就认为中国政府可能连人民的吃饭问题都解决不了。1949年7月，艾奇逊给时任美国总统杜鲁门写了一封信，艾奇逊在信中表示："人民的吃饭问题是每个中国政府必然碰到的第一个问题。一直到现在，没有一个政府使这个问题得到了解决。"

尽管当时的中国满目疮痍，"泥腿子"们终于还是进京赶考了。1949年6月，毛泽东在政协筹备会议上宣布："中国人民将会看见，中国的命运一经操在人民自己的手里，中国就将如太阳升起在东方那样，以自己的辉煌的光焰普照大地，迅速地荡涤反动政府留下来的污泥浊水，治好战争的创伤，建设起一个崭新的强盛的名副其实的人民共和国。"

1950—1956：新旧时代的过渡

新中国成立之后，面临的第一个重大挑战就是治理通货膨胀。如果不能迅速抑制住飞涨的物价，其他所有的经济建设都无从谈起。

虽然当时很多资产阶级认为共产党"军事内行，经济外行"，但从治理通胀之战来看，共产党对于经济也并不外行。面对国民党时期遗留下来的通胀烂摊子，共产党采用了标本皆治的办法，事实证明这样的举措成效斐然。

从治标的办法来看，当时的人民政府主要是集中力量打击市场上的投机资本。针对当时的银元投机，人民政府查封了上海证券大楼，拘捕了大量的投机分子，遏制住了银元的疯狂上涨。银元之战后，人民政府又向上海、北京等大城市大规模投放粮食、棉纱等重要物质，打击市场上的囤积居奇，很多投机商损失惨重，物价也迅速回落。

从治本的办法来看，1949年底，中共中央确立了全国财经工作实行统一管理的方针。只有通过统一财经工作，实施严格的财政纪律，才能从根本上杜绝通货膨胀的源头。新中国成立之后的头几年，国内的财政收入明显改善，除了1950年之外，其余年份都实现了财政盈余。

财政状况好转之后，人民政府开始大规模回收货币，通货膨胀的源头被封堵，物价迅速回落，1951年开始，国内的物价指数甚至出现了明显下跌。从国民党时期就开始的恶性通胀，在新中国成立短短两年时间之内就得到了控制。对于统一财经、平抑物价的胜利，毛泽东的评价是"意义不下于淮海战役"。

在通货膨胀得到治理之后，新中国终于可以开始实施大规模的经济建设了，但当时中国还面临一个重大路线抉择，应该直接进入社会主义，还是延续过去的新民主主义？

从国民党时期延续而来的中国经济成分还相当复杂，毛泽东在中共七届二中全会的报告中就提出："国营经济是社会主义性质的，合作社经济是半社会主义性质的，加上私人资本主义，加上个体经济，加上国家和私人合作的国家资本主义经济，这些就是人民共和国的几种主要的经济成分。"在这样的背景下，新中国直接进入社会主义并不现实。1949年9月，第一届全国政协会议通过的《共同纲领》确认了新中国经济建设的根本方针，"以公私兼顾、劳资两利、城乡互助、内外交流的政策，达到发展生产、繁荣经济之目的"。

中国共产党最终选择了一条更务实的道路，党中央认为：先经过一段新民主主义建设时期，再实行资本主义工商业的国有化和个体农业的集体化。这至少要10年到15年，然后视情况而定。

1953年6月，中共中央政治局正式讨论和制定了中国共产党在过渡时期的总路线："从中华人民共和国成立，到社会主义改造基本完成，这是一个过渡时期。党在这个过渡时期的总路线和总任务，是要在一个相当长的时期内，逐步实现国家的社会主义工业化，并逐步实现国家对农业、对手工业和对资本主义工商业的社会主义改造。"

在农村，土地改革无疑是当时的焦点。虽然土地改革在新中国成立之前就已经轰轰烈烈地推进，但到了1950年上半年，全国还有3亿农业人口没有实施土改。1950年，中共七届三中全会通过了《中华人民共和国土地改革法》，新解放区的土地改革拉开序幕，到了1953年底，土地改革基本完成。土地改革极大地释放了农民的生产积极性，粮食、棉花等重要农产品的产量开始大幅增长，为中国经济奠定了良好的基础。

除了农业之外，工业部门的恢复生产也迅速展开。1953年，我国开始实施第一个五年计划，当时确定了两大主要任务，一是集中力量进行工业化建设，二是加快推进各经济领域的社会主义改造。

从工业建设来看，当时的中国工业水平还相当低，毛泽东曾经说："现在我们能造什么？能造桌子椅子，能造茶碗茶壶，能种粮食，还能磨成面粉，还能造纸，但是，一辆汽车、一架飞机、一辆坦克、一辆拖拉机都不能造。"在这样的背景下，中央做出了优先发展重工业的决定。"集中主要力量，进行以苏联帮助中国设计的156个建设项目为中心、由限额以上的694个建设项目组成的工业建设。"在计划模式的推动之下，第一个五年计划期间，中国经济取得了快速增长，工农业总值增长了70%左右，国民收入增长了50%多，钢铁、煤炭等重要原材料产量都获得数倍增长，为我国的工业发展奠定了重要基础。

"一五"期间的另一大任务是推进社会主义改造，虽然此前预计这个过程至少要10到15年，但实际推进速度大大超过了预期，最终只用了3年时间，到1956年就完成了社会主义改造。

社会主义改造首先以农村为突破口。1953年土地改革完成之后，农民拥有了土地和生产资料，而农业的社会主义改造是要将农村的个体所有制转变为集体所有制。首先是把分散的农民组织起来成立互助组，然后引导农民发展初级合作社，最后是成立高级农业生产合作社。到了这个阶段，农户的土地转为集体所有，合作社统一经营、按劳分配，到1956年底，将近90%的农户加入了高级农业合作社。

农业合作社的快速推进，在很大程度上推动了资本主义工商业的社会主义改造。国家资本主义的初级阶段是由国家对私人工商业实行统一收购、加工、订货、销售等，而高级阶段就是实行公私合营，到了1956年底，资本主义工商业基本全部完成了公私合营。

社会主义改造的第三大领域发生在个体手工业，在农业、资本主义工商业、个体手工业三大领域完成改造之后，社会主义改造在1956年底基本完成。

社会主义改造完成之后，标志着中国的新民主主义阶段全面结束，新中国开始正式进入社会主义初级阶段。

1956—1978：在计划经济时代的徘徊与挣扎

在第一个五年计划期间，中国就开始照搬苏联模式，进入了计划经济时代。随着1956年完成社会主义改造，消灭了其他经济成分，中国的计划经济迎来前所未有的高度。

苏联模式虽然短期内帮助中国经济实现了恢复性增长，但是计划经济的种种弊端很快显现出来。毛泽东本人也对此有深刻反思，认为苏联计划经济体制的主要弊病在于"权力过分集中于中央"。

1956年，毛泽东在中央政治局发表了《论十大关系》的讲话，表示"最近苏联方面暴露了他们在建设社会主义过程中的一些缺点和错误，他们走过的弯路，你还想走？过去我们就是鉴于他们的经验教训，少走了一些弯路，现在当然更要引以为戒"。在《论十大关系》中，毛泽东重点讨论了重工业和轻工业、农业的关系；沿海工业和内地工业的关系；经济建设和国防建设的关系；国家、生产单位和生产者个人的关系；中央和地方的关系；等等。

由此，新中国在1958年开始了第一次经济改革，改革的主要重点是向各级地方政府放权让利。但这场改革并没有触及计划经济的本质，更重要的是，"大跃进"几乎同时拉开了序幕，新中国的第一次经济改革尝试，最终以失败告终，在随后的20年时间里，中国一直无法走出计划经济的阴影，为此付出了惨痛代价。

1958年5月，中共八大二次会议召开，制定了"鼓足干劲、力争上游、多快好省地建设社会主义"的总路线，由此拉开了"大跃进"的序幕。在农业领域，当时最著名的口号是"人有多大胆，地有多大产"。为了追求高产量，农业生产违背基本的科学规律，反而导致产量大幅下降，而各地浮夸虚报产量，导致粮食被高额征收，农村开始面临大规模饥荒。在工业领域，中国更是雄心勃勃地提出"超英赶美"的口号，尤其是大炼钢铁导致农村劳动力严重缺失，又进一步影响了农业生产，加剧了农村饥荒的程度。

1958年8月的北戴河会议，正式提出在农村建立人民公社，试图通过人民公社这种形式探索一条过渡到共产主义的途径。除了统一生产之外，人民公社最大的特点就是按需分配，对社员生活实行"七包"，衣食住教、托病死等全部由公社负责，其中最富特色的就是公社食堂，最多时全国90%的农民都在食堂吃饭。但很显然，这种按需分配的模式大大超过了中国的经济实力，更重要的是，这种平均主义严重打击了人们的生产积极性。

"大跃进"和人民公社等运动，完全以个人意志来决定经济发展，将计划经济的弊端凸显到极致,给中国经济带来巨大伤害。1961年,国内生产总值大幅下滑了16%,财政收入下滑了38%。财政收入下滑带来财政赤字增加,为了应对财政赤字,货币超发也就随之而来,通货膨胀被迅速推高。

不过,中央很快就开始反思并调整经济政策。1961年1月的中共八届九中全会上,正式通过了"调整、巩固、充实、提高"的八字方针,中国经济结束狂热的"大跃进",进入调整阶段。经过5年调整时间,到了1965年,中国经济开始全面好转,工农业总产值达到历史上最好水平,和1961年相比,1965年的国内生产总值大幅增长了40%,财政收支也实现了盈余,物价指数大幅回落,可以说,经过几年的及时调整,中国终于度过了这次劫难。但令人遗憾的是,1966—1976年,长达10年的"文化大革命",再次给中国经济带来严重破坏。

1976年9月,毛泽东逝世,同年10月,"四人帮"倒台,"文化大革命"结束,中国经济开始迎来新的发展时期。在经历了过去10年的压抑之后,中国经济再次迸发出极大的热情,但可惜的是,因为太过急于求成,这一次再度出现了"左"倾冒进的势头。1977年,中央下发了《1976—1985年发展国民经济十年规划纲要》,对未来10年的发展目标做出了过于乐观的规划,在很大程度上脱离了中国经济的现实情况。由于大量引进国外先进设备,这一轮经济发展被称为"洋跃进",当时希望利用外资来建设几十个重工业项目,但最终这场"洋跃进"很快终止。

和"洋跃进"带来的伤害相比,当时对中国经济更危险的是思想的僵化。"凡是毛主席做出的决策,我们都坚决维护;凡是毛主席的指示,我们都始终不渝地遵循"。"两个凡是"在当时极大束缚了中国经济的发展。

1978年5月,《理论动态》发表了一篇文章《实践是检验真理的唯一标准》,引发了全社会关于"两个凡是"和"真理标准"的激烈讨论。1978年12月,邓小平发表了《解放思想,实事求是,团结一致向前看》的讲话,邓小平指出:"实事求是,是无产阶级世界观的基础,是马克思主义的思想基础。过去我们搞革命所取得的一切胜利,是靠实事求是;现在我们要实现四个现代化,同样要靠实事求是。不但中央、省委、地委、县委、公社党委,就是一个工厂、一个机关、一个学校、一个商店、一个生产队，也都要实事求是，都要解放思想，开动脑筋想问题、办事情。"

经过这场关于真理标准的大讨论之后，中国经济的大时代即将到来。

1978—2001：拥抱市场经济

1978年12月，中共中央召开十一届三中全会。全会否定了"两个凡是"的错误方针，高度评价了关于真理标准问题的讨论，指出实践是检验真理的唯一标准是党的思想路线的根本原则，由此粉碎了阻碍中国向前发展的思想枷锁。

值得一提的是，虽然十一届三中全会被视为中国发展市场经济的起点，但其实在三中全会的公报中，全篇没有出现"市场"二字，但三中全会的历史意义之所以如此重要，是因为全会提出了停止使用"以阶级斗争为纲"的口号，做出了把工作重点转移到社会主义现代化建设上来的战略决策。而且，全会将发展生产力提到前所未有的高度，"要求大幅度地提高生产力，也就必然要求多方面地改变同生产力发展不适应的生产关系和上层建筑，改变一切不适应的管理方式、活动方式和思想方式"，事实上已经暗含了对市场经济的追求。中国浩浩荡荡的改革开放由此启航。

十一届三中全会首先重新肯定了毛泽东的《论十大关系》，会议认为："毛泽东同志1956年总结我国经济建设经验的《论十大关系》报告中提出的基本方针，既是经济规律的客观反映，也是社会政治安定的重要保证，仍然保持着重要的指导意义。"在很大程度上，十一届三中全会的改革路线，是建立在《论十大关系》之上的，改革的重点还是以下放权力为核心。

不过，和1958年毛泽东主导的经济改革不同的是，当时的分权主要是中央政府向地方政府放权，而1978年的这一轮改革，主要是向国有企业放权让利。十一届三中全会的公报表示："现在我国经济管理体制的一个严重缺点是权力过于集中，应该有领导地大胆下放，让地方和工农业企业在国家统一计划的指导下有更多的经营管理自主权。"

向国有企业放权让利的改革很快就提高了企业的积极性，但是负面效应也很快显现出来，由于当时仍处计划经济时代，真正的市场经济体制还没有形成，对国有企业放权让利并不能形成资源的优化配置，反而引发了很多矛盾。由于企业可以自己保留利润，政府的税收减少，财政赤字和通胀水平双双上升。这个阶段的改革，可以算是从计划经济向市场经济过渡阶段的一次尝试。

虽然对国有企业的改革遭遇挫折，但改革还是在农村释放出巨大的活力。1980年，中央正式批准了家庭联产承包责任制，紧随其后，乡镇企业也开始蓬勃兴起，在国企改革陷入困境时，乡镇企业成为当时中国经济最有活力的部分，也为日后中国民营经济的兴起埋下了种子。

邓小平在一次讲话中表示："农村改革中，我们完全没有预料到的最大的收获，就是乡镇企业发展起来了，突然冒出很多行业，搞商品经济，搞各种小型企业，异军突起。这不是我们中央的功绩……如果说在这个问题上中央有点功绩的话，就是中央制定的搞活政策是对头的。"

在经历了改革开放头几年的各种经验和教训之后，中国对于改革开放的方向有了更加清晰的认识。如果说十一届三中全会对市场经济的认识还处于朦胧状态，到了十二届三中全会，中国对于市场经济终于有了更清晰的认识。

1984年，十二届三中全会通过了《中共中央关于经济体制改革的决定》，首次正式确认了商品经济的地位。"改革计划体制，首先要突破把计划经济同商品经济对立起来的传统观念，明确认识社会主义计划经济必须自觉依据和运用价值规律，是在公有制基础上的有计划的商品经济。商品经济的充分发展，是社会经济发展的不可逾越的阶段，是实现我国经济现代化的必要条件。只有充分发展商品经济，才能把经济真正搞活，促使各个企业提高效率，灵活经营，灵敏地适应复杂多变的社会需求，而这是单纯依靠行政手段和指令性计划所不能做到的。"

对于社会主义中国而言，在官方文件中正式确认商品经济的地位，可以算是一次石破天惊的历史性事件。邓小平对于十二届三中全会给予了很高的评价，在全会结束的第二天，邓小平表示："这次经济体制改革的文件好，就是解释了什么是社会主义，有些是我们老祖宗没有说过的话，有些新话。"

此后，中国开始不断提升市场经济的分量，1992年召开的"十四大"首次明确提出了建立社会主义市场经济体制，1993年的十四届三中全会，明确提出要在

20世纪末建立起新的市场经济体制。市场经济终于将中国带上了正确的道路，中国的高速增长从此一发不可收。

中国在推动内部经济改革的同时，也开始打开国门对外开放。1980年8月，全国人大正式批准在深圳、珠海、汕头和厦门设置经济特区，随后几年开放程度不断提升，1984年开放了大连、天津等14个港口城市，1985年开放了长三角和珠三角等地，1988年兴办海南经济特区，1990年开放上海浦东……这些开放城市吸引了规模巨大的外资流入，迅速提升了当地的投资和进出口水平，成为中国经济最富活力的部分，同时，这些开放城市也成为内地和国际市场连接的枢纽，极大地提升了中国的对外开放水平。

当然，对外开放的过程并非一帆风顺，以深圳来看，作为当时对外开放的排头兵，深圳的很多做法因为过于接近资本主义，在国内备受争议。而当时国际形势风云突变，苏联解体和东欧剧变，使得中国对市场化改革开始出现怀疑态度。1992年邓小平去南方视察并发表"南方谈话"："不搞争论，是我的一个发明。不争论，是为了争取时间干。一争论就复杂了，把时间都争掉了，什么也干不成。不争论，大胆地试，大胆地闯。农村改革是如此，城市改革也应如此。"邓小平的"南方谈话"，为改革开放争取到了更大的空间。

虽然1978年的十一届三中全会就确立了以经济建设为中心，1984年的十二届三中全会更是史无前例地提出了发展商品经济，但是一直到90年代初期，国内对于市场经济和计划经济的争论一直没有中断。比如陈云就提出过著名的"笼中鸟"理论，"如果说鸟是搞活经济的话，那么，笼子就是国家计划……但无论如何，总得有个笼子"，以此为基础，陈云提出了"计划经济为主，市场调节为辅"的政策。所以，在相当长时间里，中国虽然已经开始承认市场经济，但市场经济一直处于边缘角色。甚至到了80年代末和90年代初，还时常出现"姓社姓资"的大讨论，意识形态的枷锁仍然在相当长时间里禁锢着中国经济的发展。

邓小平的"南方谈话"提出："计划多一点还是市场多一点，不是社会主义和资本主义的本质区别。计划经济不等于社会主义，资本主义也有计划；市场经济不等于资本主义，社会主义也有市场。计划和市场都是经济手段。"邓小平此番讲话，无疑为姓社姓资之争画上了句号。在稍作停顿之后，中国改革开放的巨轮继续滚滚向前。

1992年10月，中共"十四大"召开，报告明确指出，我国经济体制改革的目标是建立社会主义市场经济体制，"要使市场在国家宏观调控下对资源配置起基础性作用"。中国到底该如何认识计划经济和市场经济的争议，"十四大"给出了明确的答案。

随着中国逐渐摆脱意识形态的束缚，开放程度越来越高，国际资本也增加了对中国投资的信心，并且发现了中国的潜在巨大投资机会。由于中国市场具有充沛、廉价、熟练而且勤劳的劳动力，国际企业开始将一些劳动密集型产业向中国转移，中国世界工厂的地位由此启动。而这场前所未有的产业转移，无论给国际资本还是中国都带来深刻影响，在世界范围内创造了一个多赢的局面，国际资本可以大幅减轻劳动力成本，提升利润空间，而中国农村大量贫穷人口得到了工作机会，也大大改善了家庭的经济条件，中国的国民收入水平快速提升。

经济特区和沿海城市的开放只是中国打开国门的第一步，更大程度的开放很快到来。1995年，中国开始正式申请加入WTO，试图全方位融入世界经济，经过艰难的谈判之后，到了2001年12月，中国正式加入WTO，成为WTO组织的第143个成员国。

随着中国加入世界贸易组织，中国和世界的关系开始发生更深刻的变化。

2001—2010：复兴！复兴！

中国加入WTO之后，中国商品以价廉物美的优势迅速赢得了全球市场的欢迎，大规模的出口为中国经济增加了新的增长引擎。

在加入世界贸易组织之前，中国的经济增长基本上是以大规模投资为主要驱动力，以2001年的数据来看，当年GDP的三驾马车中，投资贡献了64%，消费贡献了49%，而进出口的贡献度为-13%。加入WTO的第二年，进出口就已经开始为中国经济做出贡献，在2002年的GDP构成中，进出口对经济的贡献已经从负数变为5%，到了2006年，进出口对中国GDP的贡献已经高达15%。直到2008年次贷危机爆发后，外部需求疲软，净出口对中国经济的贡献度才开始大幅下降。

在内外需两大引擎的共同作用下，中国经济实现了高速增长，从 2003 到 2007 年，中国的 GDP 连续 5 年增速都在 10% 以上。随着经济总量大幅提升，中国的人均 GDP 也快速增长，2002 年的人均 GDP 首次突破了 1000 美元，2006 年突破 2000 美元，进入中等收入国家之列。如果以五年规划期来看，"十五"时期，我国的年均 GDP 增速为 8.3%，而"十一五"期间，年均 GDP 增速高达 11.2%，几乎高出了 3 个百分点。

中国在这个时期的经济之所以能够高速发展，除了加入 WTO 给中国带来了更多的外部需求，更重要的原因在于，中国仍在不遗余力地推进市场经济改革，而深层次的改革对中国经济释放了更多的红利。这个阶段最引人关注的改革，是对非公有制经济的大力扶持。

2003 年的十六届三中全会提出："要大力发展和积极引导非公有制经济，允许非公有资本进入法律法规未禁入的基础设施、公用事业及其他行业和领域。非公有制企业在投融资、税收、土地使用和对外贸易等方面，与其他企业享受同等待遇。要改进对非公有制企业的服务和监管。"由此拉开了非公有制改革的序幕。

要知道，在新中国成立之初，中国用短短数年时间就实现了对农业、资本主义工商业和个体手工业的社会主义改造，国有经济开始一统天下，到现在开始重新鼓励非公有制经济，在中国经济的改革史上又是一次重大的飞跃。而事实证明，非公有制经济即将对中国产生的影响，无论怎么强调都不为过。

到了 2005 年，国务院发布《关于鼓励支持和引导个体私营等非公有制经济发展的若干意见》，意见指出："积极发展个体、私营等非公有制经济，有利于繁荣城乡经济、增加财政收入，有利于扩大社会就业、改善人民生活，有利于优化经济结构、促进经济发展，对全面建设小康社会和加快社会主义现代化进程具有重大的战略意义。"

《意见》同时还提出了非常具体的 36 条扶持要求，包括"放宽非公有制经济市场准入、加大对非公有制经济的财税金融支持、完善对非公有制经济的社会服务、维护非公有制企业和职工的合法权益"等，后来被称为"非公有制经济 36 条"，成为我国非公有制经济发展史上一次里程碑式的改革。时隔5年之后，国务院在2010年发布了《关于鼓励和引导民间投资健康发展的若干意见》，同样提出了非常具体的36条扶持意见，这份文件被业内人士称为"非公经济新36条"。

虽然民营经济始终面临各种困难，比如融资难和融资贵，在市场准入上面临各种玻璃门和弹簧门等，不过，在政策扶持和自身的努力下，民营经济还是表现出了惊人的活力。按照现在的统计数据，民营企业为中国经济"贡献了50%以上的税收，60%以上的国内生产总值，70%以上的技术创新成果，80%以上的城镇劳动就业，90%以上的企业数量"，如果没有非公有制经济的崛起，很难想象今天的中国经济还处于怎样的地步。

随着经济实力的快速增长，中国在全球范围内的国际地位不断提升。2008年，无论对于全球还是中国，都是一个刻骨铭心的年份。这一年，美国的次贷危机全面爆发，杀伤力之大堪比20世纪30年代的大萧条，雄踞全球霸主几十年之后，美国模式开始受到前所未有的质疑，美国的全球影响力开始不可避免地下降。在次贷危机进入高潮之际，中国成功举办了第29届夏季奥运会，让全球看到了中国的崛起。

奠定中国国际地位的当然不只是一届奥运会，次贷危机爆发之后，国际上开始出现越来越多的声音，希望中国承担起更多的全球领导责任，G2的概念也正是在当时横空出世。在次贷危机导致全球经济遭受重创的背景下，如何拯救美国甚至全球经济，当时美国的主流学者提出了G2的想法，认为美国应该和中国分享全球经济的领导地位。也正是从次贷危机之后，全球开始形成共识，在解决全球性矛盾面前，中国已经是不可或缺的重要角色。到了2010年，中国的GDP超越日本，成为全球第二大经济体，中国经济的复兴又迎来一个历史性时刻。

随着中国经济实力的不断提升，在国际舞台上的话语权也不断增加。2010年，国际货币基金组织开始推行份额改革，主要目的是让IMF的投票权和新兴经济体，尤其是中国的地位提升更加匹配，将6%的份额向新兴经济体转移。因为受到美国国会的百般阻挠，IMF的份额改革在时隔5年之后才获得正式通过，中国在IMF的投票权份额从3.8%提高到超过6.39%，份额排名从第六位提升到第三，仅次于美国和日本。在份额改革完成之后，国际货币基金组织很快就正式批准人民币加入特别提款权（SDR）货币篮子，人民币在 SDR 货币篮子中占据 10.92% 的比重，仅次于美国和欧元位居第三，高于英镑和日元，人民币从此正式成为国际储备货币。

次贷危机也给中国经济带来了严重冲击，在经历 2003—2007 年连续 5 年的两位数增长之后，中国在 2008 年的经济增速放缓至 9.7%，2009 年继续放缓至 9.4%。次贷危机也严重冲击了我国的就业市场，当年春节前几个月，一度有 2000 万农民工提前返乡，给就业市场带来极大压力。

面对前所未有的外部冲击，2008 年 11 月，中国通过了扩大内需的 4 万亿经济刺激计划，全国范围内掀起了基建投资大潮，从稳增长的角度来看，4 万亿计划可以说是立竿见影，在经历 2008 年和 2009 年两年的增速放缓之后，2010 年，中国的经济增长达到了 10.6%，重回两位数的高增长。

不过，依靠政府主导的投资来稳增长，只能在短时期内见效，中国经济在 2010 年重返两位数高增长之后，很快就开始回落。而更重要的是，依靠大规模投资拉动经济增长，在钢铁、水泥、玻璃等行业带来了明显的产能过剩，给中国经济带来了深深的困扰。次贷危机爆发之后，欧债危机接踵而至，欧美等发达国家经济放缓，中国的外需开始变得疲软，外部需求大幅下降，使得中国产能过剩的矛盾更加凸显。

对于中国经济而言，在成为全球第二大经济体的同时，过去的发展模式也遭遇了重大挑战，深化改革已经变得迫在眉睫。当过去粗放式的发展模式难以为继时，只有通过释放改革红利才能继续保持增长。

2010—2019：告别高增长，深化改革

4 万亿大规模经济刺激计划，在 2010 年将中国 GDP 重新推到两位数的增速，但这只是昙花一现，2010 年之后，中国经济就此告别了两位数的增长。2011 年，中国 GDP 增速跌破 10%，2012 年跌破 8%，2015 年跌破 7%，几乎是每隔几年就下一个台阶。

中国经济增速持续下滑，也引发了人们的担忧，中国经济到底怎么了？2016 年 5 月，《人民日报》发表权威人士"开局首季问大势"的访谈，权威人士对中国

经济提出了 L 型的判断。"我国经济运行不可能是 U 型，更不可能是 V 型，而是 L 型的走势。"权威人士同时表示，"这个 L 型是一个阶段，不是一两年能过去的。今后几年，总需求低迷和产能过剩并存的格局难以出现根本改变，经济增长不可能像以前那样，一旦回升就会持续上行并接连实现几年高增长。'退一步'为了'进两步'。我们对中国的发展前景充满信心，我国经济潜力足、韧性强、回旋余地大，即使不刺激，速度也跌不到哪里去。"

中国经济增速之所以持续放缓，一方面源于外部和内部的压力：次贷危机之后，美国、欧洲和日本等发达经济体需求萎缩，中国的进出口红利开始减少；而从内部需求来看，大规模投资建设之后，继续以投资拉动经济增长的空间越来越小。内外需同时萎缩，经济放缓自然也就在所难免。

另一方面，中国经济增速放缓，也是中国开始主动调低经济增长目标，为深化改革留出更多的空间。因为中国以投资驱动增长的模式，虽然在短期之内依然有效，但是负面效应已经越来越突出，比如加深产能过剩的矛盾、加剧环境污染等，因此，中国必须主动转型，提前终结投资驱动模式，寻找到更具持续性的发展模式。从 2012 年开始，中国政府主动放弃了多年来坚守的经济增长"保八"的目标，只有降低增长目标，才能为经济转型留出更多的空间。

长期以来，中国之所以一直坚持较高的增长目标，主要目的是为了保就业，因为中国的增长模式相对粗放，在产业结构上以制造业而不是第三产业为主，创造就业的能力比较弱，因此必须以相对较高的经济增速，才能将就业维持在较高的水平。不过，随着最近几年中国的产业结构开始得到改善，尤其是第三产业占比大幅提升，中国经济创造就业的能力大大改善，中国经济不再需要维持两位数的高增长，就可以实现不错的就业，因此，中国经济也就有了主动调低增长速度的底气。

中国政府主动调低经济增速，并不意味着无所作为，最近几年，中央反复强调不搞大水漫灌，就是为了向旧的增长方式告别，与此同时，轰轰烈烈的供给侧结构性改革开始登上历史舞台。众所周知，过去几十年，中国政府最擅长的就是需求侧管理，通过投资、消费和进出口这三驾马车来刺激经济增长，但是在产能过剩的大背景下，需求侧已经越来越弱，中国政府开始转变管理方式，告别大水漫灌的同时，将重点从传统的需求侧向供给侧转移。

2015 年的中央经济工作会议提出，"要在适度扩大总需求的同时，着力加强供给侧结构性改革"，供给侧改革首次出现在最高级别的经济会议上。到了 2016 年，经济工作会议的提法变为"坚持以推进供给侧结构性改革为主线，适度扩大总需求"，供给侧改革已经跃升为主线，而需求侧管理退居其次。而到了 2017 年底的中央经济工作会议，对于"扩大总需求"已经只字不提，只剩供给侧结构性改革这条主线。在 2018 年底召开的中央经济工作会议上再次确认，"我国经济运行的主要矛盾仍然是供给侧结构性的，必须坚持以供给侧结构性改革为主线不动摇"。

在 2015 年首次提出供给侧管理的时候，中央就确定了供给侧管理的五大重点任务，分别是"去产能、去库存、去杠杆、降成本、补短板"。五大任务之中，去产能尤为引人关注，具体要求是——各地要明确具体任务和具体目标，加大环保、能耗、质量、标准、安全等各种门槛准入、制度建设和执法力度；处置"僵尸企业"，该"断奶"的就"断奶"，该断贷的就断贷，坚决拔掉"输液管"和"呼吸机"。从中不难看出，中国经济和旧增长模式告别的决心和勇气。

除了供给侧改革之外，中央对房地产重新定位，也是最近几年中国经济的重大改革。长期以来，我国一直将房地产作为中国经济的重要引擎，房地产的支柱地位牢不可破。由于房地产市场体量巨大，对于相关产业的带动性也很强，因此，房地产的快速发展，的确对拉动经济增长起到了重要作用。但是由此也带来了诸多负面因素，首先是房价过快上涨，超出了很多普通人的承受能力，成为一个不容忽视的民生问题。其次，房地产过度发展，对其他产业产生了越来越大的挤压效应，由于房价持续上涨，土地、人工、房租等成本也都水涨船高，其他产业的生产成本急速飙升，尤其是一些传统制造业，原本利润微薄，在房地产的挤压之下，生存空间越来越小；而房地产对信贷资源的巨大需求，也对其他行业带来了巨大影响，我国民企长期以来面临融资难和融资贵的问题，一定程度上也和房地产市场对信贷资源的过度占用相关。

2016 年，中央首次提出了"房子是用来住的，不是用来炒的"，"房住不炒"开始成为我国楼市调控的最高准则。虽然过去中国楼市过热时，也经常出台楼市调控政策，但是每当经济遭遇困难时，最后总是对楼市松绑，导致楼市迎来更猛烈的报复性上涨。但是这一次"房住不炒"的楼市调控和以往任何一次都不同，从2016年首次提出到现在，楼市调控没有任何松动，反而在一步步加码，尤其在中美贸易摩擦导致中国经济面临巨大压力时，中央依然在强调"房住不炒"。

中美贸易摩擦的爆发，可以说是中国房地产命运的一个分水岭。过去经常有有识之士呼吁实业立国，抨击中国经济过度依赖房地产的弊端，但由于房地产拉动经济的效果确实立竿见影，所以实业立国的呼声一直很微弱，并没有得到真正的重视。但是中美贸易摩擦爆发之后，美国对中国高科技产业实施高强度打压，有了切肤之痛之后，国人才真正意识到高科技行业才是立国之本，长期依靠房地产行业注定没有出路。

随着房地产行业逐渐退出中国经济的舞台中央，高科技行业开始迎来发展的春天，2019年7月份，中国以前所未有的速度推出了科创板，充分印证了中国对发展高科技产业的渴求。对于中国经济而言，过去依靠劳动力和资本投入拉动经济增长，在特定的历史时期，这种模式在最大程度上发挥了中国的比较优势，但是随着这种模式逐渐走到尽头，依靠高科技生产力来拉动增长，已经成为中国经济转型的必经之路，这也是更加强大的增长引擎。

抛弃过去的增长模式当然会带来阵痛，但是，只要坚持正确的方向和道路，阵痛之后，迎来的必将是新生。新中国70年的经济发展史，其实就是和旧的不合理模式不断告别的历史，而正是这种持续改革的智慧和勇气，才奠定了新中国70年来的辉煌和成就。

（参考书目：安格斯·麦迪森《中国经济的长期表现：公元960—2030年》）

Memo more...

我们从一个个事件透视社会运行的大逻辑。董明珠的股权之争折射了中国制造业艰难的升级之路,批判"996"体现了互联网行业的新困境。垃圾分类屡战屡败,到底问题出在哪儿?跟随卡车司机旅行,发现恢弘的中国快递版图。而一次命案,反映出正值少年的他们怎样的痛和恶?

有故事的"董小姐":中国制造业升级之路

谢九

董明珠为何要转型?

无论从怎样的角度来看,格力电器都已经成为中国制造业最成功的代表之一,年销售超过1500亿元,公司市值超过2000亿元,在空调行业成为当之无愧的行业老大。

但正是这样一家成功的企业,近年来却在主业之外频频试水,进入手机、芯片和新能源汽车等新兴行业。已经获得巨大成功之后,董明珠为何还要如此急于转型?

董明珠的转型可以分为公私两个层面,于公,是希望带领格力电器实现更大的突破,于私,则是希望在职业生涯末期实现个人价值最大化。

从格力电器的角度来看,虽然已经获得巨大成功,但是背后也隐藏着巨大隐忧。公司多年来在空调领域耕耘,专业化的好处就是可以最大限度地获取这一行业的红利,但是坏处就在于,当这个行业面临天花板时,公司的增长也就到了尽头。

虽然目前国内的空调市场仍然保持较高的增速,现在谈论行业天花板似乎还为时过早,但从更长远来看,行业天花板的到来只是时间问题。从欧、美、日等发达经济体来看,空调行业经过一段时间的高速增长之后就会触及天花板,除了个别年份因为天气特别炎热带来偶发增长之外,整个行业基本上长期处于平稳状态。

国内空调行业的增长主要得益于房地产行业的高速发展,2018年以来,国内房地产市场明显遇冷，在"房住不炒"方针的调控之下，预计房地产市场再度出现爆发式增长已经不太可能，对于空调市场而言，房地产市场逐渐回归理性，也就意味着这个行业的增长空间越来越小，距离天花板的到来也就越来越近。

除此之外，行业竞争越来越激烈，也在很大程度上挤占了格力的成长空间。虽然格力依然保持空调行业第一的市场占有率，但是美的等空调品牌的快速崛起，已经越来越逼近格力，也给格力带来很大的追赶压力。和美的相比，格力的主要优势在空调市场，但美的是一个更加多元化的家电巨头，除了空调之外，在其他家电市场也都有很强的实力。

对于格力而言，一方面要迎接越来越近的行业天花板，同时还要面对竞争者的挑战，因此，如果继续固守空调这一行业，未来的成长空间只会越来越小。正因为如此，最近几年来，格力开始实施多元化战略，在手机、芯片、新能源汽车等领域频繁下注。

2016年，格力电器收购珠海银隆的方案被股东大会否决之后，董明珠开始以个人名义投资珠海银隆。表面上看，董明珠以个人名义投资银隆是因为收购方案被格力股东大会否决，董明珠自己也曾经表示，投资银隆是被迫无奈。但事实上，格力股东大会否定收购交易，在董明珠看来恰好是一次天赐良机，正好可以借此实现个人价值的突破。

董明珠虽然将格力打造成业界巨头，但她在格力的身份终究只是职业经理人。珠海国资委是格力的第一大股东，而董明珠和珠海国资委的不和几乎是公开的秘密，董明珠对此也并不讳言，"我随时准备跟他们斗"。

但董明珠再怎么强势，终究斗不过大股东。2016年，珠海国资委免去了董明珠的格力集团董事长一职，仅保留上市公司格力电器董事长的职务。2018年5月底，原本是格力电器董事长换届的时间，外界普遍预计董明珠将毫无悬念连任，但是这次换届却出人意料地推迟，董明珠是否能够连任迄今没有得到官方确认。所以，当格力股东大会否决了银隆收购案之后，董明珠不惜付出全部身家，以个人名义投资珠海银隆。因为格力再辉煌，董明珠早晚要离去，而珠海银隆如果能够成功，那才是董明珠真正的归属。

董明珠虽然对外表示投资银隆是迫于无奈，但如果真的迫于无奈，董明珠不会对珠海银隆的投资逐步加码，最终持有其17.46%的股份，成为仅次于创始人魏银仓的第二大股东。按照当时的估值，收购这部分股权至少需要付出23亿元，这对职业经理人董明珠而言并不轻松。董明珠的年薪大概是税前500多万元，除此之外董明珠最大的资产就是持有的4400多万股格力电器股票，当前市值大概为16亿元。对于收购银隆的资金来源，董明珠坦承是举债："我董明珠是举债投资银隆，有人骂我疯了，但我觉得新能源是中国制造业转型的一次绝好机会，所以我愿意赌，我要投。"

在董明珠个人光环的笼罩下，加之和格力电器的诸多关联交易，珠海银隆很快就从一家不知名的小公司迅速成长，2017年一度开始进入上市辅导。如果珠海银隆能够顺利上市，对董明珠而言，无疑是一笔相当成功的财务投资，20多亿元的投资可以实现几倍的增值，远远超过董明珠在格力打拼十多年的所得。

虽然董明珠对珠海银隆强烈看好，但可惜事与愿违，珠海银隆很快就暴露出各种问题。

董明珠正式进入珠海银隆之后，市场上公司的负面传言四起，拖欠供应商货款、停工裁员甚至骗取补贴，等等。而格力电器披露的数据显示，珠海银隆2017年的净利润大幅下滑了七成。到了2018年6月份，广东证监局的网站显示，珠海银隆的上市进度已经变为"辅导终止"，这意味着珠海银隆的上市已经遥遥无期。

上市失败之后，珠海银隆开始陷入董明珠和创始人的内斗之中。2018年11月13日，银隆发布公告称，原董事长魏银仓、原总裁孙国华涉嫌通过不法手段，侵占公司利益金额超过10亿元，该案已经被司法机关正式受理。珠海银隆同时还表示魏银仓已经滞留香港3个月。11月14日，魏银仓很快就做出了反击，公开发文表示，"董明珠为个人私利，利用公司对大股东发难，实在用心恶毒，手段恶劣，大股东对此非常愤慨。对自己费尽心血创立壮大的公司沦为董明珠及个别股东驱赶大股东出局的工具，大股东感到万分寒心"，其目的是"打压公司估值、争夺控制权"。至此，董明珠对珠海银隆的投资陷入进退两难的境地。

从新能源汽车的产业格局来看，虽然几乎所有人都认为这是汽车业的未来，但从现实来看，这个行业的生存压力之大前所未有，隐藏着巨大的产能过剩风险。以国内新能源厂家的规划目标来看，2020 年的产能规划已经超过了 2000 万辆，而 2017 年我国的新能源汽车销量只有 78 万辆，未来几年的竞争之惨烈可想而知。

另外，随着新能源的补贴逐渐退坡乃至最终取消，对于严重依靠补贴的新能源厂家更是釜底抽薪。未来的新能源汽车将进入比拼资本的时代，珠海银隆想要在激烈的竞争中胜出，必须增加更大的投入。错过了上市机会后，珠海银隆失去了借助资本市场抢跑的先机，必须引入更多的风险资本进入，但在珠海银隆一地鸡毛的现状下，对风险资本的吸引力已是大幅下降。

如果想要退出珠海银隆，也并非易事，一是不符合董明珠强悍的个性，二是董明珠已经为此举债投入了 20 多亿元，如果中途退出，不仅使得个人形象受损，更要面临巨额投资无法收回的困境。毕竟，高达 20 多亿元的投资，对于年收入只有几百万元的董明珠并非小数。

董明珠的转型之路一路坎坷，很大程度上也折射了我国传统制造业转型的不易。很多致力于转型的传统企业，大多是因为原有产业遭遇了瓶颈，一旦决定转型，总是希望彻底告别旧有的传统行业，拥抱最前沿的新兴产业。但是传统产业和新兴产业之间往往存在巨大鸿沟，成功转型的代价极大，尤其是一些曾经在传统行业创造出辉煌的企业，通常自信心极强，认为在新兴产业也可以很容易地复制昔日的辉煌，越是这样的企业，往往在转型过程中摔得越痛。

比如格力最近几年的转型，涉足的都是智能手机、芯片和新能源汽车等最热门的行业，董明珠和格力虽然在空调行业已经缔造了无数的成功，但很多经验在新兴产业并不适用，甚至过去的经验积累反而会成为负担。

以董明珠投资珠海银隆来看，董明珠之所以愿意举债收购，主要原因是看好银隆的电池技术。珠海银隆钛酸锂电池技术号称在业内独一无二，是银隆在 2010 年斥资 3 亿元，收购从纳斯达克退市的一家美国公司所得。该电池最大的特点是安全性较高，但是最大的不足是能量密度不够，续航里程有限，所以一直没能成为市场的主流。对于空调行业出身的董明珠而言，新能源汽车的电池技术显然在她的专业知识体系之外，虽然董明珠对于珠海银隆的电池技术相当看好，但很多业内人士认为她可能是被珠海银隆的创始人忽悠入局，在没有做充分尽职调查的情况下就大手笔投入，结果使自己陷入进退两难的境地。董明珠自己也坦承，"进入银隆之后才知道窟窿有多大"，这句话相当于承认之前对银隆的了解并不充分。

中国制造业的升级之路

经过了改革开放40年的高速发展之后，中国经济进入一个关键的十字路口，中国制造业也同样如此，旧有的模式难以维系，急需寻找到新的突破口。

随着劳动力成本迅速上升，中国在全球制造业体系中的比较优势逐渐被东南亚和非洲取代，在人口红利消失之后，中国制造业凭借廉价劳动力参与国际分工的难度越来越大，而从高端制造业来看，西方国家在金融危机后掀起再工业化浪潮，美国更是高调喊出制造业复兴的口号，对于"中国制造"带来巨大挑战，无论是低端还是高端制造业，传统的"中国制造"面临前所未有的挑战。

中国制造业如何实现转型升级，实现从制造业大国到制造业强国的飞跃，德国模式成为中国借鉴的样本。

2013年，德国取代中国，成为全球第一大贸易顺差国，在很大程度上体现了德国高端制造业的竞争力。为了提升德国制造业的竞争优势，在全球新一轮工业革命中占据制高点，德国在2013年首次正式提出以智能制造为核心的工业4.0概念，成为德国制造业的战略宏图。工业4.0提出以来很快就成为全球热点，并且迅速吸引了中国的关注。2014年7月，德国总理默克尔访华，德国国内众多工业4.0的核心企业随访，和中国探讨合作的可能性。2014年11月，李克强总理访问德国，中德双方发表了《中德合作行动纲要：共塑创新》，宣布两国将开展工业4.0合作。

2018年中美贸易摩擦爆发以来，"中国制造2025"突然又成为一个热门话题，在很多人看来，美国发动贸易摩擦的主要目的之一，是为了遏制中国先进制造业的崛起，"中国制造2025"成为美国打击的主要目标。

其实"中国制造2025"并非一个新的概念，而是在借鉴德国工业4.0的基础上推出的。这一概念2014年在国内首次提出，2015年正式写入《政府工作报告》，当年5月份，国务院正式印发《中国制造2025》，这份文件成为中国制造的顶层设计。

按照《中国制造2025》的规划，提出了"三步走"的战略：第一个十年，到2025年要进入世界制造强国的行列；第二个十年，到2035年，我国制造业整体达到世界制造强国阵营中等水平；第三步，共和国成立100年时，制造业大国地位更加巩固，综合实力进入世界制造强国前列。《中国制造2025》重点对第一个十年进行了具体的部署，是我国实施制造强国战略第一个十年的行动纲领。

《中国制造2025》提出了九大任务、十大重点领域和五项重大工程。其中，九大任务包括提高国家制造业创新能力、推进信息化与工业化深度融合、强化工业基础能力、加强质量品牌建设、全面推行绿色制造、大力推动重点领域突破发展、深入推进制造业结构调整、积极发展服务型制造和生产性服务业、提高制造业国际化发展水平。十大重点领域为新一代信息通信技术产业、高档数控机床和机器人、航空航天装备、海洋工程装备及高技术船舶、轨道交通装备、节能与新能源汽车、电力装备、新材料、生物医药及高性能医疗器械、农业机械装备。五项重点工程包括国家制造业创新中心建设、智能制造、工业强基、绿色制造、高端装备创新，解决长期制约重点领域发展的关键共性技术，突破一批标志性产品和技术，提升中国制造业的整体竞争力。

可以看出，《中国制造2025》是一份非常详尽的战略规划，基本上涵盖了当前全球最先进的制造业理念，如果能够按照计划实现，中国制造业将实现质的飞跃。这也就不难理解，为什么这一次美国发动贸易摩擦，很多举措都专门针对《中国制造2025》而来，很明显就是为了遏制中国制造业崛起，为美国制造业复兴创造良好的外部环境。

从中国自身来看，虽然有了《中国制造2025》这样的顶层设计，但也并不意味着中国制造业就一定能够顺利实现转型升级。从部署到落实，还有相当遥远的距离。

中国制造业想要从低端跃升到高端，大规模的研发投入是难以绕过的壁垒。华为这样的企业能够脱颖而出，靠的正是在研发上经年累月的大规模投入，并没有任何捷径可走。很多中国企业往往并不愿意在研发上投入资金和时间成本，更热衷于通过收购来实现飞跃，虽然收购和研发相比更加快捷高效，但是真正核心的技术是很难通过收购来获取的，从国际上来看，没有任何一家伟大的高科技企业是完全通过收购建立起来的。从董明珠收购珠海银隆来看，在自身缺乏相关技术积累的背景下，试图通过收购来实现新能源汽车的梦想，结果就是失败的概率远大于成功。

除了企业自身的研发投入之外，良好的保护知识产权的外部环境也相当重要。中国制造长期以来创新能力不足、品牌意识淡漠、山寨文化盛行，很重要的原因在于国内对知识产权的保护力度不够，形成了打击原创、奖励山寨的传统，在这样的制度环境下，真正具有创新精神的企业很难成长起来。这一次中美贸易战，知识产权问题也是争议的焦点之一，某种程度上讲，这对中国制造的崛起也是一件好事。

中国制造业能否实现转型升级，和中国经济的增长模式也有很大关系。过去20年来，中国经济以房地产为经济支柱，房地产高速发展，一方面提升了制造业的成本，挤压了制造业的生存空间，同时，房地产行业的暴利模式，也使得很多人无心制造业，越来越多的资源向房地产转移，制造业转型变成了向房地产行业的转型。

2016年以来，中国开始强调"房住不炒"，暂时遏制了房价上涨的势头。随着中国经济增长压力越来越大，中国是否会重启房地产也成为人们关注的焦点，这将关系到未来的中国是以房地产救国还是实业救国，如果再度重启房地产，这也就意味着中国制造业的强国之梦将会越来越遥远。

反抗"996":发展趋缓后的互联网业

王梓辉

引爆"996"

"996"三个数字在半个月之内突然成为一组引发中国社会热议的话题,其百度搜索指数在一个月内同比上升了200%。而引发这一切的只是一个普通程序员的吐槽。

3月20日,在一个以程序员为主的互联网技术论坛V2EX上,一位ID叫"nulun"的用户在一个推广域名的帖子里宣布他注册了一个域名——http://996.icu,在域名下面,他写道:工作996,生病ICU。

所谓"996"是一种近几年流行于互联网行业的工作制度,即每天早上9点到岗,一直工作到晚上9点,每周工作6天。当然,它在这两年也被互联网行业广泛用来代指高强度的加班制度。与它类似的还有代指正常作息的"955""1065"等。

但nulun的留言并未引起关注。6天后,在另一个"好奇996工作制真的会猝死吗?"的帖子下,他再次留言说,最近他的公司也开始实行996制度了,这才让他发觉到"996"多么毁人,因为"除了工作就是休息,跟家人沟通都少了"。顺手,他又推荐了一下自己注册的新网站。

这个网站十分简洁,自上而下分成"996.ICU介绍""相关法律法规"和"相关事件报道"三个部分。在最下面,nulun写道:"Developers' Lives Matter"(开发者的命也是命)。很明显,这是在模仿美国对抗种族不平等运动的"Black Lives

Matter"（黑人的命也是命）。

也许是因为看到了他的留言，同一天，在全球最大的代码存放网站和开源社区GitHub上，一个同名项目被创建。早在2015年，中国就成了GitHub上第二大的用户来源地。据一些媒体推算，这个社群里的中国用户至少在150万以上。

996.ICU项目上线之后，迅速引起了中国程序员们的共鸣。996.ICU项目上线一小时内就收获了超过2000颗星星（GitHub上的点赞），一天内加星数超过1万，登上了GitHub实时热门榜。仅仅3天，996.ICU项目的加星数就突破了10万，成为GitHub有史以来增长最快的项目之一，甚至超过了很多热门技术项目。

作为一个所谓的"开源"社区，GitHub极具自由与民主气质，它允许社区里的每一个程序员阅看项目上的内容并做出修改，最终由项目的创建者根据"民意"做出是否同意修改的判断。最初的996.ICU项目很简单，只有一段26行的文档，内容就是http://996.icu网站上的内容。但不断有热心参与者完善着项目内容。从第二天开始，不断有人提交996.ICU项目不同语言的翻译版本，截至2019年清明节假期已经有了26种不同语言的版本；媒体相关的报道从最开始国内媒体的一篇，到最新已经有了十几篇来自不同国家媒体的报道。

3月27—28号，项目里多了两个重要内容：996公司黑名单和955公司白名单。这看上去像是两个《绿皮书》似的行动指南。黑名单的作者写道："希望大家能够注意到'996'的群体实际上很大，不仅仅有BAT，还有很多小公司。"白名单的作者则表示，白名单旨在让更多的人逃离"996"，加入"955"的行列。

但这些大都属于精神层面的"反抗"，整个996.ICU项目里最有可能在现实世界里产生实质性作用的行动来自一位"圈外人士"。伊利诺伊大学厄巴纳—香槟分校的法学博士顾紫翚在3月30日晚上上传了自己与丈夫合作起草的"反996软件开源协议"（Anti 996 License），因为留下了完整的个人信息和联系方式，二人"被迫"深度参与到了这个由互联网从业人员发起的公众活动里。

所谓"软件开源协议"，就像是一本书的版权声明，是一个开源软件项目必不可少的组成要素。软件若想开源，必须明确地授予用户开源协议。如果公司或个人使用了开源代码，但是没有遵守条款，作者可以据此提起诉讼，要求赔偿、停止使用代码。

但起草的过程绝非简单地加上"采用 996 工作制的公司不得使用"这句话这么简单。事实上,由于开源软件会在全球范围内传播,从来没有地区性开源软件,因此他们必须写出一个国际性的开源协议。但全球不同国家与地区的劳动法令并不相同,有些地方甚至没有相关的法律条文。再加上跨国企业的复杂问题,"我自己一个人写,估计要花两三个月的时间;如果要滴水不漏地写出来,估计得花两三年。"顾紫翚说道。

因此,她将核心定在了"呼吁这些公司遵守当地劳动法"上,并规定:"如果该司法管辖区没有此类法律、法规、规章和标准,或其法律、法规、规章和标准不可执行,则个人或法人实体必须遵守国际劳工标准的核心公约。"

与 GitHub 上的参与者一样,夫妻二人也极为强调此事在精神上的意义。"这个东西实际上来讲没有多大的法律效力。"顾紫翚坦诚说。上海京衡律师事务所隋兵律师则向我分析称,此前那些被广泛使用的开源协议大都围绕代码本身展开,国际上大都将开源协议归到"著作权协议"的部分,因此具有较强的法律效力;如果将代码的使用与劳动保护权放到一起,则会模糊著作权相关的法律认定,"但使用代码的企业仍应做好雇员方面的合规审查,否则还是会有违约或者侵权的风险"。

被默认的加班文化

截至 2019 年清明节,采用了这份开源协议的项目已有 75 个,其中大部分是个人开发者及中小型公司。"他们的目的就是告诉大家说,我是一家好公司。"顾紫翚说。她向我展示一个开发者发给他的邮件,里面那位开发者坦言自己的项目规模较大,没办法使用他们的协议,但还是愿意发邮件表达精神上的支持。

"可能现在一个 18 岁的清华计算机系学生看到了我们这个协议,觉得很好,等他 30 岁的时候,他可能也会搞出一个像 Linux 系统一样厉害的开源系统,说不定就会用我们这个协议。"

但并非所有人都认同他们在"精神层面"上的说法,几位活跃在社交平台的互联网行业资深从业者都对此次的"反抗 996 工作制"行动表达了负面看法。一位在社交平台拥有超过 200 万粉丝的资深技术人员纪飞（化名）直接用"行为艺术"这个词来描述这次反对"996"的行动。"GitHub 上还是要用代码说话，而不是靠信息噪音制造影响力。"他补充道。他同时反问我："作为记者，你觉得自己有只用 8 小时就能做完的工作吗？"

当然不会有人支持有违法风险的加班行为。隋兵这样的法律界人士明确表示，如果有确凿的证据，"996"这样的工作制度肯定是违反《劳动法》，"去法院起诉基本都能赢"。

"我当然反对'996'，也知道要遵守《劳动法》。"纪飞说。但他同时强调，程序员这个行业从来没有轻松过，"十几年前没有轻松过，以后恐怕也不会有"。在自己的公众号上，纪飞对此发表了一篇争议极大的文章，在他看来，互联网从业者还是应该珍惜这个时代，应该庆幸我们还有弯道超车的机会和可能。"我们今天能看到的行业巨头，几乎没有一个是优哉游哉就能做出来的，那是一代人的辛苦奋斗换来的。这个过程必然有大量的牺牲，否则的话，我们能有什么资格跟欧美巨头分庭抗礼呢？"

拥有超过 20 年互联网经验的齐大可（化名）自称是中国最早接触互联网的一批从业者，他向我回忆了这些年互联网行业工作状态的变化。在 21 世纪初，当时硅谷气质被一批互联网创业者带回国内，不计考勤的风气很流行。但当时的互联网从业者加班仍然很疯狂，而这个氛围并不是靠制度约束的。随着业内竞争的不断加剧，个人的加班行为开始团队化，但并未发展成制度性要求。直到 2013 年左右，"996"的工作制度作为一种公司行为第一次出现。一位在程序员群体中拥有高声望的资深技术专家陈皓自称"这个问题问我算问对人了"，他回忆称，"996"的说法第一次出现是在 2013 年 10 月，当时阿里巴巴集团为了对抗刚刚推出不久的微信，意图开发自己的即时通信工具，随即提出了一周工作六天的工作方案；又因为阿里在杭州西溪的总部门牌号为"969"，于是阿里内部就戏称这种工作模式为"996"。这种说法得到了另一位前阿里员工的认可。

当时陈皓是阿里巴巴集团商家业务部一个团队的负责人，直接管理的人数大概在 30 人到 40 人之间。

转岗至阿里云团队后，陈皓又经历了连续三个月的疯狂加班。三个月之后，因为沟通无果，陈皓决定离职自己创业。从那时起，他也开始在网络上持续批评 996 工作制。

但在激烈的竞争中，市场给出了答案。齐大可就问道："这几年发展起来的几家互联网公司，字节跳动、美团、拼多多，你去问问哪家加班少？"字节跳动的"大小周"（即每隔一周工作 6 天）模式已实行多年，拼多多的 6 天工作制也不是秘密。而能登上 GitHub 955 公司白名单的大部分都是外企。

十多年来，拥有 12 年互联网从业经历、曾在新浪微博工作过 5 年的程序员王渊命已经形成了极为固定的长时间工作模式。而这种工作模式早已不只局限于从事技术工作的程序员们。一位互联网上市公司的市场公关人员对我抱怨说，她现在已经无法把工作跟生活区分开来。

也有人忍受不了这样的生活，尝试做出改变。来自成都的程序员徐靖（化名）在五年内换了三家公司，但总是在工作一段时间后被动变成"996"的状态。"好像都是'996'，没什么选择的余地，就是这么一个非常恶劣的环境。"

红利过后，潮水的方向

但相比其他行业，互联网行业的高收入水平从某种程度上降低了他们在公开场合抱怨工时的正当性。在 2016 年，华为公司员工的平均薪酬就已高达 52.43 万元人民币，这也让他们工作日平均加班 3.96 小时变得不那么难以接受。

在此前的多年间，以互联网行业创造的财富水平衡量，互联网公司都是中国社会的佼佼者。根据国家统计局的数据，2017 年，软件与信息技术行业的平均薪资为 13.3 万元，连续两年超过金融业成为全国最赚钱的行业。百度在 2005 年上市时，诞生了 50 位千万富翁和 240 位百万富翁。等到阿里巴巴在 2014 年挂牌上市时，一夜之间竟诞生了超过 1 万个千万富翁。

但情况似乎从 2018 年开始发生变化，当年上市的几家互联网公司均未达到外界期望的表现。2018 年年中上市的小米本被寄予厚望，但截至 2019 年 3 月底，小米的股价已跌穿发行价，最低下探至 9.4 港元，较发行价 17 港元跌幅达 45%。而与小米情况相似的还有同期上市的美团，美团自从2018年9月上市以来，股价同样一直在下跌，目前股价从上市首日的72.65港元跌至不到50港元，跌幅也超过30%。进入2019年后，更有多家互联网公司接连曝出裁员的消息。

"市场不是只有一个方向。"齐大可说道，"中国的互联网行业享受了20年的高速发展，我们都习以为常，认为每年的工资和待遇都要涨，但谁告诉你说程序员的条件待遇会越来越好的？"

这种悲观情绪也体现在，无论是否支持程序员们在网络上发起的反抗活动，几乎没有人认为这样的行动能在短时间内改变现状。

"我觉得情况不会好转。"王渊命说道，"我虽然支持这种发声行为，但是对这个结果没有太好的预期，因为这个事情本质上是一个供需矛盾的问题，即使有些公司现在明确要求'996'，还是有很多人愿意去，对吧？"

你能从一些公开言论上发现这绝非妄言。2019年年初，杭州有赞互联网公司在年会上公开宣布将工作时间调整为早上9点半到晚上9点，周六也有可能加班。这引起了很大的舆论争议。但其CEO白鸦随后公开回应称，"这次绝对是好事，因为让更多人了解了有赞的文化"。他同时解释说，有赞在面试的时候会告诉每个人，在有赞会有很大的压力，很多人工作时间很长成了习惯，"有赞的人工作和生活很难分开"。搜狗公司CEO王小川4月初在回应其公司加班严重的新闻时也明确写道："不认同搜狗价值观、不愿意和搜狗一起迎接挑战的人，我们不姑息。"

"这就是一种变相的员工筛选制度。"王渊命说道。齐大可分析，白鸦和王小川敢说这些话的理由就是因为来应聘的人多的是，"如果说这个行业没有足够的人才基础，他敢说这句话吗？"

以百度公司为例，百度在2002年招聘的时候，他们打出的口号还是"弹性工作制"，当时网上流传着一份"百度23条军规"，其中一条就是"由我自己来安排自己的工作时间，我们这里是弹性工作制"。王渊命就回忆，他2005年左右上大学的时候，看网上的信息，觉得这种互联网公司的氛围就是自由和宽松的，很吸引人。

但10年后，李彦宏在2012年话锋一转，发表了一封题为《改变，从你我开始》的公开信，提出了"鼓励狼性、淘汰小资"的"狼性文化"，开始设置固定的打卡制度。

"讲弹性跟讲狼性的是同一拨人，为什么会这样？"齐大可反问道。在他看来，这是因为程序员在世纪之初是非常紧缺的，优秀的程序员更紧缺。随着互联网行业的快速发展，涌入这个行业的年轻人越来越多，其实已经没那么紧缺了。

齐大可发觉最近连优秀程序员都不紧缺了，"你光优秀都不行，你还要年轻，年纪大的优秀程序员都很难找工作"。36岁的徐靖向我们证实了这个说法，他刚刚因为忍受不了上一家公司"996"的工作制度而更换了工作，他告诉我，很多公司的程序开发职位会明确要求只招35岁以下的。

需求下降的背后被认为是整个互联网行业的发展步伐开始放缓。齐大可将原因归结于互联网产业"产能过剩"后的调整，过去几年移动游戏、共享经济、P2P金融、区块链等概念带来了大量的虚火，这些概念的崩盘导致整个产业开始降温。而北京大学经济学院教授、数字中国研究院副院长曹和平则给出了理论层面解释。他认为互联网产业在2018年已经达到了上一个周期成长高峰的顶点，一般一个周期前5—6年是上升期，速度很快；后5—6年是向下跌的，速度从高到低，所以互联网产业肯定还会继续增长，但是它不会加速增长了，和它自己过去的几年比会减速。

程序员们自己当然也明白，完全不加班是不可能的。事实上，在社交媒体的很多讨论中，很多其他行业的从业者都会表达相同的意见：在现实中，不仅程序员们在加班，设计师、快递员……有太多的行业都在大量加班。

因为常年在国外工作，齐大可总结了发达地区的情况。他发现在很多欧美发达国家，程序员都不算收入最高的那一群人，"肯定不如医生和律师"。而中国程序员们仍然是社会上收入水平最高的一群人，享尽了红利，所以这两年发生的变化可能会让他们的心理落差比较大。等落差稳定之后，也许互联网行业不再像现在这么吸引年轻人进入，可能会带来些变化。

垃圾分类：古老的新事物

张从志

垃圾分拣员

63岁的王秀芳（化名）是一名厨余垃圾分拣员，每天早上六点半，她准时赶到三里屯街道北三里社区的一个老居民小区里。六点半到十点半之间，是小区居民扔垃圾的早高峰，她推着一辆自行车在小区里来回巡视，一有"新出炉"的垃圾袋，王秀芳就停下来，开始动手分拣。

王秀芳负责14组垃圾桶，她的主要任务是把厨余垃圾分拣到绿色的厨余垃圾桶里。她是河北邯郸人，穿着绿色工作服，戴黑色口罩、长舌遮阳帽。被随手抛进桶的垃圾袋往往系得紧紧的，一撕开，里面的果皮、菜叶、剩饭剩菜、废纸、塑料以及难闻的味道都爆裂出来。王秀芳先用手把其他垃圾拨弄到一旁，剩下的倒进绿桶里，然后转身从自行车上取下长腿木夹，把刚才没有挑出的其他垃圾夹上来。她不戴手套，动作熟练，一两分钟就能分完一袋，对桶里发出的恶臭早已习惯。

下午的工作时间是两点半到六点半，每天工作八小时，王秀芳一个月能拿到2300多元的工资。六月的北京天气炎热，太阳暴晒下，她外露的皮肤都被晒成了褐色。王秀芳不识字，对网上热议的垃圾分类，她没什么概念。但如果说北京目前还有垃圾分类的话，靠的恐怕正是王秀芳这样的分拣员。

公司给王秀芳规定的最低工作量是每天一桶半，如果不是小区新近开业的一家饭店，她会担心达不到要求。小区里住的主要是老人和年轻北漂，老居民生活节省，年轻人大多不在家做饭，产生的厨余垃圾少于平均量，新开业的饭店暂时弥补了这个缺口。如今，王秀芳每天收集到 2 桶厨余垃圾，每桶容量 120 升，她的同事会定期骑着三轮车过来，把垃圾桶转运至附近的垃圾楼里。

在那里，我们遇到了坐镇指挥的项目经理，一个年轻人，挺着个肚子，上身T恤，下穿短裤，戴着口罩。经理告诉我们，他们公司在北京承包了很多社区的厨余垃圾收运工作，流程是街道和公司签合同，由公司向各个小区派出分拣员，厨余垃圾集中到垃圾楼后，接下来的运输和处置就交给北京环卫集团。按照小区告示栏上的"生活垃圾分类体系建设情况公示表"，这些厨余垃圾会被运到位于大兴区瀛海镇的南宫堆肥厂。

这位经理介绍，在三里屯项目区，他们一共布置了 100 多个厨余垃圾桶，一天可以收上约 50 桶厨余垃圾。垃圾楼为他们单独开辟了一块厨余垃圾转运的场地，和其他垃圾的处理隔离开来。站在旁边说话，一阵阵恶臭扑面袭来，十余个工作人员正忙着从车上卸下垃圾桶，大都是老人面孔，外地口音，污渍斑斑的工作服背后写着"互联网＋垃圾分类"。垃圾分类和"互联网＋"有什么关系？经理解释说，为了鼓励居民主动分类，他们开发了一款 APP，居民可以把分好的厨余垃圾拿去找分拣员积分，满一定积分后可以兑换生活用品。

但王秀芳告诉我，大部分分拣员年纪大，不会使用智能手机，也很少有居民来找她扫码积分，"基本没有人会自己分"。我们按照经理的指示找到了位于幸福三村的一处积分兑换点，也没有找到现场负责的工作人员。附近的老居民告诉我们，社区前两礼拜给各家发了垃圾桶，一个大的一个小的，但是有人拎着厨余垃圾出来，也没见人在那里兑换，只能顺手扔进了垃圾桶。

一名社区卫生负责人告诉我们，社区经常搞宣传动员、开讲座，为了吸引大家来还发放小礼品，但是每次来的都是那几个老居民。而且，老旧小区绿化率不高，没有空余的场地，垃圾桶放在谁家楼门口，大家都要争来争去，要让大家自己去分类，难上加难。谢新源所在的环保组织零废弃联盟最近启动了一个关于北京垃圾分类的调研项目，他们和志愿者一起分成几个小组，目前已经实地走访了 40 多个居民小区，其中大部分还是北京垃圾分类的试点小区。但他们发现，在这些试点小区，居民主动分类的比率也都不到10%。

自上而下的二十年

2007年，北京大学环境科学与工程学院启动了一项大规模居民家庭垃圾调查，当时在读研的谢新源参与了其中垃圾组分调查和报告撰写工作。"当时找了6个社区，总共120户，把居民的垃圾用专门的桶收集起来，还雇了一个阿姨帮忙分拣，收集了一个星期，分析后发现厨余垃圾占到了70%左右。"

厨余垃圾一直是中国城市垃圾分类的重中之重。清华大学环境学院教授、固体废物处理与环境安全教育部重点实验室副主任刘建国向我介绍，国内生活垃圾的整体含水率在50%左右，有的地方甚至高达60%，而国外这一数字通常在20%左右，导致这一差异的主要因素就是生活垃圾中的厨余垃圾占比太高，而这与我们的餐饮习惯、生活方式紧密相关。"含水率高，垃圾品质就低，处理起来相对困难。"

当厨余垃圾和其他垃圾混合后，无论是填埋还是焚烧，都会提高处理成本，而且会导致二次污染。拿去焚烧，含水率过高会极大地降低垃圾的热值，不利于控制焚烧炉的温度，增加二噁英的产生概率；拿去填埋，极易产生臭味，增加有毒有害滤液。目前公认的解决厨余垃圾最有效的办法就是堆肥，但堆肥对垃圾的纯度要求较高，如果混杂了过多的塑料包装物，透气性变差，堆肥效果便会大打折扣。

北京花大力气把厨余垃圾分拣出来，的确抓住了垃圾分类的一个重点，但是最前端的分类投放问题却一直得不到解决。北京环卫集团总经理助理、原北京市环境卫生设计研究所所长卫潘明告诉我，他认为，"垃圾分类很重要的一点是谁产生谁负责，谁投放就应该谁分类，如果你这个环节没有分类，那分类的意义就不大了。"

北京是中国最早开始实行垃圾分类的城市，1996年前后，北京市率先在西城区大乘巷开展垃圾分类试点，从而成为全国第一个进行垃圾分类的试点。当时的主要做法是摆放分类垃圾桶，号召居民自己分类，但由于后端处理设施缺位，这些垃圾桶逐渐成了"摆设"。此后的十余年里，北京的垃圾分类一直未能走出这个窠臼。

长期跟踪研究北京垃圾问题的陈立雯博士把北京的垃圾分类划分为三个阶段，

即奥运前、奥运后到2017年、2017年后。2000年，在申办奥运会时，北京向奥组委承诺：2008年前北京市垃圾分类收集率达到50%，资源综合利用率达到30%。这一年，北京市被住建部确定为全国八个垃圾分类收集试点城市之一。"但这一时期的垃圾分类停留在从一个桶变成两个或者三个桶的阶段，到后来又增加指标，比如垃圾桶旁边有没有竖牌子，有没有相关的指引信息，但都停留在硬件配置上。"陈立雯说。

奥运之后，北京继续推动垃圾分类。从2010年开始，先划出了600个试点小区，第二年增加了1200个，接下来又逐步增加，政策措施也进一步升级。"比方说每家每户要配垃圾分类的小桶和两捆垃圾袋，也开始改造垃圾分类的收运设施，尤其是垃圾楼，还出现了绿袖标、二次分拣员、专门的厨余处理器、智能桶。"陈立雯告诉我，几乎所有关于垃圾分类的不同形式的尝试都是在北京最先出现，但收效甚微。在实践中，很多居民抱怨，自己分好了类，垃圾车来收运时又都混到了一起，大家自然也就对垃圾分类丧失了信心。

2010年，谢新源进入环保NGO（非政府机构）"自然之友"，专门从事垃圾研究和政策倡导。这时，焚烧厂项目开始在全国各大城市上马，围绕垃圾焚烧的议题，焚烧派和反烧派打得不可开交。在争议中，垃圾分类的重要性凸显出来，两派至少在一点上取得了共识，那就是搞焚烧一定要做好分类，以减少焚烧带来的环境危害。

2008年，北京投资8亿元建成了第一家垃圾焚烧发电厂——高安屯焚烧发电厂，位于北京市朝阳区金盏乡。根据2013年3月北京市委、市政府通过的《北京市生活垃圾处理设施建设三年实施方案（2013—2015）》，到2015年底，全市将建设44个垃圾处理项目，其中包括10座垃圾焚烧发电厂。北京市还决定要将焚烧、生化处理、填埋三种垃圾处理方式按照4∶3∶3的比例进行规划，据刘建国介绍，如今焚烧早已超过40%，生化处理的30%还没达到。

不过，焚烧项目大举推进的同时，垃圾分类却停滞不前。北京市想了各种办法来应对，除了用二次分拣员这样的廉价劳动力，也尝试过进口自动分选机器。谢新源曾去参观过小武基转运站，这里配备有从德国进口的垃圾自动分选设备。"混合垃圾运到一个分拣厂，在里面破袋，主要原理是根据滚筒的筛孔大小，把塑料、灰渣筛出去，剩下就默认为是厨余。虽然分拣效率高，但厨余里面还是会有很多小包装，影响到后面堆肥的效果。"即使分选效果更好，面对北京每天将近3万吨的生活垃圾，设备的投入也将是一个惊人的数字。

垃圾分类自上而下地推行了20年，屡战屡败，解决方案终于又回到最前端的个人分类上。2017年3月，国务院办公厅发布《生活垃圾分类制度实施方案》，到2020年底，要在包括北京在内的46个城市先行实施生活垃圾强制分类，生活垃圾回收利用率要求达到35%以上。上海率先启动立法，并于2019年7月1日开始全面推行强制垃圾分类。据报道，北京也将推动学校、医院等公共机构以及商业办公楼宇、旅游景区、酒店等经营性场所开展垃圾强制分类，并逐步实现全覆盖。

分类与回收的利益纠葛

和王秀芳在垃圾桶旁聊天时发生了有趣的一幕。当我正问起其他垃圾桶里的塑料瓶、易拉罐之类的可回收物如何处理时，她的余光瞟到一个年轻男子骑着自行车驶近，车把手上挂着一个大编织袋，王秀芳见状立刻压低了声调。等年轻男子远去，她才告诉我，自己并不认识这个年轻男子，但能卖钱的可回收物都会有专门的人来收，公司也不准分拣员动。

在过去，拾荒大军消化了出现在垃圾桶里的大部分可回收物。然而，随着大城市生活成本的提高和疏解整治行动的开展，以及废品回收行业利润的下降，这一体系事实上正在北京、上海这样的大城市迅速瓦解，很多城市居民已经很难在小区附近找到回收废品的小商小贩，街头拾荒者的身影也越来越少。如此一来，原本进入废旧物资回收网络的低值可回收物（如玻璃、废旧衣服等）大量混入生活垃圾收运网络，许多城市垃圾收运量普遍剧增。

清华大学环境学院教授、循环经济产业研究中心主任温宗国分析称："传统废旧物资回收可以直接在源头实现垃圾减量，源头垃圾分类越细，再生资源品位就越高，获利就越多，该回收网络垃圾分类积极性高。与之相反，传统环卫系统原生垃圾产生量、收运处置量越大，其获得的收入就越高，因此除了处置设施超负荷倒逼外，没有推动垃圾分类和减量回收的动力。这两套独立运行系统在源头上存在的利益冲突，废旧物资回收和生活垃圾分类的两套系统缺乏统筹，必然降低城市固废分类、收运体系的运行效率。"

为了解决这个问题，上海强制垃圾分类的一个重要内容就是推动垃圾分类和回收"两网融合"。在一些小区，居民要想出售积攒起来的可回收物，只能打电话给指定的废品回收员，这些废品回收员由政府发执照，持证上岗，其他的小商小贩进入小区交易，相关部门可以进行处罚。

在过去，废品回收是市场主导，归工商部门管理，而垃圾收运是政府主导，归环卫部门管理。"它（可回收物）也是垃圾，而且是品质比较高的一部分，等于说你把肥的那一部分都拿走了，剩下瘦的，又没有得到很好的一个管理。"刘建国说，未来的一个趋势就是要统筹来考虑，"肥瘦搭配"，"垃圾处理的一部分成本可以在回收中得到一定的弥补，反过来讲，回收对垃圾减量做出了贡献，也应该得到一部分补贴"。

然而，"两网融合"并非易事。垃圾管理的条块分割严重，有的归街道管，有的归学校这样的事业单位管，有的是物业公司，每个系统都有各自的行事风格和禁忌，其他部门很难插手进去。在北京海淀某重点高校做废品回收十几年的一位老板告诉我，他觉得要想融合没那么容易，利益的问题不说，像他所在的大学有很多涉密材料，学校通常只会选择长期合作伙伴，这也是为什么作为学校家属的他能在里面干十几年的原因。

除了要解决垃圾领域里根深蒂固、错综复杂的利益纠葛，垃圾分类要推动，最根本的还是在于人，在于每个人能否改变自己的行为模式和生活习惯。

对于最近上海推行强制垃圾分类，垃圾问题的相关研究者多表达了支持的态度。尽管过程当中争议不少，但受访者都认为，上海不应该单枪匹马，全国其他城市应该积极响应。"过去我们常常把垃圾分类当作一个道德层面的问题来谈论，不断贴标语、挂横幅，希望居民自觉分类，但它本质上其实是一个公共事务管理，和公共场合禁烟一样，离不开制度性约束。"陈立雯说。

在调研中，谢新源也在北京发现了一些做得好的小区。比如建国门附近有一个小区，各家可以自愿把厨余小桶放到小区门口的橱柜上，收运厨余垃圾的人每天都会称重，记录数据，更重要的是，居民进进出出都可以看到，在事实上起到了一个示范作用。一起调研的还有不少志愿者，其中既有全职妈妈、职场女性，也有在校大学生，他们有的希望推动自己孩子所在的学校开展垃圾分类教育，有的致力于在自己的社区推动垃圾分类。

中国速度：毛细血管般的快递版图

王海燕

快递集散小城的司机们

接近 17 个小时里，我们一共在服务区停靠了三次，第二次我正笨手笨脚地爬上高过头顶的驾驶室时，李森笑呵呵地安慰我"不着急"，我有点不明所以，因为我确定我并没有显现出着急的姿态，我以为他是怕我踩空，特意提醒。结果我刚刚爬上去关上车门，还没坐稳，他就一溜烟开出去了，手脚特别麻利，我这才反应过来，他是在委婉地提醒我，我们要赶时间。

李森是一名卡车司机，驾驶一辆车厢长 9.6 米的厢式货车，这一趟，我跟着他从山东潍坊出发到湖北武汉，运送一车顺丰货品。这单业务是他通过一个叫"顺陆"的手机 APP 抢到的，顺丰在 2018 年下半年通过 APP 推出了"个人司机抢单"功能，卡车司机可以像外卖骑手一样，自由抢单，最开始为司机报价竞标模式，很快就改成公司设定价格、司机抢单模式。根据媒体报道，2019 年 4 月，"顺陆"已经实名注册个人司机 50 万人，成功认证车辆约 30 万台，配合着顺丰速运的自营车辆，李森和同行们将驾着车辆完成顺丰速运 9.7 万条干支线的快递运输。

李森 1982 年出生，是潍坊本地人，某种程度上，这是一种便利。潍坊不是山东省内经济最发达的地区，过去最出名的是风筝。但潍坊地理位置好，地处山东半岛中部，到山东全境各地的距离相对平均。早在 2010 年，顺丰速运就在潍坊建成并启用了山东省内唯一的快件集散中心，成为顺丰当时 22 条航空专线在全国的 7 个主要出入港口之一。李森承接的并不是由机场转运的航空件，而是由顺丰在鲁东电商产业园的一个仓库里发出的快运货品，快运指的是单票重量超过 20 公斤的大包裹，网购的大件商品往往属于这一类，因为运输成本问题，这类货品往往走陆路运输。

小件快递装卸快，往往当晚就发走了，但快运货品重，装卸费时间，头天进仓的货物要经过一晚上装卸，第二天早上才能发货。跟我约好时，李森本来抢了一个潍坊到湖南长沙的单子，1300 公里，20 小时 20 分钟内到达，运价 4741 元。根据 APP 的计算，除去路桥费、油费和车辆折旧费，李森预计能赚 923 元。这个价格并不理想，比前几个月低了 500 元，但 8 月是淡季，当天有一个去浙江嘉兴的单子，那边回货多，他只犹豫了 2 秒钟，单就被别人抢走了，长沙这一单再不抢，他还得在家歇着。

但就在我俩准备去长沙的凌晨 3 点，他被告知，往长沙的货装不满一车，临时改去武汉，发车时间也从原定的清晨 5 点改成了 7 点。这个消息让李森有点沮丧，他认识的卡车司机都知道，武汉是个货运洼地，车多价低，大家都不愿意去。快递时效要求严格，运输途中很少停靠，各快递公司内部，超过 400 公里的长途运输一般会配双驾驶，但李森没有另雇司机，无论多远，他都是一个人不眠不休开完全程。

李森 21 岁时拿到了卡车驾照，干过两年送车的活儿，就是开着出厂新车送到客户手里，大多是送往云南的山区。但他真正买上车已经 36 岁了，那是在 2018 年 8 月，卡车首付 8 万元，贷款 19 万元，分 3 年还清，每个月还款 6000 元，加上 2000 元保险，每个月固定支出 8000 元。

因为有熟人在快递公司的转运中心工作，李森一开始就接了不少快递的单子，也认识了一些同样做快递运输的卡车司机，比如徐臣宽。我们在路上碰上徐臣宽是个意外，当时他正在驾驶室里睡觉，车停在偏僻道路上一丛树荫下，两只脚高高翘起，从窗玻璃处露出来。李森认识这辆车，跑上去敲门把他叫醒了。

徐臣宽是"70 后"，因长期饮食不规律，人显消瘦，是自己的卡车车主和司机。徐臣宽告诉我，他是青岛人，最早开一辆长 6.8 米的卡车，两年前换成现在 9.6 米的。以前他有固定的货主，一般是从青岛往北京运汽车配件，回程则从北京到天津，从王庆坨镇拉自行车到青岛，8元钱一辆，一车装500辆就4000元，高峰的时候，青岛—北京—天津—青岛这个运输圈，他一个月能跑8圈，净利润2万元以上，跑得特别高兴。

但2016年过后，汽车制造行业产能饱和，拉配件的活儿就少了，一个月拉不了两趟，再加上共享单车出现，自行车也没的运了。所以顺丰的货运抢单业务彻底放开以后，他也来到了潍坊。徐臣宽目前抢的是潍坊到唐山的一个包月单，凌晨4点从潍坊出发去唐山，第二天返回第三天再出发，全月无休，一个月可以拿到一万五六千元。

这个收入看起来不错，但除去车贷车险后，徐臣宽落到手里的只有一半。他以前去外地一般找个旅馆休息，收入减少后，就每天睡在卡车驾驶室里，半个月回一趟家，好在顺丰的唐山转运中心提供洗澡间。

马磊是李森买下卡车后认识的另一个朋友，瘦高，戴副黑框眼镜，看起来像是刚毕业不久的大学生，但实际上，1981年出生的他两个孩子都已经上学了。马磊来自潍坊市下辖的昌邑市，早在20世纪80年代，这个小小的县级市就依托华侨发展出了全国闻名的纺织工业。2006年拿到驾照后，马磊先是在当地一个大型纺织品集团开车，2012年又攒钱买了自己的第一辆5.2米长的厢式货车，随后和大多数卡车司机一样，又换成了6.8米的、9.6米的。

买车后的头几年，马磊一直在老家昌邑跑货运出租，就是停在路边，跟别的司机喝喝茶，打打牌，等着货主上门。找他们的都是外地货主，一般都是批发纺织品的，临时赶时间，找不到车，就得叫路边的货运出租，付往返运费。马磊说，以前信息封闭，这一行很好做，现在货主找车的途径越来越多，货运出租就不好做了。所以2018年换了大车后，他也开始跑快递运输。和李森不同，马磊喜欢跑短途，更轻松安全一点，2018年刚刚跑快递运输时，他在湖南衡阳和郴州之间往返了一个月。

和潍坊一样，衡阳处湖南南部中心位置，包括顺丰、中通、唯品会在内的各大企业，这些年也逐渐在衡阳建立起分拨中心，让越来越密集细分的快递运输网络变得更加高效畅通。

快递速度

李森的驾驶室看起来乱糟糟的，但实际很讲究，除了被子、换洗衣服、炉子、锅、鸡蛋、面条、油盐酱醋这些生活必需品以外，硬件他也很下功夫，在车载空调之外，加装了家用空调和采暖器，他说自己"不能吃苦，必须在一个舒适的环境里才能工作"。接下来，李森还准备在车厢下面加个大水箱，接根水管，以后在外跑长途，连洗澡问题都解决了。

刚上车，他就嘱咐我，上高速后坐到卧铺正靠他驾驶台后面的位置，因为"高速上发生危险的时候，司机的本能是自我求生，我媳妇孩子跟我出来都这样，那边（副驾驶）是盲区"。

按照"顺陆"APP的规划，我们离开潍坊市区后就该上高速，但李森先在S224省道行驶了80公里后，才从沂山立交入口驶入长深高速。他以前加了个微信群，曾在群里放言："敢拉快递跑省道？我就敢！"通常来说，走省道比走高速费油，但也省下了路桥费，李森给我算账："公司给的时效，只要平均不掉下60迈（注：应为60公里/小时），准能到。我高速跑得快，都是八九十迈（注：应为八九十公里/小时），跑点省道也能把时间赶回来。"但我俩遇到的实际情况是，在进入湖北的最后一段加足马力狂奔，仍然只提前了10分钟，才到达顺丰武汉东西湖区的转运场。每条快递线路的时间都是快递公司的自营司机经过多年时间总结出来的，要及时赶到，并不像李森试图向我表现的那样轻松。

事实上，近10年来，快递行业一直在以突飞猛进的速度飞跃发展。2010年，国家邮政局首次对各大快递进行测速，当时每个快递平均用时超过60个小时。而到了2018年，中国的快递量从23.4亿件增长到507.1亿件，而全国重点地区的快递全程时限平均值降低到了56.64小时。这一惊人数据的背后，是快递在运输、寄达地处理、投递地处理环节都持续加速的结果。

我们去武汉那天，如果再晚十几分钟，李森就会被罚款。后来李森分析，是因为我们在河南段走得太慢了，基本只有70迈（注：应为70公里/小时），没能把省道消耗的时间补回来。而河南段速度慢，原因是下午1点多我们在河南的一处服务区吃了当天唯一一顿饭。饭毕，困意便排山倒海般袭击了李森，他不得不慢下来。

坐在大卡车上，会有一种奇怪的笨拙感，因为总是看到小轿车在前面飞驰而去，但笨拙感并不只是速度的原因，还因为体积，相比之下，小轿车如同玩具。一路上，我们总共见到了两次事故，出事的都是半挂车。李森也见过两辆大卡车相向对撞的场景，两个车头挤得稀巴烂，不知道人怎么样了。我采访的另一个司机则亲眼见过一个小孩没入 9.6 米长的大卡车轮下，他形容那个场景，"脑袋到大腿那里，一下就没了。我的天，吓都吓死，刹车都没踩，直接熄火，后面好多车按喇叭，按也没用，我腿是软的，脑子一片空白"。

李森说，他年轻的时候往云南送车，总是白天黑夜连着跑，喜欢晚上跑弯路，路上车又少，方向盘一把一把都打满，刺激兴奋，毫无困意。但现在不行了，从潍坊到武汉的 16 个小时里，为了缓解疲乏，他总共抽了 3 包烟。平时他一个人跑也累，开车时就和朋友打电话，有时候打着打着，听到对方没声了，赶紧挂断，重新打过去，用铃声把对方惊一下。

他自己最累的一次是 2018 年"双 11"，早上 9 点从潍坊出发，送一车货第二天凌晨 5 点到长沙，到长沙立刻抢了一个中通快递的单，下午 5 点又从长沙发货回济南，整睡时间也就快递公司员工装货的几小时。他记得，从长沙往回的路上，天一直在下雨，雨刷在玻璃上有节奏地刷来刷去，成了催眠工具。平时困的时候，李森会听歌，抽烟，喝咖啡，跟朋友打电话，但是那一天，什么都不管用了，电话那一头儿的人也困，两个人都不知道对方在说什么，只是迷迷瞪瞪地开，感觉车摇来摆去。坚持到服务站后，他坐在驾驶室设了 5 个闹钟，随即昏睡过去。他是被第三个闹钟叫起来的。虽然货多，但时效限制并不会因此改变，最终，那一趟他迟到了两个多小时，幸亏中转场的保安大爷跟里面的人说，排队车多，他其实早在场外等着了。

也有的司机"双 11"体验比较好，比如李森的朋友马磊就被"包"了 7 天，7 天里总共只干了一趟活儿。当时，中通快递在上海的一个中转场为了防止爆仓，提前跟包括马磊在内的约 40 名个体司机签了合同，1500 元一人一天，不管有没有活儿，当天下午 6 点，现金结账。结果，中转场的货并没有预计的多，马磊又排在后面，直到 7 天临时合同快到期了，他才接了一趟上海到南昌的活儿。

长三角的车队

随着快递行业的数据管理能力日益完善,这种意外显然会越来越少。陈雷是广州一个有着60辆左右卡车的运输队经理。他告诉我,这两年购物节的高峰波动已经越来越小,因为很多大型电商的仓储已经覆盖了绝大部分的一、二线城市,会提前把货中转过去。另外,一些快递公司会选择跟他们这样的大型车队合作,提高抗波动能力。

陈雷大学时就是学物流的,毕业后先在德邦物流做了3年,后来又在一个专门对接快递公司和外包车辆的网络平台工作了3年,2018年刚刚成为这个车队的经理,负责日常管理和调配车辆。陈雷的车队主要跟德邦物流合作,只跑广东省内从广州往返各地的短途线路。广东是国内快件量最大的省份,2018年的快递业务量累计达到了130亿件,这意味着2018年全国四分之一的快递在广东省内出现过,这里也发展出效率一流的快递运输网络。

在广东,我跟着一位名叫王学艺的司机在广州和东莞之间往返跑了两趟。德邦原本叫德邦物流,运送大件货品,但2018年7月,这家公司正式更名为"德邦快递",董事长崔维星在宣布改名的战略大会上称:"大件快递市场是一个千亿级市场,零担快递化是一个必然趋势。""零担"是传统物流中相对整车而言的概念,指货主需要运送的货不足一车,作为零星货物交运。李森为顺丰运送的快运,实际上就属于这一类。有意思的是,以小件快递起家的顺丰在2015年就开始大举布局快运产业,其后成为顺丰近几年里增长最亮眼的业务,并在2019年正式成立新的顺丰快运公司。

德邦和顺丰两家公司的业务线从两端向中间靠近,印证了陈雷的一个判断,他认为,快递网络的运转正在影响整个物流行业对速度的追求。在中通快递北京转运中心,我看到,快递分拣已经实现了全自动化,甚至可以将同一地区的小包裹自动打包成大包裹。每一个包裹在收货快递员和派送快递员之间的流转时间,已经可以精确到分钟。而在德邦快递的广州转运中心,每天从晚上10点到第二天凌晨3点,总有车辆不停地驶向东莞。

我跟车的王学艺开的是当晚第一班驶往东莞的车,10点准时出发,按规定需要在两个半小时内到达。这个时效看起来非常宽松，因为按高速路距离算，两个转运场之间只有不到 70 公里，但和大多数的外包司机一样，王学艺选择不走高速。跟车当晚，王学艺还带了个学徒，王学艺是河南周口人，学徒叫王文华，是他的老乡。说是学徒，其实只是刚入职，跟着来熟悉一下路线而已。王文华以前也开过卡车，后来去做生意，只是 2019 年生意不好做了，便来到了广东投靠王学艺，入职车队，准备成为一名快递运输司机。

在广州到东莞这条线跑了半年，王学艺完全不需要导航。一路上，他不停地跟王文华讲解，哪里要打起十二万分精神，红灯不能闯，哪里有一条不起眼的路，又近又好走，这些都是他慢慢摸索出来的，如今倾囊教授给自己的同乡。和李森的单子不同，王学艺和绝大多数的快递运输司机一样，都是深夜出发，而那往往意味着通宵工作。平时货不多的时候，王学艺第二天会在东莞休息一天，我们跟车那天刚好有货，他申请当天又拉了一车货回广州，这算是运气挺好，因为一晚上又多了一笔绩效工资。回程的路上，王学艺把方向盘交到了王文华手里，自己则坐在后面指挥。后来，因为王学艺睡着了，王文华生怕错过时间，还是全程走高速回到了广州，这可能会成为他快递运输职业生涯中最奢侈的一次。

陈雷说，最近他也试着在"顺陆"上注册车队信息，但审核很慢，他还在等。根据他的理解，顺丰推出这个 APP，就是想直接跟个体司机合作，跨过车队这个接近"中介"的角色。实际上，陈雷的车队里还有不少个体司机，只是因为货源少，在车队挂靠，接受统一调配。司机们经常抱怨，快递运费低，也降低了他们的收入。而根据陈雷的观察，司机们的收入并没有减少，但工作量的确增加了，快递行业将低利润的压力部分通过压缩运输价格转嫁给了快递司机们。

但司机们的职业选择并不多。王学艺十多岁就跟着父亲学开车了，最早是在陕西神木县给别的车主开车拉煤，后来自己买了卡车，回到老家周口跑货运。一般是从周口往郑州运黄豆、冬瓜、面粉等各种农产品，从郑州返程，则是饲料、化肥、种子，200 多公里路程，一般运费 1400 元，好的时候能赚 700 元。但不好的时候居多，比如经常在路上被交警罚款。

农村的零散货运极不固定，有时候连着一个星期没有任何活儿，所以有活儿的时候就天天拼命做。王学艺记得，有一阵天天都有黄豆拉到郑州，他连轴转干了半个月，每天最多休息三个小时。最后一次结束后，他从驾驶室往下爬，刚刚走到第二个台阶，就再也站不住了，直接瘫在地上呼呼大睡。

当时跑运输的风险还不只这些。王学艺记得，在跑车途中，他光是丢货就丢过三次。第一次是一车黄豆，一包120斤价值近400元，他丢了接近100包。怎么丢的，他也说不清楚，当时是他妻弟在开车，王学艺一觉睡醒，让妻弟停车去看看车厢，结果货已经没了。后来还丢过两次，一次丢的是面粉，一次是复合肥，根据王学艺的说法，都是妻弟开车丢的。他倒是听别人讲过，盗窃的人也是开着车，跟着货运车跑，然后趁人不备，把货钩过去。但具体怎么做到的，王学艺也不知道，他没有亲眼见过，只知道自己的货都是晚上被偷的，最早的一次是夜间10点刚过。三次被盗的时间是2012至2013年。

因为渐渐觉得在老家跑运输难，王学艺干脆卖了车出门打工，在浙江一家工厂送裁片。工资从每月3000元开始，一点一点往上涨，最高达到5000元。他老婆则在一家童车店做产品研发。做了几年后，两个人还是想回家，回老家镇上开了一个美容美体馆，但经营一年多，生意惨淡。王学艺只好自己先出门打工，最后来到广州找到了目前在快递车队的工作。他说，过了这个暑假，他老婆也准备到广州来了。他有个9岁的儿子，以前无论在老家还是浙江，小两口总把儿子带在身边，但这一次如果妻子来广州，不会再带着儿子了，因为广州不好上学。

目前王学艺在车队的保底工资是4500元，每月28趟过后，100元一趟，好的时候能拿到8000多元，差的时候只有6000多元。但在目前的几个月里，差的时候居多，别人都告诉他，现在是快递的淡季，他心里盼着旺季赶紧来。我问他比起以前，能不能适应快递黑白颠倒的生活节奏，他笑着说："只要能挣钱，有啥不适应的。"这个答案和李森相似，我问他跑过全国那么多条运输线路，最喜欢哪一条，他说："哪条挣钱喜欢哪一条呗！"

抢单生活

但比起王学艺在车队拿工资，如今自己还在养车的李森显然更活络一些。2018

年刚买车时，他的第一单业务是在一个叫"运满满"的网络平台上找到的，谈交易的过程中，货主引导他在一个叫"云鸟"的货运信息平台注册，运输结束后，他发现自己怎么也提不出在云鸟平台上的2800元运费。但他孜孜不倦，硬是通过跟货主和各平台联系，要回了自己的2800元。过了不久，他就在网上看到新闻，发现这家成立于2014年的公司，虽然在最初的3年里拿到了4轮高达2.2亿美元的融资，但就在李森上云鸟交易的2018年8月，这家公司已经一年半没有任何融资消息了，相反，屡屡被传遭遇收购。正是那一次过后，李森发现有成百上千个APP是专为卡车司机而设计的，至于是不是真的有用，就比较难说了。

李森自己是相信人情法则的，这或许跟他的过往职业有关。买卡车之前的近10年里，他一直在挖掘机代理销售公司工作。2010年左右，山东的挖掘机生意火爆，李森所在的公司有时一天一个地区就能交车十多辆，很快有新开的代理公司来挖他。一开始，新公司的做派李森就很看不上，"一帮大学生刚毕业，光跟客户聊，有啥用？买挖掘机的客户，那都是暴发户，你得去陪他吃喝玩乐"。

挖掘机的购买一般是首付加贷款，李森的工作就是负责监督客户按时还款，违约的话就会收回挖掘机。李森所在的代理公司，最多的时候有100多人，但从2015年开始，突然就起风暴了，根据李森的估计，整个山东的挖掘机代理公司倒了不止100家。后期有一次，一个客户付了10万元定金，但车还没提走，跟客户签合同的一个官员被抓，这名客户挖掘机不要了，定金也不要了。2016年，公司倒闭前夕，他记得自己一个月最多回收了十多台挖掘机，老板则在欠了银行2000多万元后跑路了。

但李森在挖掘机行业积攒的人际交往能力还在，他的第一单固定业务其实不是快递，而是从2018年过年开始，每月三次，从青岛运一车蹲便器去上海的外贸加工区出口。这个单子和快递不一样，不要求时效，李森可以走省道，慢慢悠悠送过去。上海的快递业务量仅次于广州和浙江金华（义乌），全国排名第三，在那里，李森总能想办法接到快递单。即使上海没有直达山东的单，拐到长三角任意一个城市，总能找到一车快递。

这大半年里，从长三角往回走，几乎所有的快递李森都送过，从普通人熟悉的中通、圆通、申通、韵达、邮政，到大众不熟悉的优速、优尔、宅急送，还有苏宁、天猫、京东、唯品会这样的电商。各家的货品有所不同，比如京东，他送过一整车的小音箱；唯品会运了四五次，大多是酒之类的；优速则是机油、汽车用品、摆饰、坐垫这类东西，从义乌发出。在运快递的时候，他才知道，原来他家紧邻的昌邑县生产一种很流行的小孩爬行垫。这些快递单他都是通过各种手机APP和微信群接到的，如今，他的手机上有10个用来寻找货主信息的APP，还有七八个经过筛选保留下来的微信群。

快递的单子往往是下午发出来，为了抢单，李森前两个月刚刚买了一部不限流量的新手机，我跟他待在一起的几天，一到下午，他就时不时瞟两眼那部专用手机。他跟我抱怨："这让开车变得更危险了。"

李森从长三角往回运的快递货品，大多是直接发往济南，在那里，李森可以拉一车韵达的快递去青岛，韵达每天需要3到4辆外包车去青岛，他认识韵达济南转运站一个派单的姑娘，只要去，总能排到一趟。而在青岛，他有另外一个客户，专门从韩国进口泡菜、辣椒酱、火鸡面等，需要运送到韵达在潍坊的物流园，再向全国发货。原本，他这条由潍坊至上海的蹲便器运输串联起来的快递运输线，已经形成了一周一次的完美循环，况且去一趟上海运费3800元，每个月三趟，差不多就把车贷挣出来了，回程相当于净赚。

但最近，李森的这个环被全面打破了。一是蹲便器厂家的发货量增大，需要用更大载重的挂车运送；二是韵达济南转运中心的那个姑娘调到了其他城市；三是从青岛往潍坊运送韩国食品的单子被人低价抢走了。往武汉走的那天下午，他开始跟一帮朋友商量，准备想办法集体接单，更有保障，也更有议价权。

他还是相信"多条朋友多条路"，他的车上贴了好几种车贴，那是他加入的几家互助性卡车司机组织，几家组织他每天都按时打卡，其中一家打卡达标后能换免费流量。路上看到贴着相同车贴的卡车，他总要鸣笛示意一下，虽然我碰到的三次对方都没有回应，但他尴尬地自嘲一句后，下一次还是接着鸣笛。

虽然不到40岁，但李森的发际线前几年就开始疯狂倒退，试过生发用品，假发也研究了，都告失败后，他干脆剃了光头，加上一张整天笑嘻嘻的圆脸，竟然随时都给人一种快活的感染力。他的口头禅是"我这个人,对钱没什么感觉,够用就行",所以他决定,等 8 岁的女儿培训班结束后,就不正儿八经干活了,要专心哄女儿,带妻子和女儿出门逛一圈。他一开始打算报团,后来还是决定自己开车,我问开车去哪儿,他说:"还是看哪儿有货吧。"

少年的他们：环境、青春与恶

王海燕、郜超

少年凶手：冷静、恶

案件发生后，当地人谈论最多的是蔡文举的冷静。凶杀发生在下午3点多，受害女孩王萱身中7刀，流血过多而死，出血主要窝在胸腔和腹腔。案发地点就在蔡文举家里，他家住大连市沙河口区西苑小区某栋一楼，其他住户的入户门都在北边，他家单独朝南开了一扇门出入。出事时，蔡文举的父母都不在家，抛尸地点在家门口的绿化带里，要穿过一条人来人往的小区干道。蔡文举独自在周末的大白天完成了抛尸，还在女孩身上盖了装着石块的塑料袋，小女孩被发现时，上衣不整，裤子落到一半。

蔡文举杀害的小女孩叫王萱，是小区菜店老板的小女儿，菜店就开在蔡文举家同一栋楼的底楼东侧。出事当天，王萱上完美术培训课后回家，消失在路上。菜店在下午4点以前就关门了，菜店老板发动亲朋好友和邻居到处寻找。蔡文举也知道这件事，王萱的爸爸记得，下午4点过后，蔡文举碰到他时还问："王萱找到了吗？"很难确定，蔡文举当时是不是已经完成了抛尸。

晚上7点半左右，王萱的尸体被发现，这没有改变蔡文举的冷静。发现尸体的现场一片混乱，蔡文举也混在人群里围观，王家还有亲戚听到他问："真的死了吗？"随后，他拍下了现场视频，发到班级微信群里，并自导自演了一出剧情，称自己手破了口子，不该手欠，把擦血的卫生纸扔到了事发地周围，而这将可能导致他被冤枉。

他还声称要把手机放在口袋里，录下警察调查自己的过程，以后发给同学们看。他还在聊天中强调自己虚岁 14，根据我国《刑法》，这正是不管实施何种危害社会的行为，完全不负刑事责任的年龄分界线。那时，他已知道自己被警方列为嫌疑人。

事后的冷静成为蔡文举冷酷成熟的证据之一，这方面的另一个证据是，刚上初二的他身高已经 1.7 米，重达 140 斤。流传的被警方带走的照片上，他比旁边的成年人更高更壮，穿着黑白校服，一张长脸肉鼓鼓的，加上圆滚滚的胳膊和腿，看起来有点超重，缺乏运动。

后来，蔡文举的初中同班同学王波向我证实，照片上戴着手铐的人的确是蔡文举。班上的老师禁止大家谈论案件，只有体育老师有一次在课上说，蔡文举怎么会杀人，因为看起来胆子很小。这道出了王波的困惑，他说蔡文举的确喜欢惹事，班上三分之二的纠纷都跟他有关，班主任每天在班级群里公布学生头天的作业和品行表现，蔡文举天天上榜，原因包括不守纪律、影响同学、打架等，而其他上榜的同学事由往往只有一个：不做作业。

关于蔡文举打架，有同学给我举了个例子，比如分学习小组的时候，他会突然走到旁边小组开玩笑："你们这里怎么有屁味。"同学怼回去："我觉得是你带来的。"蔡文举就会跟对方动手打起来。因为惹事多，初一上学期，他妈妈庄英英被叫到学校，在教室里陪读了一个多星期。王波记得，庄英英对蔡文举很凶，会吼儿子："你怎么又打人？""你怎么又骂人？"那一个多星期，蔡文举很老实。

但即使惹事，同学们从未在蔡文举身上嗅到过危险的气息。王波自己个子小，不到 1.4 米，也敢跟蔡文举动手。有女生说，蔡文举老是挑逗自己，"揍一顿就老实了"，语气非常轻松。王波说，蔡文举其实经常被女生打，从来不敢还手。还有一次，王波看到，蔡文举拿了别人的花露水，对方抢回去，推了他一下，蔡文举虽然还了手，但立马就道歉了，口里说"对不起"，还伸出手跟对方握手，鞠躬，非常谦卑，希望不要闹到教导处。尿，这是绝大多数同学对蔡文举的印象之一。

在班上，蔡文举显然是不受欢迎的人，在我采访的数位同学里，没人能说出蔡文举有什么优点。在他们的描述里，蔡文举首先成绩很差，他读的学校是当地划片公立中学，班上 30 多人，他常年倒数，数学能考 50 分就算高了。其次是人缘差，比如隔壁班的同学上洗手间路上碰到蔡文举，他会打招呼套近乎，但方式又不对，总是戏谑的口气，"大便啊我的孩儿"。那个同学根本不理他，并且评价："他以为自己跟大家都熟，但大家跟他都不熟。"

跟班上的同学关系处不好，学校外小吃摊的老板刘文都能看出来。平时蔡文举去刘文那儿买烤冷面，只要是跟同学结伴，都会主动买两份，请同学吃一份，有时同学不愿等他，想先走，让他自己吃，他会拽住同学："别别别别，我都说了，我请你吃，你等我一会儿。"有点讨好的意味。还有一次，蔡文举在买煎饼，同学路过，很大声地嘲笑："蔡文举你倒霉了，你又不跟老师问好。"蔡文举转过头，很委屈地向刘文抱怨："叔叔，我明明问（好）了，他们老是栽赃我。"在刘文看来，当时的蔡文举看起来有点懦弱，经常被欺负的样子。

另一个小吃店老板也记得，初一下学期的一段时间，蔡文举和一群同学进店，有女生说要吃什么，让蔡文举请客，蔡文举都会答应。女孩子都凑上来拿东西，一块两块的零食有，十块八块的明信片也有，每次加起来三四十，蔡文举就有点犹豫："怎么这个也是我请？"但最后还是付了钱。这样的请客在两周左右时间里，发生过三四次，小卖店老板看不过去，嘱咐女生们："有些便宜也不是那么容易占。"女孩子们就不要他请了。

虽然舍得花钱，但我问他的同学，他在班上有朋友吗？有人听到这个问题"哧"地就笑了："一个朋友都没有，这个事我都不用犹豫。"倒是王波建议我找一个叫王灿的同学聊聊，他说王灿跟蔡文举一样，经常考班上倒数，坐在教室最后一排，是蔡文举唯一的同桌。王灿非常抗拒采访，他承认跟蔡文举关系挺好，说"我们是朋友，他这个人挺好的，完了"，看起来心理波动极大。其他人说，王灿跟蔡文举一样，也爱讲黄段子，成绩不好，但为人处事很得体，远比蔡文举更受欢迎，平时根本不怎么搭理蔡文举，看不出来有什么特别的交情。

倒是蔡文举花钱给女生送礼的事情，还有其他人注意到。10月20日出事后，蔡文举的一个同班女生对妈妈高洁说起"这次要不是王萱妹妹出事，最近我们班那几个女生可能也要出事"。因为女儿还小，高洁不愿意跟她讨论"最近"到底发生了什么，但她知道，女儿早就把蔡文举的微信拉黑了。

生意人家的儿子

从初一开始,蔡文举看起来就很有钱,兜里常年有 50 到 100 元,初二变成了 200 元、300 元。蔡文举所在的学校里,学生都是走读,中午在食堂吃饭,花钱的地方不多,所以蔡文举带着的钱算是"巨款"。王波说,他有时会拿出钱来炫耀。王波不知道的是,蔡文举其实也会借钱。初一下学期,就在给班上女生买东西那段时间,有一天早上蔡文举借口自己迟到了,要交班费,找小卖部老板紧急借了 20 元钱,匆匆就走了。后来店主才知道,当天蔡文举班上根本没收班费。这笔钱,店主要了很久,最后是通过微信找蔡文举的妈妈庄英英要回来的。他记得庄英英一开始以为他是骗子,后来他把店里的监控视频给庄英英看了,又过了一个星期,庄英英才在他的催促下把钱转给他。但庄英英既没有跟店主道歉,也没有跟他询问和讨论自己儿子的情况,只是多次埋怨店主不该把钱借给一个小孩子。因为这个,店主气得把庄英英拉黑了。而从那以后,蔡文举就躲着店主了,连买东西都是让同学代劳。

蔡文举另一次借钱是出事前不久,国庆节放假之前,他找小吃店老板刘文借了 50 元。刘文的店 2019 年 6 月份刚在学校外开张,9 月中旬过后,蔡文举开始天天光顾这家小店。蔡文举开口后,刘文没多想,以为小孩有急事,就一口答应了,蔡文举还主动说:"叔叔,你不怕我不还吗?"随后报上了自己的班级和姓名。这一次,他如约很快还了钱。

很难知道,蔡文举用这些钱干什么去了。但王波早就观察到,蔡文举家可能家境一般,因为他虽然对同学出手大方,但自己买的零食总是很便宜,一块两块的那种。王波的观察是准确的。出事后,当地人传说蔡文举家做海参生意,背景深厚,但其实那只是捕风捉影。实际上,蔡文举的父亲蔡伟只是大连市瓦房店市松树镇的农民,这里离大连市中心 100 多公里,跟当地很多农民一样,蔡伟 10 多年前就到大连讨生活,曾在大连市沙河口区马栏菜场卖过菜。蔡文举的母亲庄英英是吉林人,有兄弟姊妹 10 个,大都在大连打工,做小买卖。

蔡文举的同学记得,他的父母很忙,从小学一年级开始,他上学放学都是自己走，从来没人接。虽然做的是小买卖，但10多年前蔡家就在大连买了房，在马栏广场附近的西苑花园，当时的房价大约五六千元一平方米，在亲戚中算佼佼者。西苑花园建于20世纪八九十年代，大多是老公房，原是附近国营单位的职工宿舍，后来这些单位搬迁、改制，职工流走，很多外地人便涌进来，买房扎了根。西苑花园虽老旧，区位却好，周围有地铁、商圈、三甲医院，还有好几所大学。辽宁师范大学的研究生曾调查这一片居民的居住情况，得出结论：这里移民扎根早，是典型的混居区，既有中高收入的中产阶级，也有本地体制内员工，还有如蔡家这样的小生意人、打工者。

小学同学陈泽记得，小学三年级前，蔡文举的成绩在班上尚属中等，大约四年级开始，直接掉到倒数。当时蔡文举跟陈泽说起这件事，还挺难过。差不多也是在那前后，蔡文举父母的生意有过一次升级，在大连双兴批发市场3号门摊位卖起了海鲜干货，这里是辽宁南部最大的海鲜批发市场，很多商户老板都身家不菲。市场里还有商户记得蔡伟，说他老实、勤快、东西好，所以很快站稳了脚跟。在3号门干了一段时间，蔡家把铺子搬到8号门附近，卖鲜货，这个行当跟卖菜一样，非常辛苦，每天早上两三点进货，晚上九十点收工。

市场里做生意的人家大都是外来人口，山东、吉林、黑龙江、内蒙古的都有，和川渝人打工进厂不一样，这里做生意的，孩子大多带在身边，但也管不上，早上出门，晚上回家，孩子都在睡觉。有些家长自认为管得严，但总被学校老师批评，孩子是"散养"。他们猜，蔡文举的教育也是这种情况。

蔡家进入海鲜市场时，赶上行情好，很快进入辉煌期，雇了两个工人。但辉煌期持续的时间不长，搬到8号门后不久，有一次市场里的箱式电梯出故障，从二楼直接掉到一楼，蔡家的一个女工在里面摔伤了腿，蔡家付了一大笔医药费，还补了一年多的工钱。后者成为蔡伟"为人厚道"的证明，其他商户说，按市场的潜规则，签的不是合同工，老板若赖账，女工也只能认倒霉。

祸不单行的是，工人出事后不久，市场8号门改造升级，蔡伟只好搬回3号门，重新雇了两个小伙子。第二次到3号门，隔壁更大的海鲜摊位老板发现，蔡家的生意在走下坡路，开始欠货款。她冷眼旁观，认为原因出在新来的两个小伙子身上，卖货做手脚，但蔡伟当甩手掌柜，一开始没察觉。海鲜生意周转大，摊位费一年10多万元，每天上货，本钱上万，只有出的，没有进的，很快就捉襟见肘。蔡伟后来打发了两个小工，但生意还是一天天黄下去，他自己又独自撑了一段时间，就彻底关门了。再回去，蔡伟连菜市场的摊位也失去了，开始跟着连襟一起，夏天在街头摆流动摊子卖水果，冬天则去烧烤店打工，一个月4000来元。

蔡家的生意走下坡路的时候，庄英英并没有跟着丈夫回到双兴批发市场3号门，当时，她去另一个叫作长兴市场的地方卖海参和烤鱼片。这是一个因为产权纠纷迟迟不能拆迁，早就败落了的海鲜批发市场，留在这里的商户，要么是老人，摆个小摊聊以度日，要么是商铺老板，另有生意，在这里开着张，跟开发商对抗。庄英英的铺子是她姐姐在2000年花10多万元买下来的。长兴市场显然不是做生意的好地方，只是落个清闲。

算起来，庄英英到清闲的长兴市场时，正是蔡文举学习下降到班上倒数的前后时段。市场里的一个商户听她说起过，当时总要陪着做作业到半夜，但无论庄英英做出什么努力，蔡文举的学习都没有再上升过。

陈泽说，那时候蔡文举在班上就很不受欢迎了，唯一的朋友是个挺有钱的孩子，只有他们俩一起玩。陈泽记得那个同学会带手机上学，手机里存了很多黄片，经常跟蔡文举一起看。大约五年级左右，那个同学邀请蔡文举一起参加过夏令营，并在朋友圈晒出照片，各自搂着一个女生。到四五年级的时候，班上老师已经公开说过，管不了蔡文举跟那个同学了。蔡文举的这种"难管"持续到初中，父母对他的管教似乎更没有办法了，初一的班主任曾抱怨，蔡文举犯错时，"叫妈妈来，妈妈只知道哭；叫爸爸来，爸爸只知道说'我管不了'"。

微妙的变化

采访蔡文举的姨父刘继海时，他什么都不愿说，但一再强调，蔡文举的家长管得很严，主要理由是，庄英英会陪着蔡文举做作业到深夜。他和其他亲戚的印象是，蔡文举从小学习不错，起码是中等以上，他们从不知道蔡文举排名倒数的事。在刘继海看来，蔡文举只有一点不好，就是花钱手松，但他没看到蔡文举死乞白赖要过钱,都是父母主动给。有一起摆摊的商贩倒是听刘继海抱怨过,说蔡文举这两年不学好,刘继海的手机放在车里充电,他总去偷偷玩,打游戏,看不干净的视频。我跟刘继海求证这件事,他认为只是男孩青春期的正常现象,不是什么大事。

很难确定,刘继海是隐晦不说,还是真的没有注意到蔡文举有什么变化。但另外一些人的确在蔡文举身上看到过一些微妙的变化:一是他的小学同学陈泽,他说初一刚进校的时候,蔡文举走路还老老实实,但初二开始,总是手插在裤兜里,做出小混混的样子;二是他同班同学的妈妈高洁,她也住在西苑花园,初一时蔡文举总热情礼貌地跟她打招呼,她还以此教育内向的女儿开朗点,但这小半年来,在路上碰到蔡文举,即使高洁主动打招呼,蔡文举也像没听见一样,毫不理会。她还敏锐地注意到,这小半年,自己任何时候出门遛狗,总能碰到在外溜达的蔡文举。这很不寻常,高洁的女儿周末要上各种补习班、兴趣班,时间排得满满当当,根本没有时间逛。

蔡文举在外溜达的事情,王萱的妈妈,也就是小区菜店的老板娘贺梅也注意到了,就是2019年八九月份吧,有好几次,晚上9点多,贺梅快收摊了,看到蔡文举还在外面。她一般会嘱咐蔡文举一句:"你这孩子天天溜达啥,也不回家,明早还上学呢。"蔡文举有时回她一句,有时候一言不发,就过去了。贺梅用了自居长辈的语气,是因为她跟庄英英挺熟。

贺梅跟庄英英一样,也是大连的新移民,她和丈夫王章是内蒙古人,王章十七八岁就跟着老乡到大连开挖掘机,他们的大儿子比蔡文举大一岁。王家的女儿王萱是2009年出生的,那之前王章和贺梅已到处借钱,在西苑花园买下了一套60多平方米、两室一厅的房子,同样是亲朋好友中的佼佼者。早些年大连基建火热,开挖掘机挣钱多,贺梅就在家看孩子,女儿出生后,王章的父母也从内蒙古老家来到大连,帮着带孩子,贺梅自己就到马栏菜场摆摊卖菜,并在那里跟蔡家和蔡家的亲戚有所接触。

3年前,王家的两个孩子渐渐大了,花销日增,挖掘机的活儿也越来越少,贺梅干脆在小区里租下了这间店,跟丈夫一起经营。当时王萱7岁,已经上小学了,经常在爸妈的店里帮忙,蔡文举应当就是在这一阶段认识王萱的。到蔡文举初一上学期，庄英英跟贺梅抱怨过，说儿子学习不好，贺梅介绍了王萱兄妹上的托管班，就是那种放学后可以负责辅导家庭作业的课外机构。这种机构在当地很流行，因为解决了很多家庭忙或没有能力辅导孩子作业的问题。贺梅记得，自己介绍给庄英英的辅导班，蔡文举只上了一个多月就没去了，但由此，蔡文举跟王萱兄妹都变得熟悉起来。

很难确定，蔡文举是什么时候将王萱锁定为对象的。就在贺梅和高洁都注意到蔡文举在外溜达的这小半年，小区发生了一些事情。比如9月15日，晚上7点多，小区里的一个小女孩上完舞蹈课回家，被人跟踪到单元门内。小女孩回家时吓得全身发抖，干号着说自己碰到坏人了，让奶奶赶快报警。后来在监控中，小女孩的父母看到，一个高个白胖的年轻人尾随着小女孩进了栅栏，询问"门禁是好的吗"，得到"坏了"的回答之后，他跟在小女孩身后进了门。

随后发生的事情，小女孩的奶奶至今没有搞清楚，只知道孙女尖叫着喊了救命，年轻人转头跑掉，嘴里骂骂咧咧，"有病啊"。小女孩的奶奶告诉我，当时他们报警后，警方曾来调查过，但后续如何，她并不知晓。根据媒体报道，除了这个小女孩，小区内还发生过多起年轻成年女性被尾随的事件，嫌疑人会上前搭讪，拍肩膀，跟踪到家门口，其中一些当事人报警后，嫌疑人被指向蔡文举，但蔡文举未满14周岁，又被交回给了父母管教。当地警方似乎没有处理此类事情的经验，蔡文举的父母是否有经验，外人不得而知。

小区内的恐慌情绪也感染了贺梅，夏天的时候，有熟客对她说起，小区里出现了一个小伙子，老爱跟着女孩走，还掀人家裙子，让她注意点自己的小女儿，贺梅就记住了，心里很警醒，但贺梅从没把这些信息跟她见到的蔡文举的异常举止联系起来。事实上，贺梅的丈夫王章记得，就在出事当天，临近下午3点时，蔡文举还专门到菜店里问过："王萱去哪儿了？"王章答："上美术课去了。"随后蔡文举就走了，没再说什么，王章也没当回事。

贺梅和王章都绝不可能知道，蔡文举的班上其实有个别同学注意到过，绝大多数时候，蔡文举都是厌的，但情绪上来后，打架下手非常重，绝对不要去拉，否则连拉的人都会被打，很有攻击性。陈泽说，蔡文举小学时打架不行，力气很小，但他忽略了，这种情况在初中过后，肯定发生了变化，因为蔡文举在短短一年多里，就从入学时班上的平均身高，蹿到了1.7米，成了最高最壮的男生之一。

致命的下午

贺梅的蔬菜店名字叫"好运来"，跟贺梅总是一脸笑团团的性格一样，很讨喜。菜店生意不错，小区的熟客对王萱也熟，知道她长的像妈妈，但性格随爸爸，不爱说话，很乖巧。但这其实只是王萱在店里面对顾客的性格，奶奶说，王萱在家很活泼，叽叽喳喳的，用东北话说"倍儿闹"，一会儿要玩手机，"奶奶我们看视频"，还自己动手做寿司。王萱总想去外面玩，但奶奶腿脚不好，跟不上，只许她自己在楼道里玩一会儿，不准出单元门。

所以王萱总想上爷爷那儿，爷爷在西边马栏山上，给一家公司看门，可以拿到每月3000元，补贴家用。公司里有2亩空地，爷爷开荒辟出地，种点瓜果蔬菜，顺便给公司老板养两条狗。王萱喜欢爷爷的菜地，也喜欢狗，还专门给狗买了小铃铛。王萱去爷爷那儿的机会也不多，上小学后，她就跟周围的同龄人一样，开始上兴趣班，周六周日各一堂，周六上午是英语课，周日下午是美术课。美术课是王萱自己要上的，从小就喜欢，出事前一周，她还跟妈妈说，自己刚学到人物素描，她希望自己赶紧学到雕塑课。美术课一年两三千元，是笔不小的花费，但家里人觉得值。贺梅的微信收藏里有很多王萱的照片和画，儿子的照片很少，她说以前条件差，儿子没机会学这些，所以女儿学画后，她格外骄傲，每次老师拍了女儿的作品发给她，她都要专门收藏起来。

王萱平时上学放学，上辅导机构，她跟丈夫肯定是要接送的。一个多月前，有一次王萱自作主张，独自坐公交车去了3公里外爷爷那儿，被爸爸训了好一顿。这是王萱长这么大，第一次"胆大包天"这么干。大概是寂寞，因为哥哥上初三了，课程比以往重。而且，以往奶奶在家专门照顾她和哥哥，但2018年跟爷爷搭伙的人回老家了，爷爷一个人开伙，不会做饭，常常靠饼干度日，有时做一顿饭，馊了还在吃，奶奶心疼，就去山上照顾老伴去了，儿子儿媳极忙的时候才回来帮忙。

出事那天的一切都有点阴差阳错，早上进货是贺梅一个人去的，王章起得晚一点，上午9点，他把两个孩子叫起来，在家守着做作业。贺梅中午回家做饭，做了两个小孩爱吃的红烧黄骨鱼、千叶豆腐，顺便把丈夫换到店里去。午饭过后，王萱让妈妈帮着梳辫子，妈妈平时早上生意忙，她都是自己梳头上学。梳完头，王萱玩手机，哥哥写作业，手机声音叮叮当当的，贺梅提醒女儿把手机调静音，不要影响哥哥学习，王萱照办了。

吃完饭，贺梅开始睡午觉，她蒙眬看到王萱披了件红色的夹克衫出门，出门前还问："妈，外面冷不冷？我去上课了，再见。"贺梅设了3点去接孩子的闹钟，但她完全没有想起王萱把手机铃声调静音这件事。从午睡中自然惊醒后，贺梅看手机，已经下午3点25分了，手机上好几个丈夫打来的未接来电。她立刻给培训课老师打电话，对方说王萱已经走了，贺梅的心一下跳起来。王萱走路快，连蹦带跳，从培训机构到菜店只需要10来分钟，况且王萱没跟她打招呼，肯定没去同学朋友家串门。

出事后，贺梅就报了警，警察说附近的监控不好调，进展不大。家人只好自己去找人，在放学路上找到3个监控，第二个监控里还有王萱的身影，她一个人一路飞快地小跑着。家人猜测，王萱不等父母来接，急切地想回到家，是因为爸爸答应她，放学后开车带她上山，去爷爷那儿吃饭。王萱走过第二个监控的时候是下午3点22分，随后，她隐没在一丛树枝下，再也没有出现在几十米外的另一个监控里。

在看监控之前，蔡文举家门前的路，王家人来来回回走了无数遍，没有发现任何异常，直到两个监控将寻找范围锁定。王萱的尸体被找到后，警方很快就将嫌疑锁定在了蔡文举身上，他虽然冷静，但破案太容易了，血迹以几乎笔直的路径，一路滴滴答答穿过道路，延伸到10米外的蔡文举家。警方在蔡家的沙发脚、垃圾桶、卫生间、卫生间垃圾桶、户外台阶、栏杆等处都发现了血迹。当天晚上11点，蔡文举被逮捕，随即交代了作案事实。有知情人士告诉笔者，他是用邀请画画的理由，将王萱诱骗进屋的。根据警方消息，王萱身上没有检测出被性侵痕迹，但蔡文举的作案动机和性冲动有关，在被警方带走之前，他还向同学分析凶手人选："三种可能，1.知根知底的人，2.变态狂，3.酒鬼。"

（为保护当事人隐私，文中均为化名）

"脱欧"：旷日持久的英剧接近尾声

英国首相特雷莎·梅一招用到老，"脱欧"变成"拖欧"，政党的内讧与表决最终让这位新的"铁娘子"黯然退场，而接棒的鲍里斯·约翰逊上任伊始就争议不断，大嘴的他从来不缺新闻，不过人们希望他真的能拿出一套靠谱的方案，以结束这场旷日持久的"脱欧"大剧。

"脱欧":留给英国人的时间不多了

刘怡

"无协议便无脱欧"

一个并不好笑的冷笑话:在2019年3月第一周,有44%的英国人做好了在三个星期之后用豌豆沙拉代替西红柿、在下午茶时间畅饮威士忌而不是红茶的准备。与此同时,只有27%的民众赞成特雷莎·梅届时继续担任政府领导人,49%的人认为她的决策"相当负面"。如此糟糕的支持率,创造了两年半以来的新低。

还有更坏的消息:根据独立民调机构Deltapoll发布的数据,69岁的工党领导人科尔宾的受欢迎程度甚至比梅更低。假如英国立即举行大选,保守党将再度以39%的弱势得票率胜出,从而延续他们无比挣扎的内耗。

距离3月29日英国脱欧(Brexit)决议的生效日仅剩不到三个星期,《彭博商业周刊》罗列了一份带有揶揄色彩的食品清单:如果届时出现的是破坏性最大的"无协议脱欧"这种情况,英国人将不得不暂时把进口食材从他们的三餐菜单中移除出去,以等待一份关于农产品的新关税协定的达成。消失的美食将包括所有的帕尔马干酪、80%的西红柿、绝大多数羊腿肉、法国葡萄酒以及来自亚洲的茶叶——茶叶虽然并非产自欧盟成员国,但英国在脱离欧洲关税体系之后,同样需要和产茶国商洽新的进口关税税率。所幸还有足够多的本土产牛奶、豌豆、鸡肉以及面包。"美名"远扬的准国菜炸鱼加薯条不会受到影响:英国能自行解决占每年消费总量75%的土豆的种植以及海产品的供应。但他们也许会更容易酩酊大醉,因为届时苏格兰威士忌将暂停出口。

但英国老饕看上去已经为此做好了心理准备。自从 2019 年 1 月 15 日特雷莎·梅主推的脱欧协议草案在议会表决中遭到耻辱性挫败，"无协议脱欧"在普通英国人心目中就变成了一个或许糟糕透顶，但至少确凿无疑的选项。民调机构 ComRes 在 3 月初公布的数据显示，愿意接受无协议脱欧的英国公民的比例正在从一个月前的 38% 上升到 44%。对这些心情复杂的英国人来说，假如"那一天"不可避免地要来临，那么让它在原定的截止期限 3 月 29 日发生，至少可以使人们尽快适应新菜单和新的旅行规则，从而避免更揪心的不确定性。

然而女首相依旧在顽强抵抗。抵抗的意志与效果反差是如此之大，以至于无人能解释其动力来自何处。

2 月 24 日，特雷莎·梅在飞往埃及参加阿盟—欧盟首脑峰会途中，从专机上抛下了她的新计划：在 3 月 12 日再度诉诸议会表决，审核一份经过修改的脱欧协议草案的可行性。糟糕的是，没有任何证据证明此前矛盾最突出的过渡期条款以及北爱尔兰缓冲边界问题在这份新协议中得到了解决，白厅派往布鲁塞尔的新谈判代表考克斯也在欧盟那里受到了冷遇。这份新协议，甚至可能以比 1 月的旧协议更惨烈的表现遭到议会否决。但内阁同时还设置了极尽烦琐的"安全阀"机制：若协议再度被腰斩，则议会须在 3 月 13 日对无协议脱欧这一选项进行表决。假使该选项同样遭到否决，则女首相还要求在 3 月 14 日就延迟 3 月 29 日脱欧"大限"一事进行投票，以决定是否授权内阁向欧盟提出延迟脱欧、并继续开展新的谈判的要求。

令人困惑之处正在于此：尽管"大限"在三个星期后就将到来，但特雷莎·梅似乎并不认为无协议脱欧真的会发生。她的所有拖延都更像是一种政治手腕，为的是赌赢一件事：在英国议会未曾表决通过的情况下，欧盟在 3 月 29 日绝不敢冒损失巨额补偿金的风险，单方面宣布对英国执行"强制剥离"政策。而无协议脱欧的可能性在国内政治中同样成为梅的恐吓手段，用来诱导议会接受她那份换汤不换药的新协议。在反对党领导人杰里米·科尔宾不受公众欢迎的情况下，这套"拖"字诀似乎颇有希望拖过 3 月 29 日的截止期。唯一的问题在于，英国政府的内外公信力将因此持续受损：届时，包括女首相在内的所有人都会是受害者。

太多退路＝前行无路？

许多年之后，当英国人开始回忆他们在 2016 年 6 月 24 日投下脱欧公决那一票的情景时，一定会惊讶于他们掉进了一个多么大的困局。戴维·卡梅伦以及保守党内阁勾勒出的是一幅晴空万里的蓝图：离开欧盟之后，英国将会获得更有利的政治和经济处境；保守党第一个任期内的财政紧缩政策即将逆转，英国不必再为东南欧那些"黑洞"国家支付财政转移款项，可疑的中东和巴尔干移民也会被拒之门外。更重要的是，卡梅伦表现出了一种成竹在胸的信心，仿佛他已经有了一份清晰具体、并且布鲁塞尔方面不得不接受的脱欧方案。选民的投票行为不仅包含着对公共意志的表达，连带也默认了政府有能力对公意的授权做出妥善处置。

那时没有人能预见到，卡梅伦竟会在脱欧公意揭晓之后立即挂冠而去，并且没有留下任何有建设性的路线图，而继任首相的特雷莎·梅会执意要先进行一场大选、再启动和欧盟的正式谈判。结果，保守党不仅丧失了在下院的议席优势，还接二连三地发生"兵变"和内讧，使女首相根本没有将注意力放到可行的"软脱欧"协议谈判上来。1 月 15 日在议会表决中遭遇惨败之后，梅继续实行着被欧洲人民党（欧洲议会第一大党团）领袖曼弗雷德·韦伯称为"Z 字形航路"的回避手法：先是宣称愿意支持保守党议员格拉汉姆·布拉迪提出的北爱尔兰新边界方案，随后又临阵脱逃。原本应当由首相做出裁断的无协议脱欧决策，也被重新抛回到议会，变成了复杂的法律问题：不是"不批准新协议就硬脱欧"，而是"硬脱欧也需要投票表决"，甚至可以不顾欧盟方面的警告，经由议会授权，强行要求开启新的谈判并制订新协议。这样一来，看似英国人已经拥有了至少三条环环相扣的退路：按照目前的新协议如期完成脱欧；在新协议流产的情况下强制脱欧；在强制脱欧被否决的情况下继续申请宽限期。

对特雷莎·梅的拖延，布鲁塞尔方面已经表达了足够强烈的不满。欧盟委员会主席让－克洛德·容克在最近三个月里两次警告：不会有新的谈判，也不会有另起炉灶的协议，英国政府需要接受目前协议的基本安排。曼弗雷德·韦伯在 3 月 3 日同样表示："梅首相该放弃她的 Z 字形航路了。英国政界人士，尤其是梅和科尔宾，应该暂且搁置他们对自己的政治事业以及党派利益的眷恋，把他们的国家放在第一位。"但看上去，欧盟也难于立即宣布自3月29日起采取惩罚措施：预期的390亿英镑"分手费"尚未到账，单方面实行剥离将会给予英国政府拒绝履行承诺的机会。而这恰恰是梅的战术：继续拖下去，直到其他人主动走出第一步。

而在3月第一周，梅甚至做出了一个让所有人都感到困惑的决定：任命检察总长（相当于政府首席法律顾问）杰弗里·考克斯（Geoffrey Cox）为新的首席谈判代表，让他前往布鲁塞尔去和欧盟做进一步摊牌。在保守党内部，考克斯既是脱欧决议的支持者，也是首相政策的批评者。由他去担负修改决议草案的重任，构成一种双重示威——对内，是警告党内反对者：他们的要求绝不可能获得欧盟代表的首肯，唯有回到首相本人的方案上。对外，则是暗示布鲁塞尔：换一个谈判者，两败俱伤的后果只会更严重。不出所料，在下院以嗓音高亢、喜爱引经据典著称的考克斯很快令欧盟代表感到不胜其烦：3月5日，他暗示英国可以在必要时上诉到欧洲法院，由法院来裁断关于北爱尔兰边界以及脱欧之后欧盟海关规则的适用范围等技术问题，那将意味着旷日持久的诉讼和扯皮。于是，谈判在当天下午草草结束，双方都没有获得预期收获。欧盟愿意接受的安排和1月15日那份被否决的协议草案毫无二致：让英属北爱尔兰继续留在欧洲关税同盟和单一市场内。

鉴于在英国下院目前的党派光谱中，主张与伦敦保持一致立场的北爱尔兰民主统一党（DUP）选择和保守党结成联盟，为北爱单独设置"留欧"条款无疑会影响该党在地方和全国选举中的得票率。目前，民主统一党副党魁尼格尔·多兹（Nigel Dodds）已经表示，任何试图对北爱尔兰采取特殊对待的方案都不能指望获得该党的支持。他同时还建议，政府可以考虑动用原定交付给欧盟的390亿英镑的"分手费"作为无协议脱欧初期应对冲击的备用金。而这正是梅用于要挟布鲁塞尔的最大撒手锏：强制按期脱欧，巨款的移交将无法保证。

倒计时

在2016年7月之前，没人能预计到特雷莎·梅会被置于首相这个举足轻重的岗位上，殚精竭虑地应对英国进入21世纪以来最严重的政治危机。作为前内政大臣的梅是沉默寡言、不常显山露水的；保守党赋予她党魁的责任，多少是希望借助她身上的平民化气息，以凝聚共识、形成举国一致。从另一个角度看，梅身上寄托着英国人对保守党的另一层幻想：既然脱欧的决定已是骑虎难下，一个看似按部就班、不走险棋的成熟政治家，总会比像鲍里斯·约翰逊这样的自恋狂更靠得住。和欧盟进行一场"差不多"的谈判，拿出一份"差不多"的平衡方案，以"差不多"的支持率在议会获得通过，随后结束这场闹剧。这就是英国人的全部期待。

事实证明，这些要求太高了。和卡梅伦一样，梅那里没有现成的方案，甚至也没有什么平民主义。在2017年4月那场不必要的选举之前五个星期，她公布了被称为"痴呆税"（Dementia Tax）的高龄人士健保制度改革计划，直接导致了保守党选情的逆转。终结卡梅伦时代财政紧缩政策的决定直到2018年10月底才被正式确认，并且由于脱欧不确定性的困扰，并未对经济增长形成预期的刺激。过去半年里层出不穷的党内信任投票、议会信任表决以及脱欧决议空前惨重的失利已经耗尽了她仅有的公众声望和信任度。看上去，这位被媒体揶揄为"梅（没）准"（Maybe）的首相还留在唐宁街10号的原因，是其他保守党政客比她更爱惜自己的羽毛，更不愿意在众目睽睽之下蒙受攻击和羞辱。因此便出现了极其反常的情况：首相的每一项实质性建议都会遭到否决，但对她的信任投票又总能涉险过关；明知接二连三的议会表决只是无谓拖延时间的"Z字形航路"，但一切仅仅涉及法律程序问题的方案又总能以高票获得通过。大半个英国政坛躲在女首相背后，指望她的"拖"字诀能从布鲁塞尔换到些许让步，或者无中生有地"逼"出一个无论好坏的结果。

比较起来，杰里米·科尔宾（Jeremy Corbyn）似乎有承担责任的意愿，但他过往的政治履历和出位言行使他绝无可能获得公众授权。即使是在政治气氛宽松的英国，科尔宾对大规模国有化政策和提高富裕人群纳税率的喜爱也不是一种主流观点，他对以色列的长期批评以及要求制定更宽松的移民接收政策更是给他带来了一系列公开的政敌。在特雷莎·梅乏力的时刻，科尔宾可以乘势而上、为工党多争得几十个议席；但在下院现行的政治气氛和潜规则下，他最坚持的两项主张——要求梅引咎辞职、提前举行大选，以及就脱欧问题举行第二次全民公投——已经双双遭到否决。2019 年第一季度的民调结果显示，只有在科尔宾辞去工党党魁的前提下，工党在下一次大选中才有卷土重来的可能，但这显然不可能被富于斗士气质的科尔宾所接受。于是，甚至连反对党也开始耐心十足地默认政府的"拖"字诀，坐待脱欧的最后期限一天天地临近。

诚然，"Z 字形航路"并非全无用处。2019 年 2 月最后一周，在法德两国领导人的巴黎会晤期间，德国总理默克尔率先表态："如果英国人需要再多一点时间，我们也不会拒绝。"这一声明立即在英国的民调结果中获得了呼应：只有 9% 的受访民众认为在 3 月 29 日这一天会出现无协议脱欧的情形。问题在于，"多一点时间"究竟是多久。两位保守党议员已经起草了一项方案，建议将脱欧成行日从 3 月底延迟到 5 月 23 日，即欧盟议会选举开始的那一天。但考虑到东南欧民族主义政党在目前的民意调查中支持率一路走高，倘若届时选出的是一届由疑欧主义者主导的新议会，英国可能获得的待遇反而有出现恶化的可能：没有人会再同情白厅在北爱尔兰问题上的两难处境，毕竟那原本就是英国人自己的问题。工党籍前首相戈登·布朗则认为，至少需要一整年的延迟期，英国才能重新整合早已四分五裂的政坛光谱，拿出真正受到普遍认可的新方案。但现任欧盟议会议长塔亚尼（Antonio Tajani）在 3 月 9 日已经表示，他只会再给英国人几个星期时间，而不是几个月甚至几年。毕竟按照他的看法，脱欧"是英国人自己的问题，不是我们的问题"，欧盟无须为此承担过多责任。

于是，情况再度出现了令人始料未及的变化：只有像默克尔这样的欧洲主义者愿意体谅英国人的处境，但他们在洽谈的却是使英国彻底离开欧洲这个全然悖反的问题。不过无论如何，特雷莎·梅已经打定主意把决定权丢还给布鲁塞尔。2019 年 3 月 9 日，她在格林姆斯比的一次演讲中口气依然游移："支持它（修正版的脱欧协议），英国就会离开欧盟。拒绝它，没人知道会发生什么。我们可能在好几个月之内都无法离开欧盟。我们也可能在缺乏协议保护的情况下脱欧。我们甚至有可能永不离开欧盟。"

梅姨告退，"脱欧"仍悬置

刘怡

"铁娘子"告退

这一次，鲍里斯·约翰逊（Boris Johnson）是玩真格的，并且胜算比过去三年里的任何一次试水都大。

2019年6月13日，在保守党内部就下一任党魁人选进行的第一轮投票中，约翰逊收获了313位议员中114人的支持，远远超过主要竞争对手、现任外交大臣杰里米·亨特（Jeremy Hunt）的43票和环境大臣迈克尔·戈夫（Michael Gove）的37票。尽管距离7月22日最终胜利者的产生还有一个多月时间，约翰逊依然坚信他已经胜券在握：作为"脱欧"倡议的始作俑者，只有他的表态听上去最始终如一，也只有他在把"无协议脱欧"频频挂在嘴上时不至于招来怀疑和嘲讽。在缺少愿意承担责任的政治家的背景下，约翰逊的言行出位似乎反过来成了优势——既然聪明人都在徘徊观望，那就让口气最大、最不惧洪水滔天的那一个上去试试吧！

在英国保守党及其前身托利党三个多世纪的历史上，这可能是情形最混乱的一次党魁角逐，并且大部分候选人都表现得空前虚弱与缺少底气。除去志在必得的约翰逊及其两位主要对手外，现任脱欧事务大臣拉布、国防大臣莫当特、内政大臣贾维德、卫生大臣汉考克、前枢密院议长利德索姆等8人也相继报名参选，囊括了女性、犹太裔、南亚裔、板球爱好者等空前多元的身份标签。即使在第一轮投票淘汰了3位得票最少的候选人、并有一人退出的情况下，仍有7人进入随后的第二轮角逐。候选人将在议会党团内展开一系列游说攻势,并通过电视辩论宣示其政见。在最终的两位"王座觊觎者"产生之后,16万登记在册的保守党党员将通过投票选出新党魁。最晚在7月22日,此人将从看守内阁首相特雷莎·梅手中接过行政首脑权,并重新组阁。

离开唐宁街10号是"梅姨"本人的主动选择。5月24日,当她提议在议会就举行第二次"脱欧"全民公投的可能性进行表决之后,同时遭到了反对党工党和全体阁僚的公开批驳。鉴于此前经过反复修订的脱欧协议已经三次在议会遭到否决,梅索性宣布自己将在6月10日辞去保守党党魁一职,仅留任看守内阁首相,静待新党魁产生之后接管整个政府以及悬而未决的脱欧事务。没有人对她表示挽留——工党党魁科尔宾在推特上表示:"梅首相终于接受了全国早就认清的一项事实:她已经无法管理国家,她那个分裂的党也不能。辞职是对的。"下院第四大党自民党党魁文思·凯布尔(Vince Cable)爵士同样怒气冲冲:"过去三年里,首相一直把她的精力放在和党内右翼达成妥协、而非团结全国上。现在,她终于意识到自己的政府已经走到了尽头。"

从2016年7月仓促接手政府时的深孚众望,到三年后逃也似的离去、只留下一地鸡毛,特雷莎·梅在党内和民间的支持率经历了雪崩般的下滑。保守党主流选择这位看似成竹在胸的前内政大臣、而不是言行无忌的约翰逊作为前首相戴维·卡梅伦的当然继承者,寄托的希望是她能凝聚共识,体面地完成"脱欧"的条款谈判和生效流程。这一期待很快就被证明过于乐观:在2017年4月那场完全由女首相个人推动的提前大选中,保守党掌握的席位不增反减,直接导致其在大政方针上不得不仰赖北爱尔兰民主统一党的合作。随后成为脱欧协议死结的爱尔兰缓冲边界(Backstop)问题,正是这一决定的直接后果。而备受关注的脱欧谈判,几乎完全被支离破碎的人事安排进程所左右——梅把主要精力放在巩固自己权力的稳定性上;任何一位流露出相左意见的阁僚都会被要求立即辞职,换上另一个愿意进行交易的派别的人选。短短三年间,脱欧事务大臣和国防大臣分别更换了三位,外交大臣和卫生大臣各两位,连政府派去布鲁塞尔的脱欧谈判代表也几度出现临时更迭。反复无常的结果,使保守党内几乎所有主要派别都对首相丧失了信心。2019年1

月15日，当梅内阁主导的第一份脱欧协议在议会进行表决时，竟遭遇了432票反对、仅有202票赞成的耻辱性惨败。换言之，作为执政党的保守党主流提前抛弃了自己名义上的最高领导人，任由其独自承受随之而来的攻讦和煎熬。

由于不苟言笑的性格和力拒众议的气魄，特雷莎·梅同样曾经被媒体称为"铁娘子"。毫无疑问，撒切尔夫人在20世纪80年代大刀阔斧的经济和政治改革是"梅姨"竭力希望模仿的。但她显然选择了一种完全错误的方式：将自己的政治前途和脱欧协议捆绑在一起，大搞迂回战略，一而再再而三地将仅仅做出微调的方案反复抛出，指望有一次能碰巧在议会过关。然而现实是残酷的，转机没有到来，政府的内外信誉在2019年春天的两次议会投票中却已消耗殆尽。在向工党示好、引入后者鼓吹的"二次公投"条件的动议也被彻底否决之后，辞职已经成了特雷莎·梅唯一的选择。

热门人选约翰逊

在2019年3月初的一次媒体访谈中，凯布尔爵士点出了"脱欧"僵局延续三年却始终无解的深层原因：在2016年初夏带有偶然性的公投结果公布之后，从保守党到工党都没有把和欧盟之间的谈判当作头等大事，而是窃喜于自己找到了撬动权力版图的理想杠杆。无论是支持"软脱欧"的特雷莎·梅，还是主张"硬脱欧"的始作俑者约翰逊，甚至在两党内部属于非主流的"留欧"派，本质上都不关心协议条款的优劣，而是汲汲于制造对立和站队，力图建立有利于己方阵营的短期优势，从而控制整个行政机器。从这个意义上说，"脱欧"一再难产，不过是政治极化加剧、两大党陷入碎片化分裂的副产品。与其说是各大集团对脱欧可能带来的经济损失争执不下，倒不如说是因为所有人都在觊觎首相大位、拒绝妥协，从而使政党甚至派系利益绑架了整个国家。

约翰逊在梅宣布辞职之后才正式打出进军唐宁街10号的大旗，正是这种政治算计的缩影。若从一贯的政治倾向看，这位言辞富于煽动性、一头金黄乱发的前伦敦市长乃是"脱欧"最狂热的鼓吹者。甚至可以说，脱欧公投的实现和卡梅伦在2016年的下台，正是约翰逊在保守党内部"纵火"的结果。部分是为了安抚，部分是为了压制约翰逊及其支持者，卡梅伦在2015年大选中勉强同意将适时举行脱欧公投作为赢得连任的承诺。而他的心理预期，乃是公投必然会以失败收场，约翰逊的"内部叛乱"也将随之被镇压。孰料阴错阳差，全球本土主义、平民主义政治潮流的兴起率先在英国结出果实，脱欧一事竟获得了半数以上选民的拥护，毫无转圜的可能。于是，对此毫无心理准备的卡梅伦便只能黯然下野，将难以收拾的乱局留给继任者去处理。

在2016年那个前途叵测的夏天，约翰逊一度有意直接角逐党魁之位，从而获得组阁权。孰料长期与之结盟的戈夫临阵倒戈，在最后几个小时宣布将自行登记参选，带走了约翰逊在党内的相当一批支持者。这个被《电讯报》称为"我们时代最戏剧性的政治'暗杀'"的意外事件，一方面断送了约翰逊问鼎党魁的前程，同时也使被视为"叛徒"的戈夫本人在党内投票中仅仅名列第三，成全了渔翁得利的特雷莎·梅的胜利。不过约翰逊绝非一无所获：为了向党内的"硬脱欧"派示好，特雷莎·梅任命约翰逊为外交大臣。这一安排的初衷是将这位过于活跃的政治家羁縻在国外，因为女首相希望独断脱欧谈判，让其无从置喙，却在无形中为约翰逊提供了一个足够大的表演舞台。在出访国外时，约翰逊不仅一再发表有关宗教、安全乃至女性问题的过激言论，还拒绝放弃自己曾经从事过的新闻事业，通过报纸专栏对脱欧谈判指手画脚。类似的情形持续了将近两年之后，特雷莎·梅最终忍无可忍，在2018年7月要求约翰逊辞职，以维护首相的个人权威。

从前台回到"后座"，约翰逊变得更加如鱼得水。这一回，他没有主动表现出对首相大位的野心，而是坐山观虎斗，静待固执地推动唯一"软脱欧"协议过堂的特雷莎·梅自行宣告失败。尽管在专栏文章中，他继续危言耸听地渲染"无协议脱欧"的可行性，但当保守党后座议员团体"1922年委员会"发起针对女首相的不信任投票时，约翰逊虽然乐见其成，却并未直接插手。于是整个2019年上半年，英国政坛呈现出一幅空前怪异的景象：首相本人对脱欧协议草案进行的每一轮新包装和新修订都会以压倒性劣势遭到否决，但对内阁的不信任投票也永远会以仅仅几票的差距无果而终；特雷莎·梅被迫继续留在唐宁街10号，继续耗尽所剩无几的政治信誉。和欧盟玩弄拖延战术的责任也被一并甩给了女首相——在3月29日按照预定日程脱欧的进程被彻底延宕之后，欧洲理事会主席图斯克在4月11日批准将脱欧的最后期限推迟到10月30日。只有当所有这一切铺垫都由穷途末路的特雷莎·梅安排好之后，约翰逊才会以众望所归的姿态出山，准备收拾残局。

然而残局还远不止一份虚无缥缈的协议。从长期通货紧缩带来的收入增长停滞，到本土主义继续发酵带来的内部分离之声，英国正在陷入一场关于"怎么办"的系统性危机中。但由于脱欧问题牵制了主要政党的全部精力和舆论关注点，无形中使得特雷莎·梅的继任者必须面对更棘手、也更缺乏迂回空间的考验。图斯克和法国总统马克龙已经明确表态：不会重启旷日持久的协议谈判（这使得约翰逊曾经承诺的"谈出一份截然不同的协议"变成了一句空话），也不会给予英国超过一年的宽限时间。除非约翰逊能够说服议会同意在梅时代已经被否决过一次的动议——接受冲击最大的"无协议脱欧"安排，否则在旧方案基础上零打碎敲依然没有可能在议会过关。而一旦无协议脱欧成行，它给英国经济和社会带来的负面效应将完全由新首相负责。

事实上，在过去几个月的延宕期里，这种负面效应的影响已经开始发酵了：担忧未来前程的外籍劳工进入英国市场的速度正在显著放缓，转而涌入荷兰、法国和比利时；伦敦金融城内的企业削减了将近一半的招人计划，过去几年发展势头良好的中小企业则搁置了扩大产能的计划，以等待新的关税政策出台。而他们的最终命运，极有可能将由历来给人不稳定印象的约翰逊所决定。约翰逊在5月底宣布，他已经换了新发型、减轻了体重，做好了一切准备去迎接更大的考验。但他在6月初的一句评论的确切中了问题的要害：倘若不能给脱欧问题提供一个确凿无疑的答案，保守党乃至整个英国政党体系都会在几年内彻底崩溃。

鲍里斯归来，"脱欧"终迎接棒人

刘怡

咸鱼与首相

2019年7月17日，即英国保守党登记在册的16万党员就党魁人选进行投票之前6天，鲍里斯·约翰逊提溜着一条咸鱼出现在了伦敦东区的支持者集会上。他高高举起这条包裹在真空包装袋里的烟熏咸鲱鱼，宣称自己刚刚找到了英国应当离开欧盟的新证据："这条鱼是马恩岛的一位加工作坊主给我寄来的。整整几十年里，他们都在用这样的包装寄送熏鱼。但当英国加入欧盟之后，布鲁塞尔的官僚们却要求给每条咸鱼配上一个冰袋——昂贵又不环保的冰袋！只有离开欧盟，我们才不必再受这类荒唐规定的监管。"

这段发言被认为至少犯了两项错误。首先，位于英格兰和爱尔兰之间的马恩岛（Isle of Man）在法律上并不是英国领土的一部分，而是由王室直辖的皇家属地（Crown dependency）。在马恩岛熏制的鲱鱼并不受欧盟食品安全法规的约束，仅当其出口到欧盟成员国时，需要在包装上遵从布鲁塞尔发布的标准。其次，即使是在英国"脱欧"以前，欧盟也从未事无巨细地规定每个成员国应当遵守的食品安全标准，它仅仅要求将跨境运送的食品保存在适宜的温度区间内。而给每条咸鱼都配上冰袋这个馊主意，实际上是英国食品标准局（FSA）自己想出来的点子，并通过司法部将其适用范围延伸到了马恩岛。

抛出一个富于戏剧性的话题，用一套自己的逻辑做出论证，最后导向一个早已预设好的结论：这正是典型的约翰逊式诡辩。它把赌注押在普通人的猎奇天性上——或早或晚，人们会忘记食品标准局和布鲁塞尔，只记得"亲爱的鲍里斯"曾经讲过一个关于咸鱼的幽默段子。事实也的确如此：7月23日傍晚，保守党党魁选举开票结果公布；在15.9万名正式党员有87.4%参与投票的情况下，约翰逊赢得了9.2万票，几乎相当于最大竞争对手杰里米·亨特（Jeremy Hunt）的两倍。一天以后，女首相特雷莎·梅按照一个半月之前公布的计划向女王辞职，约翰逊随后被授予组阁权，以55岁之龄成为了英国历史上第77任首相。

2018年7月，当约翰逊在特雷莎·梅的要求下辞去外交大臣一职时，彭博社政治记者蒂姆·罗斯很不客气地点穿了他：一旦"亲爱的鲍里斯"发现他无法从女首相手中夺得脱欧谈判的主导权，便立即开始拆台，一面在报章专栏和媒体采访中暗示他有能力提出更理想的方案，一面消极怠工、逃避外交部的本职工作，直至忍无可忍的梅决定请他走人。一年过后，类似的套路被转用到了约翰逊自己身上：党魁选举开始前，财政大臣哈蒙德、司法大臣高克、商业大臣克拉克等阁僚均提前宣布不会留在一个由约翰逊领导的政府内；加上输掉决战的亨特，有将近1/4的部长级官员早早流露出了拒绝合作的意向。这使得新首相只能依靠他的死忠追随者和盟友派系来搭建政府架构。

在这场被《太阳报》揶揄为"金刀之夜"（影射约翰逊那头著名的金发）的清洗中，有6名部长级官员主动辞职、11人被解除职务，创造了英国现代政治史上的新纪录。出掌财政部已有三年之久的哈蒙德被巴基斯坦裔的前内政大臣贾维德（Sajid Javid）所取代，2018年11月与梅内阁分道扬镳的前脱欧事务大臣多米尼克·拉布（Dominic Raab）则成为了新任外交大臣。总的来看，与特雷莎·梅那份多灾多难的脱欧协议草案有关的官员几乎悉数出局，代之以一个敢于承担风险的"战斗内阁"。这无疑符合约翰逊在2019年7月24日就职演说中的表态："我们将会兑现议会屡次向民众许下的诺言，在10月31日之前完成'脱欧'，没有讨价还价的余地。"

但主动权并不掌握在这位接棒人手中。7月25日，欧盟委员会主席容克就约翰逊的首次议会演讲做出回应，明确宣示布鲁塞尔既不会重启协议谈判，也不会在北爱尔兰缓冲边界问题上做出让步。工党领袖科尔宾则在酝酿一场提前大选：在 8 月 1 日的补选中丧失布雷肯—拉德诺郡选区之后，执政党及其盟友北爱尔兰民主统一党在下院的有效议席总数已经下降到了 320 席，仅以一席优势勉强盖过工党及其盟友的 319 席。这意味着倘若工党在夏天结束前发起对政府的不信任投票，极有可能获得通过、从而导致大选提前；如此一来，约翰逊内阁将被迫转入看守状态，无协议脱欧的可能性也将在事实上遭到扼杀。

"鲍里斯 2.0"

没有人怀疑过鲍里斯·约翰逊作为公众人物的煽动能力以及自我包装的才能。实际上，"打破常规"几乎已经成为他最突出的身份标签，贯穿在 32 年媒体和政治生涯的整个过程中。在 20 世纪 90 年代初担任《每日电讯报》驻布鲁塞尔记者期间，他敢于用最耸人听闻的标题（例如《欧共体执委会拒绝批准意大利制定独立的安全套尺寸标准》）对欧盟发起攻讦，直接导致了保守党的支持者在 1997 年大选期间发生分裂。在第二个伦敦市长任期内，他把欧盟比作罗马帝国的现代翻版："拿破仑、希特勒以及一众人等都尝试过这类点子，无不以悲惨的失败告终。"而在担任外交大臣的短短 12 个月里，他几乎把一切不适宜触碰的禁忌都试了一遍：在禁酒的印度锡克教寺庙里谈论威士忌关税，在缅甸吟诵帝国主义诗人吉卜林的诗句，批评内战中的利比亚没有"清理干净街上的死尸，学习迪拜好好搞经济"。《经济学人》杂志把 2018 年度"英国最糟糕政治人物"的奖项颁发给约翰逊，颁奖词是："从来没有一位政治家为辜负自己的党派和国家付出过如此之多的努力。"

不过约翰逊终究还是在血流成河的政治搏杀中幸存下来了。这首先要归功于公众对他的定位：在 20 世纪 90 年代，保守党政治家的主流是像约翰·梅杰（John Major）那样气质温文，喜欢缅怀"50 年代的板球场和温啤酒"，背地里却频繁卷进婚外恋情或黑金丑闻的古板人物。相比之下，约翰逊无疑属于受欢迎的少数派——他既能用普通人不甚熟悉的牛津腔句子大谈他对国家大事的看法，又时常以一头乱发、不修边幅的造型出现在街头，对自己的风流韵事也从不讳言。而当全球政治气氛骤变，本土主义、平民主义的浪潮在北美和欧洲蓬勃兴起之后，约翰逊又不失时机地利用自己身为伦敦市长的曝光率，提前建立起了作为"脱欧派"旗帜人物的公众印象。反主流的政治诉求和他离经叛道的个人言行重叠在一起，进一步强化了约翰逊的独特形象，甚至使人产生了一种错觉：一个典型的"脱欧派"政治家，就是应该时常提溜着咸鱼出现在万人瞩目的政党集会上。

但至少在2019年以前，这在保守党的内部游戏中并不适用。作为一个历史可以追溯至17世纪的老资格政党，保守党有着由来已久的忠诚和纪律传统，倒戈叛离党魁者将会遭遇集体抵制。约翰逊在2016年脱欧公投中对戴维·卡梅伦的致命一击，正是他无法顺势入主唐宁街10号的最重要原因——就连多年的政治盟友戈夫也不相信这个人能带领英国走出低谷。而约翰逊从梅内阁中的出局，再度印证了他的广场政治天赋在处理内部关系时价值甚微：他需要说服的是300多位本党下院议员，而不是6700万英国人。

铩羽而归的约翰逊开始改变了：不是彻底抛弃他的过往形象，而是有针对性地向同僚展示他作为一名优秀谈判者和责任承担者的潜质。一个昂贵的顾问团被迅速搭建了起来，它包括澳大利亚籍资深选举顾问林顿·克罗斯比（Lynton Crosby）、记者出身的媒体助理李·凯恩（Lee Cain）、四名担任过下院议员、因之适于充当中间人的保守党政客夏普斯（Grant Shapps）、威廉森（Gavin Williamson）、伯恩斯（Conor Burns）和沃顿（James Wharton），以及约翰逊的现任女友、出生于媒体世家的凯莉·西蒙兹（Carrie Symonds）。在智囊们的建议下，约翰逊从公众视野里消失了好几个月，健身、节食、换了个更利落的发型，仅仅通过他在《每日电讯报》的专栏发表自己的政策见地。一个看似更守规矩、更值得信赖的"鲍里斯2.0"正在缓缓浮出水面。

与此同时，在曾经担任保守党主席的夏普斯的帮助下，约翰逊的团队为本党的全体议员制作了一张投票意向"晴雨表"。在这张五颜六色的表格上，里斯—莫格（Jacob Rees-Mogg）及其领导的欧洲研究组（ERG）是"亲爱的鲍里斯"最坚定的支持者，也是甘愿冒无协议脱欧风险的一派。曾经围绕在卡梅伦身边的留欧支持者（例如随后离开财政部的哈蒙德）则是针锋相对的派别，他们呼吁在必要时与在野党工党联手、争取二次公投的机会。位于两极之间的则是中间派，也是约翰逊阵营试图争取的对象；他们愿意接受脱欧这一既成事实，但对特雷莎·梅内阁拿出的协议草案不满。说服这些观望者支持自己，是这场党内选战的决胜局。

在沃顿的穿针引线下，约翰逊花了大约一个月时间，和每位保守党议员都进行了15分钟的直接会面，根据其透露的意图以及过往政治偏好，圈出了40—50名摇摆最剧烈的对象。由78名竞选助理组成的后援团将对这批议员进行点对点的跟进，追踪他们曾经与何人会面、在自己的选区以及报章上又表现出了何种倾向。一旦发现对方的主见发生动摇，约翰逊便会通过电话与其直接联络，以将其拉回到自己的航向上。通过这种周密的运作，在6月13日第一轮党内投票开始之际，约翰逊已经赢得了下院313位保守党议员中114人的支持，遥遥领先于几大对手。而当第四轮投票后出现约翰逊、戈夫、亨特三驾马车齐头并进的情况时，约翰逊阵营选择与已经出局的贾维德、拉布两人结盟，并暗示自己的一部分支持者在第五轮投票给亨特——根据顾问团的评估，一旦进入两强对决的最终回合，亨特会是威胁更小的对手，因此必须提前把戈夫挤出局。

至于鲍里斯阵营用来说服同僚的关键，其实便是"脱欧等于保守党"——任何诉诸退让或者二次公投的做法，都将成为工党争取选民的话柄。而继续无所作为、坐待无协议脱欧在10月31日自然到来，则会使奈杰尔·法拉奇（Nigel Farage）这样的非主流民粹政客成为自封的"脱欧"功臣。和黯然下野的前任梅一样，尽管约翰逊频繁地把"无协议脱欧"挂在嘴边，但这个自杀性方案绝不是他的最优先选项：在全球经济走势普遍疲软、英镑汇率在8月初出现恐慌性下跌的背景下，无协议脱欧可能带来的900亿英镑潜在损失是伦敦无论如何都不愿承担的。鲍里斯真正的药方是：央求默克尔和马克龙对特雷莎·梅留下的那份草案再做一些"调整"，稍微变更关于北爱尔兰边界的某些技术细节，然后宣称自己已经取得了大捷，要求议会表决通过。毕竟，在脱欧这个问题上，身为资深疑欧主义者的他比特雷莎·梅具备更强的"正当性"；当保守党人把接力棒交到他手中时，潜台词已经是"不会有下一个"了。

提前大选的阴影

脱欧自然是约翰逊在这个夏天面临的最严峻考验,但并不是唯一一个。2019年7月4日,英国海军陆战队在直布罗陀扣留了注册于巴拿马的伊朗油轮"格雷斯1号",宣称该船涉嫌向正在遭受欧盟制裁的叙利亚偷运原油。德黑兰方面回击称,英方的举动是因为"接到了美国的指示"。作为报复,伊朗革命卫队(IRGC)于7月20日在霍尔木兹海峡附近截停了悬挂有英国国旗、并与伊朗渔船发生碰撞的油轮"史丹纳帝国号"(Stena Impero),将其连人带船送往阿巴斯港拘禁起来。约翰逊内阁的新任国防大臣本·华莱士(Ben Wallace)立即做出强硬反应,派遣新型导弹驱逐舰"邓肯号"前往波斯湾,与此前抵达的一艘英国军舰一起为通过霍尔木兹海峡的英国船只提供护航。英方还呼吁欧盟尽快组建一支国际联合护航编队,维护波斯湾国际水道的航行自由。

卷入2019年开春以来日益升温的波斯湾僵局,正是脱欧之后的英国在外交领域困境的缩影之一。作为2015年核协议(JCPOA)的签字方和维护者,英国政府至今依然主张通过谈判阻止核恐慌在中东地区蔓延。就在"史丹纳帝国号"被扣的同一个星期,英国代表仍在和德法俄中四国特使齐集于维也纳,试图说服德黑兰当局停止恢复不久的铀浓缩活动。但在脱欧几乎成为定局的背景下,伦敦若想继续发挥约翰逊所说的"全球性影响",实际上只能回到托尼·布莱尔时代的路线,与美国的外交战略做呼应。问题在于,特朗普时代的美国正在变得更斤斤计较——华盛顿愿意给出的"善意",完全取决于盟国可以为它提供的直接收益;但在离开欧盟之后,英国在国际舞台上能给美国的帮助实际上变得更少了。伦敦正在变得孤立,且毫不"光荣"。

至于约翰逊的头号对手、工党党魁杰里米·科尔宾,他正在筹划一场诉诸提前大选的全面反击。科尔宾的信心部分来自目前下院的微妙形势——尽管全部议席总数共有650个,但由于7名北爱尔兰新芬党议员和4名正副议长(其中有2人来自工党、1人来自保守党、1人无党派)不参与投票,理论上只须占据320个席位,便可以获得问鼎唐宁街10号所需的简单多数。而在2017年大选中遭遇挫败的保守党，在目前的下院只拥有310个有效议席，需要和拥有10席的北爱尔兰民主统一党结盟才能勉强确保执政地位。反过来，在8月1日赢得布拉肯—拉德诺郡的补选席位之后，工党及其盟友的议席总数已经上升到了319席，与执政联盟的差距微乎其微。这意味着只要有几个像哈蒙德一样的"叛党者"倒向工党阵营，并且科尔宾在夏天议会休会期结束后立即发起对政府的不信任投票，约翰逊内阁就有可能因为表决失利而转入看守状态，原定于2022年举行的下一届大选也会被提前到2020年。在新的大选结果产生之前，约翰逊政府做出的一切决策都会被议会否决或无限期延宕，在10月底无协议脱欧的可能自然也将在事实上遭到扼杀。

为了使提前大选和二次公投的可能性变为现实，科尔宾已经开始了提前布局。在7月25日的议会演讲中，他竭力渲染了无协议脱欧可能带来的灾难性后果："没有钢铁，没有汽车工业，食品价格急剧上涨，大量人口失业。"在就职演讲中，约翰逊曾经承诺永远不会允许外国资本进入英国的公费医疗系统——"国民保健服务"（NHS）；但科尔宾暗示，由于新首相急于和美国达成一项新的贸易协议来对冲离开欧盟的影响，美国资本将会广泛渗透进包括NHS在内的英国社会的方方面面，最终导致英国彻底沦为华盛顿的附庸。工党领袖表示，自己无意配合约翰逊政府的任何新举措，无论是一份新协议还是对政府强制实施无协议脱欧的授权；而如果工党能在提前举行的大选中胜出，他将立即推进第二次公投，重新就是否应当脱欧诉诸民意表决。

对约翰逊来说，威胁还不止来自科尔宾。在具有独立倾向的苏格兰，首席大臣妮古拉·斯特金（Nicola Sturgeon）已经表态绝不会接受无协议脱欧的可能；一旦政府一意孤行，苏格兰将会再度考虑离开联合王国。尽管鲍里斯·约翰逊在上任的第一周就造访了苏格兰，并且公布了一项旨在对冲脱欧影响的3亿英镑投资计划，但并未能使斯特金以及保守党内的苏格兰人领袖露丝·戴维森（Ruth Davidson）感到信服。另一项疑问来自迄今为止始终和执政党保持一致的北爱尔兰民主统一党：尽管该党党魁福斯特暗示愿意在万不得已的情况下接受无协议脱欧的可能，但她坚决反对将北爱划作缓冲区，从而杜绝了约翰逊用北爱边界做交易的希望。

要想在不触及北爱尔兰地位的情况下解决缓冲边界问题，约翰逊需要来自布鲁塞尔的帮助。他需要默克尔和马克龙去说服爱尔兰政府，在 10 月 31 日之后与欧盟签署一份补充协议，在一个较长的过渡期（在此期间依然不设置任何形式的边界）之后，把北爱尔兰的过境商品当作一个单独问题加以解决。这听上去充满荒谬色彩：为了照顾一个已经决定离开欧盟的国家的面子，需要让爱尔兰这个忠实的欧盟成员国分担成本。但在剩余时间已经不到 90 天的情况下，这的确是英国规避无协议脱欧的唯一希望。而要实现这一希望，约翰逊必须低下头恳求欧盟——那个在过去 20 多年里曾被他百般攻击和嘲讽的组织。

但无论如何，"脱欧"这出漫长的接力赛已经传递到最后一棒。在实现了梦寐以求的入主唐宁街 10 号的夙愿之后，鲍里斯·约翰逊再也没有临阵脱逃的空间了。如同在 8 月 1 日的补选中胜出的自由民主党女议员简·多兹形容的那样："不管约翰逊躲到哪里，我们都会把他揪出来，逼迫他行使职权：英国的前途已经容不得开玩笑了。"

"伊斯兰国"覆灭记

同样在 2019 年迎来完结的还有横行于中东以及世界 6 年的伊斯兰国，而中东却远未达到和平。叙利亚与伊拉克交界地带的安全形势，距离彻底改善尚有较大距离，库尔德人聚居区的未来政治出路乃至重建进程，也将继续考验全世界的善意和耐心。

在代尔祖尔的旷野上

刘怡

在连续4年对叙利亚内战和中东事务的报道经历中，这是我亲眼见到的第一个"伊斯兰国"武装人员。此刻他就盘腿坐在刚刚被沙尘暴席卷过的枯萎草地上，默默摆弄着一团用来包裹受伤小腿的绛紫色破布。丰田 Hilux 型皮卡货车的前灯在他身旁投下一个巨大的光斑，库尔德族"人民保卫军"战士的军靴和各国记者的采访话筒已经探到距离他只有十几厘米处；可他依然面无表情，眼神仿佛被锁定在了两只缠满肮脏绷带的赤脚上。罩在阿拉伯式长袍外的多口袋马甲和横放在两腿之间的单肩包使他看上去更像是一名摄影记者，而不是刚刚放下武器几个小时的恐怖分子。与此同时，侧卧在他身后的中年人扯过一条毯子，盖住了自己的脸。

"这是个英国人。"路透社记者洛迪·赛义德（Rodi Said）在我身后小声嘟囔着，"刚刚被赶下卡车时，他曾经向我透露过他的国籍，并且辩解说自己不是恐怖分子。"但在战事已经持续将近7年之久的代尔祖尔，显然不会有哪位外国观光客突然出现在底格里斯河包围圈附近的受降场。"最近几个月，几乎所有投降的武装分子都会这么说，"洛迪总结道，"到了这种时候，他们终于明白自己要为曾经的选择承担代价了。"

这一天是2019年3月9日。距离库尔德武装对"伊斯兰国"在叙利亚境内最后的据点——位于代尔祖尔省东南部的阿尔-巴古兹·法卡尼镇（Al-Baghuz Fawqani，下文简称巴古兹）发起总攻还剩下不到24小时。根据库尔德武装与被围者达成的第二次临时停火协议，任何放下武器的"伊斯兰国"人员及其家属都可以步行穿过从包围圈向北延伸的两条"人道主义走廊",乘坐十多辆斯卡尼亚型载重卡车疏散到艾什沙法赫丘陵(Ash Sha'Fah)附近的一片空地。库尔德武装也敦促顽抗者尽早释放被当作"人肉盾牌"圈禁在镇内的数千名平民,以减少最后一战面临的困难。在艾什沙法赫丘陵,卡车上的所有男性会被单独领出来,经过长达数小时、甚至数日的视网膜扫描和指纹采集甄别,分辨出其中的恐怖分子,随后将其羁押到单独的战俘营。这通常并不十分困难:真正的本地平民往往是体弱多病的老年人,习惯用发圈压住红白格的阿拉伯头巾,大部分彼此相熟。而来自不同国家的"圣战士"并非个个精通阿拉伯语,多数风尘仆仆,周身带有作战留下的伤痕。

"刘,到这边来,有几个亚洲妇女你或许会想见一见。"穆斯塔法·巴里(Mustafa Bali)一把抓过我的手臂。内战爆发之前,面庞浑圆的穆斯塔法曾是阿勒颇省的一名中学教师,如今担任着库尔德人武装"叙利亚民主军"(SDF)的新闻发言人兼前线媒体中心主管。在深沉的夜色中,他领着我穿过正在和战俘们对话的外国记者群以及四处查看形势的巡逻队,来到几名用黑色尼卡布(Niqāb)头巾遮住面庞的年轻妇女跟前。通常只有最保守的老年阿拉伯妇女以及厉行严苛教法的"伊斯兰国"分子家属会采取如此醒目的打扮,本地库尔德女性和雅兹迪人所戴的是露出面颊、额头的希贾布(Hijab)头巾。"我们会对走出包围圈的女性进行防爆检查,但不会强迫她们掀开头巾。"穆斯塔法告诉我,"因此在最初几个星期,总有恐怖分子想混在女人堆里。"

面前的尼卡布头巾动了一下,传来的是一个年轻的声音:"我叫法蒂玛,今年29岁,有三个孩子。"

透过头巾和面罩之间那一小道缝隙,投射过来的是一种茫然而空洞的眼神。这个名叫法蒂玛的女子反反复复地用英语、阿拉伯语和母语向我絮叨着:"我随丈夫来到这里。丈夫死了,孩子还小。"库尔德女兵从她随身携带的行李里翻出了毛巾、药盒以及来路不明的小零碎,其中甚至有一把未拆封的酒瓶起子,完完全全折射出了包围圈中的混乱。"在巴古兹,我已经有三个星期没有领到伙食配给了。"法蒂玛的声音颤抖了起来,"孩子需要食物,帮帮我。"在库尔德武装对"伊斯兰国"的最后控制区形成合围之后,数千名像她这样被毙命的丈夫抛弃的"圣战者"眷属依靠从废墟里扒拉出来的"战利品"又挨了几个星期,随后才和被释放的性奴隶以及在交战中失去儿女的库尔德族老妪挤上同一辆卡车,出现在艾什沙法赫丘陵旁的这片旷野中。可以肯定的是,由于很少会有家庭成员从国外赶来认领,这些追随已死的丈夫远道前来叙利亚的年轻妇女及其子女将在库尔德武装的拘留营里度过几个月、甚至几年的漫长时间,直至国际社会拿出最终处置方案。

自从2019年2月9日"叙利亚民主军"及其盟友对代尔祖尔省的最后攻势正式开始以来,曾经猖獗一时的恐怖组织"伊斯兰国"自称的"哈里发国"的领土面积已经缩小到巴古兹镇周边不足0.5平方公里的范围。尽管在叙利亚沙漠深处还存在数百名漏网之鱼,尽管臭名昭著的恐怖主义"哈里发"(政教合一领袖)巴格达迪依然在逃,但"伊斯兰国"作为一个政权和领土实体的覆灭,已经成为事实。不过在结束对代尔祖尔省东南部将近一个星期的探访后,时时在我脑海中回荡的,依然是艾什沙法赫旷野上那个混乱嘈杂的夜晚:汽车灯在黑暗中仅能射出几道窄窄的光束,来自十多个不同国家的记者和同样来自世界各地的"伊斯兰国"分子混坐在一起,儿童凄厉的尖叫声不时从各个角落传出,盖过了头顶美军侦察机发动机的轰鸣。这个21世纪为害最烈的恐怖主义团体以2014年一场精心矫饰的集会作为开场,却在2019年的叙利亚沙漠边缘戛然而止。

从艾什沙法赫丘陵回到最近的绿村兵营,皮卡车需要在沙漠和农田中穿行近两个小时。初春的叙利亚夜间寒意盎然,我和向导兼翻译索兰、洛迪以及一位法新社记者蜷缩在车斗里,各自裹紧避寒用的毯子。在漫长而无预兆的颠簸以及呼啸的大风声中,没有人有兴趣攀谈。大家不约而同地仰起了脖子,注视着天空。

整整8年的内战过后,叙利亚大部分城市的供电设备已经遭到严重破坏。加上百万级规模的难民外流,意外造成了毫无背景光掺杂、星光格外灿烂的夜空。过去4年中,我曾三度见到如此夺目的星斗,其中两次是在叙利亚:它们分别出现在2019年1月的阿勒颇,以及3月的代尔祖尔。在曾经的"哈里发国"上空。

坐在我对面的洛迪酝酿了很久,终于憋出了一句毫无抒情色彩的评论:"见鬼。这星空,真难以置信。"

到罗贾瓦去

"我在地图上找到了摩苏尔（Mosul）西边那个气派的边境检查站，是为我们准备的吗？"在离开埃尔比勒（Erbil）的汽车上，我和中间人哈兰·阿科伊（Halan Akoy）有一搭没一搭地聊着天。"不，那儿不安全。而且在罗贾瓦获得准独立地位之后，旧的边境口岸已经关闭了。"常年和外国记者混迹在一起的哈兰显得熟门熟路，"现在你们需要从更靠北的地方过境，穿过底格里斯河上的一座小桥。相信我，通行证没问题，万无一失。"

"尼桑"牌轿车奔驰在从埃尔比勒通往底格里斯河畔古镇前哈布尔（Faysh Khabur）的新公路上。这里属于伊拉克北部的库尔德人自治区，当地人称为"巴舒尔库尔德斯坦"（Basure Kurdistan），即南库尔德斯坦。20世纪90年代第一次海湾战争结束后，占本地人口绝大多数的库尔德民族在美国的支持下获得了自治地位，并在2005年颁布的伊拉克新宪法中得到了追认。在近年来针对"伊斯兰国"及其前身"基地"组织伊拉克分支的军事行动中，伊拉克库区武装"决死军"（Peshmerga）表现相当活跃。尽管存在严重的宗派主义和家族政治色彩，尽管层出不穷的腐败现象以及数额惊人的财政亏空危害相当显著，今天的库区首府埃尔比勒依然是两河平原开放程度最高的大城市。星级旅馆、酒吧街以及新机场是这里的标志，只是间歇性的停电依然频繁。

而在2019年，伊拉克库区还扮演着另外一个角色：充当西面的叙利亚库区联通外部世界的唯一窗口。

"罗贾瓦（Rojava），冒险家的乐园。"阿拉伯人哈兰显得很兴奋，"只有库尔德人和外国记者懂得用这个简称。"在库尔德语中，Rojava的意思是"西方"，代表西库尔德斯坦，即叙利亚境内的库尔德人聚居区。在中东腹地这片由安纳托利亚以南延伸至伊朗东部的库尔德人传统聚居区中，位于叙利亚境内的罗贾瓦是常住人口最少（不足200万）、疆域面积最小（约5万平方公里）的板块。但在2011年以来的叙利亚内战中，它的国际知名度却与日俱增。2012年，陷入多线作战困境的叙利亚政府军决定撤出东北部地区，将当地的行政管理权和军事事务移交给民主联盟党（PYD）、民主社会运动（TEV-DEM）等本地库尔德人秘密政党及其麾下的民兵加以负责。从那时起至今，罗贾瓦已经逐步发展成一个拥有200多万人口和超过7万名武装力量的半独立政治实体，控制了战前叙利亚国土面积的28.9%。集结在黄红绿三色战旗下的不仅有"人民保卫军"（YPG）和"妇女保卫军"（YPJ）这两支表现活跃的库尔德族民兵，还有由亚述人组建的"叙利亚人军事委员会"（MFS）、被"伊斯兰国"逐出幼发拉底河绿洲的原代尔祖尔省反政府武装等势力，以及为数近千人的外国志愿营。美法两国政府为罗贾瓦武装提供了武器弹药补给、训练指导和直接支持，军事援助额度累计已接近30亿美元。即使是在特朗普政府于2018年12月发布撤军令之后，仍然有至少200名美军滞留在罗贾瓦境内。

2016年12月底，由20多个罗贾瓦政党代表组成的"叙利亚民主委员会"（MSD）在雷姆兰镇通过了一部自治宪法，宣布将其行政机构的名称正式确定为"北叙利亚民主联邦"。从那时起，联邦当局与大马士革的叙利亚中央政府就处在了一种微妙而脆弱的关系中。在打击"伊斯兰国"残余势力方面，双方依旧进行着心照不宣的合作；但在罗贾瓦政权控制的北部和东部四省领土边缘，逐渐出现了一条事实上的封锁线，将其与政府军控制区分隔开来。为表示对国家统一的承认，"民主联邦"同意阿萨德政权派少量部队进驻其首府卡米什利（Qamishli）以南的地区，并继续控制当地的机场，但持有大马士革政府所颁签证的外籍人士已经无法进入罗贾瓦。

更复杂的情形出现在北方。由于罗贾瓦政权的发起和参与者中包含大量被土耳其政府视为恐怖分子的库尔德工人党（PKK）成员，2016年8月24日，土耳其派出8000名正规军，穿过北部国境线直接入侵了叙利亚。在这场代号为"幼发拉底河之盾"的军事行动中，罗贾瓦政权控制下的阿夫林省部分地区落入了土耳其军队之手，在多股反政府武装聚集的伊德利卜省周边也出现了土军观察哨。在那之后，罗贾瓦地区毗邻土耳其的这条边境线便遭到了无限期关闭，直接导致伊拉克库区与罗贾瓦之间这个小小的河上口岸，变成了将外部世界与北叙利亚孤岛连接在一起的唯一窗口。对"伊斯兰国"的最后攻势，正是在这座孤岛深处进行。而当我乘上载客大巴，和返乡的叙利亚难民一道跨过那座底格里斯河浮桥，来到罗贾瓦政权设置的入境处大楼时,赫然发现走廊里挂着一张巨大的宣传画,上面写着:"埃尔多安(土耳其总统)是恐怖主义的好朋友。"

哈兰说的没错,那张在埃尔比勒等待四天才拿到手的通行证的确靠得住。半个小时之后,我已经坐上了开往罗贾瓦首府卡米什利市的汽车。直到那时我才突然意识到,方才自己穿过的正是那条具有历史意义的"赛克斯—皮科线"。过去的一个世纪里,阿拉伯民族主义者大部分的光荣与梦想、野心和伤痕,都与这条人为加诸的笔直国界有关。连"伊斯兰国"这个恐怖主义怪胎也不例外——2014 年 7 月 4 日,当自封为哈里发的伊拉克人阿布·贝克尔·巴格达迪(Abu Bakr al-Baghdadi)在摩苏尔的努尔大清真寺粉墨登场,宣布建立其自诩的"哈里发国"(Caliphate)时,同样提到了"永远终结被帝国主义者强加的叙利亚和伊拉克边界"。该组织的全称"伊拉克与沙姆伊斯兰国"(ISIS),正是这一愿望的缩影,尽管它已经永无可能实现。

耐人寻味的是,那些正在和"伊斯兰国"分子浴血战斗的库尔德人男女,很大程度上同样是一个世纪以前历史的俘虏。在奥斯曼帝国崩溃之后的世界里,他们原本可以援引民族自决(Self-determination)权,寻求创建独立的新国家,却在彼时轻信了土耳其民族主义者的承诺,与其联手对抗协约国的战后秩序安排。20 世纪 20 年代后期,土耳其政府断然反悔,既不曾协助库尔德人建国,亦不曾在共和体制下为其保留自治权利。库尔德人的传统聚居区最终被分别纳入土耳其、叙利亚、伊拉克、伊朗四个国家的版图,自此受到各国民族主义政权长期的严苛同化、打压甚至肉体消灭。直至 2005 年伊拉克库区的自治地位获得法律认可,库尔德人的百年挣扎方才流露出些许曙光。然而罗贾瓦库尔德人在叙利亚内战中的效仿之举,却再度遭遇了土耳其政府的武力干预,前途未卜。人世难逢开口笑,上疆场彼此弯弓月,我所踏过的每一寸领土皆是血沃之地。

"疯狂的麦克斯"

索兰·库巴尼(Soran Qurbani)提着一口袋草莓从卡米什利过来迎接我。这个伊朗库尔德人在几年前获得了英国国籍,常年出没在叙利亚、伊拉克和利比亚,为欧洲电视媒体充当兼职记者。在罗贾瓦，他是我的翻译兼向导。"这袋草莓就是文明世界给你的最后馈赠了。"索兰开起了玩笑，"在卡米什利，你还能买到新鲜的草莓、黄瓜和蜂蜜，还能住上每天供应6小时热水的旅馆。但明天就不会有这些了。"随着旅途进入紧邻叙利亚沙漠的代尔祖尔省，人口过万的市镇会和手机信号一样变得稀薄，绿洲边缘的少数村庄已经在经年累月的交战中沦为一团废墟。只有沙子是永远敞开供应的，还有石油——"你要是能喝那玩意的话，倒会挺快活。"

从汽车驶向卡米什利开始，道路两侧荒原中的活塞式抽油泵便变得越来越多。这种装置在现代石油工业中被谑称为"磕头机"，它能从出油量接近枯竭的成熟油田底部抽取残存的原油，以机械方式提升到地面。"叙利亚并不属于那种体量巨大的油气出产国。"法国能源问题专家菲利普·塞比耶—洛佩兹（Philippe Sébille-Lopez）告诉我，"由于代尔祖尔省的大部分油田已经进入产能稳步下滑的成熟期，过去20多年里，叙利亚的日均原油产量一直没有超过50万桶。"2003年美国国会通过《清算叙利亚法案》之后，大部分跨国石油企业撤出了代尔祖尔和哈塞克省，听凭那些年久失修的"磕头机"继续在旷野中孤独地运转。到内战爆发前夜的2010年，叙利亚原油日产量已经下滑至38.5万桶，此外每年还能开采出78亿立方米的天然气。但这种萧条景象很快被一个黑天鹅事件所逆转：全世界最会敛财的恐怖组织"伊斯兰国"来到了这里，开始大肆搜刮。

不同于此前大多数仅仅精于爆破和摧毁的恐怖分子，"伊斯兰国"在经营他们位于叙伊两国交界处的"哈里发国"时，表现出了商人式的精明。一名突尼斯籍恐怖分子阿布·萨耶夫（Abu Sayyaf）被任命为负责能源销赃的高级主管，他管理着两处刚刚被恐怖主义"圣战者"攻陷的财富宝藏：代尔祖尔省境内属于叙利亚国家石油公司（SPC）的几片大型油田，日产量超过4万桶；伊拉克境内以摩苏尔为中心的夸亚拉油田以及拜伊吉大型炼油厂，日产量超过1万桶。经过精炼的汽油和柴油被就近出售给本地的加油站和电厂（使用柴油发电机），并抽取燃料税；原油则被装上1000多辆闷罐车，分别前往位于土耳其边境、伊拉克库区以及安巴尔省的走私集散地，在那里以每桶25—45美元的低廉价格出售给走私商人。代尔祖尔省的一名"人民保卫军"营级指挥官向我透露，2015年"伊斯兰国"处于全盛状态之时，每天仅从叙利亚就能获得150万美元的石油"黑金"收入。这些巨款除去用来在黑市上购买武器弹药外，也帮助"伊斯兰国"从海外招募到了他们急需的油田工程师、武器维修技师乃至医疗人员。即使是在持续遭遇美军空袭的2016年，"哈里发国"依然从能源业务中获得2000万美元的月收入。而在撤出摩苏尔之前的10个月里，恐怖分子从那里攫取了4.5亿美元。

"看看那些油罐车吧，那就是恐怖分子的生命源泉。"索兰把道路两侧由"人民保卫军"士兵看守的缴获运油车指给我看。离奇的是，购买这些"黑油"的不仅有利欲熏心的土耳其、伊拉克、约旦走私商，还有叙利亚北部正在和"伊斯兰国"对抗的反政府武装，甚至是政府军控制下的城市。"听上去不可思议，但事实的确如此。"一名已经加入库尔德武装的原代尔祖尔省反政府军士兵告诉我，"我们深陷重围，孤立无援，而白天的敌人在入夜之后却开始和我们谈生意。"操办谈判的往往是人脉深厚的本地阿拉伯商人："伊斯兰国"免除他们的税负，鼓励他们为"哈里发国"赚取外汇。于是，包围圈里的抵抗者从敌人手中买到了紧缺的燃料，白昼的厮杀因为深夜的交易变得更为漫长。类似的情形也发生在政府军控制区：2013年2月，"基地"组织叙利亚分支及其盟友"伊斯兰国"夺取了叙利亚北部的电力供应枢纽塔布卡大坝（Tabqa Dam），即著名的"革命大坝"。他们允许国家电力公司的技术人员继续留在水电站内值班，并协助修复了8组103兆瓦水轮机中的半数，以继续向北部和东部城市供电。作为交换，叙利亚国家电力公司也曾派工作人员进入"伊斯兰国"控制区，为其维护电厂内的发电设备。《纽约时报》在2014年7月的一则报道中曾经提及，为了避免供电中断，北叙利亚有超过1/3的城市向"伊斯兰国"支付了"保护费"。战争之神在这一刻显露出的是一张灰色的脸。

2015年5月阿布·萨耶夫被美军特种部队击毙之后，"伊斯兰国"的黑市交易网络开始向代尔祖尔省显著收缩。和装备精良的伊拉克政府军相比，由民团改编而来的库尔德"人民保卫军"不仅缺乏重武器，在执行攻坚任务时经验也稍嫌薄弱。这使得"伊斯兰国"可以把位于该省南部的幼发拉底河绿洲当作最后的根据地加以经营，并继续从盗采塔纳克和奥马尔油田的收入中获益。由于恐怖分子从海外招募的技术人员开发出了不易被空袭摧毁的小型机动式炼油炉，直到2016年春天，"伊斯兰国"从能源交易中获得的月收入依然高达2000万美元。而据伊拉克情报机关在2018年夏天推断,巴格达迪本人就躲藏在邻近奥马尔油田的哈津城内。

一切最终在2018年尘埃落定。2017年9月,库尔德人"自卫军"在美军的空中支援下发起"岛屿风暴"(Al-Jazeera Storm)作战,重点进攻"伊斯兰国"在代尔祖尔省的最后控制区。到2018年8月第二阶段战事结束时,奥马尔和塔纳克油田的大部分采油设备已经被收复,恐怖主义"哈里发国"的财源至此彻底断绝。然而在奥马尔油田附近的公路两旁,依然随处可见被抛弃的货车、在爆炸冲击波拍打下变得奇形怪状的储油罐以及尚未修复的管道设备,这使得索兰产生了一个奇怪的联想:"一切就像是现实版的《疯狂的麦克斯》。"

在梅尔·吉布森主演的《疯狂的麦克斯》(Mad Max)系列电影里,法律和社会秩序已经崩溃,石油和水源成为众人觊觎的财富,飞车党四处横行,在城市的废墟堆中随心所欲地交火。一切道德约束都不复存在,暴力乃是唯一的仲裁者:这似乎正是"伊斯兰国"恐怖统治下的常态。但也有人的看法与此不同,比如易卜拉欣,一位伊拉克库区"决死军"退役军官。"盗卖原油、走私和黑市交易在20多年前就已经大范围存在了。在联合国对伊拉克进行制裁期间,一大批阿拉伯人和库尔德人以此为生。"易卜拉欣回忆道,"他们随后又来到罗贾瓦,指望从恐怖主义造成的混乱中获得些好处。"毕竟,在杀戮开始前,秃鹫总是最早嗅到血腥气的。

糟糕之处正在于此。当一个地区的人民在过去40年间始终被僭主、杀戮、物质匮乏以及流离失所的阴影所笼罩时,求生欲在许多时候会摧毁道德底线。恐怖主义的黑旗汹汹而来之时,会有人为了保卫家园而拿起武器,会有人甘愿为他人牺牲,但也有人趁机谋害素有积怨的邻居,更有人把战争带来的无政府状态当作是聚敛财富的良机。在为生存而进行的挣扎中,人性内部复杂的善与恶、光明与幽暗,都暴露得淋漓尽致。

"刘,你真该去趟拉卡。在那里,不同的人会对你讲出大相径庭的故事。"易卜拉欣认真地表示。

劫后拉卡

刘怡

"叙利亚民主军"的前线媒体中心设在奥马尔油田附近的绿村，距离巴古兹镇大约 100 公里。由于幼发拉底河沿岸的叙利亚村镇大部分已经沦为无人区，国际记者被集中安置在了绿村内的一处兵营，待每天日出后随部队一同驰往前线。在这个被混凝土防爆墙和沙袋团团围住、横七竖八地停满了"悍马"（Humvee）巡逻车以及"奥什科什"（Oshkosh）防地雷装甲车的院落里，久久弥漫着一种疲惫而颓废的气息。"和一个月前相比，一切似乎毫无变化。"法新社记者蒂耶里对我大吐苦水，"库尔德人懂得'最后一战'这个标题的象征意味，他们需要我们在场，但他们愿意提供的信息往往是千篇一律的。绿村就像是个黑洞，一切都要靠运气。"

未曾亲历过战争的普通人容易高估它的戏剧性和刺激感，百万大军的冲锋陷阵在吉卜林笔下不过是一场浪漫的群体表演。但发生在幼发拉底河包围圈里的这一仗却是沉闷而乏味的："伊斯兰国"武装人员在撤过叙伊边境线之前，丢弃了大部分难以维修的重型装甲车辆和大口径火炮。在代尔祖尔省居民总数不过数万人的几片村镇里，他们挖掘地道、埋设地雷和自制爆炸装置，未发现对手绝不主动出击，打起了一场复古的步兵战争。穆斯塔法·巴里预判"伊斯兰国"残军的数量为7000—8000 人，其中至少有 1500 人是经验丰富的死硬分子，大部分来自伊拉克和中东周边国家。至于该组织最高领导人巴格达迪的行踪，则始终无法确定。

在战线另一侧，"民主军"同样面临种种困扰。尽管拥有美军提供的空中火力和侦察支援，尽管包围圈附近不时传来大口径火炮的轰鸣声（法军从伊拉克一侧派来了几辆自行榴弹炮车），参加作战的1.5万名库尔德人士兵和外籍志愿者大部分依然缺少城市攻坚经验。为了避免增加伤亡，也为了解救仍被困在包围圈中的平民，每当库尔德人的攻势持续一个多星期后，他们便会休战几天，给予"伊斯兰国"分子以及非武装人员主动撤离"飞地"的机会。按照穆斯塔法·巴里向我透露的数字，2019年1月9日之后的两个月里，累计已有4000名"伊斯兰国"武装分子主动放下了武器，另外还有3万多名平民和2万名疑似"伊斯兰国"家属的无武装被俘者被安置到阿尔豪尔镇（Al-Hawl）的收容营。频繁的战俘收容和甄别工作使整个军事行动变得时断时续，加上"民主军"出于保密需要采取的媒体管控措施，绿村兵营里的国际居民们开始变得沮丧和焦躁。

"回卡米什利，申请一张新的许可证。"我决定改变计划，"索兰，让我们到拉卡去碰碰运气。"

一脸凝重的"人民保卫军"战士曼索尔在拉卡城外搭上了我们的便车。"尽管在2017年10月我们就收复了拉卡市区，但恐怖分子遗留在城内的上千个爆炸装置至今还没有被完全排除。"曼索尔解释道，"在一些社区还藏匿着未被发现的'潜伏者密室'（Sleeper Cell），极端分子随时有可能浮出水面、继续兴风作浪，因此我需要全程保护你们。"和大部分本地人一样，曼索尔把"伊斯兰国"称为Daesh：这是"伊拉克与沙姆伊斯兰国"这个复杂名称的阿拉伯语首字母缩写，发音近似另外两个带有贬义的阿拉伯语单词Daes（破坏者）和Dāhis（制造混乱之人）。"在Daesh败走之前，任何敢于公开在他们面前说出这个字眼的人都会遭受鞭刑。"

在叙利亚内战爆发之前，只有少数考古学爱好者知晓拉卡（Raqqa）这座幼发拉底河畔古城的大名。它会成为全世界瞩目的焦点，完全是因为"伊斯兰国"在2014年将它当作了自己的"行政首都"，并在这里策划了2015年11月的巴黎恐怖袭击事件。2016—2017年，"叙利亚民主军"出动将近4万人的兵力，花费整整一年时间，终于将盘踞在当地的1万多名"伊斯兰国"武装人员歼灭或驱逐出去。但在那之后，拉卡的重建状况始终不详。"严格说来，今天你能见到的大部分居民已经不是本地人了。"曼索尔介绍道，"在Daesh占领拉卡之前，城里已经被从整个北叙利亚涌来的逃难民众所填满。其间经过反复的围城、逃离和返归，拉卡本身变成了一个安置库尔德人难民的大收容所。暂时居住在这里的代尔祖尔人只怕比你在前线能找到的还多。"

同为劫后余生的古城,今天的拉卡与我在两个月前造访的阿勒颇的气象可谓大相径庭。在阿勒颇,千疮百孔的老城地区的主要街道已经被清理干净,推土机、卡车和重建工作队正在将堆积如山的瓦砾搬运出城,联合国难民署(UNHCR)投放的红色淡水罐和蓝色防雨布随处可见。而在拉卡,一切依旧是围城战刚刚结束时的景象:由于下水道系统完全被摧毁,公路在春雨中变成了沼泽和泥塘,被迫击炮和火箭榴弹(RPG)轰塌的楼板依然倾倒在最初坍陷时的位置,未经排查的社区外侧竖起了高大的混凝土防爆墙。将近20万难民就深陷在这座完全丧失了生命气息的城市里;此刻,我突然体会到了索兰那句"文明社会的馈赠"是多么贴切。

市政委员会负责重建事务的委员阿卜杜拉·阿尔—阿里安(Abdullah al-Aryan)在他位于一所废弃中学的办公室里和我见面,战前他是一名经手进出口货物报关的律师。"要在一座90%的市政设施和公共建筑都已经被炸毁的城市养活20万人绝对是一项大工程。"阿里安指着一张新地图摇起了头,"电力短缺65%,供水每天只能维持4个小时,全城只有7辆完好的救护车和一间外科手术室。我们甚至不得不推迟所有中学的复课,因为找不到足够数量的教师。"相比遥远的新规划,这位头发花白的律师更关心一些棘手的眼前问题:"我们没有足够的工程机械来拆除那些已遭严重破坏的建筑:它们不可能再被修复,但也无法重新使用,就像僵尸。"

"为什么在这里没有看到阿勒颇已经安装上的那种淡水罐和小型发电机呢?你们需要我们做些什么?"

阿里安的表情开始变得严肃:"在罗贾瓦的政治地位通过日内瓦和平进程获得确认之前,美国人和'民主军'不允许我们直接向外国政府以及国际组织申请大规模援助。联合国在叙利亚的救援行动是通过大马士革的中央政府来推进的;对罗贾瓦这片已经脱离了大马士革控制的领土,中央政府不打算承担任何义务。7年前他们把我们甩给了 Daesh,听任罗贾瓦自生自灭;当我们通过自己的斗争赢得了自由之后,他们继续对我们袖手旁观。推土机、发电机、雨水过滤装置……所有我们紧缺的一切在大马士革都有,但无人愿意和我们分享。"在政府军控制区和罗贾瓦之间的边界重开之前，任何大宗救援物资都难以畅通无阻地进入拉卡。

还有一件事是阿里安不曾告诉我的：尽管在美国的主导下，"民主军"在2018年已经将拉卡的难民安置和重建事务委托给了由一群本地律师、工程师以及大学教师组成的市政委员会（RCC），但委员会本身却是一座沙中之塔。"他们的确是拉卡人，但几乎没人认识他们。"在"伊斯兰国"统治下幸存下来的杂货店主祖拜尔显得很不屑，"战争开始之后，他们就逃去了哈塞克，如今又在军队的保护下跑了回来，自说自话地搞起了一个什么政府。"30岁的女工程师蕾拉·穆斯塔法（Leila Mustafa）扮演着临时市长的角色，但拉卡市民对她的熟悉程度远不及欧美记者。"老实说，过去几个月她对媒体发表的言论几乎没有任何变化。"索兰暗暗腹诽。

战前的拉卡曾是阿拉伯人、库尔德人、亚述人、土库曼人等多个民族的混居地，有夜不闭户的美誉，如今则完全变成了库尔德人武装的占领地。尽管阿拉伯人在市政委员会中同样拥有几个席位，但他们很少能拿到离开罗贾瓦的通行证，受到的盘问也更多，这让身为阿拉伯人的祖拜尔感到极不适应："和我的库尔德人邻居一样，我也是Daesh的受害者，如今却好像背上了某种道德负担。我感到自己不再是这座城市的一分子了。"

不只是祖拜尔一个人有着类似的感受。当我走向幼发拉底河上的拉卡老桥，观察那里的重建状况时，一群阿拉伯船民涌了上来，七嘴八舌地和我搭话。为首的苏莱曼显得最为激动："Daesh占领这里时，因为河上的桥梁都被炸断，全城居民所需的大部分燃料、粮食和药品都是由我们从水上运进。"在这位活跃于大河之上将近20年的中年船主看来，残暴的恐怖分子至少有一点好处："内战爆发以前，河运船主是腐败的税务部门和巡逻队最爱勒索的对象。随后Daesh来了，他们会不经警告随意枪击夜间航行的船只，但也取消了名目繁多的税种，只收10%的特许经营费。如今掌权的是库尔德人军队，和10年前相比，他们一分钱也不会少要。"

这不是我在罗贾瓦遇到的最后一个满腹牢骚的阿拉伯人。尽管同样自视为恐怖主义的受害者，但在"北叙利亚民主联邦"的架构中，阿拉伯人没有获得组建独立武装的权利，在形形色色的市政委员会以及政治团体中也丧失了战前具有的话语权。和"二战"之后的东欧以及南斯拉夫内战以后的巴尔干半岛一样，整个叙利亚北部的民族分布状况乃至各民族之间的关系已经被这场残酷的战争永久地、不可逆转地改变了。

墙上的"阿波"

在卡米什利的"民主军"司令部对外接待处，负责审核通行证的军官再三建议我造访当地的一处特殊目的地——牺牲库尔德战士纪念公墓。"烈士们不会说话。但只有在见过他们之后，你才能理解这场战争之于整个库尔德民族的意义。"小胡子军官的口气显得不容置疑，"阿拉伯人曾说我们不可能成为好战士，不具备管理自己的能力，他们错了。在今天，库尔德人已经依靠自己的牺牲收复了被 Daesh 侵占的家园，这是事实。"

即使是在满目疮痍的北叙利亚，造访纪念公墓依旧能给人带来由衷的震撼和痛心感。那是一些本不必拿起武器的人：年过五旬、已经当上祖父的一家之主，更擅长烹饪而不是射击的家庭主妇，出生于 1999 年的女高中生，墓碑彼此相邻的双胞胎兄弟……根据"民主军"新闻处发布的数据，到 2019 年 3 月，库尔德武装在抗击"伊斯兰国"的军事行动中累计已有 1.1 万人阵亡。其中一些人在战死前甚至不曾留下确切的出生年月，他们的至爱亲朋也已经逃散无踪，于是墓碑上只能孤零零地镌刻着年轻生命终结的时间和地点。尤其令人心碎的是那些十几岁姑娘们的笑容：在大部分贫穷的库尔德家庭里，她们只读完小学或初中就已经辍学，终日深居简出，等待着在某一天被安排成为另一个素未谋面的库尔德人的妻子。加入"妇女保卫军"（YPJ）是她们第一次有机会作为一个自由人去生活，也是她们平生第一次被安排拍摄个人特写照片。在这些略显呆板的照片里，少女们带着炫耀新玩具的表情挥舞着手中的 AK-47 型突击步枪或 RPG 火箭筒，眼神中透露出的都是对未来的憧憬。然而短短一两年甚至一两个月之后，她们的身躯便被运回到这里，埋入黄土，只留下短暂一生中仅有的那张照片被喷绘在墓碑下方的白色大理石基座上。基座顶端的花台里，各色野花已经开得很繁盛。

这是战斗吗？我感到了前所未有的压抑和困惑。她们还是孩子，根本不清楚自己走上的是一条怎样的路。

"保卫乡土"并不构成草率牺牲尚未成年的少男少女的充分理由。从墓碑上记录的信息看，他们中有许多人是在刚刚结束基本训练的情况下，就被派去攻打由"伊斯兰国"重兵驻屯的某个城镇，或者紧急调往一处完全陌生的关隘、准备迎候敌人的正面进攻。对手中有许多是久经沙场的前伊拉克政府军官兵，还有一些曾经听命于"基地"组织、在全世界范围内进行爆破活动，经验完全不对等。尽管库尔德武装在大多数时候拥有数量优势，并能获得美军空中火力的支援，但在北叙利亚旷野上攻下一个又一个飘着黑旗的城镇依旧要以成百上千新兵生命的丧失作为代价。年轻人中的一部分会成长为优秀的战士，并构成日后罗贾瓦自治当局的防御力量，但也仅仅是一部分：死去之人已经不可能看到随后发生的一切了。我所见到的每一个"民主军"高级军官都会告诉我，牺牲是为了库尔德民族的未来；但从另一个角度看，被牺牲掉的那些同样是未来——未来的工程师、未来的银行家、未来的外交官和律师，在他们获得这些可能性之前就被永久性地剥夺了机会。

右腿伤残的退役"人民保卫军"士兵艾达尔陪着我们在墓道之间穿梭，他从4年前开始就担任着整个墓地的管理员。"库尔德武装在2014年就已经承诺不会征召未成年士兵，你们撒谎了。"我直白地质疑道。艾达尔用他温和而坚定的语气做出回应："那些孩子里有不少是失去了父母亲朋的孤儿，军营是他们获得庇护和成长的另一种环境。"他又用手指了指公墓入口处的墙壁——"'阿波'告诉我们，为自由而牺牲是光荣的。"

在库尔德语中，"阿波"（Apo）的意思是"大叔"，也是阿卜杜拉这个常见阿拉伯语名字的简称。不过在罗贾瓦，只有一个人在被称为"阿波"时不必加任何前缀，那就是公墓墙壁上画着的那个长着两道浓眉、蓄有浓密小胡子的人物：库尔德工人党创始人阿卜杜拉·奥贾兰（Abdullah Öcalan）。尽管今天的奥贾兰已经年过七旬，但库尔德人对这位"阿波"的印象还停留在1999年他被捕之前。于是，出现在卡米什利、拉卡、哈塞克等主要城市街道上的库工党宣传画，也相当奇异地凝固住了"阿波"20多年前的相貌，从未老去。

1947年出生于土耳其东部的奥贾兰，拥有库尔德族和突厥族混合血统，在安卡拉大学研读政治学时成为名噪一时的激进学生领袖。1978年，奥贾兰和他的两个弟弟在迪亚巴克尔省组建了秘密军事组织"库尔德工人党",宣布将按照社会主义和民族主义原则,在土耳其南部的库尔德人聚居区建立一个独立的共产主义国家。在那之后的40多年间,库工党始终坚持以暴力方式反击土耳其政府的"突厥化"政策,发起了接连不断的暗杀、绑架、武装暴动以及自杀式爆炸行动,至今仍拥有约3万名武装人员。由于土耳其政府发布了对奥贾兰的通缉令,他在1979年夏天进入叙利亚北部,获得了哈菲兹·阿萨德政权的庇护,并在当地定居到1998年。

考察叙利亚政府和库工党之间暧昧而矛盾的合作关系每每令人感到困惑。1970年"纠正运动"之后,老阿萨德对叙利亚北部库区采取的是一种温和的防范政策,时时留心避免分离主义倾向的出现。但与此同时,基于"扶助整个中东的民族独立运动"的长期立场以及削弱北方强邻土耳其的现实考虑,"阿波"却被叙利亚当局奉为座上宾,受到长期支持和资助。在叙利亚北部以及由叙军控制的黎巴嫩贝卡谷地,库工党建立了一系列训练营,培养潜回土耳其从事山地游击战和秘密破坏活动的职业革命家,"阿波"也因此在叙利亚境内的库尔德人中建立起了声望。这种合作关系一直维持到1998年10月:决心采取战略收缩姿态的老阿萨德下令将奥贾兰礼送出境。这位在美国和欧盟被列入恐怖分子名单的革命家于1999年初抵达肯尼亚,随后就被土耳其情报机关和美国中央情报局合作诱捕。如今他被孤独地囚禁在马尔马拉海上的伊姆拉利岛,将服刑终身。

墙上的"阿波"从此被定格在了他51岁时的面容,但库工党在叙利亚东北部的影响力并未就此消退。长达40年以乡村社区为凭靠的斗争经验在地中海和里海之间造就了一个属于库工党的灰色地带,并且由于21世纪初中东世界的持续动荡,再度进入了活跃期。叙利亚内战爆发之后,库工党武装人员重新进入叙利亚东北部,开始为罗贾瓦原住民的军事和政治行动提供指导。由于库尔德武装将主要矛头指向猖獗一时的"伊斯兰国",美国政府出人意料地容忍甚至鼓励了这种扩张。尽管罗贾瓦政府从未公开承认库工党对他们的影响,但"阿波"的头像和标注有PKK("库尔德工人党"的缩写)字样的宣传标语在北叙利亚已经随处可见。新政权颁布的一系列法令——从《土地改革法》到《妇女解放法》——也时时透露出库工党的左派意识形态色彩。

　　但对不同的群体来说，这场"库尔德人革命"的意义依然是大相径庭的。库工党希望借助在罗贾瓦的活动，为自身赢得改善外部形象的机会，继而利用土耳其国内政局的变化，争取在母国获得高度自治地位。为此，他们展开了近乎夸张的舆论宣传，并公开招募外籍志愿者投入北叙利亚的"民主试验"。但对相当一部分本地平民来说，库工党不过是外来人：将近一个世纪的民族国家化历程，已经使土耳其、叙利亚、伊拉克三国境内的库尔德族人在生活方式、思想观念乃至民生诉求上发生了相当显著的变化。如果库工党的最终目标是回到土耳其去、为北方库尔德人的自治地位而努力，他们在罗贾瓦推动的这场试验，又能够维持多久呢？

　　"由于不愿被当作干涉他国内政的阴谋家，库工党在罗贾瓦必须依靠像穆斯塔法·巴里这样的本地人。"在绿村兵营的院子里，法新社摄影师朱塞佩·卡卡瑟（Giuseppe Cacace）带着愤懑的语气告诉我，"而这些人的作风和黑社会没什么不同。"既然库工党可以将罗贾瓦的民主试验当作获取国际声望的工具，那些在战前不过是一介平民、却由于因缘际会担任了"民主军"关键职务的本地人当然也可以这么做。绿村的每一个国际记者都知道，获得最宝贵的独家资讯是需要向穆斯塔法·巴里和他的弟弟行贿的：NBC买下专访第一名"伊斯兰国"投降者的报道机会花了3000美元，进入阿尔豪尔镇（Al-Hawl）收容营的报价则是每天1000美元。公开的贿赂大概不属于"阿波"的政治理想的一部分，但在2019年的罗贾瓦，它们的确同时存在着。

　　那一刻，我突然回想起18个月以前，法新社兼职记者马希尔在大马士革和我的一次对话。当时他说："我完全清楚叙利亚对你们意味着什么。这里就像是一个巨大的市场，贩卖着权力、死亡以及各种关于人性的悲惨故事。外部世界的人来到这里，拿走我们的故事，随后将真实的我们遗忘了。"

　　又过了两天，我在艾什沙法赫丘陵碰上了一个"民主军"国际营招募到的28岁意大利女孩。她安静地坐在土堤旁的草地上，抽着烟望着远处。我走过去和她攀谈，希望了解是哪种伟大理想把她带到了罗贾瓦。

　　"没有，完全没有。"女孩回答得很干脆，"在意大利我失业了，而罗贾瓦可以让我体验一种和日常生活截然不同的存在方式。对库工党我所知不多，但我觉得自己在这里从事的是一项有意义的事业。"

生者与死者

离开拉卡的路上，汽车突然折向了公路另一侧的兵营。曼索尔的脸上露出了微笑："不是所有记者都有机会和库尔德人女兵做近距离接触的。你的运气不错，明天是国际妇女节，今天拉卡的女兵训练营对外开放。"

从踏上罗贾瓦土地的第一天起，随处可见的"妇女保卫军"武装士兵便引起了我的注意。关于这些稚气未消的年轻人，外界流传着许多荒诞不经的传说：她们都是同性恋者，不允许和男性恋爱成家；她们受过库尔德工人党宣传人员的洗脑，对资本主义充满仇恨；她们精通特工技巧，能孤身潜入"伊斯兰国"控制下的城镇执行侦察和爆破任务……但所有这些流言，在第一位女兵指挥官向我伸出手的那一刻便已不攻自破。那是个矮小敦厚的农家少女，脸上带着朴实的微笑和紫红色青春痘，一脸毫无戒备的神情："我叫艾莎，卡米什利人。"

若不是附近频频传来排雷部队的爆破声，拉卡郊外的这处女兵训练营会更像是中学生的户外拓展基地。30多名受训女兵没有一人年纪超过20岁，肩膀上挂着陈旧褪色的AK-47和做工粗糙的手雷，带着好奇的眼神打量着几名来客。曼索尔招呼她们和我们坐到一起，分享从卡米什利带来的点心。"第一批库尔德女战士从2012年起就投入了对Daesh的战斗，是真正的精锐之师。但大部分女兵和这些年轻人一样仅仅是新人。"艾莎向我介绍说，"新兵们需要在基地接受一个月的理论培训，随后是轻武器的使用、维护和步兵战术教程。一般在半年之后，她们会被分配到不同州的前线部队。由于对Daesh的作战临近结束，一批资深的'妇女保卫军'战士已经开始复员。新兵们也不必再承担危险的一线执勤任务，大部分时候会负责看守难民营和检查站。"

尽管基地院墙外清晰可见"阿波"的宣传画，艾莎还是小心翼翼地否认了"妇女保卫军"与任何外国政党或外国援助有关："没有库工党，没有外国人。一切都是库尔德妇女自己的选择：我们希望为这场打击恐怖主义的战争做出贡献，希望向全世界展示库尔德妇女的勇气和能力。"只有在谈到"妇女解放"这个话题时，她从奥贾兰那里获得的乌托邦主义的影响才会在不经意间流露出来："我们并不打算模仿任何一个现实中的国家。即使是在美国和西欧，女性依然受到事实上的歧视和区别对待。我们要争取的是全世界妇女无条件的平等和解放：现在用枪，将来用知识。军营是我们探索库尔德妇女自我教育和自我解放的载体，这项事业不会因为罗贾瓦获得自治地位就宣告终结。它会持续下去，直到永远，直到全世界最后一名妇女也获得解放。"

这是我所听过的最富有感染力、也是理想和现实反差最大的宣言。它由一位不曾读过大学、从未走出过自己出生土地的少女在北叙利亚一处简陋的兵营内发出，却超过了许多自诩为"女权主义者"的发达国家女性的认知水准。然而和火热理想相伴随的还有冰冷的现实：在和姑娘们稍作攀谈之后，我很快发现投身军旅仅仅是她们不得已而为之的选择。在战前的传统库尔德人社会，少女们往往在小学毕业后就失去了受教育的权利；她们会被匆匆安排出嫁，换取一笔或多或少的彩礼。仅仅是由于战争破坏了日常生活的秩序，并且"妇女保卫军"愿意为应征入伍者的家庭提供物质补助和抚恤金，她们才被匆匆送入兵营，与步枪和手雷为伍。除非这个军事乌托邦可以无限制地存在下去，否则一俟战争结束，少女们便将再度回到往昔的阴影中去。

3月8日妇女节这一天，"悍马"车把我带到了苏塞镇（Al-Susah）。这个在1月17日才被"民主军"收复的小镇距离巴古兹包围圈只有5公里多，举目皆是残垣断壁，居民逃散殆尽，只有"伊斯兰国"的黑旗标志依然遗留在院墙上。午休时间，女兵们在装甲车上接上了音响，手挽手跳起了舞，并邀请我加入。四周的记者迅速架起了摄像机，拍摄这个富有象征意义的场景。我却心情复杂地想起了卡米什利的那片墓地：战争的残忍之处在于，它毁灭生命一切的可能性，无分正义与否。而幸存者无论说出些什么，都显得格外苍白无力。

"和我聊聊亚洲这片大陆吧，它有多少个民族？每个民族的宗教信仰又是怎么决定的？"在苏塞镇的"民主军"指挥部楼顶，守备连连长谢尔比央求我。战前他是幼发拉底大学文学系二年级的学生，不过已经整整7年没有摸过书本了。"在罗贾瓦取得准独立地位之后，由大马士革派来的大学老师们离开了代尔祖尔省。我不知道自己还有没有重回校园的可能，如果有，我希望改学社会学或者人类学。我想知道这片土地上的人们为何相互仇视，宗教对每个民族究竟又意味着什么。但愿这就是最后一仗，但愿这一切终会有个尽头。"

  3月10日傍晚，当汽车重新行驶在"文明世界"卡米什利的街道上时，司机哈基姆摇醒了我。他用夸张的肢体动作指了指收音机，兴奋地嚷道："巴古兹！轰隆隆！"最后的进攻开始了。13天后，我在意大利同行瓦伦蒂娜·锡尼斯（Valentina Sinis）拍摄的一段视频中又看到了穆斯塔法·巴里熟悉的圆脸，他在绿村兵营里的一块空地上向全世界宣布："叙利亚民主军已经彻底消灭了所谓的'哈里发国'，100%收复了'伊斯兰国'控制下的领土。在这个富有纪念意义的日子里，让我们向成千上万的烈士致哀：若无他们的付出，胜利将永无可能。"根据"民主军"前线媒体中心公布的数字，在历时一个月又两周的巴古兹之战中，库尔德人武装累计击毙311名"伊斯兰国"武装人员，俘虏5000余人，收容当地平民和"圣战士"遗属超过6万人。与此同时，在阿尔豪尔收容营中，等待安置的老人和妇孺的数量已经超过了7.4万人，依旧困坐在缺医少药、肮脏潮湿的环境里。在巴古兹镇周围发生的一切只是一个休止符：战争或许已经结束，但距离和平尚有迢迢万里。

  （感谢Soran Qurbani、Valentina Sinis、Halan Akoy、Abdullah al-Aryan为本文提供的帮助。与巴古兹之战有关的统计数据均由"叙利亚民主军"前线媒体中心提供。应受访对象的要求，文中出现的部分人名为化名）

印度南部的旅行：在历史与现实之间

  至今依然在印度南部保存完好的达罗毗荼文明是地球上延续时间最长的古典文明，考察一下印度人在这几个关键节点所做的选择，将有助于我们更好地走出一条属于自己的路。在印度南部旅行，总能有意想不到的奇遇，甚至可以目睹一个"新宗教"的诞生。

世界的十字路口——印度南部

袁越

印度人到底是从哪里来的?

从气候上讲,地球上最适合人类居住的地方在哪里?答案是低纬度高海拔地区,只有这样的地方才能做到四季如春。

2019年2月的某一天,我来到了这样一个地方。此地名曰苏丹巴特利(Sultan Battery),位于印度最南端的喀拉拉邦(Kerala)的北部山区,纬度只有11度,海拔接近1000米,基本符合上述两项条件,所以这里成了印度人避暑的地方,游客络绎不绝。

第二天一大早,我跟在一群印度大学生游客后面爬上了一座海拔超过1200米的高山,来到了位于山顶附近的埃达卡山洞(Edakkal Cave)。洞内有很多石刻壁画,最古老的已有8000年的历史了,最新的则创作于公元前1000年,见证了这一地区从新石器时代到农业时代的变化过程。

虽说世界各地发现过很多新石器时代的古人类壁画,但像这样用坚硬的石笔刻上去的线条型壁画则非常罕见,据说整个南部印度迄今为止仅此一家,研究价值极高。

洞内有一位身穿制服的工作人员正在给游客们讲解,用的居然是英语。印度是个语言种类异常丰富的国家,使用者超过100万人的语言有30种之多。比如喀拉拉邦居民的常用语是马拉雅拉姆语,隔壁的泰米尔纳度邦(Tamil Nadu)则说泰米尔语，两者不但完全不同，而且和印度最流行的官方语言印地语更是风马牛不相及，所以印度人之间经常不得不使用英语相互交流，就连电视台转播印度总理讲话时都要根据受众的不同配备不同语言的翻译。一位印度大学生对我说，他相信迟早有一天印度会变成一个英语国家，这是唯一的解决办法。

因为英语的普及程度相对较高，我可以和路上遇到的普通印度老百姓当面交流。虽然这种交流也谈不上有多深刻，但总比通过翻译对话要好得多，我可以更加直观地感受到印度人的思维模式和行事方式，以及他们对待外部世界的态度，这些信息都非常宝贵。这样的待遇通常只在欧美发达国家旅行时才会有，发展中国家当中只有印度和南非等少数几个前英国殖民地国家具备这样的条件。

虽然那位讲解员的英语带有浓重的印度口音，听起来很费劲，但我还是走过去认真听讲，因为我发现如果没有他的讲解，我很难看出墙上的那些杂乱无章的线条画的都是些什么东西。在他的帮助下，我终于看出了两个人形，画的似乎是一位带着夸张头饰的酋长，一张正面一张反面。除此之外，我还看出几位妇女儿童的形象，以及一只狗、一头大象、一株大树和一辆带轮子的拖车。这些画的风格十分写意，水平不高，更像是儿童的涂鸦之作。

这些画的作者到底是什么样的人呢？仅凭这些简单的线条很难得出可靠的结论。其中一面墙上刻着一些疑似象形文字的符号，可惜至今尚未被破译。几年前，一位印度考古学家发现其中一个人物的头上戴着一顶类似水缸的帽子，很像印度河谷遗址发现的头饰，于是大家猜测这些画的创作者很可能属于印度河谷文明（Indus Valley Civilization）。

印度河谷位于今天的印度和巴基斯坦交界处，英国考古学家于20世纪20年代在那里发现了数个被遗弃的古城，测年结果显示早在公元前3300年那里就出现了村庄，有了文明的迹象。到公元前2600年时，印度河谷文明进入了鼎盛时期，出现了好几个可以同时容纳几万名居民的大城市。这些城市的建筑结构复杂而又统一，从城墙到街道再到排水系统等设施一应俱全，说明当时已经出现了一个有效的权力集团，城市居民彼此间有了分工与合作。但不知因为何种原因，自公元前1900年开始，印度河谷文明走了下坡路，人口逐渐减少，田地日渐荒芜。到公元前1300年时，这些城市被彻底遗弃，居民们不知去了哪里。

即使只从鼎盛时期开始算起，印度河谷文明也比传说中的夏朝早了将近500年，是考古界公认的南亚地区最早的人类文明，甚至可以比肩同时代的埃及文明、巴比伦文明和亚述文明，因此印度人一直骄傲地把它视为印度文明的发源地，其地位有点像中国的殷墟或者二里头。问题在于，殷墟出土的甲骨文足以证明这是中华文明的源头之一，但印度河谷出土的文字符号至今尚未被破译，人们只能从其他方面猜测其和印度文明之间的关系。

就像中国人喜欢称自己为炎黄子孙一样，印度人也喜欢称自己是雅利安人（Aryan）的后代。根据现存最古老的梵文诗歌集《梨俱吠陀》(Rig Veda)记载，雅利安人高鼻深目，白肤蓝眼，精神高贵，智慧过人，不但发明了梵文，还创立了印度教的前身吠陀教，一举奠定了印度文化的根基。也许因为这个缘故，今天的印度人大都以白为美，街头广告上的模特以肤色白皙的欧洲人长相者居多，和街边行人黝黑的肤色形成了鲜明的对比。

因为梵文和大部分欧洲语言十分相似，同属印欧语系，所以一些欧洲学者相信现代欧洲人的祖先来自印度。再加上《圣经》里提到的伊甸园是在中东地区，那里是犹太人的发源地，很多反犹的欧洲人不喜欢这一点，便把目光转向了遥远的东方。比如德国哲学家黑格尔就坚信欧洲大陆最早是被雅利安人征服的，日耳曼人都是雅利安人的后代。纳粹德国继承了这一思想，甚至把印度传统文化中的万字符当作纳粹党的标志。

既然如此，为什么今天的印度人肤色普遍偏黑呢？雅利安理论的拥趸们想出了一个理由，认为这是高贵的雅利安基因被印度次大陆上的原住民基因"污染"后的结果。

那么，这些传说中的原住民到底长啥样呢？答案只能从乌提（Ooty）附近的印度原住民研究中心（Tribal Research Centre）去寻找。乌提位于苏丹巴特利东边的尼尔吉里（Nilgiri）山区，行政上隶属于泰米尔纳度邦。这里的海拔高达2200米，对于普通印度人来说气温有点过低了，但却更加贴近英国人的生活习惯，于是这里最早是被英国殖民者开发成避暑胜地的，但如今也成了普通印度人度假的地方。

苏丹巴特利和乌提之间的直线距离只有40公里，但因为要走盘山公路，行驶距离超过了90公里，长途大巴需要4个多小时才能开到，我正好借此机会仔细观察了印度人是如何利用山地的，结果发现他们几乎把每一寸土地都变成了农田，种上了各种经济作物。稍微平整一点的土地种的是水稻和香蕉，缓坡上种的是槟榔和咖啡，坡度稍大一点的山坡种茶，再大一点的种桉树，只有超过60度的陡坡还能看到一点点原始森林的迹象。类似的情况我只在云南见到过，这是人口压力大的传统农业国家特有的景象。

印度原住民研究中心位于乌提郊区的一座几乎荒无人烟的小山上，属于国家级研究机构。它之所以建在山上，并不是因为原住民都喜欢高山，而是因为平原和盆地这些宜居之地都被更加强大的部落抢走了，深山老林是少数民族们最后的避难所。这种情况在全世界几乎都是一样的，中国也不例外。研究中心附设一座对外开放的民俗博物馆，但参观者寥寥，我去的时候大门紧锁，还得去找管理员拿钥匙。我后来在乌提报名参加了一个主要由普通印度民众组成的旅行团，发现印度游客和中国游客一样，特别喜欢那些适合拍照的人工景点。比如我参加的那个团花了很多时间参观玫瑰花园、茶园、水上游乐场和宝莱坞电影的取景地，却对那些更具教育意义的原始森林、植物园和博物馆不感兴趣，后者却是西方游客的最爱。

按照国际标准，这个民俗博物馆实在是管理得太粗糙了，很多展品随意地摆放在展台上任人触摸，管理员甚至鼓励我试一试原住民使用过的弓箭。不过，这里毕竟是科研机构，每个原住民部落的英文简介倒是很完整，还附上了原住民的照片。一番比较之后我不得不说，文明程度越高的原住民皮肤颜色真的就越浅，反之亦然。像托达（Toda）、科塔（Kota）和库伦巴（Kurumba）部落已经有了相对完整的农业体系，无论是住的房子还是穿的衣服都已和主流人群没有太大的差别了，他们应该算是主动选择避世生活方式的隐居者，不是真正意义上的原始部落。而帕尼亚（Paniya）人则在各方面都相当原始，肤色也更黑，长的也更像非洲人。

不过，长的最像非洲人的是生活在安达曼群岛（Andaman Islands）上的原住民。这组群岛位于孟加拉湾的中心，距离缅甸反而更近一些。岛上生活着一些身材矮小、皮肤黝黑的人，无论是语言还是行为方式都极其原始，没人知道他们来自何方。这个民俗博物馆展出了一组安达曼原住民的人物肖像照片，其中森特尼尔（Sentinelese）、昂格（Onge）和贾瓦拉（Jawara）这三个部落的人长的完全就是非洲丛林居民的模样，一点亚洲人的影子都没有。

最早让全世界知道安达曼群岛的人是英国作家柯南·道尔，他在小说《四签名》里描写了一个面相凶恶性格残忍的安达曼土著，因为善于爬墙又会射毒箭，做下了几桩看似无解的杀人案，不过最后还是被学识渊博的福尔摩斯识破，真相大白。

可惜的是，由于印度政府一直把安达曼群岛当作军事禁区，严格限制出生于中国、巴基斯坦和阿富汗这三个国家的人去那里旅游，所以我没能亲自前往考察，只能通过文献了解他们的历史。关于这群神秘土著的来历一直众说纷纭，但苦于缺乏证据，谁也不敢轻易下结论，直到科学家掌握了DNA祖源分析法，这才大致弄清了他们的历史。

根据线粒体和Y染色体DNA研究的结果，安达曼原住民的祖先大概是在8万年前离开非洲的，应该算是第一群走出非洲的现代智人。他们沿着海岸线穿过阿拉伯半岛进入中东地区，然后继续一路向西迁徙，最终到达了印度次大陆的最南端。在这里，他们遇到了走出非洲后的第一个十字路口，其中一群人选择向左转，沿着亚洲海岸线向东北方向进发，最终进入了中国境内，中国东南沿海的贝丘遗址很可能就是这些人留下来的。可惜他们没能在东亚严酷的竞争环境中生存下来，今天的绝大多数亚洲人都不是他们的后代。

另一群人选择向右转，进入了东南亚，然后顺着岛链一路向南迁徙，最终到达了巴布亚新几内亚和澳大利亚。要知道，当年的地球还处于冰河时期，海平面比现在低100多米，孟加拉湾大部分是陆地，东南亚的那些海岛相互挨得很近，不需要高超的航海技术就能跨过去。后来气温回暖，海平面升高，把这群人和欧亚大陆分隔开来。但也正因为如此，他们没有遭遇到严酷的生存竞争，一直活到了今天，澳大利亚和巴布亚新几内亚的原住民就是这群人的后代。

大约6万年前，第二群现代智人走出了非洲。因为各种原因，他们比第一波移民更加成功，逐渐取代了后者，成为欧亚大陆的新主人。如今在一些偏远的海岛上还能找到未被混血的第一波原住民的后代,他们被称为尼格利陀人(Negrito),安达曼群岛上的那几个原住民部落就属于这一族群。

印度南部山区里的那几个原始部落以第二波非洲移民为主,其中可能混杂了少量第一波移民的基因,历史学家们称他们为达罗毗荼人(Dravidian)。关于这群人的来历目前尚存争议,主流意见认为他们并不是一直住在印度的纯种非洲移民,而是混入了来自中东地区的新基因。后者不但带来了新鲜血液,而且带来了先进的农耕文化,印度河谷文明就是由这些人创造的。雅利安人则是来自中亚大草原的"入侵者",他们直到公元前2000年左右才进入印度河谷,把达罗毗荼人赶到了南方。

这件事本是历史学家们的共识,差别仅在于一部分学者认为印度河谷文明是被雅利安人消灭的,另一部分学者则相信印度河谷文明毁于气候变化导致的旱灾。雅利安人只是来填补空白的。但是,前段时间印度国内出现了一批历史学家,试图推翻这一论断,宣称雅利安人才是印度次大陆的原住民,他们不但是印度河谷文明的创建者,而且也是当今欧洲人的祖先。这批学者迎合了近年来在世界各地风起云涌的民族主义浪潮,得到了不少第三世界国家学者们的支持。大家都希望把自己民族的历史地位抬高,恨不得全世界都起源于自己的国家。

幸运的是,随着DNA祖源分析法的进步,尤其是古DNA测序技术的飞速发展,科学家们掌握了越来越多的证据,推翻了这批民族主义者的假说。比如,哈佛大学分子遗传学家大卫·里奇(David Reich)在《自然》(Nature)杂志上发表了一系列论文,用无可辩驳的事实证明今天的印度人是一南一北两个族群混血的结果,来自南方的达罗毗荼人和来自北方的雅利安人大约各占一半。不但如此,他还证明雅利安人确实是从其他地方迁徙至印度的(而不是相反),因为达罗毗荼人的基因只在印度次大陆才有,中亚人和欧洲人体内只有雅利安人的基因,没有达罗毗荼基因。

换句话说,今天的印度很可能是人类历史上首次出现的大规模黑白混血事件的发生地,其结果就是古典时期的人类文明分成了东方和西方这两个差异明显的阵营。

东方和西方的分界点

在梵语里，达罗毗荼（Dravida）这个词的词源是Tamiz，意思是"印度南部"。当年被赶到南方的达罗毗荼人并不是铁板一块，而是分成了好多个不同的族群，泰米尔（Tamil）是其中最强大的一个，也是分布最靠南的一个。因为这个原因，泰米尔文化受到的干涉相对较小，泰米尔人一直把自己看成是达罗毗荼文化的正宗继承者。历史学家们也基本上认同这一判断，将泰米尔文化视为人类历史上延续时间最久、保留最完整的古典文明。

为了考察达罗毗荼文化，我来到了泰米尔人聚居的泰米尔纳度邦。第一站是该邦首府金奈（Chennai），我的第一感觉和印度北方没什么两样，马路上到处都是横冲直撞的"突突"（黄色的三轮摩的），湿热的空气中弥漫着一股汽车尾气和咖喱混在一起的独特味道。但是仔细再看，还是能感觉出一些细微差别。金奈的大街上虽然也是垃圾遍地，但起码不像印度北方城市那样随处可见人类的排泄物，也看不到北方那么多印度神牛，总体来说要比北印度干净一些。金奈大街上的人看上去也要比北印度人更有教养，尤其是年轻人，从衣着到谈吐都相当时髦，英语也说得更好。

"大家都在忙着挣钱，谁还有工夫养牛？"一位年轻的突突司机对我解释说，"我们泰米尔人最重视教育，文化程度排名印度第一。"说完这话后，他又软磨硬泡地从找给我的钱中扣下了100卢比的小费（大约合10元人民币），果然是个赚钱的好手。很多旅游书上都说，泰米尔人头脑灵活，善于经商，相当于亚洲的犹太人。

不仅泰米尔人如此，整个印度南方几乎都是这样。如果单从文化和经济的角度讲，印度历来南强北弱，无论是人口素质还是自然环境，南印都要好于北印，这一点和达罗毗荼传统文化有很大关系。当年的雅利安人属于游牧民族，其文明程度比不上早已进入农耕时代的达罗毗荼人。但游牧民族善于骑射，打仗厉害，靠武力打败了达罗毗荼人，占领了印度北部，其势力一直扩散到了丰饶的恒河平原。好在印度次大陆的中间部分有个德干高原，挡住了雅利安人南下的脚步，这才给达罗毗荼人留下了一个喘息的机会。

入侵的雅利安人给印度带来了种姓制度，这个制度把普通人分成了四等，排名前三的婆罗门（僧侣）、刹帝利（武士和官僚）和吠舍（商人）大都是浅肤色的雅利安人，排名第四的首陀罗则大都是黑皮肤的达罗毗荼农民或者手工业者，比之更惨的是没有任何财产的达罗毗荼土著，他们连种姓都没有，只能沦为贱民。事实上，"种姓"这个词的梵文叫作 Varne，原意就是"肤色"，这就相当于把种族歧视政策制度化了。这个制度对印度历史影响很大，不但降低了印度社会的流动性，而且也让大部分印度人安于现状，失去了前进的动力。

种姓制度甚至影响了印度人的基因构成。哈佛大学里奇博士的研究结果显示，几乎每一个印度族群都有自己独特的基因特征，高种姓的人体内携带的雅利安基因比例更高，肤色更浅，面部特征更像欧洲人，低种姓则正相反。印度不同族群彼此之间的基因差距甚至比欧洲各民族之间的差距还要大，这很可能就是不同种姓不得通婚所导致的结果。此事的另一个后果就是印度人隐性遗传病的发病率高于其他国家，我们经常可以在新闻里看到印度某个地方又生出了一个畸形儿，这就是近亲结婚最常见的副作用。

雅利安人还把自己信奉的吠陀教强加给了达罗毗荼人，这就是印度教的前身。但是，吠陀教在传播的过程中受到达罗毗荼文化的影响，很快就变得面目全非了。比如早期吠陀教的主神是一位坐在马拉战车里的雷神因陀罗（Indra），他率领骑兵部队打败了敌人达娑（Dasa），后者在《梨俱吠陀》里被形容为一群黑肤塌鼻的妖怪，指的显然就是达罗毗荼人。但是，如今的印度教徒崇拜最多的神变成了湿婆（Shiva）和克里希那（Krishna），前者是个善于跳舞的年轻人，是"性力"的代表，后者是个皮肤黝黑善于吹笛的牧童，又名"黑天"，两者原本都是达罗毗荼人崇拜的主神，后来都被吠陀教收去，当成自己的神了。

不但如此，雅利安人的生活方式也深受达罗毗荼人的影响，从饮食习惯到文化艺术全都"印度化"了。比如印度教对牛的崇拜就源自达罗毗荼人，因为牛不但会耕地，还是传说中湿婆的坐骑。再比如，雅利安人原本没有文字，《吠陀经》都是口口相传的。后来他们从达罗毗荼人那里看到了文字的好处，一些语言学者便在中东古国腓尼基人创造的拼音文字的基础上，创造出了梵文（Sanskrit），用于记录宗教经文。因为这种语言过于繁复，后来印度人把古典梵文和当地口语结合起来，创造了一种"俗梵语"（Prakrits），这就是今天的印度官方语言——印地语的前身。

就这样，一个来自北方的蛮族依靠武力打败了文明程度更高的南方民族，但最终却被南方文化同化了。类似的戏码在人类历史上曾经发生过很多次，相信任何一个中国人对此都不会陌生。

值得一提的是，印度河谷遗址中曾经出土过一个图章，上面画的是一个类似湿婆的人物在盘腿打坐，历史学家们相信这就是冥想文化的起源，风靡世界的瑜伽就是从这里开始的。这两件事后来随着佛教的普及而传遍东亚和东南亚，成为"东方文明"的象征。

除此之外，遗址中还发现了很多女性人物雕像，其性别特征十分夸张，说明当时的达罗毗荼文化盛行"母神"崇拜，这一点也和后来的印度教崇拜女性生殖力的观念相符合。这些人物雕像的形态和姿势与同时代的苏美尔雕像非常相似，说明两种文化很可能相互有联系。后来的印度石像雕刻技法日渐成熟，人物刻画得越来越准确，这一点很可能是受到了古希腊雕塑家们的影响。这两件事并不奇怪，因为印度和地中海之间的距离并不算太远，两者之间虽然隔着兴都库什山脉，但山脉中间有缺口，两边的交通并没有受到太多影响。当年波斯国王大流士一世和马其顿国王亚历山大大帝都曾经率领军队打进了印度次大陆，只是因为其他原因而没有更进一步。否则的话，印度的历史很可能会被改写。

达罗毗荼人的雕刻和建筑艺术在印度南方保存得非常好，金奈附近就有一个被列入联合国世界文化遗产名录的摩诃钵利镇丰碑群（Group of Monuments at Mahabalipuram），位于海滨小城玛玛拉普兰（Mamallapuram）附近。这里保存有几十座建于公元7—8世纪的印度教寺庙，是由南印的帕拉瓦（Pallava）王朝所建。从技术上来看，这些寺庙具有泰米尔建筑艺术发展史早期的特征，虽然细节部分略显粗糙，但整体风格已然成型。我专程去看了一下，发现这地方最有价值的部分在于那几座尚未完工的寺庙，从中可以看出当年的印度工匠究竟是如何把一整块巨石雕刻成寺庙的，真的是叹为观止。

寺庙里的浮雕也值得一看，其中的女性形象全都是丰乳大臀细腰，身体呈S

形，这种表现女性身体的"三曲法"后来成了所有印度浮雕的经典风格。动物主题的浮雕也很丰富，尤以大象、孔雀、猴子和牛的形象居多，这四种动物如今都在印度活得不错，甚至连狮子、老虎这样的猛兽也能在印度的野外见到，这不能不说是一个奇迹。

我这次在尼尔吉里山区参加了一个主要由印度游客组成的游猎团（Safari），参观了马杜马莱老虎保护区（Mudumalai Tiger Reserve）。虽然因为运气不好，只看到了几群梅花鹿和几只根本没打算开屏的孔雀，但据导游说，保护区里确实生活着大约50头孟加拉虎、几百头大象，以及少量印度花豹和黑熊。据我所知，除了撒哈拉以南的非洲外，全世界就只有印度和斯里兰卡还能参加这种以大型肉食动物为主要卖点的游猎团了，这一点确实和印度的传统宗教有点关系。要知道，打猎是人类祖先的特长，除了南部非洲情况有些特殊之外，世界其他地方的大型野生动物几乎都被人类祖先杀光了，只有印度次大陆是个例外。达罗毗荼人的传统宗教不鼓励杀生，他们甚至把很多动物都视为神灵加以保护。在此基础上诞生的耆那教和佛教更是把这一传统发挥到了极致，开始提倡纯素食。在人类进入现代社会之前，只有在东亚和南亚才有素食的传统，其他很多古老民族甚至连"素食主义"这个词都没有。

印度的素食传统和印度教中关于轮回的信仰有点关系。印度人相信人死后会重生，下辈子有可能变成任何一种动物，当然也就不能随便杀生啦。至于说一个人下辈子究竟会变成哪种动物，取决于此人这辈子所积攒下来的"业"，这同样是一个非常东方的概念，中国人因为佛教的关系很容易理解这是什么意思，但英语里没有相应的词，必须解释半天才能理解它的含义，后来干脆生造了一个音译词 Karma 来表示它。由此引申出来的"积德行善"和"因果报应"等概念更是东方特有的理念，古代中国就是靠这些概念来指导人们的日常行为。基督教教义则正好相反，你这辈子做的孽都被耶稣他老人家承担了，你只要信基督就没事了！

印度教视万物为神的特征直接反映到了印度寺庙的建筑风格上，那就是"繁复"。尤其是达罗毗荼风格的塔门（Gopuram），表面密密麻麻的装饰物肯定会让密集恐惧症患者们心跳加速。为了看塔门，我专程来到了泰米尔文化的重镇马杜赖（Madurai），去参观那里的米纳克希神庙（Meenakshi Temple）。传说这里是泰米尔诗人大聚会（Tamil Sangams）的地方，这次聚会发生在2000多年前，数百名泰米尔诗人和学者应邀参加，共同撰写并修订了一批古典诗歌，并为后来的泰米尔语制定了标准，所以泰米尔人把马杜赖看成是泰米尔文明的诞生之地，历史地位相当高。

据说那次诗人聚会就发生在米纳克希神庙里，所以这个庙的地位当然也低不了。果然，我刚下火车就看到了南塔门的尖顶，它有52米高，比周围低矮的楼房高出一头。顾名思义，塔门就是建在城门上的宝塔，泰米尔宝塔很像一个被压扁了的金字塔，上面层层叠叠地刻满了各种宗教符号和神灵的雕像，似乎生怕漏掉了谁，整体视觉效果极其震撼。这些雕像显然都是不久前刚刚刷的漆，颜色特别鲜艳，仿佛庙的主人故意要让它显得更新些，这一点和其他国家名胜古迹千方百计维持原样的做法正相反。

我本以为像这样一个历史地位堪比中国孔庙的古代宗教建筑应该像博物馆那样被严密地保护起来，走近一看才发现我错得离谱。这座神庙是一个近似正方形的庭院，周围被一堵高墙围住，墙外挤满了小商小贩，一点庄严肃穆的气氛都没有。墙内更是人声鼎沸，到处都是叽叽喳喳的印度游客，感觉大家都是来逛庙会的，毫无虔诚之心。

这座庙的主殿面积很大，室内灯光昏暗，充斥着一股烧牛油的味道。一群男人正扛着一座神龛在殿内游行，吹吹打打好不热闹。还有一群人牵着一头大象在庭院里散步，那头象一路走一路拉，好在拉出来的都是草的尸体，味道不是很臭。屋檐下还生活着几百只鸽子，它们的排泄物在地板上留下了一块块白斑。本来这些都属小事，但是所有泰米尔寺庙都要求游客打赤脚，这就有点膈应了。

主殿的中心室内供奉着这座庙的主神米纳克希，她是湿婆的妻子，来自喜马拉雅山脚下，所以又名"雪山神女"。可惜这地方非印度教徒不让进，我只能参观周围的回廊。那里也有很多神像供信徒朝拜，除了湿婆、象神和猴神哈奴曼等几个著名的印度教大神之外，还有很多叫不上名字的小神，据说它们都是印度神话里的人物。来此朝拜的印度教徒有的专拜某一尊神，也有的见谁都要拜一拜，看似很不专一。

印度教和其他几大宗教非常不同，既没有创始人也没有像《圣经》或《古兰经》那样独一无二的法典，因此印度教既没有大家都认可的主神，也没有统一的教义，甚至连传教士都没有。事实上，过去的印度人根本不认为自己信的是"印度教"，这个名字是英国殖民者起的，他们根据自己的经验，认为任何民族一定都有一个统一的宗教，于是就发明了 Hinduism 这个词，把印度次大陆上的所有民间宗教强行整合到了一起。

　　现在看来，所谓"印度教"其实就是印度次大陆原住民的信仰、习俗和生活方式的大集合，几乎等同于"印度文化"。当一座印度教寺庙规定不准非印度教徒入内时，其真正的含义就是不准外国人入内。试想，基督教和伊斯兰教是不太可能有这样的规定的，因为一名来自日本的亚洲人或者一名来自肯尼亚的非洲人完全有可能同时也是一名基督徒或者穆斯林，光看外表是很难下判断的。但印度教徒只看相貌和衣着就能猜个八九不离十了，因为今天全世界 12 亿印度教信徒几乎全都是印度裔，鲜有例外。

　　当然这并不是说印度教徒干啥都可以，也不是说印度教徒信啥都行。事实上，印度教徒有一套不成文的物质生活准则，其精神世界则大都来自于印度古代学者们用梵文撰写的一系列经典著作，其中既有《奥义书》这样偏重哲学思辨的严肃著作，也有《薄伽梵歌》和《罗摩衍那》这样的通俗历史故事集。后两本书有点像中国的《三国演义》或者《水浒传》，是普通印度人集体智慧的集大成者。虽然印度人不一定都读过这两本书，但肯定都看过取材于这两本书的电影或者舞台剧，比如盛行于印度南部的卡塔卡利舞（Kathakali）就特别擅长这类题材。这种舞蹈无论是夸张的舞台服饰还是程式化的表演风格都像极了中国的京剧，在这种文化氛围下耳濡目染的印度人熟知每一个古代神话故事，知道每一个主要人物及其背后所代表的道德范式。在此基础上，每一个印度人都会选择他最喜欢的人物作为自己的神，这就是为什么印度教有那么多神的原因。

　　印度教还有一个和其他宗教非常不一样的特点，那就是信徒们表达信仰的方式非常生活化，或者说"宗教即生活"。凡是去过基督教堂、伊斯兰清真寺或者佛教寺庙的人都知道，这些宗教场所的内部都有一套严格的规定，努力营造出一种神圣庄严的氛围。印度教寺庙完全不一样，信徒们更像是在赶集，遇到自己喜欢的神就拜一拜，然后继续忙自己的事情。比如米纳克希神庙的回廊里有很多古色古香的石柱，柱子之间居然搭起了一长串简易工棚，里面是各种小商小贩的摊位，除了卖供品之外还卖各种旅游纪念品。可惜进庙前我的相机和手机都被收走了，没法把这一奇特的景象拍下来。

一位正在带团的印度导游告诉我，2018年庙里的一个摊主乱拉电线导致工棚失火，所以管理方出台了新政，不允许游客带相机和手机入内参观。

"工棚失火和游客的手机、相机有啥关系？"我问。

"我也不知道啊，我团里的客人们怨声载道，我正在撺掇他们去向管理方投诉呢，要不你也去投诉吧？"这位导游鼓励我。

我当然没听他的。我来过印度好几次，知道印度人最大的特点就是固执，在印度旅行只能听天由命，希望下一个遇到的人能讲点道理。

果然，几天后我又去参观另一座地位同样很高的泰米尔寺庙，位于蒂鲁吉拉帕利市（Tiruchirappalli）的罗恩迦罗陀尊神庙（Ranganathaswamy Temple），相机和手机就都可以带进去了，只要多交点钱就行。但是，参观这座庙的过程同样不顺，因为它太大了，总面积几乎和北京故宫差不多，却仍然要求所有游客必须打赤脚。我不在乎踩鸟粪，但怕被烫伤。这座庙大部分是露天的，裸露的地面被炙热的阳光晒得滚烫，我只能踮着脚尖一路小跑，很多地方都没办法久待。

后来上网一查，得知罗恩迦罗陀尊神庙的总面积高达63公顷，是目前还在使用的面积最大的印度教寺庙，仅比吴哥窟小，但后者早就被遗弃了。因为面积实在太大，这座庙只有最核心的部分还在正常行使寺庙的功能，其余部分全都变成了小商品大卖场。这就好比北京故宫只有后花园被当成文物保护了起来，从午门到乾清门之间全都开放给老百姓，想干吗就干吗……这样的事情在中国当然不可能，但在印度却实实在在地发生了，因为对于他们来说，开放给老百姓才更符合印度教的教义。

这座神庙光是塔门就有21座，最高的南塔门高达67米，不过是后来重建的，因为原来的建筑大都被来自北方的穆斯林军队破坏了。自公元1001年开始，来自中亚地区的穆斯林军队便开始了对印度的掠夺战争，1206年侵略者建立了德里苏丹政权，正式宣告印度北方沦陷。此后穆斯林军队不断试图南下，但遭到了泰米尔人的奋力反抗，双方展开了长时间的拉锯战，人员和物资损失惨重。罗恩迦罗陀尊神庙内有一座白色的塔门，就是为了纪念一场惨烈的战斗而故意涂成白色的。事情发生在1323年，穆斯林军队再次入侵印度南方，包围了罗恩迦罗陀尊神庙，大肆搜刮金银财宝。为了保卫一尊非常重要的神像，1.2万名印度教徒献出了宝贵的生命。眼看敌人的计划即将得逞，一位名叫薇拉伊（Vellayi）的舞姬挺身而出，用动人的舞姿把敌方主将骗到了宝塔之上，然后趁其不备将他推了下去，自己也随之跳塔自杀。失去了主将的穆斯林军队阵脚大乱，最终被赶来救援的泰米尔军队打败。为了纪念这位勇敢的女性，从此该庙的东塔门就一直被涂成白色，因为在泰米尔语里，薇拉伊的意思就是白。

在穆斯林军队入侵之前，印度教各王国之间也经常发生战争，但那都是为了争夺土地和财产，双方并没有深仇大恨。宗教战争很不一样，其目的不仅仅是谋财害命，还要破坏对方的信仰，所以烧庙就成了最主要的戏码。其实印度教是多神教，对异教徒是相当宽容的。但来自西方的宗教都是一神教，其中基督教、伊斯兰教和犹太教这三大宗教本是同根生，但却相煎真太急，所以历史上的宗教战争大都发生在西方，东方世界里很少出现。好在印度和东亚之间隔着一个青藏高原，和东南亚之间隔着一个纳加山脉，两者都是天险，古人极难跨越，所以一神教的世界被挡在了这两大天险之外，两种世界观猛烈撞击所产生的后果全都由印度人民承担了。

从这个意义上讲，印度才是东西方之间真正的分界线，人类在这里遇到了第二个重要的十字路口。

传统与现代的碰撞

印度哪里最好玩？如果你只想轻松地度个假，那么答案肯定是喀拉拉邦。这个邦自称"上帝的居所"，它有着漫长的海岸线，印度洋季风带来了充沛的雨水，密密麻麻的河道穿过郁郁葱葱的热带雨林，就像是一块绿色挂毯上织满了金线，特别适合坐小船逆流而上，去拜访隐秘在树林里的小村庄。

我不能免俗地上了一条这样的小船，船上另有六位游客，其中三位是印度人，都是在美国工作的软件工程师，这次是回来度假的。印度文化崇尚抽象思维，所以印度的大学偏重数理化，为全世界培养了一大批优秀的电脑程序员，这一点大概只有中国可以媲美，因为我们是印度的学生，中华文明在很长的一段历史时期里一直把印度当作学习的榜样。

也许是因为在美国生活的缘故，这三人的英语很容易听懂，而且思维开放，敢于直面印度的问题。比如我发现河道里连一条鱼都看不见，导游说这是因为海水倒灌导致盐分增加，但他们告诉我，这是印度渔民过度捕捞的结果。再比如，我看到河道两边的杂草普遍发黄，导游说现在是旱季，但他们解释说，这是因为河道两边的土地全都种上了槟榔和椰子树等经济作物，当地农民为了节省肥料，施了很多除草剂。

相比之下，我在旅行途中遇到的大多数印度本地游客都非常"爱国"，特别善于给自己的国家找借口。比如有一次我抱怨印度旅游景点乱收费，虽然同团的印度游客也是受害者，但其中一人却对我说，印度的个人所得税非常低，政府缺钱，只能靠这个办法增加收入。

当天的午饭是在村子里吃的，村民们在每位游客面前铺上一张香蕉叶，扣上一大勺白米饭，然后从三个调料桶里依次舀了三小勺不同颜色的汤汁放在米饭边上当佐料。因为那天天气炎热，我本来胃口不佳，但那三种汤汁的味道相当奇特，我尝了几口，立刻食欲大开，最后又添了一大勺白米饭才完事儿。

在我看来，人类的食物大致可以分成主食、菜和佐料这三大类。主食在汉语里就是饭，主要负责提供碳水化合物。菜包括肉和蔬菜，主要负责提供蛋白质、脂肪和维生素。佐料主要负责调味，也能提供少许维生素和微量元素。大部分西餐的特点是饭菜不分，全混一块儿，比如汉堡包和比萨饼。大部分中餐的特点是饭菜分明，佐料加在菜里负责提味。印度饭的特点则是只有饭和佐料，仅有的一点点菜也被当成了调味剂。比如这顿农家饭，米饭管够但质量很一般，那三勺佐料是用剁碎的蔬菜和豆子加香料熬成的，根本看不出蔬菜的品种。

印度人管这些调味料叫作咖喱（Curry），这个词源自泰米尔语，意为"汤汁"。

中国市场上卖的咖喱粉大都一个味儿，但印度本地的咖喱种类极为丰富，而且有很强的地域性。像这样一顿缺肉少油的普通农家素斋饭，居然还能做得那么好吃，咖喱是关键。饭后导游带我们去参观了当地农民家的后院，里面种满了各式各样的香料作物，包括胡椒、丁香、生姜、豆蔻、香菜、肉桂和辣椒等十几种，很多我都叫不上名字。其中除了生姜和辣椒等少数几种中餐也常用的调味料之外，大部分香料都是南亚地区特有的。我一开始有点不习惯，但越吃越爱吃，一顿印度饭只要有好的香料，没有肉也没关系。

换一个角度来说，正是因为印度人普遍吃素，这才必须用香料调味，否则就难以下咽了。要知道，肉的营养价值远比米饭蔬菜高得多，所以我们的祖先养成了对脂肪和蛋白质的特殊偏好，很多人吃饭都是无肉不欢的。既然如此，为什么印度人的口味变了呢？宗教只是一个因素而已，真正的原因必须从宗教以外的地方去寻找。

历史资料显示，2000年前的印度是世界第一强国，综合国力无人能及。衡量国力强弱的指标随着时代的不同而一直在变，上古时代人类社会最紧缺的物资就是粮食，衡量国力强弱的最佳指标就是人口密度。印度次大陆的气候条件并不是最突出的，但印度的社会制度最符合当时的生产力水平，所以很快脱颖而出，成为当时全世界人口密度最大的地区。问题在于，那个时候的粮食产量受天气影响很大，丰年人口暴涨，灾年就得饿肚子。在这种情况下，吃素是唯一的解决办法，因为只有这样才能最大限度地提高单位面积土地所能养活的人口数量。久而久之，印度人便养成了吃素的习惯，宗教只是为这一转变找到了一个很好的借口而已，并通过多年的洗脑教育把这个转变制度化了。

香料在这场食物革命中发挥了至关重要的作用。但是，这玩意儿只产于热带，欧洲没有，欧洲人对香料的渴求催生出了香料之路，和丝绸之路一起成为东西方之间最重要的交流渠道。

香料主要走的是海路，科钦（Kochi，过去写作Cochin）是印度香料最重要的出海港口。这个地方很像纽约，有好多优质的深水港，被誉为"阿拉伯海上的女皇"。我专程去了趟科钦，在游客如云的海滩上发现了一排渔网，当地人称之为

"中国渔网"。一打听，原来这是郑和留下的。1407年郑和第二次下西洋时路过科钦，船员们教会了当地人如何下网。其实这种下网方式效率很低，中国渔民早就不用了，但当地人却一直沿用至今，并将其改造成了一个旅游项目，吸引了不少游客在此拍照。

我感兴趣的不是这种人造景点，而是一座早已被废弃的坟墓。距离渔网景点不远处有一座圣弗朗西斯教堂（St. Francis Church），外表十分简陋，里面的设施也是年久失修，拍出来的照片一点也不好看，没什么人气，那天就只有我一个游客。在管理员的指引下，我在教堂右侧的一个不起眼的角落里找到了我要找的东西——葡萄牙航海家瓦斯科·达·伽马（Vasco da Gama）的坟墓。

提起大航海时代，大家首先想到的肯定是哥伦布，但达·伽马的贡献一点也不比哥伦布小。1498年5月20日，达·伽马率领的一支葡萄牙舰队在印度西南沿海的卡利卡特（Calicut）登陆，欧洲人终于找到了一条绕过好望角直达印度的航道。两年之后，葡萄牙人决定在科钦建立全亚洲第一个欧洲人定居点，达·伽马被任命为总督。上任后不久达·伽马就感染了疟疾，于1524年圣诞夜死于科钦堡（Fort Kochi）。他的遗体先是被葬在了圣弗朗西斯教堂，15年后才被运回葡萄牙。他的继任者以科钦堡为基地，四处出击袭击穆斯林商船，终于把印欧贸易的主动权从阿拉伯人手中夺了过来。

葡萄牙人依靠武力垄断了一个世纪的印欧贸易，后来被更加强大的荷兰人代替。荷兰人之后是英国人，后者统治了印度200多年，直到1947年印度独立时为止。这期间其他欧洲列强也没有完全放弃印度，纷纷在印度建立了自己的殖民地。比如泰米尔纳度邦的本地治里（Pondicherry）至今还保留着大量法国殖民者建造的法式建筑，当地人将其原封不动地保留了下来，变成了一个非常热门的度假胜地。

因为这段历史给人留下的印象太过深刻，以至于很多人误以为印度和欧洲之间的贸易往来是从达·伽马开始的。事实上，印度香料早在公元前就已经出口到了欧洲，深受欧洲王公贵族们的喜爱。只是因为地理位置的缘故，当年的印欧香料贸易必须通过阿拉伯商贩的中转，后者为了抬高物价，故意夸大香料的生产成本和收获难度，甚至编造出很多谣言，把香料打造成一种具有魔法的神秘物质。于是，一种本来普普通通的调味料在欧洲变成了比黄金还贵重的奢侈品，一般人根本用不起。

更糟的是，当年的印度是全世界最富裕的国家，对欧洲商品不感兴趣，只要硬通货，于是那段时间大量来自欧洲的黄金和宝石进入了印度，最终变成了印度富人们的珠宝和印度寺庙里的神像装饰物，这就是为什么今天的印度人（尤其是妇女）那么喜欢佩戴黄金首饰，以及为什么那么多来自北方的穆斯林部落想要入侵印度，他们的主要目的就是为了抢夺印度教寺庙里的金银珠宝，消灭异教徒只是他们想出来的一个冠冕堂皇的借口而已。

到了公元前1世纪，情况发生了变化。罗马共和国基本完成了领土扩张，把整个地中海变成了自己的内海，从而打通了欧洲人通过红海进入印度洋的通道。之后，罗马人又掌握了印度洋季风的秘密，知道每年6月—8月的西南风会把帆船吹往东方，11月—次年2月的东北季风又会把船吹回来。从此，罗马人便甩掉了阿拉伯中间商，直接和印度商人开展香料贸易，并借此机会派遣传教士去印度传教。就这样，欧洲和南亚这两个相距万里的人类文明终于借助香料的力量连接在了一起。

印度人不重视修史，幸亏有来自欧洲的传教士和旅行家，以及像法显和玄奘这样去印度取经的中国僧人把自己的所见所闻记录了下来，后人终于知道当时的印度有多么富裕，国家有多么强盛，人民有多么幸福。

现在看来，2000年前的印度在很多方面都相当超前，甚至放在今天都毫不落伍。比如，今天的世界正在被各种具有强烈排他性的一神教弄得鸡飞狗跳，但当年的印度已经是一个兼容并蓄的地方，各种各样的宗教信仰都可以和谐共存。再比如，今天的科学家们为物种多样性的飞速流失而心急如焚，正在想尽一切办法克服人性中的私欲，保护生态环境，但当年的印度已经做到了视万物为一家，如无必要绝不杀生。还有，今天的人类社会物欲横流，人们被各种物质享乐迷住了心窍，忘记了生命本来的意义，但当年的印度非常重视精神需求，人们热衷于讨论哲学问题，追求内心的喜悦。

总之，2000年前的印度是世界上一个非常另类的存在，印度人一直引以为傲，这就是为什么虽然印度历史上曾经遭受过无数次外族侵略，但印度人从来没有在精神上真正地屈服过，印度文化相对完整地延续到了今天，成为人类历史上保存最完好、时间也最久的人类文明活化石。今天去印度旅行的人在很多地方看到的景象几乎和2000年前一模一样，人们穿着一样的衣服，做着一样的事情，说着一样的语言，吃着一样的食物，就连吃饭的方式也没有任何改变，仍然是用手抓。这种体验是其他任何地方都无法给予的，因为当今世界大部分国家都被发源于欧洲的现代化洪流裹挟着一路向前狂奔，早就把历史抛到脑后了。

但是，这种对传统文化的过度崇拜也给印度带来了很多副作用，比如被游客们诟病的环境污染、交通混乱、饮食不卫生、旅游景点乱收费和服务人员思想僵化等毛病或多或少都与这个有关。

就拿喀拉拉邦来说，这个邦因为地理条件优越，自古以来就是印度最富裕的地方。如今这个邦的人均寿命、教育程度和人类发展指数（HDI）均为印度第一，是全印度文明程度最高的邦。但是，城市里依然垃圾遍地、污水横流，空气里充满了劣质柴油不完全燃烧后散发出的气味，让人喘不过气来。

仔细观察后我发现，这并不是因为印度人不讲卫生。事实上，当地人的家里都非常干净，脏的都是公共场所。我经常看到大街上有人扫地，都是只有扫帚没有簸箕的"印度式扫地法"，即把垃圾扫到一边，自家门前干净了就行了。"印度式喝水法"也很有意思，水都是直接倒进嘴里的，嘴唇和杯子绝不发生接触。这两件事都和种姓制度有点关系，因为古代不同种姓的人几乎不会直接接触，但现代社会无法避免，所以印度人在公共场所的表现有时比较"奇葩"，因为谁也不知道对方是啥种姓的。

除此之外，印度人的死脑筋也是出了名的，跟印度人讲道理是一件徒劳的事情。比如，印度几乎所有的景点都会对相机单独收费，这在过去也许可以理解，但如今人人口袋里都有一部能拍照的手机，这个规定却依然延续至今，非常不公平。再比如，在印度住旅店和买火车票都要填表，那份表单大概几十年都没有变过了，名目多得吓人，居然要求游客填写上一站去的哪里，下一站之后又会去哪里，甚至连父母亲的名字都要填上。我经常胡写一气，对方也不查，仿佛只要那几个栏目里有字就行。还有，所有和宗教沾边的景点都会要求游客脱鞋，如果是室内寺庙是可以理解的，但泰米尔寺庙都非常大，露天的部分比室内的部分还要多，我参观过的一座庙甚至建在山上，此时再要求所有人打赤脚就没有道理了。如果说这么做是为了对神表示尊敬，那么当你不得不赤着脚在布满小石子的路上行走，有时甚至还要冒着受伤的危险光脚爬山时，内心的感觉肯定是"尊敬"这个词的反面。

印度政府和民众的关系也是很多问题的来源。印度历史上分多合少，印度人习惯了自治，甚至在英国殖民后期，印度还有500多个独立的土邦国，所以印度人对于国家的概念非常淡薄，政府的力量很弱，其结果就是印度的公共设施严重不足，这就是很多问题的根源所在。比如大家都喜欢诟病印度人随地大小便，事实是印度大街上的公共厕所非常少，仅有的厕所都是私人在经营，要收费，虽然只是一点小钱，但毕竟也是钱啊，所以很多穷人只能选择免费的方式解决问题。再比如，印度拥挤的火车也是很多人嘲笑的对象，事实是印度的公共交通运力严重不足，铁路系统还是英国人留下的，全国没有几条像样的高速公路，大家只能挤挤了。

不过，印度最严重的问题就是人口太多，素质又太低，这让印度经济背上了沉重的包袱，无法适应新的时代。喀拉拉邦是印度生育率最低的邦，但因为底子厚，人口密度依然很高，约为中国的6倍。农业时代大家住得分散，而且农业生产吸收了大量劳动力，问题倒也不大。如今是工业化时代，不需要那么多人种地了，于是农民们一股脑涌进城市，导致印度大街上到处都是闲人，无论走到哪儿都是人头攒动，视觉冲击力极强。因为人太多，工作机会不足，很多传统上应该是女性干的事情，比如公交车售票员和饭店服务员等，全都是青壮年男性在干。更多的人连这样的工作都找不到，只能去摆摊。几乎所有的印度旅游景点门前都挤满了摊位，给人一种商品经济特别发达的假象，其实这些摊位卖的东西都差不多，恶性竞争导致生意很差，大量本应去从事生产的青壮年劳动力就这样年复一年地坐在柜台后面浪费生命，着实让人惋惜。

更糟糕的是，印度大街上摆摊的人更多，而且严重缺乏管理。本来沿街的房子就大都被改成了店面，店门前的人行道上还要再添一排摊位，行人全都被赶到了大街上，和多如蝗虫的摩托车和三轮突突抢道，再加上印度的公交车开得都很猛，在印度大街上走路简直是天底下最让人崩溃的事情。

在我看来，所有这些毛病都是传统和现代不兼容导致的结果。印度人习惯了文明程度不高的民族用武力征服自己，但英国人的殖民很不相同，这是印度历史上第一次被一个无论是武力还是文明程度都比自己高的民族殖民，印度人在很长时间里都无法适应，不知道应该如何去应对。英国人撤走后，印度经历了一次重压之下的反弹，在文化和经济等各方面彻底回归传统，因此而错过了战后全球经济复苏的浪潮。今天的印度虽然一直在奋力追赶，无奈人口包袱太重，资源严重短缺，只能跟在别人后面苦苦挣扎。

印度的情况不是偶然的，很多历史悠久的发展中国家都曾经面临过类似的问题，都曾经在传统和现代的十字路口犹豫不决，不知道自己应该向哪个方向走。如果选择回归传统的话，会是怎样一个结果呢？大家去印度看看就知道了。

尾　声

离开科钦的那天早上，当地公交车却突然停运了。原来前一天晚上喀拉拉邦发生了一起凶杀案，一群执政党党员袭击了两名反对党的年轻支持者，并将两人打死。得知此事后反对党立刻号召工会罢工，于是整个邦的公交系统瘫痪了。好在一家私营的巴士公司还在营业，我有惊无险地离开了这里。

喀拉拉邦自从印度独立起就一直是共产党执政，这是民众投票的结果。为什么会这样呢？一位当地人告诉我，这是因为喀拉拉邦的穆斯林人口比例很高。另一位当地人则认为，这是因为喀拉拉邦一直是印度最富裕的邦，民众的教育程度很高，所以选择了共产党。

不管真正的原因是什么，那三位在美国工作的软件工程师告诉我，共产党执政后加强了对教育和健康的投入，所以这个邦的文盲率和婴儿死亡率一直是印度最低的，平均寿命则是印度最高的。共产党对各种宗教也一视同仁，所以多年来这个邦相当太平，老百姓闷头挣钱，日子过得不错。但是最近几年自媒体兴起，各种极端思想借机扩张，反对党为了争选票，故意夸大不同宗教和党派之间的分歧，口号喊得越来越极端,导致选举越来越暴力。这三位工程师非常担心时局,因为再过两个月就要投票了。果然,两天后他们的说法就应验了。

我回国后不久,印度又和巴基斯坦打了一仗,同样和马上将要进行的总统选举有很大的关系。为了争夺选票,印度正变得四分五裂,一个新的十字路口出现在了印度人民的面前。

拥抱的力量——印度为何盛产心灵导师

袁越

印度式旅行

当我知道可以坐船去科钦的时候，立即掏钱买了张船票，心想自己终于可以换一种相对轻松的旅行方式了。

我的预算有限，坐不起飞机，只剩下火车和长途汽车这两个选项。火车的问题是票非常难买，因为想坐火车的人实在是太多了。对于一个外国人来说，网上订票几乎是不可能的，只能去窗口排队。印度人脑子里没有排队的概念，每个窗口都挤满了想要加塞的人。好不容易挤到窗口，售票员扔出一张小纸片，填表！这份购票申请表字体很小，栏目很多，恨不得连你祖宗八代的信息都要填上。等我终于填完表，再次挤到窗前，得到的结果往往是：没票了！作为一个外国人，此时却又显出优势了。售票员往往会指给我另一处隐秘的所在，可以花多出票价2—3倍的钱买到内部火车票。好在印度火车票很便宜，即使加倍也比国内的高铁便宜很多，问题倒也不大。

相比之下，印度的长途汽车就方便多了。只要找到正确的汽车站，几乎立即就能登上一辆去往任何城市的长途车。这趟印度之行我至少坐过10次长途汽车，没有一次等待时间超过半小时，这就是人口多的福利。在任何一座印度中等城市里，只要有1%的人那天想出远门，其中又有1%的人和我的目的地一样，那么长途车公司就能保证每隔半小时发一趟车，每辆车都挤满了人。

而这，就是问题所在。

因为车厢里人太多，印度巴士的座位又很窄，每次我都不得不怀抱相机包正襟危坐好几个小时，连伸腿的地方都没有。印度司机都特喜欢超车，车厢经常晃来晃去，坐得挤一点倒是省了安全带。不过坐长途车必须做好几个小时不能上厕所的准备，好在印度南方天气炎热，车里也没空调，只要我能坚持几个小时不吃饭不喝水，倒也没有上厕所的欲望。

印度的火车虽然也很挤，但毕竟比汽车舒服多了，所以火车是普通印度人长途旅行的首选。对我来说，火车的好处是大家面对面坐着，容易和乘客搭上话，借机了解民情。印度人非常喜欢和外国人说话，经常是还没等我开腔，对方就先跟我打招呼了。我曾经在火车上遇到过一对印度夫妇，有个儿子在中国做生意，那个骄傲的老父亲居然拿出手机当场拨通了儿子的电话，逼着我和他儿子用中文聊了会儿天！

因为火车空间大，乘客可以到处活动，正好给了我一个观察普通印度老百姓的绝佳机会。这次印度之旅我坐过两次火车，只看到了一起因为占座而引发的吵架事件，但只吵了几句就被劝住了，总体感觉印度人还算平和。不过我这两次火车之旅，座位对面都有一位先天残疾的乘客，看来印度人的隐性遗传病发病率确实偏高。

长途车又挤又晃，很少有乘客愿意说话，大家都死气沉沉的，要不是印度司机喜欢按喇叭，喇叭声又震天响，车内真是个睡觉的好地方。不过，坐车旅行也让我观察到不少有趣的细节，比如印度长途汽车都是2—3布局，一边两人挨着坐，另一边三人挨着坐。印度人不愿意和异性肩并肩坐在一起，如果一位男性乘客上车后找不到空座位，车里又有两个女性各自单独坐一排，他肯定会要求其中一位女乘客起身坐到另一位女乘客旁边去，给他腾出位子。一开始我还以为印度男人挺懂礼貌的，可我后来发现，如果是一位女性乘客上车找不到座位，她绝对不敢要求男性换座位，而是宁愿自己站着。从这个小细节就可以知道，印度的男尊女卑现象仍然很严重，印度女性的地位确实有待提高。

无论是火车还是长途车，平均时速都在60公里左右，所以我经常需要坐一整天的车，下车后又累又渴，很想立即喝上一大口冰镇啤酒。这个愿望在绝大多数国家都很容易实现，但在印度却是个天大的难题，因为普通印度饭馆不卖酒，要想喝酒必须去专门的酒吧。据说这个政策是为了防止酗酒，但实际上这一招根本拦不住当地人去酒吧买醉，结果反而导致印度的酗酒问题愈演愈烈，这项政策变成了只防君子不防小人的摆设，唯一的作用就是让我这样的外国游客因为找不到酒吧而垂头丧气。

我就这样在印度旅行了10天，身心俱疲。恰在此时，一艘客运轮船适时地出现在我面前，我毫不犹豫地买票上船，挑了一张靠窗的座位，跷起二郎腿，一边喝着冰水一边欣赏两岸风光。

可惜船开得太慢，一上午才走了一半的路程，我有点厌倦了。中午大家上岸吃饭，我和两位来自欧洲的女游客聊了起来。她俩都已在喀拉拉邦待了很久，对这一带相当熟悉。其中一位无意间提到，前方不远处有个名叫阿姆里塔浦里（Amritapuri）的小镇，镇上有个道场（Ashram），心灵导师（Guru）是一名女性，这在印度相当罕见。我正觉无聊，心想反正时间充裕，应该去参观一下。

"那地方有宿舍，你甚至可以在那里住几天。"那位女游客说，"不过我不敢保证你一定会喜欢那种地方，反正我觉得很无聊。"

她这么一说，我反而来了兴趣，便在阿姆里塔浦里下了船，跟在两名身穿白袍的白人妇女身后走进了那座道场。

初识阿玛

这座道场建在海边的一片密林之中，周围被铁栏杆围了起来，门口有一名手持乌兹冲锋枪的军人把守，给人一种很严肃的印象。走进大门，我立刻产生了一种幻觉，仿佛自己突然穿越到了某个西方国家，几天来已经见怪不怪的满地垃圾不见了，满耳噪声没有了，鼻子里闻到的是花香而不是汽车尾气，眼前不再是满大街乌泱乌泱的闲人和乞讨者，而是一群群身穿白袍的欧洲人在用英语轻声交谈。

我跟在一群身背双肩包的驴友身后来到了新人登记处，负责接待我们的是一位白人中年男子，操着一口流利的美式英语，态度极为友好，和印度火车站那些态度傲慢的售票员们形成了鲜明的对比。

填完一张并不复杂的登记表之后,这位来自美国中西部的接待员给了我一把钥匙和一套简单的床上用品,我按照指示找到了分配给我的宿舍,居然是一间海景房。打开窗户,眼前是波光粼粼的印度洋,迎面吹来清凉的海风,把我这几天积攒下来的疲惫一扫而空。

宿舍里有4张单人床,自带卫生间,每人每天只收250卢比(约合25元人民币),还免费提供一日三餐,难怪那么多来自欧美的背包客愿意住在这里,哪怕多走一段路都值得。

放下行李,我回到登记处,参加了一个专门为新人组织的迎新会,一位来自瑞典的中年妇女负责为大家讲解:"我十几年前知道了阿玛(Amma),被她的神性所感动,便加入了她的道场。算下来我已经在这里住了10年了,每一天都过得非常充实,希望你们也一样。"

她说的这位阿玛就是这座道场的心灵导师玛塔·阿姆里塔南达马伊(Mata Amritanandamayi),阿玛是大家对她的尊称。

迎新会的第一个活动是看录像,这是一部20多分钟的纪录片,简要介绍了阿玛的生平。她于1953年9月27日出生在一个靠海的小渔村,这座道场就是在渔村的基础上建起来的。她家属于低种姓的渔民,父母都没受过什么教育。因为她长得黑,父母从小就不喜欢她,一直让她住在牛棚里。但她从小就特别善良,经常主动帮助村里的穷人。长大后她数次拒绝了父母的逼婚,决定终生侍奉印度教大神克里希那。她的事迹传开后,引来了一批追随者,大家把她视为克里希那的化身,相信她是个有魔力的圣人。为了帮助更多的人,她成立了一个以自己名字命名的慈善基金会,把她从世界各地收到的捐款拿出来办学校,救济印度的穷人。她还为东南亚海啸和日本地震捐过款,并曾受邀在联合国发表演讲,呼吁全世界所有的宗教团体联合起来,摒弃前嫌,共同为消除人类贫困做出贡献。

这部纪录片拍得很专业,甚至用上了动画这种时髦的表现形式,内容重点也放在了慈善事业上,编导所要传达的信息非常符合西方观众的世界观和审美趣味。接下来,这位瑞典妇女带着我们四处参观,边走边介绍各项服务设施的使用规则。这里有十几幢西式的宿舍楼，里面常年居住着1000多名修行者，其中约有一半人来自国外。这里还有一座印度教寺庙、一个专门举办大型活动的礼堂、一家专卖纪念品的商店、一家专卖日用品的小卖部，以及两个不同口味的收费餐厅，一个是印式的，另一个是西式的。两家餐厅都不供应肉菜，但西餐厅里卖鸡蛋，可以满足那些对营养要求比较高的人的特殊需求。

这家道场一看就是西方人在运营，管理方式很像欧美的那些夏季音乐节，对细节的重视程度令人惊叹。比如，这里只有少量的全职管理人员，其余工作全部由志愿者负责，就连打扫卫生、做饭洗碗和清理垃圾等工作也都是西方人在做。这样一来可以节约成本，二来也可以让住在这里的500多名外国信徒不至于闲极无聊。为了让大家保持热情，管理方制定了一整套轮转程序，保证志愿者不会因为重复做同一件事而厌倦。再比如，西餐厅门口居然张贴着一份题为"我很好"的表格，每一位住单人间的客人每天都要在上面签个字，证明自己还活着，因为来此修行的中老年人居多，管理方用这个办法来防止出现意外。

一圈走下来，我发现有一个部门雇用了很多印度妇女，这就是外宣部。这家道场有自己的编辑部和印刷车间，妇女们用手工把那些打印出来的宣传材料装订成册，然后装入信封，贴上邮票，寄往世界各地。

道场的管理方显然非常重视海外市场，对西方信徒做出了很多妥协。比如这里除了少数地方之外都不必脱鞋，对于那些不习惯打赤脚的外国人来说绝对是件好事。再比如，礼堂里摆放了很多椅子，信徒们可以坐在椅子上打坐冥想，因为印度教的那种莲花坐姿不是谁都可以掌握的。

迎新会的最后一站就是礼堂，这地方足有4个篮球场那么大，至少可以坐上千人。舞台上有一群人似乎在进行某种仪式，因为隔得太远，看得不是太清楚。舞台正前方有个乐池，一支乐队持续不断地演奏印度宗教音乐，气氛庄严而又迷幻。

"你们运气真好，今天是近期内阿玛的最后一次公开达善（Dashan）。她马上要开始新的一轮印度巡讲，恐怕会有几个月都不在道场里了。"瑞典妇女对我们说，"你们现在就可以去领票，然后去排队。"

我一开始没有反应过来，不知道这个发音近似于"搭讪"的词究竟是什么意思，经人提醒我才意识到，这就是刚才那部纪录片里提到的阿玛赖以成名的绝技——拥抱。

拥抱的力量

根据那部纪录片，阿玛从很小的时候起就喜欢和陌生人拥抱，据说和她拥抱过的人就像是获得了新生，所有的烦恼忧愁都会烟消云散。所以当她成为圣人之后，所有的信徒见到她都会"求抱抱"，顺便向她咨询人生道理。这件事后来越弄越大，逐渐变成了这个叫作"达善"的仪式。

我没什么事情要向她请教，只是想体验一下拥抱的力量，便去领了张票，然后按照指示去队尾排队。因为队伍实在太长，似乎要等很久，大家都坐在椅子里，一点一点往前挪。坐在我前边的是一个来自澳大利亚的中学老师，看上去40多岁，据说已经在这里住了两个多月了，还想继续住下去。

"我是个喜欢旅行的人，去过很多国家，但直到我来到印度，知道了阿玛，这才找到了生命的意义。"这位名叫肖恩的历史老师对我说，"阿玛是个神人，她能让那么多人心甘情愿地跟着她，一起去改变世界，这样的事情只能在印度发生。"

肖恩是个健谈的人，知道很多关于阿玛的八卦故事。据他说，阿玛和印度政府的一位高级官员关系非常好，所以道场门口会有荷枪实弹的政府军士兵负责把守，防止有人进来搞破坏，类似事件以前发生过好几次了。他还告诉我，正在乐池里领唱的那个身穿黄袍的男人是阿玛的哥哥，他小时候经常欺负阿玛，甚至想杀了她。但阿玛成名后，他改过自新，成了阿玛身边的最重要亲信之一。

我注意到肖恩手里攥着一张小纸条，几乎都要捏出汗来了。肖恩解释说，他前几天出去转悠，发现旁边村子里有一头大象受到了虐待，他打算向阿玛举报，又担心她记不住，就把这事写在了纸上，准备待会儿当面交给她。

"通常一场达善要进行一整天，阿玛就这样坐在舞台上和每一个人拥抱，并回答他们的问题。"肖恩对我说，"昨天她一直抱到午夜一点才结束，毅力实在是太强了。"

坐在我后边的那位中年人连声附和。他叫安东尼，是个开餐馆的意大利人，也已经在这里住了好多天了，可惜他签证到期，明天必须离境，今晚过来和阿玛道个别。

"我以前有个心灵导师，他是意大利人，可惜几年前去世了，于是我有好几年都没有心灵导师了，心里特别空虚，幸亏遇到了阿玛。"安东尼这样解释他和阿玛的相遇，"我觉得阿玛特别有智慧，好多事情她一解释就特别清楚，我非常喜欢听她讲道。"

我们就这样一边聊天一边往前挪。我发现肖恩是个非常激进的人，一方面狂热地喜欢第三世界文化，另一方面却又是个反犹主义者，相信这个世界就是被犹太人毁掉的。安东尼则是个非常传统的人，坚信这个世界上有神灵，但不一定是上帝，所以他一直在寻找心灵导师，希望能从导师那里获得力量。

两个性格完全不同的人，却在一位没什么文化的印度妇女身上找到了共鸣，真是一件神奇的事情。

大约排了3个小时的队之后，我们终于进入了舞台侧方的安检区。所有来"求抱抱"的人都要先通过安检，还要把手机交出去才能抱得上。又等了10分钟后，我终于登上了舞台，距离阿玛只有不到10米远了。她坐在舞台中间的一个蒲团上，身材胖得有些走样了，肤色确实很黑，脸很圆，眉心点了个巨大的朱砂红点，左边鼻孔上挂着一只大号的鼻环，这些都是印度心灵导师的标配。她身边围着一大堆服务人员，左边那人是个翻译，因为阿玛不会说英语。右边那人则是个"抱抱教练"，专门负责指导信徒们应该用什么样的姿势去抱阿玛。外侧还站着两个人，应该是她的保镖，身后还有一名白人按摩师，一直在不停地为阿玛按摩后背和后腰。她已经65岁了，即使啥事不干就这么坐一天，肯定也会很累的。

信徒们依次在阿玛面前跪下，然后和她拥抱。有的人刚一跪下就开始痛哭，阿玛便用手拍拍他们的后背以示安慰。还有的人则借此机会向阿玛提问，她就在他们耳边低语几句，像是在开导他们。经常有人赖着不走，抱个没完，毕竟等了3个小时才等到这个机会，哪能轻易放过，此时保镖们就会强行将他们拉走，后面还有好几百号人在等着呢。

终于轮到肖恩了，他走到阿玛面前，熟练地双膝跪地，然后拿出那张纸条递了过去，还没等他张嘴解释，保镖已经将纸条收走了，随手扔在了身后的一个筐里。他愣了一秒钟，然后转头冲着翻译说了几句话，大概是在解释自己的动机，翻译凑到阿玛耳边一阵耳语，阿玛冲肖恩点了几下头，表示自己知道了，然后两人就抱在了一起。

几秒钟后，一位保镖冲我招手，终于轮到我了。我走到阿玛面前蹲了下来，盯着她的眼睛看，但她却没有看我，而是上身微晃，双眼迷离，感觉已经累得处于半眩晕的状态了。"抱抱教练"用双手压住我的肩膀，强迫我跪下，然后抓住我的左手，放到阿玛的右腰眼处，又抓住我的右手，放到阿玛的左腰眼处，再用手按住我的后脑勺，使劲儿往阿玛的右肩头按去。那天她穿了件白色的沙丽，右肩位置已经被信徒们的头油弄黄了。可我没有选择，只能把脸贴了上去，好在并没有闻到什么异味，因为她身上洒了很多香水。阿玛附身抱住了我，开始在我的耳边念经，可惜我一句也没听懂，想来大概就是唵嘛呢叭咪吽之类的咒语吧。几秒钟之后，保镖拍拍我肩头让我起身，整个仪式就结束了。

事后回想起来，这次拥抱并没有给我的心灵带来任何改变，也许是因为我心不诚吧。不过我在排队的过程中结交了两个新朋友，听了不少八卦，倒也物有所值。后来我听肖恩说，阿玛已经在全世界抱过好几千万人了，其中大概有很多像我这样来凑热闹的人吧。不过，起码这座道场里的人都把阿玛当成了自己的心灵导师，这是怎么回事呢？

如何成为一名心灵导师

第二天早上6点，我强迫自己起床，去厨房当志愿者。这家道场保持了热带渔民的生活习惯，起得早睡得晚，最热的中午时段则用来补觉。

我的任务是帮厨，也就是帮忙切菜。这里免费提供的一日三餐都是素食，就是米饭加咖喱的那种印度饭。咖喱是用切成小块的廉价蔬菜熬制而成的，包括土豆、南瓜和胡萝卜等，志愿者的工作就是把当天的份额切出来。

那天来帮厨的一大半是来自欧美国家的中老年人，大家默默地干着分配给自己的任务，一句话也不说。我注意到其中有好几个老年人身体很弱，看上去像是病人,也许这就是为什么这里会要求大家每天在"我很好"表格上点卯的原因吧。

还有一小半人是像我这样临时起意来体验生活的背包客,不同的是他们几乎个个都是朋克打扮,耳环、鼻环、文身、脏辫等新潮青年的标配一应俱全。这些人一边干活一边说笑,和周围的气氛格格不入。

今天道场里没有安排"达善",整个白天都没事可做,于是我一头钻进了图书馆,试图搞清这家道场的来历。图书馆不大,里面全是关于宗教和心灵解放的书。我找到一本阿玛传记,原书是用印度本地语言写给印度本地人看的,被翻译成了英文。书不厚,我花了一个多小时就看完了,内容和那部专门拍给外国人看的纪录片很不一样。纪录片强调的是阿玛的爱心和基金会的慈善项目,这本书则把重点放在了阿玛的神迹上,暗示她有超能力,是神仙转世。

根据这本书的描述,阿玛从小就喜欢读《薄伽梵歌》这类印度教经典,尤其喜欢克里希那,觉得自己和这位黑皮肤的大神心灵相通。后来她开始幻想自己就是克里希那转世,经常让村里的小孩穿上戏服演绎克里希那的故事,她边看边流泪。演完后她就会抱着小演员不放,以为自己抱住的就是克里希那本人。家里人以为她疯了,这才把她关进了牛棚。

1975年9月的某一天,22岁的阿玛突然宣布自己成神了。村民们不信,让她施个魔法给大家看看。她一开始不愿意,说自己不靠这个就能成为圣人。后来她被逼不过,就施了一次,把水变成了奶。从此她一发不可收拾,又对村民们施了很多次魔法,包括求雨来雨,求鱼来鱼等,但还是有很多人不相信,把毒蛇的尸体烧成灰给她吃,但居然毒不死她。还有一群渔民公开嘲笑她是个骗子,结果这群人出海打鱼时遇到风暴,船翻人亡。随着类似的案例越积越多,村民们终于相信了她,她也正式成为印度众多心灵导师中的一个,尤其在印度妇女当中很受欢迎。

也许是因为阿玛所在的渔村位于喀拉拉邦这个旅游热点地区的缘故,阿玛很早就结识了很多欧美人,这些人帮助她成立了一个慈善基金会,并接管了大部分募捐、组织和宣传事项,名声传播得很快。阿玛与其他印度心灵导师还有一个不同点,那就是她发明了"拥抱"这个既简单又有很高辨识度的宗教仪式。她小时候就喜欢和陌生人拥抱,成圣之后更是如此,传说她的拥抱有某种魔力,和她抱过之后就会获得神秘的力量。于是阿玛把拥抱变成了自己的专属符号,在印度各地举办了多场以"达善"为卖点的大规模宗教仪式,成千上万的信徒排着队和她拥抱,场面极其震撼。当这样的场景通过图片和录像传到西方后,激起了很多人的好奇心,西方人哪见过这个啊!于是阿玛趁热打铁,于1987年开始在印度之外的地方举办"达善"仪式,果然一炮打响,从此邀约不断,阿玛也借此机会当上了很多欧美信徒的心灵导师。

就这样,一个来自神秘东方的文化IP和一个来自现代西方的高效管理团队完美地结合在一起,迸发出巨大的能量。

印度人为什么如此"好为人师"呢?我从英国利兹大学宗教研究所的金·诺特(Kim Knott)教授撰写的一本《印度教简史》中找到了答案。根据她的研究,早期印度教就是一个追求真理的人向智者寻求答案的过程,但当时的雅利安人没有文字,于是智者的回答都是用嘴说出来的,不在场的人没办法自学,所以印度教特别强调师徒关系,印度人喜欢找心灵导师的传统就是这么来的。

梵文被发明出来后,印度教经典都被写进了书里,教徒们可以不用找心灵导师了。但不认字的普通民众还是没有办法,于是印度教渐渐分化成两派,少数学者们继续朝着追求真理的方向前进,多数老百姓则不再指望从印度教教义中寻找人生答案,而是将其世俗化,变成了一种实用主义的宗教。事实上,印度教之所以在印度老百姓中如此流行,正是因为它教人去追求一种世俗意义上的成功,比如发家致富、受人尊敬、被人喜爱,以及死后获得解脱,等等。印度教徒们去庙里拜神,只是为了从神灵那里获得力量,帮助他们实现这些世俗目标而已。

但在这个转变过程中,印度人喜欢拜心灵导师的传统并没有丢失,只不过此时的心灵导师已不再专指那些有学问的智者,而是特指那些有个人魅力的,甚至有时疯疯癫癫的神秘人物,他们似乎有某种魔力,能够帮助信徒们和神灵对话,更好地从主那里获得力量。一个人只要能满足上述这几个条件,即使他是一个没有受过高等教育的低种姓贱民,抑或是一个不熟悉印度教经典的普通妇女,都可以成为印度人的心灵导师,阿玛就是这样一个典型的例子。如果西方民众知道这里面的区别,恐怕就不会那么容易地被阿玛在印度一呼百应的场景所迷惑了。但是如果你不知道的话，那种场面确实非常震撼，会让你误以为她真的有某种魔力。

诺特教授认为，早期西方宗教研究者们把关注重点放到了印度教的典籍上，忽略了印度教的各种复杂仪式和宗教活动，以及这背后所代表的世俗意义，这就导致西方人误以为哲学思辨就是印度教的核心内容。再加上最早传入西方的是印度教六大哲学门派中最正统的吠檀多（Vedanta）派，尤其是其中的一个名为"不二论"的分支学派在西方最为流行。这一派认为宇宙的终极真理"梵"和个体的"我"是一回事，每个人都可以是上帝。这种思想和20世纪60年代流行起来的嬉皮士风潮不谋而合，立刻得到了叛逆青年们的热烈响应。以"披头士"为代表的一大批摇滚歌星纷纷跟着自己的心灵导师去印度修行，并通过自己的影响力把印度宗教扩散至主流社会，这就是为什么基于印度教的心灵导师在欧美国家如此流行的原因。

但是，这些心灵导师可不会仅仅满足于为信徒答疑解惑，他们要建立属于自己的宗教。在如今这个反智主义盛行的时代，宗教的土壤已经准备好了，种子们只要找到一块属于自己的地盘，就可以开始生根发芽了，阿玛就是众多种子当中的一颗。

"新宗教"的诞生

从图书馆出来，向左转进一条小巷，眼前出现了一幢孤零零的小平房，门前有一堆人正在打坐，原来这就是阿玛小时候住过的那间牛棚，基金会将其改建成一座纪念馆，里面放着几张阿玛小时候的照片。信徒们相信这地方有某种魔力，在此打坐冥想一定会有奇效，所以都跑这里来了。

任何一种新宗教的诞生，都需要在适当的时候引入个人崇拜的元素。释迦牟尼活着的时候禁止偶像崇拜，不允许佛教寺庙里出现他的头像，但后来大家还是把祖师爷定下的规矩给破掉了，因为没有头像就没有亲和力，没法进行偶像崇拜，太影响传播了。

当然了，阿玛还活着，牛棚再好也不如阿玛本人亲自登场。那天下午道场里流传着一条小道消息，说阿玛有可能在下午5点左右亲自组织一场公开的打坐冥想仪式，地点未知。于是大家就像没头苍蝇一样到处乱窜，生怕错过了开头。不少人相信阿玛会去海滩上打坐，因为那里凉快，还能看日落，所以下午4点时海滩上就挤满了人，生怕来晚了没地方了。但最终阿玛还是选择了礼堂，那里毕竟地方大，音响系统又是现成的，而且有电风扇帮忙，并不会太热。

这是我第一次参加这种大型集体打坐冥想活动，心里还是很好奇的。到了之后才发现，男女居然是分开坐的，原来阿玛一生未婚，对于男女之事一直很有戒心。比如道场里不允许男女公开表达爱意，夫妻也不行。

现场来了很多印度本地人，尤以妇女和老年人居多，我还看到了很多坐轮椅的残疾人，看来阿玛确实很受当地弱势群体的欢迎。这一点倒也很容易理解，比起外面闹哄哄的街道、拥挤不堪的人流和横冲直撞的汽车摩托车，这里简直是老弱病残者的天堂。

所谓打坐冥想，真的就是坐在那里一动不动。阿玛坐在舞台的正中央，两边各有一架电风扇对着她吹，面前还有一台摄像机正对着她的脸，把她的一举一动都放大到礼堂两侧的大屏幕上，很像是在看一场独奏音乐会。阿玛先是简单地交代了几句冥想的要领，翻译将其翻译成英文，然后她便一动不动地进入了冥想状态，大家也学着她的样子闭上了眼睛。礼堂里立刻变得鸦雀无声，只能听到电风扇在嗡嗡地响，以及一群乌鸦在叽叽喳喳地叫。

舞台正前方有一小块地方是没有椅子的，在那里打坐的是最虔诚的信徒，采取的是标准的莲花坐姿。但大多数人都坐在椅子里，不用担心腿麻。虽然如此，我只坐了一会儿就有点受不了了，倒不是因为身体不舒服，而是因为太无聊了。一个人啥也不做，闭着眼睛瞎想，能想出什么伟大的真理呢？

为了打发时间，我开始观察周围的人，很快就发现有好几个人都在打瞌睡，头一垂一垂的。还有个小男孩一直在不解地望着自己的妈妈，大概他无法理解为什么妈妈明明没有睡着，却突然就闭上眼睛不说话了。

我本以为这场冥想最多坚持半小时就该结束了，没想到竟然一直延续了一个半小时。我不好意思走，人也观察腻了，到后来自己也开始胡思乱想起来。事后想来，这个经历还挺新鲜的，因为我从来没有像这样大白天啥事不做地发呆过这么长的时间。问题在于，今天的我死活也想不起来当时的我脑子里都在想些什么，这种冥想到底有什么意义呢？我唯一能想到的理由就是先把大家的脑子放空，便于洗脑。

冥想活动结束后是唱歌环节，阿玛带领那支道场御用乐队为大家唱歌，虽然歌词都是当地语言，我一句也听不懂，但不得不承认音乐还是很好听的，尤其当大家一起合唱时，声音在地板和天花板之间来回传递，引发了强烈的共振效应，很容易激发起信徒们强烈的集体归属感。阿玛自始至终都高举着双手，脸上保持着一种极度疯狂而又极度喜乐的复杂表情，仿佛她不是在唱歌，而是在把自己的生命献给神。我注意到台下观众也是这种癫狂的表情，不少人甚至边哭边唱，人类的情感共鸣能力真的是太强大了。

唱歌环节又进行了一个多小时，我的肚子已经饿得咕咕叫了，真不知道大家哪儿来的力气。就这样一直唱到 8 点多钟，终于进入了最后一个环节，阿玛要当场回答信徒们的问题。我立刻来了兴趣，很想听听她的真实水平到底如何。

主持人把话筒交给了一位女性，她的问题是：我们究竟应该如何忘掉那些不美好的过去呢？

"你们应该明白，任何美好的事情都可能有一个不美好的过去，比如每一颗闪闪发光的钻石都曾经经历过高温高压的洗礼，每一条清澈的河流都曾经有过泥沙俱下的时段。"阿玛通过那名翻译这样说道，"所以我们应该关注当下的快乐，忘掉过去的烦恼，那是没有意义的。这就好比说你去山里度假，当地人多收了你 5 卢比，如果你为这件事耿耿于怀，那就会影响你的心情，让你忘记你曾经在山里度过的那段美好的时光。"

这个回答非常简单，几乎等于啥也没说，但阿玛巧妙地运用了比喻的手法，格调立刻就上去了。果然听众们连连点头，似乎领会了一个了不得的真理。

话筒传到第二个提问者，同样是一名妇女。她开始借机陈述自己的观点，说了半天都没有提出一个问题。主持人粗暴地打断了她："你这个问题太长了，阿玛也很累了，今天的活动就到这里吧。"

就这样，我期待了很久的提问环节草草结束了。我看了下手表，刚好 8 点半，这场公开打坐冥想仪式足足进行了 3 个半小时。我感觉自己像是目睹了一个新宗教的诞生，当年释迦牟尼在鹿野苑开坛讲经的场面也不过如此吧。对于我个人来说，在这 3 个半小时里没有学到任何有用的知识，性价比太低了。但对于信徒们来说，也许这就是他们最美好的时光。尤其是那些从附近镇子里赶过来的农民们，相比于外面的乌烟瘴气，这座道场简直就像天堂一样美好。

这一点很像印度教，只有少数人会去钻研宇宙真理，大多数信徒要的就是那种仪式感。庙里的神龛并不能回答他们的任何实际问题，却能让他们获得宝贵的心理安慰。

尾 声

冥想仪式刚一结束，门外立刻涌进来一大群民工，他们是被道场雇来修庙的，刚才显然并没有参与打坐冥想仪式。但一日三餐都是在礼堂里吃的，平时的晚餐 7 点开始，今天晚了一个半小时，他们应该已经很饿了。果然，他们迅速排成一排，等着厨师们把晚餐端上来。

望着这群身材瘦小、皮肤黝黑的民工，我突然意识到种姓制度到底是怎么一回事了。这个制度当然是不对的，一个人的未来不应该被他的出身所限制。但是，这个世界确实存在阶层之分，因为不同的人群对于生活的需求是非常不一样的。对于这群民工来说，打坐冥想是别人的事情，他们需要的只是一碗米饭和一勺咖喱而已。

阿玛的拥抱确实很有力量，只对需要拥抱的人才有价值。

Memo more...

　　日韩对立意外升级,正是全球政治不确定性的反应;相继两起空难也给商业航空的未来蒙上一层阴影。新西兰的枪击、格蕾塔·通贝里的崛起、越南偷渡客的死亡分别暗示了宗教冲突、世代冲突和贫富差距将会是此后世界发展的主旋律。

政经双冷，日韩对立升级

刘怡

8月21日，日本外相河野太郎与韩国外长康京和在北京匆匆一晤。等待入场的间隙，河野走向迎候在会场外的日韩两国记者群，兴致勃勃地询问起了韩国记者携带的照相机的品牌。"是'尼康'（Nikon）呀，还有两台'佳能'（Canon）。"当听到两个日本品牌的名字时，河野微微颔首。他的笑容立即被相机定格了下来。

会谈最终无果而终。它在两国舆论场中掀起的浪花，远不及"河野的微笑"来得可观。韩国媒体解读出了对方笑容背后的自信：从半导体工业到照相机，日本商品在韩国经济和日常生活中的重要性大大超出人们的一般印象。在东北亚的这场已经持续一个多月的"小冷战"中，日本是优势一方，并且毫无让步的迹象。

于是，对抗继续升级。8月22日，韩国国家安保室第一次长金有根在青瓦台召开的记者会上宣布：鉴于日本政府在20天前无故将韩国剔除出战略性原材料出口优待的"白名单"，"给两国安保合作环境带来重大变化"，韩国政府决定停止续签2016年11月达成的双边《军事情报保护协定》（GSOMIA）。换言之，在2019年11月22日协定有效期截止之后，韩方将不再与日本分享有关朝鲜核开发以及导弹试射的绝密情报，日本通过陆基雷达、海上舰艇和卫星采集到的半岛军事信息也不会再和韩方交叉授权使用。而从8月25日起，韩国海空军还在两国争议岛屿独岛（日本称为"竹岛"）附近举行军事演习，直接引发了日本外务省的抗议。

1945年之后日韩最重要的双边军事合作平台在一夜之间被彻底废止，大大出乎所有观察家的意料。日本时事通讯社（Jiji Press）援引防卫省官员的原话称，

"本以为韩国再怎样也不会做到如此地步，太遗憾了"。韩国第一大在野党、中右翼的自由韩国党（LKP）发言人全希卿指责政府将党派利益凌驾于国家之上，企图借助鼓动国民的反日情绪提振低迷的支持率。韩国总统文在寅所属的中左翼共同民主党（DP）则通过其发言人李海植对外发声，宣称在"日本政客不惜破坏国际自由贸易秩序，对韩国采取不正当的限贸措施，给韩国经济带来巨大冲击"的背景下，政府拒绝续签军情协定乃是"理所当然的选择"。显然，双方都认定责任不在己。

这场由经贸纠纷蔓延至安全领域的"小冷战"，始于 2018 年 10 月 30 日韩国大法院（最高法院）做出的一项历史问题裁决：作为"二战"期间在朝鲜半岛强征奴隶劳工的责任方，全球钢铁业第三大巨头日本制铁株式会社（Nippon Steel）需要向 4 名韩籍幸存劳工赔付每人 1 亿韩元的补偿金。接着，同样存在强征韩籍劳工记录的三菱重工业株式会社（Mitsubishi Heavy Industries）以及机床业巨头那智不二越（Nachi-Fujikoshi）也被裁定须对 37 位幸存者做出赔偿。由于三家日企统统拒绝执行判决，韩国地方法院在 2019 年春天批准冻结了这三家公司在韩国境内注册的合资企业中所占的股份以及专利，预备对其进行拍卖，将所得款项用于赔偿受害者。

日本政府在 6 月底大阪 G20 峰会落幕之后，立即着手实施经济报复。7 月 4 日，日本经济产业省宣布取消韩国在进口三种半导体产业关键性原材料方面的免申报便利权，接着又在 8 月 2 日将韩国移出了出口优待对象国"白名单"。韩方同样以牙还牙，在 8 月 12 日也将日本移出了自己的出口管理"白名单"。从 7 月初到 8 月底，韩国主要城市相继爆发了号召抵制日货、拒绝赴日旅行的民间运动。仅 7 月一个月，日本品牌汽车在韩国市场的销量就下滑了 32%，啤酒销量下滑 40%，前往日本工作和旅行的韩国人的数量也下降了 7.6%。

耐人寻味的是，身陷漩涡之中的两个国家，近况都不算太理想。在 7 月 21 日举行的日本参议院选举中，首相安倍晋三所属的自民党所获席位出现小幅下滑。尽管执政的自民—公明两党联盟依然以 141 席的明显优势占据了参议院（242 席）简单多数，但主张修改战后宪法的三大右翼党团未能如愿突破 2/3 "红线"，修宪进程将被继续延宕。与此同时，受全球贸易环境剧变影响，日本出口商品和服务总量已经连续 6 个月出现负增长，导致经常性收支顺差同比减少了 16%。至于 8 月 25 日在 G7 峰会上达成的日美双边贸易协定意向，在日方最关心的售美汽车关税问题上依旧留下了"后门"，很难称之为安倍政府的胜利。

至于另一个当事国韩国，更是在 2019 年陷入了出口、就业齐齐下滑的"经济寒冬期"。早在日本发动"半导体战争"之前，韩国的失业总人数就已经创造了 1998 年亚洲金融危机以来的新高，导致文在寅政府的支持率在一年内近乎腰斩。而在日韩两国间的贸易摩擦趋向全面化之后，韩国综合股价指数（Kospi）在过去两个月累计下跌了 8%，预估全年经济增长率则下调到了 2009 年之后最低的 2%。这种"瘸腿互踹"的反常景象，正是当下贸易环境全面恶化的一个缩影——当共识遭到破坏，各国纷纷开始选择单边主义路径之后，无人能成为胜利者。日本看似高明的"撒手铜"，将以瓦解东北亚来之不易的一体化前景作为代价，并最终反噬其身。

未完结的"历史课"

历史问题成为影响日韩关系的症结，在进入 21 世纪之后并不是头一回。2001—2006 年日本首相小泉纯一郎在战败日（也是韩国的"光复节"）屡次参拜靖国神社的举动，一度令日韩关系跌落至 20 世纪 70 年代以来的最低谷。李明博执政时期，则有在 2012 年 8 月登上独岛的示威行动。至于围绕韩籍"慰安妇"受害者产生的"少女铜像事件"，影响力更是扩展到了全球——2011 年 12 月，韩国民间示威团体将一尊高 1.3 米、重 120 公斤的少女坐像树立在日本驻首尔大使馆正对面，象征韩籍"慰安妇"受害者对加害者的无声控诉。随后在韩国其他城市以及美国、加拿大、菲律宾等"二战"战胜国的韩国人聚居区，陆续出现了类似的铜像。直到今天，日本驻韩国使领馆的工作人员从馆舍正门进出时，依然不得不面对近在咫尺的铜像少女的眼神。

饶是如此，在 2018 年岁末再度发酵的这桩劳工赔偿诉讼，依然令国际舆论大感惊讶。严格说来，它是一项"双重历史遗留问题"，既涉及战后日本政府、企业在赔偿问题上的一贯消极态度，也关乎民主化转型之后韩国大众对所谓"1965 年和解"的重新认知。而韩国主要政党以及政治人物存在的正当性,在相当程度上又取决于他们在后一项问题上的表态。这样一来,历史问题便不再仅属于过去,而是具备了现实的政治功效。

所谓"1965年和解",系指1965年日韩两国为实现双边关系正常化,就1910年以来的历史遗留问题以及"二战"中日本对韩国的戕害达成的一揽子解决方案。当时韩国新上台的军人总统朴正熙急欲获得发展经济所需的资本,美国也希望日韩两个盟国能尽早修复关系;受这些因素左右,韩方代表做出了让步,同意日本以"独立祝贺金"以及"支援发展中国家"的名义做出经济补偿,而不使用"赔款"等字眼。经过七轮谈判,日本政府同意向韩国无偿提供价值3亿美元的商品和服务,有偿提供价值2亿美元的物资和服务援助,另外再通过民间银行输出总额度3亿美元的贷款,共计8亿美元。这笔资金相当于当时韩国政府两年多的财政预算,获得了朴正熙当局的首肯。补偿款的名目和细节,统一载入了《日韩请求权与经济合作协定》文本。

这项签署于1965年6月的协定,加上同样在这一年生效的《日韩基本条约》《日韩法律地位协定》《日韩渔业协定》等5份文件,构成了"1965年和解"的法律基础。在该机制之下,日本政府通过代价较低的一次性赔付(只有3亿美元属于无偿资助),换取了韩国政府同意放弃以国家名义向日本声索"二战"赔款。日系资本和企业重返朝鲜半岛的大门,也因此彻底打开。1966年两国建交次年,韩日双边贸易额就超过了韩美两国的贸易额。到20世纪70年代中期,日系资本在韩国接受外国直接投资(FDI)的项目中占比超过70%,两国双边贸易额逼近100亿美元,成为战后日本对外输出资本最成功的范例之一,日本经济也从中获益匪浅。

至于韩国方面,"1965年和解"同样给予了他们可观的短期回报。在《日韩基本条约》中,东京当局宣布承认韩国政府为整个朝鲜半岛"唯一的合法政府",对外部形象不佳的朴正熙政权实属莫大的安慰。来自日本的资本输入和产业转移,则成为韩国创造"汉江奇迹"、实现经济起飞的基础。但在日本对韩经济补偿的分配问题上,双方从一开始就存在分歧。日本政府认定,"1965年和解"已经彻底解决了两国间围绕财产请求权（Anspruch，亦可译作"索赔权"）产生的一切纠葛，韩国政府无权再就"二战"造成的经济和人身损失要求二次赔偿。至于8亿美元款项中的3亿无偿赔款，直接用途便是补偿韩国国民在战争期间所受的经济和人身伤害，其中当然也包含了遭受强征的韩籍军人、劳工及其家属，相关款项应当被直接交付给受害者。不过在朴正熙政权的一再要求下，赔款最终被移交给了韩国政府，大部分挪作他用——从1971年到1982年，韩国政府按照每人30万韩元的标准，向8900多位已经身故的被征军人和劳工的家属支付了补偿金；另有9万多名个人财产蒙受损失的民众也申请到了赔偿款，但总额不过区区91.8亿韩元，只占3亿美元的5.4%。至于无偿赔款的剩余部分，则被政府投入到了浦项综合制铁、昭阳江大坝、京釜高速公路等大型工程的建设中。

1949年，刚刚宣布成立的韩国政府曾将日本殖民当局在"二战"期间造成的经济破坏估值为21亿美元；与这一数字相比，"1965年和解"做出的赔偿仅仅是一个零头。日本政府利用朴正熙政权急欲实现建交的心理，在谈判中一再压价，并强制性地加入"完全最终解决"等字眼，当然属于趁火打劫。而朴正熙当局以"国家建设"为名挪用赔款，导致至少10万名被征劳工及其家属未能获得必要的经济补偿，同样是不争的事实。尤其值得一提的是，当初的日韩谈判并未涉及日本在朝鲜半岛强征"慰安妇"的问题，无疑是重大的遗漏。

正因为如此，尽管民主化之后的历届韩国政府并未否认1965年条约的有效性，但依然尝试从两个方向上对其做出修正。2008年，韩国国会批准向已故被征用劳工的家属补发每户2000万韩元的慰问金，等于变相承认了朴正熙时代的安排存在不公。另一方面，首尔当局反复要求日本政府就强征"慰安妇"问题做出追加赔偿（最终促成了2015年的韩日《"慰安妇"问题协议》），并支持幸存韩籍劳工及其家属以个人名义向相关日本企业提起索赔诉讼——个人起诉企业，在字面上并未违反1965年条约中关于放弃国家求偿权的条款。

此番引发"小冷战"的日本制铁劳工诉讼案，源头便可以追溯至2001年。4名被掳劳工及其家属在美国和日本两度起诉被驳回后，于2004年在首尔再度发起诉讼，并上诉到韩国大法院。历经多次改判与上诉，至2018年10月底，大法院最终裁定被告日本制铁须向受害者做出赔偿,继而针对三菱和不二越的两桩诉讼也先后翻案成功。看似尘封已久的"历史课",重新开始显示其现实影响;日本政府的后续措施,也接踵而至。

"撒手锏"的用意

相较韩国方面重开"历史课"的果决,日本政府在这场风波中不一般的出手,尤其令人感到意外。以索赔金额而论,韩方受害者仅仅要求获得每人1亿韩元的补偿金,折合8.2万美元;考虑到起诉者人数较少,对日本企业和日本政府来说,这显然不算一笔大开销。按照2015年了结"慰安妇"问题时的先例,日方本可以允诺建立共同委员会,通过让涉案企业出资建立民间基金会、对在世受害者进行单独赔付的方式来平息韩国大众的不满。但安倍晋三的做法却是硬碰硬,在毫无先兆的情况下主动发起"窒息战",直取对方的软肋。

2019年7月4日,日本经济产业省单方面宣布吊销一切韩国企业从日本市场进口三种战略性原材料时的免申报许可证。换言之,此后韩企若想继续实施进口,必须提前90天做出申请,等待日方审核。三种材料的名称多少有些佶屈聱牙,分别是氟化聚酰亚胺(FPI)、光刻胶(Resist)和氟化氢(HF),它们的用途却相当关键——电脑和电视机所用的薄膜晶体管液晶显示器(TFT-LCD)需要利用氟化聚酰亚胺浆料来控制液晶分子,智能手机上的柔性OLED显示屏也要有这种浆料才能制造基板。光刻胶是加工集成电路板(芯片)时的关键材料。高纯度氟化氢气体则是切割半导体基板、清洗晶圆表面时使用的主要试剂。缺少了这三种原材料,电脑、智能手机和电视机所用的显示屏、芯片、内存、闪存等零部件的生产都将受到直接冲击。而这正是日方的用意。

"窒息战"开始之前,日本经济产业省一度放出风声,称此举是出于"国家安全考虑","担心韩方将精密电子产品出售给第三国作为军事目的之用"(影射朝鲜)。但包括丽泽大学客座教授西冈力在内的日韩关系专家都认为,安倍当局在亮出"撒手锏"之前,经过了至少半年的精心策划和准备,专门选择了对韩国经济影响最大的半导体产业实施定向打击。从2018年秋天开始,日本投资者就加快了对手中持有的韩国上市公司股票的抛售；在日资企业继续加大对中国和东南亚地区投资的同时，日系资本在韩国的投资额却出现了反常的下降，似乎早有抽身避险之意。韩国内阁部长级官员、国家公务员人才开发院院长梁香子即认为："日本担心韩国在半导体领域的优势会危及日本以往在亚洲的经济强国地位，故而有针对性地实施了这次'斩首行动'。"

自20世纪80年代末以来，韩国政府即重点扶植半导体产业作为本国外向型经济的新支柱。经过将近30年的努力，成绩斐然。仅三星电子（Samsung Electronics）一家企业就生产了全世界40%的OLED显示屏、98%的AMOLED显示屏以及超过1/3的计算机内存（DRAM），同时还是全球第一大智能手机生产商和头号芯片制造商。三星电子、SK海力士（SK Hynix）等韩国半导体企业在全球内存市场占据了超过70%的份额，在显示设备和存储介质的出货量上形成了近乎垄断的优势；从"苹果"手机到"戴尔"笔记本电脑，都无法缺少韩国零部件。考虑到韩国传统的出口强势产业造船和汽车近年来走势低迷，半导体产业之于其国民经济的价值，更显得尤为突出。以2018年统计数据作为参照，半导体产品占韩国出口贸易总量的比重高达20.8%，相当于全年GDP的6.7%；而在新增出口商品量中，半导体产品的份额更是高达92%。根据高盛集团2019年7月中旬发布的亚洲经济研究报告，韩国半导体业的产能每减少10%，都将给其外贸经常性收支造成100亿美元的损失。

但韩国毕竟是一个土地、人口有限的中型国家，不可能兼顾半导体制造业的整个上下游。诸如氟化氢气体之类的试剂，常温下难以稳定储存，厂商便也不会大量囤货，更乐于随时向供应商订购。而日本凭借其在电子工业方面的先发优势，长期以来扮演着韩国半导体业巨头上游供应商的角色。截止到"小冷战"爆发前夕，韩国半导体企业日常所用的氟化聚酰亚胺的93%、光刻胶的92%以及氟化氢的44%都来自日本进口，短期内难以完成替换。更有甚者，丧失免申报便利权的韩国企业若想恢复进口这三种材料，需要熬至少90天的审核期，这一时限恰好超过了大部分企业库存原材料的保有量（通常不超过60日/份），使其面临停产的威胁。无怪乎在日方宣布"原材料限韩令"的第一个星期，三星电子和SK海力士的股价就发生暴跌，逼得三星财阀掌门人李在镕紧急飞往东京寻求缓颊。而韩国代表尽管在7月9日召开的世贸组织（WTO）日内瓦会议上提出了申诉，却被日本代表伊原纯一以"并未实施禁运，只是加强审核"这一冠冕堂皇的理由轻易驳回。

在梁香子看来，日本政府采取如此激进的举动，出发点是为了阻止韩国在半导体行业的既有优势从显示和存储领域扩大到系统芯片，从而打击韩国经济的未来。但今天的韩国政府和企业显然还无暇顾及将来，他们首先需要应对当下的麻烦：三星电子原计划自2020年起、连续10年每年投入110亿美元用于逻辑芯片业务，以扩大其在全球芯片代工业的优势，但在原材料尤其是光刻胶供应可能发生中断的压力下，公司高层必须优先考虑从中国大陆、中国台湾地区以及欧洲寻找替代供应商，从而不得不延缓技术升级计划。三星和SK海力士内存产量的波动，则会对预定在2019年年底之前出货的2.3亿台智能手机的供应产生影响，并在短期内导致柔性屏和内存价格的上涨。而韩国政府提出的实现半导体原材料国产化的计划，目前还停留在纸面。

对半导体业痛下杀手，只是这场"小冷战"的第一步。8月2日，日本政府又把韩国移出了出口对象优待国"白名单"。这意味着从8月28日起，韩国从日本进口的一切主要商品（食品和木材除外）都需要提前申领许可证、并接受期限不定的审核。在中国大陆和东南亚设厂的韩国企业也被波及，无法再便利地获得日制原材料或零部件的进口权。作为报复，韩国政府同样将日本移出了自己的战略物资出口优待"白名单"，涉及1735个品类的商品。据韩国经济研究院估算，倘若目前的对抗状态持续至年底，韩国GDP将蒙受3.1%的损失，日本GDP也会相应缩水1.8%。文在寅政府为此制订了2732亿韩元的临时预算，以期渡过"脱日"难关。

文在寅的"第三年诅咒"

日韩关系起起伏伏，在过去十几年的历史中早有先例。真正耐人寻味的是，以往每每以调停者身份出现的美国政府，对此次"小冷战"几乎完全袖手旁观。日本宣布启动出口管制措施之后，特朗普一度在社交媒体上表示：倘若冲突双方希望美国介入，他愿意采取必要的措施。但鉴于搞清楚一桩复杂的历史纠葛就像"新接手一份全职工作"那么费力，美方无意主动出头。国务卿蓬佩奥曾经试图在公开场合推动日韩两国外长进行对话，但收效甚微。韩国政府宣布废止《军事情报协定》之后，蓬佩奥自称"备感失望"，专门致电康京和敦促两国"继续保持对话"。美国新任国防部长埃斯珀也在与韩国国防部长郑景斗的通话中反复强调了美日韩三国"保持沟通与合作"的重要性。然而三国政府首脑始终不曾做直接交流，似乎完全放任危机自行升级。

这种对过往战略同盟关系的轻视，正是特朗普时代美国外交政策的突出特点。无论是要求"北约"盟国承担更大份额的防务开支，还是在和日本、欧盟的贸易谈判中赤裸裸地追求短期收益，都透露出特朗普强调的"美国优先"实际上是一种尽量减少承担战略义务，同时不惜毁弃既有的国际共识与行事惯例的破坏性策略。当美国自身成为旧规则的破坏者时，它当然也无心说服日韩两国继续按照昔日的规则行事。更何况，调停两个东亚国家之间的摩擦并不是特朗普在2019年优先关注的事项。"当一国领导人更加关注他本人以及属于他的国内政治议程时，他是不愿意为增强国际领导力做出任何牺牲的，美国目前的情况就是如此。"曾在2017—2018年出任特朗普政府助理国务卿的董云裳（Susan Thornton）表示，"糟糕的是，这种情况还会传染。"

不必怀疑，日本政府正是从特朗普的行事方式中获得了"灵感"。东京财团理事长、前防卫事务次官秋山昌广就认为，日本政府拒绝诉诸对话、单方面发起贸易攻击，连带导致韩国半导体企业的日本供货商也蒙受重大损失，对日本的国际声誉造成了直接损害。"小冷战"开始之后，日本主要报章甚少批评政府举措失当，却连篇累牍地渲染"韩国比日本更难以承受双边关系恶化的后果""韩国经济已呈自由落体之势"，颇有弹冠相庆的意味。前日本驻韩国大使武藤正敏也"趁热打铁"，在7月底推出了他的新书《名为文在寅的灾厄》，肆无忌惮地评论称"文在寅以赤裸裸的反日政策掩盖自己不懂经济的缺陷，应当引起警觉"。不过在日本民间最受欢迎的还是他在2017年撰写的一部充满恶毒嘲讽的评论集，书名是《幸亏我不是韩国人》！

短短数年之前，经济一体化趋势的不可阻挡与政治关系的周期性紧张还曾经是东北亚地区政治的鲜明特点，但在此次日韩冲突中，经济"脱钩"似乎已成为新潮流，自由贸易和地区合作的前景遭遇了严峻考验。据《产经新闻》透露，在直接出手打击韩国半导体产业的同时，日本政府还计划向WTO提起诉讼，要求取消韩国对其造船业的"不公平"补贴，企图削弱后者的另一传统强势行业。而韩国也以牙还牙，要求WTO支持对存在辐射污染隐患的日本福岛周边海产品实施出口限制。

而2019年时的韩国，偏偏也正处在经济显著下行、社会矛盾激化的惨淡光景之中。文在寅政府2017年上台之时，曾经誓言要革除政客与财阀垄断一切社会资源的积弊，关注底层群体的呼声，找到新的经济增长点。为践行这一承诺，政府在过去两年里投入巨资补助失业群体，将最低时薪标准上调了30%，并规定企业雇员每周最长工作时间不得超过52小时。但看似动机良好的新政策，却导致中小企业主负担陡然加重，被迫削减员工数量或者迁往海外。结果到2018年底，全国失业人数已经上升至107.3万人，创造了最近20年来的新高。30岁以下的青年面对同龄人逼近25%的失业率，反而坚定了挤入财阀企业的决心，在首尔等地造就了一个数十万人规模的"面试族"群体。偏偏"十大财阀"本身的处境也举步维艰——随着国际贸易环境剧变，面向出口市场的韩国汽车、造船等经济部门订单持续流失，钢铁业也因为美国的惩罚性关税备受打击。与2018年第四季度相比，2019年第一季度韩国出口贸易总额萎缩了整整7.1%，在G20成员国中表现最差。

作为一位以"革新"作为个人标签的中左派总统，文在寅从上任之初起就希望在外交上打开新局面，通过实现朝韩和解驱散半岛上空徘徊已久的核阴云，继而介入朝鲜的经济开发，为韩国找到提升影响力的新渠道。但从2018年至今，尽管朝韩领导人经历了多次直接会谈，却暂未达成任何有约束力的协议；至于渲染已久的"北方开发"，也未见实质性突破。在执政进入第三年之际，文在寅政府的支持率已经由刚上台时的84%逐步滑落至不到45%的水平。

令人担忧的是，似乎只有民族主义这张"后劲"十足的旧牌，可以成为文在寅摆脱"第三年诅咒"的速效药。从2018年10月重启历史案件诉讼开始，激进的反日情绪便在韩国国内迅速蔓延。"小冷战"开始之后,韩国主要城市相继出现了以"不买日货,不卖日货,不去日本"作为倡导的民间运动,"对安倍说不"的标语在街头巷尾随处可见。而随着两国的贸易冲突趋向全面化,文在寅政府的民间支持率也悄然回升到了 50% 以上,与安倍政权恰好构成一组镜像。政经双冷的反常局面,正是当下国际环境剧变的一个缩影;而在东南欧风起云涌的激进民族主义潮流,同样在日韩两国投下了它们长长的阴影。

波音危机：安全与商业的双手互搏

董冀宁

折翼的波音737Max

从3月10日埃塞俄比亚航空ET302航班发生空难，到3月13日美国作为最后一个拥有737Max的国家及地区宣布停飞该机型，短短四天之内，58个国家和地区对这一刚刚发布两年的机型下达了禁飞令。这架飞机和它的生产商波音公司，处在了漩涡中央。

埃航空难后，波音公司的股价已经跌去超一成。3月14日，波音公司宣布暂停向航空公司交付737Max飞机。此时，占波音总订单数7成、超过5000架的737Max订单中，刚刚交付了376架（其中两架已坠毁）。

在中国舟山，中国商飞和波音公司合资负责向中国客户交付737Max的交付工厂2018年11月底才投入使用，并且还在持续建设中。挪威航空已经开始就停飞造成的损失向波音公司寻求赔偿，该公司CEO称，"我们不应为一种不会被使用的全新飞机承担任何财政负担"。印尼狮航的董事总经理丹尼尔·普图（Daniel Putu）则透露，该公司正计划终止其与波音公司签订的波音737Max8订单……

各国宣布停飞波音737Max，大都基于"安全原因"。

以中国民航局发布的公告为例："737Max8机型在四个月内连续发生的两起空难，均为新交付不久的波音737-8（即737Max8）飞机，且均发生在起飞阶段，具有一定的相似性，本着对安全隐患零容忍、严控安全风险的管理原则，为确保中国民航飞行安全，3月11日9时，民航局发出通知，要求国内运输航空公司于2019年3月11日18时前暂停波音737-8飞机的商业运行。"

美国联邦航空管理局（FAA）13日发布的紧急禁飞令中也提到，综合飞机残骸中提取到的最新信息以及卫星追踪系统所记录的飞行数据，表明两起坠机事件存在相似之处。

一位国内航空公司安全部门工作人员告诉我，民航局的**禁航令**，传递出来一个信号，"就是民航局更倾向于这起事故是由飞机的原因造成的，而不是机组的原因造成的"。

尽管对埃航的事故调查尚在进行中，但根据获取的黑匣子数据初步判断，该事故与2018年10月29日同样使用737Max机型的印尼狮航610航班在雅加达附近起飞13分钟后失事的过程具有某种相似性。

埃塞俄比亚当地时间3月10日上午8：20，ET302航班得到放行通知，开始在机场滑行，上午8：38飞机起飞，但很快，不正常的情况出现了。根据航空数据网站"flightradar24"上的飞行数据，飞机起飞后经历了反复爬升下降、下降爬升的过程，在高度7000—8600英尺之间，最大地速到383海里每小时，并最终于起飞5分40秒后失事。

中国航空器拥有者及驾驶员协会（AOPA）飞行专业技术分会会长、资深机长陈建国接受我采访时分析称："通常737在10000英尺以下仪表速度为250海里每小时，即使考虑有一些风速，地面速度也不应该如此之大。"这让他怀疑飞机遇到了空中失控的情况，"现场地面的痕迹，也证明飞机存在高速触地的情况"。

而印尼狮航610航班失事的过程，其中也有一个明显的飞机不断爬升下降的过程。

事后对狮航事故的空难调查证实，事故首先是飞机的迎角感应器出现了故障，导致计算机误认为飞机爬升角度过大，存在失速坠毁的危险，从而触发了当时波音未告知飞行员的一套新的用来配平飞机的系统——MCAS系统，该系统自动调节尾翼上的安定面，使飞机机头不断向下；而飞机正处于爬升阶段，飞行员则不断提拉操纵杆，希望使飞机上升。

陈建国机长分析称，飞行员并不知道飞机反反复复地配平是基于什么逻辑。此前波音在飞行手册中既没有提及 MCAS 系统，也未告知该 MCAS 系统不正常工作时，如何终止或者断开其工作。最终，狮航 610 航班的飞机在该系统控制下，将飞机尾翼中的安定面配平到使飞机低头的最大角度，而在这个角度，仅靠飞行员操纵飞机驾驶杆拉起飞机，已经无法控制俯冲。最后飞机加速向下，几乎成 90 度高速俯冲坠毁。

在狮航事故后，陈建国写了一篇长文专门分析 MCAS 系统存在的问题。比如，"飞机上一般都有两个或者更多迎角感应器，为什么每次采集数据只采集一个，一点安全冗余都不留？"另外，"为什么这套系统的权限如此之高，正常情况下配平的角度和次数都应该有所限制，怎么可能让这套系统在如此大的角度上反复配平？换句话说，就因为一个感应器的原因导致飞机坠毁，这个不是太荒谬了吗？"

狮航这起事故发生后 10 天，美国联邦航空管理局曾对该型号飞机下达紧急适航令，要求波音公司和飞机运营者针对这一新机型上新系统可能出现的问题，修改飞行手册。据上述那位国内航空公司安全部门消息人士称，波音自始至终并不认为自己设计的这个系统本身存在致命问题。所谓的补救措施，就是向飞行员讲解了一下 MCAS 系统的原理，以及一旦遇到系统故障，如何断开该系统。"这个断开也很简单，按道理埃航的飞行员肯定也接受了相关的培训，所以也不知道是哪个环节出了问题。"

不过显而易见的是，这个被称作"打补丁"的行动并没能阻止五个月后悲剧再次发生。据多位消息人士证实，波音原计划 3 月底为 737Max 机型进行软件升级，其中就包含对 MCAS 系统自身逻辑的改进，但很不幸，空难先发生了。

埃塞俄比亚航空公司首席执行官高天德（Tewolde Gebremariam）后来在新闻发布会上称，ET302 飞机起飞后不久，"机长宣布操作困难，想要回头"，空管批准机长的返航申请，但随后突然就失去了联系，上午 8：44 飞机就坠毁了，机上 149 名乘客与 8 名机组人员无一生还。

航空竞争中的赢家

埃航事故后，有航空爱好者在网上批评波音"不思进取好多年"；在知乎上

"如何看待波音第 10000 架波音 737 下线"这个问题下，则有人评论："737 这种生产了几十年的老机型现在还是在担当主力，只能说现代航空的技术进步相比于那个航空航天的黄金年代来说实在太慢了。"

这种"怒其不争"的说法一度甚嚣尘上。以至于 MCAS 系统本身，也被一些人质疑"出身有问题"，有航空博主称，"Max 系列为了省油，升级了更大的新发动机，但 737 的起落架太短，只能把发动机在机翼的位置往前往上移，这就造成更大抬头力矩而容易失速，波音就给 Max 设计了一个会让飞机自动低头的配平系统 MCAS"。这种逻辑很容易让人认为 MCAS 是一个填补缺陷的系统。

资深航空分析师倪路告诉我，他看了这些言论有些哭笑不得："这些技术它们是追求科技追求疯了吧！"在他看来，并不是每一架客机都能像 A380 那样展示四引擎、双层客舱那样的"暴力美学"，也不是每一架飞机都能像波音 787 那样，划着流线型狭长的机翼，顶着"梦想客机"之名登场。737Max 有自身显而易见的优点，它是"和当前航空市场匹配度很好的一款飞机"。

时间倒回到 2010 年，当年 12 月 1 日空中客车公司率先公布了 A320 系列飞机的改进型 A320neo 的研发计划，这款以更换发动机为最主要变化的机型较前一代 A320 拥有大概 10%—15% 的燃油经济性提升。在半年后的巴黎航展上，A320neo 斩获 667 张确认和承诺订单，远超波音。作为一款比波音 737 晚问世 20 年的机型，A320 是世界上第一款电传控制的飞机，拥有比同代波音 737 更好的燃油经济性，在油价不断上涨的 21 世纪颇受航空公司欢迎。空客员工最喜欢讲的故事就是他们白手起家，抢下波音半壁江山的故事。新机型又提升了 15% 的燃油经济性，是波音无法抗衡的。

2011 年 8 月，波音公布了针对 737 项目的改进型 737Max，改进重点同样是换新型发动机。2011 年 9 月，时任波音民用飞机集团产品和服务市场副总裁的兰迪·廷塞思（Randy Tinseth）在接受国内媒体采访时透露，从 2009 年开始，波音高层就在犹豫要不要重新设计适应新时代需求的单通道飞机，当时他们计划在 2019 年到 2020 年间推出一款全新的飞机设计，替代广受欢迎的 737 系列。但迫于市场压力，航空公司希望机型改进来得越快越好，最终波音做出了放弃新机型、推出改良机型 737Max 的决定。波音声明 737Max 将会比现有的空客 A320 省油 16%，比 A320neo 省油 4%。

相比于研发一款新飞机来说，对老款进行改款毫无疑问是风险和成本都更低的选择。倪路分析称，一款新飞机在设计、零部件供应链和获取适航证方面存在多种不确定风险，比如此前波音的 787 系列，整体设计就不断超出预期时间，为此不得不向航空公司支付高额违约金。从另一方面说，波音在 737 项目里累积的经验也确实是实打实的。从最早 20 世纪 60 年代的波音 737-100、200，到 80 年代的经典型（Classical）300、400、500，再到下一代（Next Generation）737NG 600、700、800，波音经过三次大的升级，逐渐也形成了特定的航线市场。3000 海里左右的中短途航线，牢牢被波音 737 和空客 A320 占据着。同时，使用改款机型，意味着航空公司不用再专门组建新的机务队伍，相关的维修、培训成本都会低很多。

而且燃油经济性的提高，也意味着航程的增加。以 737Max8 型客机为例，航程相较于上一代 737NG 的 3000 海里增加到 3850 海里。这恰恰赶上了当前航空市场向二三线城市分散的趋势，倪路分析说：“此前空客 A380 停产，就是因为空客和一些航空公司错误地判断了航空业发展的趋势，他们认为航空业会越来越集中到枢纽城市，因为每天机场资源有限、优质的航班时间有限，就需要一架大飞机把这些乘客一起接走。但最终的结果是，枢纽机场并没有足够的客源来支撑这种飞机的运营，航空业恰恰是朝着分散化的趋势在发展。因此比如像波音 787、空客 A350 这样 200 多座位的飞机就有利于像成都、深圳这样的次一级枢纽开展跨洋航线；而 737Max 和 A320neo，瞄准的是市场更大的中短途航线。"

有国内航空公司员工说，对于航空公司，737Max 简直是一架好得不能再好的飞机。国航第一次有了可以飞济南—新加坡航线的 737；南航很多从乌鲁木齐出发的超过 4 小时的长航线则不必再经停郑州、西安……因为飞机发动机维护是以运转周期（一个起降算一个周期）而非小时数来计算的，对于航空公司来说也可以节约一大块成本。

事实上，波音 737Max 项目从商业上毫无疑问是成功的。截至 2019 年 1 月，已有超过 5000 架订单，占波音客机总订单数的比重稳定保持在 70% 左右。

737Max正在扮演为波音公司贡献现金流的角色，营业利润贡献率接近三成。

没有人想到过，对利润的追逐有没有可能越界了。

复杂系统下的"人机大战"

国内一家航空公司的资深机长、737系列教员叶开（化名）在公司两年前去西雅图接飞机的时候，就敏感地察觉到这种潜在风险。

他当时进到737Max的驾驶舱，感觉和上一代737NG的驾驶舱差别还是挺大的，多了很多先进的显示系统。但是波音和FAA给出的建议都是，"针对737NG型号的驾驶员，换飞737Max只需要理论培训6小时"。所谓理论培训，就是PPT教学，把每个和前代机型有变化的地方讲一遍。"后来中国民航局也参考了这个标准，对航空公司的要求就是6小时理论课。"叶开说。

"说实话，即使我们是负责航空公司内部训练大纲制定的部门，拿到这个还有点打鼓，有别的航空公司的兄弟部门打电话过来问我们怎么搞，我们也说不出来别的，只能说照着民航局的要求来吧。"作为参考，737-300换到NG的时候，因为飞机座位数有变化（737Max和NG座位数是一致的），叶开经过了7天的理论学习和数次模拟机训练；而另一位飞空客A320系列的机长说，A320的驾驶员换到A320neo上，需要一堂理论课和至少一堂模拟机。

这种"史无前例"的仅需6小时理论学习的换机培训，带来的影响之一是，叶开所在的航空公司，直到737Max引入一年后才引入对应的模拟机，而那些听了6个小时PPT培训后的飞行员，来到模拟机里，还是有很多操作表现出来不适应。"这不就说明，此前一年的时间，飞行员都属于拿新飞机练手嘛。"叶开说。

狮航空难后，《纽约时报》在采访了波音公司员工、参与调查的安全专家，以及部分民航飞行员之后得出结论，波音公司出于说服航空公司该系列飞机拥有更低培训成本的考虑，刻意在飞行手册中隐瞒了其737Max系列机型的MCAS系统。而大多数飞行员和航空公司在此次事故前均不知情。

"在研发团队内部，737Max设计的一项基本要求是要尽可能少改变原有设计，从而让美国联邦航空管理局觉得飞行员在原有训练系统上进行培训就好了，而不必在一套全新的模拟器上训练。"飞行机组运营工程分析师里克（Rick Ludtke）说。美国联邦航空管理局最初也认可了波音关于新飞机不需要额外培训的结论。

叶开认同《纽约时报》提供的结论，他说，哪怕国内对于航空安全呈现一种高压式的追求，航空公司也很少会在训练上专门超纲训练。他透露说，或许也是因为波音和FAA对于新飞机过于信任，在引入737Max机型的时候，国内民航局和航空公司或多或少地简化了安全评估和审核手续，"比如说京沪航线上要从737NG换到737Max，按道理要重新评估飞行高度等信息，再交给民航局审批，但因为觉得两架飞机参数过于接近，就会简化很多评估"。

"很难说这样的简化是不是会造成具体的安全隐患，但是波音有可能在展示经济性的同时，向各方传递了错误的信号。"叶开说，埃航出事后，有部分国内的飞行员分析，如果没有传动系统的故障，即使切换到纯手动飞行，也不应该出现坠机这么大的事故。空速不可靠，这是国内这些年训练比较多的科目，因为近些年包括法航447航班空难、韩亚航空214航班着陆坠机还有印尼亚航泗水飞新加坡，机组都遇到过这种情况。

其实，波音原本是非常强调驾驶员技术的一家公司。叶开说，飞行员们喜欢把空客的飞行方式称为"fly by air"，靠电子传动，就像打游戏一样。如果要降落，飞行员就把操纵杆往前推一个角度，飞机就会以一个固定角度来降落，这个中间是没有力回馈的；而波音比较老的飞机都是液压或钢索传动，飞行员需要实打实地去用力推面前的操纵杆，保持在某一个角度，波音的飞行员很喜欢这种有反馈的机械感，真正有"开"飞机的感觉。但是新加的这个MCAS系统是和原有系统的逻辑不一样的，就是飞着飞着，忽然有一个系统不经提示直接介入操作，飞行员就要先判断是哪里出了问题，可能就会造成思维的混乱。

叶开说，除了MCAS系统外，737Max上还有其他已经安装的先进功能未被告知或是不允许使用的情况。比如说737Max上有和777上一样的自动油门功能，但在777的飞行手册上，飞行员在手动驾驶状态可以使用自动油门，而在737Max上就没有提，这主要是为了和以往的737机型遵循相同的操作逻辑，避免飞行员回到737NG上出现不会开老飞机的情况。此外，737Max的引擎安装有和777以及787

一样的发动机预热温度监控系统,达到温度可以自动切断,但是根据飞行手册,飞行员应该是遵照检查单,到了预热时间手动关闭引擎,否则属于违规。有些时候,叶开觉得,是不是恰恰因为波音瞻前顾后,想要在各个方面去平衡,才最终暴露出来这些问题。"从飞行员的角度,他要么喜欢一架他什么都不用管的先进的飞机,要么喜欢一架没有任何电子系统的小飞机。你如果去问飞 737 的飞行员,10 个里面肯定有 8 个都喜欢老款的机型。"

未来的自动驾驶系统是否面临"人机大战"的威胁?叶开凭借自己的驾驶经验觉得,这是可能存在的。但是并不是说自动驾驶系统要真正和人来争夺飞机的控制权,而是一些辅助功能的设计,是否真的考虑到了驾驶员的思维模式。

空难发生后,不少讨论也引入了"复杂系统"这个概念。比如在飞机驾驶中,传感器给自动驾驶提供的指示很难被飞行员及时了解。相比于全自动或全手动,这种需要人机配合的系统,往往具有更大的风险漏洞。

从这个角度看,对此前波音设置 MCAS 却不告知飞行员的做法,叶开觉得似乎也有可以理解的部分。他打了个比方:"波音就像这样一个商人,卖给你了一台特别先进的智能手机,怕你不会用,学起来费劲,所以只教给你打电话、发短信这些基本功能。这样可以让你按照原来的习惯使用手机。只是没想到,因为别的先进功能,手机死机了。"

乌托邦国度的挑战：新西兰枪击案

刘周岩

戴上黑色头巾的总理

"世界陷入了一个怪圈，极端主义滋生更多的极端主义。我们必须终结它。"

3月28日，在新西兰第二大城市克赖斯特彻奇（Christchurch）举行的国家追悼仪式上，新西兰总理杰辛达·阿德恩（Jacinda Ardern）说道。约两万名市民到场，悼念3月15日发生在该市清真寺的枪击案死难者。枪击案仅由一人发动，却造成50人死亡，死伤者主要是当时正在做礼拜的穆斯林信众，这也是新西兰历史上最严重的恐怖袭击事件。"事件过去两周了，国际舆论的关注已经开始淡漠了，但这起事件真正特殊的地方和持久的影响现在才刚刚开始显现。"研究新西兰移民问题的新西兰国家人口与经济分析中心（NIDEA）的法兰西斯·柯林斯（Francis Collins）教授告诉我。

一个出乎许多人第一反应的现象是，这两周内有更多的外国人申请移民到新西兰。据新西兰移民局3月28日公布的数据，枪击案发生后的10天内他们收到了6457份定居申请，而此前每日平均申请仅为400余份。来自美国的申请在绝对数量上最多——这是最著名的饱受枪击频发之苦的国家，约1200份，为此前同期数量的两倍。其他显著增长则来自于伊斯兰国家——这次枪击恰恰是针对穆斯林的。

来自巴基斯坦的申请约为往常的 5 倍——9 名遇难者来自于巴基斯坦，马来西亚的申请者约为往常的 3 倍。

为何有这样"反常"的现象？柯林斯解释："历史上，位置偏远的新西兰就被塑造成'天堂'和'海角乐园'，这个形象在西方根深蒂固，特别是在英国的一系列前殖民地中。到了当代，新西兰政府继续以宜居、安全等论述包装国家形象，吸引移民。国际政治中，新西兰很少引人关注，被认为是远离纷争的地方。这次枪击案毫无疑问地动摇了这种形象。但很快人们发现，这不是新西兰的错，反而新西兰在枪击发生后的处理上体现出其独特性，这是申请定居人数不降反升的原因。"

悲剧发生后，总理阿德恩的处理被认为沉着、迅速、富于真诚的同情，受到媒体的赞誉。袭击发生第二天，她到当地穆斯林社区慰问，戴上了通常穆斯林女性才佩戴的黑色头巾，赢得了舆论好感。与此同时，她雷厉风行地推行严格控枪政策，于 21 日宣布将会禁止销售和持有枪击案中袭击者用到的每一种半自动武器，包括军用型半自动步枪和突击步枪。而此前新西兰有着相对宽松和稳定的枪支管理法律，民间现有枪支数量 120 万—150 万，仅军用型半自动步枪就有约 1.35 万件，相关法律从 20 世纪 90 年代以来未曾修订过。阿德恩承诺，最快 4 月在议会通过全部流程，正式实行新的枪械修正法案。为了防止修正案通过以前市面上继续销售半自动武器，她还于 20 日下午 3 时发出一道枢密令：禁止军用型半自动步枪和突击步枪交易，即刻生效。这样的效率和力度，在其他经常发生枪击案的国家是不可想象的。相比之下，在美国的规律是，每次发生枪击案后枪械公司的股价都会上涨——人们知道法律不会有实质性变化，不如去买更多的枪来保护自己。

《纽约客》作者、国际政治研究者玛莎·格森（Masha Gessen）告诉我，她认为阿德恩的处理方式足以称为一场"革命"，是西方国家领导人应对恐怖袭击的新范式。格森对比了一系列领导人在恐怖袭击后的言论。"'9·11'之后，小布什说'美国的军事力量是强大的……我们准备好了要赢下这场战争'，挪威首相在 2011 年枪击案后说'我们不会被吓倒'，这些都是对抗性的言论，而阿德恩则完全地关注于受害者，强调这里仍然是他们的家园。她展现恐怖的反面不是胜利、勇气甚至正义，恐怖的反面是对恐怖行为的蔑视。"

案后，一个细节被人们反复提起。袭击者走进清真寺的时候，开门的第一个穆斯林和他说的第一句话是"欢迎你，兄弟"，随后袭击者开枪，那位开门人成为第一个遇难者。这种仇恨与爱的反差性的对比，成为阿德恩希望延续的社会氛围。她最为引人注目的一个政策，是拒绝在一切场合提到袭击者的名字。"我恳求你们，去提及那些受害者的名字，而不是那个加害者的名字。他希望从袭击中得到很多，其中之一是人们的关注，新西兰不会让他得逞。"阿德恩在对国会的演讲中如此说道。新西兰各大媒体也极为配合总理的倡议，目前为止无人打破这一默契。

然而新西兰的处理模式并不具备过多的可推广性。北京外国语大学澳大利亚研究中心副主任胡丹教授告诉我，阿德恩固然展现了她作为一位有领导力的政治家的风范，尤其是作为一位女性政治家的魅力——她上一次获得国际社会关注是参加联合国大会时给女儿喂奶，但出现这样"上下一心"的情形主要还是因为新西兰自身的特殊性。"新西兰虽然也是两党政治，但全国只有不到500万人口，政治生态的复杂性相比于美国等大国是不可比较的。即使相比于邻国澳大利亚也简单许多，比如澳大利亚目前的一大问题是不同州之间的立场不同，新西兰就不太存在这种问题。阿德恩的做法如果放在其他国家很有可能引起批评，比如不提凶手名字就很可能被认为是个'任性'的做法。"胡丹说。

阿德恩和新西兰社会目前的重心显然更多地放在了抚平当下创伤之上。不过那位被阿德恩鼓励去尽快遗忘的袭击者身上，仍然有着许多的谜团。

周游列国的互联网居民

"不要温和地走进那个良夜……怒斥，怒斥光明的消逝。"

这是英国诗人狄兰·托马斯（Dylan Thomas）创作于20世纪中期的诗。在新西兰枪击案的袭击者布伦顿·塔兰特（Brenton H. Tarrant）留下的自我宣言中，被用作开篇引文。相比于直接从狄兰·托马斯那里读到这首诗，塔兰特也有可能是看了火遍全球的科幻电影《星际穿越》而获得启发，这首诗在其中反复出现。毕竟这是一位没有读过大学，但是热衷于技术、互联网的 28 岁澳大利亚白人青年。

这份宣言的题目是《大置换》（The Great Replacement），其中"Great Replacement"是互联网上流传已久的一个"阴谋论"说法，即穆斯林向欧洲的移民其实是"圣战"的延续，最终希望通过生育率优势而"占领"欧洲。塔兰特对这种说法深信不疑，列出多项统计数据和人口学研究，论证把穆斯林赶出欧洲的必要性。他把自己的政治立场称为"环保法西斯主义"（eco-fascist），直言不讳承认自己的思想和做法根据定义就是一位法西斯主义者，但他在乎地球的永续和环境的保护，认为人口压力是环境问题的主要原因，而那些"侵占"别人家园又大量生育的民族起了最坏的作用。

袭击发生后，有少数媒体赶赴澳大利亚的新南威尔士州，采访塔兰特的家人，但所获有限。家人们和外界一样震惊，表示塔兰特除了把大量时间埋在电脑上敲敲打打，看不出有什么异常，许多儿时玩伴和邻居甚至对他平日的为人做了相当积极的回忆。人们对塔兰特思想的了解主要就来自于这份他事先准备好并散布在互联网上的宣言。宣言显然经过设计，封面封底均有插图，内文经过精心排版，中间是数十个自问自答，如同预先准备的记者访谈，解释自己的背景、作案动机、作案方式，甚至包括对一系列时政问题的态度，如特朗普当选总统、英国脱欧——对这两件事，他大体上表示支持。行文之中，甚至透露着坦诚和幽默，例如他自问"我是一个基督徒吗"，自答"我也说不清，当我知道答案的时候会再告诉你"，以及宣称自己不但期待着被释放，甚至应该获得诺贝尔和平奖，语气十分轻松。但当读到"袭击中将要死去的儿童也不是无辜的，我们每杀死一个，我们的孩子未来就少面对一个敌人"一类的言论时，让人感到毛骨悚然。

"塔兰特可以说是一个典型的'white trash'——贫穷且受教育不多的白人。所以他写出来的这个宣言就尤其值得研究。"胡丹说。塔兰特自述，他的思想都在于互联网："你无法在其他地方获得真理。""一旦腐败的主流媒体的话语权被互联网打破，真正自由的思想和讨论就得以展开。"柯林斯告诉我，这起袭击之后引发的一大讨论正是关于互联网信息的传播，对这一代"互联网居民"而言，类似的思想不在少数，生活在社会中下层的白人青年被排外情绪感染，在网上看到一些似是而非的各类理论，形成了这类大杂烩式的思想体系。

"更大的疑问是，他怎么完成的从思想到行动的转变？从一个普通年轻人变成了可以杀死几十个人不眨眼的人？现在普遍认为和他在全世界的游历有关，但他究竟经历了什么，目前还没有更多的细节披露。"胡丹说。

2010年，塔兰特的父亲去世，他和家人说这让自己失去了生活的方向，于是辞去了健身教练的工作，前往世界各地旅行散心，足迹包括朝鲜、巴基斯坦、法国、东欧和其他国家。在一些国家的见闻尤其刺激了他，尤其是在法国看到大量穆斯林移民后，他产生了强烈的家园被侵占的感觉。《纽约时报》曾画出一幅漫画反驳并讽刺塔兰特的想法："一个澳大利亚人，对法国的移民问题感到愤怒，在新西兰进行大屠杀……还自称民族主义者！"对此，塔兰特早有预料，他在宣言的问答中就准备了这样的问题："你为什么这么关心欧洲，你不是澳大利亚人吗？"他如此回答："澳大利亚不过是欧洲的衍生物，我的语言、文化、政见、哲学、身份认同都是欧洲的，更重要的，我的血是欧洲的。"

塔兰特声称自己是从电子游戏中学习的杀人，并在新西兰本地的枪支俱乐部进行训练，不过胡丹对此表示怀疑："他杀人的手法太熟练了，以至于现在有猜测他是在土耳其接受了专门的训练，并且背后有团队支持，不过目前还没看到相关的证据。"

保加利亚、匈牙利、土耳其、克罗地亚等国均已展开调查，以弄清塔兰特在游历期间是否接触过当地的极端组织。如果最终仍维持现在的结论，即塔兰特是一名不附属于任何组织的"独狼"袭击者，人们不知该对塔兰特的这种"例外性"感到庆幸还是恐惧。

破碎的多元理想

当许多人还震惊于新西兰的枪声时，一系列连锁反应已经发生。3月18日，荷兰发生了一起枪击事件，致使3人死亡。虽然尚未被正式确认为恐怖袭击，但许多人猜测其意图是在西方制造混乱，以对新西兰事件进行报复。3月19日，土耳其总统埃尔多安发表了强硬的言论，做出为穆斯林群体复仇的姿态。他指责凶手：

"你卑劣地残杀我们50个兄弟,你会付出代价的。如果新西兰没有追究你应负的责任,反正不论怎么样,我们都会知道怎么让你血债血还。"埃尔多安甚至向新西兰议会呼吁,要求他们做出特殊的法律安排,以使凶手被处以死刑。新西兰原本是没有死刑的国家,这也正是塔兰特选择在新西兰作案的原因之一。埃尔多安同时强调,类似塔兰特的心态已经"像癌症一样在西方蔓延"。

美国当代政治学家萨缪尔·亨廷顿(Samuel Hunitngton)30年前的预言似乎愈发成真:文明之间的冲突成为世界的主要矛盾,尤其是西方文明和伊斯兰文明之间的冲突。

在《文明的冲突》一书最后,亨廷顿提到了新加坡。新加坡被认为是一种在文明冲突的世界中构建多元文化共存的国家治理模式的可能性。不过在新加坡的例子中,多元繁荣的现象是建立在政府的有力管束的基础之上的,新加坡政府鼓励宗教信仰自由,但同时倡导"亚洲价值观",并且在其90年代推出的白皮书中明确将新加坡的共同价值观描述为"国家先于民族,社会高于个人"。同样是人口较少、经济发达的"小国",新西兰则采取了一种不同的策略,以更为彻底的文化多元主义(multiculturalism)政策示人。然而在恐怖主义已经彻底侵袭欧洲和美国之后,新西兰的"沦陷"是否意味着世界政治版图上最后一个乌托邦的消失?

一方面,许多新西兰人认为自己的国家完全是被动、无辜地卷入这起事件。塔兰特在其宣言中称,他之所以选择在新西兰作案,只不过是为了证明即使在世界最遥远的角落,也无法逃离移民的"危害",他要让世界知道,没有地方是安全的。另一方面,也有人认为新西兰的多元图景本身就是一种"幻象",例如新西兰惠灵顿维多利亚大学人类学系教授凯瑟琳·特鲁德尔(Catherine Trundle)。她告诉我,种族主义者早就存在于新西兰,比如信奉"白人至上"的政党在此次枪击案发生的克赖斯特彻奇市的选举中也拿过2%的选票,但新西兰社会从来没有严肃地处理近年来兴起的种族主义极端分子,因为社会氛围解放的新西兰社会里,那些种族主义者的言论多半被视为荒谬的笑话,民众不会认真对待。特鲁德尔说:"这名澳大利亚白人也是从'我们'的社会中变成了种族主义恐怖分子。"这里的"我们"指的是阿德恩总理演讲中提到的新西兰和西方社会中支持包容与文化多元的多数社会成员。

近年来引人注目的恐怖分子中，与塔兰特最可对比的是 2011 年震惊世界的造成 98 人死亡的挪威枪击案的凶手布雷维克（Anders Behring Breivik）。他们都是单独行动，目标锁定与自身政治理念针锋相对的特定人群。例如塔兰特针对穆斯林，而布雷维克则是针对左翼团体。

此二人都成长于多元文化的社会，却都觉得这是"败坏"了的西方文化，并且将改造付诸行动。8 年过去，塔兰特相比布雷维克更加"进化"。布雷维克一度说自己创建了圣殿骑士组织，被警方诊断为精神不正常，而塔兰特的言谈则十分清醒。此外，他也深谙传播之道，不仅在社交网络上传其作案视频，而且为自己被捕之后如何继续与公众"对话"做充分的预备。相比于布雷维克留下 1500 余页的宣言，塔兰特把文本控制在 74 页，且据说几易其稿，此前的版本超过 200 页、思想表达更为复杂，但最终为了传播效果而缩减了篇幅。为了避免伤及"无辜"，他还在其中表达了对新西兰警方的敬意和抱歉，以试图争取更多的理解，希望人们将注意力集中在他的论述上。相比于"狂人"布雷维克，"平常人"塔兰特更令人心生寒意，似乎在宣告西方多元社会的理想已经从堡垒内部坍塌。

"对新西兰而言，或许如总理阿德恩的做法一样，遗忘凶手是一个理性的选择，有助于从伤害中尽快地恢复过来。但对于整个国际社会，如果不去彻底讨论和弄清楚'塔兰特们'的所思所想，以及孕育他们的土壤，则永远无法期待一个根本的解决之道。"特鲁德尔说。

（实习生范凌与、王雯清亦有贡献）

环保少女格蕾塔·通贝里：新势力的崛起

徐菁菁

格蕾塔飓风

2019年诺贝尔和平奖开奖前，英国立博博彩公司等博彩机构纷纷将16岁的瑞典少女格蕾塔·通贝里（Greta Thunberg）视为拿下和平奖的"领跑者"。当挪威诺贝尔奖委员会宣布将奖项授予埃塞俄比亚总理阿比·艾哈迈德·阿里之后，委员会主席还不得不在新闻发布会上面对这样的提问："委员会要对通贝里的支持者说些什么？"

自20世纪80年代气候变暖问题进入公众视野以来，不计其数的人为之奔走疾呼，其中不乏知名影星、声名显赫的政治家、备受尊崇的科学家，但没人能像普通女孩格蕾塔一样掀起飓风。一年以前，2018年8月20日，9年级学生格蕾塔孤身一人在瑞典议会门前坐下了来。她随身携带着一块被漆成白色的胶合板，上面有她亲笔写上的黑字"Skolstrejk För Klimatet"（为气候变化罢课）。一开始，在瑞典大选前，她连续罢课3周，此后，她每周五准时出现。一年以后，2019年9月20日，全球有超过150个国家数百万青少年响应她的号召，以罢课为形式声援"全球气候行动周"。

格蕾塔的运动不只限于草根层面。2018年12月，罢课4个月后，她就受邀到联合国气候变化会议上发表演讲。2019年1月，她是瑞士达沃斯世界经济论坛的座上宾。9月23日，她成了纽约联合国气候峰会上最受瞩目的"愤怒女孩"。接见过她的政治家名单里已经包括了法国总统马克龙、英国前首相特雷莎·梅、英国工党领导人科尔宾和加拿大总理特鲁多。

在支持者看来,在呼吁各国政府减排、控制气候变暖的运动中,没有人比格蕾塔更真诚更勇敢,这个女孩编着栗色的长辫子,两颊还有一点婴儿肥,身高刚刚一米五,看上去比实际年龄更小。在各种场合的演讲中,格蕾塔的言辞像匕首一样锐利,但在私下的公众场合,她寡言少语,疏于辞令。当记者问她哪项气候变化的事实让她最为担忧的时候,她甚至坦率地承认,她一时想不到一个具体的事实。

格蕾塔患有阿斯伯格综合征。这种疾病属于孤独症谱系障碍,患者的语言和智力都处于正常水平,但会有孤独症典型的社会交往障碍,局限的兴趣和重复、刻板的活动方式。"在我八九岁时,老师就告诉我们温室气体的影响与冰川正在消融的事实。他们向我们展示了海洋中的塑料垃圾、饥饿的北极熊及森林被砍伐的照片。"格蕾塔说。这只是一堂普通的课程。绝大多数的孩子将这些内容作为知识记录下来,继续他们的生活,但格蕾塔不行。她把这归因于阿斯伯格综合征的影响。它们烙印在她的脑海,成为她生活中挥之不去的最大恐惧和痛苦。

"对于我们这些孤独症患者,几乎所有东西都是非黑即白的。我们不善于说谎。"2018 年 11 月,格蕾塔在 TEDx 的演讲中说,"我想在很多方面,我们自闭的人才是正常的,而其他人都很奇怪,特别是在可持续发展危机方面,每个人都在说气候变化是一种生存威胁,是当务之急的问题,然而他们依然如故。我不明白为什么那样,因为如果必须停止排放,我们就该停止排放,对我来说那就是非黑即白的事。在生存方面没有灰色地带。要么我们的文明得以延续,要么不复存在。我们必须改变。"

格蕾塔的革命是从家里开始的。2018 年,她的父母出版了一本书《内心的情形》(*Scenes from the Heart*),记录这个家庭的生活。格蕾塔 11 岁那年陷入了严重的情绪问题。她不再说话,不再吃饭,也不再上学,在两个月内,体重大约掉了 10 公斤。她不停地和父母讲述她对气候与环境的担忧,向他们展示相关的文章和报告。既是因为女儿的"宣教",也是因为想为她的康复创造条件,这个家庭的生活发生了变化。格蕾塔满意地看到,尽管母亲有时会在深夜她睡着之后偷偷品尝一点奶酪，但父母都接受了她的严格素食主义原则。家庭消费开始减少。2016年，母亲玛莱娜·恩曼（Malena Ernman）更是做出了一项重大决定——不再乘坐碳排放量巨大的飞机出行。她是瑞典知名的女中音歌唱家，曾经在2009年代表瑞典到莫斯科参加欧洲电视网歌唱大赛。不坐飞机几乎等同于放弃未来欧洲以外国家演出的机会。

2018年，格蕾塔参加了《瑞典日报》举办的关于气候问题的有奖作文比赛。因为这次比赛，她结识了瑞典著名反气候变化人士博·索伦（Bo Thorén）。在瑞典国家广播电台的采访中，博·索伦说，是他提出了在瑞典大选前组织罢课行动的动议。他也联系了其他获奖的青少年，但没有人响应，只有格蕾塔端着她的胶合板走到了议会门前。

横空出世

格蕾塔的出现恰逢其时。

2018年8月，瑞典人刚刚度过了一个难忘的夏天。这个夏季平均气温23摄氏度左右的宜人国家，多次出现了超过30摄氏度的高温天气。罕见的高温与干旱中，瑞典陆续发生了多起森林大火。消防人力与设备的使用达到极限，最终，瑞典人是在欧洲其他国家的支援协助下，才完成了空中灭火任务。

环球同此凉热。全球表面温度高出20世纪平均值0.79摄氏度，为1880年有观测记录以来第四暖的年份。科学家警告，2019年很可能成为人类历史记录中最热的一年。2019年9月，当格蕾塔走上联合国气候峰会的发言台时，全世界的人们都知道亚马孙雨林正在遭遇一场大火，而巴西总统雅伊尔·博尔索纳罗拒绝了西方国家施以援手的提议。

这一背景下，组织应对气候变暖的全球合作却在开倒车。2015年，各国在巴黎气候变化大会上通过了《巴黎协定》，目标是将21世纪全球平均气温上升幅度控制在2摄氏度以内。2017年，作为碳排放量最大的国家之一，美国宣布退出《巴黎协定》。而在2018年联合国政府间气候变化专门委员会（IPCC）发布的第五份报告中，科学家们认为2摄氏度的升温将对渔业和依赖渔业生活的人带来更高的风险，增加洪水的可能性，降低热带地区的作物产量和营养含量，并使更多的人暴露于极端热浪中，走向贫穷。把 21 世纪全球平均气温上升幅度控制在 1.5 摄氏度才是应该追求的目标。根据联合国环境署 2018 年 10 月份发布的一份报告，各国根据国家确定贡献做出的现有承诺，只能满足维持 2 摄氏度限度目标所需要减排量的三分之一，理想与现实天差地别。

与此同时，气候变暖在公众舆论中并没有处在一个高光位置。加拿大劳里埃大学（Wilfrid Laurier University）地球和环境研究教授西蒙·戴尔比（Simon Dalby）说，这一领域的许多学者都在反思，这些年来他们并没有能够成功地用科学话语促进政治行动，失败的原因之一就是没能把气候变化的研究结论和大众的日常生活联系起来。所有人都知道这是个严重的问题，可又似乎并没有对自己造成实质的影响。

"假设你的房子着火了，你不会安心地坐在桌旁谈论以后会如何华丽再建。"在 2018 年的 TEDx 演讲中，格蕾塔说出了她标志性的比喻，"如果你的房子着火了，你会跑到外面，确保每个人都安然无恙，并打电话呼叫消防车。这就是我们每个人所需的心态。"

在戴尔比看来，这是个极聪明的比喻，既贴切又与人们当下看到的现实呼应，它简单明了地说明了气候变化为什么和普通人相关。更重要的是，她为气候变暖找到成千上万的活生生的受害者。"如果我能活到 100 岁，我将活到 2103 年。你们今天想未来时，往往想不到 2050 年以后，"格蕾塔向成人世界和她的同龄人指出了残酷的事实，"但到那时，在最好的情况下，我还没有度过生命的一半。然后呢？2078 年，我将庆祝我 75 岁的生日。如果我有孩子或孙子孙女，也许他们会和我一起度过那一天。也许他们会问我关于你们的事，2018 年的人们。也许他们会问为什么你们什么都不做，即使还有时间采取行动。我们现在做或不做什么会影响我的一生以及我的孩子和孙子孙女的生活。无论我们现在做或不做什么，我和我这一代人在未来都无法弥补。"

"这一切都是错误，"在纽约联合国气候峰会上，格蕾塔对在座各国政治领袖怒目相向，"我不应该在这里，我本应该在大洋彼岸上学。而你们都来向我寻求希望？你们怎敢？！你们用空谈偷走了我的梦想和童年。而我还算幸运的，有人正在受苦、死去，整个生态系统正在崩解！我们正处在一场大规模灭绝的开端。你们却只会谈钱，谈论经济永远增长的神话。你们怎敢！"法国《世界报》评论说，格蕾塔是无辜和愤怒的混合。这是她的力量所在。

戴尔比说，格蕾塔力量还在于她的倡议简单直接。许多批评者说，格蕾塔喜欢大放厥词，说的多做的少，对气候变化问题天真无知。这种批评并不能损害她的影响力。事实上，许多环境保护的倡导组织和活动家会致力于推广自己的政策建议，但格蕾塔从未这样做。她反复强调，她只是一个未成年的女孩，不具备任何专业能力。她所知道的是，20世纪80年代以来，科学研究的成果一直是明确的：地球在变暖，人类是原因，而解决这一问题的唯一方法是通过世界各国政府采取的大规模行动。她的倡议始终围绕着一句话："听听科学家们的意见。"这个女孩表现了她应有的"专业"。无论是在演讲中，还是在接受媒体采访的时候，她都能熟练地引用联合国政府间气候变化专门委员会的科学报告。

但格蕾塔飓风的刮起，绝不是因为一个草根女孩赤手空拳感动世界的童话故事。格蕾塔曾说，有一个著名的母亲，最大的好处是让她对媒体如何运转非常了解。事实上，除了母亲玛莱娜·恩曼，格蕾塔的父亲斯凡特·通贝里（Svante Thunberg）是一名演员，爷爷奥洛夫·通贝里（Olof Thunberg）是瑞典著名导演和演员，她的一家人都具有社会活动的能量。

2018年格蕾塔开始罢课的初期，她把自己的罢课的照片张贴在个人照片墙（Instagram）和推特（Twitter）上。"每个人都选择忽视我，甚至没人会看我一眼。"她回忆起最初的日子时曾说。但很快，瑞典"全球挑战"组织（Global Utmaning）主席英格马尔·伦茨豪格（Ingmar Rentzhog）前来为她拍摄了照片。伦茨豪格曾经在咨询公司有13年的公关经验，掌管着一家气候变化和环境保护新媒体。他第一个将格蕾塔罢课的消息用英文在互联网上传播。而"全球挑战"组织更有来头。它的创立者克里斯蒂娜·珀森（Kristina Persson）是瑞典执政党社会民主党要员，曾担任瑞典中央银行的副主席。"全球挑战"董事会成员都是瑞典商政领域的领袖。不只如此，"全球挑战"与美国非营利组织"气候现实项目"（Climate Reality Project）关系密切。"气候现实项目"的创立者是克林顿执政时期的副总统阿尔·戈尔（Al Gore）。

强有力的资源，让这个女孩的斗争以更为瞩目的方式占据国际媒体的版面。2019年8月，格蕾塔宣布接受联合国的邀请，去纽约参加气候变化峰会。拒绝乘坐飞机的女孩提出想要以零碳排放的方式到达纽约。很快，摩纳哥王子、拥有欧洲顶级帆船赛队的皮埃尔·卡西拉奇（Pierre Casiraghi）提出，将把欧洲顶级帆船赛队马里齐亚（Team Malizia）的顶级赛船马里齐亚二号借给格蕾塔。这艘百万欧元造价的帆船上有一个移动的海上科学实验室，配有太阳能发电板和两台水下涡轮发电机，船体是用可再生材料和天然纤维建造。船只的驾驶者是王子本人和德国航海家鲍里斯·赫尔曼（Boris Herrmann）。为了在太阳能的支持下保持高速航行，马里齐亚二号的船体重量被减到底限。船舱里无法淋浴，没有烹饪设施，没有舒适的床和厕所。格蕾塔吃了14天的压缩饼干和冷冻食品。在纽约上岸的时候，她显得憔悴消瘦，步伐因为长时间的海上生活而晃晃悠悠。但这一切，包括皇室成员、航海历险、高科技帆船和苦修式的旅程，都成为格蕾塔童话的重要组成部分。8月28日，联合国组织了一支由17艘帆船组成的船队护航马里齐亚二号进入纽约。一张照片在网上流传：帆船驶向岸边，格蕾塔站在船头，她的身影与远处的自由女神像交相辉映。

新势力

像所有气候变化领域的活动家一样，年轻的格蕾塔正处于巨大的争议中。一些反对者说她是环保利益集团的傀儡，就像纳粹宣传部长戈培尔手下的小将。一些人说她是"何不食肉糜"的典型，是要剥夺发展中国家发展权。这个批评并不公允。她在演讲中曾明确表示，发达国家应当率先大幅度减排，为落后国家的发展创造空间。

格蕾塔的一举一动都被置于显微镜之下。根据一张流传于网络上的格蕾塔乘坐火车的照片，一些人批评她很虚伪，因为她面前的小桌上放有瓶装水。一些批评是基于流言，其中广泛流传的一个是，马里齐亚二号把格蕾塔送到纽约，她却允许人们用飞机将它运回了欧洲。这并不是事实。还有一些反对者则完全超越了批评的界限。他们抨击她的外表，中伤她的家人。10月7日，意大利警方发现，一个扎着两条麻花辫的人偶被吊在罗马的一座桥上。上面写了一句话："格蕾塔，你们的女神。"

还有一些严肃的批评。剑桥大学人文地理学教授麦克·胡尔姆（Mike Hulme）警惕格蕾塔的崛起。在胡尔姆看来，格蕾塔对于气候问题的主张过于简单，似乎只有两种情形：人们解决了它或者人们根本没有尝试解决它。"但真实世界是复杂的，在政治领域，价值观和利益彼此冲突，没有什么是非黑即白的。而且格蕾塔试图唤起政治恐惧和恐慌。气候变化不是一个一触即发的危机，它是个慢性问题——即使格蕾塔去世了，它依然存在。它和整个星球的社会—科技—经济系统密切相关，正因为如此，它不是一个'紧急情况'，除非你认为现在存在的一切都是急需解决的紧急情况。"胡尔姆担忧，格蕾塔传达的恐慌和急迫感可能会产生预期之外的负面效应，"特别对于不发达国家的穷人来说"。

这些巨大争议和担忧恰恰说明了格蕾塔非同寻常的影响力。2019年2月，224位科学家在英国《卫报》发表联名信，宣布"全力支持"当时参与罢课的英国学生。"如果我们不能采取紧急和恰当的行动，他们完全有权利为我们遗赠给他们的未来感到愤怒。"科学家们说，"我们被孩子们鼓舞着，被格蕾塔·通贝里和全世界罢课学生的高尚行为所激励，我们让他们的声音被听到。"

在巴黎、柏林，学生们高呼："2050年，你们已经死了，我们没有。"长期以来，人们讨论气候治理中的公平，主要焦点集中在发达国家与发展中国家之间对排放权的争夺。格蕾塔展现了另一个事实：可持续发展的本质是代际正义，无关国别。用联合国秘书长古特雷斯的话说，面对不断加剧的气候危机，各国领导人漠不关心的态度曾一度让他感到泄气。但如今，这场由青年群体所发起的全球行动，却在"一夜之间"，为应对气候变化翻开了充满活力的新篇章。

因为格蕾塔，"飞行耻辱"（Flygskam）这个词在瑞典成了热门词汇。瑞典本国的民航业客运增速也跌到了10年以来最低值。在欧洲，民航业对环境的影响成了政治家们考虑的问题。7月9日，马克龙政府宣布将于2020年起对该国境内航班开始征收环境税（ecotaxe），单张机票的税额将会依据航程和舱位在1.5至18欧元之间浮动。法国政府预计该项税目将给国库每年带来约1.8亿欧元的财政收入。欧洲议会第一大党人民党的党团代表彼得·里瑟（Peter Liese）说："我们对相对环保的公交巴士和轨道交通征收重税，却对航空运输视而不见。"欧盟委员会主席冯德莱恩在倡导一份"绿色协议"（Green Deal），根据该计划欧盟将逐年缩减分配给各航空公司的碳排放许可证数量。

美国环境活动家比尔·麦基本（Bill McKibben）说，他深信在未来10年的关键时期，格蕾塔和她的同龄人会促使气候治理领域发生一些实实在在的变化。在美国，独立民意调查机构皮尤研究中心的调查显示，对气候变化问题的认知存在巨大的代际鸿沟，越年轻的世代越看重气候问题，越相信人类行为是导致问题的关键。以年龄层划分，2020年美国大选中，1982年后出生的选民将占最大比例。

其他研究也支持了新力量崛起的判断。耶鲁大学气候传播项目安东尼·雷瑟罗维茨（Anthony Leiserowitz）主持的耶鲁大学气候传播项目发现，1982年到2000年之间出生的共和党人中42%的人认为气候问题是人类活动导致的，这个比例远远超过婴儿潮一代。"考虑到共和党一直扮演阻止气候治理的角色，他们会在代际问题上遇到麻烦。"在小布什执政时期，共和党民调专家和公关策略师弗兰克·伦茨（Frank Luntz）曾因鼓励共和党人质疑气候科学研究的成果闻名。然而2019年6月，他名下的调查机构的一份备忘录显示，和2018年相比，40岁以下的共和党选民中，58%的人"对气候问题深感担忧"。调查员和选民进行访谈对话，他们对共和党领袖对气候治理问题避而不谈表达了实实在在的愤怒。"共和党青年全国联合会"（Young Republican National Federation）前任主席杰森·埃默特（Jason Emert）干脆在推特上宣布，在气候变化问题上支持"自由市场解决方案"，会让共和党失去一代人。

39名越南偷渡客的不归路

黄子懿、李亚菲

"我就要到春天了"

"你的旅程怎么样了?"一位朋友在Facebook页面留言问裴氏蓉（Bùi Thị Nhung）。

"不太好。"裴氏蓉回复朋友说。这一天是2019年10月21日，裴氏蓉正在比利时布鲁塞尔。她19岁，来自越南乂安省（Nghệ An）的燕青区（Yên Thành）。她脸部略圆，有些婴儿肥，染一头亚麻金色的头发，喜欢在涂口红化妆后拿手机自拍，还有一个英文名Anna。

自9月到达欧洲以来，她一直更新着自己的社交网络动态：在柏林，她驻足于啤酒花园外，嘴角上扬，露出白牙；在法国，她游荡在大街与古巷，感叹真是"美好的一天"；在布鲁塞尔，她在旧证券交易所的台阶上摆出Pose，展出笑颜。在他人眼里，裴氏蓉似乎就是一个远道而来的游客。

裴氏蓉开朗爱笑，有近5000个Facebook好友，状态显示她保留着交友空间。她会为朋友煮越南的海鲜面，声称有人买就寄给他，她还常常喝奶茶，喜欢以奶茶为中心对着背景拍照。偶尔，她也吐露心事。10月21日，她在个人主页中发了一张自拍，写着："成长意味着冷暖自知，必须将自己的悲伤隐藏在黑暗中，并保持微笑。"

正是这句话引起了朋友的注意和留言。朋友接着问："你在哪里，春天在哪里？"裴氏蓉回复道："我就要到春天了。"在她的家乡越南，"春天"在俗语中有目的地之意。两天之后的一个夜晚，裴氏蓉钻进了一个冷藏集装箱内，从比利时的泽布吕赫（Zeebrugge）港口出发，在黑夜中穿越英吉利海峡，直奔英国。那里是她的"春天"。

然而春天不会再来了。10月22日晚上，这个冷藏集装箱到达英国埃塞克斯郡（Essex）的普尔弗利特（Purfleet）港口。半小时后，该集装箱被一辆卡车接走。卡车车头来自爱尔兰，司机是25岁的爱尔兰人莫里斯·罗宾逊（Maurice Robinson），他载着集装箱从港口出发，行驶半小时后，将车停在一处工业园内，一开门，就看见了满车尸体。

所有人都没了呼吸。据英媒报道，现场急救人员在集装箱内壁上发现多个血掌印，似乎是人临死前猛力拍打求救的痕迹。39张亚洲面孔的人中，一些人衣着单薄，甚至全身赤裸，口有白沫。这辆载有39具尸体的半挂式"死亡卡车"，在第二天震惊了世界。有英国当地居民赶来，在警戒线外献上了鲜花，还有居民在内政部外点燃蜡烛，发起了守夜。英国首相鲍里斯·约翰逊说："我的思念与所有失去生命和亲人的人在一起。"

警方表示，他们启动了埃塞克斯"有史以来最大的谋杀案调查"，涉事司机当场因涉嫌谋杀被捕，此后被指控39项过失杀人罪、1项协助人口贩卖罪及协助非法移民罪、2项洗钱罪等。11月1日，英国警方又指控另一名23岁的北爱尔兰司机埃蒙·哈里森（Eamon Harrison），罪名包括39项过失杀人罪等，该司机负责将那个致命的冷藏集装箱从其他地区运至比利时泽布吕赫港。另有2人被逮捕，2人被通缉。

39名遇难者一度被警方认为是中国人。但随着时间流逝，越来越多的越南家庭开始向当地警方、媒体、在英越南社区报案：他们挚爱的家人可能在那个集装箱上，警方随后将调查重心转移至越南。11月1日，警方发布通报称："我们相信遇难者是越南公民，正与越南政府保持联系。"警方已确认了部分遇难者身份，但证据收集仍在进行中，目前尚无法宣布遇难者的具体身份。

裴氏蓉似乎等不到她的"春天"了，她很有可能在那个冰冷的集装箱里。自从

21日的帖子后，她再未出现在大众视野里，家人也不闻其音。事发几天后，尽管身份仍未确定，但在距离埃塞克斯郡约9400公里外的越南，遇难者的家人们已摆好祭坛，祭奠他们不幸梦断英伦的亲人。

据路透社报道，裴氏蓉的家人在一片悲痛中，为她设起灵堂，摆上鲜花、水果和遗像。遗像是彩色的，那是从她的Facebook主页上找的，拍摄于她离家前一个月。照片上，她依旧笑容满面，带着妆容和口红。遗像右上方远处，是她已故父亲的照片。母亲则瘫坐一旁，背对镜头，看不清神情。室外，几位女性亲属神情哀伤地看着手机里裴氏蓉的照片，木然无言。

整个村庄都被悲伤笼罩着，村里一共三人疑似遇难。在裴家几百米外，是26岁的退伍军人阮庭杜（Nguyễn Đình Tú）的家。阮庭杜比裴氏蓉年长，已成家，有父母和妻儿要赡养。表兄弟说，出于这种压力，他在三个月前离开越南前往欧洲打工，比裴氏蓉的出发时间更早。出事后，妻子哭得不能自已，住进了医院。

按照村民的说法，村子很小，阮庭杜和裴氏蓉从小就认识，但并不熟络，没想到会在偷渡时遇到一起。"他们见面时，他会认出她的。"或许，他们做梦也不会想到，两个家庭会以这样一种方式在异国他乡产生交集，在自家土地上同悲共情。

阮庭杜的表兄哭得双眼通红。他将阮庭杜的照片转交给《每日邮报》记者，请求他们向当地警方确认，自己的兄弟是否在那个致命的集装箱里。他说，家里本有两个亲戚在英国打工能帮忙，但因身份"非法"，即使亲人遇难，也不敢出来认亲，"他们太害怕了"。而裴氏蓉的家人，已收到退款，这是他们确认她已离世的依据。

在灵堂的遗像前，每个祭拜者都要上香祭拜。这种类似于中国"白事"的传统同样在越南流行，意在引导亡灵的回家之路。很多遇难者的亲人表示，希望亲人的遗体能早日回家。遇难者中，一位叫范氏茶眉（Phạm Thị Trà My）的女孩，在临死前给母亲发了短信，还写下了家庭地址，告诉别人要带她回家。短信经媒体曝光后，舆论和警方才开始关注遇难者可能是越南人。

"只要有一个确定是越南人，那剩下的可能会有很多越南人。"常驻越南的独立反人口贩卖的专家、美籍越南裔武咪咪（Mimi Vu）说，越南人偷渡欧洲大陆和英国通常喜欢成群结队，在近年数量增长很快。"如果论及有组织地偷渡到欧洲大陆和英国的人数，在亚洲人口偷渡链条中，越南是首当其冲的，甚至中国在人数上也未必能接近越南。"武咪咪说。

2018年9月，武咪咪在格拉斯哥会见了当地官员和警察。对方告诉她，每当发现有新的偷渡案件时，他们都不会贸然询问国籍。首先是语言不通——整个地区只有两名合格的越南语翻译，"相反，他们会直接假设，这些人都是越南人"。

这是因为，正有无数越南人，为了一个万里之外的英伦梦，不计代价地前赴后继。

越南人的英伦梦

"偷渡是唯一的出路。"裴氏蓉的叔叔说，裴的父亲几年前死于癌症，母亲身体也不好，无法尽心工作。裴氏蓉15岁初中毕业后即辍学，受限于家乡的经济条件，她和同龄人在此也找不到好的工作。几个月前，亲人们聚在一起筹集资金，将裴氏蓉送出国。

初步调查证实，偷渡者多来自越南乂安、河静（Hà Tĩnh）、广平（Quảng Bình），均为越南中北部省份。英国牛津布鲁金斯大学的资深讲师塔姆辛·巴博尔是越南研究专家，她表示，这些省份是越南很穷的省份，如今越南每年人均GDP约为2300美元，这些省份还不到1300美元，排名靠后。"大部分地区是农村，捕鱼为生。自然灾害很多，台风一来就什么都没了。"2017年，河静省遭受台风袭击，重创当地渔民生计。据越南媒体报道，仅2019年1月至8月，就有41970人离开河静外出谋生。

"这些省份几乎每个家庭都至少有一个亲戚在欧洲打工，种大麻或者美甲。"2018年，塔姆辛·巴博尔专程到越南调研当地偷渡问题，当地的越南专家这样告诉她。据英国慈善组织"救世军"（The Salvation Army）透露，2018年7月至2019年7月，他们接收了209名越南偷渡客，不仅较五年前激增248%，而且数量高于任何其他国家。武咪咪说，在过去几年，越南无论是成年人还是小孩偷渡英国的数量，在所有国家中都名列前三，"成年人数量仅次于阿尔巴尼亚，未成年人数量排第一"。

为何越南人热衷偷渡英伦？武咪咪解释道，历史要追溯到 20 世纪下半叶持续 20 年的越南战争。越战是一场发生在北越和南越之间的战争，双方背靠冷战时期的两大阵营。1975 年，北越军队攻占南越首都西贡，南越近百万难民逃离，他们中约有 13 万迁徙到了美国——其中包括武咪咪的父亲。英国、法国都在越战后接收一定数量的南越难民，这成为欧洲最早的一批越南移民。

此后过了一些年，已有大批越南居民逃至英国。巴博尔说，这一批来英国的越南人与战争后去美国的不同，他们约有 62% 来自北越农村，即今日偷渡频发的区域，其中约 77% 是华裔，一共约 2 万人被英国正式接收，"在那之前，英国几乎没有过成规模的越南社区"。

越南临海，难民外逃多靠坐船渡海，在狂风与海浪中滚涌漂荡，生死难卜，只能赌命。20 世纪 70 年代末的越南难民潮总数过百万，约有 20 万至 40 万名逃离者死于海上，"越南船民"甚至"船民"（Boat people）自此成为一个专有名词。他们先是从海上漂到东南亚各国，进而前往他国。英国统治时期的香港在当时接收了大量越南船民，一些人通过英国政府项目，接连来到英国。

武咪咪说，到了 20 世纪 80 年代，战后建立起社会主义政权的越南，向当时尚属于苏联的东欧输送了大量劳工。苏联解体后，东欧进入动荡时期，一部分劳工在当地留了下来，形成社区乃至犯罪集团，另一部分则跋山涉水，偷渡到经济发达的英国投奔亲戚。靠着血缘与宗亲维系，他们在 1990 年吸引了大量新生代越南移民。"那时候输送的劳工，很多来自今日偷渡频发的省份。所以今日的悲剧，是一个可以追溯到 30 年前的传统。"

"越南人偷渡是跟中国不一样的。中国有走水路漂洋过海去世界各地的，但越南很少，我们更多选择陆路去欧洲。这样更安全，越南人在东欧也有据点。"武咪咪说，东欧路线自那时起成了常用路线。据联合国经济及社会理事会 2017 年的估计，每年从越南偷渡到欧洲的人数有约 18000 人，到美国的仅有 1000 多人。

一个典型路线是，从越南河内出发，先到中国进而转至俄罗斯，再经陆路到东欧诸国，最后到法国横跨英吉利海峡。英国反奴役独立专员办公室 2017 年的调查报告显示，法国、俄罗斯、中国排名越南人偷渡英伦途经地前三位，分居链条两头，中间多为东欧与西欧诸国。

与此同时，偷渡线路分不同等级"舱位"，即越南语中的"dịch vụ"（服务）。偷渡者可以选择不同程度的服务，一般等级即是上述经东欧的陆路，要翻山越岭走夜路，危险系数高，价钱在1万美元至1.5万美元间；VIP服务则可买机票直飞欧洲，价钱在3万至5万美元之间，"但无论是哪种服务，在到达英国前的最后一站，你都要在边境钻进那个集装箱。"武咪咪说。

那位临死前给母亲发短信的26岁女孩范氏茶眉，就购买了一个3万英镑的VIP套餐。范氏茶眉的爸爸在接受外媒采访时说，当时"蛇头"说"一路上都很安全"，"VIP票"都是飞机和坐车。10月初，范氏茶眉从家里出发，经中国直抵法国。10月19日，她首次尝试进入英国，被边检人员发现；10月23日，她再次尝试，钻进了那个致命的集装箱里。

"如果知道当时是这样的一条路，我说什么也不会让她去的。"哀伤的范父在镜头前双目无神地述说着。他面对的不仅是女儿的离世，还有沉重的债务。他和爱人每月收入仅约400美元，3万英镑的"VIP票"偷渡费用，相当于他们100个月的收入。为凑足这笔债务，他们抵押了老家房产。

事发后，有知情人士对BBC透露，范家条件并不宽裕，范氏茶眉在前往英国前，曾在日本打过工。回家后，她用积蓄给家人买了一辆车，然后就计划前往英国谋生。在阴冷黑暗的集装箱里，范氏茶眉感到呼吸困难，濒死之感袭来。她耗尽最后力气给妈妈发了短信："对不起，妈妈。我没有成功。爸爸妈妈，我爱你们。我快不行了，我没法呼吸了。"

"这是非常'越南'的举动。"武咪咪说，家庭文化也是越南人偷渡的重要动力。越南文化与中国相似，"家庭为孩子牺牲，孩子也为家庭牺牲"。以范家为例，家人举债送女儿出国，女儿出国还债并养家，成了一种传统。短信一开头，范氏茶眉首先是跟父母道歉。她还给弟弟发了短信，交代弟弟要好好赡养父母。

在越南攻读越南文学博士的美国人贾帕尔·塔特尔（Jaipal Tuttle）表示，越南的家庭文化是一种混合佛教、儒家与祖先崇拜的文化，女孩要为家庭牺牲更多。"越南古典文学里有一个比喻，家庭就是一棵树，女儿是树叶，男孩是树枝。树叶掉了没事，只要树枝在，树就不会死，家族的名字就不会消亡。"在武咪咪看来，这也可以解释为何这次事件的遇难者中是男性居多——据通报，39人中，仅有8名女性，剩下31名则全是男性。"这是因为去英国和欧洲大陆不仅是一种牺牲，更是一种特权（Privilege）。"

根据武咪咪的调查，在所有越南非法移民中，约80%去到中国及东南亚等地，其中约80%是女性，她们要么成为当地的"越南新娘"，要么从事性交易工作。只有偷渡到欧洲大陆和英国是男性居多。其一是因为路途遥远，要选择家族中最强的人，女孩偷渡的价位甚至更高；其二则因去英国挣的更多。当前，英国的人均GDP约4万美元/年，是越南的17倍。

这些越南移民在外还债、赚钱，并支持家庭。家乡的房子、车子，很多靠在外打拼汇款得来，形成越南一种"汇款文化"（Remittance culture）。据世界银行统计，2018年越南的汇款额度排全球第9位，达到160亿美元（自2017年来增加20亿美元），占其GDP约7%。

这些文化不仅根植在裴氏蓉这样的辍学少女中，也存于受过教育的大学生中。2018年，巴博尔在越南调研时甚至遇到一个在英国留过学的官方智库研究者。他告诉她，当年在英留学期间，他一度尝试过中断学业，跟着同胞们去种大麻。"真的吗？你作为一个留过学的大学生也这样想？"巴博尔有点不敢相信。对方表示肯定，"我想要回报父母，他们为我付出太多了"。在武咪咪看来，事情并非如此简单。她采访过100多位越南偷渡者，很多人自己在欧洲过得并不幸福。她说，以范氏茶眉为例，即使成功到英国工作，也面临着至少三重财务压力：打工还偷渡债的压力、自己生活的压力、汇款赡养家庭的压力。"对他们来讲，这物质上的、心理上的压力是很大的。"

黑色的梦

"我只想过一种平静的生活。"在离开越南几周后，裴氏蓉在一张照片中写道。当时，她站在绿色田野中微笑。9月，她又发了一张照片，背景是两个孩子在日落时放风筝。她写道："伴着成长，我发现生活不像过去那样平静。当我长大后，我想回到那自由生活的童年。"

裴氏蓉的朋友曾对媒体表示,裴在出发前曾憧憬过一份在英国美甲的工作,那是大多数越南女孩落脚英国的谋生行当,而男性则一般会去种植大麻。英国内政部2018年发布的报告揭示,2009年至2016年间,约70%的越南偷渡者都从事着这两大行业。一些研究者认为,他们的月收入在1000—3000英镑不等。

"美甲与大麻种植都是2000年之后才在英国兴起的越南行业。"塔姆辛·巴博尔说,在2000年前,许多来自北越的第一代移民不会英语,也没有什么技能,只能在华人餐馆、纺织厂里打苦工。2000年后,有一定能力的人有了积蓄后才走出社区,开始创业,这才有了美甲与大麻种植行业。在伦敦,美甲店主要集中在哈克尼、刘易舍姆等地区。

男性偷渡客大都从事非法种植大麻这一行业,他们通常隐于大城市市郊。巴博尔说,在这次事件前,英国人已对越南偷渡客有一种"道德恐慌"(moral panic),因为近年来媒体频繁曝出过越南人偷渡到英、非法种植大麻、剥削未成年人等事件,包括美甲店的负面新闻,"这让越南人在英国有了一种'污名化形象'(stigmatizing images)。一提到越南,人们就容易把他们跟犯罪联系起来"。巴博尔接触到的越南移民,比其他亚裔更加隐忍甚至"隐形"。哪怕是身份合法,他们也会为身份认同挣扎。很多新生代越南人喜欢新潮的打扮,染发文身,"似乎是要刻意摆脱自己的越南身份"。他们中很多人告诉巴博尔,自己在找工作时会假装成华裔。

这种越裔的"耻感形象",也是武咪咪从事反人口贩卖研究工作的最大动力。身为美籍越南裔的她受过良好的高等教育,英语和法语流利,为自己的越南女性身份自豪。由于工作原因,她经常要到世界各地出差。很多次,当她向别人介绍自己来自越南时,别人都会很吃惊:"你看起来一点都不像越南人呐!"然后问她很多越南非法移民、性工作者的问题。"太尴尬了,我不想我们以这种方式闻名于世。"

六年前,武咪咪加入一家由17位曾经的"越南船民"组建的反人口贩卖基金会,常驻越南。任职期间她多次去到法国加莱(Calais),一个地处法国北角的港口城市。由于邻近英国,这里常常成为中东、越南等地的偷渡客去往英国前在欧洲大陆的最后一站。

加莱东南部有一个"越南城"（Vietnam City）。约2009年前后，加莱逐渐聚集起流动的越南偷渡客，人不停地来，也不停地走，规模控制在约75—150人左右。他们多拥挤在森林里的厂房与仓库内，条件简陋，吃喝拉撒睡都在里面解决。房间入口写着告示，警告室内的人不要大声说话。

武咪咪与多个越南偷渡客交谈，将谈话记录发表在越南媒体Zing.vn上。他们中有的人刚刚到达，有的人已经滞留了几个月甚至徘徊数年。100多个人当中，没有一个人想要就此罢手、驻足在法国，他们的目的地都是英国，"每个人都觉得，只有去英国才能挣更多钱"。而去英国，由于海峡天堑和严苛的移民政策，也意味着更多危险与不安。

偷渡者们一般入夜后出发。集装箱里、箱顶都是藏身之处，有人甚至钻进卡车底盘、断腿、折手者无数。一家在此免费提供体检的德国NGO（非政府组织）说："过来体检的女性，几乎100%都遭遇过强奸。"

外人进入，很难分清谁是偷渡客，谁是"蛇头"。由于担心被"蛇头"盯上，武咪咪与每个人都只能说上几分钟。"出发之前，你是否会想到旅途会是这样的？"武咪咪将这个问题抛给每个人，女孩们一听就哭。她们有的人在丛林中一待就是几个月，还有人因为没钱被"蛇头"扣押、到东欧工厂打工还债。由于怕父母担心，几乎100%的人不会将遭遇告诉家里。

这种信息不对称，不仅体现在路途上，也体现在对英伦生活的憧憬中，那是一种有意为之的信息误报（misinformation）。武咪咪说，偷渡客对自己能得到的工资和生活成本知之甚少。比如伦敦的一碗越南粉（phở），在偷渡客们的脑海里价格是2—3英镑，但实际上却要8—10英镑，遑论他们能得到的报酬并没有允诺的那么多，甚至不排除"被奴役"（enslaved）的风险。

来自官方、慈善机构、媒体的信息，都不同程度地记录了一些偷渡客来英后的悲惨案例。由于没有证件，他们隐形地生活，每天长时间工作在狭小的指甲沙龙里或者酷热的屋顶下——为了避人耳目，大麻一般种在室内，但生长又需要光照，所以一般是在室内楼顶开多盏大灯——炎热无比，人易生疮。在冬天，警察会乘直升机巡逻，排查没有积雪的屋顶，突袭这些非法种植场。

英国慈善机构"救世军"记载了一个代号为"B"的越南偷渡女性的案例。27岁的 B 和姐姐从越南偷渡来英，首先进入俄罗斯，路上护照被没收，送到服装厂无薪工作，每天工作 10 到 12 个小时，被男工人多次强奸。两年后，她们被装进集装箱送到英国，B 与姐姐走散，被带到某个楼顶种大麻，之后被警察发现。她被安置后三个月，又接到了"蛇头"的威胁电话。出于害怕，她回去了，再次落入黑手，做了性工作者，直至被二次拯救。

"很多人不觉得自己是被剥削和'被奴役'的。"长期研究越南偷渡问题的法国巴黎东南亚研究中心研究员尼古拉斯·莱内斯（Nicolas Lainez）认为，很多越南偷渡者觉得只要能挣到钱，并不在乎工作条件和环境，这与欧洲的大众舆论与普遍想象不同，因此这种突击搜查与慈善救助并不能解决根本问题。

莱内斯解释，西方媒体喜欢将人口偷渡（Human smuggling）笼统称为"人口贩卖"（Human trafficking），但实际上二者定义有所不同，主要依据在于是否有强迫（coercion）发生。偷渡是自愿，贩卖是强迫。然而很多时候，越南偷渡问题呈现出二者的一种混合：很多人自愿出发后，在过程中或在目的地被强迫从事劳作。此外，"蛇头"们还会分段计价，甚至坐地起价，要求偷渡者付清一定额度的款项后，才带着去往下一个目的地。

近年来，随着欧洲移民问题频发，英国加大执法打击力度。2018 年，法国关闭加莱营地，曾经的越南城自此消失。武咪咪不知该据点没了之后，偷渡者们又会走什么样的路线，"反正路线都是千变万化"。她发现，目前已有了新开辟的美洲旅游线：通常以组成小规模旅游团的方式出行，带着偷渡客到南美洲和中北美的加勒比海国家"假旅游"，回程经法国或西班牙转机。一到机场，"蛇头"就让撕掉护照，教他们声称自己未满 18 岁，无法遣返地"黑"在欧洲。2018 年，有 35% 滞留在巴黎戴高乐机场的独行青少年是越南人，人数比例高于其他任何国家。此外，"蛇头"也开始频繁利用 Facebook 小组、网站主页等，给年轻人描绘去海外工作的美好未来。

"这就是一个有组织的犯罪集团产业链，是全球化最坏的一面。"武咪咪说，这是世上仅次于贩毒的第二大暴利犯罪行业。越南政府早前对这类问题已有行动，但主要针对被贩卖至中国和东南亚的越南女性。随着偷渡欧洲问题频发，政府开始注重这方面的防治打击与教育，2018年与英国签署了合作协议。截至2019年11月4日，越南警方已在当地逮捕10人。

不过在武咪咪看来，问题的根源还是在于发展不平衡。"越南发展很快，但发展也很不平衡。"她说："如果我们不给这些人良好的教育和职业技能培训，不解决性别不平等问题，偷渡就会一直存在。"2018年，越南GDP增长率为7.1%，为12年来最高，但据乐施会报告，越南的贫富差距同样巨大。

巴博尔亦认为，正是这种快速发展遗落下的不平衡，让越来越多的越南人感受到了落差，导致近年来偷渡者数量激增，尤其是年轻人。"他们通过网络和媒介，见过了美好的世界，甚至自己也去过好的地方，而他们的家乡却依然那么落后，所以改变的意愿也更强烈了。"

或许，裴氏蓉正是这样的一个年轻人。她的Facebook页面上，关注着上百个五花八门的资讯小组和公共主页，有服装商家、各类商场和保健美容所，等等。她此前从未出过国，却也关注着一个日本的越南留学生群组。

10月20日，事发前三天，她异常想家，写道："妈妈，夜晚很冷，记得穿保暖的衣服。小时候我生病了，妈妈半夜醒来，每隔一小时给我喂粥。如今我长大了，找到了离家的路。那片土地很远，妈妈你不要挂念。"

更早的时候，她还在柏林写下："在家里，我以为要去的欧洲是粉色的。但事实上，欧洲是黑色的。"

未来新工作：我们的优势、我们的机会

新技术就像一波又一波的浪潮，拍打着我们自以为坚固的生活。技术迭代的背后都有就业市场的裁员与新需求，甚至连我们与工作的关系都在解体和重组。如果想要跟着时代走下去，还得储备未来工作所需要的技术与能力。

裁员与人员优化：谁掌握未来工作？

杨璐

每年的 2、3 月份都是就业市场的旺季，跟以往的形势不同，从 2018 年第三季度开始，经济增长压力加大，中美贸易摩擦和各大企业裁员的消息纷纷扰扰。除了这些迫在眉睫的变化，人工智能已经在一些领域中得到应用，未来的工作会不会被机器人取代成了隐没于日常生活里的焦虑。在这样的时间点，我们决定做一期以"新工作"为主题的封面故事。我们广泛采访了就业市场里的相关人士，努力给读者们提供最近人才迁徙的形势和方向，在当前的经济和科技迅猛发展的背景下，我们跟职场的关系，职场中正在产生的变化，以及如果我们想跟这个充满变数的时代一起走下去，需要掌握怎么样的技能。

跟机器人做同事

我们会有机器人同事吗？这真的不是一个科幻问题，在生活中的一些不远的角落，它已经发生了。森马集团的人工智能训练师林振日常就是跟阿里集团的人工智能系统店小蜜一起工作。林振从前做过售前、售后、投诉等很多客服岗位，一直做到客服督导的职位，负责一个日常客服团队和促销时招聘的兼职客服的培训。现在，他的工作不再是培训人，而是"饲养"机器人店小蜜，教给他们回答顾客关于尺码、店铺促销活动等问题，在刚刚过去的一年，他带着机器人同事完成的销售转化占他所负责的森马子品牌总销售额的一半。

如果了解客服对于一家网店的重要性，就会对这种取代叹为观止。2012 年 12

月,我去义乌的淘宝村青岩刘村采访,现在回头看,那正是电商发展出专业化分工的阶段。作为一个店主,他不需要先进货,而是上传产品的图片,有人下单再去货仓进货,甚至是店主只负责接单,货品直接从工厂发出。这种情况下,客服就成了电商行业最核心的技术工种,得能通过聊天留住顾客,促成购买。

客服在当时也是最不稳定、最炙手可热的电商工种。我采访的三金冠卖家孔唯刚当时就已经把他的客服团队从义乌搬到了河南新乡。他说,义乌的货源丰富,网店多,开店成本很低。他好不容易培养出来的客服人员很轻易就跳槽了,或者自己出去开店。青岩刘村有好几个中型、大型卖家的老板就是从他的客服团队里出去单干的。所以,他就开始在老家新乡培养客服,那里没有能跳槽的网店,也没有开店的货源。

令人唏嘘的是,当年如此重要的岗位如今成了人力资源专家眼中受到数字变革冲击最大的工作之一。根据 BOSS 直聘的数据,2018 年,涉及客服、初级咨询技能的岗位数量较 2017 年减少 30%,降幅居所有技能之首。变革从移动电商发展迅猛开始,客服行业从孔唯刚这种自己雇用和培训,到出现了专业的外包公司。然而,依旧跟不上天猫、淘宝注册用户的增长步伐。阿里巴巴客户体验事业群智能服务事业部资深经理刘丹说,从前主要的客服方式是热线电话,大约在 2014 年左右,随着阿里订单量的暴增,人工的方式迎来了巨大的挑战。"每天能有近万条的客服电话,如果是在促销期间,这个数字还能翻十几倍。这就导致客服热线经常占线。这样的增长速度意味着通过增加客服人员数量是解决不了问题的,必须寻找技术的解决方案。"刘丹说。

当时,自然语言处理中的回答和对话技术在学术界已经有了聊天机器人等科研型产品,但还没有在大规模的实际商业问题中起到主导作用。阿里因为业务发展的刚需,不得不尝试把这种技术拿来解决真实世界中的问题。刘丹说,好在明确的应用场景其实是一个契机,智能技术团队跟专业客服团队可以结合起来,不断校准,在 2016 年的"双 11"中,智能客服正式上岗。"那一年,小蜜的解决率达到了 91.5%,到了 2017 年'双 11',解决率超过了 93%。"刘丹说。

人工智能应用在客服领域的可行性除了自然语言处理的发展,还是客服本身的结构决定的。森马集团的电商负责人徐颖乐说，把繁杂的客服诉求分类会发现，可以分成售前问题、售后问题和投诉。售前问题通常是关于尺码大小、某个颜色有没有货、天猫活动的规则等，这些重复性强、内容比较简单的答复就能用智能客服来解决。并且，她统计过售前问题大概占所有客户问题的70%，重复类问题又占据售前问题的60%，一旦实现智能化，能够对客服行业产生很大的影响。

不过，具体到雇主的实际情况，这不是一个机器人抢了人类饭碗的问题，而是人跟机器人各有优势，各有分工。刘丹说："在2018年的'双11'第一分钟，阿里智能机器人承接的服务量就有8.3万起，相当于10万名人工客服的工作量。"招聘这样巨大的人工客服团队本身就不实际，并且"双11"是一个潮汐性的行为，日常也不需要那么多人力。在没有智能客服之前，店家们都是通过招聘兼职客服应对"双11"。林振说，客服得熟悉这个品牌的产品和各种促销规则，快速给出顾客答案。"双11"前兼职客服很抢手，招来的人也不是都能掌握这些技术。他现在训练智能机器人，对库存情况、积分换算等问题，比人工回答反倒要快速和准确。

人工客服也有不可替代的作用。林振说，一个资深的客服，得能从顾客各种表达里快速识别出他的需求，给出反应和判断，要有情感上的交流，要懂话术，这些是机器人做不到的。即便使用了3年智能机器人，森马人工客服的人数并没有减少。徐颖乐说，工作内容迭代升级了，更多的是做会员管理的工作，并且从被动回答客户的问题变成主动去探索客户的需求，做一些重点用户的维护等，比如他可以跟用户聊天，做一些推荐；也能处理"卡单"的现象，就是从后台看到顾客停留超过15分钟还没有下单，人工客服跟进解决，进行一个挽回。

在森马的客服模块里，实际上人机协同已经成为一种常态。徐颖乐说："使用智能客服到第三年，已经不能区分智能客服和人工客服了，所有的培训、商品导入、活动设置都是共享的。可以把智能客服看作是客服部门的同事，其实它也是一种数字化的工具，把人们从重复单调的回答中解放出来，做一些个性化的工作。"

就业市场的噪声与信号

智能客服和人工客服的故事很适合来描述现在工作领域所发生的变化，以及舆论同现实的差距。从绝对值上看，初级客服的岗位需求量在减少，实际上是移动互联网技术创造出电商客服这种新需求没有足够的人力来匹配，才引发了智能客服的使用。由此，人和机器协同面对移动互联网时代，人从机械重复的劳动中解放出来去做更个性化的事情。人工智能甚至给人类创造了人工智能训练师这样的新岗位。林振日常的工作就是设想或者从顾客的留言里寻找可能提问的场景，并且编写出精准的答案。他说，人工智能其实依靠的是人类的经验总结。胜任这个工作需要对客服的各种岗位十分熟悉，还要有逻辑能力和深入挖掘的能力，才能让智能客服的回答更多、更准确。那些资深客服有了职业迭代的新机会。

所以，"人工智能将让大多数人失业""人工智能所取代岗位TOP10"这样一度很吸引眼球的标题过于简单粗暴了。

同样的道理也可以用来看待从2018年第三季度开始被关注的裁员问题。2018年底，BOSS直聘发布了一个2019年人才资本趋势报告，从宏观的就业市场繁荣指数一直写到微观的个人在未来生存所需要具备的技能。报告写了100页，可媒体只关心一个问题，现在是不是"就业寒冬"。BOSS直聘研究院院长常濛对我依旧先解答了她已经跟媒体说过很多次的数据："就业寒冬的论调是从2018年第三季度之后开始出现的，但是从我们第三季度的研究报告来看，人才需求的同比和环比都是增加的，相比2017年三季度增长了20.9%，环比二季度依旧有36.5%的增幅。相比二季度对一季度环比增幅确实是下降了，可招聘市场本来就有自己的周期，春天是就业市场的旺季，到了三、四季度是比较平淡的时间。"

作为就业市场的从业者，常濛更倾向于把"裁员"看作是一个中性词。常濛说："如果去搜一下，三星、宝洁这样的跨国公司每年都在裁员，它肯定不是活不下去了。长期看其实都是战略调整，还有就是劳动力结构的变化。人员优化一直都在发生，如果我们觉得最近剧烈了，一方面是它确实在发生，另一方面其实也有互联网的放大效应。"

噪声与信号并存是过去和未来一段时间里就业市场的状态。与其因为噪声而恐慌和焦虑，不如拥抱变化。"反正你要么跟着时代往前走，要么被扔下。不存在机器人像入侵者一样把你的工作岗位干掉这种事。主动权在于每一个人。"常濛说。

真实的就业市场里，人才带着自己的技能在冷热行业之间迁徙是常态，BOSS 直聘首席科学家薛延波说，比如 AlphaGo 刚出来的时候，人们会觉得是黑科技，但把人工智能具象化，会发现它可能等于数据分析加计算机语言加各种从前已经存在的技能，那么经过学习和转化，也可以说自己是一个 AI 工程师，就可以迈入这个热门的市场了。

信号是辨别我们所处的时代位置，看到发展趋势的方向。人社部在 2019 年 1 月底公布了包括人工智能工程技术人员、物联网工程技术人员、云计算工程技术人员、电子竞技员、无人机驾驶员等 15 个新职业。常濛说，这些职业的出现其实是过去 5 年从移动互联网发展开始的，再极端一点是从 2011 年微信的出现开始的。因为过去 5 年一方面是"双创"推动，一方面是移动互联网红利，让一线和新一线城市的生活中出现非常多的改变。

差不多从 2016 年开始，新一轮的技术热潮是人工智能（Artificial Intelligence）、大数据（Big Data）和云计算（Cloud Computing），它们的英文第一个字母缩写简称为"ABC"。百度总裁张亚勤博士曾经指出，"ABC"将深度结合并改造传统行业，真正提升每一个企业的运营效率，释放商业潜能，创造全新的机会。就业市场也呼应了这个判断。常濛说，她把 2016 年第一季度对 ABC 人才的需求作为基础，然后看后面每个季度的变化，2016 年底翻了 5 倍，2017 年翻了 4.7 倍，2018 年差不多还是这样的速率。

从更宏观的角度看，我们正处于技术革命 4.0 的前沿。薛延波说，德国管它叫工业 4.0，美国叫 IIOT，我们叫作"中国制造 2050"。跟人类前三次技术革命相比，这一次跟我们的生活息息相关，因为信息化把生产和生活领域连接起来。"从前我穿一件衣服跟衣服的生产线没有关系，可未来通过智能化的方式把它定制在生产线上，然后直接给我运过来。其实我们会感觉信息是加快的。"薛延波说。

微观的科技创新与宏观的技术革命叠加起来，就像一波又一波的海浪，打在站在就业沙滩上的人们。跟这些技术直接相关，或者被这些技术改变着的行业，是未来一段时间内就业繁荣的领域。教育科技是最热门的领域之一，常濛说，拍照答题、智能阅卷、智能批改等都有产品出来，并且分析百度指数，它们的关注度在节节攀升。根据 CNNIC 的预测，到 2020 年，"AI+ 教育"将带来 3000 亿元的市场规模。金融科技也是新技术跟传统行业结合所形成的热点，常濛说，虽然 2018 年金融行业受到很大的影响，但它是一个非常成熟的行业，本身逻辑没有问题，而云计算、大数据、区块链等新兴技术的应用，在用户画像、身份识别、大数据风控、反欺诈等领域可以为传统金融赋能。从人才需求数据上看，金融科技人才虽然在 2018 年第三季度受市场影响略有下降，但比较 2016 年第四季度，仍然是翻倍上涨的。

技术带来的变革是全方位的，虽然有些行业还不像教育和金融一样出现明显的人才需求热点，但在一个特别长线的周期里，它们应该是社会发展的方向。常濛说，比如健康医疗类这个方向极其重要，跟中国人口结构直接相关。技术与医疗的结合，比如智能读片、远程操控机器人手术都已经有医院在做了。这个领域真正懂的人才，缺口非常大。智能制造是 2018 年特别热的概念，其实是消费互联网到成熟阶段之后，向上游发展，真正全面实现实体经济的智能化。不过因为 AI、云计算等岗位的薪酬高，而制造业普遍薪酬低，现在进入这个领域的人才还不算多，需要一个长时期来打好基础。

工作与企业分离

技术创新推动许多行业的发展，跟经济形势叠加在一起，带来工作的结构变化和升级。可除了这些具体的岗位迭代，在谈论未来工作的形态时，国内外的管理学者们经常谈论的是个人与组织的新关系：个人不需要依靠组织而工作，组织也不一定依靠全职雇员来完成任务，工作组合是多元的。

笔记本电脑和智能手机让人们不再需要固定在隔间里办公，信息的传播也有微信等 App 可以借助。而工作方式自由的背后是越来越多的人属于管理学大师彼得·德鲁克所定义的"知识工作者"，他们的生产工具是技能和知识，这本来就掌握在自己的手里，现在可以移动办公，理论上再往前迈一步就是离开组织，自立门户。

范凌的硕士和博士分别毕业于哈佛大学和普林斯顿大学，刚好经历了这一潮流。他的专业方向是人机交互，当时美国很多这个领域的学者都在从不同角度研究线上工作的基础设施应该是怎样的形态，才能让人的工作状态更自由。"有一类很快就商业化了，就是 Uber 的形态。另外一些商业化的路径比较长，比如我当时研究的是高技能人才如何通过线上基础设施工作，它需要行业的许多真实数据，我就自己做了。"范凌说。2015 年，范凌创立了一个叫作"特赞"的创意人才供给平台，可以看作是升级版的 Uber，通过动态建模的方法把创意这种非标准化的技能结构化，通过平台匹配供需。同时，平台采用类似于京东自营的模式，把"能力"封装，保证任务最后的结果。

这种创业需求的产生，也是移动互联网发展带来的变化。范凌说，中国当时有一个非常巧的时间节点，这个需求在美国是没有的，就是中国 C 端变得千人千面了，我们打开手机看到的消息、商品全都不一样。要想支撑这个效果，就需要面向 C 端的企业能提供千人千面的内容，这里面大量内容跟设计和创造相关。所以，创意领域就产生了指数级提升的需求。这个行业里的传统供给，掌握在大型广告公司和设计公司手中，可千人千面是碎片化，单价更小，需求多元，对供给端也要求碎片化，原来的模式就满足不了这样的状况了。

个人崛起的背景和价值在几年前开始的"共享经济热"时已经有了充分的讨论。但范凌创立的这个平台，因为涉及企业里不可或缺的高技能人才，在提供灵活的劳动供给时，也使企业可以思考"未来工作形态"的命题，企业不一定依靠全职雇员完成任务，可以调用外部资源。范凌说，一种是对远程能力的快速获取，比如说能够很快找到并且运用美国最合适的供应方；另外一种能力是人工智能，它在人力资源平台上调用的数据沉淀之后，能够理解自己调用了哪些能力，产生了什么样的价值，全职雇员、外部供应商、自由职业者，哪一种供给效果最好。对这些数据的利用，使企业成为一个敏捷的组织。

已经有许多大企业拥抱了这种新型的人力资源平台。范凌说，特赞上 80% 以上的业务都来自阿里、腾讯、联合利华、星巴克这样的大公司，它们的营销和品牌活动需要更灵活的供应商资源。特赞 2018 年给支付宝做了一个赋能小商家的活动，就是想出一个解决方案让 40 万家小商户做出自己的视觉形象。按照传统广告创意购买的方式，这个想法实现难度很大。特赞的方法是自由职业者和机器人协同，从平台上挖掘了100个创意提供方，让他们去做原始素材，然后把这些元素进行标注，再让这100个创意供应方对机器进行训练，机器就能够自己生成海报。最后这40万个商家只要输入它的营业内容、风格、地点等关键词，机器就能生成一个专属于店主的海报。

对于知识工作者来讲，碎片化的需求增多，人力资源平台的出现，也确实让他们敢于离开组织，独立工作。潜云就是眼看着电商设计行业活跃起来，他是设计师交流平台致设计的创始人，最开始从事的是广告创意，当时电商设计在行业看来还是一个特别low的工种，这种设计发到作品网站上都无法获得推荐。大约到了2014年，他觉得越来越多的电商设计师涌现出来，就创立了垂直于电商领域的设计作品平台。跟特赞的智能技术不同，潜云的平台采用的是比稿的方法，胜出者获得工作。

因为跟自由职业的电商设计师接触多，自己也带了一个十几人的设计师团队，潜云觉得，这种自由职业的状态能够成立，或者说平台能够持续运转，除了有工作订单，还得能获得从前大公司里提供的经验积累和个人成长，毕竟，高技能人才的职业要求不像自由司机只需要累积出车订单。他带着团队入驻了特赞，看中特赞上有一些要求苛刻的项目，能够锻炼设计师们的规范和商业经验。

如果是单打独斗，更看重这一方面的积累。曾亦心在2016年辞职，做了一名自由职业的插画师，他说，以现在市场上对插画的需求，收入跟在公司上班持平很容易做到。于是，他更愿意花时间在参加插画比赛和寻找那些能够积累名声的工作。曾亦心说，品牌找插画师做限定款和联名款是现在一种很常见的做法，国外就有插画师因此而成名。特赞上推送的工作很多，他也更倾向于选择类似的项目，他曾经给星巴克画过星享卡，还给淘宝造物节画过卡牌。"那一次选了100多个插画师，其中一些在圈子里已经很有名气了，我当时还是一个新人。这就提升了我的履历和知名度。"曾亦心说。

组织的自我重组，平台化

关于未来工作的形态，管理学家和企业家们另外一个关注点是组织内部传统的科层制的坍塌。科层制是工业时代的产物，它通过精细的分工和完善的制度，把白领的工作一级一级地分割成最小的任务单元。每个人只管自己的职责范围，业务熟练，工作效率大大提升。科层制就像精密设计的大型机器，曾经带领着社会滚滚向前，创造出巨大的财富。

可现在越来越多的迹象表明它不合时宜了。常濛说，在讲究规划和纪律的年代，结构清晰、层级分明的组织结构是高效的。如今新模式和新技术层出不穷，商业竞争手段也前所未有地多样化，这种情况下，适应变化的能力和反应速度快是关键要素，而不再是绝对的精准度。另外，每一个面向未来的企业都关注新员工，这种自上而下的决策路径也不符合"95后"的习惯。常濛说，"95后"对于个人意见表达的需求前所未有地强烈，与上级直接沟通的意愿也远超出其他代际的员工。BOSS直聘的研究数据显示，57%的"95后"在求职过程中会选择直接和用人部门负责人沟通，他们的行为活跃度是1990年之前出生的求职者的2.5倍。

这种变化已经在发生，常濛说，她所接触到的科技创新型企业，或多或少都在尝试，要么是全公司的设计变得扁平，要么是在一些合适的部门孵化出小而美的团队。传统企业也有组织形态上的尝试，海尔集团就已经在摸索平台化的转型，就是把从前的"金字塔型"打散成"小微"项目组，实施独立核算，有决策权和用人权。海尔设想未来集团里只有三个层级：平台主、小微主和小微成员。从前听命于上级，只负责执行的企业中层和员工，现在得到变幻莫测的市场里去寻找商机，为用户创造价值而生存。

平台化是大型组织未来的一个形态。陈春花曾经在著作《激活个体》中写道："组织更多的是提供资源、支持和帮助，而成员会组成更灵活的小单元，甚至有些组织会变得更加没有边界、更加灵活，也就是更加'虚拟'，让组织可以面对多变和灵活的要求。员工价值的界定更多取决于角色的责任，以及共识目标的完成，包括对于其他成员的价值贡献。"

徐峰是海尔集团衣联网生态平台的小微主，他的经历就很符合陈春花的论断。徐峰曾经在一家大型家纺企业工作了10年，2017年他本来打算自己创业，得知海尔转型为一种平台模式，鼓励员工创业并且提供资源和便利，于是就入职海尔，成为一名小微主。徐峰说，他来到海尔不是为了找一份工作，本来就是为了创业的。他看中的是海尔平台能够提供个人创业无法获得的背书和行业资源。2018年，他所在的衣联网生态平台代表海尔，跟中国服装协会、中国衣物编码中心、海澜之家等多家国内机构、品牌一起成立联盟，还共同推出一个衣联网的国际标准，这种牵头的号召力来自于海尔几十年在洗衣领域积累的影响力，普通的个人初创企业难以实现。

徐峰创业的方向是海尔集团从前的组织框架里没有的业务，但同海尔的招牌产品洗衣机又密切相关。徐峰说，海尔的洗衣机技术能够做出100多种洗衣模式，但他们发现用户洗衣服其实只用三个程序，常规洗涤、夏天常用的快速洗和洗家纺的大物洗。徐峰想到如何能够让用户把洗衣机的功能用起来，特别是海尔的高端洗衣机系列。他最初想到的是在衣服的洗标上印刷二维码，再在洗衣机上加装扫描摄像头，洗衣机识别衣服洗涤信息之后，自动调整到合适的洗涤模式。可让用户像在超市扫码结账一样，一件一件地扫码再放入洗衣机，但这并不符合行为习惯。徐峰就想到在衣服里加装RFID芯片，当衣服全部放入洗衣机内，通过对所有芯片的识别，计算出最合适的转数、水温和洗衣液的用量。

芯片装在每件衣服上也正是中国一些大型服装品牌的尝试。徐峰说，RFID芯片最直接的功能是收发货不用开箱就知道里面衣服的色号、规格、数量等信息，提升物流效率。另一个场景是新零售，比如衣服拿入试衣区，RFID设备就能读取衣服的信息，显示出模特图片、买家评论，甚至是自助付款。但这些功能没有装满芯片，写入洗涤信息，是在企业没有增加成本的情况下，给顾客又多了一项体验。从前独立的洗衣行业、服装制造和零售因为芯片连接起来，形成生态。

生态里就有商机。徐峰在过去的一年里，跟服装品牌联系，推广植入芯片，同时海尔也有识别芯片功能的洗衣机推出。因为跟品牌门店建立了联系，海尔还在高档家纺门店里设立洗护体验中心，推广新洗衣方式空气洗和带有空气洗模式的高端洗衣机。新产品也有拓展，他们跟一家大型的童装品牌联合开发了婴幼衣物护理柜，除了有针对婴幼儿衣物的存储功能，衣柜还有交互功能，根据孩子的成长曲线，做一些推荐。

小微主也可以自立门户，一旦觉得前景不错，也可以成立独立的公司和引入风投。徐峰在海尔衣联网平台的同事就自己拿钱创业云裳物联，专门承接海尔洗衣机跟品牌、门店之间的合作业务。徐峰说，他2018年依托于衣生态开发的洗衣液就卖了1000多万元，还陆续有其他这个生态里的产品出来，如果进行得顺利，下半年他也想考虑自己独立出去开公司。

元技能，终身成长

重复性强、内容简单的工作已经在被机器人取代，人工智能，大数据，云计算，以及不知道是什么的新科技也在一波又一波地冲击传统生活，连组织也无法在疾风骇浪中给人以安全感，它不是避风的巨轮，它也在解体。个人崛起，其实也是个人要有技能面对这个失控的、充满变数的社会。这不是指现在需求热门的人工智能、算法等具体技术，因为科技也在更迭，今天的黑科技也许在未来就被取代，没有一劳永逸这回事。常濛说，"硬技能"比较容易通过培训获取，并且能迅速帮助求职者提升职场竞争力。但是，求职者应该具备生产技能的技能，也就是元技能。

就业市场上一直都有STEM能力的说法，也就是科学、科技、工程和数学。常濛说，在美国读STEM专业的人很容易找工作，可现在只有数学、统计能力和逻辑思维也不够了。BOSS直聘在2018年对企业进行了人才需求趋势调查，在回答"对掌握哪些技能的人才需求增长最大"时，除了最炙手可热的大数据、人工智能等，管理者急需的还有"品牌/营销/内容相关"和"管理和组织发展相关"，占比分别达到62.1%和52.2%。常濛说，这呼应了现在市场竞争的特点，单纯构建技术壁垒不能满足发展要求，"品牌/内容"和"管理和组织发展"这两项技能的核心是关系管理，一个对外，一个对内，是明确的复合技能。

还不够。在那个人才需求趋势调查里，还有一个问题是"最希望员工提升哪些素质型能力"。常濛说，人际沟通与协调、团队合作、自主学习、抗压与情绪管理是最被看重的四项，反倒不是说希望Java写得更好这样的具体技术。所有这些就业市场的新需求，分析下来都是跟阅读、写作、表达、创意、审美等相关的，是人文型的技能。它们都需要通过漫长的时间来积累，很难通过短期训练就迅速提高，但是，它们也是人类相对机器最后的优势。这些技能跟从前的 STEM 一起，构成了我们抵抗科技、经济风浪的元技能。

敏感的人已经发现这一部分能力的存在。李新从前是杂志编辑，她觉得自己是个在公众场合讲话怯场的人，可内心又向往那种讲话从容、妙语连珠的状态。这种差距始终让她觉得遗憾。问题是我们一直以来的教育里并没有专门的课程来学习这项能力，直到她去美国学习喜剧，才发现这种公开演讲的能力并不是天生的，完全可以通过后天训练出来。李新学成回国后，创立了"鲜榨喜剧"，一方面从事专业的喜剧演出和创作，一方面用喜剧表演和工作中抽离的理论去企业里讲课。李新说，喜剧其实是研究失败的艺术，那么如果对喜剧想得深了，其实也能够找到面对挫折的能力。喜剧的剧本创作是一个非常成熟、高效的团队协作过程，这种分工技巧也可以应用到职场中。

在普通人的层面上，最近几年这方面的产品也增多起来。以建设一所终身学习大学为愿景，并且拥有庞大粉丝群体的"得到"APP 上就专门辟出了能力学院的板块，包括沟通与表达、思维模型、人际关系、自我管理等学校没教过，职场上却有要求的内容。"得到"高级副总裁、能力学院负责人蔡钰说，"得到"内部有一句黑话叫作"个人武器库"，就是作为一个社会人，你要应对不同的状况，你就得有各种切面。我们希望能够把这些切面上用到的能力做抽象和总结，能帮助更多的人。比如在沟通表达类的课程里，销售人员和学生所占的比例就比全站其他课程高 2%。"我们发现市场上有自我要求的人还是挺多的，也说明这样的课确实有实用价值，我们就把范围扩大了。"蔡钰说。

这些能力并不像学校里的教学内容那样有明确的类目和大纲，开发全靠摸索。蔡钰说，她的方法是推己及人，不断地问自己，"你希望对方或者说对手有哪些能力"和"我自己如果能怎样就好了"，总会有人想能像奥巴马那么帅地演讲就好了，总会有人觉得自己如果能再机智一点就好了，或者身边的朋友每天都很辛苦，如果他学会做时间管理就好了。"每个人都会有这样的闪念出现，在我看来，这些就是需求。"蔡钰说。

拿着这些需求，蔡钰像星探一样去寻找合适的老师，能够跨学科地给用户提供知识和解决方案。李新就被蔡钰邀请，从线下来到线上开设《有效训练你的幽默感》《有效训练你的随机应变能力》两门课。"我就问她，一个人具备哪些素质你会认为他是有幽默感的？要回答这个问题，那么这节课的要素就列出来了。下一个问题，我问有没有一些方法和步骤帮助没有基础的人获得这些素质。这门课的方法论也就有了。"蔡钰说。李新的课上线一周订户就超过了10万，从用户的留言看，也印证了设立这类产品的初衷，都是讨论一些职场和生活中的具体场景。李新说，很多人留言问的问题都是："某某某的情况下，我应该讲一句什么样的话？""某个同事讲话总是呛我，应该如何化解？"这些都不是喜剧问题，而是人际关系问题。

被用户分享出去，并且通过分享链接购买最多的课程是梁宁的《产品思维30讲》。看题目这像是针对创业者和互联网产品经理的商业课，可其实梁宁认为产品思维是一个人的底层能力，因为产品思维训练一个人判断信息，抓住要点，整合有限的资源，把自己的价值打包成产品向世界交付，并且获得回报。这些思维能力除了做生意，也能使用在很多场景里。

这些内容除接近于常濛认为的元技能之外，也是同样重要的一项能力，决策能力。她在"人才资源趋势报告"中引用了1805年的特拉法尔加战役的案例，英国海军中将纳尔逊虽然中弹倒下了，但士兵并没有注意到主将受伤，所有人都在独立高效地工作，最终取得胜利。因为纳尔逊日常的训练要求就是，一旦开始混战，每个指挥官必须自行决断，进行关键性思考，并发挥主观能动性。

无论身在企业中以雇员的身份，还是作为个人，面对这个混乱的世界，都得有能力独自面对。

最高薪的行业在哪里

邢海洋

"别人家的公司"

总有一些企业扮演着"别人家的公司"的角色。

年前,一条腾讯微信团队年终奖的消息不胫而走。这个消息是,微信一个部门的年终奖是20亿元,人均高达280万元。这是多数网友一辈子都挣不到的收入,引来了一片羡慕嫉妒恨,微信赶忙出来辟谣,至于最终微信团队员工是否收到了这笔可观的年终奖,只有当事人自己知道了。

从公开材料分析,微信团队共有2000名员工,若真得到20亿元的年终奖,平摊到人头应该是百万上下。如果联想到曾经闹得沸沸扬扬的一汽-大众27个月的年终奖,就不会认为微信上百万元年终奖有过分之处。彼时正赶上一汽-大众的国民神车捷达大卖,有人计算出,包括每月发的双薪在内,在一汽-大众上班,全年可能挣到63个月的薪水。

汽车制造业是资本密集型产业,不过因为国内生产效率还有待提高,行业内聚集的是大量的一线产业工人。在汽车需求井喷的2011、2012年,尽管员工人数接近4万,一汽-大众仍能凭借其广受欢迎的国民车型获取巨额利润,并给予员工丰厚的回报。如今微信团队以异常精干的队伍为全国10亿人口提供了基本的通信服务,同时还拓展了更为高端的阅读与视频娱乐,更将传统媒体的地盘侵蚀了十之八九,其人均创造的产值恐怕可以千万元甚至亿元计数。当然,微信在即时通信业的优势地位体现的是腾讯公司的战略部署，更是微信创始人张小龙的技术洞察力所致，这些都在股权激励和股权升值中得到了体现。但对于现有员工，维持着业界顶尖的薪酬标准，也是保持企业竞争力的最有效手段。

企业经营教父级人物、通用电气公司前总裁杰克·韦尔奇在企业用人方面说过这样两句话："对高级人才只要认为值得，付出绝不吝啬"；"始终使用最顶尖的业务人才，不惜代价挖到手"。他同时也是末位淘汰制的提倡者，韦尔奇极力提倡在组织中对员工绩效进行坚决的区分，认为这是创造了伟大组织的核心内容。韦尔奇将员工分为三类，并据此给以物质和精神奖励。表现最好的20%是A类员工，中间占大多数的70%是B类员工，表现差的10%属于C类。A类员工得到的奖励是B类员工的两到三倍；对B类员工，每年也要确认他们的贡献，给予奖励；对C类员工，什么奖励都没有。韦尔奇曾说："精神鼓励和物质奖励都是必要的，光有钱不够，而象征性的褒奖也是不行的，两者缺一不可。"

无论在海外还是在中国，韦尔奇创造的奖惩体系正在为从独角兽到巨无霸们，几乎所有努力保持竞争力的企业所发扬光大。比如在华为，它不以学历、知识作为确定收入的标准，而是以贡献和业绩评定薪酬。个人绩效分为A、B、C、D四个档次，华为HR政策重点是激励A和B+，保证其职位收入的绝对吸引力，而被考评为C，三年不能涨工资、配股，奖金也没有，号称"一C毁三年"。考评为D，那就离末位淘汰不远了。

对于十年寒窗的莘莘学子，如何在企业中力争上游还是后话。但顶尖的企业不惜重金选聘人才，并花大价钱留住人才却是毋庸置疑的。根据华为年报，2017年人均工资达到70万元，腾讯2018年半年报则显示，其48684名员工，半年平均薪酬为41万元，相当于月薪6.8万元。不过，一个微信创始人张小龙年薪就有2亿元，高管薪金动辄上千万，这足以极大地拉高平均薪酬了。故而对于初入职场的就业者，招聘企业给出的入职工资更有参考价值。

当我们打开一份职业招聘的统计，不难发现顶级企业在人力资源上开出的报酬也是非常有吸引力的。比如2018年各大企业在国内的校招统计，谷歌中国的人工智能岗位年薪最高达56万元，微软的算法工程师岗位也高达51万元；国内科技巨头也毫不吝啬，腾讯公司的基础应用研究岗位给出的年薪接近 50 万元，大疆、百度和海康威视等均给算法工程师们提供 30 万元以上的年薪。实际上，对于来自各顶级高校的计算机专业的尖子生，已经形成了 30 万元起薪的门槛，甚至还有第 28 研究所，也就是中国电子科技集团下属的南京电子工程研究所，不惜以一笔不菲的安家费吸引优秀毕业生。

收入直追海外同行

中国的码农们水平如何，是否配得上让人艳羡的收入？

2017 年，Hacker Rank，一家黑客平台，也可称之为一家软件工程师编程水平测试平台组织和发起了一系列的编程竞赛，全球有数十万名程序员参与。结果美国的码农以 78.0 的总分排第 28 名，软件服务大国印度则以 76.0 的总分排第 31 名，而参与这一次编程竞赛的程序员中，美国和印度的程序员相对最多。中国程序员排名第一，得了基准分的 100.0 分，那些水平高的码农通常来自数学教育水准高的地区，如东欧和东亚地区。当然，仅仅凭借这一场非官方组织的竞赛就认为中国码农天下第一，未免一叶障目，但中国人在逻辑和数学上的基础教育水平，却是有目共睹的。

既然如此，中国顶尖的互联网企业给予码农们的起薪和薪酬，若放在国际上又是什么样的水平？

美国企业的薪资水平非常透明，权威的招聘平台 Paysa 上可以查到几乎所有知名企业的薪资范围、薪资平均值乃至中位数。曾经，咨询公司长期雄霸薪水排行榜，近来，随着硅谷对计算机人才的争夺，IT 企业逐渐取代了咨询业，理科生终于扬眉吐气，战胜了 MBA 学生。

科技公司中，谷歌和 Facebook 是硅谷巨头中最引人注目的，尤其 Facebook 后来居上，人力资源上极度慷慨，其平均薪资水平在 20 万美元，毕业生一入职就能拿到 2.4 万美元的入职奖励。

按照《多德 - 弗兰克法》的要求，美国公司 2018 年开始公布员工薪酬中位数和 CEO 薪酬中位数之间的比率。谷歌巨头薪资中位数走入舆论视线，通常情况下一个从上至下层级分明的企业总是领导的人数少于员工数目，金字塔模式下基层员工数目巨大，平均数很容易被金字塔顶端的天价薪酬拉高，而中位数则更客观地反映出公司多数人的薪酬水平。按中位数计算，Facebook 又位列第一，为 24 万美元，其员工薪酬中位数竟然是亚马逊员工的 8 倍。可见 Facebook 是以高收入金领为主的科技密集型公司，亚马逊再如日中天，仍是以库管、销售和快递员为主体的劳动密集型企业。

科技公司中谷歌比较有代表性，员工的平均年薪为 19.1 万美元，整体年薪范围从 12.2 万到 26.7 万美元不等。平均年薪包括 13.1 万美元的底薪、1.7 万美元的年终奖金和 4.2 万美元的年终股票分红，新入职员工则还有 1.6 万美元的入职福利。谷歌的软件工程师平均薪水为 20.3 万美元，资深软件工程师高达 24.8 万美元。而苹果公司因为产品以苹果系列硬件为主，公司的薪资水平被大量的市场和售后服务人员拉低，平均薪酬只有 10 万美元。但软件工程师的薪酬，所有的硅谷巨头都是在一个水准上，苹果入门级工程师的薪资为 18.5 万美元，资深级别为 23 万美元。相对而言，硬件工程师的薪水略低于软件工程师，平均薪酬为 17.1 万美元。

对比硅谷科技巨头的薪酬水平，华为 2017 年的 70 万元年薪，腾讯 80 余万元的年薪似乎稍有欠缺，可若将深圳与硅谷的房价、房产税和物价通盘考虑，两边的差距已经非常小了，尤其考虑到华为和腾讯的工资水平以每年 10% 的幅度增长，这就更加使人相信，中国科技企业在研发上的投入已经与竞争对手不相伯仲。计算机、互联网和移动端的三次技术革命，中国千千万万程序员投身其中推动了行业发展，也拉近了头部企业与海外巨头的差距，如今最高端人才的薪酬也与海外相差不远了。在全球校友高薪榜中，清华大学在百强科技公司工作的校友，以 25.4 万美元的平均年薪位列第六，可资参照的是，剑桥大学的毕业生平均年薪为 25.2 万美元。

不过，在更广泛的层面上，程序员与海外同行还有着比较显著的差距。一份《2018 中国程序员薪资生存现状调查报告》显示，程序员的平均月薪达到 1 万元，大多数程序员年薪在 9 万—30 万元，但超过 30 万元的仅占到程序员的 10%。而《美国新闻与世界报道》杂志对美国 50 个最佳工作的评选中，软件开发者位列第一，薪资中位数达到了 10.1 万美元，是中国程序员的 20 万元工资中位数的 3 倍多。

"夏天"？"秋天"？

当然，无论 20 万元人民币还是 10 万美元，都算得上中美两国收入最高的行业了。剩下的问题便是吃着青春饭的码农们，未来在哪里？

招聘网站 Hired 有过一个统计，通常码农们在 45 岁左右达到事业巅峰，2018 年 Hired 的统计显示，25 到 30 岁的人平均挣 10.2 万美元，而 45 岁则挣到 14 万美元，随后他们的工资开始逐级下降，反映了这一行业知识快速更新迭代。相比于传统行业，过快地攀上职业高峰意味着码农们的薪水增长远快于其他行业，年轻时候他们的薪资像火箭般地增长。但在中国，甚至有码农抱怨 35 岁后就面临着企业的"委婉劝离"。

职业生涯比传统行业短暂，这曾经是很多大学生选择专业时顾虑的因素。问题是人工智能正飞快地改变着就业前景，机器取代人的速度和广度前所未有，几乎所有的工作都面临着不确定性，于是，问题便可归结为，投身 IT 业是否面临着更紧迫的不确定性？

不到两代人的时间内，软件编程从业人员从科学研究的小众群体，发展为全世界数千万人参与的大行业，计算机和相关设备更是因为有了软件这个"神经系统"，从简单的数字运算到文字处理到图像处理，逐渐具备甚至超过了人的感知与运作能力。不过，这个"神经系统"还远没有进化到无所不能的程度，近些年人工智能、大数据以及区块链等新兴领域又产生出庞大的编程需求，召唤着更多的开发人员投入进来。

《美国新闻与世界报道》的职业评选，针对的也并非当下一两年的就业需求，而是大学生的人生职业规划。该排名中所涉及的职业，来自美国劳工统计局（U.S. Bureau of Labor Statistics）确定的 2016 至 2026 年预计空缺数量最多的职业数据。软件开发在该排名中之所以位列第一，是因为这个岗位不仅工资可观，就业缺口也很大。而在我们这里，几乎每所大学里都有计算机技术相关专业，每年培养出来的技术人才加在一起有 20 多万人，仍然供不应求。

时光倒流10年，码农还不是如今这样炙手可热的行当，那时的大学毕业生，二、三线城市也就拿个三四千元的收入，北京、深圳这样的IT公司荟萃之地，新入行者收入在6000元，比其他行业多一些，但差距有限。随着BAT（百度、阿里巴巴、腾讯）的崛起，当它们攻城略地，开始蚕食传统行业的市场份额后，互联网巨头与江河日下的零售、媒体和通信业公司才在业绩上越来越分化，新旧经济从业者的薪资才开始分道扬镳。

火热的市场点燃了人才争夺大战，三百六十行林林总总，如果要找一个全球流动，非软件业莫属。据2018年4月PayScale发布的《员工流动率报告》显示，全球财富500强企业中，IT行业的员工流动率是所有行业中最高的，谷歌和亚马逊等公司任期中位数仅仅一年有零。跳槽频频，IT业的薪水水涨船高。

如果仅仅是行业正常的运营，正常的盈利回馈员工，程序员们的工资也不会涨得如此之快。每次风口来临，社会游资都会不计代价地涌入互联网，创业公司为了短时间内占领市场，也会不计代价地把融资铺展开去，在所有的竞争手段中，花大价钱抢夺人力资本反而是最理智、最保守的必选动作。千团大战、手游大战、移动支付、数字货币、网贷平台以及共享类创业等，每一次创业风口都推升了码农的薪水，以至于在北京的西二旗，码农聚集之地，到处都是月入5万元却活得如月入5000元的"乡下人"和"小古板"，不过他们沉甸甸的腰包，还是令CBD里月入1万元却活成5万元的白领们胃酸泛滥。

码农们的"盛夏"就这样不期而至，盛世景象引来了各路人才纷纷进场。据推测，中国大概有500万码农，其中有一半是从其他行业转行而来。2008年以来的软件行业，可谓烈火烹油，但正因为扩张过快，所谓"萝卜快了不洗泥"，程序员的水平也就良莠不齐，很多从业者只是徘徊在入门级别的能力上，高端人才的缺口一直很大。

可到了2019年，移动端应用的盛宴显然已经结束。引燃掌上应用爆发的苹果手机走了下坡路，中国智能手机市场也日趋饱和。互联网巨头的小规模裁员也时有发生，时至今日，国内最大规模的独角兽"滴滴"竟然曝出大规模裁员的消息。

难道，码农们还没来得及畅享"夏天"的快乐，"秋天"就降临了？

按照IT业十年一轮回的历史经验，软件业或已走上了一个短暂的下行周期。历史经验同样表明，IT业的调整通常是短暂的，很快，技术便会找寻到新的增长点，而码农供不应求的就业形势仍旧会持续。毕竟，计算机虽然战胜了人类围棋手，能够翻译简单的话语，能够给投资者以相当有质量的建议，可毕竟，它需要帮助人类做的事情还有很多，还得更聪明、更人性化、更细致。而每一个小小的改进，背后都需要千万行的代码，都需要码农们殚精竭虑，秃头谢顶。

"零工经济"：未来职场的新选择

王梓辉

脱离固定工作关系

在 2008 年出来单干之前，原文明已经在影楼工作了将近 10 年。那时的他就在店里给客人拍肖像和全家福照片，然后到暗房里把照片洗出来。10 年后，这个行业从胶片走向了数码，他也终于摆脱了之前在照相馆里的固定拍照生涯，一边开了一家自己的工作室，一边也在外面找活儿拍，开始了自己的自由职业者生涯。

从全球范围内来看，摄影师都算是很典型的自由职业，根据领英中国 2015 年的统计，在所有标注有"自由职业者"头衔的用户中，摄影师、设计师、独立翻译等专业人士占比最多。通常来说，自由摄影师们的收入来源是人脉和关系。原文明因为在北京有自己的工作室，初期拍了一些客户之后，因为口碑还不错，一个介绍一个，慢慢才积累了自己的客户群。

进入实际操作层面，摄影师们面对的是一条更加低效的流程。除了拿着相机出去拍摄，摄影师们更棘手的工作是回到电脑上对照片或视频进行后期处理。"有一次，我拍完了以后特别忙，半个月都给人家做不出后期，更没时间对照片精挑细选。"原文明说道。即使把照片发给客户之后，为了便于管理，以备几年前的客户哪天找他要资料，他还买了几十个 4T 大小的移动硬盘。这些繁杂的事情大大影响了他工作的效率。

而这些困扰原文明的也正是曹玉敏想要解决的行业性问题。2011 年之前，曹玉敏在国外当跨国公司高管，回国后，因为自己的孩子要拍照片，机缘巧合下，她也顺势进入了摄影行业，成立了自己的工作室。真正进来后，她就发现了摄影行业的很多问题。"它不像我们想象的那么高效，也不像照片上体现得那么美好，我会发现摄影师活得很痛苦，客户等照片也等得很痛苦，所以我就想能不能试着去解决这些问题。"

2013年，恰逢云计算技术开始兴起，曹玉敏的丈夫也是云计算领域的从业者，他们发现似乎可以用云计算来试着解决供需两端的问题。于是他们开发了一套系统，摄影师拍完照片后不用自己处理后期，他们可以把照片上传到云平台上，专门有后期修图师帮他们修图，修完后图片立刻在云平台上得到更新，客户也能直接查看挑选，整个过程可以在几分钟内完成，等于在看实时的图片直播。

2015年，他们开始将这套系统推向公众，还开发了专门的智能硬件，并加入了预约拍摄的功能，帮摄影师和客户对接工作。从下订单到接单再到拍摄和修图，整套流程都能在这个名为 VPhoto 的平台上完成。

原文明从这样的服务中获益匪浅。他给我举了一个例子，那是在2018年9月，他跟随内蒙古妇联牵头的一个团队，去参加内蒙古服饰在巴黎卢浮宫走秀的文化活动。作为有7个小时时差的跨国项目，若按以前的传统方式，他拍完的几百张照片等传回国内做完后期都要一两天后了，也只有两三张能发给媒体，能知道他是拍照摄影师的人就更寥寥无几了。

但那次他们就使用了图片直播的功能，内蒙古妇联的同事当时就在他们公众号发了相关的信息，收到信息的人都能扫二维码观看巴黎实时的图片直播，间隔只有三分钟；再经过朋友圈的转发，那次直播相册的阅读量达到了几十万次，而相册的最上方就写着他的联系方式。虽然那个项目的酬劳总共是3800元，但给他带来的传播效果要百倍论之。

能完成这样的转变，除了云平台的技术外，还因为有那些隐藏在屏幕背后的修图师。"全世界的修图师在家里穿着睡衣就可以在我们平台上工作。"曹玉敏对我说道，"据我所知，我们有几个修图师就在松江租了个别墅，一人一个房间，每天不用挤地铁，一个月赚一万三四千块钱。"而在此之前，他们都像10年前的原文明一样栖身于影楼或公司里，有稳定的工作单位，每天要在固定时间上下班，收入则不及现在高。

现在，即使没有像原文明一样的人脉积累，他们也有了可以脱离固定组织的条件，不至于吃了上顿没下顿。在南开大学经济学院的研究中，他们发现，由于有了这种信息平台的存在，工作场所和工作时间固定化的必要性正在被深刻地改变，开始有大批的互联网公司从传统的"企业—员工"的组织形式中脱离出来，向"平台—个人"的模式转变。由于有了更高的工作灵活性，劳动者中开始拥有大量的兼职和自由职业者群体，企业则更多地作为信息连接的中介和交易规则的制定者出现，"打零工"现象屡见不鲜。

"零工"的魅力

"打零工"自然是一种通俗说法。在相关研究中，这几年已经由此兴起了一个概念——零工经济（Gig Economy）。根据麦肯锡研究机构的解释，零工经济是指由工作量不多的自由职业者构成的经济领域，他们会利用网站或应用程序在网上签订合同。其数据同时显示，零工经济从业者在劳动人口中的比例已经从2005年的10%增长到了2015年的16%。

从字面意思理解，插画师王云飞要比原文明更符合"零工"的身份。他现在是一家创业公司的合伙人，每天的正职就是在自己的公司上班；但到了晚上，他就会变成中国人气设计互动平台ZCOOL站酷的大V。

每天晚上回到家后，他会打开自己的个人信箱，查看多达几十条的私信内容，其中很大部分是来寻求合作的。他会挑选其中值得详细了解的回复，然后打开电脑，拿出手绘板，开始为之前接下的合作订单工作。每个月，他会接下两三个这样找来的合作，除了获得一笔额外的收入外，还能在插画师圈内继续积攒人气。对他来说，这种8比2的工作精力分配既不会影响正职工作，又能发展自己的创作生涯，还开辟了另一条全新的职业上升路径。

从在中央美院上学的时候开始，心思活络的王云飞就在各个美术设计类平台上注册，把自己当时还略显稚嫩的作品上传到平台上面。为了能最大限度获取曝光率，他甚至还注册了一些摄影类的平台。慢慢积累优秀的作品，他在2011年获得了站酷"推荐设计师"的称号，这帮助他逐渐获得了自己的粉丝和支持者，为之后吸引更多的工作机会打下了基础。

作品被人看到的多了，慢慢开始有人找他合作。刚开始都是小厂商的合作，但他也不着急，2014年开始创业后，他每天大部分精力都花在了公司的事情上，也只有晚上的时间拿来做做零工。2016年，站酷上线了艺术教育平台站酷高高手。因为已经在站酷积累了不小的人气，王云飞成了第二批被邀请开课的讲师。精心准备了一周之后，他的《跟王云飞学线圈插画》课程录制完毕上线，以98元的售价卖出了700多份。趁热打铁，他又在不久之后推出了零基础的绘画课程，这下卖出了2000多份。

当人气越来越高，嗅觉灵敏的商业机器随即而至。2018年1月，惠普公司在北京举行了惠普工作站年度峰会，王云飞作为合作方站酷的艺术家代表，现场用惠普的大师本产品绘制了一幅插画。随后还接下了与联想和大众的设计合作。为了证明这些不是昙花一现，他还打开手机展示了天猫在"双11"找他合作的私信。

回忆10年前刚入行的时候，王云飞发现他们现在的选择多了太多。那时，他们这样的毕业生只能去出版社或杂志社工作，否则就只能转行。现在，他一边在工作之余接点小的合作，一边与平台一起参与到大的设计比赛、联合创意等活动中去，一边还在开着直播课，竟同时做着三份零工。他告诉我说，他这几年想做的事就是不断积累自己的合作案例，"以前可能都是一些本土小品牌，这两年也在慢慢和一些大品牌合作，把以前的小品牌替换掉"。这在10年前是他不敢想的事。

站酷创始人、CEO梁耀明则强调，站酷所提供的价值，是构筑设计创意平台，帮助创作者实现创意作品的商业变现，从而让设计更有价值。除了设计师们自己的个人能力非常强之外，如果没有站酷这个平台，作为一个独立艺术家来说，他们也很难接到这么大型的合作项目，也很难有一个身份上的认证，"就是因为有了'站酷推荐设计师'和'站酷高高手讲师'这样两个标签给了他很好的行业背书，他也可以通过站酷提供的这些机会获得更多的展示。"而王云飞作为参与了他们整个生态体系内的每一个支线产品的优秀设计师，站酷每开拓一个新的业务方向，王云飞总是在合作的名单前列。

依靠这种王云飞口中"朋友"和"舞台"的关系，企业与个人都围绕着"零工"模式获得了巨大的成长与收益。

多样化的未来

原文明觉得至少在未来几年，他们这种自己单干的模式还能有不错的发展机会。"你想我从 2016 年开始用图片直播，都快三年了，还有好多圈里人不知道这样的服务模式，还是在等着公司给他派活儿，而我们早都发展到另一个阶段了，所以这个市场还是挺大的。"

"其实我要是有时间的话，平台给我派的活儿几乎都排满了日期，但总是和我自己的客户冲突。"但即使是他自己的客户，也都要求他使用图片直播的服务，没人计较那贵出的一两千元。一看这种情况，他干脆在 VPhoto 上交了年费，这要比每笔抽成划算得多。到了 2018 年，他更是开足马力全年干了 400 单以上；作为对比，在使用图片直播的服务之前，他最多一年的订单量是 100 单左右。

而他自己的公司一共也只有两个全职员工，但是兼职的有将近 100 个。每当有订单了，就好像拍电影似的，他会临时凑成一个工作组，干完就走人。"完全不用依附于某个单位了。"

这种观点似乎也被研究所证明。在德勤发布的 2016 年《全球人力资本趋势报告》中，他们发现 51% 的高管计划在未来三到五年中增加或很大程度上增加临时员工的人数，仅有 16% 的高管希望减少临时员工的人数。那时，他们用 Airbnb 和 Uber 来举例子，并将原因归结为从成本出发和人才的可获取性。两年之后，在 2018 年的这份《报告》中，已有 23% 的受访者表示他们的劳动力队伍中存在大量自由职业者，13% 的受访者表示里面有大量零工。

德勤由此也总结道："传统雇佣关系正在被兴起的多元劳动力生态系统取代，企业必须了解如何吸引并与各类劳动者建立良好关系，毕竟这个生态系统内的劳动者并不都传统地认为雇佣关系本来就是这样的。"

在采访中，原文明和王云飞这些受益于零工经济的人都极为强调个人要善用组织的力量来放大自己。王云飞现在给他手下的年轻设计师提的忠告是"不能只会画画",他告诉我说:"往后你会发现,只会画画是没有用的,你要掌握更多的东西才能在这个社会中走出来,你必须要具备营销的意识。"从某种程度上说,王云飞就是因为在站酷这个国内最大的设计师互动平台上成功营销了自己,才拓宽了自己职业发展的新路径。

而这也是原文明总结的心得。他告诉我说:"我现在意识到,必须要利用时效性的口碑来做营销,用这种方式让自己的价值最大化。"他现在已经在服务时默认使用图片直播的模式,有时也会碰到没用过相关服务的客户,觉得贵,不太想用,这时他干脆就赔本赠送一个图片直播的服务,"送完之后,有些客户用了一次就上瘾了,他说那下次你还给我弄这个吧!"

一手搭建了平台的曹玉敏自己则用"授人以鱼,不如授人以渔"的谚语来解释他们的想法,她觉得单纯给摄影师提供客户只是给他一条鱼;而给摄影师提供技术和平台才是给他们更大的赋能,就看摄影师自己怎么使用这些能力。"我们很多摄影师的收入来这里之后都翻倍了,去年结算完,应该出现了好几个超过100万的。"

当然,如同《金融时报》专栏作家蒂姆·哈福德所言,对乐观者来说,这些零工意味着可以向老板说不,选择自由,不做工资的奴隶;对悲观者来说,这些就是不稳定的谋生方式,没有任何养老或者医疗保险。

王云飞向我们透露,即使是在设计这样相对自由的行业,百分之百的自由职业者也不是特别多。"还是得有一个持久性的项目。"他说,"可能你刚开始年轻的时候觉得没什么,但是你以后成家了,你会发现做一个自由职业者也很不稳定,除非是你把自由职业已经发展成为一个工作室或公司了,但这不还是在公司工作吗?"

《零工经济》一书的作者黛安娜·马尔卡希针对这种顾虑给出了她的建议:"多样化才是零工经济的新常态,多样的工作可以降低风险,促使我们开拓新机会,扩大社交圈,开发新技能。"以她所举的一个零工职业者的案例所言:"实际上,我比自己95%的朋友们更有安全感,因为我是多样化的。我每年有10—20个收入来源,所以,如果其中一个消失了,我也不必担心。"

在这个过程中,传统的商业组织必须要正视这种变化并及时做出调整。正如德勤所调查的那样，尽管大部分企业管理者都认为零工用工在未来会不断增长，但是仅有 16% 的受访者表示他们已经建立了各种规定和规范来管理不同类型的员工。而只有当组织、个人与政府都对此做好了准备时，这种更加灵活的用工潮流才能让更多的劳动者受益其中。

成为父亲:爸爸的问题与困惑

在今天的中国家庭里,"丧偶式育儿"成了流行语,你总能看到一些妈妈们痛陈孤立无援的育儿生活。中国社会的变化如此之快速剧烈,我们对于父亲这个角色的要求,可能仅仅在两三个世代间就发生了巨变。传统的父职已被消解,今天的父亲们正处于一个充满挑战的时代,这意味着父亲必须重新寻找自己在家庭中的位置,重新去理解当下的父亲究竟意味着什么。

父职的消解与再发现

徐菁菁

爸爸去哪儿了?

8个月前,我升级成了一位母亲。从小家伙降生的那一刻起,无分昼夜,生活变成了以哺乳为节点的一个又一个小循环。幸运的是,由于家里老人的有力支持,新妈妈的生活并没有太难熬。我没有像许多母亲一样感到手足无措、压力如山。照料孩子之余,我很快就尝试安排了一些属于自己的时间,恢复阅读、运动。四个月产假结束后,我重新投入了工作。但我并非没有困扰。我先生在一家互联网公司任职,日常工作繁忙,晚上8点到家就算难得。即使在家中,他还需要花费大量时间在各种微信群中处理公务。由于有老人在,孩子的日常照料几乎不用他插手。夜间,我基本独自承担照料女儿的工作。有条不紊的日子里,仍有一种焦虑会时不时地向我袭来:如果没有老人的帮助,他是否能够有力地分担孩子的日常养育,做一名合格的父亲?

这种焦虑的产生有很多原因,其中一点很可能是我被卷入了某种集体性恐慌。这两年,我关注了很多育儿主题的自媒体、公众号。一个名词时不时地出现在我所阅读的文章里:"丧偶式育儿"。在这些文章的评论里,你总能看到许多妈妈痛陈她们孤立无援的育儿生活。

2015年,央视主持人李小萌辞职回归家庭。过去几年,她来我家做客,每次都带着女儿,和我们谈论她在养育孩子过程中的心得体会。2018年,她决定重回荧屏，第一个作品就是 12 集的访谈节目《你好爸爸》。李小萌说，她发现，我们从来没有真正思考过妈妈和爸爸在孩子生命中扮演的角色是什么。当她开始思考这些问题的时候，本能地先把目光投向了"父亲"，因为在她身边，太多的家庭结构都是姥姥、姥爷、阿姨和妈妈带着孩子，爸爸是一个偶尔出现的人物。在她自己的家庭里，女儿也极少有机会得到父亲的陪伴。

一些数据可以佐证这些个人经验性的感受。全国妇联和国家统计局每 10 年会进行一次中国妇女社会地位调查。最近一次，也就是 2010 年第三次中国妇女社会地位调查显示，在 40 岁以下的被访父亲中，最近一年从不或很少照料孩子生活的占到 70%，从不或很少辅导孩子功课的为 47%。另一项更近期的调查来自上海。上海社会科学院社会学研究所和上海市妇女联合会发布的"2015 年上海家庭教育现状分析"调查报告显示，孩子的生活主要由父亲负责的比例，从 2005 年的 12.2% 下降至 2015 年的 9.6%；孩子的教育主要由父亲负责的比例，则从 2005 年的 30.2% 下降至 23.7%。

"丧偶式育儿"这个词很有传播力，因为它以夸张的戏谑近似粗鲁地概括了一种被普遍感知的现象。但是，这种概括的潜台词是一种先入为主的判断：父亲们是不负责任的、不可靠的、懒惰的、逃避的、缺乏作为父亲的自觉的。但事实似乎并不是这么简单，就像我的焦虑，充满了矛盾，且指向不明。就拿夜里照顾孩子来说，我常常戏谑："祝你拥有婴儿父亲般的睡眠。"绝大多数妈妈都会有这样的感受：孩子在身边小床上的一小声哼唧，就足以让她们瞬间惊醒，但婴儿的号啕大哭也未必能吵醒父亲。在最初的几个月里，每当我频繁夜起，独自完成喂奶、换尿布、哄睡这一系列规定动作时，我难免会心生抱怨。但事实是：我并不愿叫醒丈夫。一方面是想保证他第二天上班的精力，另一方面，"他又能帮上什么忙呢？"我必须承认，为数不多的几个黎明前夜，我在困倦至极时叫他起来搭把手，他并没有任何不情愿。既然如此，我的焦虑究竟源于客观现实，还是一种主观的想象？我对父职的期待到底是什么？

做《你好爸爸》这个节目，李小萌说，她一开始是奔着控诉去的，一路走来却发现父亲们的许多难处。她举办面向爸爸们的活动，现场一问，他们基本都是应妻子的要求来的。但是交流起来，爸爸们也有委屈要说。"他们都在想：现在妈妈都是专家，我们都没有发言权，我做什么都是错的。妈妈在这个领域里确实掌握了太大的话语权。"李小萌说。她在一个公众号上开课，讲育儿书籍，叫《妈妈读书会》。一次她给这门课拍宣传片，导演是位年轻父亲。他突然提出自己的不满：你光给妈妈读，不管爸爸，不说爸爸的事。

或许，成为母亲和成为父亲本身就是两个不同的旅程。回到小生命诞生之初，李小萌记得女儿一降生，她就"爱得不行"。我是那种慢热型的母亲，但孕育生命的过程足以让我将养育内化为自己的天职。心理学理论认为，为了实现直立行走，人类的骨盆变小，胎儿在母体内孕育的时间缩短，人类都是事实上的"早产儿"，需要经过漫长的婴儿期。在孩子生命之初，他们依然需要受到子宫般的呵护，他们和妈妈是一体的。但对于父亲而言，孩子出生前将近一年的时间，他只负责提供精子，与孩子之间缺乏生物学上的牵绊，也不存在应承担的生物学责任。对孩子来说，父亲不可或缺的状态在受精卵形成后基本就已结束。

美国特拉华大学（University of Delaware）人类发展与家庭研究教授鲍勃·帕尔科维茨（Rob Palkovitz）认为，男性可在生理层面转变为父亲，但是并不容易调整自己的心态和行为以适应父亲的角色。做一个父亲的样子和责任，都与做一个丈夫不同，需要另一种承诺。这种转变将影响男性在每一天生活中的选择、行为和事情的优先顺序。男性需要慢慢成长，才能逐渐扮演父亲的角色。

面对一个呱呱落地的婴儿，很多父亲都会产生强烈的不真实感。演员包贝尔告诉李小萌，他十分期待孩子的降生，但当他真的看到孩子的时候，他却找不到想象中应有的强烈的连接感，于是，他就像许多父亲所做的那样，等孩子两三岁了，能交流了，才开始介入孩子的教养。

前几年，湖南卫视的真人秀《爸爸去哪儿》播出后，加拿大爸爸夏克立成了"映衬"中国爸爸的模范。他对女儿的陪伴令许多母亲都自叹弗如。他和女儿一起疯玩，一起染头发。不久前，女儿想打耳洞又很害怕，他就和孩子一起打了耳洞："你看，什么事只要有个伴就不难。"但事实上，和包贝尔一样，夏克立也曾经在新生命面前找不到感觉。他的解决办法是把所有照顾婴儿的细节都承担起来。他说，既然没有像母亲那种天然的物理性的连接，就要自己努力在关系当中去寻找。

"成为父亲"对于许多男性而言并不是一件简单的事。"父亲"之名带来的压力和困惑很可能是巨大而持久的。《你好爸爸》的所有嘉宾都强烈地感到，要做一个合格的父亲，似乎"自己本身必须得是点什么"。"凯叔讲故事"创始人王凯说，如果你不是什么的话，在孩子面前就没有发言权。

心理咨询师李松蔚给许多出现问题的家庭做过家庭治疗，但他同样有作为父亲的困惑。他告诉我，对于他来说，最困难的一点是，他并不确定自己是不是足够好，是不是已经从一个儿子成了一个父亲。"当你是一个儿子的时候，我可以认同自己就是一个有缺陷的，不够完善的，还在成长中的人。但是父亲这个角色在某种意义上，意味着我需要去承认一点：我已经长成了。"

女儿出生时，李松蔚正在完成自己的博士论文。写论文的过程中会思路卡壳，于是会有一个又一个熬到深夜的晚上。那时候，几个月大的女儿半夜醒来哭泣，他抱着女儿摇晃哄睡，一旁是亮着的电脑屏幕上未完成的论文。"心里很困惑。我在想，如果她懂事的话，她会怎么看待我。我还是一个学生，却好像已经要成为她行为上的榜样。我很希望自己能够像一个很成熟的科研工作者，知道应该敲出来的每一个字，但是我做不到。我要到自己变成什么样子的时候，才可以有底气地告诉她：你看，这是你爸爸。"李松蔚的女儿7岁了，他依然会时不时地面对自己内心的纠结。

李小萌为《你好爸爸》寻找嘉宾，请他们谈谈对父亲角色的看法。"爸爸"们最常见的顾虑是自责："我这个爸爸当得根本就不合格。"怎样才是合格的？似乎也没有人说得清："没思考过这个问题。"好父亲的面目竟是如此模糊。

"当丧偶式育儿成为一种流行语时，媒介起的作用到底是让父亲回归家庭，还是让他们与家庭之间更加割裂？"李小萌的观察是，"许多新一代爸爸并非没有参与养育的自觉。爸爸和妈妈之间最大的分歧在于，妈妈想让爸爸用跟她相同的方式来爱孩子。但孩子并不需要两个妈妈，他们也需要来自爸爸的，不同于妈妈的爱的方式。在我们抛出一句指责之前，似乎应该更清晰地分辨彼此的角色，而不是在混沌当中只剩下情绪。"

被消解的"父职"

为了理解父亲的角色,我尝试去理解今天的父亲们所处的位置。我找了许多父亲聊天。一位父亲的感受颇具代表性。不像《你好爸爸》的嘉宾,他的工作很普通,收入不足以独自承担家庭的花销。妻子和岳母是照料孩子的主力。他从小是在祖辈身边长大的,和自己父亲的关系并不亲密。他朦胧地意识到,自己应该是孩子成长过程中的某种重要角色,但具体到日常,他并不擅长与孩子相处。他不得不承认,很多时候,对于孩子来说,他是一个"可有可无"的角色。当然,在他的妻子和岳母看来,这种"可有可无"是他不作为的结果。

20年前,意大利心理分析师、国际心理分析学会(IAAP)前主席鲁格·肇嘉(Luigi Zoja)注意到了一种普遍存在的"可有可无"。他的病人里经常有来自单亲家庭的孩子,其中绝大部分人没有父亲。当他关注这个话题时,数据更让他惊讶。20世纪70年代,在美国,由于离婚率的上升,那10年里每10个出生的孩子就有4个注定只能和父亲或母亲生活,他们中的绝大多数几乎都与母亲生活在一起。20世纪末,美国已有一半孩子完全或者部分地与单亲母亲度过童年,非婚生子占总出生率的30%以上。即使是在非单亲家庭中,父亲在孩子生活中扮演的角色也不再重要。这位擅长史实和社会文化研究的心理学家萌生了一个判断:父亲在孩子成长中起到的作用已经到了历史最低点。

2001年,鲁格·肇嘉出版了自己的专著《父性——历史、心理与文化的视野》。在这本书里,他为我们理解今天的父亲划定了一个历史坐标。

以生物学的观点看,父亲与母子共同生活并参与养育孩子的物种,只占整个哺乳类的3%左右。在人类近亲黑猩猩的社会里,除了维护整个群体安全,雄性黑猩猩在具体的后代繁衍中只贡献精子,养育后代全由母黑猩猩承担。

可以说,在家庭中与妻子孩子共同生活并参与育儿,是人类文明演化出来的父性机能。它的出现是因为在一个农耕社会中,需要有一个角色去组织社会合作和斗争,制定和维护规则。不管是在东方还是西方,在父权社会中,父亲都是令人畏惧的不可忤逆的绝对权威,他不仅是家庭的领导者,也是教育者及精神支柱。在那样一个完全传统的社会里，我们会认可这样的父亲是一位好父亲：就像《红楼梦》里的贾政，他有俸禄和田产供养家庭，为孩子选择教师，并亲自把关他们的教育，为他们能够子承父业为官做宰提供经验和资源。

如果我们承认，父亲在生物学上并非必需，与母子关系相比，父子关系更多体现在心理和社会层面，那么，一旦社会与时代发生改变，父亲的角色也容易随心理和社会环境、文化的改变而改变。

进入近现代社会之后，一个传统好父亲的职能被逐一消解。教育已经脱离了家庭，取而代之以学校等社会机构。过去，手工艺者、农民以及地主主要从他们的父亲身上直接学习技能。然而，这在一个追求快速进步，不断变化动荡的时代已不再有可能。父亲可能还在渴望他的孩子继续他的职业道路，但极有可能，在一个世代内，变化已经发生，他已经没有东西值得去教，技术进步日益将他的技能变得过时。肇嘉指出，在第二次世界大战之后，整个欧洲和美国的一代父亲，开始将他们的孩子推向比他们自己的职业"更好"的职业，社会的进步已经比以往更经常地粉碎了代与代之间的联系。

甚至，孩子的休闲时间同样也不再为父亲保留一定的位置。几千年来，父亲教孩子怎样骑马，几代以来，他们教孩子怎样骑脚踏车。但如今，当孩子们面对的是电子游戏机的时候，父亲已经没有了权威。他很可能无法指导孩子使用电脑。他似乎属于一个过去的不同的世界。

随着 20 世纪的到来，父亲不再是家庭的精神核心，他沦落为一个"养家糊口者"。

家庭精神生活主角的问题被调换了过来。20 世纪 50 年代开始，西方进行了大量开创性的儿童心理学研究。儿童精神分析研究的先驱梅兰妮·克莱因（Melanie Klein）指出，开始于婴幼儿期的母子关系是孩子建构所有人际关系的基础。安娜·弗洛伊德（Anna Freud）观察战时幼儿园里的孩子，发现并详细记录了因失去母亲导致的异常，这就是后来为人所知的依恋障碍。此后，英国医生唐纳德·温尼科特（D. W. Winnicott）和发展心理学家约翰·鲍比（John Bowlby）进一步推进了对母亲角色重要性的研究。前者认为，"足够好的母亲"全身心照顾婴儿期的孩子，是其健全发展的基础。他并未特别论述"足够好的父亲"的必要性。从20世纪60年代开始，鲍比发表了三部有关依恋障碍的著作，此后的研究更明确指出，母子依恋以父子关系无法企及的深刻程度影响着孩子的生存及安全感的建立。

很显然，传统好父亲的光荣岁月已经过去了。新时代的父亲要重新寻找自己的位置。他们必须改变自己的思维和行为方式。过去，父亲虽然是家庭的核心，但他往往并没有进入养育的日常，而现在，无论是为了带领他们的孩子进入今天复杂而多元的社会，还是为了回应新一代母亲们的平权要求，都需要新一代父亲真正涉足这一领域，并承担更多的责任。然而，在日常养育中，仅仅是理解孩子、认识孩子个性就是无比复杂的工作。

鲁格·肇嘉感叹父亲们的困境：他们在文化上，太年老；在心理上，太盲目。要完成的角色转变是如此之难，"使得许多男人都放弃成为父亲"。"有时他很简单地就不去尝试与他的孩子维持一种关系；在其他的时候，他处于焦虑与恐惧的控制之下，害怕他的孩子会抛弃他。他的行为表现就好像他是那个冒着被排除在外风险的人，他反过来努力去将自己投入横向交流的青少年世界当中。许多研究告诉我们，父亲最经常与孩子共同进行的'活动'就是看电视，而这就是背后的原因。"

鲁格·肇嘉对于父性的研究基于西方的历史文化和传统，但不难看出，在现代性面前，中国的父性与西方的父性是被一起扫荡的。而且，中国社会的变化如此之快速剧烈，我们对于父亲这个角色的要求，可能仅仅在两三个世代间就发生了巨变。

以情感支持为例，心理咨询师王雪岩说，现在我们认为男性为妻子和孩子提供的支持，很大一部分是情感支持。可是，早两代的父亲，"经历了连续不断的战争、运动，当人与人之间的最基本信任都有危机的时候，情感支持就成了奢侈品，在他们那个时代的评价体系里，并不是重点"。

李小萌记得特别清楚，她30岁之后有一天回家，她爸爸说："宝贝女儿回来了！"她心里一惊：天哪，我爸爸有了这么柔软的表达！小时候，爸爸对她的评价总是充满了否定。她曾听见爸爸对妈妈说："我带小毛参加活动，人家小姑娘都跟花蝴蝶似的，咱们女儿又黄又瘦缩在角落里。""这对我的打击太大了。"她还记得刚上小学一二年级，自己老在学校主持学校活动，就有点"飘飘然"，自我感觉特别好。"我爸迎头一盆冷水：怎么那么轻浮！"

后来做《你好父亲》，李小萌发现，这样的创痛比比皆是。潘长江终其一生都没有享受到父亲自然流露的赞美。60岁的人，说起来，还眼泛泪光。复旦大学教授钱文忠说，他爸爸一辈子没对他笑过，直到他儿子出生，才看到爸爸的笑脸。令李小萌印象最深刻的是，蔡国庆一开口就说："当我知道我妻子怀孕的那天，我爸就在，我就指着我爸爸的鼻子说，我绝不要成为你这样的父亲。"从小，蔡国庆的爸爸以冷酷的、令他尊严扫地的方式训练蔡国庆学声乐。有时候，他在练习时发现父亲好像睡着了，停下来不唱，父亲睁眼一脚把他踹到一边。

现在人们开始批判父亲缺失的危害，但这种缺失其实一直存在，只不过被过去的社会文化默许着。王雪岩记得，她的父亲在谈到他们那个年代的时候曾说："如果哪家生了孩子，当爹的是不敢明目张胆地抱自己的孩子的，那会被人笑话，实在想抱了，也只能关起门来，偷偷抱。"

李小萌问过她所有的嘉宾一个问题：你最早的跟你爸的互动发生在什么时候？很多中国爸爸答不上来，有的人说到了七八岁才有印象。只有加拿大爸爸夏克立的描述最细致："大概是两岁多的时候，我和爸妈在一个游艇上，他们投放了一个小气垫船，拖个绳，把孩子们都放在那上面。"他还有一个模糊的印象，爸爸会陪他堆出一人高的沙子城堡。这么看来，夏克立有与女儿玩耍的天赋并不偶然。

为了让夏雨上节目，李小萌好几次劝说他。有一次，夏雨特别严肃地和她说："小萌，我觉得我不适合你这个节目。因为你要讲的是父亲、父爱。我现在30多岁了，我和我爸一起相处的时光不超过两年，我没有这方面的东西可讲。"包贝尔的父母离婚了，谁也不管他，他是吃百家饭长大的。他说："我为什么能演喜剧？我那时候去同学家——'阿姨，你真漂亮！'阿姨高兴了就会烧红烧肉给我吃。"所以他从小就知道要让人开心，讨人喜兴。

英国发展心理学家约翰·鲍比在20世纪80年代提出，儿童时与父母交往的经历使个体形成了有关自我与他人的"内部工作模型"（Internal Working Model），这种模型将成为个性结构的一个组成部分。在这一内部工作模型的"指导"下，人们即使在成为父母前就已经"知道"学习其父母的角色，存在着一种扮演其父母角色并重复自己儿童经历的趋势。

很显然，很多新一代父亲很难从父辈那里学到符合当今时代期许的为父经验。一个"70后"父亲来参加李小萌的活动，讲了他的痛苦：对待孩子并不是不爱，而是不知道该怎么做。"我们的成长过程中，父辈对待我们的经历，让我们不知道怎么去爱孩子。我们不习惯跟自己的父亲亲密。"有一段时间，这位父亲在晚饭后带女儿散步。女儿很喜欢牵他的手或是拉他的袖子，可他会条件反射地甩开。女儿说："我就是想拉你一下，抱你一下，你为什么这样？"这位父亲说，他意识到了问题：养育孩子，光有人生观、价值观远远不够，他需要学会爱的表达。他去学习，去改变。"我现在改得差不多了，但这个改变的过程，真的太痛苦了。"

未被看见的彼此

从历史的进程回到当下的现实，如果我们深入到家庭的日常，我们对父亲的角色又会有什么认识？

出现在李松蔚咨询室里的家庭，一般都是因为孩子出现了"问题"而来的。可是在他看来，很多问题并不真的是孩子的问题，而是父母之间没有办法沟通，不能正确处理一些情绪，借助孩子表达了出来。

做家庭治疗，李松蔚一般都要求全家人一起参加，缺一不可。他观察到，在咨询室里，"父母双方的表现往往就像网上的吐槽和段子一样：妈妈是热情的，投入的，坐在孩子身边，表现出强烈的关心。她是这个家庭的发言人，大部分时候都是她在说话，不时地给爸爸一个白眼"。"爸爸也配得上这个白眼。他总是坐得很远。除非被问到，否则从不主动开口。"

这些表现似乎称得上"丧偶式育儿"的比喻，但是，"丧偶"传达的信息是："父亲是不存在的。"实际上，爸爸的沉默并非代表他不存在，他始终存在，而且在用这种特殊的方式表态——"事情哪有那么严重，不值得每个人都扑上去"；"我的意见根本得不到你们的认可，我不如躲远一点"；"你们的生活方式我不赞成"；"养孩子的事我不懂，我只管好好工作，给你们多挣钱就好"。

李松蔚遇到过很多困惑的父亲，他们开车回家，会在车里坐半个小时、一个小时，抽一会儿烟。或者原本可以下了班就回家，但他们会约个人喝点，找几个人打牌。因为他回去之后，没有办法承担来自家庭的很多情绪和情感。"他在家中无话可说。可能有的时候，他想要做点事情，妻子会挑剔；想跟孩子玩一下，会发现孩子跟他也不亲近。他觉得自己是一个可有可无的人，只需要负责赚钱。"

李松蔚发现，许多妈妈看不到这些父亲的无声表态。她们总是说："他随便……""他在不在，反正都一个样。""男人有什么用？"这些抱怨存在的悖论是：妈妈们"一方面抱怨对方没有存在感，一方面又拒绝看到对方的存在，甚至不愿意坚持让对方留下来，反倒挥挥手送他离开。以至于我们已经分不清：究竟是他们的远离导致她们的抱怨呢，还是她们的抱怨导致了他们无法回归？"

20 世纪 70 年代，心理学家开始对父亲教养投入较多的精力。此后大多数研究主要关注的是父亲教养投入对于孩子发展的影响。这是人们开始呼吁父亲回归的知识基础。20 世纪 70 年代末 80 年代初，研究者们已经开始注意到，家庭是一个系统，父亲不是孤立的一分子，他不断主动又被动地与其他家庭成员发生互动。到 20 世纪 90 年代中后期，许多研究者发现，父亲们已经有了更多投入到孩子教养活动中的意愿，但是他们的实际投入水平依然有限。此后的许多研究者把目光集中在父母关系的互动上，被提出的新理论之一是"母亲守门员效应"（the Effect of Maternal Gatekeeping）。

母亲守门员效应认为，在父、母、子三方组成的核心家庭中，母亲是孩子的主要照料者，在家庭中居于中心地位，母亲们把家庭当作自己的私家花园，在四周建起高墙，把家庭劳务及与孩子相关的事情当作花园里的花草树木，她们在唯一的入口处检查"园艺工"父亲的入园资格，并负责组织、监督、规划、委派父亲教养孩子的活动等日常工作。该理论认为，当女性在承担母亲这一角色时，会形成两个身份认同标准，一个描述其对自身的期望和要求，另一个描述对配对角色即孩子父亲的期望和要求，这两种身份认同标准同时对自己和配偶的角色的行为产生影响，这种影响有可能是消极的，阻碍了父亲参与教养，也可能是积极的，能够促进父亲的投入。

上海女作家毛利在公众号上写家庭情感类的文章，总是会遇到抱怨"丧偶式育儿"的读者。"她们提起来会很愤慨，有时候我就建议说，你要给爸爸一点机会。可是她们并不肯，抱怨说丈夫就是没用，男人天生不会带小孩。"毛利说，"好像女性会很渴望那种万能的，不需要教，也不需要沟通的丈夫。但其实，我们会看很多育儿书，男性也是在摸索着当父亲。现在大家经常说，女性正在找到各种方式，打破职业上的偏见。我觉得女人是不是也要给男人一个机会，让他打破家庭里面对男性的性别偏见？"

毛利的丈夫陈华椋过去常年在外地工作。在儿子矮文出生的头三年，他都属于候鸟式的父亲，平均一个半月来上海一次。毛利说，自己是独立女性，当年产检都是一个人来来去去。儿子降生之初，她认为，有自己的父母帮忙，带孩子的事情用不着丈夫。但事实是，带了两年孩子之后，她绷不住了。陈华椋告诉我，最早，他并不觉得自己在外地工作有何不妥，慢慢地，他感到妻子对自己的缺位多有抱怨，两人之间的关系也变得紧张起来，这才开始尝试改变。为了缓解矛盾，2016年，他接受了一份在杭州的新工作，实现了每个周末回家陪孩子。但很快，新的问题出现在家庭面前：矮文需要开始准备幼升小的择校，而且随着孩子逐渐长大，老人们已经"压不住他"，谁来主持孩子的教养大业？2018年3月，毛利在自己的公众号上宣布，她"雇佣"了陈华椋在家里做全职父亲，每个月支付工资2万元。

做这个决定，母亲需要的不仅是养家的经济实力，也需要勇气和魄力。亲戚的问询像刀子一样："大男人整天待在家里干吗？小孩上幼儿园了还需要陪吗？前两年他没辞职，小孩不是也养得蛮好啊？"很快，小区的大妈们也知道了消息，闲话不可避免。"但小区的人还是友善的，他们至少不会当着你的面说不行。"毛利告诉我，"我在公众号上写全职父亲工作报告之后，前几期一直有读者发来长篇大论，告诉我这么做绝对不行。"

作为一个"守门员"，毛利也不是一开始就能接受丈夫主导自己的花园的。"原来我也觉得，他照顾小孩的方式和我完全不一样，不靠谱。"矮文还不满一岁的时候，陈华椋把他直接扔进浴缸里游泳。孩子哭得厉害，他不准毛利把他捞起来，说这是一个锻炼，习惯就好。教矮文骑自行车，陈华椋说放手就放手。孩子一路摸爬滚打。小区的大妈都看不下去了："爸爸心硬呀，小孩一头栽到绿化带里去了，我看他就站在外面，一动不动。"但也就是这样的爸爸，会带着矮文粘知了、抓蜗牛，在网上买蟑螂喂壁虎。陈华椋说，自己之所以能安于这个角色，一个重要的原因，是他能够全权负责孩子的养育，妻子对他的决定给予了足够的尊重。

毛利告诉我，其实直到如今，她依然不能理解丈夫的很多育儿方式。她时常觉得陈华椋对孩子有时候太严厉，但她不会用抱怨挑剔的态度去看待这种严厉。"星期天的公园里，好几个爸爸带着小孩，显而易见，是为了给妈妈放假，歇一天。这些爸爸跟我一样，只做点零碎边角料工作，带小孩在公园捞捞鱼，捉捉蝴蝶。随心所欲地带着，小孩想吃冰激凌去买，想吃糖就吃，绝对不为难自己也不为难孩子。你心里也明白，这是野生动物的养法，交流全靠诱饵。家里总还是需要一个人，把这只小动物，慢慢教养成人。"

如果只讨论母亲的守门员角色，强调母亲的主动性，显然存在许多不公。在李松蔚看来，那些充满抱怨的母亲，她们背后的焦虑也同样未被父亲们看到。"中国的女性在性别角色上比男性承担了更多压力。很多丈夫没有意识到，当一个孩子的出现带给他们巨大的身份冲击的时候，他们的妻子也同样在处理自己的身份认同问题。一个二三十岁的职业女性正好处于事业的上升期，在人生追求上、审美追求上有很多想法。她突然变成了一个母亲，需要以妈妈的身份来考核自己。可能连奶水够不够这样一个问题都会关联到她是不是一个好妈妈，是不是犯了错。女性在成为母亲的阶段里面，支付了大量的成本。她有太多的事情可以焦虑：关于自我的发展，关于年龄，关于有没有跟社会脱节，有没有被主流抛下，未来会面对什么样的财务，以及这段婚姻失败的风险。她不知道现在自己在哪里，也不知道未来要去哪里。"

作为一个男性，李松蔚坦言，男性不可能对女性的困境真正地感同身受，但妈妈们的这些不容易，爸爸们好像参与不进来，也不习惯于去谈论和理解。"他觉得这个事情是这么简单：我都告诉你，我不会抛弃你，还有什么好担心？"

"我们近来说男人不会做父亲，其实很多人对父亲这个角色多少还有一些认识，但是丈夫到底是什么？对中国男性而言，这可能是一个更困惑的角色。"李松蔚说，

"很多人不知道在家庭生活中如何与妻子保持浪漫的亲密关系，需要承担什么，享受什么。也不知道当孩子降生之后，他依然可以把自己的妻子当成妻子，而不是仅仅是孩子的妈妈。文化传统让男性疏于情感表达，他们既不会表达自己，也不懂如何让伴侣感受到爱。当一个男性不知道如何去做一个好丈夫的时候，无法为妻子提供支持的时候，他很可能也无法做一个好父亲。"

重新发现父亲

在父亲角色重构的时代，每一个有自觉意识的父亲都尝试用自己的办法，回答这个时代的命题。

女儿出生后的两年半时间里，夏雨没有接任何工作。他特别自豪地跟李小萌说，女儿生命中所有的第一的瞬间——第一次翻身、坐、站、叫"爸爸"、走路——他都在场。

管理着自己的公司，即使有数不清要忙的工作，王凯也一直坚持赶在孩子睡觉前回家，为的是亲自给孩子按下讲故事 APP 的播放键。他要创造这样一个仪式感，在他女儿的心里种下这样一个概念：我爸爸每天在我睡觉前给我讲故事。每当孩子想起这件事，心中充满的是父爱的温暖，她会觉得爸爸就在我身边。

现在，陈华椋早已经是沪上知名的全职爸爸。为了儿子矮文，他和妻子毛利打破了性别成见，重新发现了彼此。陈华椋说，他很享受陪伴孩子的生活，并将此看成自己的职业，从中获取了无尽的成就感。"我希望矮文未来做任何事情，都能够像我今天对待他一样投入。"

在这个时代，怎样才算是一个好父亲？2006 年，美国卫生部组织编写了一本小册子《父亲在儿童健康发展过程中的重要性》。它提出，"父亲功能"包括七个方面：1. 和孩子的母亲培养积极的关系；2. 花时间陪孩子；3. 养育孩子；4. 恰当地规训孩子；5. 引导孩子走向家庭以外的世界；6. 保护和供养；7. 成为孩子的模范。世界上从来不存在完美父亲，我们并不苛求父亲们面面俱到。在这个多元化的时代，每个父亲都有不同的个人追求，每个家庭都有他们独特的资源条件和生态，父亲们有权利选择自己担当父职的方式。但我想，无论父亲们承担哪些职责，他们都应当能够看到和回应妻子的需要、孩子的期待和自己的内心。

在我的采访中，最令我动容的故事来自一个普通上海家庭。两岁半的小女孩——很依恋爸爸，还吃着早饭呢，她就会问："爸爸，你今天上班吗？"如果是肯定回复，她就会"有点舍不得"。临出门了，更是软磨硬泡要爸爸"再玩一个游戏"。周五到周日这三天，——总是特别高兴：笑得多，跑得多，调皮多。只因为：爸爸在家。

女儿的依恋背后，是父亲李文贤努力建立的充满爱和理解的家庭。在——出生前两年，李文贤和妻子胡苏敏就曾经讨论过：未来如何养育孩子，小家庭的生活状态应该是什么样子。两人一拍即合，都对独立抚养小孩，不依赖老人、保姆的生活有着美好的憧憬。那时候，妻子第一次提出了成为全职妈妈的模糊想法。李文贤赞同这个主意。

这一方面是出于李文贤的个人经历。由于父母经营生意失败，忙于偿还债务，童年时期，李文贤和姐姐在很长一段时间里都寄住在不同亲戚家。甚至在上小学二、三年级的时候，他和大三岁的姐姐曾经独立在家生活过一年。那是一个农村的大房子。从大门口到房间需要跨越三道门。晚上起夜风，"什么声音都有"。姐弟俩每天自己洗衣、做饭。入夜，他们就锁上所有的门，害怕地躲进房间。李文贤记得有一回，外婆来家里看姐弟俩，住了一两天。那天放学回来，他发现外婆走了，难过地坐在门口的台阶上，姐姐回来的时候，两个人抱头痛哭。长大以后，李文贤回到父母身边生活，他也观察到，这段经历对父母来说也是无尽的遗憾。偶尔谈及，他们眼中总是充满了愧疚。这一切让李文贤有个执念，希望给自己的孩子更多的陪伴，让她感受到爱，也不让自己留有遗憾。

另一方面，同意妻子回家，也是出于李文贤对妻子的观察。他告诉我，结婚第一年的时候，每天早上夫妻俩一起出门上班，在分开之前，他常常需要帮妻子把工作中令她焦虑的事情一条条拎出来分析，想方设法安慰她。"她后脑勺有一小撮白头发，就是那时候长出来的。"

在那以后，李文贤悄悄做了一件事，他认真翻阅了家里的账本，调研了市场上最主流的育儿成本，得出了一个家庭最低支出的数字。当时，他的收入大概是这个数字的 60%。那是他第一次感到家庭财政收入的具体压力。他付诸行动,开始做出新的职业尝试。"我对家庭责任的理解是在自己力所能及的范围里,做出切实的努力,给其他家庭成员提供不同选择的可能性。我不觉得太太日后一定得做全职妈妈,但是我努力让她在日后有做这个选择的保障。"

2016 年,女儿——出生。妈妈胡苏敏猛然发现,事情和她想象的不太一样:她下不了做全职妈妈的决心。初生婴儿的养育难度大大超过了她的想象,让她非常发怵,于是,婆婆一直留在上海帮忙。同时,她对未来感到害怕。"我一路走来都是特别主流的一个人,接受教育,考一个好大学,读了个研究生,出来中规中矩地做一份工,现在说要去做全职妈妈了,感觉非常不主流。"

等到女儿快一岁了,与老人之间的教育分歧也开始显现出来,胡苏敏才再次考虑做全职妈妈的可能性。这一次,李文贤却做了"拖后腿"的人。他和妻子约法三章:1. 不凭一时的冲动做决定;2. 不带着自我牺牲感进入全职妈妈职分;3. 不完全与外界脱轨;4. 一起做未来 5 到 10 年的家庭财务规划,确信两个人都不会过多担忧。胡苏敏记得,那时候先生总说一句话:"这个决定主要影响的是你,对我来说影响不大。"那段时间,他们开始了密集的讨论。很多次,全职母亲成为他们卧谈的话题。在被窝里,他们拉着手,分享着彼此的思虑、担忧、憧憬、期待,还有对另一半的期望和需要。2017 年 9 月,胡苏敏离开职场,回家陪伴女儿,那时候,她已经很明确,自己并不享受当时日复一日的工作,渴望亲自陪伴女儿度过人生中最初的几年。

妻子离职后,母亲回了福建老家,李文贤比从前更忙了。——喜欢和父亲玩,每天早上上班前,李文贤会花两个小时陪女儿。胡苏敏能够利用这个时间,把一日三餐配好。孩子玩痛快了,她上午的时间也能够轻松一些。妻子辞职的时候,李文贤去找自己的老板谈,提出每周五在家办公,承诺绝不影响工作。于是每周五早上从起床到 10 点钟,胡苏敏有了一个完全属于自己一个人的时间。每天晚上,洗碗筷的任务是爸爸的。每个周五晚上,夫妻两人会讨论周末的大致安排,让彼此都有机会喘息。李文贤有一句话:在刚结婚没有孩子的阶段里,我们更像是两个合法同居的单身人士,并没有太多合作和彼此分担。在独立带娃的路上,每天太多的细节需要合作，讨论，彼此帮助。我们完全离不开彼此。

　　胡苏敏告诉我，有一段时间，她曾经觉得自己真厉害，居然这么快就适应了全职妈妈的生活，一直积极、努力、开心。"快到一年的时候，有一天我突然'良心发现'：如果不是我先生实实在在地把早上、周五、周末的时间安排出来，承担包括晚上洗碗在内的很小的事情，如果他不坚持哪怕其中一件，我可能就顶不住了。"

　　"两个人相处久了，容易把对方的付出视作理所应当，你必须睁开眼去看一看。"胡苏敏总在发现这种付出。"从前让他做一个家务，他可能会拖上几天，现在几乎立刻就会执行。"有时候她晚上想去健身，只要提出来，李文贤都会努力早点回家。"这件事好像简单，仔细想想其实不简单。"李文贤每个月都会按时给妻子发"工资"。胡苏敏刚开始不以为意，直到有一次，"工资"暂未到账，银行卡绑定的基金定投扣款失败显示余额不足。"很奇怪，心里真有些不是滋味——没有收入，似乎被社会抛弃啦。好在老公帮我想在前面，不然多受几次这样的刺激，我会不会崩溃？"

　　李文贤说，他有一个梦想，希望自己的人生中也能有一个阶段做一个全职爸爸。"我觉得它对我来说有点像一个间隔年，我能够重新理清我的生活，也可以看着自己的孩子每天的生活，然后观察她，留下一段很亲密的回忆。"我问他，希望在女儿的心目当中，他是一个怎样的爸爸？"我希望她能从我身上看到，生活是有意思的，可以去享受的。她能充满安全感地去探索外面的世界。如果有一天她需要，她也永远可以回到我身边来。"

好爸爸：中产阶级的育儿博弈

杨璐

"消失的爸爸"

"我又独立又好看，家里的事情基本全是我做。我干吗还要个男人。我是不是有病。"得知我在做一个关于爸爸在育儿活动中缺失的选题，我的朋友小江给我讲了一个她和丈夫某次大吵之后的感慨。我作为一个未婚女性，觉得她说的好像是挺有道理的。对呀，为什么需要一个"消失的爸爸"呢？

一个传统的思路是缺少爸爸的关怀和教养，孩子的心理健康会有风险，人生可能走上歪路。以美国曾经的首富盖蒂家族的绑架案为原型的美剧《信任》里，约翰·保罗·盖蒂（J. Paul Getty）苦恼于儿子和孙子都染上了毒瘾。他十分困惑地问医生，人们为什么会吸毒？医生说，他们总想弥补人生中的不如意。老盖蒂说，不如意？我的孩子拥有一切。医生说，这里更多指的是感情失意。

盖蒂和儿子们的感情十分淡漠甚至冷酷。他和情妇们住在一个空荡又豪华的庄园里，还养了一只宠物狮子。他的一个儿子自嘲父亲根本不认识他，说他是家族的耻辱，另一个儿子已经两年没有跟父亲讲过话。当他的孙子被绑架时，老盖蒂甚至拒绝支付赎金。对话虽然是艺术创作，但有些育儿书中确实把吸毒作为缺少爸爸陪伴和关怀的一个极端后果，其他更常见的现象是学业不佳，情感表达欠缺，性别意识弱，长大后会受到缺乏自信、焦虑、孤独等心理问题的困扰。

如果有这么严重的后果，任何一个心智正常、对孩子的未来抱有期望的爸爸就应该投入到抚育和教养中来。中国第一个关于父亲参与育儿的专项研究是在 2006 到 2007 年进行的。研究负责人、上海社会科学院家庭研究中心秘书长张亮说，当时刚好跟美国学者有一些合作，讲到了父亲参与研究。我们检索了一下文献，中国基本上没有专项的关注。为什么中国不重视父亲的角色呢？

作为一个婚育旁观者，我也觉得很奇怪，"丧偶式育儿"的话题由中产阶层爆发，而这个阶层既力争上游，又重视教育。爸爸们放任孩子未来出现心理问题的风险和妻子们的抱怨，消失了？我觉得有点儿反常，中产阶层的家庭里，爸爸在哪儿呢？爸爸在做什么？

真实的婚姻里也不是简单的"风险—避免风险"的关系。如果对照着"丧偶式育儿"话题下妈妈们的吐槽留言，小江的丈夫做得其实相当不错。小江和丈夫都生长在关系很和谐的原生家庭，两家的父母都有不错的工作，夫妻恩爱。她和丈夫在北京也都各自有一番天地，两个人既是生活上的伴侣，也有能力给对方关于事业上的理解和建议。怀孕之前，两家老人和夫妻俩能玩到一块儿，家庭旅行不止一次。怀孕之后，丈夫虽然在创业，但只要能抽出时间，一定陪小江去产检。小江说，能够感受到老公非常期待这个孩子的到来，期待成为爸爸。

女儿出生，矛盾就来了。小江说，她睡醒之后，看见丈夫在给女儿换尿布，心里有一点点失落，觉得自己被剥夺被忽略了。从此以后，母爱笼罩了一切。3 岁之前，女儿几乎可以不需要父亲。小江说，那个阶段孩子的主题是活下去，她需要母乳，需要安全感，这些都是妈妈给的。连穿衣服，布料是软一点还是硬一点，都只有妈妈才分辨得出来，爸爸不懂这些。女儿 20 个月大的时候，夫妻俩去日本旅行，小江把孩子从头抱到尾，等于每天负重 20 斤暴走在街头，又要照顾娃又要查攻略。"爸爸可以跟女儿玩，画大花脸，可是哄睡、吃饭、求抱抱，必须找妈妈。"小江说。

本来就是小江自己扑出去的，女儿也更需要妈妈温暖的怀抱，还有什么对爸爸不满意的呢？"不满意。"小江说，半夜喂奶，丈夫也起来帮忙，有时候明知道丈夫不会做，故意不告诉他。看着丈夫手忙脚乱不得要领，心里就会暗爽。都说夫妻共患难，可在生孩子这件事上，妻子承受着身心的考验。小江说，生完孩子之后，每个进来的人好像都能撩开衣服看看她有没有奶。整个过程觉得自己已经不是一个人，而是一个器官。她患上了产后抑郁症，作为在照顾女儿上有权威地位的人，在月子里挑剔所有人。小江说，她怀孕时就了解了一下产后抑郁的知识，跟丈夫有应对的约定。按照小江的预案，丈夫把四位老人叫到一起，科普产后抑郁症的知识，告诉家人们"忍她这一年，幸福一辈子"。

吵翻是在接连两次旅行之后。"我在沙巴发烧了，等我退烧醒来发现丈夫一直在我旁边照顾。我问他为什么没有带着四位老人和孩子一起出去玩。他说，因为孩子也发烧了，在另外的房间被老人们照顾呢。我当时就发火了，问他为什么不把我喊醒，告诉我孩子发烧了。"小江说，孩子出生之后，她曾经发誓愿意用自己的生命换孩子健康平安，自己发烧不重要。可是，她老公则是直男思维的一脸发蒙，理解不了小江内心的百转千回。他一直在照顾小江退烧，催医生赶紧到，打电话给保险公司，忙活了一圈，老婆却生气了。

从沙巴到香港，丈夫没有做行程攻略。小江说，从前攻略都是她负责，可出发前因为一直加班，就让丈夫准备。小江又想到，那段时间丈夫每天晚上在看《白夜追凶》到午夜2点，又是怒从中来。小江说，她后来才知道，丈夫打算让全家放松地逛上两天，所以没有既定行程。看电视剧是因为被她的产后抑郁搞得失眠了。可当时，小江吵得差点要离婚。

中产家庭的结构

中国有"男主外，女主内"的传统，西方文化里也一直把父亲看作是养儿育女的局外人。他承担的是工具性的角色，比如勤奋工作，作为经济上的提供者。在美国中产阶层蓬勃发展的20世纪50年代，公司甚至把妻子是否做好一切后勤工作，以便丈夫可以全身心投入公司堪称雇员们的一项职业素质。1951年美国《财富》杂志做过一项调查，有一半的公司对应聘者的妻子进行筛选，有家公司大约有20%的候选人因为他们的妻子而没有被选中。别说带孩子这样的刚需家务，对妻子的要求还有在以丈夫的公司为中心的社交中应对得体，进退有度。

学术界曾经也有理论来支撑这种"局外人"的现象，并且它们至今在人们的育儿观念中发挥着作用。张亮说，首先是心理学领域，早期认为父亲在影响儿童发展方面没有母亲重要。最主要的两个理论家，一个是弗洛伊德，他认为婴儿与母亲的关系对孩子后来的性格和社会关系具有重要影响，父亲的地位要到了童年期方能体现出来。另一位是人种学家约翰·鲍比尔，他强调母亲是儿童早期发展中的核心人物，而且核心人物只有一位，因此父亲只能成为次要角色，最多对母亲起支持作用。

生物学的观点也是现在时常能够听到的，解释父亲成为局外人的理由。早期生物学家认为父亲不适宜对育儿工作作出积极贡献。他们在实验室环境下对雄猴和雌猴的观察表明，雌猴对幼猴表示抚育行为的可能性是雄猴的 4 倍，雄猴把幼猴当作客人的行为是雌猴的 10 倍。还有生物学观点认为，女性的育儿倾向是因为妊娠和生产中的激素变化，男性没有这些经历，所以从生物学角度讲他们不具有育儿倾向。

"父亲缺席"在西方被关注和研究是有现实原因的。张亮说，20 世纪 20 年代末的第一次经济危机和"二战"，使大批男性在战争中失去生命或者入狱多年，很多家庭出现了没有父亲的现象。后来随着社会发展，西方出现了多元化的家庭形式，比如离婚、同居生育等，并且很多单亲妈妈是贫困阶层或者少数族裔，这就成了一个棘手的社会问题。除了这些以外，随着女性就业率增加和女权运动的发展，西方社会对父亲角色有了新的期望，比如从心理上和经济上做好迎接新生命的准备，以合法婚姻保障孩子的成长，从怀孕开始跟母亲共同分担孩子心理和生理上的照顾养育等。研究者和实务工作者强调父亲能够而且应该是养育性的，他们应该积极参与孩子的日常照顾。学术界还出现了一些新概念，比如新父亲、现代父亲、养育父亲等，指的都是父亲不能扮演单一的角色，而是多重角色，是同伴、照顾者、保护者、榜样、老师以及经济提供者等。

刘女士在美国生活了很多年，她说，美国从前虽然也是"男主外，女主内"，现在的观念已经是夫妻双方共同撑起这个家。美国家庭通常有两到四个孩子，日常的状态是夫妻分工协作。比如说实行弹性工作的公司，父亲早上 5 点就去上班了，下午 4 点钟就可以下班回家管孩子。学校在下午 3 点多放学，有男孩子的家庭通常会由父亲带着训练棒球和橄榄球。孩子年纪小的，每周会安排一到两次训练，周末会打比赛。棒球比赛打一天，足球和橄榄球加上训练的话需要三个小时，这些时候爸爸都是在场的。

除了橄榄球还有童子军。童子军通常每周都有一次聚会，每两周有一个大活动，比如带着孩子们做一个信箱，做完手工之后又在旁边踢球或者打橄榄球，有时候会去公园露营，等等。每年还有两三次大的活动，比如爸爸带着孩子参加赛车，这个赛车活动大概要持续一个月，然后二三十个童子军再进行比赛。刘女士说，美国中产家庭的状态就是，放学后过了一个小时的时候，街上常常看见父亲的身影，带着一个到三个男孩练棒球、扔投掷。

虽然中国网络上"丧偶式育儿"很流行，可长期生活在美国的华人家庭里遵循了美国中产阶层的家庭模式。刘女士说，说实话在美国的行程太满，父母只有一方管孩子是忙不过来的。中国父亲也要陪着打棒球、练跆拳道等，当教练的程度可能没有本地美国人那么高，但是跟在中国生活的情形相比要强多了。"当地华人对这方面是有共识的，所以如果要去外州工作，也都尽量带着家庭。甚至极端情况，妈妈带着孩子在美国生活，爸爸在中国，日常也要通过视频沟通情感、辅导作业，到了假期父亲和孩子就要聚在一起。"刘女士说。

其实在中国，重视教育的中产阶层家庭，父亲也有承担类似的角色。刘女士最近要在中国工作一段时间，孩子也来北京上学。在考察国际学校的时候，她留意到很多需要家长的场合都是爸妈一起出席的。"我看到父亲们拎着公文包，说明在学校处理完事务还是要去上班的。"刘女士说。有的父亲参与的更多。李一慢是育儿KOL（意见领袖），从2007年开始在博客上分享育儿心得，很快就达到了百万的阅读量，也是各大网站、育儿杂志上的专栏作家。他为了写专栏曾经访谈过70多个爸爸，他们都是对育儿有经验和心得的。"中国育儿方面是妈妈投入的多，但不能说爸爸就没有。"李一慢说。

李一慢家的餐厅里有一个黑板，每天晚上他先吃完饭，利用儿女们吃饭的尾声和喝酸奶的十几二十分钟，讲一个文史小课。这个形式对儿女虽然轻松无负担，背后却是李一慢大量的案头工作。他把所有中学和高考里选的散文、古诗词和文言文进行题材和作者的统计，根据数据编排出他自己的课程。到了假期，他根据孩子们学校的课本内容安排游学。"2019年寒假我们刚去了宣城、滁州和济宁。宣城有一个敬亭山，我们全家都喜欢李白。李白有《独坐敬亭山》，滁州是因为儿子马上要学《醉翁亭记》，济宁是因为初二的必读名著是《水浒传》，我们要去梁山看看。"李一慢说。他还专门把自己游学的路线、设计思路和对孩子的价值等内容出了书。

爸爸的门槛

在香港吵完架，小江进行了深刻的自我反省，觉得跟丈夫的沟通出了问题。夫妻俩深谈了一次。"老公跟我说的话，我现在还记得。他觉得很茫然，不知道要怎么做。怕万一做得不对，会对孩子不好。"小江说。经过怀孕40周的朝夕相处，女儿从出生开始，母女俩就结成了亲密无间的组合，这是爸爸没办法替代的。当孩子哭或者笑的时候，一定是妈妈最先感知到这些。丈夫虽然看到了小江的辛苦，却只能干着急，帮不上忙。找到了这个症结，去年的日本旅行，小江就特别开心。出门前，她进行了仔细的分工，她的工作是规划路线，订机票和酒店，丈夫的工作是陪孩子玩，扛行李和扛孩子。丈夫发现妻子和女儿很信任他，就事事上心，甚至表现超过预期，给了小江惊喜。

男人真的像早期心理学和生物学理论所说，本质是育儿的局外人，只不过因为中产阶层的家庭模式才被拉入育儿界的吗？

只要有机会和方法，小江的丈夫同样可以把孩子带得很好。学术界其实也早有研究挑战"父亲在育儿上比母亲稍逊一筹"的观点。张亮在《父亲参与研究：态度、贡献与效应》里引用了儿童心理学领域有很高声誉的学者罗斯·帕克的系列研究，比如父母用奶瓶喂养婴儿并测量牛奶的消耗量。得出的结论是，性别之间的生物学差异有可能使得男人和女人以不同的方式实施育儿活动，但是男人和女人都是有能力的抚慰者，而且两者的抚慰具有相似性。迄今为止，其实没有一种理论能够证明父亲的育儿只处于次要地位的假说，父亲完全有能力抚养孩子，甚至是幼小的婴儿。

阻挡父亲育儿的门槛在哪里呢？覃宇辉毕业于武汉大学和宾夕法尼亚大学，是中国心理学会会员和在北京执业的心理咨询师。作为一个心理学专业的年轻男性，他觉得从男性自身的原因来看，很多人是因为动摇了男性的自我认同。要悉心照顾孩子的饮食起居，就得展现出柔情的一面，如果平常的自我认同是"铁血硬汉"，那么超我会对柔情的一面发起强烈攻击，这些婆婆妈妈算什么大男人。

这种对"铁血硬汉"的暴击不仅在中国，欧美也有。"我看到资深记者 David Worford 的文章，他就提到一个古老的误解是家庭奶爸不够有男子气概。而且最近这五年，像福布斯这样的媒体讨论过奶爸综合征，觉得不能让丈夫待在家里看小孩。"覃宇辉说。只不过跟中国的情况相反，欧美是因为对超级奶爸的态度更接受，才引起了阳刚之气的讨论。覃宇辉说，美国招聘网站 careerbuilder.com 在 2008 年做过调查，发现超过 37% 的男性表示，如果家庭的收入稳定，愿意辞掉工作在家带小孩。有 42% 的男性表示，愿意降薪 10% 甚至更多，留出时间来跟孩子相处。

进入父亲角色也是一道门槛。李一慢家有一整面墙的书架上都是育儿和对孩子成长有益的书籍，他在培养一双儿女上花费了大量的心血，即便如此，他说，真正对育儿这件事感兴趣是在老大 2 岁的时候，儿子跟他有了互动。"女人可能是在怀孕那一刻就开始母爱荡漾，爸爸真不是。孩子在 2 岁前跟妈妈是一体的，他在妈妈的怀抱里，妈妈去哪儿他去哪儿。他没有自主意识，也不知道爸爸是谁。2 岁之后，他抬头看到了世界，对爸爸有了反馈。爸爸开始被小屁孩需要了，更容易进入角色。"李一慢说。

男女性别的差异能给孩子不一样的乐趣。李一慢说，他儿子最喜欢举高高、骑大马，这些肢体上的活动让他很兴奋。妈妈没有这个力气，所以孩子就越来越找爸爸。从这些简单的游戏开始，随着儿子的成长，父子俩又发展出爬楼梯、爬山、踢足球、游学等亲子活动。李一慢的车里永远放着足球，只要有时间就跟儿子玩。这种被孩子的需要让他在父亲角色上越走越远，植入到心里去了。到了养女儿，李一慢说，他没有女孩的成长经验，也想办法既让孩子高兴也培养孩子的眼界。他作为一个直男，是不爱逛商场，但经常陪着女儿去逛，并且每次必须让女儿买一样东西，培养她的审美和女性生活经验。他还专门带着女儿去吃北京出名的下午茶，这种女性化的活动有时候太太都不参加，他独自带。

也因为父亲进入角色需要一个亲密接触的过程，妈妈有时成了父亲和孩子之间的"守门人"。家庭系统理论认为父亲在参与孩子教养时，母亲是否给予支持是非常重要的。有实验观察 300 名母亲的态度对于父亲与 3 到 5 个月大的婴儿的相互作用的影响，发现母亲对丈夫的育儿技能、参与活动感兴趣和对父亲参与水平的评价，都对父亲的参与工作产生影响。

张亮所做的专项研究里也发现了母亲成为爸爸育儿障碍的现象。她说，妻子一方面抱怨丈夫不参与照顾孩子，但实际上她们更看重丈夫的工作角色，也就是说她还是认同丈夫先把工作做好，把收入提高一些，然后再来做带孩子的事情。比如，现实中怕婴儿影响爸爸休息，一般是妈妈带着孩子睡，或者是月嫂、老人陪着，这潜意识里都是认为爸爸的工作最重要，实际上把父亲推出门外了。

我们的文化里也总是怀疑男性的抚育能力，认为妈妈在孩子问题上是权威。"一个新手妈妈，刚开始也不太会抱孩子、换尿布，但我们文化里认定这些是妈妈必须会的，现在不会慢慢学习就好了。相反，约定俗成认为爸爸做不好这些事是正常的，不会像对新手妈妈一样去鼓励他练习，让他也有机会变得熟练。"张亮说。即便夫妻俩都参与到育儿中来，很多时候会遇到意见不一致的情况，张亮说，这时候女性就掌握着话语权，认为自己是对的，丈夫跟我不一样就是不对的。批评丈夫的行为，也会打击男性参与育儿的积极性。

跟西方的"守门人"相比，中国还有一项特殊国情是来自祖辈的障碍。奶奶或者姥姥帮忙带孩子当然可以减轻年轻父母的压力，但很多时候也在无意识中把母亲排除在外了。张亮说，中国老人经常会认为到儿女家就是帮助带孩子的，让他们没有后顾之忧，放心去工作。"我们在跟父亲做访谈的时候，其实他们也很困扰。他们也表达了自己想要跟孩子一起互动，享受亲密时光，但很多时候是被排除在外的。"张亮说。

作为女婿和儿子，李一慢也很理解这样的场景。他说，有的家庭好不容易妻子要给丈夫布置一个带孩子的任务，比如去楼下超市坐一会儿摇摇车，丈母娘对女婿客气，妈妈心疼儿子，这时候老人就站了出来说："你休息吧，我带着去玩。"李一慢深度参与育儿，他甚至尝试突破妈妈和姥姥对孩子的无微不至。李一慢说，他写过一篇文章《造妈妈的反，革姥姥的命》，因为女性不但担心爸爸带不好孩子，还会担心孩子磕了碰了，就变成这也不可以，那也不可以。孩子会变得胆小，不敢往前冲。"我在讲座里放过一系列照片，拍我儿子3岁时爬个斜坡。他当时爬到一半就没力气了，这时候姥姥就想上前把他抱上去。我拦着。儿子最后花了好长时间，爬得满头大汗爬到顶上。那个兴奋是有人替代他完成不能比的。"李一慢说。

妈妈的期待

现在如此强调父亲的在场，父亲角色对孩子的身心健康到底有哪些作用呢？心理学在涉及亲子关系、原生家庭等问题时经常会讲到依恋理论，拥有超过4200小时临床咨询经验的美国加州执业心理咨询师朵拉陈说，之前都说父母，特别是母亲跟孩子的依恋关系特别重要，好像它能够影响一生。然而，2018年年底召开了一个关于21世纪依恋理论与研究的国际会议，综述了近十年来的变化。很多研究都指向一种发现，父母和孩子形成的这种稳定的依恋关系并不是最重要的，最重要的是孩子身边有没有这样稳定的依恋对象。比如父母没办法在孩子身边，但如果有一个奶奶或者老师也能够给孩子提供不断的、稳定的安全感。

美国的中产阶层家庭里，父亲参与育儿的程度很高，但并不意味着有强制性的因素要求"父亲在场"。朵拉陈说，美国家庭的形态很多元，比如单亲妈妈、两个父亲、两个母亲，甚至是多边家庭，所以，父亲和母亲需要同时在场才能给孩子健康成长环境的观点受到很多挑战。那些需要父亲带领的活动，或社区的体育活动是有教练的，或者在她生活的郡里有退休的人做志愿者，带着孩子们玩耍。中国的育儿理念里强调父亲在场的一个原因，是对儿子或者女儿树立性别意识有重要作用。最新的观点却认为性别本身要有弹性。朵拉陈说，美国现在去除性别刻板印象的浪潮很高，在美国，至少是加州这样比较开放的地区，如果说要培养一个男孩的男子汉气概，很多人会质疑到底什么是男子汉气概。

有趣的是，张亮做完父亲参与的专项研究，终于搞清楚为什么美国学术界出了很多成果的领域，在中国却是一个边缘话题。张亮说，美国的情况是，很多家庭真没有父亲。比较而言，中国的离婚率低，未婚生子更少，中国的父亲一直是在场的。他首先是个养家者的角色，给孩子提供经济支持。中国人爱说"养不教父之过"，他们调研时发现，在辅导孩子学习、升学择校方面，很多父亲一直是在场的。

张亮说，妈妈们在网上的吐槽最近几年才出现，这跟社交媒体有很大的关系。这些妈妈更多的身份是受过高等教育、城市里的中产女性。钱岳是社会学博士，英属哥伦比亚大学助理教授，她说，美国等国家从丈夫在外工作，妻子做全职主妇为主流，逐渐发展成妇女进入劳动市场，这是第一次性别革命。研究者会发现，这时候受教育程度越高的女性越可能不结婚或者更可能离婚，同时生育率也变低了。

这是因为女性角色改变了，男性角色并没有变化，就产生了很多矛盾，家庭就变得不稳定。在这样的情况下，如果想家庭越来越稳定，或者说大家愿意结婚生孩子，就需要男性去改变，也就是第二次性别革命。"那种家务劳动分工比较平等的国家，它的生育率其实是相对高的。发达国家和地区里有一种是超低生育率，中国香港、韩国、日本都在这个行列。"钱岳说。

钱岳因为主要做的就是婚姻家庭方面的研究，热心在社交媒体上推动大家对婚姻里权利平等的关注。她说，父权社会即使女性在外工作，跟丈夫赚同等的钱，回到家里，丈夫还是觉得自己是一家之主。这是一种结构性的不平等，在这个大环境里，女性想寻求家里的平等不容易。"丧偶式育儿"常被吐槽，丈夫和妻子都在外工作，妻子还要承包育儿和家务就是一种不平等。除了分工不均，丈夫对妻子提出的改变，比如说分担育儿或者家务表现出消极的回应和态度，也是一种不平等。还有一种隐蔽的状况是，总是妻子在发号施令，丈夫只充当执行者，经常出现妻子指挥到发火，丈夫却觉得很委屈。钱岳说，计划和安排本身就是一项全职工作，无论亲密关系、人际关系，或者工作关系，分担任务不应该只包括"做"的部分，也应该分担安排和计划。

跨越家庭内外的种种育儿门槛，让夫妻双方达成一致，需要婚姻中的智慧。李一慢说，前提是夫妻感情没有问题，在这种情况下，看到妻子带孩子劳累，男人是不会那么冷漠的。他的经验是孩子在 2 岁之前插不上手，就赞美太太和多干体力活。

李一慢懂得男人的思维，他在讲座里还教给妈妈们如何"挖坑"把爸爸们拉进育儿中来。他说，父爱是后天的，会觉得多个孩子很麻烦。角色进入得越晚，开始起来越困难。妈妈就要给爸爸任务，比如男人回家开始玩手机，让他带着孩子花钱去，坐个摇摇车，买个小玩具。任务一定要简单明确，男人内心会判断难度系数。让去陪着练跆拳道可能一听就晕了，去逛个商场半小时、20分钟就买回来了，他就会去做。有了开始，得到孩子的反馈，逐渐就越陷越深了。

女性也有自己的经验。小江说，孩子的好奇心和勇气是孩子爸爸给的。爸爸无论教东西还是玩，都很专注。妈妈就一会儿问饿不饿，一会儿问喝不喝水，打断孩子的专注度。"女儿第一次吃多春鱼，她说鱼子吃起来像沙子。爸爸就哈哈大笑，觉得孩子很有想象力。我的疑点在于，女儿什么时候吃过沙子。后来一问，果然是爸爸带的时候。这就是男人和女人的不同。"小江相信表扬有不可思议的力量。"一边表扬，一边给丈夫参与的机会很重要。没人能抵御亲生孩子的需要和陪伴，你就在他面前表现得你很需要他，娃娃需要他。然后就是表扬，还有洗脑。说大牛都是一边看孩子一边工作的，洗脑成功就好了。"小江说。

小江就是事业上独当一面的女人，她也觉得育儿问题的根本是夫妻之间的平等。"这个平等不是物质上的，是精神上的。女人不因为男人不带孩子就吐槽，男人不因为女人埋怨就消极对待。两个人共同找出一个折中方法，运营好'家'这个公司和'孩子'这个分公司。合伙人一起开公司不能精神不平等呀，那就散伙了。"小江说。

（实习记者王雯卿对本文亦有帮助）

我们如何接近艺术

在技术时代，我们都习惯了直接、即时、简单的观看方式，但博物馆鼓励的是另一种观看方式：近距离的、长时间的、耐心的观看，与艺术品之间一种个人化的、一对一的相遇。通过这种观察训练，我们会发现，任何一件艺术品都有足够的细节、秩序和关系，需要时间和耐心来感知和解码。

看懂大都会博物馆

陈赛

1866年，一群美国人在巴黎倡议建立一家国家艺术博物馆。

4年后，纽约大都会艺术博物馆成立。同年11月，博物馆收到了第一件捐赠品——一口重达2.72吨的古罗马石棺。

10年后，大都会艺术博物馆搬迁至现址——第五大道82街，当时的纽约中央公园还是一片蛮荒之地，而博物馆则像是一座红砖砌成的谷仓。

此后百多年，大都会艺术博物馆以收藏"跨越所有文化与时间的人类最伟大的艺术成就"为使命，经过多次扩建，占地8公顷，拥有200多个展厅，藏有36.5万件各类文物和艺术品，与法国卢浮宫和大英博物馆并列为世界三大百科全书式博物馆。

过去100多年的时间里，是美国商人创造的财富在不断推动大都会博物馆的发展壮大。19世纪的纽约，成为世界金融中心和美国最富裕的城市，吸引了众多富人在那里定居。富人在赚足钱之后，开始有了收藏艺术品的雅兴。就像亨利·詹姆斯在《美国景象》一书中写的："空气中散发着钱的味道，很多很多钱，数不清的钱，到处都有钱的征兆。所有这些钱都是为追求最完美之物，追求所有最完美之物，不包括即将退出人们视线的当代创作；这些钱会用于展示艺术、精选藏品、考证鉴定、追求知识……简言之，大都会博物馆正在走向伟大。"

《纽约客》专栏作家卡尔文·汤姆金斯的《商人与收藏》一书，详细讲述了美国"商人"们如何在世界范围内前仆后继开展"收藏"的壮举，展示了他们如何最终把"私藏"变成博物馆的"馆藏",如何把"私人"博物馆变成社会共有的公益博物馆的过程。

事实上,今天在大都会里看艺术,仍然时时刻刻感受到金钱的力量。几乎每个展馆、每一个策展人的头衔上都刻着赞助人的名字:J.P. 摩根、本杰明·奥尔特曼、阿瑟·塞克勒等,随便哪个名字拿过来查一查,都是富可敌国的商业大亨和慷慨的艺术赞助人。

所以,如大都会博物馆前馆长汤姆·坎贝尔所说,大都会博物馆的故事,是一个典型的美国故事,一个关于雄心、公民责任和慷慨付出的故事。

我们总是容易对金钱抱以警惕之心。但事实证明,过去100多年来,大都会博物馆最初的使命和理想从未改变过:艺术可以使所有接触到它的人上进,可以促使个人信念擢升,可以帮助工业和制造业进步,可以向善的理念实现,这是一个基本的社会与道德前提。

什么是艺术?为什么这是艺术?那个不是艺术?艺术真正的力量到底在哪里?

在面对我们的问题时,大都会教育部主管桑德拉(Sandra Jackson-Dumont)女士回答说,艺术真正的力量根本不在审美,而在于启发人们以不同的方式思考这个世界,在于开启不同时间、不同空间、不同文明之间的对话。"大都会过去140多年来的努力,创造了今天这样一个时刻,正确的人,正确的时间,一个如此庞大的藏品库,我们终于可以实现博物馆真正的使命了。"

你看到了什么?

"你看到了什么?"一个中年男士突然问我。

在大都会博物馆现当代馆,一个题为"抽象主义史诗"的特展开幕式上,我正坐在一幅巨型的抽象画前面发呆。

那是美国画家乔安·米切尔的一组油画,题为《玫瑰人生》。

其实,我并没有在看这幅画。这个展厅里绝大部分的画都给我一种深刻的挫败感和困惑,让我对自己的认知能力产生了深刻的怀疑。

2017年,我在伦敦的泰特现代美术馆转了一圈出来,也是这种蒙圈的感觉,只不过那一次，我十分确信是那些艺术家疯了，而不是我的智力有问题。但现在，我却不敢如此肯定了。

我向那位中年男士如实地吐露了我的困惑。我告诉他，我来到这里，是为了了解一个普通人如何接近艺术，但现在我在这个时代最前沿的艺术展面前一筹莫展。如果说，观看艺术是观看世界的延伸，而这些画作、雕塑和装置作品是现当代艺术家在表达他们对这个世界的感受和理解，作为同时代的人，我的感受和理解无能是否只能说明我对这个时代的无知无能？

中年男士被我的自怨自怜逗乐了。他说他是大都会的志愿解说员，也是一个画家，主要画一些风景画。明天，他要给大都会一群有钱的赞助人介绍这个画展，所以先来探探情形，结果运气这么好，捡到了一个被艺术打击得失魂落魄的中国记者。

我诚恳地向他请教怎么看一幅画。

从现当代馆的二层穿过去，就是19、20世纪欧洲绘画馆，里面有一屋一屋的凡·高、高更、莫奈、毕加索……

他带我来到一幅凡·高的画前——《夹竹桃》。

"告诉我，你看到了什么？"

"花、花盆、桌子、书。"

"你刚刚向我描述了一幅任何人所能想象的最无聊的画面。"他笑着说，"你觉得这幅画无聊吗？"

我再次凝神端详那幅画。这当然不是一幅无聊的画。它的画面绝不平静枯燥，有一种强韧的生命力在涌动，但我仍然表达不出来，它到底有什么特别的。

"你注意到颜色了吗？"他提醒我，"注意到桌子的边缘那一圈橘红色的边框了吗？你觉得凡·高为什么要加上这样一层颜色？"

"书桌什么颜色？书什么颜色？墙面什么颜色？夹竹桃什么颜色？你想过作者为什么要选这些颜色吗？"

"你注意到画面被裁切过了吗？你觉得为什么要裁切？"

"你再看看这个画面，告诉我你看到了什么？"

我看到，夹竹桃的花朵正在重重地压下来，叶子却似乎在向上飘扬。桌子有一点向右倾斜，花瓶看着也很容易就会摔下来。搁在桌脚的那两本书显然也不稳当。你几乎能想象，下一秒钟，画面上的一切都可能会摔下来。

在此之前，我无数次从这幅画之前走过，从未发现这幅画处处透着不均衡。为什么凡·高要表达这样一种不均衡的感觉呢？

这是一种奇特的感觉：当你学习用自己的眼睛去看，当你盯着一幅画足够久，足够耐心，一个个之前没有注意到的细节会逐渐在你眼前打开，然后你突然发现，原来这个东西是有结构的，这里的每一笔、每一画、每一处细节都经过了精心的考量和反复的推敲，原来它一直在跟你说话。

如何逛一个百科全书式的艺术博物馆？

2017年，在大英博物馆，我晚上捧读《大英博物馆世界简史》，白天按图索骥地逛博物馆。对于博物馆里那些物的理解，很大程度上得益于这位前馆长渊博新奇的阐释——物提供问题，而文本提供背景；科学提供解释，想象则提供某种诗意的连接空间。就像往水中投下一块石头，在考古学、人类学、材料学、生物学等各种现代学科的帮助下，隐藏在这些物件背后广阔复杂的历史经纬，如权力、战争、宗教——呈现出来。

这种逛博物馆的方式与大英博物馆作为百科全书类博物馆的使命是一致的。在启蒙的理想中，我们必须建构一个关于这个世界足够庞大完整的样本库，收藏、描述、分类，并在不同的物之间建立关联，提出假设，严谨地分析和检验——自然的、物理的、文化的特质——一个人才能学习世界的真相。

但是，怎么逛一个百科全书式的艺术博物馆呢？按照前馆长菲利普·德·蒙特贝罗（Philippe de Montebello）的说法，这里收藏了"人类有史以来每一个时期每一个地方每一种媒介每一种范畴的所有艺术"。一个屋檐之下，摆满了5000年来人类曾经创造过的所有最伟大的艺术品，从波洛克的《秋之韵》到古埃及的象形文字，从印度女神帕瓦蒂到提香的《女神维纳斯和阿多尼斯》，从毕加索的青铜塑像到西非面具，从中世纪的武士铠甲到香奈儿的礼服，从西班牙修道院到中国苏州园林，都不过区区几步路，你会看到一棵文明的家族树上完全不同的风景，有着共同的源头。

毕加索曾经说过："对我来说，艺术没有过去，也没有未来。一件艺术品如果不是永远存在于当下，那它根本就不应该被称为艺术。古希腊的艺术、古埃及的艺术，过去所有伟大的画家的作品，都不是过去的艺术，也许它们在今天比过去更有生命力。"

既然艺术应该是当下的、感性的、精神性的，它是否就与知识无关，而更重于感受力？作为参观者，我们是否可以向这些古老的文物追求一种更纯粹的审美愉悦，汲取一种更直接的异质经验呢？还是说，这是一种对历史和文化的不尊重？

毕竟，眼前所有这些兵器、餐具、花瓶、桂冠、金盒、大理石半身像、名贵木材的家具……今天我们崇拜它们的美，称它们为"艺术"，但它们最初都不是为生者的目光而设的。它们堆积在封土堆、金字塔和墓穴深处，或者画在教堂、寺庙的墙壁之上，并非出于美观考虑而是有其实际功用。

《图像的生与死》一书中，法国学者雷吉斯·德布雷写道："图像，始于雕塑，而后描绘而成，究其渊源和功能，是一种媒介，处于生者和死者、人和神之间，一个社群和一片宇宙之间，在可见者和驾驭它们的不可见力量的两个群体之间。因此，图像本身并非终极目的，而是一种占卜、防卫、迷惑、治疗、启蒙的手段。"

所以，在他看来，博物馆与陵墓并无区别。"从前的文明无博物馆可言，陵墓就是博物馆。今天的文明再也不谙建造陵墓之道，但我们的博物馆难道不就像陵墓一样吗？拥有恢宏的建筑、尊贵的地位、受到严格的保护，按规例独处于公共空间。"

但是，从另一个角度来说，这些物虽然失去了它们的时代，离开了它们最初的语境，以及绝大部分与之相关的故事与关系，但它们仍然栩栩如生地保存了数千年来这个世界上每一种人类曾经活过的经验、姿态与情感，就像一块巨大的琥珀中凝固的无数只昆虫。

几千年的时光像灵魂一样附着在这些古老静默的物件之上。大理石雕的碎片、陶瓷的裂痕、磨损的画框、褪色的画布、青铜的锈迹斑斑……时光所有的痕迹都还在，有时候破碎和磨损甚至成了美的一部分。比如埃及馆的那个只剩了小半截的女王头像，黄色碧玉雕成，嘴唇以上的部分几乎全部被毁，只留下一张极美的脸型与丰满的嘴唇，以及颈部细细的皱纹，多一分太多，少一分太少，几乎是一场完美无缺的损毁。

再比如在罗马馆里那尊爱神爱洛斯的青铜雕像，刻画的是小爱神入睡时的模样。那一瞬间意识的彻底缴械：他的翅膀无力地收拢，像一只稚弱的小鸟；胖胖的小手臂垂下来，明明是青铜，却带着最奇特的脆弱与柔美。瞬间让我想起我5岁的孩子，每晚睡前各种耍赖纠缠之后，终于抵抗不住睡意，沉沉睡去时也是这样的神情。我好不容易才抑制住想要触摸他的冲动。

是谁，出于什么目的，创造了这个雕像呢？这张脸，这个身体曾经属于一个真实的孩子吧？他的睡容里有一种天真，纯净到几乎令人心碎，仿佛远离了人世的一切不幸。但在希腊神话里，爱洛斯是一个残酷、任性的孩子，无端地用爱折磨凡人，引发灼烧的欲望与自我厌憎。古希腊人为什么要用一个孩子来指代欲望呢？

无论这个青铜雕像曾经属于谁，大概是非常珍爱的。谁不希望岁月静好，珍爱之物永恒不变？但事实上，一切都会崩塌。这是一尊保存相当完好的青铜雕塑，但你仍然可以看到爱洛斯手臂上的裂痕，手掌上的铜绿斑痕，五根手指中有两根已经断开，露出铜质的破损面……

大都会的古希腊彩陶馆也是一个令人流连忘返的地方。比起大英博物馆，这里的彩陶显然享受着更高级别的待遇。它们占据着四五个连续的展厅，展厅里光线充足，空间开阔，最显要的位置摆放着艺术史上最为重要、修复得也最为精致的彩陶，但最吸引我的，却是一个柜子里的彩陶碎片。

那些大大小小、无法被拼回去的彩陶碎片，被一片一片地排列在一起，每一个碎片上的线条和图形仍然清晰可见，描绘的却是一个个支离破碎的故事：一双紧紧握在一起的手（手的主人却已无从得见）、一双穿着靴子的男人的脚、斯芬克斯的半个翅膀与尾巴、两个女人抱着一只黑猫、一只猫头鹰一脸惊愕的神情回望后背一只握着捕网的手、一个战士手持盾牌跟什么人挥手道别、一个男人对着一个水壶撒尿……

当这些彩陶碎片以这样的方式被排列起来的时候，无论你的想象力多么活跃，你仍然觉得眼前是一幅永远无法破译的拼图。或者，"漫画"也许是更合适的比喻。如果你活在2000多年前的雅典，也许你会很清楚地识别这些画面上的人和物，他们的日常生活，他们的神话与传奇。比如那个骑在马上的男人是谁？为什么他的脸上带着这样的落寞神情？这是一场什么样的盛宴？那个男孩为什么要上战场？那个男孩和女孩的爱情是怎么回事？那个豹头人身的怪物是什么？战士盾牌上的蜘蛛和蝎子标志着什么？他们的乐器会吹奏出什么样的音色与曲调？但这一切都已经消失在时空的缝隙里，就像一两千年以后，大概也没有人能再解码《花生漫画》。

在这些碎片面前，你能强烈地感受到人与时间两种力量的撕扯——一个创作，一个毁灭。几千年前，一些与你一样的血肉之躯，在彩陶上记录了他对一个世界的观察、感知和信念。如今，你在同一个时空之内相遇，又各在不同的时空之外。凝视它们的时候，你惊恐又欣慰地意识到，没有什么是永恒的，这个世界并不属于我们。

关于艺术的目的，英国哲学家雷蒙德·塔利斯（Raymond Tallis）有一个非常动人的说法："艺术表达人的普遍伤痛——在有限的生命中无法获得完整价值的伤痛。"

他曾经在一篇题为《艺术与人生的终极目标》的文章中详细论述了这种"伤痛"。按照他的说法，人类有四种基本性的欲求，或者说饥渴（Hunger）。前三种很明显——为了生存，为了愉悦，为了真实的/想象的他者的认可（内化为一种自尊，被爱，被追求，或者确定自己不是无用的废物）。

至于第四种欲求，与第三种欲求一样，出自我们身为动物而又超越了动物性的存在境况。作为一种半觉醒的动物，我们时刻试图理解周围的世界和同类，但这种理解却总是不完整的。我们永远无法完整地活在当下，我们的意识总是晚于经验。我们走向死亡，却从未真正到达死亡——直到最后咽气的那一刻——或者从未真正理解死亡为何意。我们从来没能弥合所是与所知之间、想法与经验之间的鸿沟，因为我们的知识总是渗透着无知感。

他说，在人类大部分历史中，第四种欲求很少真正成为问题，因为人们忙着求生存，无暇顾及其他。但现代社会的技术和财富制造了大量衣食无忧、身体健康、不曾被压迫，也没有无私到要拯救世界的人，他们有足够的余裕来思考所谓生命的终极意义。对他们而言，世界的不完整感、当下的真空，就都成了问题。

他认为，艺术提供了一个很好的模型，示范如何整合我们分裂的记忆、思想、冲动和期待。在他的文章中，他讨论的艺术是音乐和文学。但大都会这种百科全书式的博物馆的价值何尝不在于此？

是的，与广袤的空间、无垠的时间相比，我们都不过是沧海一粟、不值一提的有限存在，但只要足够有耐心，足够专注，我们可以在这样的巨大琥珀中窥见生存无限悲欢的可能性，体验人性种种自相矛盾的质地，包括宁静、混乱、爱、天真、权力、欲望、哀伤，等等。

我尤其记得有一天中午，我正漫无目的地在埃及馆转悠，转进了一个堆满了木乃伊的房间。一对年轻的情侣走进来，女孩轻轻地感叹了一句："我如果死了，一定要火葬。我可不愿意死后这样被展览在这里。"

她的男朋友在一边轻轻地笑，仿佛在说她太杞人忧天了。

然后，整个房间突然安静下来，我这才意识到原来只剩下我一个人了。在埃及馆的人潮汹涌中，你常常忘记了自己身处陵墓之中，眼中所见那些美丽的雕塑、器皿、首饰、壁画其实都是死者之物。但这个房间里有一种令人不安的安静。人们大概不愿意来到这里，华丽的棺木旁边，木乃伊僵硬笔直地躺着，那种静止的姿态让你深切地意识到自己还活着，就站在这里，但总有一天也要死去。我的鼻尖似乎闻到某种死亡的气息。我想起母亲死去的那个晚上闻到的那种气息，带着泥土的腥味。

从陈列室匆匆出来，一下子撞到一屋子的阳光，原来是到了著名的丹铎神庙。巨大的玻璃幕墙和玻璃天花板，映照出窗外中央公园郁郁葱葱的树林，几座古埃及神像默然伫立，就像3000多年前一样。那一瞬间，我突然觉得我从来没有那么靠近过"死"，也从来没有那么靠近过"生"。

为什么我们对画心生畏惧？

19、20世纪欧洲绘画馆是大都会最受欢迎的展区。最近这里正在进行两场特展，一个展厅展出的是法国浪漫主义大画家德拉克洛瓦的回顾画展，另一个则是题为"被改变的身体"的珠宝展。

你很容易就能觉察出这两个展厅气氛的差异。在珠宝展上，你会看到衣香鬓影，人声喧哗，人们对着柜子里那些美丽的珠宝欢喜赞叹，或者评头论足，但到了德拉克洛瓦的画展上，气氛一下子变得严肃起来，人们一个个屏气敛神，各自默默有序地参观，偶尔读一读墙上的解说，点点头，一副恍然大悟的神情。

画家保罗·克利说，为了欣赏一幅画，你必须有一把椅子。

为什么必须要有一把椅子呢？

这样你的疲倦的双腿不至于分散你的心智。

其实，比起疲倦，对大部分人来说，更难克服的恐怕是畏惧。你并不信任自己真的能看画。你总觉得要理解很多画外之物，才能真正理解你为什么要用力地盯着眼前的这幅画看。当你盯着一幅画看了很久，仍然不明白自己在看什么，一种隐隐的羞耻感就会油然而生。

在《另眼看艺术》一书中，朱利安·巴恩斯写到小时候父母带他去参观伦敦的华莱士收藏馆，他站在弗朗斯·哈尔斯的《笑着的骑士》前面，"怎么也搞不懂这个长着一撮小胡子的家伙在嘲笑什么，也想不通这怎么就算一幅有意思的画作"。

所以，在这本书一开始，他就写道："当一种权威的声音试图阐释一件艺术品，我们需要勇气告诉自己，这只是一种建议，而唯一的真相在于我们眼中所见。"

很可惜，我可没有这样的底气。从一屋子的名画之间穿过，莫奈的睡莲、凡·高的向日葵和翠柏、塞尚的苹果和报春花、德加的芭蕾舞演员、高更的《万福玛利亚》、雷诺瓦的《乔治卡宾特夫人和其孩子们》……我安慰自己，至少还能愉快地识别出狗、树木、苹果、母亲、孩子嘛。但是，仅仅识别出一张人脸、一张桌子、一个农夫、一朵花、一个水果，就说明我读懂了这些画吗？艺术家到底在这些人和物上面看到了什么，又想要表达什么呢？画一个人、一朵花的方法那么多，为什么偏偏选择这样一个场景，这样一种姿态，这样一种目光？什么样的画才是高级的艺术？是真实地再现生活，还是对生活进行抽象的升华或隐喻？或者经过某种神秘的处理，把它变成另一种东西，与生活有关，但更有力、更强烈？

当然，有一些画面如此之美，让你顾不得思考这些问题，恨不得能直接穿越到画中的世界，像法国画家皮耶·考特那幅《春天》，雾蒙蒙的丛林里，一对沐浴在爱情中的男孩女孩相拥坐在一架秋千上。女孩的裸体如此之美，几乎要让人怀疑自己的性取向。

美国诗人马克·多蒂为一幅静物画《牡蛎与柠檬的静物》写了一整本书，在绵密复杂的语词丛林里，倾吐他如蜘蛛网一样纤细、敏锐的感受力，但当我站在这幅画前面的时候，却非常羞愧地发现，内心一个微弱的声音在提醒我该吃午餐了。

一位叫詹姆斯·埃尔金的美国艺术史学家写过一篇文章，提到一个老太太每天去芝加哥艺术学院看伦勃朗的一幅画，每周来三四个小时，什么都不干，就坐在画前静静地看。20年下来，她在那幅画面前看了3000多个小时。我实在好奇，她到底在看什么呢？又看到了什么？为什么我就不能与一幅画建立更有意义的联结呢？是我的理性没有工作，还是我的感性没有启动？我所缺乏的，到底是深度挖掘的能力，还是自由联想的能力？也许我可以拍一张自拍照，上传到谷歌的APP，看看我此刻的表情与哪张名画里的人物最为神似？这会是一种有意义的连接吗？

据说在大部分博物馆，人们在一件作品面前停留的时间只有10—15秒钟，其中包括拍照和阅读解说的时间。为什么要拍照呢？有人说，观看从来不是纯粹的，总是伴随着占有的欲望。这些画只能看，不能摸，不可能拥有，甚至连欣赏和理解都做不到的时候，只好拍一张照片存入手机，算是一种象征性的占有。

其实，这里的很多画都是平常在复制品中看过无数次的。即使现在，我也随时可以从大都会的网站上调出这些画，并且以最高清晰度来欣赏它们。为什么一定飞越大半个地球跑到大都会来看这些画呢？除了本雅明所说的原作的"灵光"之外，我们到底在向它们寻求什么？

有人认为我们可以完全脱离艺术的语境来看这些名画，比如英国作家阿兰·德波顿认为，我们应该把艺术品作为一种心理治疗的工具，艺术家应该从事的是一项教育使命，帮助人们寻找自我理解、同情、慰藉、希望、自我认同和成就感。比如一个朝鲜时代的月亮壶能提醒我们谦逊的美德，卡斯帕·弗里德里希的《海岸上的岩礁》呈现的是高贵的悲伤，而理查德·朗的画中则有关于爱情最重要的启示。

大都会教育部主管桑德拉·杜蒙特（Sandra Jackson Dumont）女士则认为，艺术真正的力量根本不在审美，而在于启发思考，在于开启不同时间、不同空间、不同文明之间的对话。她说："有人说，去博物馆是为了看美丽的东西，但博物馆里90%的东西不是关于美，而是关于痛苦，关于挣扎，关于恐惧。记录这些经验的艺术家，他们所看到的世界，他们在想象中所见到的东西，并不总是美丽的。他们记录战争，记录那个时代的问题，也记录下人性的伟大与丑陋。"

大都会横跨5000年的百科全书式的艺术藏品，可以开启无数的对话，包括现代社会最重要的一些议题，比如宗教、战争、资本主义、女性主义、性别流动性，等等。最近几年，美国校园枪击案频发，有一天，杜蒙特带着10岁的女儿穿过大都会的兵器馆时，女儿指着那些盔甲突然脱口而出："这才是我们需要的啊。"现在她每次跟人们谈到兵器馆的藏品，当然可以谈论工艺，可以谈论亨利八世，可以谈战争，可以谈历史，但她更愿意谈校园枪击案。博物馆可能是谈论这类敏感问题最安全的场所。

还有人认为，博物馆里的艺术品大可以单纯地作为训练眼睛的工具。比如一个叫艾米·赫曼的美国女律师兼艺术史专家就经常在大都会带人看画，教他们怎么通过看名画来训练福尔摩斯式的观察力和洞察力。她最早是带着医生去看画，通过分析艺术作品提高他们诊断病情的能力，后来又带纽约的警察们去看画，提高他们观察和分析犯罪现场的能力。这门课程后来声名远播，她的客户也越来越多，包括联邦调查局、国土安全部、美国陆军和海军、美联储、司法部，等等。后来，她根据这些培训内容写了一本书，就叫《洞察力：增强你的视觉、改变人生》（Visual Intelligence）。

其实，她的训练法总结起来很简单，就是用谁（Who）、什么（What）、哪里（Where）、何时（When）四要素来分析眼前的画面，尽量用客观而不是主观的形容词，尽量从不同的维度去观察，不放过任何一个细节，比如颜色、形状、阴影、桌上物品的数量、女人衣服的质地，等等。而且，她的方法要求快速反应，5分钟之内就要给出基本的判断，因为犯罪现场不是艺术史课程，可以慢悠悠看一幅画看上3个小时。比如她拿大都会收藏的美国画家约翰·辛格顿·科普利的一幅著名的肖像画《约翰·温斯罗普夫人》为案例，画面上是一个贵妇人坐在桌前吃水果，所有人都看到她华丽的衣服和帽子，但 80% 的人都没有注意到她的那张桃花心木桌以及木桌上的投影。

我试着用她的方法去看画，果然有了一些新的收获。至少，我从那些主义、画派和历史的干扰中退出，开始独自面对一幅幅具体的画面。这些画之所以挂在墙上，并不是为了让我们膜拜，也不是让我们猜测画家的爱情生活，或者哪个有钱人把它捐给了博物馆，而是让我们自己进入画面，好奇、观察、提问、思考、感受、困惑，接受画中人发出的叙事邀请。那个西装革履、眉头紧锁的男人是谁，为什么会在这里？那位优雅高贵、不可方物的 X 女士又是谁？她在想什么？为什么她的脸偏向一边？她手上的戒指是订婚戒指吗？她的爱情生活是什么样的？

但是，这样就是与一幅画真正有意义地连接了吗？

在《小王子》中，小王子遇到了狐狸。小王子想和狐狸一起玩，但狐狸说不行，因为它还没有被"驯服"。

> 小王子不知道这是什么意思，狐狸告诉他："这是已经早就被人遗忘了的事情……它的意思就是'建立联系'……对我来说，你还只是一个小男孩，就像其他千万个小男孩一样。我不需要你。你也同样用不着我。对你来说，我也不过是一只狐狸，和其他千万只狐狸一样。但是，如果你驯服了我，我们就互相不可缺少了。对我来说，你就是世界上唯一的了；我对你来说，也是世界上唯一的了。"

小狐狸的"驯服"论，是我所知的关于友谊最深刻的洞见。人与画之间，是不是也需要一种驯服的关系？

在大都会逛了那么多天，第一幅真正打动我的画，是一幅叫《洗衣妇》的画。一幅尺寸很小的画，画的是塞纳河边，一个洗衣妇和一个孩子，应该是一对母子，孩子手中拿着铲子，正费力地想要迈上台阶，母亲一只手握着他的手，想把他往上拉，另一只手抱着重重的刚洗完的衣服。浓重的阴影里，母子俩的面目都看不大清楚,他们的背后却是夕阳西下,阳光像碎碎的金子一样洒满湖面与对岸的类似宫殿的建筑。画面的左下角签着画家的名字:Honoré Daumier(奥诺雷·杜米埃),一个我从来没听过的名字,后来查资料才知道是法国19世纪著名的现实主义讽刺画大师。

我在这幅画前面站了很久,远远超过了5分钟,简直走不动道。是因为那个母亲粗壮的身形唤醒了我某些遥远的记忆,是那个孩子努力往上走的那种稚弱又鲁莽的姿态,还是那个母亲牵着他的手的动作,温柔、有力,又透着疲倦?也许只是因为那种夕阳的光,我也曾经无数次与母亲在那种光线中回家。

解说上写着,这幅画是当时画家从自己在巴黎圣路易岛的工作室中看到的情景。我想象着他站在窗前,静静地观察这对母子,忠实地画下眼前所见,并没有打算揭示什么永恒的真相,或者带着什么社会讽刺的目的,只是单纯地被眼前这对母子之间流淌着的某种东西打动,画下了这样一幅画。100多年后,这幅画让一个对他、对那对母子、对当时的法国统统一无所知的中国人看到落泪。

曾经有人问美国科幻女作家厄苏拉·勒·奎,写作的秘密是什么?

她说,这是一个愚蠢的问题,写作的秘密当然就在于写作,写作让你成为一个作家。但这个愚蠢的问题后面有一个真正重要的问题——所有的艺术都是手艺(Craft),但真正的艺术品拥有某种本质的、持久的、核心式的存在,是手艺工作、展现和释放的对象,就像石头中的雕像,在它成型之前,一个艺术家如何找到、看到它?这才是真正重要的问题。

而她最喜欢的一个答案是,有人问美国乡村歌手威利·纳尔逊是怎么想到他的曲子时的回答,"空气里充满了曲子,我只是伸手选了一个"。

对于作家而言,这个世界充满了故事,当故事在那里的时候,它就在那里,你只要伸手去取。对画家也一样吧。这个世界充满了形状、色彩、光线,即使日常生活中最平凡的那些事物,一旦你用一束画家的目光去凝视,这个世界——这个本来如此乏味而了无乐趣的世界——就会在你的眼前重新组合,浓墨重彩,意味深长。

(感谢大都会艺术博物馆对于本期杂志提供的帮助与支持)

细读敦煌：一窟一传奇

张星云、薛芃

45窟：如何观看盛唐彩塑

莫高窟第45窟主室空间并不大，因此进入石窟后，一定会先看到西龛塑像。

莫高窟现存十六国至元代各朝彩塑2000多身。第45窟这一铺七身彩塑，从造像到颜色，保存得都极完整，被公认为敦煌盛唐时期彩塑的代表作，此窟也因此被评为"特窟"。

主尊释迦牟尼佛正襟危坐，两侧对称站立着两位弟子、两身菩萨和两身天王，他们几乎都与真人同高。阿难是释迦牟尼最年轻的弟子，他双手抱于腹前，谦恭、天真又略带稚气。迦叶是年纪最大的弟子，瘦骨嶙峋，专修苦行，此时他似乎扬手正在说着什么，双眉紧锁。两身菩萨一手伸出，一手下垂，微微斜着头，半闭着眼睛，身体放松自然弯曲成"S"形，显得既漫不经心，又高雅超然。天王则表情激昂，他们身披铠甲，一手叉腰一手持兵器，脚踩恶鬼药叉，肌肉紧绷，筋脉暴胀。塑像一动一静、一松一紧，每人都极具个性。

只要在第45窟多待一会儿，就会感觉他们全都目光俯视地看着我，或谦卑，或沧桑，或威严，或柔媚的眼神，都是因我而起。在窟里我一直在想，几百年前当熟练默诵经文的僧侣走进这地铺莲花砖、四壁佛画的佛国世界，与众神对视时，究竟会获得什么样的启示呢？

20世纪80年代初，吴健第一次走进第45窟的时候，并没获得什么启示。当时他刚到敦煌研究院工作，因身材高大，院长段文杰把他分配到资料中心从零开始学摄影。石窟里的壁画、塑像都是文物，他的工作就是拍摄、记录这些文物，作为存档，首要任务是把它们拍清楚。实际上从80年代起，敦煌研究院就已经禁止游客在窟内拍照了，作为研究院的专职摄影师，吴健也就成了少数能在洞窟内按下快门的人，"御用"摄影师的身份持续了将近40年，一直保持到现在。但对一名摄影师来说，这份"特权"也带来了极大的烦恼。

莫高窟石窟内空间小、光线暗，无论用广角展现窟内环境，还是聚焦拍摄壁画、塑像，能架起相机的地方都不多，拍摄角度更是极为有限，甚至换谁来拍，构图可能都是那几种。在这种环境下，拍几年还好，一拍将近40年，很难有新意，这对一名创作者来说，是最痛苦的事情。

这40年里，第45窟的彩塑，他拍了很多次，从胶片相机到数码相机，从佳能到哈苏，从135小画幅到中画幅。每次拍摄的工作流程很单一，都是他和助手一起架设备、铺线、连辅助工具。但在窟里停留的时间一次比一次长，最初每个窟半小时就收工了，后来变成一小时，再后来需要两三个小时甚至更久。慢慢地，吴健开始观察这些壁画和彩塑。

至盛唐时，佛教造像传入中国已有六七百年。但敦煌石窟造像与大同云冈、洛阳龙门的石窟石雕不同，以木为骨架，用黏土塑制，再绘上色彩，以绘画弥补泥塑造型不足的缺陷，艺术史将这种造像称为"彩塑"。此外，从北凉到隋代，敦煌彩塑大多有高浮雕的特点，背面与墙壁连在一起，因此最佳观看点只是在正面。但入唐之后，敦煌彩塑逐渐发展为圆塑，即从石窟内的不同角度都可以看到塑像。盛唐彩塑的观看角度就变得关键，高一点低一点，都不一样。

实际上在佛教盛行的时代，佛教也被称为"像教"，佛像不仅是人们崇拜的对象，也是优质的禅修老师，蕴含着法相的超然智慧。古代信徒进入洞窟，面对佛像跪拜时，由于处于较低的位置，就会看到每身塑像都在俯视着他，与塑像眼神交汇的那一刻，既能感受天王力士威压的气势，又见菩萨的慈祥和安静，在震慑与信赖之间，便是心灵净化的开始。雕塑艺术是环境艺术，它不仅是立体的，也会为周围的环境制造氛围。第45窟尤其是绘塑结合的典范，佛龛里的七身彩塑与龛壁、龛顶以及四壁的壁画结合起来,组成了一个完整的佛国世界。

吴健记得1996年,他又一次前往第45窟拍摄时,透过相机取景器,他终于等到了与佛像眼神交融的那一刻。"就好像我仰视着佛国世界的神,他们微微俯视着下界。他在注视着我,我也在回敬着他。"在拍摄了15年佛像之后,他的摄影作品终于有了自己的风格。"我们不应该把雕塑当成一个冰冷的文物去对待,而是要把它当成活生生的人。第45窟表现的人类情感远远大于其宗教内容,更是一种心与心的交融。"

不仅吴健有此感受。敦煌文书中曾记载了一首唐代诗人卢茂钦游览莫高窟后写的无题诗:"偶游仙院睹灵台,罗绮分明塑匠裁。高绾绿鬟云髻重,平垂罗袖牡丹开。容仪一见情难舍,玉貌重看意懒回。若表恳诚心所志,愿将姿貌梦中来。"显然诗人也是被塑像流露出的人类情感所打动,有些学者认为这首诗写的就是第45窟的菩萨像。

佛教在传入中国几百年后,与儒家、道家思想斗争、融合,至盛唐已经达到了高度的世俗化,并延伸到日常生活、政治等各个方面。莫高窟藏经洞出土文书中曾发现盛唐诗人王昌龄的一首诗《题净眼师房》,记录自己与美女比丘尼净眼交往的一段情史。莫高窟第321窟南壁壁画宝雨经变上方画有两只巨手,一手擎日,一手托月,隐含武则天之名"曌"字,曾是武则天君临天下的重要基石。

佛教艺术也在这股风气中愈加世俗化。唐代大画家无不在寺院绘制壁画,寺院成了他们相互竞技的展览馆,远远超出了宗教本身的意义。更有当众表演者,传为千古佳话:"吴生画兴善寺中门内神圆光时,长安市肆老幼士庶竞至,观者如堵。其圆光立笔挥扫,势若风旋,人皆谓之神助。"盛唐的"塑圣"杨惠之和他曾经的同门"画圣"吴道子都为彩塑佛像着过色。

从外域传入的佛教雕塑艺术也在这一时期彻底中国化了。秦汉以来,中国雕塑早已形成了自己的传统风格,但佛教来自国外,最初佛像作为从外国传来的宗教崇拜物,往往塑像风格取法印度或西域,是为新的时尚,于是大量犍陀罗、马图拉、龟兹风格雕塑出现在敦煌和中国北方石窟寺中。随着佛教在中国的进一步发展,外来审美与汉民族传统观念不断融合,最终在南北朝后期到隋唐时代逐步确立了中国式的佛教塑像。因此纵观莫高窟，如果说初唐彩塑还有着隋代遗风，以第328窟、320窟和45窟为代表的盛唐彩塑则开创了中国样式，影响波及日本、朝鲜。

此时塑像匠人不再使用隋以前夸张变形的写意手法，转而以写实主义风格表现神的精神世界。他们认为对塑像进行拟人化的内心刻画，乃至根据现实生活中的人物形象制作造像，更能增加神的人间性，拉近与观众的距离。于是我们才在第45窟中的这些菩萨、天王、弟子身上感受到唐代贵族妇女的万千仪态、宫女的多姿娇媚、将军的威风凛凛和僧人的满腹经纶。

自1996年开始，吴健换了一种拍摄方式，用人像摄影的手法拍摄第45窟的彩塑。窟内七身塑像，吴健最喜欢西龛北侧这身菩萨像。早期菩萨形象通常表现得很拘谨，而盛唐时则恬淡自然，处处体现出柔和之感。菩萨立于莲台，半闭着眼睛，身体放松自然弯曲成"S"形，以体现对佛理觉悟"得大自在"的精神境界。为了拍它，吴健反复揣索辅助光源的使用，最终他用了两处柔和的辅助光源，衬托菩萨的温柔。

吴健用这类方法总共拍了20多个窟的壁画、建筑和塑像，当时的院长段文杰鼓励他将这些摄影作品外加莫高窟外观的一些风景照集合成画册出版，没想到一下子成了莫高窟最畅销的书。90年代这里卖的书都是考古学、艺术史的学术文献，如此一本"世俗化"的书，拉近了游客与石窟艺术的距离。

1998年樊锦诗出任敦煌研究院院长，并提出"数字敦煌"概念。考古学出身的樊锦诗清楚地意识到，莫高窟的壁画、彩塑迟早要消亡的，因此应该为后人保存石窟资料，用数字化的手段完完整整地将它们记录下来。同年，吴健跟随副院长李最雄去了趟美国西北大学，与美隆基金会商讨合作方案，次年敦煌壁画数字化项目正式启动，从此吴健的工作重心转移了。

尽管全是拿相机对石窟内的壁画、彩塑拍照，但这与吴健以前的工作完全不同。艺术不要了，要的是科学；对佛像眼神的捕捉不需要了，要的是减少盲区和死角。

数字化工作刚开始时，数码相机还没有投入使用，作业现场也不像现在有轨道可供滑行，当时只能搭架子，人站在上面一层一层拍壁画，胶卷冲洗出来之后扫描成电子文件,再通过电脑拼接。后来他们引进了 75 万像素的数码相机,但拼接出来的文件量太小,后来又换了新相机,150 万像素。2006 年,已经成为敦煌壁画数字化项目负责人的吴健决定再次更新换代,使用 300 万像素的新相机。项目承受了很大压力,因为迭代就意味着,所有之前用 150 万像素拍摄过的窟,都要重新拿新相机再拍一遍。

听上去极为先进的技术,实际上依赖大量人工工作,重复又单调。莫高窟一个中小型窟,四壁加上窟顶壁画,前期要拍出 900 多张照片,这就需要一个月时间,随后再由研究员用电脑将这 900 多张照片人工拼接,调整光线和畸变,又需要三个月时间,这样才能完成一个洞窟的数字化工作。

与壁画相比,彩塑是立体的,平面数码照片是无法客观收集全部信息的,为此吴健和数字化团队的研究员们做过很多实验。最终找到的技术突破口依然是光,他们在窟内使用两台倾斜设计仪器对塑像打出光栅,再通过收集这些光栅数据进行三维建模,这样不仅塑像外形精准,色彩还原也更好。

如今敦煌的数字化采集已经进行了 20 年,完成图像采集的洞窟 221 个,图像加工洞窟 135 个,虚拟漫游洞窟 130 个,雕塑三维重建 28 身,底片数字化近 5 万张。这些数据不仅存档,也用于数字展示中心、文创产品,乃至展览。敦煌研究院后来的展览,可以直接通过数字化采集成果异地还原洞窟,打印高清壁画,并通过三维激光打印精准地再造彩塑。

而这些年,吴健已经很少进石窟拍照了。他说至今自己最满意的摄影作品依然是 1996 年那次拍摄的第 45 窟菩萨塑像,那张照片如今就挂在敦煌研究院文物数字化研究所一进门的大厅里。他这几年也去拍过几次第 45 窟,但总觉得没有那次好。后来他发现了原因:现在第 45 窟是开放洞窟,为了保护唐代的莲花砖,在地上铺了一层玻璃,这就将原本的地面抬高了十几厘米,人高了,那与众神对视的角度也就找不到了。

220 窟:供养人的使命和家族荣光

我对第 220 窟最早的认知,来自于那个《帝王图》。身着黑红色华服,头戴冕冠，一副器宇轩昂的王者派头，和初唐大画家阎立本《历代帝王图》中的晋武帝司马炎形象几乎一模一样。然而，阎立本的原作已经失传，现传宋代摹本的《历代帝王图》收藏于美国波士顿博物馆，在国内看不到阎氏帝王图，在敦煌却可以看到它的翻版，而且是唐代同时期的，并非几百年后的宋本，这太让人兴奋了。

走进220窟时，还顾不上去寻找帝王像，就先被南北通壁的经变画吸引了。事实上，如果是第一次走进这个窟，没有专业人员带领的话，怕是要花不少时间才能找到这个帝王。

与前代相比，初唐的覆斗顶窟面积已大得多，四面壁画有些脱落，斑斑驳驳的，在冷光手电筒的引导下，大面积清丽的石绿色从黑暗中浮现出来，各个佛教人物形象也一一显现，但形象依旧有些模糊，需要仔细辨认。仰头看，四披绘满了小千佛，个个清晰而色彩鲜艳，像是刚画不久的，与四壁斑驳的面貌完全不同。

从藻井沿着东坡左侧向下看，在东壁的左下角，就是我要找的帝王像。人物大概四五十厘米高，若是单看，的确威严又颇有风度，可放在整壁中，就显得不那么起眼了。他与身边的侍从、国外使者们只是这一壁佛教故事中的配角——普贤菩萨和维摩诘辩论的聆听者。如此看来，在佛教经变画中，世俗中人与宗教人物的地位便立分高下了。

沿着帝王像向上移动视线，在东壁的右上角，隐藏着这个洞窟最特别的秘密——一处残存的"双层壁画"截面。所谓双层，是指后代壁画覆盖在前代壁画上，形成了明显的年代分层。在其他洞窟里，甚至出现了三四层的叠加壁画。在很长时间中，220窟里是满壁等大的千佛，就和现在的窟顶上一样，绘于宋代，艺术和历史价值都不算很高。

1944年，当时敦煌艺术研究所的工作人员窦占彪剥去了四壁的千佛壁画，隐藏在下面的初唐时期绘画显露出来，将这个洞窟的历史向前推进了四五百年。因此，现在220窟内顶与四壁呈现出两种截然不同的面貌，也是唐与宋两个时代的对照。

这是现任敦煌研究院副院长张先堂最钟爱的一个洞窟。20世纪80年代初，20多岁的张先堂来到敦煌开始做研究。如今他回想起第一次看到220窟时，对色彩的记忆仍是最深刻的，强烈的视觉冲击让他逐渐将关注重心从文献转向图像，起初他以研究敦煌文学为主，后来则侧重于对供养人图像的研究。张先堂在220窟倾注了最多心血，虽然在其他洞窟中也有不少这种"双层壁画"，但他始终把220窟当作一个奇迹。

为什么特殊呢？其他洞窟的双层壁画，一旦揭取掉表层，下面那层通常是破损不堪的，张先堂解释道："因为这是一种工艺需求——覆盖之前的壁画，通常要把表面砍得坑坑洼洼，让墙面有摩擦力，称为'砍毛'。如果表面很光滑的话，覆盖上去的泥层就粘不住，很容易脱落。古人在覆盖前代人绘画的时候，很少会去考虑是否破坏了前代的遗迹。"但220窟是个奇迹，底层的壁画保存得特别好，"宋代那层就像个保护罩一样，把初唐的东西封存在里面一千年。揭取掉表面时，底层并没有太大的损毁，色彩还是那么动人，让我们能够更清晰地看到初唐绘画的面貌，也才能看到这个生动的帝王像"。

当表层的宋代壁画被揭下来后，西壁龛下露出了初唐题的"翟家窟"字样——这个窟的第二个秘密，引出一段唐代家族史。

翟家是敦煌的大户，出资修建了220窟，也就是这个窟的供养人。供养人在中国古代艺术中是一个特殊的存在，如果忽略供养人，只去看壁画的风格流变和所画的佛教故事，往往都只是从"结果"出发去理解，而供养人是整个洞窟开凿"起因"的一部分，也是窥探当时社会现状的一个切口，理解莫高窟更现实和世俗的一个视角。那么翟家究竟是怎样的一个家族？敦煌与长安之间有怎样的联系？当时开窟存在一种怎样的组织形式？这背后或许串联着整个唐代的绘画传播网，以及这个洞窟营造背后的故事。

"在考古学研究上有一些'标杆窟'，这些标杆窟有明确的纪年。比如著名的285窟，窟内有明确的'西魏大统五年'的记录，这是莫高窟现存最早的洞窟纪年，也就是分期断代上的重要标志。"张先堂说道。根据明确的纪年，就可判断出与之风格近似的其他窟的年代，从而梳理出整个洞窟群的断代和风格演进。"285窟是早期的标杆，220窟则是唐代的标杆，这是初唐最重要的一个窟，从各个方面都透着大唐新气象。尤其是从其中供养人的画像和记述，可以读到太多珍贵的历史信息了。"

从壁画本身来看，220窟主室经变画中，很多图样都是在此之前从未出现过的，比如北壁一排七身药师佛立像，以及帝王像，都是识别出初唐绘画的一个标志。很多专家包括张先堂在内都认为，这些应该是从长安传来的，也被称为敦煌的"长安画样"。

北京大学的敦煌学学者荣新江指出，唐朝在高祖武德六年（623）牢固占据着敦煌，贞观七年（633）敦煌正式更名为沙州，中原与敦煌的关系就更加密切了。虽然相距一千多公里，但不妨碍大族、文士往来于长安和敦煌之间，其中就包括翟家。贞观十四年（640），侯君集平高昌，打通"丝绸之路"，中原新的唐文化和佛教艺术也随之而来；到了贞观十八年（644），玄奘取经归来，大唐特派了使臣从长安到敦煌来迎接，这样来来往往，长安最先进的东西就被带到了敦煌，也包括建造的技术和绘画的样式。

220窟是这段历史中的产物，自然就打下了时代的烙印。当地画工接受了中原新的艺术风格，创造出一个划时代的窟，把敦煌的佛教艺术推向新阶段，也为唐代洞窟的排年断代提供了标尺，而这背后最重要的推手便是供养人。

仅凭供养人的绘画风格，是无法具体断年的，重要的还是榜题文字。1976年，保护组工作人员将宋代加修的甬道进行了搬迁，在甬道南壁的宋代壁画下层发现了五代初年翟奉达写的《检家谱》，其中文字追述了祖先在莫高窟的建窟历史——北周大成元年（579）翟氏家族迁到三危山，并在莫高窟开始开窟造像。220窟是翟奉达的九代祖上翟通修造的，具体哪年动工的没有记载，但到了贞观十六年（642）东壁和北壁已经画完了，龙朔二年（662）全部竣工。即便从贞观十六年开始算起，也整整修了20年，可见修建220窟对于一个家族来说是浩大的工程，而且这种浩大工程不是一般家族能完成的。

唐代佛教盛行，宕泉河边的莫高窟就像个大工地一样，每天都有人在为虔诚的礼佛活动忙碌着，搭脚手架、凿打崖壁、绘画、塑像，各个工匠有明确的分工，也有头衔上的等级划分，但都是整个工地上的小螺丝钉，如火如荼地不停运转着。而供养人一边出资修建洞窟，一边像个包工头一样，巡视着自己这个窟的进度。

敦煌研究院的老先生史苇湘曾概括指出，这些窟的建造意义，除了信仰上的精神寄托，"莫高窟更是敦煌世家豪族的意识形态"。作为唐宋敦煌开窟造像主导的世家大族，并不仅仅满足于撰写功德记，他们还要凭借家族的势力树立功德碑。于是，一个洞窟就不再是单纯的礼佛洞窟，而成了"家窟""家庙"，达官贵人们用窟来炫耀族史、显摆家业，攀比谁家的窟更大更精美，也因此可以佐证唐代佛教的发展越来越世俗化、社会化了。

翟通是开凿 220 窟的功德主，是这个窟的第一位主人，因此建窟形制、绘画样式与他的品位有着直接的联系。根据《检家谱》的记载，翟通是当地赫赫有名的人物，在开窟那年前后，通过地方考试被送到京城长安，又在层层筛选中取得了"朝议郎"的文散官位，居正六品。或许这个官职在长安不算什么，但在敦煌，一定是光宗耀祖的，翟通也是当时敦煌最有学问的人，又被授予"沙州博士"的执事官头衔。

就这样，从 220 窟开始，翟家开始了在莫高窟的漫漫修窟路。"翟家窟"的另一座高峰是 200 多年后的 85 窟——当时翟家出了一位远近有名的得道高僧，在归义军时期，他担任过河西都统僧，位高权重，于是在这个时期开凿了这个属于自己的功德窟，来纪念自己的升迁和功绩。

这些洞窟的供养人或许未曾想过，自家的礼佛场所将被后人如此瞻仰、研究，但他们还是在窟壁上详尽记录下了家族的故事，至少是希望留住这份荣光。张先堂告诉我，西夏之后有关供养人的榜题就越来越少了，有用的信息也越来越少，一来是因为开窟造像的风气逐渐衰落，二是因为汉族人的历史书写观念更强，更在意用文字留下些什么，少数民族则可能对历史文献的意识相对淡薄一些。

根据《检家谱》的记录，220 窟最后一次重修是在 10 世纪初的翟奉达时期。翟奉达是当时敦煌重要的天文地理学家，又是归义军节度使参谋，有文化又有地位。这时距开窟已有 280 年了。张先堂认为，直到后唐以后乃至宋代的一段时间，这个洞窟还是由翟家人管理，只是没有文字记录了，其中一个推测原因就来自两个年代的"双层壁画"。"为什么底层壁画没有被砍毛呢？很可能是由于家族的传承，不能轻易把先祖的壁画破坏掉，也或许是因为壁画精美，才得以被保留下来，表面只敷了一层泥。"

但又必须要画上新的壁画，这是佛教的传统。"几百年来在佛教活动中，绘画的题材也是不断变化的。唐代流行的那些净土画变到了宋代不流行了，就要换上新的题材。也因为画变旧了，从信仰的角度来看，不能让佛像变得残破不堪，这是不敬，佛教里有个说法叫'不庄严'，因此新的供养人们都会出资重绘。"这种重绘重塑的现象，在雕塑上表现得更明显，所以我们现在看到莫高窟和榆林窟有大量清代修复的塑像，虽然艺术上没什么造诣，但却是时代的见证，也是一代代供养人留下的痕迹。

220窟也没有逃过被清代人修复的厄运，彩塑部分重修，好在大面积初唐壁画被宋代壁画"保护"了下来，如今看来，这反而要归功于宋人的重绘了。

在20世纪八九十年代之前，虽然也有人对供养人做过调研，但还是不够系统和细致，更多的是将供养人作为一个辅助的视角，去研究特定时代的服饰、音乐、舞蹈这些课题，而并不直接去研究供养人本身是怎么一回事。2004年之后，在时任敦煌研究院院长樊锦诗的启发下，张先堂开始了更系统缜密的研究。

要系统研究供养人，第一步还是洞窟调查。通常调查工作都是在年头岁尾进行，也就是旅游的淡季。每年四五月之后，游客慢慢增多，研究院也进入学术会议、公务琐事最多的时候，研究人员"上洞子"的频率便减少了。"十一"一过，莫高窟逐渐恢复平静，洞窟从"游客的洞窟"又变回了"科研的洞窟"。

"莫高窟壁画中一共有多少供养人画像？各在哪一窟哪一壁？每个朝代分别有多少身？身高尺寸如何？戴什么帽子，穿什么衣服？什么姿势？这些是我们要解决的基础问题。"在此之前，敦煌研究院前院长段文杰在他的研究报告中说"几乎每一窟都有供养人画像，每一幅画像都有榜书题记"，张先堂的调查则给出了具体数字——"9200多身，281个洞窟"。

莫高窟的营造延续了千年，就像翟家一样，本地的世家大族集团无疑是背后最重要的人物。李、曹、张、索、阴、翟，这些大家族要么是受到了朝廷赐封，要么是因发配贬谪而亡命敦煌，子孙繁衍后成为敦煌世家，又或是在各个时期先后崛起的军事贵族，这些人中很多都被画在了莫高窟的墙壁上，共同成为一部跨越千年的敦煌社会史。

有意思的是，各朝代的供养人都各不相同，除了服饰、妆容带着浓重的时代和地域特色之外，供养人的位置、大小也颇有讲究。张先堂告诉我，通常供养人是画在甬道和四壁底部，早期供养人画得都很小，只有三四十厘米高，后来画得越来越大，220窟的翟氏供养人大约半人高，到唐代中后期出现了真人等身大小的，甚至高于真人的供养人画像。这并不是画师炫技，而是人神关系发生了变化，"佛教社会化"日益明显。

就这样，贵族势力一代代地坐在敦煌社会链条的顶端，掌握着敦煌本地的政治势力和经济命脉。为了让权力更加稳固，各大家族之间也会相互通婚，以保住自家的地位，也让这块铁板式的统治集团更加坚不可摧。当他们的势力形成地方上的一道屏障时，无论是中央王朝掌管敦煌，还是吐蕃入侵敦煌时期，外来的统治者都不得不依靠这些贵族集团。如此一来，在几方加持下，从汉晋世家基础上形成的封建谱系，也就越来越根深蒂固、枝繁叶茂了。

然而，如此强大的地方势力终是抵不过时代的变迁。随着陆上丝绸之路的衰落，敦煌的辉煌一去不返，壁画中无论是佛国世界的仙人还是现实世界中的供养人，都一并尘封了起来。

出资建窟的并不只是达官贵人，在敦煌是全民修窟，大家族修大窟，小家族修小窟，平民百姓修不起，就几家、几十家合资修一个，也就是所谓的"社人窟"。总之，人人都修窟，全民礼佛。

张先堂指出，隋代的305窟里就画了9组供养人，排列得很有规律，以佛为中心，男左女右依次排开。"中国人在供养人的序列上还是很讲究男女有别的，你看在印度很多供养人的排列都是男女混合的，但在敦煌基本上都是分开的，这个窟就是典型的多族供养。"

107窟是另一个有趣的例子——奴婢出资开凿的洞窟。东壁门上有两身女供养人，根据已经破损的榜题大致可推测出她们的身份，张先堂认为这是两位大户人家的奴婢，"她们希望通过参与造洞窟这种功德，改变自己贱人奴婢的地位，变成一个自由民"。

不过这些小窟的艺术价值自然是没法和贵族的"家窟"相比，后者是金钱、技术、审美、劳动力共同堆砌出来的产物。张先堂告诉我，藏经洞里的敦煌遗书中有一卷叫《敦煌录》，有点像是地方志，里面记录了不少造窟的细节，比如会提到"动计税费百万"，也没有精确到具体数目，但表明开窟的金额绝对不是一笔小数目。

在不少窟的供养人画像中，领头的都是僧人，意味着僧人在开窟营建中的重要性。或许很多决策都是由僧人提出的，或是与供养人商量着来，比如要画什么题材，应该怎么画，画在什么位置。"所以我们看到供养人很多是把僧人画在供养人行列之首，在佛事这些活动中，僧人起一个指导引领作用。"

就这样，莫高窟几乎从未间断地开凿了一千多年。其中的每一笔每一画，每一个深深浅浅的刀痕，和那些不断覆盖的后代色彩，都是历史的痕迹。

我们采访期间住在莫高窟边上的山庄，有一天晚上，夜深人静了，三危山顶上挂着一牙上弦月，映着墨蓝色深邃的夜空。我沿着莫高窟北区往南走，北区都是些没有门的小窟，多是当时修行或工匠居住的禅房，一早天蒙蒙亮时，工匠们就会从这些小禅房里出来，带着对佛教的虔诚心和被生活所迫的压力，去往南区的大礼拜窟工作，或许也会直接睡在大窟中，他们甚至不会留名，他们只是服务于供养人的工匠而已。虽然大多数工匠无法出钱修建自己的功德窟，他们是莫高窟生产链上最末端的人，但却直接与窟内的每一个角落发生关系，这种密切的人窟关系、劳动输出和情感纽带是供养人难以体会到的，也不是留下供养人画像和榜题的荣耀能够比拟的，他们最终将自己的心血都注入在墙壁上，成了真正的永恒。

Memo more...

技术的发展突飞猛进,2019年我们即将跨入数字货币和5G所描绘的美好世界,而技术带来的问题也愈发凸显,人们忧心于孩子过早接触电子产品而沉溺于虚拟世界,人脸识别技术的滥用导致隐私权被侵犯,一些人选择返璞归真,过上"零废弃"的简单生活。

Facebook 发行货币：金融史的又一里程碑？

刘周岩

全球货币梦

2019年6月18日，全球最大的社交网络公司Facebook正式向世界宣布了发行货币的计划。

经济学家、数字资产研究院（CIDA）院长朱嘉明告诉笔者，按照他的看法，"二战"以来世界金融货币史上的重大事件，在2019年6月18日以前共有六件：1944年布雷顿森林体系的建立、1971年尼克松宣布美元和黄金脱钩、1985年广场协议签订、1999年欧元发行、2007年次贷危机以及2008年比特币诞生，而本周Facebook发币的新闻堪称第七件。

准确来讲，这次并非Facebook发行货币，而是由其牵头，联合若干私营企业、金融机构，共同发行一种货币。这种货币的单位被命名为Libra，英文词义为天秤座，象征公正、公平，也是古罗马的货币计量单位。货币将不会有现金形式，是一款存在于网络的数字货币。Libra将于2020年上半年正式发行，6月18日公布的是发行计划白皮书。

试想象以下的场景：一位美国游客到尼泊尔旅行，他在一家小店购买了商品，想要付款给店主，无论用美元还是尼泊尔卢比，对二人均各有不便之处；一位委内瑞拉大学生，边打工边攒学费，但是当他把主权玻利瓦尔存入银行时，内心不免担忧——6月13日，委内瑞拉政府又一次扩大了货币面额，以遏制仍然在发生的恶性通货膨胀。

按照 Facebook 的许诺，2020 年之后，无论那位美国游客、尼泊尔店主还是委内瑞拉大学生，都可以有一种共同的新选择了：Libra 货币，它将可以点对点无国界即时转账、保持币值长期稳定。只要有一台可以接入互联网的智能手机，就可以像发送一条 Facebook 消息一样，进行 Libra 的储存和流通——自由流动的信息，变成了自由流动的财富。Libra 将采用包括区块链（blockchain）在内的各类技术，成为一款去中心化的加密货币，易得、安全、稳定，摆脱传统金融系统在汇率结算、外汇管控方面的层层"控制"。

全球性是这款货币不同于市面上已有货币的一大特点。据外媒报道，Libra 在筹备阶段还未正式定名时，Facebook 内部对它的称呼正是"Global Coin"（全球币），简单明了又锋芒毕露。美元是目前事实上的世界货币，但这主要是就宏观经济而言，日常生活里美元对于大多数国家的民众而言并不易得，数字化的 Libra 将可能不同。据 Facebook 提供的数据，全球有 17 亿成年人未接触到金融系统，无法享受传统银行提供的金融服务，而在这之中，有 10 亿人拥有手机，近 5 亿人可以上网——其中大多是 Facebook 用户。Facebook 的 27 亿用户显然蕴含着巨大的可能性。

在 Libra 项目白皮书中，Facebook 宣称，要像互联网取代传统电信网络一般，用新建立的"货币互联网"去改变传统金融系统，最终的情形应是："无论您居住在哪里，从事什么工作或收入多少，在全球范围内转移资金应该像发送短信或分享照片一样轻松、划算，甚至更安全。"

这几句话洋溢着一种惊人的乐观情绪，也几乎可以立刻想象许多人出于不同原因的坐立不安。事实也确乎如此，政治力量以相当强硬的态度做出了回应。6 月 18 日当天，美国众议院金融服务委员会主席、民主党众议员玛克辛·华特斯（Maxine Waters）就要求 Facebook 立刻暂停 Libra 计划，直到国会和监管部门做出审查。英国央行行长马克·卡尼（Mark Carney）也表示，Libra 货币必须是安全的，否则它就不能出现，而且世界主要央行均需要对其进行监管。23 日，作为 G7 集团（美、英、法、德、日、意、加）轮值主席国的法国，其中央银行行长弗朗索瓦·德加尔豪（François Villeroy de Galhau）宣布，已经成立一个 G7 联合工作组，研究如何确保像 Libra 这样的加密货币受到从反洗钱法到消费者保护规则的监管。

尽管 Libra 目前还只是一个发币意向和计划，尚未实际发行，但显然已在世界范围内引起了不小的波澜。

继承比特币"遗志"

纽约时间 2008 年 10 月 31 日 14 点 10 分，一个密码学邮件群组中的几百个成员收到了一封自称是"中本聪"（Satoshi Nakamoto）的人发来的电子邮件。中本聪说："我一直在研究一个新的电子现金系统，这完全是点对点的，无须任何可信的第三方。"邮件中附加了一份九页的论文，其中描述了一个新的货币体系构想。这就是比特币（Bitcoin）诞生的时刻。

催生了区块链技术的比特币，其理想一度也是成为全球性的自由货币，但 10 年过后，"币圈"以外，比特币并没有真正走入多数人的日常生活。币值的不稳定是重要原因，比特币的价格经常在短时期内出现几十倍甚至上百倍的波动，使其无法作为日常使用的货币——而是成为许多人的投机工具。被曝光录音说自己就是靠发行"空气币"来"割韭菜"的李笑来，和利用发币套现数十亿后花 3000 万元人民币拍下与巴菲特午餐的孙宇晨，都是此中"翘楚"。类似事件也让许多旁观者对加密数字货币留下了负面的印象，甚至对区块链技术本身产生怀疑。实际上，区块链作为一种技术手段早已成为国际公认的前沿领域，包括中国人民银行在内的主流金融机构都在进行相关研究。

币值大幅波动的根本原因在于这一类加密货币在现实中没有任何对应物，其价值完全取决于人们的信心。以比特币为例，比特币的总量是确定的 2100 万枚，它们根据中本聪设定的规则分批奖励给最快解出题目的人——这就是"挖矿"。中本聪利用椭圆加密算法和哈希算法设计了非常难解的数学问题，只能通过程序不断尝试所有可能的解算出答案，谁第一个算出来，这个区块对应的比特币就奖励给谁，"挖矿"实际上就是抢夺记账权的过程——后续比拼算力甚至电力的"挖矿"故事也就由此而来。这套机制保证了没有人能够擅自操纵货币发行过程，但也使得任何一枚比特币都与现实世界没有必然的直接关联。

作为一种希望实现"稳定性、低通货膨胀率、全球普遍接受和可互换性"的真正多数人可用的货币，Libra自然需要一种新的方式保证其价值与稳定性。Libra采用的方式非常简单易懂，即与已存在的主流法定货币挂钩，并且全部使用真实资产储备作为担保。只有当新的真实资产注入由合作机构共同保管的Libra储备池时，一个新的Libra币才会被制造（mint），反之一旦储备中的资产流出，一枚Libra币就会被销毁（burn）。这使得Libra根本性地区别于此前的加密数字货币，也在很大程度上杜绝了投机的可能性，因为Libra和"现实"货币之间的转换率是稳定的。

Libra不会只和某一种货币挂钩，而是对应一个货币篮子，Facebook目前笼统地称为"一系列低波动性资产，如信誉良好的中央银行提供的现金和债券"。尽管还没有正式证实的消息，但有消息猜测，经过换算，未来1Libra币大约可兑换50美元。

而Libra从比特币中保留下来的，则是其"分布式记账"的底层技术，亦即区块链技术。现行的传统数字支付，无论是各国网上银行的支付，微信、支付宝支付，以及许多人错误地将Libra类比的腾讯"Q币"，都存在着一个记账"中心"，这个中心——银行或者腾讯，真正掌握着账本，人们信任这个中心进行记账时的公正和准确。而比特币的机制完全不同，不存在这样一个人们需要去投注信任的"中心"，所有参与者（节点）共同参与记账，密码学、数学和计算机科学的原理使得分布式记账得以进行，任何单一节点无法篡改账本。从白皮书来看，Facebook在区块链方面做了充分的技术准备。

略有不同的是，比特币采用的是"公链"，Libra则是"联盟链"。比特币中每一个使用者都是一个节点，而Libra目前只有若干特定机构成为超级节点，但这已经保证了整个Libra系统不被掌控在某一单一机构手中。Facebook没有对Libra货币进行独家经营，而是专门注册了Libra协会，由协会成员共同负责Libra区块链技术维护和Libra资产储备的管理。Libra协会注册在中立的瑞士，性质为非营利性国际组织。

什么组织参与了Facebook的联盟？目前已有数十家足够重量级的创始成

员，如信用卡公司 VISA 和 MasterCard、出行公司 Uber 和 Lyft、支付应用端公司 PayPal 和 Stripe、阿根廷的电商公司、投资公司和非营利性公司等。据曾经服务于美国期权结算公司的区块链研究者谷燕西分析，相关不同类型的公司的参与会非常有助于 Libra 的推广，而且值得注意的是，一些行业的直接竞争对手都参与了这个协会，如 VISA 和 MasterCard、Uber 和 Lyft，谷燕西认为，这说明了"Libra 协会的设计显然就是要保证这个协会的决策公平性"。同时也可以看到，这些对手们纷纷加入 Facebook 的庞大计划，已不再是对某一家公司的商业策略的站队，而是携手共建世界金融体系底层系统的努力。

根据 Facebook 的计划，Libra 协会的规模会逐渐扩大，分散化程度也会逐步提高。相比于比特币"一步到位"的完全去中心化构建，Libra 走了一条渐进发展的道路，节点由少而多，在去中心化与推广效率之间求得平衡。

如果说比特币是一场伟大的思想实验，Libra 则开始真正成为有预谋、有组织地实践其思想遗产的务实行动纲要。而区块链技术、货币价值的稳定和独立治理的组织形态，构成了这一新货币设想的三个基石。

社会基础设施

Libra 货币系统的关键之处在于，按照设计，一旦货币开始发行并且运转起来，Facebook 就不再在整个系统中有任何特殊的地位。Facebook 仅保持领导地位至 2019 年结束，此后便成为 Libra 协会中的普通成员，在财务、投票权方面没有任何优待，"承担与其他成员相同的职责"。

从货币设计上，这是题中应有之义，只要 Libra 还有一个领导者，它就不是"去中心化"的，其全部构思便丧失意义。但人们不禁要问的是，Facebook 如此煞费苦心发起 Libra 货币设想，又不会占据领导地位，其动机究竟是什么？

许多分析认为，自从数据泄露的"隐私门"以来，Facebook 一直在寻求更多元的发展方向，其广告营收一度占到 90% 以上，结构过分单一，Libra 则会带来新的收入增长点。不过谷燕西分析，Libra 是货币，本身是金融市场的一种非常基础的服务，寄希望于货币本身获取高额利润是荒谬的，更不能指望 Libra 协会每年凭空增发新的 Libra 币在节点之间进行分配，同样不能指望 Libra 协会能像银行那样通过杠杆增发新的货币，因为这些做法与 Libra 的设计初衷是相违背的。"Libra 的合理的利润收入应该是来自于在此基础之上的各种业务应用所产生收入中的分成，如跨境汇款和贷款。"谷燕西认为。但这一营收带来的增益能有多大规模，目前还不明朗。

Facebook 的 Libra 计划，更让人联想到扎克伯格一向的互联网乌托邦主义倾向。早在 2017 年，扎克伯格就曾发表宣言，反对某些政府的孤立主义立场，宣称要用技术构建一个更加平等的、全球化的社会，Facebook 的角色则将是这一新世界中的基础设施。宣言中如此写道："过去 10 年中，Facebook 一直专注于帮用户连接家人和朋友。下一步我们要成为新的社会基础设施，保证社群安全、提升每个人在社会事务中的参与度并提高社会的包容性。"如今的货币和金融方案，很自然地可以视作社会基础设施的一部分。Libra 计划的使命正是被描述为"重新创造货币，重塑全球经济，让世界各地的人们过上更美好的生活"。

无论 Facebook 的"初心"如何，可以想见的是，Libra 这一大胆构想一定会和现有政治秩序发生强烈碰撞。Facebook 会如何应对？美团创始人王兴在微博评论中给出了自己的预测："Facebook 推 Libra 的策略很清晰，柿子捡软的捏，先把全球 200 个国家中的弱国的货币系统逐步替代掉，碰到极少数强国当然是该低头就低头，该合谋就合谋。"

人们的另一个疑问是，Facebook 联合诸多美国企业发起了这一计划，其他国家，尤其是中国的互联网公司能不能发行类似的货币？笔者就此问题询问了腾讯公司区块链团队，获得的回复是，腾讯在积极探索区块链技术的应用，并且已取得许多成绩，不过至于是否发币，仍然以 2018 年马化腾在全国"两会"的表态为准："现在数字货币虽然很热，但是我们并没有参与其中，我们不考虑发个币，因为我觉得这是一个非常有风险的事情。"Facebook 发布 Libra 计划之后，网络流传一张马化腾的朋友圈评论："技术都很成熟，并不难。就看监管是否允许而已。"腾讯方面同样证实了这一评论的真实性。

对于 Facebook 野心勃勃的计划，也并非只有喝彩之声。中国银行原副行长王永利就认为，对于 Libra，无论是其现实运营情况，还是其理论基础，都需要进一步的观察和反思。王永利向笔者书面回复了他自己提出的几个需要思考的问题："Libra 的货币篮子如何组成，其构成和管理规则，以及如何监管其货币储备等尚不清楚，就想当然地认为好像它就能顺畅运行起来了，真是那么容易吗？""现在叫全球币或无国界货币，是指超越国家的主权货币，但这些币依然是各个网络社区或平台的专用币，无国界，但有链界！在网络世界里，这真的是去中心的吗？完全去中心，调整规则的效率如何保证？去中心一定是人类社会的最佳选择吗？"

虽然距离计划中的正式发币时间仅有半年了，但"树大招风"的 Libra 的日子想必不会一帆风顺。美国参议院已经确定，7 月 16 日将召集 Facebook 高层，就 Libra 项目在国会进行听证会，可以想见，这恐怕只是它要应对的第一关。

（实习记者张雨萌亦有贡献）

5G 来了：生活方式的新突破？

王梓辉

落地试验

尽管北京并不是中国移动率先开展规模试验的五座城市之一，但因为种种因素，北京仍然成为中国移动乃至全国范围内在 5G 建设上最快的一座城市。"目前基站数量是全国最多的，"中国移动研究院无线与终端技术研究所副所长邓伟向笔者透露道，"三环内已经全部覆盖了，希望能在 9 月实现五环里面全部覆盖。"

而在 2019 年 5 月 17 日，中国移动北京公司与京港地铁公司联合宣布，北京地铁 16 号线从即日起实现了移动 5G 信号全线覆盖，这也让它成为全国首条 5G 信号全覆盖的地铁线路。

事实上，尽管 5G 的概念宣传已久，但实际的测试与建设工作是从 2018 年年底才开始的。在三大通信运营商中，移动和电信都未将北京列入首批试验城市。作为国内三大运营商中的老大，移动在 2018 年 12 月率先宣布要在杭州、上海、广州、苏州、武汉这 5 座城市开展规模试验；中国电信则在成都、雄安、深圳、上海、苏州、兰州等 12 个主要城市开展 5G 外场试验。

邓伟告诉笔者，对几个试验城市而言，其最主要的一些任务就是摸索出 5G 网络建设、网络规划及网络优化相关的一些规律性内容，以及一些方案的验证。以移动为例，他们在 5 座规模试验城市分别只建设了 100 台 5G 基站，在一个大约三四平方公里的小范围内对 5G 网络的基本性能进行测试。

而在北京这里,他们直接跳过了这些规律性的试验,开始一步到位进行一些应用性的建设,"往预商用上面走了"。这也让北京成为观察全国5G网络落地应用的最佳样本。

站在北京宣武门附近的移动研究院大楼里,邓伟告诉笔者,沿着西二环向北两公里直到位于金融街上的中国移动总部大楼,这条路一直都是北京的一条测试线路,附近一些高楼的楼顶都有5G的基站。"只要你有5G手机就能体验5G,因为我们是不换卡不换号的。"

在实践中,针对5G进行全新的基础建设并不困难,一座基站几个小时就能建好,地下的光纤都是现成的。据透露,北京地铁16号线背后10个站台、站厅和9个隧道站点的设备安装和调试工作仅用了两周时间。但在邓伟看来,正因为16号线是新建的一条地铁线路,所以更容易进行5G的建设,其他十几条老的线路改造起来可能更难,原因就在于5G相比之前几代移动通信网络,需要的线缆和管道都更多。"因为以前的地铁里只铺了一条线路,这就意味着管道出路或者管道的空间就只有一条,现在要加两条的话,可能还得把之前的拆了。"邓伟说。

相比建设,更主要的难题在于5G网络的测试和优化。"目前来看,像网络和终端的性能及稳定性还达不到外界对5G网络高性能的要求。"邓伟说。从北京地铁16号线的体验来看,5G网络虽然在极限速度方面很有优势,但在信号的稳定性及覆盖度方面还有不足。一位获得了体验资格的媒体人就告诉笔者:"随着我双脚移动,5G信号包括测速都出现了非常明显的波动,我不得不像一个人体探测器一样不断来回走动,寻找5G信号质量最好的区域。"

"以4G的经验来看,我们当时从规模试验网络开始建,到网络和终端都比较稳定,差不多用了一年时间。所以我们预期可能应该到2019年第四季度左右,整个5G网络终端的匹配性及整体的一些性能都会相对比较成熟。"

多方消息都指向一个结论,那就是5G真正的商用时刻基本定在了2019年年底。2019年3月,中国移动称已向工信部申请5G牌照。4月初,工信部部长苗圩在博鳌亚洲论坛上表示:"将根据终端成熟情况,估计于年内适时发放5G牌照。"

在5月22日中国移动股东周年大会上,中国移动董事长杨杰也表示,他个人认为内地监管机构年内就会正式发放 5G 牌照。"发了牌照之后一段时间,我们应该就会提供商用服务,"邓伟说,"大规模的建设主要还是在明年。"

从目前来看,最大的难题还是在高昂的前期投入方面。从技术角度来讲,随着 1G、2G、3G、4G 的发展,使用的电磁波频率是越来越高的。频率越高,能使用的频率资源越丰富,能实现的传输速率也就越高。但物理学知识也告诉我们,频率越高,电磁波的传播特性就衰减越快,传播距离也就越近。所以从传播特性来看,要达到相同的覆盖面积,5G 需要的基站数量就更多。

在 4G 时代,中国修建的 4G 基站就占到了全球的四分之三。而根据邓伟的估算,若发展顺利,5G 基站未来的数量甚至有可能达到 4G 基站的两倍。这也意味着,在短时间内,几大运营商都将面临不小的投资压力。

商业模式的可能质变

面对最晚 2020 年年初就会正式商用的进程,像 OPPO、vivo、华为、小米、努比亚等厂商在 2019 年上半年均已推出支持 5G 网络的手机。但这些手机的定价基本都在万元以上,离普通用户还有不小的距离。连 OPPO 副总裁沈义人自己都说:"2019 年的 5G 手机仅适合尝鲜用户。"

另一个被反复提及的观点则是,相比之前的几代移动通信技术,5G 的最大价值不在普通消费者身上,而在于产业应用。中国信息经济学会副理事长、北京邮电大学教授吕廷杰就认为,从目前来看,尽管韩国和美国都宣布实现了 5G 正式商用,但去争这个"第一"没有太大的意义,5G 还是要看商业模式和应用创新上是否能取得成功。

从改变社会的角度来看,5G 的三大业务场景中,只有 eMBB(增强移动宽带)主要针对现有 4G 网络进行速率上的升级,下载速率理论值将达到每秒 10GB,是当前 4G 传输速度的 100 倍;而 mMTC(海量机器类通信)和 uRLLC(高可靠低时延通信)均是 5G 技术与垂直行业应用的结合,能真正将连接从人扩展到万物互联。

mMTC 代表单通信小区可以连接的物联网终端数量理论值将达到百万级别,

是 4G 的 10 倍以上；uRLLC 则意味着 5G 的理论延时可以缩减至 1 毫秒，是 4G 延时的几十分之一，基本达到准实时水平。而这两种场景均是以前没有过的。

"如果说 3G 是四车道，4G 是四十车道，那 5G 就是四百车道。这意味着它的快不是快一点，而是从量变到质变，这就是我的观点。"最近在国内进行工业领域调研的北京邮电大学经济管理学院教授曾剑秋对笔者说道。他也认为，5G 最主要的应用方向可能就是工业互联网。"从 5G 未来的稳定性、高速率和低时延这几方面来看，工业领域在每个方面都有大量的需求，所以这是为什么工业互联网是大家现在看得比较清楚，而且需求也比较强烈的一个方向。"

从工业的应用场景出发，相应的商业模式也即将发生变化。"传统 1G 到 4G 的网络，主要的目标受众是个人，即 to C 的应用。to C 的应用具有非常强的同质性，就是它推出一项业务，人人都用，你用流量我也用流量，你用短信我也用短信，只是谁用得多谁用得少的问题。"吕廷杰说道，"那么当 5G 到来，因为它是面向各个行业的应用，比如说物流业和金融业对通信的需求可能完全不同，不是说一套卖流量的商业模式能通用的时代了。"

针对这种不同的需求，"网络切片"技术也应运而生。吕廷杰向笔者解释说，网络切片技术是 5G 时代独有的重要技术，它就像马路上画的公交专用线，如果有客户为了保证高服务质量的需求，愿意多付费，运营商就可以给你切出一片专用的网络，保证你的网络通道不会拥堵。

而这些定制化服务的前提都是要有一个通用的技术标准。吕廷杰告诉笔者，三个场景中的前两个已经相继在 2018 年通过了国际公认的技术标准，只有第三个"高可靠低时延"场景的国际标准还未出炉，而这个场景就是用在无人机、自动驾驶汽车以及智能机器人控制等工业领域中的。"这个应用场景不能由基础电信运营商或者设备制造商关起门来做，必须把工业制造业和交通运输业的人叫来一起制定，因为它是一个行业应用的解决方案，所以这个时间就拖长了。"

尽管面向工业领域的 uRLLC 标准还未制定，但在全民谈 5G 的风潮下，不少垂直行业已经闻风而动。"2018 年是我们去找垂直行业，去跟他们讲 5G 跟他们有什么关系；2019 年是他们找过来，问我们怎么样和 5G 融合。"邓伟说道。

据他透露,最近找他们的"矿井企业"比较多,这也让他这个通信专家了解了许多采矿行业的知识。在沟通中,他发现采矿行业会遇到很多危险场景,比如矿机的钻头遇到坚硬的石块后就转不动了,因为钻头很贵,一旦强行与石块硬碰硬就报废了,所以必须要人去判断。而现有的自动化检测技术无法满足要求,是因为3G或4G网络实现不了传输的需求,但如果在5G的网络条件下,就能满足这种远程作业的需求了。

邓伟给出的合作名单还挺长的,其中包括了国家电网及中央电视台等行业内的大型机构。比如国家电网希望5G网络能让他们对电网设备进行实时性极高的监控,中央电视台则希望5G网络的上行速率能帮他们替换掉几百万元一台的高清直播车。

"对中国移动而言,我们也觉得这是一个新的机会。"邓伟说道。从2018年开始,由于市场竞争愈发激烈的原因,中国移动在用户数据上的表现不尽如人意,刚刚过去的4月甚至出现了4G用户量负增长的情况。"所以我们认为5G也是移动一次转型升级的机会,如果只做普通消费者的市场,我们每年可能就是零增长或者负增长;如果能够服务一些新的行业客户,我们以后也许能做到每年20%的增长率。"

人脸识别第一案：技术滥用下的隐私之殇

王梓辉

用方便替代安全？

因为拒绝接受通过"人脸识别"的方式入园，2019年10月28日，家在杭州的大学老师郭兵一气之下将杭州野生动物世界告上了法庭。但他也没想到这个案子会引发外界这么大的关注，甚至被外界冠以"人脸识别第一案"的称号。"现在想想，迟早会有类似纠纷产生，这是技术发展必然会带来的结果。"郭兵对媒体说。

这也是相关研究者的共识。中国信息通信研究院政策与经济研究所法律研究部研究员杨婕就对笔者说："其实在国外已经有很多类似的案例出现，在我们国家出现得算比较迟了。"

2019年4月，郭兵在杭州野生动物世界（后简称"动物园"）花了1360元办理了双人年卡，当时的入园方式是通过指纹识别的方式刷年卡。但到了10月17日，郭兵收到园区的短信，告诉他说入园方式升级为了人脸识别。郭兵随即到园区咨询相关的工作人员，根据其当时拍摄的视频，园区工作人员明确告诉他："必须要人脸识别认证，否则就没办法再进去了。"

愤怒的郭兵要求退卡，但动物园方面拒绝了这个要求。在无法达成一致的情况下，郭兵将动物园告上了法庭，也引发了中国社会关于人脸识别技术使用的大讨论。动物园方面觉得很委屈，其工作人员对媒体表示，他们不是第一家使用人脸识别系统的景点，也是在考察了其他景点的使用情况后才决定采用的，而改用人脸识别入园后，游客入园的效率确实变快了很多，相比指纹识别的准确率也更高。但郭兵所代表的意见则认为这种方式对个人信息安全有很大的威胁，本身就是一名法律工作者的郭兵认为，面部信息比指纹更容易对一个人进行匹配，人脸信息一旦泄露或者被非法获取，显然对消费者的权益有很大的侵害可能性。

而这已经不是近期出现的第一起相关争议事件了。10月29日，在"2019年城市轨道交通运营发展论坛"上，北京市轨道交通指挥中心官员就北京地铁大客流应准备的应对措施做了主题演讲。该官员认为，人物同检效率低，与轨道交通海量乘客出行的矛盾十分突出，为此，北京地铁要应用人脸识别技术实现乘客分类安检，研究建立人员分类标准，并形成对应的人脸库，依托人脸识别系统对乘客进行判别，安检人员据此采取不同的安检措施。

此消息一出，也引起了舆论巨大的反弹。清华大学法学院教授劳东燕就撰文提出了质疑，她不仅认为没有足够的证据表明在地铁运用人脸识别能够提升通行效率，"即便有证据予以证明，效率本身也不足以成为推行的充分依据"。

来自重庆的云从科技是国内众多公共场所人脸识别技术的提供方，其相关发言人告诉笔者，目前实际生活中使用的人脸识别方式主要有两种，一种需要使用身份证，通过提取身份证上的图像信息，与摄像头前的人脸信息进行"人证对比"，确保个人身份的真实性，这种方式常见于机场、酒店、网吧等需要实名制检查的公众场所；另一种则常见于商场及动物园之类的商业场所，消费者一般需要提前在其系统中录入自己的个人图像信息，待检查时再将该图像信息与摄像头前的人脸进行对比。

而郭兵告诉笔者，杭州野生动物世界使用的是后者，即需要消费者提前对着摄像头注册人脸信息。杭州野生动物世界以"技术问题是机密"为由拒绝透露相关的数据安全问题，但奇安信集团行业安全研究中心主任裴智勇向笔者分析，这些注册后的消费者人脸信息应该会存储在相关技术提供方的服务器上。

"动物园一般情况下肯定不会自己专门找人开发一套信息系统，他们应该是委托一个第三方技术公司来做这个服务。"裴智勇说，"而这背后的隐患是，我们并不确定向我们索取信息的这家机构是否有能力保护我们的信息。"

根据郭兵拍摄的照片，杭州野生动物世界入园闸机的人脸识别机器上有"鼎游信息"四字，而我们在深圳市鼎游信息技术有限公司的官网上也能看到他们与杭州野生动物世界合作的消息。随着这个案子的反响越来越大，有媒体联系到了鼎游信息的相关负责人，但他们都拒绝就相关的技术问题做出解释。

在该公司拒绝回应的情况下，没有人能肯定其中的风险和安全。从技术的角度来看，几乎所有的人脸识别厂商都强调"非接触"是人脸识别区别于指纹识别的一大优势，既有便利性上的提升，同时也是最自然的一种解锁方式。但作为网络安全专家，裴智勇提醒说，人脸识别技术虽然很方便，但它需要别的技术配合起来使用才能确保安全性；在换脸软件大行其道、刷脸应用遍地开花的时节，人脸数据倘若被大规模地交易与泄露，其中的安全隐患难以估量。

2019年年初，荷兰安全研究人员Victor Gevers在个人社交媒体上曝出，深圳市深网视界科技有限公司发生了大规模数据泄露事件，泄露的超过250万条个人数据中包括了护照照片以及基于摄像头所记录的过去24小时内经过的地点信息。

"现在有专门进行反实名制认证的产业，比如你现在给他们一张照片，他们只要知道这个系统识别的人脸特征，就可以提取相关的人脸特征信息进行针对性的训练，很容易就能复制你的人脸图像信息，眨眼或者来回转动都没问题。"裴智勇十分肯定地说。

在2019年10月，浙江嘉兴上海外国语大学秀洲外国语学校402班科学小队的同学向媒体爆料：他们在一次课外科学实验中发现，只要用一张打印照片就能代替真人刷脸，骗过小区里的丰巢智能柜，取出父母们的货件。"对于很多第一次看到这条新闻的非安全工作者来说，第一反应可能是'丰巢的人脸识别系统太弱了'，但这种看法其实并没有抓住问题的本质。"裴智勇说，"因为从技术发展现状来看，即便是更高级的人脸识别系统，对于真正的攻击者来说，想要突破也并没有多少困难。"而他也总结，像人脸识别这样的技术，在大规模推广使用的时候必须要确认两点：一个是有没有保护信息的能力，一个是有没有保护信息的意愿。

谁来监管隐私风险？

可惜的是，目前国内还缺乏相应的配套监管措施，不管是"保护的能力"还是"保护的意愿"，基本都要靠企业的自觉性。杨婕告诉笔者，虽然中国制定了一些生物识别技术相关的规定，但当涉及具体法律追责的时候，会发现有一定的困难。"因为如果你提起民事诉讼，你要举证自己的人脸信息被收集，然后被相关企业泄露或者不当使用，对自己造成了损害，但这个在实际操作中是很困难的。"

因此我国目前主要是通过"行政约谈"的方式来进行监管。比如2019年9月3日，针对当时风靡已久的换脸APP"ZAO"，工信部网络安全管理局对相关企业进行了问询约谈，认为其存在"用户隐私协议不规范"和"数据泄露风险"等网络数据安全问题，要求其严格按照国家法律法规以及相关主管部门要求，组织开展自查整改，依法依规收集使用用户个人信息，规范协议条款，强化网络数据和用户个人信息安全保护。但该企业并未受到任何实际层面的处罚。

从这个层面出发，网络安全专家将事件的重点放在了数据安全上，而法律专家更愿意借此机会呼吁公众意识到个人隐私的重要性。劳东燕就发文称："将人脸识别技术理解为单纯的识别与印证，是一种重大的误解。"在她看来，这种技术不仅能用来抓取个人的面部生物信息与既有数据库中的相应数据相比对，还能进一步追踪到个人的身份信息、日常的行踪轨迹、人与车的匹配、亲属关系的匹配以及经常接触人员的匹配等。"而这一切，只取决于掌控之人想不想使用。"

中国人民大学法学院教授、民商事法律科学研究中心执行主任石佳友也表达了类似的观点，他在接受笔者采访时说："法律上讲的是无隐私则无自由，如果你所有的隐私都掌握在别人手上，不管是谁来控制你的隐私，可能是私立机构，也可能是公立机构，你都谈不上自由。自由价值本身也是社会主义核心价值观的重要内容。"

事实上，在2019年之前，这种对个人隐私的担忧虽然存在，但还未上升到大规模公众讨论的程度。但随着短时间内连续出现几起争议性事件，对个人信息保护的呼声也越来越强。

而如杨婕所说，这个问题绝非一日之寒。近年来，随着城市化建设的不断延伸，中国政府对于公共安全的持续投入也有目共睹，在平安城市、雪亮工程、智慧城市建设的推动下，视频监控设备在全国范围内迅速普及。比如在2017年，视频监控网——"中国天网"建成，视频镜头超过2000万个，并利用人工智能和大数据进行警务预测，水平位居世界前列。

2019年7月，市场研究机构IHS Markit分析师撰文指出，2018年中国专业视频监控设备市场已经占据全球近一半的市场份额（45%），在过去的一年中，中国市场增长了13.5%，全球其他市场仅增长5%。这些视频监控设备在提高了社会安全感的同时，也逐渐带来了"技术滥用"的问题。

"这十几年来，中国的视频摄像装置以非常迅猛的速度普及开来，其中的必要性原则是值得考虑的。"石佳友对笔者说，"比如到底有没有必要装这么多。"他具体解释说，目前我国个人信息收集的原则有三条，就是"合法""正当"与"必要"，公共安全与个人隐私之间的边界就要从这三点出发去考虑。

《网络安全法》针对个人信息保护的第四十一条具体写道："网络运营者收集、使用个人信息，应当遵循合法、正当、必要的原则。"上海京衡律师事务所隋兵律师告诉笔者，合法当然是必须的，那么关键就落在"正当"和"必要"这两个概念上了，但由于"正当"和"必要"这两个概念比较宽泛，所以很多公司目前都是在形式上做到所谓的"合法"，然后在"正当"和"必要"上面打擦边球。

作为工信部直属的官方智库成员，杨婕告诉我们，他们目前也在参与《个人信息保护法》的技术研究工作。他们认为，对于"人脸"这种生物识别信息要进行全生命周期的制度设计。"就是收集、存储、使用等环节都应当有明确的要求。"杨婕说，"比如存储的时候，对于这种高度敏感的信息，是不是应当加密处理？要留存的话，你一定要设置一个时间限制，一旦超出这个限制，你应当立刻删除。"

若想借鉴国外的情况，欧盟于2018年推出了号称"全球最严数据管理条例"的《通用数据保护条例》（GDPR），其对于生物识别信息采取了"禁止收集使用"的原则。而对于原则外的使用，GDPR也详细列举了多达10条的细则。在这种严格的管理下，2019年1月，法国国家信息保护监管机构——法国国家自由与信息委员会——发布公告称，由于谷歌公司未能履行 GDPR 的规定，法国将对其处以 5000 万欧元罚款。这是该委员会有史以来开出的最大罚单。至于处罚的原因，是有两家欧洲非营利性隐私和数字权利组织相继向法国国家自由与信息委员会投诉称，谷歌在处理个人用户数据方面采用了"强制同意"政策，其收集的数据包含大量用户个人信息，这些信息还在用户不知情的情况下被用于商业广告用途。

当然，石佳友也向我们透露，除了已被列入本届立法规划中的《个人信息保护法》，正在三审、将于 2020 年 3 月全国人大会议期间颁布实施的《民法典》将对国内个人信息的保护产生重大影响，特别是生物识别信息这样的敏感信息。"因为其中专门设置了《人格权编》，其设立的主要目的就是为了应对科学技术对人格权保护的挑战，这是立法机关很明确表达的。"

回到原则上，学者们当然也同意这一切立法与执法都要在保护与发展中取得一个平衡，但这在实际操作中几乎是不可能的。就像裴智勇说的那样，"公众一定要认识到，便捷与安全、安全与隐私之间是存在一定矛盾的"。比如我们每个人都希望保护自己的隐私，但从公共安全和便捷服务的角度来说，采集的数据越多才越好，"这种矛盾短时间内恐怕很难彻底解决"。

日前，杭州市富阳区人民法院已正式受理了郭兵诉杭州野生动物世界的"人脸识别第一案"。隋兵律师向笔者分析，园区的做法是未经协商单方变更了合同条款，并且强迫消费者接受，侵犯了消费者的知情权、公平交易权和自主选择权。"或许人脸识别技术的推广是未来的趋势，但是企业在推进时应当充分告知消费者并征得消费者同意，不能强制性迫使消费者接受。同时要做好隐私保护，承担相应隐私泄露的法律责任。"

"零废弃"生活

卡生

"零废弃"生活实验在中国

余元（Carrie）的店铺 The Bulk House 门面不大，位于北京鼓楼东大街 24 号，如果不留心，很容易错过。作为国内首家倡导零废弃无包装商店的主人，余元和她的英国男友 Joe 都是"零废弃"生活方式的践行者。他们吸引媒体关注的点来自余元和 Joe 的一个实验——在三个月的时间里，他们将自己不得不产生的生活垃圾装在了两个玻璃瓶里。

如何才能算得上零废弃？"零废弃概念，并非是不产生任何垃圾。它更像是一种生活选择，构筑在'尽可能避免产生垃圾'的实际做法之上。"余元向我解释。在"零废弃"创始人贝亚·约翰逊的书中，提到了这个概念的 5R 原则——Refuse（拒绝你不需要的），Reduce（减少你需要的），Reuse（重复使用你消费而来的），Recycle（回收你不能拒绝、减少重复使用的），Rot（分解剩下的残渣做成堆肥）。"很多人会被'零'这个字吓到，其实它并没有那么困难，带上自己的杯子、筷子、环保袋出门，你已经开始了你的零废弃生活的第一步。"

在这个狭长的商店里，所有的货架、桌椅都是余元从废品站或者二手商店淘换来的东西，那些曾经被人们遗弃的二手家具在她的店里清洁干净，摆放整齐，如获新生。店里的商品，除了在购买时不提供塑料袋之外，几乎都遵从于 5R 原则——可循环利用、替代日常一次性消耗品：金属吸管、网状购物袋、饭盒、保温杯应该属于基本款，还有一些有趣的东西，比如可降解的竹牙刷和女性月事杯（可循环利用 12 年的卫生巾替代品），散装洗发水和洗衣粉。

"我们所有的产品在售卖后都不提供塑料袋，我们鼓励来店里买散装洗发水和洗衣粉的顾客自己带上玻璃瓶。"店铺一角摆放着许多洗干净的玻璃瓶，这些瓶子有余元和 Joe 的，还有一部分是顾客家里多余的玻璃瓶，逛街的时候顺便带过来。"这些行为都是自发的。"余元说。

采访前我有许多疑问，比如一家零包装店铺，如何在寄快递时，兑现自己"零废弃"的概念。

余元给出了答案：我们线上销售产品的包装盒一部分来自原包装盒，一部分来自顾客捐赠以及各地收集而来的盒子。塑料胶带封条的替代品，是在牛皮纸上使用沾上水就有黏性的玉米胶。

余元在开这个店铺之前，在一家外资企业做文员，和许多北漂一族一样，少小离家的余元过着朝九晚五、加班订外卖的生活。"2016 年我经历了一次搬家，房东决定卖掉房子，我不得不收拾行李离开。我发现在我 15 平方米的房间里堆了太多的东西，当时我住在一个没有电梯的房子里，所有的东西搬到一层不太现实，我抱着试试看的想法敲开了邻居老太太的门，幸运的是她接受了那些我搬不走的行李。"这次搬家开始让余元反思，我们的生活中真的需要那么多的东西吗？是不是应该给自己的生活做一些减法？

就在余元准备着手改变的时候，她看到了贝亚·约翰逊在 Ted 上的演讲，第一次知道了"零废弃"概念，对照自己的生活，她决定展开一场实验。"我想知道我和 Joe 能把我们生活的垃圾降低到什么样的程度，改变自己的生活习惯到底能带来什么。"

从那天开始，余元和男友开始了他们的"零废弃"生活。出门带上杯子、筷子、环保袋；在家做饭，不吃垃圾食品，不再点外卖；尽量到二手商店购买衣服和生活用品；在不得已用淘宝的情况下，余元会和店家沟通可否在货品装箱时取出塑料包装；自己调制护肤品以及到环保市集购买散装的洗发水；家里做饭的厨余垃圾采用堆肥方式降解后成为养护花草最好的肥料……

"零废弃"生活实验，让余元和 Joe 像两个有趣的生活家，他们学会了给自己找到一些生活用品的替代品，用椰子油、橄榄油混合做成擦脸油，抵抗北京干燥的天气；用苏打粉和椰子油混合制成牙膏；用醋加上苏打粉作为清理污垢和消毒的最佳用品。关于这一类的生活小贴士，余元如数家珍，像一个行走的生活智慧大全。

"在实践零废弃的过程中，我也曾经被人认为是小题大做的怪人，菜市场的阿姨不理解我为什么不用方便的塑料袋；淘宝卖家不理解我为什么要让他们取出所有的塑料制品。我还曾经被帮我们制作商品的工厂拉黑过，嫌我们订量小还麻烦。刚开始遇到这类麻烦的时候，我会感到不被理解和失落，时间长了之后我发现身边的人也会发生一些变化，菜市场的阿姨见到我再也不会给我塑料袋，合作的工厂给我们快递样品时再也没有塑料制品。"余元相信，每一次改变都是一个好的开始。

我问余元，从提倡极简生活的角度来说，"零废弃"和曾经流行过的"断舍离"有什么本质区别？

"两者有相似性，都是让人们适度降低欲望。但也有区别，'零废弃'更加强调被扔掉的东西的用途和结果。贝亚·约翰逊曾经在她的书里表达过类似的观点，人类把垃圾丢掉，让它们从眼皮底下消失，但垃圾最终还是存在于地球上，以另一种有毒或有污染的物质形式，返回土壤和空气中。所以扔掉，并不是零废弃的处理办法。"

"在我和 Joe 的实验之后，根据中国人的消费习惯，我们增加了第六个 R 原则——Repair（维护和修理坏掉的）。现在我慢慢能理解我的父母，在物质匮乏的时代，他们其实一直是在践行零废弃的概念，虽然当时还没有这个词。现代人对物质通常都是喜新厌旧的，一旦出现问题只会用'扔掉'来处理，零废弃实际上是在理清人和物品的关系，是更长久、更可持续的关系。"

余元把贝亚·约翰逊当作改变自己生活轨迹的精神导师。2017 年，当她得知贝亚·约翰逊即将在新加坡、东京、泰国有活动时，余元决定给她写一封电邮，以个人名义邀请她到中国来做一个分享会。贝亚隔天就给她回信并同意了邀请。在国外，贝亚·约翰逊自推出"零废弃"概念以来，在 50 个国家进行过分享，但没有到过中国。让余元和贝亚·约翰逊都出乎意料的是，当天活动的门票售罄，分享会上挤满了观众。

余元是武汉人，Joe是英国人，他们已经在一起第五个年头了。因为零废弃生活的实践，让他们俩的关系更为亲近。Joe也辞去了律师的工作，和余元一起更专注地宣传"零废弃"生活方式。"一旦当你开始了零废弃生活，你会发现你有更多的时间、精力去在乎那些你真正在乎的人。"当问到将来和Joe打算办一个怎样的婚礼时，余元说，我希望我们能和自然走得更近一点，在一个四面环山的地方办一场不留任何垃圾的婚礼。

"零废弃"离我们有多远？

在采访之前，我并不知道国内存在这样一个零废弃社群——零活实验室（Go Zero Waste），它在17个城市有城市小分队，线上有不同主题的二十几个群，线下定期有活动和展览，而这一切的主题都围绕着零废弃生活方式展开。

社群的创始人Elsa则是这个社群的舵主，被圈内的朋友们亲切地称为"老汤"。之前看过她在自己的公众号上写的《21天零垃圾生活养成手册》，每天记录一个关于零废弃生活的主题，从衣食住行的各个方面详细记录了她的体会心得，即使是一个对零废弃生活完全不了解的人，在看完21天日记之后，从易到难，仿佛经历了一个打怪升级的过程，也会发现这样的生活离我们并不是遥不可及。这便是老汤在做这个平台时的想法——用轻松有趣的方式让人们感到零废弃生活的美好，而不是让这样的生活方式成为你的负担。

老汤的家和工作室位于昌平新城村的一个院落里。决定搬到村子里居住，是老汤2018年做出的决定。"我想把这个院子打造成零活实验室的一个小小基地，春暖花开时向感兴趣的朋友开放，未来我们会开展许多的沙龙、课程、分享会，让大家能亲自感受零废弃生活是如何在一个居家环境中全方位无死角地呈现的。"

老汤打算春天的时候在院子里栽种蔬菜，并在院子里做一个填埋堆肥的场地。老汤改造的院子向我们展示了：如何将夫妻二人的所有衣服装进一个1米×2米的衣柜；在一个没有冰箱、电视、沙发的家里，到底哪些东西才是必需品；如何用二手的家具、家电、地板打造出一手的家。

整个家里，客厅除了一张工作台外，只有一个书柜，可谓极简中的极简。与此截然不同的，是老汤的厨房，摆放整齐的瓶瓶罐罐里装满了做菜的各类调料，极具生活气息。"家里为数不多的家电中，热水器和洗衣机是我们在东三旗旧货市场买的，洗手台柜是二手群群友家中的闲置品；家里为了不打洞，采用竹梯子作为毛巾架，或者用吸盘代替钉子和螺丝。"放眼望去，虽然都是二手配置，却被老汤整理得井井有条。

"我原来不是这样的人！之前我在一家外企公司做销售培训师，那时候天天点外卖，我还被同事们称为淘宝小能手，什么环保啊，我一点概念都没有。"老汤说起她过去的职场生涯时，很难和眼前的她联系起来。"2016年我在网上看到零废弃人士劳伦·辛格（Lauren Singer）的报道，第一次知道零废弃这样一个概念，当时也没有当回事，总觉得环保这个事情离我太远了，生活的心都还操不过来，哪有环保的心思。"老汤说出了大多数人的心声。现代都市生活繁忙，年轻人的生活被工作和恋爱占据了大多数的时间，提及环保，它就像一个口号一样。

有一天，如同往常，老汤的办公桌上摆着中午送来的外卖，大盒子、小盒子总共有六个，塑料袋摆了一桌。她突然想知道自己一天到底会产生多少垃圾。她拍下了中午吃的外卖盒子；晚上回家买菜时又收回家四五个塑料袋；吃完晚饭去物业取回一个生鲜网站的快递，一包培根和水果用一个保鲜泡沫箱装着，里面还有无数的冰袋和填充物。就是这样的三张照片让老汤陷入了思考。

当天晚上老汤上网查到一个数据，在中国，我们每一天每一个人平均会产生1.1公斤的生活垃圾，如果是北京的体量，那么就有2万多吨的垃圾每天被制造出来。"从那天开始，我会花一些时间关注国外一些零废弃博主的分享，如何制作护肤品，如何在家堆肥，还会告诉大家自己婚礼上的衣服是从什么地方淘来的。他们阳光、时髦，把环保作为一种快乐健康的生活方式，我突然找到了一个自己特别想做的事情。"

老汤开始想，为什么很多人都觉得零废弃是一个不可能完成的任务？可能是被"零"这个极端的目标给吓到了，也可能是觉得改变自己的生活习惯是一个耗费时间和精力的事情。然而，通过一年的实践和亲身体会，她发现零废弃并不是一项宏大的工程,它是由日常生活一个个小小的习惯和选择组成的。最难的,是迈出第一步。

老汤辞职,开始了查阅资料、写公众号的工作,她写下了《21天零垃圾生活养成手册》,连续记录21天。老汤说:"环保可以很酷、很有趣,它不应该成为人们的负担,如果你在这个过程中感受到痛苦,那么你永远坚持不下去。从你认为能做到的地方做起,不用跟别人比较,这个手册不是模板,只是生活的其中一种可能。"

在养成手册里,干货满满。她介绍给大家零难度的厨房护肤彩妆配方,用可可粉和肉桂粉代替大地色眼影和眉粉;用蜂蜡膜代替塑料保鲜膜来包裹水果、面包、小零食;为女性生理期准备月事杯使用指南和水洗卫生棉神器测评。到了第21天时,老汤写道:"垃圾减量只是我们的切入点,从垃圾桶出发,全面审视自己的生活,探索自己与垃圾、自己与食物、自己与物品,以及最终自己和自己的关系。"

可贵的是,老汤在描述零废弃生活方式时,它真的是一种有趣好玩的生活体验,并不是极端环保主义式的道德绑架。"分清楚欲望和需求是我们所有人的重要课题,你不可能去强迫一个天天加班的IT人士完全不点外卖,你也不可能在互联网时代戒断网购习惯,这不是'零废弃'的初衷和目的,做到力所能及一直都是我们强调的重点。"

2017年,她组织了一次"七天垃圾挑战"活动,发给每一个参加活动的人一个帆布袋,要求把一周的干垃圾装到这个袋子里。"我们建议大家参加完活动后在布袋上创作一个图案,一周后我们收集到了80个袋子,当时在什刹海的一个院子里做了一个展览。相应的每个袋子上会有一个数字,每个数字代表了这个人一周的垃圾在地球上降解需要多少年,比如一个矿泉水瓶,它需要450年的降解时间。"

"很有意思的是,通过一个人的垃圾可以判断出他(她)的生活轨迹,这个星期是每天在加班,还是出去旅行了。所以通过这样有趣的形式让观众知道,我们扔掉的东西,很可能在我们死去多年后,它们依然存在。当时有很多小朋友来看展,家长说这比老师上课说环保管用得多。"

老汤告诉我,实际上零废弃的线下活动是年轻人非常有意义的社交形态。借助一个零垃圾野餐活动,可以交到很多志同道合的朋友,大家都喜欢动手做饭,或者都喜欢研究生活小智慧。"最重要的是，当你决定去参加一个零垃圾野餐的时候，你会被逼着去思考用什么方案降低可能产生的垃圾。"

除了认识了各类有趣的朋友，对于老汤来说，最重要的是在践行"零废弃"之后，她与家人的关系也发生了变化。"我出生在农村，习惯了城市的生活，曾经和父母产生过代沟，现在我常常会和妈妈交流他们在物质匮乏时代的生活。妈妈说那时候没有塑料袋，大家都用干的荷叶包肉。回忆起小时候很多有趣的故事，爸爸拿着茶缸去打豆浆……"老汤做的事无形之中也改变着父母的生活方式。"我有一次回家发现我爸出去买菜又把很多年不用的篮子拎上了，拿着家里的搪瓷饭盒去买酱菜。"

老汤也聊起这两年来和她先生关系的变化。"我一直是一个挺有仪式感的人，我们刚结婚那会儿，如果他在节日或纪念日没有给我买鲜花买礼物，我就会很生气。现在倒好，他想要买我也会劝阻他。之前因为要写一篇关于鲜花的文章，我查阅了很多资料，其实鲜花的碳排放是很高的。有数据显示，如果从荷兰进口玫瑰花到美国，一支玫瑰花的碳排放是 3.6 公斤，包含了长途运输、种植过程中的水和杀虫剂农药。所以从两年前开始，我们的纪念日不会再给对方买礼物，我们现在的关系也变得更轻松，给彼此的礼物就是一起去体验生活，去农场干活或者出去旅行。"

老汤带我参观了家里的四种堆肥成果。在厨房里养的蚯蚓，可以吃掉一部分家里的厨余，还有自己刚刚开始尝试酿的酵素也可以堆肥，家庭堆肥用的波卡西筒是市面上最简单、无异味的城市公寓堆肥桶。当然，还有外面院子里掩埋厨余垃圾的池子。"其实，选择一种对自己没有压力的零废弃生活，做到任何一步，都会给生活带来改变。"老汤说。

最后，我提出一个女性十分关注的问题，那些充斥着包装的护肤品、洗发水是否有可替代的解决方案？老汤并不鼓励每个人都手工制作自己的护肤产品，她向我推荐了拥有相同理念的 Lily 护肤品牌。"Lily 一直是'零废弃'的支持者，现在她已经承包了我家里所有从头到脚的洗护用品。我曾经提出过用旧容器循环使用，显然给她造成了额外的工作量，Lily 却欣然接受了我的要求，将我的容器带回工作室清洁、消毒、罐装，下一次赶集时再带给我。"

老汤也向我推荐了自己每周必去的"零废弃"市集——F2N"农夫市集"。这个市集的创办人 Erica 和老汤是朋友。2018 年夏天，F2N 农夫市集和零活实验室一起推出了首届"零废弃日嘉年华"。

走进北京的 F2N，在市集的一角，摆放着回收而来的二手塑料袋、纸袋和帆布袋，如果你忘记携带自己的环保袋，可以在这个角落自取。空的洗发水瓶和牙膏管被注明将会捐给泰瑞环保公司回收再生，制成课桌椅再捐给有需要的学校。此外，市集上还有一个专门的区域是闲置交换工作坊，每个人可以带上自己闲置的物品（10 件以内）和他人进行交换。最后未被交换的剩余物品，将捐赠给 MCF、同心互惠、众爱商店等公益慈善机构。

"2018 年的零废弃日嘉年华很受欢迎，40 家品牌商户不提供一次性塑料袋，支持自带容器。有时候我觉得 F2N 农夫市集就像一个社会实验室，一些商家从开始对'零废弃'没有概念，到逐渐主动配合，把一次性的试吃杯和试吃勺变成可循环使用的。"

"'零废弃'不再是一个小众环保概念，越来越多的年轻人把提高生活品质的理性消费作为一种新的生活方式。我们常常会遇到买一双袜子也要问清楚商品的选材、产地、有机种植方式、是否有塑料包装的零废弃达人。"Erica 说。

技术，如何开启童年

陈赛

屏幕的愉悦感——爸爸，我想盖城堡

叶壮有两个孩子，一个4岁半，一个5个月大。从安安4岁开始，叶壮决定他可以一起玩游戏了。

安安4点55分放学，回到家第一件事情是吃饭。饭后是他一天中的第一个屏幕时间。在60英寸的大电视机前面看一集动画片。《神奇校车再出发》是他最近的最爱。洗澡的时候，他对于水蒸气到底是液态还是固态，与爸爸展开了激烈的争论。

洗完澡，是游戏时间，也就是他的第二个屏幕时间。叶壮提醒我，"关机时间一定要早于上床睡觉前一个小时"，作为一个经过专业心理学训练的爸爸，他深知电子产品的蓝光会影响孩子的睡眠，而睡眠对孩子很重要。

他们最近玩的是一款叫《要塞》的游戏。这是一款老游戏，叶壮13岁的时候就玩过，还玩得很开心。所以，当有一天孩子对他说"爸爸，我想盖城堡"时，他立刻想到了这款游戏。

《要塞》是一个盖城堡的游戏。第一个版本设置在1399年的英国，第二个版本是十字军东征。无论哪个历史背景，作为游戏玩家，你的设定就是一个身处乱世的领主，你得带着自己的人民找到一块领地安居乐业，发展自己的村庄和要塞。他特地选择了沙盒模式，这种模式是创造为主，冲突值被降到最低，不会有打打杀杀和血腥画面。

他抱着孩子,手把手地教授如何操作、如何控制角色。他告诉安安,地图上有一条路,我们得盖一个猎人小屋。

盖房子得有木头,所以,我们就得先盖一个伐木工厂。有了伐木工厂和猎人小屋以后,还要盖房子,迎接新移民。新移民不肯来,因为你这里只有肉,没有别的吃的。于是,父子俩就开始种苹果。

为了吸引更多的移民,他们还要开始养奶牛,做奶酪。但是,只有奶酪和苹果还是不够的,人民需要面包。要做面包,必须有三种建筑物,分别是麦田、磨坊、面包房。人太多了,为了更好地分发食物,还要盖一个市场。

孩子坐不住了:"我要盖城堡,你让我盖市场干吗?"

他耐心地告诉儿子:"没有石头,盖不了城堡,所以咱们必须先有人,发展经济,才能把采石场盖起来。"

晚上睡觉前,小朋友很开心地跟妈妈说:"我今天做了小麦田,把麦子磨成了面粉,面粉做成了面包。"

临睡前,他告诉儿子:"你是一个很好的国王,你的国民今天晚上不会挨饿,会等你明天再来。"

存档的时候,他给他的城市起了个名字,"欢乐警察局"。

为什么叫警察局?警察局又有什么好欢乐的?没关系,玩游戏,最重要的是好玩。如果一个游戏能给孩子带来快乐,难道还不够吗?

真正的玩,本来就是没有目的的,除了好玩之外。只有在这样的玩耍中,一个人才是真正自由的,而不是任何人的棋子。玩的过程未必总是愉悦,未必总是欢笑,甚至未必总是带来满足感,但玩总是伴随这样一种感觉,"是的,这就是我现在想做的"。

所以,荷兰心理学家约翰·赫伊津哈(Johan Huizinga)在《游戏的人》中说,玩是一件非常严肃的事情,是人之为人的本质。它超越了文化。战争、法律、体育、诗歌,这些人类最根本性的活动都多多少少根源于"玩"。

作为父母,我们很少提及屏幕带来的愉悦感,我们谈的更多的是焦虑,担心孩子伤到眼睛,担心他们沉迷,担心他们在游戏中玩物丧志,担心他们无法像自己小时候那样，学会爱上一本美好的书。我们想着，什么样的屏幕空间可以复制甚至超越莫里斯·桑达克、朱迪斯·科尔在他们那些经典童书中呈现的魅力呢？

但是，为什么这个社会推崇阅读，却对游戏避之而唯恐不及？为什么醉心于小说就是健康的激情，是人生值得活下去的理由，而醉心于网络游戏，就是可耻的堕落，是悲哀的沉沦呢？这难道不是一种文化上的势利眼吗？

在叶壮看来，经过几十年的发展，游戏作为一种媒介的复杂度、多样性、创造性，早已今非昔比，至少绝不逊于书本。对孩子而言，从小培养他们对游戏的好品位，至少与培养他们对书的好品位一样重要。

他如数家珍地向我解释各种游戏的魅力，《风之旅人》的美与愉悦感、《太吾绘卷》的复杂构建和缜密逻辑、《纪元1800》宏大的历史视角、《底特律：变人》深刻的哲学命题、《传送门2》极度烧脑的空间思维……

叶壮比我小10岁。我最美好的记忆是躲在被窝里看金庸小说，今天我关于人生、关于情感、关于家国的很多想法，都来自那些由文字虚构出来的世界。他的童年时代最美好的记忆是在屏幕前面玩《大航海时代4》，那款游戏让他第一次意识到，原来世界如此之大。

在游戏里，他扮演一个充满好奇心和商业头脑的葡萄牙商人，从巴塞罗那跑到热那亚，见识这个世界的各种奇观。"当突尼斯玻璃的行情暴涨时，你的第一反应就是一定要去阿姆斯特丹，因为整个欧洲航线里最近的玻璃制品集散地在阿姆斯特丹。从阿姆斯特丹往突尼斯倒卖玻璃，会有利可图。"

通过这个游戏，他掌握了全世界几乎所有的主要港口。不久前，他坐一趟去澳洲的航班，看到地图上的泗水和马辰，他的心里立刻咯噔了一下。这个航班绝大多数人都不知道这两个东南亚的港口城市，但因为玩过游戏，他知道历史上这里发生过什么事情。

看游戏和读小说的人有什么区别？

他说，阅读追求的是代入感，而游戏追求的是掌控感。你读一个故事，想象自己如何叱咤风云，与你身处一个境况，努力想要解决一个真实的问题，是两回事。为什么大家爱玩《王者荣耀》？最简单的原因，就是每一把玩出来都不一样。这一把被虐成狗，下一把秀得飞起啊。

"擅长玩游戏的人，会觉得自己对局面有掌控感。这个时代的孩子需要更多的掌控感，而不是更少。"

自由与控制——这个时代最重要的工具，孩子该不该玩？

在《自我驱动的孩子》一书中，美国心理学家威廉·斯蒂克斯鲁德与奈德·约翰逊提出，我们正在养育最焦虑的一代孩子。在美国，从20世纪60年代开始，孩子和青少年压力相关的精神障碍不断上升，包括焦虑、抑郁和自我伤害。而在过去10年里，这种现象尤其呈现加速度增长。

两位作者认为，这一代孩子压力增长的背后，最重要的动因就是控制感的降低。按照爱德华·德西（Edward Deci）和理查德·莱恩（Richard Ryan）的"自我决定论"，一个人做一件事情的动机主要取决于三个关键因素：自主性、效能感、连接感，直白点说，就是在自己擅长的领域，做自己擅长的事情，无论成功失败，都能体验到自己追求的价值。

在咨询中，他们见到越来越多的孩子，他们的动机模式都处在极端状态，要么是偏执地想要成功，要么觉得一切努力毫无意义。很多孩子觉得自己被父母的各种要求压得喘不过气来，他们总是很累，几乎没有停下来的时刻。他们觉得自己永远无法实现那些加诸他们身上的期待，或者抱怨他们对自己的人生毫无发言权。总而言之，他们觉得对自己的人生毫无控制感。

这些孩子为什么会觉得对自己的人生没有控制感呢？

作者分析了很多原因，比如睡眠不足、社交媒体的压力、来自学校的压力等，但还有一个很重要的原因，就是孩子们玩得更少了。几十年前，孩子的周末都是在外面疯玩，父母根本不知道他们在哪里，做了什么，跟什么朋友一起玩。现在，不仅周末，他们绝大部分的自由玩耍时间都被各种成年人规定的课外活动挤占了。

200多年前，卢梭的《爱弥尔》虚构了一个叫爱弥尔的贵族孤儿，讲他如何在一个完美导师的引导下，长成一个自由的成年人。我们关于育儿的很多现代观念都来自这本书，比如孩子应该由母亲抚养，孩子应该有机会玩耍，教育不应该基于机械学习，而是尊重孩子的兴趣与好奇心。

但是，我们今天的孩子更像是美国心理学家彼得·格雷在《玩耍精神》中虚构的那个叫伊万的男孩。一个中等阶层社区的儿童，每天准点被母亲叫醒去上学，路上必须坐校车以保证安全，一天必须坐在教室里乖乖上课，放学后必须接受全面培训，晚上必须完成几个小时的作业，从周一忙到周末，伊万做得很好。只不过感到有些"精疲力竭"。事实上，很多人在高中毕业或者之前就同样觉得"精疲力竭"了。

我们以安全名义剥夺的，不仅是孩子们的自由，还有他们面对生活的内在动机。一个孩子应该由自我驱动、独立思考、身体力行、充满活力，通过自己的选择，将生活向自己想要的方向推进，而不是基于成年人的"指导、保护、迎合、分类、评判、批评、表扬和奖励"。

彼得·格雷是最早把当代孩子玩耍的减少与控制感的降低联系在一起的心理学家。他是在自己的儿子在学校长期受到强迫性教育模式产生激烈的反抗行为后，开始思考人性本能以及教育应该是怎么一回事。

经过多年的研究后，他强烈地相信，孩子来到世界上，天生具有强大的学习能力。他们的好奇心、社交性，以及强烈的玩的意愿，都是经自然选择塑造，以服务于自我教育的功能，以帮助他们理解这个世界并且获得一定程度的掌控感。

当好奇心驱动孩子寻找新的知识或理解时，玩的天性驱动他们实践新的技能，并创造性地使用这些技能。全世界的孩子，当他们有足够的自由和玩伴时，就会花费大量的时间玩耍。他们的玩，除了好玩，毫无目的，但教育是这种玩耍的副产品。正是在玩耍中，他们学会一系列长期生存的关键技巧。比如他们以身体的方式玩，攀爬追打，由此发展出强健的体魄和优雅的动作。他们玩各种危险的东西，由此学会如何控制恐惧，发展勇气。他们与其他孩子玩过家家的游戏，由此学会协商、妥协、与人和谐相处。他们在游戏里设置明里暗里的规则，由此学会如何自我控制和遵守规则。他们玩想象性的游戏，这是他们学习假设性思考与创造性思考的方式。他们玩逻辑，由此学会逻辑思考。他们玩搭建，由此学会搭建。最重要的是，他们玩他们文化里的工具，由此熟练掌握这些工具的使用方法。这也是为什么每当有新的技术出来，他们往往比父母学得更快，因为他们本能地知道，这是他们必须学的。

所以，彼得·格雷说："计算机、智能手机、APP、电子游戏、虚拟现实／增强现实、3D打印机，这些都是这个时代最重要的工具，不让孩子玩这些东西，就像不允许狩猎时代的孩子玩石头和飞镖一样荒谬。"

就如何使用他们的自由时间而言，他对孩子们的判断力和自控力很有信心，前提是他们真的有选择的自由。"在我的经验里，如果一个孩子本来可以自由地以不同的方式玩耍和探索，结果却只以某一种方式探索和玩耍，那么他一定是从这件事情中得到很重要的意义。"

好奇心——"妈妈，我拍到了黑洞的照片"

双双是个6岁的小姑娘，她从小就对星空感兴趣。最近，她的妈妈告诉她，人类拍到了有史以来第一张真实的黑洞图片。小姑娘非常兴奋。

爸爸很早就给她装过一个星图APP，那个软件增加了"寻找黑洞"的功能。于是一家三口坐在沙发上手举着手机抬头寻找黑洞，发现它的位置就在家里书柜一角的上方后，双双无比激动，用手机截图拍下照片，大声感慨地说："哇！我们也拍到黑洞啦！啊！太棒啦！哎呀，妈妈，我激动得眼泪都要出来啦！爸爸，你看，你看，黑洞！"

双双的母亲张敏是一位科学家，她研究人工智能，但她经常在自己孩子的好奇心中看到人类智能的奇妙之处。

有一次，双双放学后在幼儿园活动区玩滑梯，她赶紧叮嘱："玩滑梯时，你得看下面没人了才能上啊。"

"可是我在上面的时候看不到下面怎么办？"

"那你就提前看好吧。"

"嗯，那如果滑到一半儿了，下面突然来人了怎么办？"

"那就滑的时候注意听着点下面的动静，并且做好保护措施。"

"那如果我开始滑还没滑完的时候，后面突然下来人了怎么办？"

"那你滑完赶紧往旁边躲呗。"

终于满意了。"我去啦！"

从一个人工智能专家的眼光来看，她觉得这个思维过程相当符合完整的程序设计逻辑，已经处理了各种意外情况和分支。

机器有很多答案，而孩子则有无数的问题。很多问题她也答不出来，她就会告诉女儿，我们上网查一下。久而久之，这变成了生活中特别自然的事情。"从她两三岁开始问问题，凡是我解决不了的，都是求助于网络。"

后来，各种各样的APP越来越多，比如孩子走在路边会经常问："妈妈，这是什么花？"

以前答不上来就敷衍说"小黄花"，或者胡乱猜一个，但现在有很多识花的软件，拍一下就知道是什么花了。这种时候，她就会鼓励女儿仔细观察，看看它的叶子是什么样子的，是叶对生，还是叶互生？

她很喜欢这些小软件，"有了这些APP之后，孩子的知识能马上和实物对应起来。如果回家翻书，就没办法马上观察到"。

她还记得她第一次指着星空告诉女儿，那是北斗星，七颗星组成一个勺子的形状，但女儿却问："那天上另外那颗亮亮的星叫什么？"

她们一起查了星图APP，发现是天狼星。

这个答案并没有止息女儿的好奇。她继续问："你说北极星是天空中最亮的星之一，但为什么这颗星比北极星还要亮？"

她赶紧接着查，发现果然天狼星比北极星的明度要大得多，甚至可能和太阳一样亮。

"为什么它和太阳一样亮，但看起来却不像太阳那么亮呢？"

于是，她赶紧接着查两颗星分别距离地球多远。

……

现在，双双认识的星星比她多。有一天晚上，他们去朋友家玩，女儿指着星空告诉她："你看，那里有猎户座，中间的三颗星是它的腰带。"

除了孩子的追根究底之外，双双对世界的好奇心之广也常常令她惊讶。每天晚上的亲子阅读之后,她会拿徐来的《给孩子的博物学》或者凯叔的《神奇图书馆》哄睡,双双都听得津津有味,一遍又一遍地听。渐渐地,女儿发现自己懂很多东西,关于恐龙,关于人体,关于海洋,人体里的微生物。

"我经常听人说,太多的事实会扼杀好奇心,但事实上,你知道的越多,就越想知道更多。不仅如此,你知道的越多,你能在你的脑海里不同的知识之间建立更多的连接。然后,你就会有更多的问题。"

美国教育家、人工智能先驱西摩尔·帕普特一生致力于理解孩子是怎么学习的,孩子的学习到底是什么,以及怎样才能更好地帮助孩子学习。他曾经将人与知识之间的关系分成三个阶段。

第一个阶段始于一个婴儿刚刚出生的时候。从出生开始,这个婴儿就开始了学习,他通过探索、触摸、玩来学习,什么东西都塞到嘴里尝一尝。他们不仅学习与物的关系,还有与人的关系。这是一个由个人驱动的学习。父母也许觉得是他们在决定孩子学些什么,但他们实际上起到的作用很小。大部分时候,孩子都是在自己学习。等学会了语言之后,他们开始提问,而且只问自己感兴趣的问题。

第二阶段,是当孩子看到一个感官经验之外更广阔的世界。比如孩子看到大象的照片,他好奇大象到底吃什么,但他无法直接探索这个问题,而只能从经验性的学习转向符号的学习,从自主的学习转向依赖他人的学习。到了上学的年龄,他们就完全依赖于学校的系统,由别人来决定自己应该学什么。

按照西摩尔·帕普特的说法,对孩子来说,从第一阶段到第二阶段的转换是一种创伤性的变化。因为上学之后,你必须停止学习,转而接受"被教授"。很多孩子在这个过程中被扼杀,被毁灭,而少数人之所以幸存下来,是因为他们学会了一些重要的技能,比如学会了阅读,学会了使用图书馆,学会了如何探索一个更广阔的世界。

所谓第三阶段,就是从第二阶段幸存下来的孩子,重新回到第一阶段。无论是艺术家也好,科学家也好,他们在重重的限制中找到一种有创造性地活着的方法。"他们重新像个孩子一样活着,他们探索、实验,听从内心的驱动而不是别人的教诲,更多地依赖直觉与经验,而不是符号。"

西摩尔·帕普特认为技术的职责就是消灭第二阶段，如果这件事情太难，至少让孩子从第一阶段到第二阶段的转变不那么突兀和粗暴，尽量保留孩子作为学习者的好奇心和内在本能。比如，技术可以在一定程度上克服直接经验的限制，让孩子们可以以直接探索的方式探索更多的知识。

他自己在20世纪60年代开发的儿童编程语言logo，就是试图让孩子以直接经验理解一些抽象概念，比如微积分、加速度等。小朋友可以通过指挥小海龟走路来画圆形，往北走一小段路，然后左转，再走一小段路，再往北，然后往左，如是反复上千次之后，你就能画出一个比较接近圆的图案了。而这个过程本身，跟微积分的思维本质上就是一致的。所以小孩在画圆的时候，不知不觉地学习到微积分了。至于他后来设想的，让孩子用计算机创作音乐、动画、游戏等，也都早已成为现实。

如果从这个视角来看这些年技术的进步，我们至少是有怀抱希望的理由的。几十年的技术发展下来，互联网赋予我们前所未有的获取与使用各种学习资源与工具的能力，以及时时刻刻彼此连接的能力。整个人类的知识、想法、假说，都在触手可及之处。无论一个孩子想学点什么，总能找到学习的资源，也总能找到跟他趣味相投的人。自我驱动的教育变得前所未有地容易。

触摸屏、虚拟现实/增强现实等技术的发展，让孩子们得以更多地以"默会"的方式掌握知识。这是英国哲学家波兰尼提出的概念。他将人类的知识分为两种，"显性知识"与"默会知识"。显性知识是指那些通常意义上可以用概念、命题、公式、图形等加以陈述的知识。这种知识可以从一个人向另一个人传递，你教，我学，属于"Learning about"。大百科全书（源于古希腊对于一个全面而完整的知识的概念）就是这种以固定形式保存知识的最佳例子。

在我们之前大部分的人生里，学习就是被教育，被衡量，被告知这个世界是怎么回事。这在一定程度上反映的仍然是工业化的本质，即模具制造、批量生产。在这一模型下，"教"是基础，效率是目的：学的越多越好，越快越好。标准化教学是合理方法，考试是合理的结果测试。至于天赋、个性、激情、想象力，都不在它的包容范围之内。

但是，波兰尼认为，我们对世界的理解，更多的是以"默会知识"为基础的——即人类知识总体中那些无法言传或不清楚的部分（我们所认识的多于我们所能告诉的）。这种知识无法直接传递，只能在一个人的亲身经历、体验、发现与探究的过程中心领神会，它是"Learning to be"。这种学习不仅发生在大脑中，而且在身体和感官的各个层面，在不同维度的信息之间制造联想与连接。比如那些融合了 AR/VR 的科普童书，通过增强现实技术，一只恐龙活生生地站在你眼前，会奔跑，会怒吼，会打架，可以触摸，可以拍打，会根据你的指令四处走动或者奔跑，可以让它走到你的手上拍张合影……对孩子而言，这种兴奋感是传统纸质书所无法提供的。

整个 20 世纪，显性知识足够稳固，足够重要，得以支撑起整个教育实践的主体，而将默会知识交给个人慢慢领会累积。但 21 世纪，我们面对的是一个如此复杂多变的世界，我们尤其需要以默会的方式来把握。一个人如何训练创造力、想象力、或洞察力，如何对新的经验保持敏锐感和好奇心，如何不断接受新的知识以促进自身的发展？这个时代最稀缺的能力都不是老师可以直接传授或者展示给学生的，而必须是一个人在观察、探究、实验，以及耳濡目染中学习的。

随着人工智能在教育中的应用和普及，个性化教育会成为一种真正的可能性。"一方面是优质教育资源的复制与供给，另一方面则是深入了解每个孩子的能力水平和学习状况，基于他的水平和状况，用系统提供个性化解决方案。"葡萄英语的创始人茹立云告诉我，他开发的这个 APP 将真人视频与人工智能结合起来，相当于给每个普通孩子配备了一个永远在线的私人外教（其实是人工智能），在真实地道的交流中学习一门语言，并且能依据他们的水平不断调整学习路径。这在我们过去几乎是不可想象的。

至少在理论上，社交媒体会将全世界志同道合的孩子组成一个学习的共同体。《哈利·波特》就是一个很好的例子。这套书的读者遍布世界，他们通过阅读大量的文本（包括图书、网站、维基百科、博客、同人小说），学习关于历史、地理、哲学、人际交流，甚至基础社会学的各种知识。但他们的学习不是通过死记硬背某些信息或事实，而是置身于故事之中，他们的知识随着故事的演化而演化。故事中的角色、命运都是开放的问题，这些问题驱使他们创造自己基于哈利·波特虚构宇宙的内容，包括文字、图片、视频、游戏等。

《我的世界》也是一样。这个游戏一开始并不是为孩子设计的，而是以技术发烧友为主要目标玩家，但 2011 年末，小孩们发现了这个游戏，引发了游戏销量爆发式增长。到 2019 年 5 月，这款游戏在各平台上总销量已经超过 1.76 亿，打破《俄罗斯方块》的纪录，成为有史以来最畅销的电子游戏。

比起游戏，它的确更像是一个世界，一个由全世界的孩子共同占领的世界。在这里，孩子们拥有无限的自由度，他们可以玩建筑、造工程、创造艺术、拍摄视频，讨论数学、物理、化学、生物问题等。他们可以不断地尝试，犯错，再尝试，不断探索。《纽约时报》曾经刊登过一篇文章《"我的世界"一代》，力赞这款游戏对于这一代孩子的意义——"像苹果这样的 IT 公司们用尽一切方法让计算机变得更容易使用，甚至由此诞生了人机交互设计这种学科。而 MC 反其道行之，鼓励玩家探索外壳下面的东西：打破现有的规则、解决问题、把蘑菇转化为随机数字生成器。它让孩子们能在里面为所欲为。"

一个完全不以教育为目的而设计的游戏，却成了一个完美的教育工具，尤其应用于现在最火的 STEM 学科——理科、科技、工程和数学。这恰恰反证了西摩尔·帕普特的观点：真正的教育，无关解释，而关乎参与，关乎好奇、激情、探索与想象。

很多人将扼杀孩子的想象力作为屏幕、手机、游戏等技术的罪证之一。他们说，想象力需要时间，需要空间，需要安静，需要新鲜经验的不断喂养，这些当然都是对的。是的，想象力从来不是教出来的，它只能在一个环境中绽放出来。童年自由的玩耍，尤其是自主、自发、无动机、非结构性的玩耍，是一种想象力绽放的完美场所。通过假装和想象，孩子将一个大大的世界微缩到他们的智力能够掌控的大小——他们可以暂时退出当下的现实，或者超越于它，把玩和操纵各种概念、想法、情感。事实上，很多研究证实，一个人童年时期的想象性玩耍与成年后的创造性表现之间呈现正相关关系。很多诺贝尔奖得主与麦克阿瑟天才奖的得主都曾经在童年时代有过极为丰富的假装游戏的经历。

但是，数字技术真的没有可能成为想象力绽放之所吗？

南加州大学教授约翰·西利·布朗是研究新型教育的一位非常活跃的学者，他曾经举过一个很有趣的例子。2004年的时候，他在自己的一堂课上，用一款《星球大战》游戏来教唐娜·哈拉维的赛博女性主义、海德格尔关于技术的本质、德里达关于隐喻的理论。

这堂课一共三小时。一开始的时间分配是，布朗教授先讲一个半小时的理论，然后小组讨论，最后他们花20分钟时间进入游戏，看这些理论是如何反映在游戏里的。结果几个星期以后，时间安排完全颠倒过来了。学生们要用两个多小时在游戏里，他只能用最后剩下的15分钟来讲解海德格尔到底说了些什么。

他很沮丧，觉得自己的实验彻底失败了。但到了写期中论文的时候，他惊讶地发现这些学生各自表现出了对这些理论的独到理解。他挑选的这些学生既不是最聪明的，也不是最有学习动力的，但是通过这种方式，这些理论与他们之间建立了个人性的关联，从而给了他们真正想要探究的动力。

他在一篇题为《培养想象力》的文章中提到这段往事，并且指出，旧的教育系统已经不可延续，但要将它翻转成一种更符合人性、更符合学习本能的环境并不难，学校不需要建更多的校舍、更多的教室，也不需要购买更多的设备或者更昂贵的师资，而是引入更多的问题、更多的好奇心，引入玩的天性和游戏精神，这样的环境就是想象力生发的理想之所。

童年的价值

在《园丁与木匠》中，美国心理学家艾莉森·高普尼克提出了一个很有意思的问题。从人类进化的历史来看，20万年前，解剖学意义上的现代人类就已经出现了，但是要到5万年前，心理学意义上的现代人类才真正出现。

为什么是在这个时候呢？

一个比较令人信服的假设是，导致现代智人出现的一个根本原因是气候变化。不是气候变得更冷或者更暖，而是差异变大。气候变得更加难以预测。现在是人类导致气候变化，当年是气候变化导致了人类。

除了气候变化是人类进化的直接触发因素之外,可能还有两个很重要的原因:第一,我们离开了非洲,而黑猩猩没有离开,所以,作为天生的游牧民族,我们从一开始就主动选择了不断进入新的环境。

第二,我们有文化,我们在应对环境变化的过程中又会不断地创造新的环境,从而增加环境中更多的不确定因素。

这三者似乎构成一场完美风暴,成就了我们这样一个物种,注定要应对环境中最大程度的变化性与不可预测性,而我们的童年就是一种核心的适应策略——我们的巨大的大脑,以及漫长的童年,都是为了给孩子提供一个保护性的时空,让他们能不断地试验出新的想法和行为。每一代人都创造出一个略微不同的世界,并超越前人。当然这是理想状态,也有可能更差。

但进化的目的就是制造差异,差异才有生存与繁荣的机会。所以,这就是为什么我们会有孩子,有童年,就是为了他们能负担得起这样的大脑——一个在不可预测的环境里善于应对变化的大脑,一个非常擅长学习、变化,而劣于计划、行动的大脑。童年都是乱糟糟的,而乱糟糟恰恰是童年对进化的贡献。

如今,我们面对的是另一场"完美风暴"。如美国学者托马斯·弗里德曼所说,科技、市场、自然三者相互促进的变化,已经使得世界进入"加速时代",1000年前人类需要两代人到三代人的时间才能适应新的东西,例如弓箭的应用用了一个世纪,到了20世纪初适应变化的时间缩短到一代人,汽车和民航飞机在几十年内普及,到最近全世界人习惯一样新的东西或理念需要大约5—7年,且还在加速中。人类第一次要迈过那个临界点:科技和社会伦理的变化正在超过我们已有适应能力的上限——除非诞生一种能够活在永远的变化中且以此为乐的"新新人类",而这样具有不同时空观的人将是第一次出现。

某一期的《哈佛商业评论》讨论当下的青少年游戏玩家是否具备了这个时代政治和商业领袖的特质,最终定义了5个"游戏玩家特质"的关键性特点:

1. 他们重视"底线"(因为游戏中嵌入了许多测试和评估系统);
2. 他们理解多样性的好处(因为成功需要一支混合了多种天才和能力的

团队);

　　3.他们在变化中强大(在游戏中没有一件固定不变的事情);

　　4.他们视学习为娱乐(因为游戏的乐趣在于学习如何克服障碍);

　　5.他们"沉溺"于绝境(因为要想成功,必须掌握非常极端的方案和新颖的策略来完成任务)。

在这个不断变化的数字时代,还有什么比这5种特质更符合"新新人类"的标准吗?